八月高粱红

韩志晨 著

韩志晨影视剧作品集

长春出版社
全国百佳图书出版单位

图书在版编目（CIP）数据

八月高粱红 / 韩志晨著. -- 长春：长春出版社，2024.12. -- (韩志晨影视剧作品集). -- ISBN 978-7-5445-7703-8

Ⅰ.Ⅰ235

中国国家版本馆CIP数据核字第2024BG1635号

八月高粱红

著　　者　韩志晨
责任编辑　程秀梅
封面设计　清　风

出版发行　长春出版社
总　编　室　0431-88563443
市场营销　0431-88561180
网络营销　0431-88587345
地　　址　吉林省长春市南关区长春大街309号
邮　　编　130041
网　　址　www.cccbs.net

制　　版　长春市清风静盈文化有限公司
印　　刷　长春天行健印刷有限公司

开　　本　787mm×1092mm　1/16
字　　数　680千字
印　　张　25.5
版　　次　2024年12月第1版
印　　次　2024年12月第1次印刷
定　　价　80.00元

版权所有　盗版必究
如有图书质量问题，请联系印厂调换　联系电话：0431-84485611

心系蓬门写百姓　声出肺腑唱众生（代序）

我曾写过几句"我的人生与艺术感言"——

> 数十载风雨兼程，
> 行色匆匆。
> 久沐五更寒，
> 饱经八面风，
> 苦追寻，
> 非图觅芳撷翠，
> 只为星海一梦！
> 平民心，布衣情，
> 小径崎岖勤攀登。
> 心系蓬门写百姓，
> 声出肺腑唱众生。
> 无风送我上青云，
> 有朋助我树干城，
> 莫叹前路多坎坷，
> 人间原本道不平。
> 我自扬眉向天笑——
> 红叶经霜久，依旧火样红！

这，便是我的内心独白。当年，在我和胞弟韩志晨共同创作《篱笆、女人和狗》《辘轳、女人和井》《古船、女人和网》的那段时日里，有位北京的记者对我们进行专访，临告别时突然问："你们的座右铭是什么？"我答曰："柳青、李准、浩然！"该记者先是大惑继而大笑："别人的座右铭通常都是一句名言或几句警语，你们的座右铭竟然是三位作家？！"他当时以为我一定是口误或者是戏言，其实呢，我说的却是真话，也是我与志晨在一起研究创作时经常谈论的话题。

"以铜为镜，可以正衣冠；以古为镜，可以知兴替；以人为镜，可以明得失。"每当我秉笔状写当代农村生活或者作为导演用镜头语言去表现当代农民的时候，我确实是把柳青、李准和浩然当作镜子来照的。这三位，都是我非常崇敬的前辈作家。当我还在中学读书的时候，他们早已蜚声文坛，都堪称是驾驭农村题材的巨匠。他们的才气，他们的人品，特别是他们对生活的熟悉程度，都是无与伦比的。但有时我也想，作为一个创作上的后来者，我们不单应当努力学习他们成功的经验，还得认真汲取他们不成功的教训。我不时以此提醒、激励自己，同时也提醒和激励弟弟志晨。

当年，柳青的《创业史》曾被文学史家们誉为"划时代的作品"。梁生宝、徐改霞，特别是梁三老汉，写得真是呼之欲出。然而，十分不幸的是，由于时代和历史的局限，作家却把这部作品捆绑在了农业"合作化"的战车上，把是不是走合作化的道路当作区分农民先进与落后的分水岭和试金石。时过境迁，当今天我们较为清醒地回过头去审视过去那段历史的时候，这部作品的人文价值和美学价值便大大打了折扣。20世纪中期，李准的《李双双》曾是脍炙人口的佳作，直到今天我们依然认为，就人物的鲜活度而言，没有多少作品可以与它比肩。但是，就是在这部相当出色的作品中，作家却偏偏把"是否吃人民公社的大锅饭"当作李双双和喜旺矛盾冲突的中心点，整个作品都是围绕着这个"核"展开的。到了今天，人们才猛醒：咦，原来李双双错了，喜旺对了！这，并不是历史的恶作剧，而是社会发展的规律和内在的必然性使然。另外，《艳阳天》与《金光大道》这两部鸿篇巨制，曾使浩然令人瞩目地独步文坛。其中的弯弯绕、小算盘等人物，真是把中国社会变迁中的农民写活了，写透了，写绝了。然而，令人格外惋惜的是，还是由于时代和历史的局限，导致作家在作品的"含义层面"上陷入了迷津。那些鲜活的人物，一个个都成为"为富不仁"的标本并因此而遭到鞭挞！伴随着我们国家改革开放的深入，伴随着社会的发展和历史的变迁，当人们历经坎坷、饱受磨难，终于大梦初醒，当认识到"追求财富，是人类最原始也是最现实的冲动，是最世俗也是最崇高的理念，是最卑微也是最伟大的行为"时，这两部作品的光彩就难免变得有些黯淡了。

"时间"与"空间"这四个字，对于作家和艺术家来说是至为重要的。所谓"时间"，就是作品的生命力到底有多久，能不能够努力超越其所诞生的世纪；所谓"空间"，就是作品的影响力究竟有多远，可不可以超越其所诞生的国界。在"时间"和"空间"这两个最伟大的评论家面前，人类的一切精神产品和艺术成果都将经受最严格的检验。

我从不敢奢望自己可以清醒而自觉地摆脱时代和历史所给予我们的局限,那无异于用手揪着自己的头发试图飞离地球。我只是希望在进入艺术创作过程的时候,努力保持老黑格尔所说的那样一种"常醒的理解力",努力表现最广大人民群众的愿望和情绪,反映回荡在他们心底的呼声,尽力做到"心系蓬门写百姓,声出肺腑唱众生",而不让自己的作品成为马克思、恩格斯所强烈反对的那种"时代精神的单纯号筒"。这,也是我与志晨在创作《篱笆、女人和狗》《辘轳、女人和井》《古船、女人和网》系列作品时共同的遵循。

多年前,我曾在自己一本书的"后记"中写过这样的话:"现代化,就是'现实的人'对'人的现实'所进行的挑战;而改革,就是我们全中华民族都齐心合力地冲破一张传统观念的大网,尤其是我们每个人都冲破自己的心灵之网。"这是我对生活一个很重要的认识,也几乎是我所有作品的母题。我试图从各种不同的视角,以各种不同的形式,通过多种多样的艺术形象来揭示这个母题。当志晨独立创作《瓮子、女人和海》《太阳月亮一条河》《八月高粱红》《红脸汉子金领带》《拉林河兄弟》《爱在槟榔花开时》《三请樊梨花》《山高高,路长长》《山爷》《小镇女部长》《风雪桅杆山》等影视剧作品时,我也总是这样叮嘱他、提醒他、鼓励他。

我们家是一个多子女的家庭。我有三个弟弟、三个妹妹,在七兄妹中我是老大。小时候,家里很穷,父亲母亲像一双劳燕,以微薄的薪金聊以家用,茹苦含辛地把我们七个人全都培养成大学生、研究生。我和二弟志晨从事文学艺术创作,三弟志国是著名经济学家,小弟志民和二妹晓华在美国从业,大妹妹雅琴是医学教授,小妹妹晓虹原在机械工业部从事外贸工作,后来自己创业。我们都是在改革开放的"狂飙突进年代"考入大学的青年学子,所以既是改革开放的受益者,又是改革开放最忠诚的拥趸。我们的血管里,奔腾着平民的血液,无论在理论上,还是在作品中,我们都坚定秉持"人类的共同价值",是改革开放热情的歌者和鼓手。我们特别乐见祖国融入"人类命运共同体",自立于世界民族之林。

志晨是军旅出身的作家,历任吉林省影视集团副总、艺术总监,系中国作家协会会员、中国电影家协会会员、中国电视艺术家协会会员、中国电影评论学会会员、中国电影文学学会常务理事、国家一级编剧,2010年晋升为国家二级教授,现任吉林省文化发展研究会影视编剧专业委员会主任、长春市电视艺术家协会主席。现在摆在我们面前的这部六卷本的《韩志晨影视剧作品集》,

是他多年来辛勤笔耕的结果，是他心血与汗水的结晶。获悉作品集即将由长春出版社出版，作为父母的长子，作为弟弟妹妹们的长兄，我内心的喜悦是可以想见的。真诚地祝贺二弟志晨！

  文学艺术创作，不是短池游泳，也不是百米跨栏，而是马拉松竞赛。在长长的竞赛途中，要踏踏实实地跑自己的路，弓下腰做自己的事，谁有韧性谁有后劲谁才能跑得最好！何况，生活本身是流动的，而流动的生活是不平静的。文学艺术是发展的，而发展中的文学艺术需要超越，更需要自我超越。真正的艺术家，当如大海的巨鲸，要打破一切习俗与传统表面的平静。一个由这样的艺术家组成的群落，当使一切僵化的、固定呆板的东西焕发崭新的生命力——我们要为此不懈进取！这，也是我对志晨由衷的期望。

韩志君
2024年8月

走出瀚海兮入长河

一、童年生活的磨砺

我出生在科尔沁草原东南部号称八百里瀚海的一个小镇上。我的家是一个多子女的家庭，小时候很穷、很苦。童年的生活遭际，使我心灵早熟，也使我在人生的道路上一直对社会底层民众充满同情和理解。我的作品恪守平民视角，"不仰视权贵，不欺世媚俗，崇尚真善美，鞭挞假恶丑"是我从事艺术创作的原则。

海明威说过："苦难的童年，是对作家最好的早期训练。"我挨过饿，吃过各式各样的野菜，也品尝过人间的冷暖和世态的炎凉，还曾经"死"过一次。我刚上中学那年，"文革"就开始了，两派武斗时有一颗子弹打穿了我家的窗棂，在墙壁上留下划痕，落在炕上时还很烫手，母亲怕我们出事，急忙拿出了家中仅有的几块钱，让我带着两个弟弟向八百里瀚海深处我的姑姑家逃难。这无疑给姑姑家增加了沉重的负担，虽然姑父姑母待我们如同己出，但我想：要出去找点儿活儿干，挣些钱在经济上接济一下姑姑。在我的一再坚持下，我到了一个苇厂，在当厂长的大舅和工人二舅的帮助下，工头留下了我。我每天站在苇垛上，把长长的苇子从捆子里抽出来，铺在地上，拉石磙子压软，以供打杠子的师傅们用其绑草捆。对于十几岁的我来说，这确是一份极为艰难的活计。苇絮花儿塞满了鼻子眼儿是小事儿，那个高高的石磙子在我看来真的像一座小山那样高，好沉好重。因为我每天要争取省下一元钱来，所以用于一整天的吃饭费用只有4角9分。吃不饱，饿的滋味儿很难受，拖起石磙子举步维艰，但我还是咬牙坚持。不到两个月，我给姑姑家寄去了50元人民币。姑姑接到这笔钱，没有喜形于色，反而泪如雨下，可我觉得付出还不够。我看大人们每个月都有一次装货车皮的机会，就是从草场上把草捆背到货车车厢，每背上去一捆，能赚到差不多3元钱。我要求也和大人们一起装货车皮。开始，大人们都不同意，谁会愿意和一个十几岁的孩子搭伴来装呢，弄不好就是累赘。我说："我不要你们帮助，220捆草捆一车厢，我负责装110捆！"他们勉强同意了。当我第一次背起沉重的草捆时，差点儿没被压趴下，晃了几晃，我才稳稳站住脚，走上高高的木质跳板，把草捆放到车厢里。我承认，我不完全是用体力把草捆背上去的，而是用一种意志，一种内心强大的赚钱的渴望！奇迹就这样发生在一个十几岁的穷孩子身上，经过两天一宿的努力，我把每捆都重于我本人体重的110捆草捆全部背上了车厢！我的体力严重透支。清晨时分，我刚刚走下跳板，脑袋一阵眩晕，就什么都不知道了。当我苏醒过来时，已是午后，秋阳暖暖地抚摸着我的脸。我的身边围着二舅和一群工友，他们正拿凉水往我的脸上喷。我缓缓睁开眼睛时，工友们欢呼了起来："活啦！活啦……"我的身体好像已完全融入了大地，我就是大地，大地就是我。我知道，自己死而复生！我一口气吞下了十几枚鸡蛋后，站了起来，这一站，站起了那时的我，还有今天的我！那一次，我挣到了300多元钱，姑姑坚决不同意我再往她那里寄钱，我就寄给了妈妈。许多年后，妈妈对我说："志晨啊，你当年寄回家中的300元钱，其实是救了家里人的命，你爸爸被批斗，工资一分钱不开，有了这笔钱，家里的人才活了下来。"妈妈说得很动情，可我却觉得只是做了应该做的事。

生活的艰难坎坷总是与美好和希望并存。苦难的童年教会我坚忍、顽强的同时，温暖并且充满亲情的大家庭也教会了我真诚与善良。人世沧桑使我懂得了：人，并不是荒岛上的鲁滨逊，需要彼此发生联系，需要互相关照和扶助。我的周围，是生活在社会底层的广大民众，他们不仅渴望物质生活的丰盈，也渴求精神生活的丰富。作为艺术创作者，我们必须以人民为中心进行创作。我们创作作品的真正价值在于用文学的手段关怀人，烛照多种多样的人生，或者擎起一支火把为人们照亮，让世间的每一个人都在人生道路上少一些迷茫与磕绊，多一些快乐与慰藉！

此后不久，我作为一个只念了七年书的孩子，与千千万万个同龄人一道上山下乡。我在科尔沁大草原上一个叫"靠勺山"的贫困小村落里日不出而作，月亮和星星出来了才息，这样生活和劳作了两年后，又到工厂当了两个月工人。满十八岁那年，我便走出了八百里瀚海，参军入伍了。这，是我生命新的启航。

二、部队大熔炉的冶炼

我所在的部队在大兴安岭的深山老林里，是逢山开路、遇水造桥的铁道兵。但我到了部队以后，凭着会画画和写美术字，很快就被抽调到了团文艺创作组,任务是写兵唱兵演兵。当兵之前,我只有七年的文化底子,比小学生强点儿,属于"麻袋片子绣花——底子孬"那伙儿的。让我创作快板书、数来宝、山东快书、相声、三句半、歌词、诗朗诵,哪里做得来?于是,我开始疯狂地读书,把可能找得到的书籍都拿来读,并把其中新鲜的词语、成语或者形容词分类抄在小本子上。在写作中,我会在诸多同类的词语中挑选相对准确和富有新意的使用。哥哥志君又给我寄来《诗韵词典》等一批书籍,对我来说真如"旱天及时雨,枯苗逢甘霖"。当兵第一年的九月,部队安排我到铁道兵东北指挥部参加文艺创作学习班,使我有机会结识了铁道兵文化部创作组、铁三师、铁九师以及东北铁指的许多从事文学艺术创作的战友。此后,我又被送到长沙铁道兵学院深造。在部队这个大熔炉中,经过多方面的冶炼,我在创作上也逐渐开始游刃自如,写出的很多作品都搬上了舞台,有不少还在部队的文艺会演中获奖。

我开始志得意满。有一次,到长春出差,皎洁的月光下,我与胞兄志君坐在人民广场的长椅上,兴致勃勃地向他报告我在创作上的丰硕成果。哥哥听后,给我讲了通俗文学与纯文学的区别,叮嘱我不能仅仅满足于写快板书、数来宝、山东快书、相声、三句半,要有向文学艺术圣殿挺进的志向和决心。他给了我一本巴乌斯托夫斯基的《金蔷薇》,对我说:"在部队的生活中有许多鲜活的东西,你要像书中的那位约翰·沙梅一样,细心地从生活的泥土中筛选'金粉的微粒',聚沙成塔,集腋成裘,努力打造出美丽的金蔷薇,献给自己钟爱的苏珊娜——你的读者和观众。"当时,我听得目瞪口呆,也如醍醐灌顶。在我的创作生涯中,那个皎洁的月夜是个转折点。在哥哥的启发和鼓励下,我开始走上了诗歌、散文以及小说的创作道路。经过不懈的努力,先后有不少作品发表在《吉林文艺》《黑龙江文艺》《青年诗人》《诗人》《作家》《铁道兵报》《志在四方》等刊物上。1983年以后,我又在《小说选刊》《参花》等文学杂志上发表了诸多短篇小说和《井倌》等中篇小说。我常对朋友说:我真正走上文学创作之路,导师是我的哥哥,是他手拉着我手,一脚高一脚低地把我领进了文学的大门口;而冶炼我的火热熔炉是部队,大兴安岭连绵的群山、无际的森林和战友们的生活与情怀给了我创作的灵感,让我积攒了无数"金粉的微粒",并用它们打造出了属于自己的"金蔷薇"。这,是我艺术生涯的启航。

三、艺术创作实践的淬火

1986年，我结束了16年的军旅生涯，脱掉了熟悉的绿军装，到吉林省电视台电视剧部工作。如果说，童年的苦难生活磨砺了我，部队的大熔炉冶炼了我，那么，此后丰富多彩的创作实践则让我不断地淬火，渐渐地形成了自己的创作风格，丰富了自己的作品艺术长廊。

初进电视台，争强好胜的我，自己感觉对声画艺术缺少了解，就开始恶补电影语言的语法知识，熟悉镜头、画面语言、蒙太奇、声音元素以及声画关系等专业知识。我在主办文艺专栏的同时，也开始执导《生命树》《生命的秋天》等专题片，在全国和省内都获了不少奖。为了切实提高自己的文学素养和艺术素养，我在职进入吉林大学读书，系统地阅读中外文学名著。

从1987年到现在，我和大哥志君一起创作了电视剧《篱笆、女人和狗》《辘轳、女人和井》《古船、女人和网》"农村三部曲"和《大脚皇后》《大唐女巡按》等多部电影；还独立创作了《三请樊梨花》《小镇女部长》《风雪桅杆山》等百余集电视剧和十多部电影作品。每当听到大街上"星星还是那颗星星"的歌声，看到书房里国际、国内的各种奖杯和获奖证书，我都在想：自己作为一个出身于平民百姓家庭的苦孩子、穷孩子，能成为一个从事专业影视创作的文学艺术工作者，真应当感谢五彩斑斓的生活，感谢多种多样的创作实践。"不积跬步，无以至千里；不聚小流，无以成江海"。若没有在艺术创作实践中的不断淬火，就不可能有我的今天和我的那些作品。

在庆祝中华人民共和国成立60周年的时候，国家广电总局和中国电视艺术委员会表彰了60位有突出贡献的艺术家，我与哥哥名列其中。成就的光环，只属于过去，未来的道路遥远而漫长。契诃夫说："艺术家得永远工作，永远思考""要在一个很长的时期里天天训练自己""用尽气力鞭策自己""让自己的手和脑子习惯于纪律和急行军。"他还说："要尊重你自己，在脑子犯懒的时候别让两只手放肆！"我常把他的这些话铭记于心，提醒自己一定要在艺术创作的实践中不断经受淬火。如果我们把艺术家比作孙悟空，那么艺术创作的实践便是太上老君的炼丹炉，那里是可以炼出艺术创作"火眼金睛"的地方。在未来长长的创作途中，我当乐此不疲！

主题歌词

八月的红高粱,嘿嘿!
你是一个新嫁娘,嘿嘿!
浪不溜丢儿地扭秧歌啊,
丢了盖头在山岗。
山蒙上你红盖头睡个香甜觉,
地撩开你红盖头呼啦啦飞凤凰!
嘿嘿!呼啦啦飞凤凰!
哎哟,你这个新嫁娘,
哎哟,你这个新嫁娘啊,
真想为你颠花轿喂,
颠出个五福临门,天地喜洋洋!
嘿嘿,天地喜洋洋!

第一集

1. **杨八月家的山货庄门前，日**

这里很热闹。

有村民举着两挂长长的鞭炮。

店面的上方，那块写有"老龙岗山货庄"的牌匾上面蒙着块红绸子。村主任杨立本和八月妈正分别给前来祝贺的村民递着烟，说着话。

在人群里，我们看到了村民柳茂祥、春龙妈、高德万、高海林、高甜草、关秋水、樱桃妈、柳春虎和樱桃……

山货庄的屋内。

关小手推开一扇窗户，从里面探出头来。他穿着一身二人转行头，一手拿着手绢，一手拿着把扇子，急急地喊："秋水……关秋水！"

关秋水应声跑到窗前。

关小手心急火燎地："这演出就要开始了，你妈还在家里磨蹭什么？快去喊她！"

"哎！"关秋水应声而去。

杨立本忙凑到窗前，递烟给他。

关小手忙摇手："不能抽，演出前抽那玩意儿，嗓子不亮堂！"

杨立本："秋水她妈怎么还没到？"

关小手："准是又在家描眉画眼呢呗！"

八月妈这时也走过来，叮嘱道："今天是开业大吉，喜庆的日子，可别唱悲段子啊！"

关小手："姐，你就瞧好吧！我和秋水她妈最拿手的就是《大西厢》，今天看我俩给你们露一手！"

2. **关小手家屋后的菜园子里，日**

一只手正在摘豆角。

这是李大翠。她把手上的豆角缓缓地放进身边的一只柳条筐里，看得出，她有很沉的心事。

3. **关小手家院门口，日**

关秋水从急切地跑进院儿来："妈……妈！"

她见没人应声，又急切地向屋后跑去："妈——"

4. **关小手家屋后的菜园子里，日**

李大翠听见了喊声，直起腰向那边看看，又一声不吭地埋头摘她的豆角。

关秋水见到了她妈的身影，忙跑上前，急切地拽住妈的胳膊，使劲地摇晃着说："那边的戏马上要开演了，我爸急得都赶上火上房了，你怎么还在这儿拿稳的，摘上豆角了呢？"说着，秋水抢过豆角筐，拎着要走，又说："妈，你快点去吧！二人转，二人转，你不去，我爸一个人咋演？你这不是成心拆他台嘛！"

李大翠拍拍手上的泥土：""你爸不是有一身能耐吗？让他一个人演去吧。我不去！"

· 1 ·

秋水放下手里的筐，再度抓住她妈的胳膊，使劲摇晃着说："你哪来这么大的火气呀？我大姑家的山货庄张罗好几个月了，今天开张，村里去了不少人。咱两家是实在亲戚，你不去好吗？"

李大翠："我就不去，我就是要把这个挑子给他撂了！"

秋水说："妈，你可要考虑好，这可是我大姑家的事儿，你要不去，不光伤了面子，也容易伤了两家和气呀。再说了，我还要在大姑家的山货庄当售货员……"

李大翠仍不吭声。

秋水见状，又说："妈，你和我爸的事儿，等把今天这出戏唱完了，咱们在家里好好说道说道，行不？"

李大翠看看秋水，说："秋水，你说得对不对？也对。可你爸实在是太气人了！我不去不是冲你大姑家，是冲你爸。你看他对我那个态度，一张嘴，恨不得把我给吃了。他不是骑在我脖子上拉屎，他是骑在我脖子上拉痢疾！人有脸，树有皮，窗户有玻璃，炕上有炕席，我不去！"

秋水说："话你可听明白，是我爸让我来喊你的。"

李大翠说："别说是他让你来喊，就是他当面来给我烧高香、磕响头，我也不去。你告诉你大姑，就说我病了，赶明儿个我专门去看她。"说罢，转身向菜园子深处走去。

秋水急得直跺脚："妈……"

5. 山货庄门前，日

人越来越多了。

关小手从人群中挤出来，焦灼地朝远处张望。

关秋水从远处急切地跑向他。

关小手忙迎过去："人呢？"

关秋水："爸，你怎么回事？我妈心都伤透了，她说啥也不来！"

关小手急了："这救场如救火！她晾我的台，就是放火！这娘儿们，这娘儿们……"

关秋水："爸，你快跑，去求求她吧，说两句小话，不就得了！"

关小手眼睛一立："我求她？我关小手求过谁？我一个大活人，还能让尿憋死？！她不来了对不？不来好哇！她不来，我二人转演不成，不会唱单出头？！"

他回过头，冲人群中喊："甜草！"

高甜草应声而出："哎！"

关小手吩咐道："麻烦你告诉鼓乐队准备好谱子，我今天要唱《擦皮鞋》！"

高甜草甜甜地："好咧……"

6. 老龙岗村村口，日

货郎"小鞭杆子"刘金宝开着一辆小四轮子，车厢里拉着日用杂品。在小四轮子前边的栏杆旁，插着一杆红缨鞭子。他嘴里哼唱着二人转《大西厢》："一轮明月照西厢，二八佳人巧梳妆，三请张生来赴宴，四顾无人跳粉墙，五更夫人知道了，六花板拷打莺莺审问'红娘'……"

小四轮子，驶进了村口。

一辆公共汽车正停在那里。杨八月跟柳春龙各自拎着行李和用网兜装着的洗脸盆等杂物，从车上走下来。这时候从车上下来了一个年轻人，他背着一个画夹子，戴着一副眼镜，一副文质彬彬的模样。

杨八月和柳春龙用异样的眼神看了这位年轻人一眼，转身开始往村里走。

春龙对八月说："八月，这越快到家，我心里就越突突。我爸我妈听说我毕业要回村里来，很不高兴！你爸你妈怎么说？"

八月笑笑："我妈一给我往省城里打电话，就是那两句话：'月儿，啥时候回来，妈想你！'可我真回来长期住下去，她又肯定不乐意！"

这时候，身背着画夹子的年轻人问八月："哦，你就是杨八月啊？"

八月惊疑地问："你是谁啊？我怎么知道我？"

年轻人说："我不单知道你，还知道他，他叫柳春龙，对吗？你爸叫杨立本吧，是村主任！"

八月笑了："你到底是谁啊？能掐会算是咋的？"

年轻人笑眯眯地："先不告诉你，早晚你会知道。我到这个村儿，就是来找你爸的。我还告诉你一个底儿，我一时半会儿的还走不了。"

柳春龙用手摸摸他背着的画夹子说："你是画画的？"

年轻人笑笑说："准确地说，我是搞美术的。"

八月说："文字游戏，画画不就是搞美术，搞美术不也就是画画的吗？"

年轻人说："美术里边包括画画，可画画不能完全代表美术。我这次到村里来，就不光是为了画画来的。"

八月说："那你来干啥？"

年轻人一笑："慢慢你就知道了！"

这时候，柳春龙的妹妹柳彩云迎面跑了过来，离老远就喊："哥，八月姐，你们回来啦？"

八月应声道："回来了，回来了。"

柳彩云一边接过柳春龙手里的行李，一边接过八月手里装着脸盆的网兜。她看了看那位背画夹子的年轻人："呀，咱们村里这是来画家啦！"

年轻人冲着柳彩云笑笑："我现在还是一个学生，研究生。"

柳彩云说："哎哟，读研究生啦，那可不简单，是学生不假，那可不是一般的学生！"

这时候，从不远处传来鞭炮声和锣鼓声。

八月停下脚："这是谁家娶媳妇？"

柳彩云朗声笑道："娶什么媳妇？这是你们家山货庄开张！"

年轻人："呀，那好哇，咱们也去凑个热闹！"

柳春龙从彩云肩上把行李接过来："我先把东西送家去，马上就来！"

年轻人："不见不散啊！"

他们各自朝前走去。

7. 山货庄门前，日

两挂鞭炮噼啪作响，一地残红。

杨立本和高德万一左一右扯下蒙在牌匾上的红绸。众人的掌声，鞭炮声，鼓乐声，杂糅在一起，成了小村一曲喧闹的多重唱！

在一家农户的墙头上，有一只公鸡，听着鼓乐声，喔喔地啼鸣着。

在人群中我们见到了杨八月、柳春龙和那位背画夹子的年轻人。

"小鞭杆子"刘金宝开着小四轮子停在山货庄的人群外面，他坐在车上押着脖儿兴致勃勃地往人群里边观看。

8. 酒仙儿家，日

酒仙儿坐在炕上，正在喝酒。

酒仙儿妻从外屋走进来，对酒仙儿："你看你，一天到晚三顿酒，嘴唇儿舍不得离开酒盅儿，手都快把酒盅儿捏出坑来了！今儿个杨立本家的山货庄开张，你哥和你嫂子都过去了。你别喝了，赶快过去看看吧。"

酒仙儿夹了口菜，从容地端起酒杯说："有大哥大嫂他们去，就代表我柳茂财了。不就是一个山货庄开业吗？我不卖山货，也不买山货，我去凑啥热闹？我不去了。"

酒仙儿妻说："立本大哥家的事儿，你不去好吗？人家在村里当村主任不说，这些年这事儿那事儿的，咱们少求立本大哥和八月妈了吗？"

酒仙儿一扬脖，嘬下了一口酒说："哎，真是好粮食酒，味道正啊！"

酒仙儿妻伸手打了一下他的手说："你听没听见啊？我跟你说话呢！你不喝了行不行？"

酒仙儿"砰"地把酒杯往桌子上一顿："怎么着儿？你还敢伸手打我？一个老娘儿们，管天管地，还管得着我们老爷们儿的事儿啦？要去你自己去，我就是不去啦。你越说我越不去！"

说着，又拿起了酒壶往酒盅里倒酒。

他端起酒盅儿来，可还没等递到唇边呢，酒仙儿妻便飞起一巴掌，打在他的手上，酒盅儿里的酒溅在桌面上。

酒仙儿心疼地："哎呀呀，这么好的酒，全洒啦！白瞎了！"他说着，趴在桌面上，用嘴去吸洒的酒。

酒仙儿妻一看，气不打一处来，抄起桌上的酒壶，端起那几盘小菜，就往外走。

酒仙儿一把抓住她的胳膊说"你想干啥？把酒和菜给我放在桌子上！"

酒仙儿妻冷着脸没动。

酒仙儿用手抓着妻子的胳膊，醉醺醺地说："我再说一遍，你把酒和菜给我放那儿，你听见没有？"

酒仙儿妻说："一年365天，你是天天喝，顿顿喝，没有一顿不喝的，打个饱嗝儿都是一股子酒气味。人，不能因为喝酒耽误正事儿。"

酒仙儿用另外一只手，"啪"地一拍桌子骂道："老子种地挣钱，喝酒舒坦，谁也管不了！"说着，他用力抢妻子手里的酒壶和菜。

酒仙儿妻死也不松手："你不用拍桌子吓唬耗子，我不怕你。今天，就是死在你跟前，这酒我也不能让你再喝了。"

说着，两个人就撕抢起来，啪啦一声，酒壶和菜碟掉在地上，摔碎了。

酒仙儿一见，气不打一处来。他一脚蹬翻了炕上的桌子，顺手操起一只鸡毛掸子，冲着妻子就打。

酒仙儿妻脸上被打出了血印子。她用手紧紧地抓住鸡毛掸子，继续跟酒仙儿撕抢。

酒仙儿气愤已极地说："反了你了！一个臭老娘儿们！"

酒仙儿妻从酒仙儿手里抢下了鸡毛掸子，甩在地上，并把炕上的酒仙儿扑了个腚墩儿。她气得脸煞白，气喘吁吁地说："我告诉你，柳茂财！为了你喝酒的事儿，我一忍再忍，我是忍了多少年了！从今起，我就不能再顺着你啦！咱们家春虎都高中毕业了，眼瞅着孩子一天天大了，你个当老人的，没个老人样儿，叫孩子怎么看你？"

酒仙儿从炕上蹦到地下，又去抓地上的鸡毛掸子，可那鸡毛掸子却被妻子死死地用脚踩住。酒仙儿见从她的脚下抢不出来那个鸡毛掸子，就坐在地上，用手颤颤地指着妻子说："行，好样的，有种！我和你李淑芬结婚这么多年，今天我才看明白你，你也不是什么贤妻良母，你十足的是一只母老虎！"

淑芬说："什么好人，也架不住你这种男人逼，狗急了还要跳墙呢！你没正事儿，我得有正事儿，立本大哥那边儿，你倒是去不去？"

酒仙儿坐在地上，用两手抱着膝盖说："想让我去吗？你往墙上看！"

酒仙儿妻说："看什么？"

酒仙儿说："你看见那儿有门儿吗？那儿没门！那是墙！你能把墙当门走，我就去！"

酒仙儿妻一听，跺了一下脚说："行，我算认识了你这没出息的男人啦，你不去我去！"说着，气冲冲地向屋外走去。

9. 酒仙儿家与柳茂祥家院外的村路上，日

酒仙儿妻气冲冲地走过来，迎面碰到了从邻院出来的柳春龙。

春龙见是酒仙儿妻，忙喊："婶儿！"

酒仙儿妻见是柳春龙，忙掩饰着生气的神色，脸上现出笑意："呀，春龙，我大侄儿回来了！你，这是要去哪儿？"

春龙："听说八月家的山货庄开张了，我过去看看。"

酒仙儿妻说："好啊，正好我也去。"

说着，两个人一起向八月家方向走去。

10. 杨八月家山货庄门前，日

鼓乐队已经转调，转成《单出头》的前奏。

在众人的掌声中，关小手笑呵呵地从屋里蹿了出来，抱拳道："各位乡亲，老少爷们，大姐，大妹子，关小手我这厢给大家鞠躬行大礼啦！接着整段小帽，一起热闹热闹，唱好唱赖多包涵，乡亲情谊重要！多捧场啊！"

说着唱起了《擦皮鞋》："我坐在马路旁，我的生意刚开张，不论是男，不论是女，不论是他，不论是你，擦鞋排队别拥挤。不论是女，不论是男，兄弟我挣的是辛苦钱，不论是哥，不论是嫂，擦鞋都是两只脚……"

众人的叫好声，掌声。

人群的后边，那辆卖货的小四轮子上，"小鞭杆子"刘金宝一边叫着好，一边伴着演唱的节奏，晃悠着手里的鞭子。

11. 酒仙儿家里，日

酒仙儿仍坐在地上，手里拿着那个摔坏了的酒壶。他"砰"地把酒壶摔在地上，一脸怒气。他站起身，从家里的炕上操起一个酒瓶子，仰着脖，咕咚咕咚地嘬了几口，自言自语地说："只要太阳不打西边出来，这酒，老子就是得喝，喝！"

他有些晃悠了，脸红红的，可又仰脖嘬下了一口酒。

12. 八月家山货庄门外，日

关小手的演出已经结束，杨立本在招呼着大家："大伙都到屋里看看，坐坐，说说话再走啊！"

乡亲们三三两两地走进屋去。

八月妈拉着酒仙儿妻的手，说："淑芬，这一段时间也是忙，好长时间没见着你影儿了。呀，脸上怎么有两条红印子？"

酒仙儿妻掩饰地："没事儿，没事儿，收庄稼不小心碰的。我们家春虎他爸，忙着有事儿去了，没过来，真有些对不住你们，我来，就全都代表了啊。"

八月妈说："哎呀，一个村住这么多年了，都跟亲姐妹那么亲，正是大忙的时候，人哪能都过得来！山货庄这个时候开业，把大伙都惊动了，还真有点儿不好意思呢！"

酒仙儿妻说："大姐，我家里那个小卖部，还唱空城计呢，我得赶紧回去了。"

八月妈说："好，有空儿就过来坐吧。淑芬，你可慢走啊。"

酒仙儿妻摆摆手抽身往回里走。

在她的前面走着柳茂祥、春龙妈、柳春龙、柳彩云。

春龙妈回身看见了酒仙儿妻，说："哎呀，淑芬，你那脸是怎么了？！"

酒仙儿妻没吭声，眼里却汪着泪，她撩起衣袖去抹眼里的泪水。

春龙妈说："这是怎么说的呢！是不是又和茂财俩闹唧唧了？！"

酒仙儿妻没再吭声，却呜咽着出了声。

柳茂祥停住脚，看了看酒仙儿妻脸上的红印子，叹了口气说："我这个兄弟呀，岁数一天比一天大了，却和酒卯上劲了！淑芬，你先和你嫂子到我家坐会儿，我去找他说说。"说着，他倒背着手，倔倔地走了。

柳春龙看看爹的背影，对他妈和酒仙儿妻说："我叔他咋还能这样呢？这都什么年代了，怎么还兴喝醉酒，耍酒疯，打人呢？"

春龙妈说："大人的事儿，你们小孩子少插嘴！"又对淑芬说："走吧，到嫂子那边说说话，把一肚子委屈都往外疏散疏散，心里的一团云彩也就全散了。"

酒仙儿妻一边用衣袖揩着泪，一边说："嫂子，我看我们俩的日子，是没法往下过了。"

春龙妈说："你这是哪儿的话！豆芽菜炒两盘，两口子打仗闹着玩！谁家的夫妻俩没吵过架呀！你们家春虎高中都毕业了，你又在村子里开了个小食杂店，风吹不着，雨淋不着的，坐着就收钱，家里的小日子，过得多好！就是茂财爱喝蛊儿酒。这说是毛病也是毛病，说不是毛病也不算毛病！他老实巴交，一不招蜂儿，二不惹蝶儿，对你淑芬没有二股肠子。这，也就算行了呗！想他，得往好处想。"

酒仙儿妻说："他想招蜂惹蝶儿，哪只蜂儿蝶儿那么没眼光，去叮他这根干巴草儿哇？啥蜂儿啥蝶儿都被他那股酒味儿给熏跑了！"

春龙妈："不管你怎么说，男人有这条，就算站得住，是大优点！"

13. 山货庄屋内，日

杨立本和八月还有那位背着画夹子的年轻人站在一起，他和那位年轻人握着手说："我是杨立本，你找我有事儿？"

那位年轻人拿出一封信说："杨叔，我叫成大鹏，是咱省艺术学院的研究生，我妈是苏文丽，她让我来找你！"

杨立本接过信，没打开，却说："啊，啊，是在农业大学当教授的苏文丽吗？你妈是我们村的老知青了，知道知道。"他摊开信，却没怎么看，就对成大鹏说："这信等会儿再看吧，有什么事儿你就只管跟我说吧！"

成大鹏笑着说："杨叔，我来是给你添麻烦来了，而且可能这个麻烦还不算小呢，这可不是一天两天的麻烦。"

杨立本说："你这孩子，刚跟杨叔见面，就跟我说这些外道话！咱们开门见山，说点儿实在的吧。"

关秋水在柜台前忙着给农民们看这看那，她对高德万说："德万大叔，你是老山把头啦，你看看，这野生红景天成色怎么样？"

高德万从关秋水手里接过一块红景天，放在嘴里咀嚼着说："嗯，成色不错，真的不错！"

关秋水说："德万大叔，鉴定长白山的野生药材啥的，你是行家里手。以后我们可少不了求教您啊。"

高德万说："鬼丫头！跟你爸一样，心眼儿不少！没关系，村民们捡山捡来的山货，要想看成色咋样，你们就只管找我，我肯定能说个八九不离十。"

14. 山货庄屋外，日

"小鞭杆子"紧紧地抓着还没卸妆的关小手的手说："关师父，我早就听说过您的大名，今儿个是又闻其声，又见真人了。"

关小手说："你是谁啊？咋还抓着我不松手呢？拿个小鞭儿在我眼前晃来晃去的，吓唬谁呢？"

"小鞭杆子"刘金宝笑了，说："关师父，您别怪我。我叫刘金宝，人送外号'小鞭杆子'。过去甩一杆小鞭，赶着毛驴车，走东村串西村的卖货。到了哪个村里嘎嘎地甩上几声鞭子，村里老百姓就知道是我卖货的来了。这改成小四轮子了，鸣两声笛儿，没那小鞭子好使，没有人听出来是谁来了，我就把这个小鞭留下了，把车一停，我还是嘎嘎甩上两个响鞭，乡亲们就都知道我来了。男的女的老的少的，想买货的就都来了。这小鞭子比广播喇叭都好使，真的。"

关小手说："我听说过你，开四轮子甩响鞭，你也真是个好老板儿！你卖货，就卖你的货呗，一口一个师父师父地叫着，跟我套啥近乎啊？快松手！"

"小鞭杆子"刘金宝笑嘻嘻地抱拳说道："关师父你今天这个《擦皮鞋》可真把我给唱傻眼了，唱得我浑身上下哪儿都舒坦。你知道，我是打心眼儿里喜欢二人转，早就想找位像您这样的师父，拜师学艺。今天也是缘分，我开车刚进村，您就在这开唱。这叫来得早不如来得巧，一脚踢出个屁，赶在当当上了！今天说啥也不好使，你这个师父我是拜定了！你说啥时候让我给你磕头，我就给你磕头；你让我给磕几个，我就给你磕几个！"

关小手看看"小鞭杆子"，有一点厌烦地说："说啥呢？都啥年代了，还说什么磕头不磕头的事儿呀？谁是你师父啊？我啥时候答应你做我徒弟啦？我告诉你啊，别缠着我，我可没工夫搭理你！"

关小手说着，甩开"小鞭杆子"的手，往自家的方向走去。

"小鞭杆子"笑嘻嘻地跟在他后边。

关秋水从后边小跑过来，冲着关小手喊："爸！你回去跟我妈好好说话，可别再吵吵啦啊！我们这儿刚开张，正忙着呢，你们别让我跟着操心！"

关小手没回头，却甩下一句话："戏，她没唱！台，她也拆完了！你大姑的面子，她也没给！我还跟她吵吵啥？不吵吵了！她愿意往下过，就往下过；不想过了，我就跟她菜刀砍萝卜——离！"

关秋水说："爸，你别说气话行不行？回去好好哄哄我妈啊，算我求你啦，行不行啊？"

关小手站在那里一扬手说："行，你忙你的去吧。我们俩之间的事儿，我们俩解决！"说完，转身往自家的方向走去。

"小鞭杆子"刘金宝回头看看关秋水，笑了笑，又转身跟上关小手说："师父，那是你闺女啊？哎呀，真是龙生龙，凤生凤，老鼠生儿会打洞。这爹长得带劲，姑娘长得也水灵，你看那小脸蛋儿长得多甜多怜人！"

关小手斜眼看看"小鞭杆子"，没吭声，只是闷头往前走。

"小鞭杆子"刘金宝夹着那杆鞭子说："师父，看你徒弟的面子上，你回去就别跟我师母生气了。你要是现在不想回家，徒弟我这车货也不卖了，你干脆坐到我的小四轮子上，我拉你上镇子，咱们师徒俩找个小饭店，好好喝两盅，就算喝杯认师酒了。"

关小手站住了，对小鞭杆子说："哎，你没完没了啦，是不是？管谁叫师父师母呢？我们家的事儿跟你有啥关系？你赶快给我站住，不能再往前走了啊！干啥玩意这是！"

"小鞭杆子"刘金宝用手挠着脑袋瓜子，说："一回生，二回熟嘛，天底下哪有刚见面就熟的人呢？两座山到不了一起，两个人总能碰面吧！你看，我也没啥坏心眼儿，就是想请你喝杯认师酒，这不犯啥忌吧？"

关小手说："认师酒，还认干酒呢？我不管你是啥酒，我不喝！"

"小鞭杆子"刘金宝说："哎呀，师父啊，就算你不喝我的认师酒，咱们喝杯认识酒行不行？就算我说错了，把认识说成认师了，行不？给个面子。"

关小手说："你这人怎么死乞白赖的呢？"

"小鞭杆子"刘金宝一扬手说："师父，你听我问你一句话。我问的这句话，你要听着中听咱俩就出去喝酒，不中听，你转身就走。你走你的阳关道，我走我的独木桥，咱们今后谁也不认识谁，行不？"

关小手说："啥话，你问吧！"

"小鞭杆子"说："关师父，我不想问你别的，你就说说，你到底是个小人，还是个君子？"

关小手说："小人怎么的，君子又怎么的？"

"小鞭杆子"刘金宝说："小人做事儿不讲究，君子成人之美。"

关小手笑笑说："这么说，我同意收你这个徒弟，就是君子了呗。"

"小鞭杆子"说："关师父，人怕见面，树怕扒皮。你真跟我刘金宝敢出去喝顿酒，话一唠透，我不想让你给我当师父，你都得上赶着给我当师父，你信不信？"

关小手偏着脑袋，梗着脖子，说："我不信！脑袋是我自己的，嘴巴是我自己的，你请我喝多少回酒，我也不见得收你当徒弟。"

"小鞭杆子"说："关师父，我不是和你较劲。你要是真称得上正人君子，算个真正的男人，你就上车跟我走，咱们上镇里喝顿酒。"

关小手想了想，一扬手说："没啥！我答应你去，算你小子今儿个有运气，正赶上我不想回家，不想看我媳妇那张脸，她正跟我怄气呢！好吧，上车。"

"小鞭杆子"高兴得啪地甩了一个响鞭："嘿呀，关师父太给我面子了！"

关小手说："你不能再一口一个师父地叫我了。我可跟你说，上车是上车，喝酒是喝酒，这跟收你当徒弟是两码事儿！"说着，他抓住四轮子的车厢板，踩着胶轮往车上爬。

"小鞭杆子"笑着，托着关小手的屁股，往上推，说："哎呀，我太激动了！真是激动的心，颤抖的手，师父能上我的小四轮子，今儿个不喝透了绝对不能往家走！"

说着，"小鞭杆子"坐上车，回头对关小手说："我师父是真有福气啊，还没收上我这个徒弟，上车的时候，就借上我这准徒弟的力啦！"

关小手一把从"小鞭杆子"手里夺过鞭杆子说："你要再叫我师父，我可拿鞭子抽你了啊。"

"小鞭杆子"笑呵呵地："师父是说气话呢，我刚扶你上车，你能舍得拿鞭子抽我吗？这叫啥？艺术人儿，净说艺术话！"说着，发动着了小四轮子，走在村中路上。

路旁，站着一位中年妇人，她是樱桃妈，她冲"小鞭杆子"摇着手说："哎，卖货的！上回我托你给我捎的绣花彩线，你捎过来没有？"

"小鞭杆子"停住车，说："哎呀，今儿个，本来我不卖货，可是见到您啦，得破例停下车。您要的那些彩线，我还真给您捎来了。"说着他从四轮子车里拿出一包彩线，递给樱桃妈："线您先收着，钱的事儿以后再说，我忙着呢。"说罢，开起车，拉着关小手走远了。

15. 八月家山货庄屋里，日

　　杨立本、八月妈、八月、成大鹏、高德万、高海林、高甜草都在这里，还有几位村民在看柜台里的货。

　　八月给成大鹏和高甜草介绍说："大鹏，这位是我们村小学教员高甜草。"成大鹏和高甜草笑着握手。

　　甜草声音甜甜地对成大鹏说："你能来我们村可太好了，能住上一段时间就更好了。我们小学校语文啊算术啊音乐课我都能教，就是教不好画画。你要是能帮帮我们，那是最好不过了。"

　　成大鹏说："行行行，没说的。村里给我安排在村委会住了，有事儿你们可以去那找我，我给你留个手机号！"

　　高甜草从兜里掏出个手机来，笑呵呵地对成大鹏说："你说吧，我给你打过去，你不用接起来。显示的号码就是我的手机号了。"

　　八月默默地注视着眼前发生的一切，她的眼神里，仿佛闪过了一丝很微妙的感觉。

　　成大鹏这张脸，仿佛由清晰变得朦胧起来。

16. 酒仙儿家，日

　　柳茂祥和酒仙儿坐在炕边上说话。

　　柳茂祥说："茂财，不是我当哥的说你，你瞅瞅你现在这个样儿，好像一天离了酒壶、酒盅就不能活了似的。我看你应该成天把自己泡在酒缸里，在酒缸里洗澡，在酒缸里睡觉，别的啥活儿也都别干了。"

　　酒仙儿的酒劲儿有点过去了，他晃晃脑袋，拿眼睛觑着茂祥说："大哥，你说，人活着是为了啥？不就是图个高兴吗？我喝酒高兴，为啥不让我喝？我不明白！要是以前，咱们没钱，过穷日子那阵子，一分钱掰成几瓣儿花，我喝酒，算我不会过日子。可眼下，咱们种的这地光卖粮，哪家哪年，不收入个万把块钱？土房扒了，瓦房盖了。电视机、电冰箱、洗衣机，家家都全了，咱有啥还不满足的？咱还留那么多钱干啥？我这喝一点儿酒，也没招谁惹谁，我错在哪儿了？"

　　柳茂祥说："你睁开眼睛，好好看看咱们村里的人，都在干啥？地谁家都在种，钱谁家都赚了。可是很多人为了快富、大富，都在养猪，养牛，养鹿，搞塑料大棚，种菜，种蘑菇，还有不少人，上山捡山！在村子里头你们家是算富得最慢，最没钱的人家了。你得想个办法，往前追追那些走在你前头的人。人活着为了什么啊？为了自己高兴，没错！可是得活着有点儿意思吧？在大伙的眼里，看着你得有个人样吧？这些话，我早就想跟你说了。我看着你今天是把淑芬打了，就把压在心里的话，一块跟你说啦。人家淑芬，当年是城里下来的知青，满村子的人，没挑别人挑你，你就这样让人家委委屈屈地过一辈子？！"

　　酒仙儿说："哥，你有你的活法，我有我的活法。老娘儿们这玩意儿，是打出的媳妇揉出的面，打她几下怎么啦？你不打，她三天就上房去揭瓦！"

　　柳茂祥说："茂财啊，你不是小时候的茂财了。那时候，我这当哥的，说啥你听啥。现在你有主意啦，我跟你说话你不喜听了，不是晃脑袋，就是这耳朵听了那耳朵冒！我地

· 9 ·

里的活也正忙着，没工夫跟你说太多。家里的事儿你自己看着办吧。但要是淑芬回来，你再敢跟她动手，闹闹吵吵的，搅得四邻不安，我可不让你！"

酒仙儿抬头看看柳茂祥，说："哥，你别走啊，你再坐会儿，坐会儿！我听你的话，她回来我不跟她吵吵了，还不行吗？不过你也得叫我嫂子说说她，别跟我得寸进尺的，给她脸，就总想往我鼻子上抓挠。"

柳茂祥缓下语气说："弟啊，咱们都是扔下四十奔五十的人了，鬓角都有白头发了。到了这把年纪，该有点正事儿了！行啦，我走了啊。"

酒仙儿说："你看你说走就走了，咱哥俩还没抿两口呢！"

柳茂祥说："行了，什么时候你不喝酒了，就等于请我喝酒了。"

说完，他走出房屋外。

17. 柳春龙家，日

彩云领着柳春龙走进了养梅花鹿的圈里，说："哥，你是农大毕业生，又正好是学动物学的。这回你毕业了，我养鹿就觉得更有底气了。以前鹿闹个大病小灾的，我就担惊受怕得不得了，老怕出事儿，这回有你这个大靠山，我啥也不怕了。咱们家的鹿肯定能越养越好，越养越多。"

柳春龙说："别把事儿想得那么美，那么顺溜儿。我是学动物学的不假，可对鹿这个玩意儿，也是只知其一，不知其二，是个学生，不是专家。你可不能都指望上我，别哪天指望到黄瓜地去，你再来埋怨我。"

彩云笑着说："哥，真是知识越多的人，越懂得谦虚，不像我，刚养鹿那咱，啥也不懂，想养就养了，深一脚浅一脚，啥也不怕，也走到今天来了。"

18. 春龙家屋里，日

炕沿边上，酒仙儿妻对春龙妈说："嫂子，都是自家人，我说话也不用拐弯了。全村谁家的老爷们，都没有像他这么没正事儿的，一天到晚，除了磨蹭地里那点儿活，命就是酒，酒就是命了。要不是我经营着那个小卖店，这个家的日子，早让他过散花儿了。"

春龙妈说："淑芬啊，生活好比走道，总是有坑有洼的，哪能都那么平溜溜的。你是不知道哇，家家都有难唱曲儿！"她叹口气说："远的不说，你就说春龙这孩子毕业的事儿吧，在大学里念了四年书，我和他爸心里满打满算，他毕业了能在城里找份工作，说个城里媳妇，出去有个人样儿。做父母的，谁不盼儿女好啊？可这个春龙啊，前些日子就给家里打电话，一会儿说是到科研部门进不去，一会儿是留校当老师当不了，一会儿是干别的工作专业不对口。一转眼，毕业两三个月了，工作没找着，城里没留下，这不，拎着行李卷儿回来了！你说让我当妈的，心里上火不上火？原想春龙和八月当年考上大学，是村里飞出去了一对凤凰，没承想这对鸟又从外边飞回来了！"

酒仙儿妻抹干了泪水，说："嫂子，话你还别那么说，春龙可是个有心劲儿的人。他念了四年大学，就好像老虎又添了翅膀，你看吧，这孩子我对他从小看到大，他肯定有出息！"

春龙妈说："他婶啊，你这是不是说反话呢呀？咱们老龙岗村，多少年了，多少代了，就是巴掌大这么一块天地，他再出息，他还能出息到哪儿去？"

酒仙儿妻说："嫂子，春龙是我亲侄儿，他越好，我越高兴，我哪能说反话呢？现在农村也跟以前不一样了，你看，有不少城里人都开始到咱们农村来兴办这个企业，那个企业的了。咱们南边老爷岭村开的那个矿泉水厂和养鸡场，不都是省城里来的人办的？所以说咱们村里人，也别把咱们自己都给看矮喽。"

春龙妈说:"淑芬啊,话都是这么说,理儿也是那么个理儿,可是轮到谁家的孩子念完大学又回村了,都不能不说是件窝心的事儿!"

19. 柳春虎和樱桃坐在江边,黄昏

樱桃赤着腿,把脚插在江水里,用脚撩拨着江水,溅起阵阵水花。她的身后坐着柳春虎。

樱桃用脚撩起的水花,溅了春虎一脸,春虎抹了一把,也没有躲闪。

樱桃嘻嘻哈哈地笑着,笑得很开心。笑罢了,她问春虎说:"你老半天没说话了,想啥呢?"

柳春虎低着头说:"没想啥。"

樱桃用手指头顶着春虎的鼻子说:"嗯?别骗我,从你眼神里,我就看出来了,你是想啥了。"

春虎说:"你说我想啥了,那就是想啥了吧。"

樱桃用手推摇着春虎的肩膀说:"春虎哥,你快告诉我,你到底想啥了?"

春虎深深叹了口气,仰起脸,从地下揪起一棵草来,放在嘴里,一边轻轻地嚼咬着,一边说:"樱桃,其实不用我说,我心里这点事儿,都在你的心里装着呢。头些天,咱们俩不是合计过了,说是等忙过秋收这阵,咱们俩就一起到镇子上去,去各自干点事儿。可到镇子上究竟干点啥,我一直没想好。今天,我把这个事儿想明白了。"

樱桃说:"怎么今天就想明白了呢?"

柳春虎说:"得感谢关小手那段唱!"

樱桃有些不解地问:"那段唱,他唱的不是《擦皮鞋》吗?"

柳春虎说:"对,就像突然有根火柴,'嚓'地点亮了我的想法,到镇子上,我不仅要擦皮鞋,还要掌鞋。这些手艺活儿,学学就会,难不倒我。"

樱桃说:"春虎哥,不管咋说,你也是一个高中毕业生,到镇子上擦皮鞋,掌鞋,熟人熟面的也不少,你不怕碰到老同学啥的?"

柳春虎说:"樱桃,我看过一份报纸,说是浙江有一个拥有几十个亿资产的民营企业家,最开始的时候,就是在咱们省城一个小胡同里,掌了三年鞋,赚了6万元,成了他最原始的积累。他当时是干了一份瞧着不起眼儿的工作,可今天,他做成了一个令很多人仰慕的但很难做成的大事业。我这辈子,几十个亿,对我来说,永远是一个梦想,但是没有梦想的人,就不会是有出息的人。为了我明天的这个梦,我什么活计都可以做。"

樱桃说:"你爸你妈能同意你去干那活儿吗?"

柳春虎:"我不打算跟他们说实话,就说到镇子上打工去了,干什么活计,没必要跟他们说那么多。"

樱桃说:"春虎哥,咱们俩处对象,也有一年多了。听了你刚才的话,我觉得我没看错你。你今天能弯下腰,舍下脸去给人擦皮鞋,我看到了你身上有一种高贵。你记着,不管你将来是成功还是失败,是富翁还是穷汉,我樱桃一直跟你在一起。"

柳春虎一听这个话,笑得很甜,说:"樱桃,有人说爱情能给人的事业带来动力,原来我还不信,自打爱上你,不知道怎么的,我就总想干点大事儿,干出个样儿给你看!我去镇上擦鞋、掌鞋这事儿就算定了,你呢,你想去干点啥?"

樱桃说:"和你一起去擦鞋掌鞋也不是不行,可我还是不想跟你干一样的活。你知道,我爸没得早,我妈身体不大好,初中的时候,我妈有时病了,我就操持家务,伺候我妈。摊煎饼、烙大饼、蒸馒头、煮粥、做卤鸡蛋我都有一手。你说我靠着这,能不能挣着钱?"

柳春虎眼前一亮："行啊。"他拍着大腿说："这下子，咱们在镇子里也可以算作致富登台打擂了，有个对手比着，干活也就更有精神头了。"

20. 柳春龙家，黄昏
柳彩云和柳春龙抱过来了一些柞树叶子，喂鹿。
柳春龙说："在国际市场上，大洋洲有个国家的鹿茸，卖得比咱们国家的便宜。有些国家的药厂，都开始从那里组织货源了。看来，咱们养鹿不光是得懂技术，还得想办法，在出好鹿茸的同时，降低成本。"
柳彩云说："哥，你说的这些事儿，我还真是第一次听说。我上网读电大，真的主要是学怎么养鹿了，缺少对国际市场行情的了解。看来，咱们这儿还是地方小，咱的眼界窄。"
柳春龙笑笑说："彩云，你在村里就能上网读电大，这已经很不容易了。网络里边可是有个大世界啊。"
柳彩云压低了声音问："哎，哥，刚才和你们一起下车的，背画夹子的那个人到咱村干啥来啦？"
柳春龙一愣："彩云，你打听他干啥？"
彩云脸一红，有些不自然地说："没啥，就是随便问问。他和八月早就认识？"
春龙说："没有，也是今天才见面！"
彩云听了，嘴角浮起一丝不易为人察觉的笑意。

21. 村委会办公室，黄昏
高海林抄起暖瓶给成大鹏倒水。
成大鹏坐在收拾好的床上，拍拍被子说："哎呀，没想到，现在村里的条件这么好，这被子太干净了。"他从高海林手里接过水杯说："你叫？"
高海林一笑："我是村里老木匠高德万的儿子，也是干木匠活的，叫高海林！因为我老喜欢给别人家打箱做柜的时候，拿个电烙铁往柜面、箱子面上烙画，村主任听说你是搞美术的，特意让我来陪陪你。"
成大鹏一听："哎呀，没想到，到这还能碰上同行，你身边有烙好的画吗？"
高海林说："不仅我身边有，这周围十里八村的，很多人家里都有我烙的画。"
成大鹏说："好，哪天你领我去看看。"
高海林说："看是行，不过我得先请你吃点儿黏豆包。"
成大鹏喝了一口水说："啥意思？"
高海林说："我们这地方的豆包黏，先把你的牙黏结实点儿，省得笑掉了你的牙，我可赔不起。"
成大鹏笑着说："这是说哪里的话呢？你可别逗我，民间艺术中，有很多人才，那是藏龙卧虎哇。我这次来，真的是撑着个口袋来了，凡是好东西，我都往这口袋里装，能装多少是多少。"
高海林说："成画家，我叫你老师行不？"
成大鹏说："别叫老师，我也不是老师，那咱们也显得太生分了。你要是觉得叫着顺嘴，你就叫我一声哥得了，叫大鹏哥怎么样？"
高海林乐了："让我叫你哥？哎呀，我真没想到，你这个城里人，这么好接近，这么没架子，那我以后就真喊你哥了，大鹏哥，行不？"
大鹏笑了："对，就这么叫！"

高海林说:"大鹏哥,你到我们这儿主要是干什么来了?"

成大鹏说:"实不相瞒,这个老龙岗村,是我妈当年下乡当知青的地方。我妈老是跟我说,老龙岗村的土地黑啊,黑得都直冒油,插根筷子都能长出绿叶儿来。我是搞泥塑的,我就想能不能用我们东北黑土地上的土,塑造出我们自己的农民形象来?就这么着,我就来了。"

高海林说:"太好了,大鹏哥,你干的这个事儿,别的忙儿我帮不上你,但是帮你挑个土,和个泥啥的,我能伸上手!"

大鹏说:"别别,你有你的事儿,这些活,我慢慢都能干。"

22. 镇上的某饭店内,黄昏

"小鞭杆子"刘金宝正和关小手喝酒。

"小鞭杆子"忙举起酒杯,说:"哈哈,恭喜发财!师父啊,这酒过三巡,菜过五味,徒弟我就斗胆说一句话了:你这个师父,我是认定啦!我这个徒弟,你是收也得收,不收也得收了!来,师父你抿一小口,我把这杯全喝喽,先干为敬,行不?"

关小手端起酒杯,有些醉意地说:"酒可以喝,客就不用你请了,今天这顿饭的钱,我掏!"

"小鞭杆子"一愣:"师父,你瞧不起我?"

关小手笑笑说:"不是,三十六行,行行有行理行规。我一没听过你哼哼,二没听过你唱,我怎能空口无凭就说收你当徒弟呢?"

"小鞭杆子"一听这话,噔地站了起来,说:"师父,这话你早说啊。我不但能唱,还能跳。来,打个场子,我给你表演表演!"

(第一集完)

第二集

1. 八月家的蔬菜大棚内

门开了,杨立本和女儿杨八月走了进来。

杨立本指着满棚的菜,笑着说:"八月,这些年,你把在大学里学到的知识,虽然是'现买现卖',可也真帮了家里不少忙,你看,咱们家这蔬菜长的,不光是蔬菜的品种好,还上了这些科学的肥料,全村子里,要说大棚的经济效益,谁也没有咱们家的好。你妈一进到这大棚里头来就夸你,说菜长得这么好,真是借上了自家闺女的力啦!"

八月说:"爸,打今往后,你和我妈借的力就更大了,我打算长期在村子里干下去了,不走了。"

杨立本看看八月,不动声色地说:"八月,你老说在城里找不着工作,你和春龙都回来啦,可人家毕业怎么都能留城里呢?对你们这个事儿,村子里的人议论可不小呢!现在村子里的青壮劳力都进城打工了,你们呢,大学毕业后倒回来了,虽说对咱村来说也算是件新鲜事儿,可我听说,春龙他爸妈,都不同意春龙回来!"

八月说:"爸,别老说人家同不同意春龙回来,就说说咱们家自己的事儿吧。我回来啦,务农,你和我妈赞不赞成?说心里话啊!"

杨立本神情复杂地笑笑说:"这话让你爸怎么说呢?说漂亮话给你听,完全支持?你爸心里还真不是那么想的。你妈的态度就更不用说了,她根本就不同意你回村来务农。"

八月拎过喷壶,往喷壶里注着水,想拎着喷壶去浇菜。

杨立本却制止了她："不用，不用，家里这些农活，你还是暂时不要上手啦！"

八月说："爸，你闺女都大了，你别老拿我当孩子看，我什么活儿都能干，在外边念了四年大学，对我来说，锻炼也不小。"

杨立本说："八月，爸跟你说心里话，你回村务农，不是不行，但这是没有招时最后的招，如果有点儿招，能出去，还是想法子出去。"

杨立本一边弯下腰侍弄着青菜，一边说："我和你妈，都是面朝黑土背朝天的老庄稼人，大半辈子了，庄稼人肚子里的苦辣酸甜，都在爸的心里装着呢。真的，八月，爸不想让你再走我走过的这条路了。"

八月笑笑说："爸啊，我知道，你们吃的苦比我们这代人多，我们这茬人赶上了好时候，都是站在父母高大的肩膀上开创事业的。现在，咱们家地种得好，蔬菜大棚搞得好，山货庄还开业了，现今的日子和过去那会儿比，是一个天上一个地上了。现在的老龙岗村，也不是过去的老龙岗村啦。"

杨立本点点头，说："就是，咱们农民的生活水平，那确实是提高很大，有些城镇里的人的生活，也不一定都能赶得上咱们！可是村子里的生活环境，还是不如城里好。交通也没有城里那么便利。天底下哪个当父母的，不盼着儿女生活过得好，多享点儿福哇。你咋想的，爸不知道，但是你要是问我咋想的，我说的这些，可都是心里话。"

八月说："爸，我和柳春龙一样，不是没想过留校当老师，也不是没想在城里找份工作，大学生招聘见面会，左一趟右一趟的没少跑，可到最后，都不合适。我总不能长期那么漂下去吧，就狠下心回来了。"

杨立本："这些日子，我和你妈也一直在叨念你工作的事儿。你妈说，还是不能让八月回村来务农，农家这些活计哪桩哪件是你这读过大学的人能干的？"

八月说："爸啊，你真把我看扁了。庄稼院里的活儿，我哪样都能干，不仅能干，我读了农业大学，肯定还能比别人干得更明白，干得更好。"

杨立本说："八月，我和你妈把你供上大学，是盼着你有个出息，不是盼你回村再当个农民。水流出去了，还有流回来的吗？好马还不吃回头草呢！"

八月说："爸，你还是村主任呢，你别这么想事儿行不行？当农民咋啦？新时代的农民也得有知识懂科技，我们这一代新农民的活法跟你们老一辈能一样吗？爸，首先你得表态支持我，让我在农村干下去，这样我的根儿才扎得牢，不然我心里老想着这些事儿，干啥也静不下心去。"

杨立本说"就算我这关你过了，你妈那一关，你也过不了！她不会同意你在村子里干下去的。"

八月笑呵呵地说："爸，你要真疼你闺女，就帮我做做我妈的工作。"

杨立本说："做也白做！另外我得跟你说明白，我可没说过支持你的话！"

八月一边拎着喷壶浇着蔬菜，一边眉开眼笑地说："爸，你和我妈同意也好，不同意也好，反正我是没别的地方去啦，眼前就一条路，在村里干下去。"

杨立本说："话也别说得那么绝，要想找机会出去，机会总是会有的！"

2. 镇上某饭店内

"小鞭杆子"问关小手："师父，你没有大号吗？你真名就叫关小手吗？怎么叫了这么个名？"

关小手伸出一只手，晃着说："看看吧，我这手是不是比一般人的手小一点儿？是吧！再加上我有过点不是很光彩的过去，嗯，村子里的人就管我叫关小手了！"

"小鞭杆子"问："别扯了，我不信，就凭师父你还能有不光彩的过去？恐怕那得老光彩了吧？光彩得大发劲儿了，人家嫉妒你吧？"

关小手说："那可不是，过去我在村子里，也属于游手好闲，不务正业的人。偷个鸡摸个狗哇，打个麻将赌个钱啊也都干过。由于打麻将的时候，手疾眼快，会偷牌，这只小手常搂宝赢钱，结果，手比人出名了！村里人叫来叫去，把我的大号都叫忘了，其实我本名叫关长平。"

"小鞭杆子"说："哎呀，看来师父是个麻将高手，哪天有闲，我陪你玩玩？！"

关小手摆摆手说："不玩不玩了，早洗手不干了！现在我在村子里有个鼓乐队，自家还有个二人转戏班子，十里八村的，谁家有个喜事，我们都去热闹，靠着这，我们家里也算是文化致富户了，正事儿还忙不过来呢，谁还能再去干那些闲事儿！哎，你过来！细看看。"

"小鞭杆子"凑到了关小手的跟前。

关小手举起手给"小鞭杆子"看着说："你看看，我的正手心上，有个啥？像不像是个金元宝，像吧？"

"小鞭杆子"说："也，别说，一开始我瞅着不大像，叫你这一说，瞅着还真有点儿像了。"

关小手又说："这叫啥你知道不，别看手小，我这是手小抓宝，一辈子财运亨通啊。"

3. 樱桃妈家

屋里，樱桃妈正拿着花撑子在绣花。

院门开了。

高德万拉着满满的一车玉米棒子走进院来。

他停下脚步，开始往一个玉米仓子里卸苞米棒子。

樱桃妈隔着窗子看见了，放下手里的活计，推门走了出来："大哥，先别忙着卸了，进屋先喝口水吧。"

高德万笑笑，继续卸着，说："不渴，就这点活儿，一会儿就完。"

樱桃妈忙上前去，用簸箕撮起些苞米棒子，也往仓子里装。

高德万说："哎呀，这点活儿，用你吗？碍手扒拉脚的，你快回屋去吧啊。"

樱桃妈没停手，还在往仓子里装玉米棒子。

高德万说："你看就这点活儿，我说让你回屋去，你就回屋去得了，这是干什么呢。"

樱桃妈看看高德万，拍了拍手上灰土，说："大哥，一会儿卸完了苞米，你就别走啦，在我这吃口饭，我这就做饭去。"

高德万实实在在地说："也行，你去准备点饭吧，我还真有点儿饿了。"

樱桃妈一听，嘴角浮现出一丝笑意，转身回屋去了。

高德万继续往仓子里卸苞米棒子。

4. 某饭店内

吧台前，关小手掏出一百块钱，往台面上一拍，说："买单！"

"小鞭杆子"在一旁，忙按住他的手说："师父，你这是干啥呢？你看我唱的水平不行，给你当不了徒弟，那就算了！这没啥！可我说啦，是我请你来吃饭，哪能让你买单呢，你这不等于打我脸呢吗？"

关小手说："那你看，咱们原来不认不识的，我怎么好平白无故地叫你请着吃一顿饭呢，再说就这么几十块钱的玩意儿，不值当啊。"

"小鞭杆子"说："嘚嘚嘚，你赶快把钱装起来。我这结完了账，就送你老人家回村去。"

关小手说："你可得了，我可不用你送，你喝了这么多酒，还想开小四轮子？酒后驾车哪行呢！"

"小鞭杆子"一边结着账，一边说："师父，你要是信不着我，我就一会儿给你花钱打个车，把你送回村去。"

关小手说："你说啥呢？打个车我还用你花钱啦？你是不是看我兜里没揣钱哪？！"说着，从兜里掏出一沓钱：拍着说："你看看，这是啥？这不是钱哪？"

"小鞭杆子"笑笑："是，是钱，我知道师父有钱，可我这做小字辈儿的，请你吃顿饭，钱花多少不说，吃好吃赖不说，不也是份心意么！"

关小手说："镇子上出租车多呢！我出门，随便抓一个，一会儿的工夫就到家了，行了，你结账吧，我自己走了。"说完，就往门外走。

"小鞭杆子"结完账，把余钱揣在衣兜里，跟着出门来。正巧一辆出租车驶了过来。

"小鞭杆子"忙摆手叫住，掏出五块钱，递给那个司机说："司机师傅，这人是我师父，麻烦您给送回老龙岗村去。"

关小手上了车，说："这是干啥呢，不但请我吃饭，还花钱给我打车，告诉你啊，饭白吃，车白打，你这个徒弟我还是不能收！"

"小鞭杆子"对司机说："哎，可给我师父送到家，别扔在半道上！"

出租车司机说："钱都给了，咱哪能干那缺德事儿呢？"

"小鞭杆子"看着远去的出租车，悻悻地走回饭店内。

5. 村里小卖店内

酒仙儿妻正在给别人拿东西，柳春虎走了进来。

待买货的人走了，春虎对妈说："妈，我听说你和我爸打起来啦，因为啥啊？"

酒仙儿妻说："因为啥，春虎，咱们家这点事儿，你什么不知道？还不是因为你爸，成天喝酒没正事儿。"

春虎说："我爸爱喝酒，在远近都出了名啦，要不人家能管他叫酒仙儿吗？可他爱喝酒也不是一天两天的事儿了，因为这个，你们打仗，有点犯不上吧？"

酒仙儿妻说："他要是光喝酒的话，我也就忍了，可他那个没正事儿的劲儿，我忍不了！你说八月家山货庄开业，他不该过去看看？可是他就是拗，不去，你说我能不跟他生气吗？"

春虎说："妈，我爸，生就的骨头，长就的肉，就是那样的人啦，你也别和他较劲了，跟他生气你也犯不上，别生气了啊。"

酒仙儿妻说："春虎，你听着，他要是老像现在这样，喝酒没正事儿，那个家我就不回了，我就在这小卖店住，我看谁给他做饭，谁给他炒菜，他那口干巴酒还怎么能喝下去！"

春虎说："妈，你咋还说气话呢，家里的事儿，没啥大事儿，你不回家能好吗，过些天我就要上镇里找活做了，我走了，你们两个东一个，西一个的，能说叫我不惦记着你们吗？"

酒仙儿妻说："春虎，妈的工作你不用做，要做工作，你找你爸做去，你跟他说，在你走之前，让他把酒戒了，不然那个家我不回。"

春虎说："哎呀，妈，这怎么越说还越来真的了呢？"

酒仙儿妻说:"妈跟你说都是真的,你看他不戒了酒,那个家我回不回。"
这时候,又有人进来买东西,春虎看看他妈,转身走了。

6. 镇子某饭店内
"小鞭杆子"在一个人喝着闷酒。

7. 春龙家院子里
傍晚,柳茂祥、春龙、彩云正围着饭桌吃饭。
春龙妈端着一盘热气腾腾的菜,从屋里走了出来,放在春龙面前,她一边用围裙擦着手,一边笑呵呵地说:"春龙,乐意吃妈炒的菜吗?"
春龙用筷子夹了一口菜,放在嘴里,一边吃着一边说:"从小吃惯了妈做的饭菜,一个字,就是香!"
彩云一边从盘子里夹起一块肉,放到她哥的碗里,一边说:"哥,妈可偏心眼儿了,重男轻女,你回来了,妈做了这么多好吃的,我在家,妈可从来没炒过这么多菜。"
春龙妈看着彩云说:"妈怎么好,也架不住闺女歪,你和你哥一样吗?你是守家在地的,咱们一起过家常日子,你哥呢,一年回来几次?"
彩云说:"妈、爸,我哥刚才跟我说了,他这次回来,可就不走了。"
春龙妈嗔怪地看了彩云一眼说:"一个闺女家,长个婆婆嘴,方圆几百里地,就好像只有你知道似的。你哥的事儿,用不着你说,吃你自己的饭吧。"
柳茂祥一直在吃饭,听着他们说话没吭声。
春龙笑嘻嘻地说:"爸、妈,我在电话里都跟你们说过了,在省城的确是留不下。刚才彩云说得对,我这次回来,是真的要在村子里干下去了,像大树似的,扎根了,不走了。"
柳茂祥说:"春龙啊,吃饭就先吃饭,食不言,寝不语,先别说这些了。"
春龙妈从春龙手里接过饭碗,又给他盛了一碗饭。
春龙接过来,很香甜地吃着。
春龙妈也在桌子上坐下了,吃起饭来。

8. 酒仙儿家
酒仙儿躺在炕头上,春虎走了进来。
酒仙儿忽地从炕上坐起来说:"春虎,你去小卖铺喊你妈去,都这时候了,怎么还不回来做饭?我都饿了。顺便再从小卖铺给你爸我提溜回一瓶酒来。"
春虎说:"爸,你把我妈都给打了,人家正和你怄气呢,问题没解决,你还想着让人家回来给你做饭?天底下有那样的好事儿吗?我看邻院我大爷家正吃饭呢,你要是饿了,就干脆凑合到那边先吃点儿吧。"
酒仙儿说:"我自己有家!有媳妇!我凭什么上人家里吃饭去啊?我不去!春虎,你要还是你爹的儿子,你就赶快去给我喊你妈去。"
春虎说:"爸,不是我不去喊,而是刚从那回来,我妈说了,打今儿起,你要不把酒戒了,还像以前那么没正事儿,这个家她就不回了。"
酒仙儿说:"她说不回来就不回来了,那行吗?这不得我同意吗?你去告诉你妈,让她赶快给我回来,一个老娘儿们家家的,还跟自己老公甩上钢条了,这不反了吗?"
春虎说:"爸,我是说不了我妈了,要不你自己去找她吧。"
酒仙儿说:"浑话!让我自己去找,留着你干啥?我白养你这么大啊?支使你去找一趟都不行吗？去，你找她去！"

春虎坐在了椅子上，不再吭声，目不转睛地看着酒仙儿。

酒仙儿说："你不去找你妈，眼睛老盯着我看干吗？"

春虎说："我妈在那边等我回话呢，你要真想让我妈回来，你得先说说，酒能不能戒？"

酒仙儿用手使劲地拍了一下窗台，说："甭问，铁定是戒不了！"

春虎说："爸，你的酒要是真的戒不了，我妈是肯定不能回来了。我呢，过几天也要上镇子找活儿做了。没走这几天，我也不回家了。"

酒仙儿一脸诧异的神色："你要去哪住？"

春虎说："我也就在小卖店那边陪我妈了。"

酒仙儿扬扬手，说："好好好，你们都走都走，一万年也别回这个家，你看离开了你们，我能不能活？我告诉你们，我照样能活得很好，都走都走。"

春虎走到衣柜面前，铺开了一个包袱皮，往上放被褥。

酒仙儿表情复杂地看着眼前的一切。

9. 樱桃妈家

樱桃妈在擀着饺子皮，包饺子。

高德万走了进来："哎呀，我说德千媳妇，对付一口就得呗，你可真不怕费事，这怎么还包上饺子了呢？"

樱桃妈说："大哥，这段时间忙着秋收，你忙完了自家的活儿，又来帮我们。年年春种秋收的，为了我们，你都没少挨累，我这心里老是过意不去，总觉得我和樱桃娘俩欠大哥你们的太多了。"说着，声音有些发颤了，眼里也汪了泪。

高德万说："都是本家人，怎么说了这么多的外道话啊，德千是谁？是我的亲兄弟啊！你是谁？你是我的亲弟媳妇啊！樱桃是谁？樱桃是我的亲侄女啊。德千一晃没了有几年了，你们家里的事儿，不就是我的事吗？你们家的活儿，这不正该我干吗？"

樱桃妈说："大哥，你是个好人，要是真有在天之灵的话，德千不知道该怎么感激你呢。"

高德万说："哎呀，都是同胞兄弟啊，这些年，不管干什么，一想起他，这心里就立马像压上了一块石头，沉甸甸的，压得我喘不过气来。我们是从一个娘肚子里爬出来的，也是从小一起长大的。他给过我的那些好，我这当哥的都记着呢，不敢忘啊，一想这些，眼泪都能洗脸了！你有时候能听见大哥我动不动地就拉拉二胡吧，那就是大哥心闷了，又想起我死去的爹妈和兄弟了。"

樱桃妈的眼里汪着泪，泪水滴在手上包的饺子馅里。

高德万看见樱桃妈的神情，一边在水盆里洗着手，一边说："不说了，不说了，怎么又说起这些了呢！"

他用毛巾擦干了手，挽起衣袖，说："来，咱们高高兴兴包饺子。"

樱桃妈用衣袖抹了抹自己湿润的眼睛，咧开嘴笑了，和高德万一起包起了饺子。

10. 八月家山货庄内

夜幕已经降临了，关秋水合上柜台上的账本，走到门口，对八月妈说："大姑，今天还有事儿吗？"

八月妈说："没事儿了，这么晚了，也不会有人再来买东西了，秋水你就抓紧回吧。"

秋水说:"大姑,我爸和我妈两个人,正闹意见呢,要不然我就能再陪你多待会儿。"

八月妈说:"秋水,你两边都劝劝,别让他们今儿吵,明儿闹的,日子过得不愁吃不愁穿的,老唧唧个啥劲儿,等你爸哪天过来,我也得说说他。男人得有个男人的样儿,遇事得宽容大度点儿,不能和女人一般见识。"

秋水说:"我爸和我妈,平时还真不怎么吵吵闹闹的,这回不知道是怎么回事儿,闹得还挺凶。不过也没啥大事儿,大姑你不用惦记他们。过不了几天,他们就会像以前一样,没啥事了。"说完,就往外走。

八月妈叫住秋水:"秋水啊,你先等会儿,这是咱们店新进的鹿胎膏,你妈前些日子就跟我叨咕,说她寒气大,有女人家的肚子疼病,你先给她捎回两块去,吃吃看看,吃完了,再来拿。"

秋水说:"不用了吧,我怎么没听我妈说过这事儿呢?"

八月妈说:"这孩子,啥事都非得跟你说啊。大姑让你拿着你就拿着,这也不是给你的,是给你妈捎的。"说着,把两块鹿胎膏放在秋水的手里。

秋水说:"那我就代我妈谢谢大姑了。"

八月妈笑着说:"哎呀妈呀,我这个外甥女可是长大了,懂事了,比以前会说话了,还知道说谢谢我了。"

秋水回头冲八月妈笑笑。

八月妈说:"行了,你快走吧。"

秋水转身走了。

11. 村中的路上

月光洒了一地。

关小手摇摇晃晃地走在路上,嘴里哼唱着二人转:"实指望咱夫妻百年和好,实指望咱夫妻生女育男,实指望咱夫妻不离不散,实指望咱夫妻同苦共甜……"

这时候秋水迎面走了过来:"爸,你这是上哪去了?咋喝了这么多酒哇?"

关小手说:"你爸心里不痛快,上镇子上跟别人喝酒去了。"

秋水说:"爸啊,你没喝多吧,现在心里还明白吧?"

关小手说:"你看见谁喝酒喝糊涂了,人家不都说嘛,酒醉还心里明呢,何况我还没喝醉呢。"

关秋水说:"爸啊,这些年我瞅着,你跟我妈俩感情也一直挺好的啊,这回怎么吵吵得这么凶呢?我妈咋生那么大气呢?到底咋回事啊?"

关小手说:"秋水,这都是大人之间的事,你不刨根问底,我压根儿就没想告诉你。可你问到这儿了,我就跟你说说实情。"

秋水说:"到底是咋回事儿啊?"

关小手说:"这不就是你大姑家的山货庄要开张嘛,涉及咱们两家的合作方式。一个是像现在这样,你过去当服务员,你大姑当经理,给你开基本工资的基础上,再适当地发效益工资。"

秋水说:"这不挺好么!"

关小手说:"你听着,还有另外一种合作方式,就是咱们两家合股干,也就是说,两家拿钱,这个山货庄算咱们两家的,你大姑当经理,你呢,当副经理。"

秋水:"哎呀,那我哪干得!"

关小手说:"水儿呀,爸是这么想的,这些年,我和你妈俩,又是组织鼓乐队,又是演二人转的,挣点儿钱也不容易。你一天比一天大了,将来找了对象,要结婚,你爹给你拿不出个陪嫁妆的钱,行吗?我是想有俩钱在手里攥着,心里有底,不想去承担合股的风险,万一山货庄经营不好,咱们把钱赔了,跟谁要钱去?"

秋水说:"这也对呀,没啥错啊!"

关小手说:"可是你妈跟我想的不一样,非得要往里投资入股,说她看好了,这个山货庄是个能下金蛋的老母鸡。将来下金蛋得一嘟噜一嘟噜的。我的想法她不同意,她的想法我不同意,两人意见统一不起来,这不就造巴起来了嘛。"

秋水笑了:"我当是什么事呢,原来是因为这个事啊。家里做一个事的时候,那不都得有个商量嘛,意见一致不一致,出发点都是好的,也不至于闹起这么大的意见来啊。爸,你回家的时候,别再多说啥了啊,给我妈赔个笑脸,这事就过去了。"

关小手说:"给她陪笑脸?我告诉你,那是永远不可能的!事都叫她做绝了,我去给她陪笑脸,叫她想白毛去吧。"

秋水说:"爸,原来真没想到,你还是这么一个犟人。"

关小手说:"犟不犟,分啥事,不该犟的时候乱犟,该犟的时候不犟,那都不是你爸我!"

说着,他们走到了自家的柴火垛前,关小手一屁股坐在柴火垛下,说:"秋水你先回去吧。我现在不想见到你妈那张脸,我坐在这儿凉快凉快。"

秋水说:"爸,你凉快凉快行,完了就抓紧进屋去吧啊。"她把手里的两盒鹿胎膏给关小手看看,说:"这是我大姑给我妈捎来的药,我得给我妈送屋去。"。

12. 樱桃妈家

樱桃和樱桃妈,坐在炕边说着话。灯下,樱桃妈在绣着花。

樱桃说:"妈,再过几天,我想到镇子上找点活儿做。"

樱桃妈眼睛一亮说:"好啊,镇子离咱这也不远,想妈的时候,妈想你的时候,一个电话就回来了。妈也能去镇子上看你。只是不知道到镇子上能做个啥活?"

樱桃说:"妈,到镇子上,干啥活,我早就想好了,你放心,我不但能自己养活了自己,将来,还能多挣一些钱,让你活得更好,只是长这么大了,第一次要真正离开家,有点舍不得妈,惦记你。"

樱桃妈说:"惦记妈干啥,你只要能出息个人,比怎么惦记妈都强。"

樱桃说:"妈,我别的时候都不惦记你,就是怕你有个头疼脑热的时候,你一个人在家,谁给你做饭?谁给你端水喂药?谁带你去医院看病?"

樱桃妈说:"放心走你的吧!你走了,你大爷家,还有海林和甜草呢,我真有个大事小情的,冲他们喊一嗓子,谁都能过来帮我。"

樱桃:"你咋说不用惦记你,可我还是得惦记你。"

樱桃妈说:"要说惦记,妈真正惦记的是你,妈就你这么一个女儿,奔着你今后有出息,妈是咬着牙根儿说硬话,愿意让你走。可是要是掏心窝子里的话,妈是真舍不得你走。你从小长这么大,除了在高中时住过几天校,平时还真就没咋离开过家。"

樱桃说:"妈,你别惦记着我,其实我也老大不小的了。反正孩子多大了,在父母眼里也永远是孩子,老是不放心。"

樱桃妈走到衣柜前,打开柜门,从里边拿出一个布包,展开来,里边是布底儿绣花鞋,说:"樱桃啊,你从小到大没穿过别的鞋,都是妈给你做的,妈做的鞋,虽然土气一点儿,可穿起来,舒服养脚,妈早就搁心合计,你可能有一天,要离家出去。这是妈给你做的鞋。你现在穿穿试试,妈看着合脚不合脚。"

樱桃从她妈的手里拿过鞋，穿在自己脚上，左看右看，笑得合不拢嘴："妈，这鞋真好看，像是新娘子穿的鞋。"

樱桃妈说："合适，合适，不挤脚吧？"

樱桃说："不挤，不挤。"

樱桃妈说："那就脱下来吧，包好了，上镇子去的时候，干活好穿。"

樱桃脱下那双鞋，拿在手里看着，又看看她妈。

樱桃妈呢，一脸高兴的神态。

樱桃呢，眼里却汪了泪，说："妈，人家都说'慈母手中线，游子身上衣，临行密密缝，意恐迟迟归'，现在想起这首诗来，越吧嗒嘴，越觉得有滋味儿！"

她又看看手里的鞋说："好看，妈做的鞋真好看。"

13. 八月家

院子里，杨立本拿刀切着西瓜，对八月说："这么大的西瓜，也吃不了，一会儿留下半拉儿，你给那个成大鹏送过去。"

八月拿起一块西瓜递给她妈说："妈，给你。"

八月妈说："哎呀，你快吃吧，在咱们庄稼院儿，这算什么好玩意儿，我们成天吃。"

八月硬把那块西瓜递给妈说："我知道你成天吃，可我递给你这块西瓜味道和别的不一样！"

八月妈只好接过那块西瓜，咬了一口说："除了吃了你对妈的一份心意外，西瓜的味还是那个味！"

杨立本递给八月一块西瓜："闺女，这块是阳面的心儿，你吃吧，煞口甜。"

八月接过西瓜，咬了一口说："确实甜。"

杨立本呢，也坐了下来，吃起西瓜来。

八月一边吃着西瓜一边说："爸、妈，咱们家地里和大棚的事有我爸管着。山货庄的事由我妈管着，我回来了，该干点啥啊？"

八月妈说："干啥，啥也不用你干，你就待着吧，你爹你妈，还不老，养得起你。"

八月笑着说："人越吃越馋，越待越懒，我可不能这么待下去。我得琢磨点事儿干。"

八妈说："你想干啥？村子里哪有你能干得了的活。"

八月说："妈，我想养猪。"

八月妈一听，说："得得得，我一听你说那话，就知道你说得不靠谱，猪是你养得了的，一天买饲料，烀饲料，喂食清圈，给猪洗澡，有的时候，还给他们刷毛挠痒痒，又脏又累的，一个闺女家哪能干得了那活儿。"

杨立本说："八月，你妈说得对，我也不大同意你养猪，你在大学里是学植物学的，你养猪，这不对劲儿呀？"

八月笑笑说："有些事儿我不明白，不是还可以去问问柳春龙吗，这方面的事儿，他比我明白。"

八月妈说："算了，你要是实在没事干，我在家待着，你替我管那个山货庄去，咋说也比那养猪强。"

八月说："妈，一看你就不知道养猪的行情，现在猪肉在市场上销路好啊，没听人开玩笑说嘛，猪八戒的肉，现在都比他的师父唐僧的肉，都更受人欢迎了。想来想去，我还是想养猪，而且要养的话，我还不想少养，什么大白猪、长白猪、杜洛克、皮特兰啥的，我都想养一点，先大面儿上撒点芝麻盐儿，哪样猪长得肥，销路好，以后就养哪种。现在干这个活，我不愁技术上没人帮我，我愁的是得先投入一笔资金。"

八月妈说："家里有钱没钱？有钱，可是我和你爸俩都投到山货庄里去了，咱们山货庄不光是卖山货的一个门市，也帮着许多药厂在这里代购中药材，里边的流动资金数量也不小。你要养猪筹备资金，那就得你自己想招，家里是没钱给你。"

八月吃着西瓜，看着她爸说："爸，资金的事，我自己到镇上去跑，村里能不能给我划出一块地方来，让我建猪场？"

杨立本说："村里的地都是寸土寸金的，哪有土地划给你啊，再说了，我是村主任，你是我闺女，我给你划了一块地方建猪场，好说不好听，别人怎么看我啊？"

八月说："爹，村子里真的就连我建猪场子那么大的地方都没有了吗？不行的话，在咱家承包地里给我划出来一块怎么样？"

八月妈说："八月，我说你这闺女是疯啦！你看谁家在自家承包地里建猪场啦？别说这话了，赶快说点儿别的吧。"

八月说："爸，反正建猪场这个地方我就指望上你了。要不你给我找一块地方，要不我就在咱家的承包地里干，两条选一条，你看着办吧。"

八月妈说："这咋越说还越来劲了呢？你说你挺大的一个姑娘，念完大学回来了，在别人眼中，都是个城市人了。爸和妈总不能让你出息来出息去，出息成一个养猪姑娘吧？！"

杨立本制止八月妈说："行了，你住嘴吧。八月这闺女从小啥样你不知道，你越想不让她干的事，她就越想试着干，你拦她，就等于是帮她，给她鼓劲儿呢。"

八月妈说："要照这么说，那我就得说是支持她养猪了呗？！行行行，你爸让我说反话，我就把话反着说！八月，那猪你养吧，需要拿多少钱，让你爸给你拿，家里没有钱，你爸有能耐能借着，有啥事你就找你爸，你这个猪一定能养好，都能挣老多钱了，妈和爸后半辈子，可就指望上你了，我们都等着躺在钱堆上呼呼睡大觉了。"

八月说："妈，我不管你说的是正话还是反话，我都当真话听。从今天起，我养猪的事，就算是在家里正式立项了，有啥问题我就找我爸。"

杨立本一脸难为情地说："这这这，这都是哪对哪的事啊？怎么又把这事甩到我的头上了？八月，你养猪的事儿，可别跟我商量。我是村里的一把手不假，可咱家的一把手，实际上还是你妈。"

八月妈说："得了吧，你能管得了全村人的事，还管不了自己家的事，养猪的事儿找你爸说吧，我不管了。"

14．高德万家

高海林正拿一个电烙铁在木板上呲呲啦啦地烙画，成大鹏在一旁专注地看着。

高德万呢，在外屋，干着木匠活儿。

高甜草在往炕桌上放着葱、酱，两盘菜和一帘豆包，她对高海林和成大鹏说："哥，你们俩快吃饭吧，等吃完了饭再弄吧。"

高海林放下电烙铁，看看成大鹏说："先吃饭？"

成大鹏说："别，别停，你烙的这个画叫人看着很过瘾，接着烙，一会儿烙完了再吃饭。"

高甜草说："哥，你们俩再不吃饭，饭一会儿就又被风吹凉了，我都给你们热了两回了。"

成大鹏笑盈盈地对高甜草说："对不起，这个画不烙完，饭还是不能吃，我真是看进去了。饱了眼福，肚子就不饿了。"

高海林听说了这话，拿起电烙铁又继续烙起画来。

甜草呢，坐在炕沿边上，在那里耐心地等。

这时候，高德万从外屋喊甜草："甜草，给爸倒碗水来，那阵儿在你二婶家吃饺子，酱油蘸多了，有点口渴了。"

甜草应了一声，过去给她爸倒水。

那边，成大鹏看着高海林烙好的画，啧啧称赞道："我还是第一次看到用电烙铁烙的画，你烙得真漂亮！"

高海林说："你别只是夸我，多给提提意见"。

成大鹏说："用电烙铁烙画，这是民间工艺，不是谁都烙得来的，也不能乱提意见。你说这么烙，他说那么烙，木匠多了盖歪歪房子，这原汁原味的东西，可能就给整走了形。说心里话，我真是来向你学习的。"

高海林脸上有些不自然了，说："你可别说了。我这点破手艺，有啥好值得你学的。我这是鲁班门前弄大斧，关公门前耍大刀。你别见笑就行了。没看着我们家甜草，给咱们俩蒸了一帘儿豆包吗？那是给你黏牙的。"

成大鹏说："这画确实是好。我哪敢笑话你呢。这豆包我还真得吃，可我不能黏牙，我呀，得用它黏住我的嘴巴，知道我们的民间工艺中有很多东西是非常宝贵的，不能随便说三道四。"

高海林放下电烙铁，说："好啦，咱们吃饭吧。"

成大鹏说："没想到进村的第一顿饭，在你们家吃上了。"

高德万在外屋听到了成大鹏的话说："过去我们年轻赶山那咱，是走百山吃万家饭。那村子里的人都好客，你们来到村子里，赶上谁家的饭就吃，不用客气，庄稼院里的菜虽然吃不太好，但肯定吃得饱，绿色食品多，还干净。"

成大鹏和高海林偏着腿坐在炕上吃起饭来。

甜草呢，也坐到了他们的身边，吃起饭来。

高德万打开柜子，从里边拿出一瓶泡了人参、不老草的药酒，对成大鹏说："你想不想喝酒？这里泡的可都是我年轻时候，在山上采的野山参和不老草！"

成大鹏说："哎呀，我本来不会喝酒，可是一听大叔您说这话，那说啥我也得尝一口。来，整个杯子，给我倒上点儿。"

甜草忙下地到外屋拿过酒杯来。

高德万一边往杯子里倒着酒，一边说："这酒你喝吧，开五脏，通六窍，喝完了浑身舒坦，回去肯定能睡得好觉！"

成大鹏端起酒杯，喝了一口说："哎呀，这酒真是好味道！"

门吱呀一声，八月拎着半个西瓜走了进来："大鹏哥，你在这儿呢？我爸非得让我给你送块西瓜来！"

成大鹏说："哎呀，难为村主任了，还惦记着我呢！"

甜草给八月搬个凳子："八月姐，你坐！"

八月呢，看看屋里的情况，感到有少许不自然，就说："不坐了，家里那边还有事儿呢！"

甜草说："八月姐，你这一回来，村里又多了个说话的姐妹，我们可开心了，有时间多来我家玩啊！"

八月说："好的，有时间你也多往我那边跑跑！"

15. 春龙家

柳茂祥、春龙妈、春龙、彩云都在这里。

柳茂祥说:"春龙回来了,咱们现在一家人也都坐在一起了,今儿晚上闲着也没什么事儿,就顺便儿开个家庭会,商量商量春龙以后工作的事,有什么话,大家伙都说说。"

大家你看看我,我看看你,谁都没吱声。

16. 村中小卖店

一个煤气炉子上,煮着面条,酒仙儿妻关小了一点儿火,把煮好的面条,挑到碗里,放了一点卤汁,递给春虎说:"春虎,你趁热吃吧。"

春虎说:"吃啥呀,我爸还在家饿着的,要不,我把这碗面条给我爸送过去吧。"

酒仙儿妻"啪"地把筷子放在碗上说:"让你吃你就吃得了,管他干啥。一顿饭不吃饿不死他。"

春虎说:"妈,你干啥跟我爸较这么大劲呢?"

酒仙儿妻说:"春虎啊,你看看咱们村里的人现在都在干啥,想啥,谁家不在想着怎么快富大富?看你爸这个人,啥也不想,整天就顿顿惦记他那几两;啥也不干,喝酒快喝成一个糊涂蛋了,这样的人,不规矩规矩他,行吗?"

春虎说:"妈,那你也不能让我爸在那边饿着啊。我还是把这碗面条先给我爸送过去吧。"

酒仙儿妻看了看说:"不行,我煮这面条不是给他煮的。对你爸这个人,不下点儿狠心,不这么使劲整治整治,他能戒掉那酒啊?"

17. 关小手家

李小翠端着水碗,把已经搓成粒状的鹿胎膏放进嘴里,扬着脖儿喝水吃了,说:"水儿啊,你大姑他们对我没啥想法吧?"

秋水说:"知道你和我爸吵架了。"

李小翠说:"你爸呢?你看着你爸没有?"

秋水说:"在外边柴火垛下边凉快呢。"

李小翠说:"他晚上吃饭没?"

秋水说:"看样子是吃过了,喝了不少酒呢。"

李小翠说:"他喝多啦?"

秋水:"喝多少我不知道,反正走道有一点晃悠了。"

李小翠想,拿过一个茶缸,打开白糖罐子,用勺子舀上一点白糖,往茶缸里倒着水,又拿出另外一个杯子,一会儿把缸子里的水倒进杯子里,一会儿把杯子里的水倒进缸子里,来回折个,又吹了几口气,试着尝了尝说:"不烫了,行了,秋水,去把这点儿糖水给你爸送去,让他喝了。"

秋水抿着嘴唇,笑模滋儿地小声说:"妈,你自己给他送去呗。"

李小翠说:"我不去。"

关小手又说:"妈,那我可跟我爸说了啊,这糖水是你让我给他送过去的。"

李小翠说:"这个傻丫头,让你送过去,你就送过去。说那么多多余的话干啥?"

关秋水笑着说:"你看,不管你跟我爸咋生气,可心里还是向着他。"

李小翠说:"我要是不冲着他胃不好,怕他喝酒喝大了,我才不会给他倒糖水呢,我是怕他喝酒把胃病喝犯了,到时候疼得在床上翻身打滚的,捂着胸口嗷嗷叫,还得我侍候他,折腾我!"

关秋水端着糖水说:"妈,你跟我爸可别演戏了,你们老两口子的事,我算看明白了,咋吵咋闹,也还是爱得最深的一对。"

18. 酒仙儿家
清冷的月光从窗外筛进来,酒仙儿躺在炕上,他一会儿爬起来,向窗外看看,见没有人来,又躺下了。

躺了一会儿又爬起来,往窗外看了又看,自言自语地骂道:"这老娘儿们,心真是狠啊。这不是要饿死我嘛!哎呀,人到了这个时候,才知道,饿的滋味,比馋酒的滋味还不好受啊。"说完,又躺在了炕头上。

19. 邻院的柳茂祥家
春龙正在说话:"我学的就是动物学科,养牛,我专业对口,肯定能干起来。"

彩云说:"咱们村里的人,在致富的这个事上,有个不好的毛病,什么事都愿意跟风,看见谁家养什么挣钱了,就都跟着养,养的人一多,市场收购价格就低了,有不少人就是吃了这个亏。咱们养的这个鹿也是,成本高,挣不了多少钱。所以我支持我哥说的,咱们家还是以养牛为主,以养鹿为辅吧。"

柳茂祥说:"我不同意,一个大学生,毕了业本来能找着更好的工作,偏要回村养什么牛,我不同意。"

这时候,院门开了,酒仙儿晃晃荡荡地走进来说:"春龙刚回来,这是在一起说啥呢,同意不同意的,咋的,春龙有对象啦?大哥,别那么绝对,孩子的事儿让孩子自己拿主意!"

春龙妈站起身说:"哎呀,他二叔,我和你哥是跟春龙说别的事儿呢。"

酒仙儿说:"别的事还能有啥事,说同意不同意的事,那不就是对象的事儿嘛,我又不是外人,春龙要是有对象了,我知道了能怎么着,用得着背着我吗?"

柳茂祥指指凳子说:"酒劲儿还没过去呢,净说醉话。来,坐坐,彩云,给你叔倒水。"

酒仙儿一摆手:"别倒水了,我不喝水,我现在是饿了,我还没吃饭呢,我告诉你们,我到你们家来不是来喝水的,我是来找饭吃来了。"

春龙妈:"哎呀,那淑芬呢,她还没回家啊?"

酒仙儿坐下说:"回啥家啊,那娘儿们变心了,跟我分开过了。以前是我媳妇,给我做饭吃,怕我凉着怕我热着的,现在变心啦。饭都不给做啦,这以后啊,是谁媳妇还不知道呢?"

柳茂祥说:"行了行了。"对春龙妈妈:"你赶快给他弄点吃的。"

柳茂祥又对酒仙儿说:"你可别老瞎嘟嘟了。"

酒仙儿说:"你们刚才到底说啥事呢?"

柳茂祥不语,春龙和彩云也没有吱声。

酒仙儿说:"看看,我问你们一句话,连个吭声的都没有,得了,我不问了。彩云,你怎么没眼力见呢,看到你叔我来了,你妈都给我去整饭整菜了,你还在这儿坐着干啥?去,把你家箱子柜儿里的好酒拿出来,拿两个酒杯来,我要和你爹喝两盅。"

柳茂祥说:"彩云,那箱子里靠右边,还真有两瓶好酒没开瓶呢,你都给你叔拿去,酒盅就不用拿了,让他拿回家去喝。"

酒仙儿说:"咋啦,怎么陪我喝盅酒都不行啊,哥,我这可是上你家来了。"

柳茂祥摆摆手说:"茂财,你不知道,你大哥正闹心呢,没心思。"

这时候,春龙妈端过饭菜来,彩云在后边也拿出两瓶酒来。

酒仙儿抱过两瓶酒，用两只手接过春龙妈手里的饭菜，说："行了行了，我看你们家现在气氛也不对，我要在你们家又吃又喝的，还影响你们家人的情绪，得了，我回那边去了啊，自己吃自己喝去。"

春龙妈说："他叔，你可慢着点走。"

酒仙儿说："嫂子你放心，我没事儿，就是人摔了个跟头，我怀着抱着的这两瓶酒，它也摔不着，在我柳茂财心里，这两瓶酒，比你们女人怀里抱着那个小孩都娇性。"

说着，美滋滋地往回里走，嘴里哼着《猪八戒醉酒》："八戒我返身把屋进，见桌上饭香菜美酒味浓。一见饭菜不要紧，八戒更觉腹中空，眼望着满桌酒席不敢用，哈喇子顺嘴淌过胸……"

20. 村中小卖店

春虎说："妈，我爸喝酒的毛病要改，可也得给他一个时间，你不能咔嚓这一下子就让他断了，我看，还是把这碗面条先给我爸送回去吧。要不然，他在家饿着，这面条我也吃不下去。"

酒仙儿妻说："行吧，春虎，你也真是个孝道儿子，你要愿意给他就给他送吧，那锅里有汤，给他盛上两勺，拿回去再搁家里微波炉给他热热，要不都快凉透了。"

春虎一听妈说这话，马上高兴了，说："行，我这就回去送。"

酒仙儿妻却操起了汤勺，舀了一勺面条汤，浇进那碗面条上，说："还是我盛吧，要不你也得盛个流天澈地的。"

春虎一听这个话，拿眼睛看着他妈，窃笑。

酒仙儿妻拿眼睛看了春虎一眼，说："你笑啥？"

春虎说："我笑啥，妈你心里最明白。"

酒仙儿妻"砰"地把勺子撂在煮面条的铝锅旁，说："春虎，今儿个我就是看你这孩子有这份孝心的面子上，要不然，我才饶不了他呢。"

21. 酒仙儿家

酒仙儿坐在自家的炕上，饭菜摆在一个小方桌上，正在得意的自酌自饮。

这时候门开了，春虎捧着一碗面条走了进来。

酒仙儿看着问道："你端的是啥？"

春虎说："我妈让我给你送来的打卤面条！"

酒仙儿说："去去，我不吃她做的那玩意儿，都倒到猪圈里喂猪去，没有她在家管着我，我饭菜酒啊，都吃喝得蛮好，用不着她假心假意这样对我。"

春虎端着那碗面条呆呆地站在那里，眼里滚下了泪水："爸啊，这是我妈和我的一点心思，你吃上一口行不？"

酒仙儿说："我说了，我不吃，赶快端走，小心我把碗给你砸了。"

大滴大滴的眼泪从春虎的脸上流下来，滴落在他手里捧着的面条碗中。

22. 关小手家

李小翠正在往桌子上端饭端菜。

秋水端着汤碗从外面跑了进来："妈！"

李小翠一惊："怎么啦？你这闺女一惊一乍的？"

秋水："我爸他咋没有了呢？"

李小翠："他刚才不是跟你一块回来的吗？"

秋水说:"是啊,他说坐在柴火垛边凉快凉快,可我围着柴火垛走了一圈,连个人影也没有啊。"

李小翠说:"妈呀,天都这么黑了,他又喝多了酒,能上哪去呢?没给你大姑家打个电话,看他去没去那儿呀?"

秋收说:"我刚才用手机给我大姑家打了,我大姑说根本就没有看到他这个人啊。"

李小翠纳闷地说:"他一个大活人,又不能上天,又不能入地的,他能上哪去呢?"

秋水说:"看我爸心里挺憋屈的,他不能喝点酒出别的事儿吧?"

李小翠说:"能吗?要不一会儿,咱再到别处找找。"

23. 江边上

李小翠和秋水分别拿着手电焦急地寻找关小手。

秋水急切地喊着:"爸,爸!"

李小翠呢,已经急哭了,她一边拿着手电往江面上照,一边带着哭腔地说:"这可怎么是好啊,你爸他真要是寻了短见,我下半辈子也活不好啊!"

(第二集完)

第三集

1. 老龙岗村

清晨的阳光,照耀着小村。

一声响亮的鸡啼,引起了此起彼伏的和鸣声,小村仿佛唱着美丽的晨曲。

2. 关小手家

屋内,李小翠披着衣服坐在炕头,一脸疲倦憔悴的神色,看得出,她一夜未眠。

躺在她身边的秋水,睁开眼睛,看见李小翠坐在那里,一边揉着眼睛,一边说:"妈,你怎么还没睡呀?"

李小翠神情木讷地坐在那里,没有吭声。

秋水坐起身来,开始穿袜子、穿衣服、穿鞋。一边系着衣扣,一边说:"妈,你还是惦着我爸吧,你别着急,我再出去找找他。"

李小翠用手掌抹着眼泪,带着哭腔说:"昨晚上,我一直在院子里坐着,等着你爸回来。下半夜,打着手电,村里村外的,又找了好几遍,可就是没见到他的影子,闹不好,你爸是真出事儿了。"

关秋水说:"妈,遇事不往坏处想不对,光往坏处想也不对。我再出去找找看。"说着,秋水走了出去。

3. 八月家的承包地里

八月和杨立本正在稻田地里割稻子。

杨立本拿着镰刀一点儿一点儿地割,十分仔细。

八月也拿着镰刀在她的身旁一点儿一点儿地割。

八月对爸说:"爸,咱们村有不少人家都用割稻机收稻,咱们家怎么不用呢?"

杨立本直起腰笑笑说:"这傻姑娘,怎么连这个也问。"

八月说:"爸,用割稻机割稻不好吗?"

杨立本又笑了笑,说:"好哇,我没说不好。"

八月说:"那为什么不用?"

杨立本笑着说:"我说,你是真不了解当今村里的老农民,心里都是咋想的了。过去没有机械化那阵子,地里的活太多太累,大家伙都盼着机械化,可这也机械化了,那也机械化了。农田里的活,掰着手指头算,一年超不过两个月。干惯了农活的人,一闲下来可难受死了。干农活这里头,有咱庄稼人的无穷乐趣。小镰刀磨得锋快,家里也就这点儿稻,细细地慢悠悠地割去呗。这比收割机割得慢,但这是在享受这份丰收的高兴心情。"

八月听了笑眉展眼地说:"哟,我说怎么有的人家放着割稻机不用,都用手工割,原来是这想法啊。"

4. 关小手的院里

我们看到了,柴火垛顶上有一捆秫秸在动,在动。

突然,一捆秫秸被底下的人用手呼地掀开。

关小手头发上粘着柴火沫子,嘭地从里边站起来。

在又一只公鸡的啼鸣叫声里,关小手打着哈欠,跟着鸡儿啼鸣的节奏,伸着懒腰。

他干抹了一把脸,开始站在柴火垛上,引颈在那里看风景。

村落里,秋天美丽的晨光啊,家家户户炊烟袅袅。

5. 村中路上

关秋水在村中路上,紧跑慢颠地寻找着关小手,迎面碰上了赶着牛车的酒仙儿。

秋水问:"柳二叔,你这是要上地去呀?"

酒仙儿嘴里吆喝了一声:"吁!"拽住了牛缰绳,车停在了那里:"我不是上地去,我是要到小卖店弄点吃的喝的,再上地去。人是铁,饭是钢,一顿不吃饿得慌。春虎他妈,也就是我那口子,住在小卖店不回来了。不给我做饭,那地里的活儿我还能干吗?"

秋水打住酒仙儿的话头说:"柳二叔,你看着我爸没有?"

酒仙儿说:"你爸?不就是关小手吗?"

秋水说:"是啊,你看着他啦?"

酒仙儿说:"这孩子这话问的,都是一个村的人。整天抬头不见低头见的!别看你爹会唱两口二人转,那有啥了不起的,谁想见他见不着啊!"

秋水急切地说:"柳二叔啊,我问你正经话呢,我是问你,到底见没见着我爸?"

酒仙儿说:"见着过,见着过。"

秋水说:"在哪啊?"

酒仙儿说:"前天的时候,在村口。"

秋水一甩手说:"你说的,这都是哪对哪的话啊,行了,我可不跟你说了。"说完,秋水走了。

酒仙儿说:"这是怎么了呢?怎么一个小闺女家,说话也这么冲,火气这么大呢?老龙岗村的娘儿们,这是都吃了炮仗药了?!我好心好意停下车,跟她说句话,她还急得溜的,真是的。"

说着,用手拍了一下牛屁股,喊了一声"驾"!牛车缓缓地走了。

6. 关小手家

秋水在往自家院子的方向走。

关小手站在柴火垛上清了两下嗓子,居然唱起了二人转:"一轮红日东天照,小村早晨景色娇，丰收田地披金袄，稻菽随风涌金涛，又是一年秋光好……"

李小翠在屋里听见关小手在唱，急忙披衣下地，向门外走。

倒是秋水脚快，她已经跑到了柴火垛跟前，打断关小手的歌唱说："哎呀，爸呀，昨晚黑起到现在，你是上哪儿去啦，你还有心思唱呢，没有把我妈和我给急死。"

这时候，李小翠已经推门走了出来，她泪眼婆婆地看着关小手。

关小手站在柴火垛上，对秋水说："秋水啊，要说你惦记我了，你爸我信，要说你妈也惦记我了，我不信。她能惦记我吗？恨不得我'嘎嘣'一下死了才好呢，也就是冲她对我这么恨，我昨天晚上就在这柴火垛上睡了。把天当被子地当床了。"

李小翠冲着关小手带着哭腔地说："行了，行了，你可别站在那儿扯着脖子喊了。家里这点事儿，你是怕借壁邻右不知道啊。你说我没惦记你，我就没惦记你吧，你愿意怎么说就怎么说吧。"

说着，她蹲在地上，手捂着脸，伤心地呜咽起来。

关小手见状，背着手，把脸扭到另一面装作不理不睬的样子。

秋水说："爸呀，我妈还咋惦记你呀，一宿都没睡觉，江边和村里村外的都跑遍了，你快下来吧。你看我妈都哭成啥样啦。"

关小手站在那说："我不信，别以为给我抹几滴眼泪疙瘩，我的心就软了。"

李小翠突然从地上站了起来，操起一把扫帚，抡起来就往站在柴火垛上的关小手身上打。

关小手在柴火垛上左跑右躲，李小翠追着打。

关小手终于一脚没有站住，从柴火垛顶上溜了下来，一屁股坐在了柴火垛根上。

李小翠抡着扫帚还要打，却被秋水拽住了："妈，爸，你们有话屋里说去，可别在这院里连打带闹的，你们不嫌丢人，我还嫌丢人呢。这大清早起来，是干什么呢？"

关小手说："秋水，你松手，叫你妈打我，把我打死了，她就一个人带你过吧，反正这日子过得也没啥劲了。"说着用手指着李小翠，说："李小翠，你拿扫帚打我，不算能耐，有能耐你回屋里把菜刀取出来，再不解恨，咱们家后院还有冬天压酸菜缸的那块大石头，你也可以把它搬来，用它砸我，今儿个你砍死我，砸死我，我要是哼哼一声，就不是我妈养的，我就是你儿子。"

李小翠听了这话，使劲地甩开手里的扫帚，坐在地上，蹬着腿儿哭了起来。

秋水对关小手说："爸呀，你看我妈都哭成啥样儿了，你快过去哄哄她吧。"

关小手用手轻轻地掸了掸秫秸叶子，站起身来，扬着脖，走进屋去了。

秋水在劝妈："妈，别哭了，我爸都回屋去了。"

李小翠带着哭腔说："秋水啊，你让妈哭，让妈哭，妈不哭哭这心里不痛快，我这心里太憋屈了！"说着，又哭了起来。

秋水呢，蹲在那里，轻轻地抚摸着李小翠的后背，关小手背着手，在屋地里走来走去。听着李小翠的哭声，向窗外望望，自言自语地说："这个死老娘儿们，敢跟我过招，哼，你还嫩了点儿。"

7. 村中柳茂祥家

鹿圈里，彩云在和春龙清理鹿圈。

彩云对春龙说："哥，我看爸妈是把你回村养牛的路给堵死了。树根不动，树梢干摇，他们不给你提供资金，你那个牛没法养，我看实在不行的话，你就先跟我一起养鹿吧。咱们一起好好合计合计怎么把成本降下来，你有啥招尽管使，我听你的。"

春龙说："现在，外边有的地方在搞马鹿和梅花鹿杂交。杂交出来的品种不仅产茸量大，抗病性也强。"

彩云说："哎，这是个好办法，不用投入太多的钱。效益也肯定好。"

春龙说："彩云，你不提这个事，我也想告诉你这么干了，现在正是鹿的发情期，咱们就先试着搞梅花鹿和马鹿杂交吧。用不用跟爸妈说说？"

彩云："不行，千万别说，他们肯定不同意！"

8. 八月家的承包地里

八月和杨立本把稻捆儿往一个四轮拖拉机上装。

八月对杨立本说："爸，等我帮你把这地里的庄稼都收完，我就开始为我养猪的事儿跑贷款了，到时候猪场定在哪，你真得帮我想办法，你要不帮我选个地方，我把猪场弄到家院子里来，地方不够大不说，要是弄得咱们家房前房后都是猪圈，臭烘烘的一股味儿，到时候你可别怨我。"

杨立本说："八月啊，你这闺女是鬼迷心窍了，还是咋的，咋就非得迷上养猪了呢？在城里没找到合适工作，回到村里，你想待着就待着，家里没谁逼你非干活不可。你真要是想干活，帮你妈去管理那山货庄去。在屋里待闷了，和几个年轻小姐妹，上山溜达溜达，看看山里风景，捡点山货啥的，爸都不反对。你干脆断了这养猪的念头，这根本是不可能的事，是你妈能同意你养，还是我能同意你养？"

八月说："为什么呢？"

杨立本说："为什么，没有为什么。为什么你该问问你自己，将来你养了一大群猪，别人就得问，一个大学生，就出息成了一个养猪的，这是为什么呢？你问问你自己吧，这是为什么？那么多猪，你拿什么喂它们？"

这时候，成大鹏背着画夹子走到了车边来说："杨大叔。"

杨立本停下手里活儿，问："大鹏，你找我有事儿？"

成大鹏说："哎呀，八月也在这干活呢。"他看着地上的镰刀惊异地说："八月，你还割地啦，这活儿你也干得了？"

八月笑着说："庄稼院里长大的孩子，啥活都干得了，只是在城里待四年，手上的茧子退了，现在再干割地的活儿，有些不顺手了，倒是多了一种新鲜感。"

成大鹏说："大叔，你家啥时候还割地，算上我一个帮工的。"

杨立本笑着说："这年月真是变了，我们一个庄稼院里的活儿，对你们这些大学生来讲，怎么就有这么大的吸引力？"

成大鹏说："没啥奇怪的，庄稼院的活儿，是在劳动，也是在创造。"

杨立本笑着说："哎呀，你们城里人说话就愿意咬文嚼字，我们就是割个地，到你们嘴里就变成这样那样的新鲜词啦。"

成大鹏说："大叔。"

成大鹏放下画夹子，和他们一起装车。

杨立本说："哎呀，你可别上手了，来找我到底有啥事？"

成大鹏一边装着车，一边说："大叔，你知道，我是搞泥塑的，搞泥塑没土不行，我想用一点儿黑土，你看从哪儿取土好。"

杨立本说："你用土也用不了多少，就从村东头那块没人要的洼地里取吧。"

成大鹏说："那块洼地具体在哪儿？"

八月说："你别着急，一会儿回去就路过，我告诉你在哪。"

成大鹏说："好了。"

他们继续装着车。

9. 村中小卖店

门前，停着酒仙儿那挂牛车，屋里酒仙儿妻正在打点着来买东西的人。

春虎呢，正在洗着脸。

酒仙儿呢，却躺在了里屋的一架小床上，他眯着眼睛说："这小床睡人儿也挺好，比家里的炕软乎，我说你妈怎么愿意在这床上睡，不愿回家呢，有这么好的床，我也在这睡，我也不回家了。"

春虎说："这么大点儿地方，可挤不下你，你要过来，也得等我上镇子走了以后。"

酒仙儿忽地从床上坐起来说："小兔羔子，你怎么跟你参我说话呢，有你住的地方，就没有老子我住的地方啦？"

春虎说："你在这住倒是行，我没意见，不过你得问问我妈，她有没有意见，她同不同意你在这儿住。"

酒仙儿说："小兔羔子，家是我柳茂财的家，这个小卖店也是姓柳，不是你妈自个儿的，我想在哪住，就在哪住，谁也管不了我。有你爸这口气喘着，这个家就得是我说了算。"

春虎一边刷着牙，一边说："你说了算行，没谁敢说你说了不算，可是以后你人前背后，别老张嘴闭嘴的骂我小兔羔子。"

酒仙儿说："我骂你小兔羔子咋啦？"

春虎说："你看，我是你儿子，你是我爹，你骂我是小兔羔子，我就是小兔羔子了，可那你是啥呢，我不是不愿意让你自己骂自己嘛。"

酒仙儿一听这话，倒叫春虎给气乐了，他呵呵地笑着说："这个小兔羔子，还跟我斗上心眼儿了，我这不是打是喜欢，骂是爱嘛。"

春虎说："也不知道你和我妈心里的疙瘩，啥时候能解开，真跟着你们上火。"

这时候，"小鞭杆子"驾驶着那辆小四轮子，停在了小卖店门前。

酒仙儿妻走了出来，说："哎呀，我让你给我捎的货，都捎来了？"

"小鞭杆子"笑嘻嘻地说："那能捎不来嘛，反正你们是坐地卖货，我是走村串户卖货，顺道就给你捎来了，不过实话说，这些货我本不应该给你们捎，因为咱们之间是有竞争的。可是从打你们小卖店开张到现在，我就一直给你们送货来着，时间长了，我也知道，你们卖的货，我就不卖了，你们没有的货，我就卖。你比如说，樱桃妈要的绣花彩线，你们就没有，我就能卖，这样咱们两个各有各的优势，个人挣个人的钱，闹个双赢，倒也算是个好事儿。"

酒仙儿妻说："我在人前背后的可没少叨咕你，说你是个好小伙子，可惜我养的是个儿子，我家要是有闺女，就找你这样的给她当对象，让你给我当姑爷子。"

"小鞭杆子"一听这话笑了，说："柳婶，你可真会说话，让我闹个穷开心，你这是家里有个儿子，你要是真有个闺女，话肯定又不这么说了。"

酒仙儿妻一边从车上往下卸着货，一边笑嘻嘻地说："这你可说得不对，我说的都是心里话，我要是有个闺女，我真就把你招家来，当倒插门女婿。"

"小鞭杆子"笑嘻嘻地说："柳婶，你说这话，连我都帮着你后悔，当年你说你咋就不生个闺女家呢，真不会生，要不生个龙凤胎一男一女也行啊，省得我现在找对象这么费劲。"

春虎在里屋问酒仙儿说："爸，正好来车要卸货了，这也是你在我妈面前的一个表现机会，你出去，帮把手吧。"

酒仙儿说："那么点儿东西，还用得着我上手吗？你去吧！"

春虎只好走了出去，帮着往下卸货，他搬起一箱矿泉水，突然高喊着："哎呀，这是什么酒啊，真香！味道怎么这么冲鼻子呢？"

话音未落，酒仙儿就从小卖店里蹿了出来："什么酒？酒在哪？我怎么没闻着酒味？"

春虎说："我可闻着了，就在货底下压着呢。"

酒仙儿问"小鞭杆子"说："是吗？"又嗅嗅说："哎，真有好酒味儿！"

"小鞭杆子"说："今天我还真是拉好酒了。"

春虎把一箱矿泉水递在酒仙儿手里说："爸，你快接着，搬屋去。"

酒仙儿一副懒洋洋的样子说："从早晨到现在，水米没粘牙呢，真不想搬这玩意。"

可是春虎还是把那箱矿泉水放在他手上。

酒仙儿咧着嘴说："哎呀，我的妈呀，这么老沉啊！"咬着牙，搬着那箱矿泉水，进了小卖店的屋，放在了柜台上。

春虎搬着另外一箱矿泉水，站在门口说："爸，快接着，快接着。"

酒仙儿只好又去接

酒仙儿说："一共几箱，这怎么没完了呢？"

春虎说："爸，快点搬吧。把货都卸完了，咱们好吃饭。"

10. 村头边上

杨立本开着小四轮子，拉了一车稻捆。

成大鹏和杨八月坐在车上。他们笑呵呵地看着田野的风景。

这时，杨立本把车停下来了，对成大鹏说："下来吧，这就是我告诉你取土的这片洼地。"

成大鹏和八月下了车。

成大鹏立马跳到那片洼地里，用手抠着洼地边上的土，说："哎呀，这土真黑真黏啊。"

杨立本说："我们这儿的黑土，种地是行，能不能搞你说的那个泥塑，我可不知道。高海林他爸高德万那些年试着用这土烧过陶器，有些事情你可以问问他。"

成大鹏说："是吗？那可好！大叔你们先回吧，看着这土我就不想离开了，我要在这待一会儿。"

杨立本说："行，那我们就先回了。"

八月冲成大鹏笑笑，说："搞艺术的人，就是这样，对啥玩意要是感了兴趣，那就着迷得不得了。"

成大鹏站在洼地下边，对八月说："你可说对了，知音，知音啊！"

杨立本笑了笑说："八月，上车吧。"

八月上了车，坐在了她爸的身后，小四轮子向村里驶去。

成大鹏还在那洼地里，抠出一块黑土，使劲在手心里揉着。

11. 村中小卖店

"小鞭杆子"上了车，把小四轮子发动着了，要走。

春虎和"小鞭杆子"打着招呼："哎，慢走啊！"

酒仙儿一边抹着额上的汗水，一边从屋里跑了出来，说："别走啊。不是还有一箱好酒没卸吗？"

"小鞭杆子"狡黠地一笑："好酒是有一箱，可那是我给别人家捎的。"说着，开着小四轮子一溜烟走了。

酒仙儿望着远去的小四轮子,一拍大腿说:"这扯不扯,打了一辈子雁,倒叫雁鸽了眼睛。我没承想,叫这小子把我给涮了。春虎你这个小兔羔子也是,跟那个鬼小子一起耍弄我。"

春虎说:"爸呀,我都说了,不让你叫我小兔羔子,你怎么还叫呢,越叫你不是越吃亏吗?再说了,我要不这么说,你能出来干活吗?你没看着你在那搬矿泉水,我妈脸上都出现乐模样了么。"

酒仙儿说:"浑小子,她有没有乐模样,关我屁事儿,我告诉你,我不在乎你妈,在乎那箱子酒。"

这时候,春虎妈站在门口,喊了一声:"春虎,进屋吃饭来!"

酒仙儿一把扯住春虎的胳膊,小声说:"儿子,我就知道爸来到这儿,饿不着了,进了屋,你主动点儿,主动让你爸我吃饭。你越让,我就越装生气不吃,完了你使劲让,我最后就慢慢端过碗来使劲吃啊。"

春虎说:"行,爸呀,你除了长了个喝酒的酒心眼儿,就是长了个吃心眼儿,我算服了你了,说完,他们两个人走进屋去。

12. 八月家

八月和杨立本在往院子里卸稻捆。

八月说:"爸呀,你这个人,怎么这么偏心眼儿啊。"

杨立本说:"咋啦?"

八月说:"成大鹏他妈写了封信来,你不仅招待成大鹏住下,还让我去给他送西瓜,他一张嘴说要搞泥塑的土,你马上就答应了,让他到那片洼地里去取土。"

杨立本一边卸着稻捆一边说:"别说了,那片洼地没用,闲置多少年了,你要用那个土,也可以随便用,我咋是偏心眼儿啦。"

八月说:"真的啊,爸,我看那块地方还真不小,那我可用它建猪场啦。"

杨立本说:"别扯了,那片大洼地像个大坑似的,你那里养猪,夏天来一场暴雨,那猪场还不变成猪的游泳池啊,可倒省着给猪洗澡了。"

八月笑着说:"你能不能答应给我做猪场吧,别的事你就不用管了。"

杨立本说:"不存在答应不答应的问题,那块地没人用,我不信,你能在那个地方养成猪。你要在那里能建起个猪场来,你爹我就拿着大顶在全村人面前爬三圈。"

八月说:"爸,我看上面就是一片岗子地,也荒着没人用,我就把那上边的土往这边填,你看我能不能在这里建成一个猪场来。"

杨立本说:"你这是要给我上演愚公移山啊,我看你这闺女八成是疯了,这个脑子有点不正常。"

八月放下稻捆,扛起一把铁锹,用一根扁担,串起两个土篮子,向外就走。

杨立本说:"八月,你要干啥去?"

八月说:"爸,你就等着好瞧吧。看我在那块儿能不能建起个猪场来。"

杨立本喝道:"八月,你给我回来。我可没答应你把那块地方建猪场。"

八月说:"得了,迈出去的腿,泼出去的水,收不回来了!在我眼里,老爸的唾沫星子落到地上,那都是颗钉,我走啦。"

杨立本放下手的稻捆,颓然地坐在旁边的一个废弃了的石磙子上。他紧锁着眉头,一脸愁容,出了口长气,说:"这闺女一大啊,真是不听话,管不了啊。"

13. 柳茂祥家的承包地里

柳茂祥和春龙妈正在掰苞米，一边掰着苞米，两人一边说着话。

春龙妈说："我说老头子啊，这春龙这回回来怎么瞅着不对劲呢。"

柳茂祥说："咋啦？"

春龙妈说："他回来的时候，是和那个杨八月赶到一天回来的。回来这两天，杨八月张罗养猪，他就张罗养牛，好像他们事先都商量好了似的。你说，咱们家春龙和八月在大学一起念了四年书，能不能是他们俩之间有了啥感情？"

柳茂祥说："没看出来。"

春龙妈说："这个傻老头子，要等你看出来，黄花菜都凉了，我是给你提个醒，咱们得注意他俩的关系。"

柳茂祥说："怎么注意？"

春龙妈说："要是真有那么八成事儿，咱们就得想办法，把这给搅黄了！"

柳茂祥说："你是说，那杨八月不配咱们家春龙？"

春龙妈说："这个傻老头子，怎么这么死心眼儿呢？那个杨八月那姑娘好不好？是好，可是她要是留在城里，将来给我当儿媳妇，那我是巴不得的事。现在她回了村，非得要养猪，拐带得咱们家春龙也跟着要养牛，真是让我闹死心了。咱春龙管咋说，那也叫个大学毕业生。不能找个真在村子里扎根务农的养猪姑娘啊，一天到晚，身上不是饲料泔水味儿，就是猪圈里的味儿，闻着都熏鼻子，我可不能招到家里那么一个儿媳妇来。"

柳茂祥说："你说的是，别看这杨八月也是一个大学毕业生，她要真是在村子里搞养猪，给春龙当媳妇，我也不同意，不过春龙这小子，也是够犟的，这两天就因为养牛的事跟咱俩顶上牛了。"

春龙妈说："钱在咱们手里攥着，不给他钱，他的牛能养得成吗？我告诉你老头子，在这个事儿上，咱们可不能打错了主意，有机会的话，还得让咱们家春龙奔城里走，将来娶个城里媳妇。"

这时候，春龙和柳彩云手里各拎着一只筐，也来到了地边上，掰开了苞米，"啪嚓""啪嚓"地掰苞米声，惊动了春龙妈。

春龙妈对柳茂祥说："哎呀，咋还有人在咱们家地头掰苞米呢？我得过去看看。"

说完，她把掰下的苞米倒在了苞米堆上，扔下手里的筐，向地头走去。

春龙和彩云正在掰苞米，彩云说："哥，这个梅花鹿和马鹿杂交要是真的在咱村搞成功了，咱们村的养鹿业，也算是爆出冷门了。"

春龙说："彩云，你别着急，这件事儿在别的地区肯定是有成功的先例了，回去等晚上我再上网查查，了解了解信息，找到有公马鹿的厂家，这个事肯定能办成。"

春龙妈沿着地垄从那边走来，说："哟，我当是谁呢，原来是你们俩，地里这活儿，还不够你爸和我干的，你们来凑什么热闹？"

春龙说："今天没啥事了，待着也是待着，我们是到自家的承包地里来享受丰收的快乐来了。"

春龙妈走到春龙跟前，用手扯着筐说："儿子，听妈话，别干了，这些庄稼活儿，不是你一个大学毕业生该干的。"

春龙说："啥大学毕业生不大学毕业生的，这不是咱们家的承包地嘛，我不是你和我爸的儿子吗？爸爸妈妈都能干的活儿，我们有啥不能干的？"

春龙妈说："你这个孩子啊，犟，不同意你养牛，你又跑到这儿来掰苞米了，该干的你不干，不该干的你乱干，真是气我。"

彩云在一旁说："妈，你说我哥啥活儿该干，啥活儿不该干呢？"

春龙妈说:"这还用我说吗?一个大学毕业生,该干啥,不该干啥,什么是有出息,什么是没出息,未来在哪块干有前途,在哪块干没前途,他心里不比我清楚吗?"

彩云说:"妈,不是闺女说你,你那个思想不对劲儿。都什么年代了,你咋还能这么看问题呢。城里乡村不都是人们生活的地方吗?"

春龙妈嗔怒地说:"不用你跟我贫嘴,我是跟你哥说话。"

彩云说:"妈呀,别看我哥和我是你们的儿子姑娘,可我们这茬人,想问题做事情,有好多地方和你们不一样,我爸和你是真的不了解我们心里是咋想的。"

春龙妈说:"咋想的,事儿在那摆着呢,我看得不比你们明白,农村能有城镇好吗?我去过城镇,咱们这里的生活环境再有十年二十年的,都兴许赶不上人家!"

春龙说:"妈,你儿子今年才多大岁数,我才二十多岁,我就不信,我在农村干他个十年二十年,咱们村子里的生活环境还会这样,赶不上城镇?我不信!"

春龙妈说:"你想在村里干十年二十年,你干得了吗,你爸和我能同意吗,你就赶快死了这条心,绝对不行。"

柳春龙把掰好的一筐苞米倒在苞米堆上,说:"行不行,我不管,反正我是不走了。"

彩云说:"妈,就凭我哥,在大学里学的这些本事儿,未来在村子里肯定能干好。"

春龙妈横了彩云一眼说:"哪都有你,属穆桂英的,阵阵落不下,你少说两句,舌头能短一块?"

彩云看看她哥,悄悄地吐了一下舌头,做了个鬼脸。

春龙的嘴角露出了一丝笑意,但更多的是心里的沉重。

14. 小卖店屋内

酒仙儿躺在床上,呼呼地睡着大觉。

春虎用手推了推他的腿说:"爸,爸啊!"

酒仙儿翻了一下身子,没睁眼睛,说了句:"干啥?"

春虎说:"爸,你饭也吃了,这都什么时候了,你咋还睡觉呢?"

酒仙儿呜呜噜噜地说:"我昨天晚上不是没睡好嘛。"

春虎又说:"爸,你不上地里干活去啦?我还等着跟你一起去地里干活呢。"

酒仙儿用脚蹬了一下他说:"去去去,没看着我在这正困着嘛。"

这时候,酒仙儿妻在外屋,冲着春虎摆手,春虎就出去了。

外屋里,酒仙儿妻对春虎说:"你看看你爸这身懒肉,还睡着呢,让他睡吧,不行地里的这点儿活,他不干,咱们找时间去干去。"

春虎说:"等他没头,我自己去吧!"

15. 八月家山货庄内外

屋里,八月妈和秋水正在和来送山货的几个女人进行交易。

她们用秤称着送来的山货。

一位采山的女人说:"大姐你可看好了,我这可是正宗的野黄芪。"

八月妈说:"是,看出来了,成色不错。肯定给你个好价钱。像这种山上的野黄芪,采多少,你就尽管送来,有多少,我们收购多少。"

这时候,"小鞭杆子"刘金宝抱着那杆小鞭子在山货庄的屋外转来转去,嘴里哼哼着二人转:"一串铃声飞出村儿,几个响鞭儿赶着毛驴儿,拐弯跑进山犄角儿,绕出江弯奔柳林儿。"

屋内，八月妈对秋水说："秋水啊，你出去看看，外边有个人，在咱们门口转悠半天了，看看他到底想干啥，是不是有啥事找咱们。"

秋水应了一声，就走出了店门。

"小鞭杆子"一见是秋水，喜形于色地说："哎呀，我的关小姐，我可把你等出来了，我今天要来找的就是你呀。"

秋水说："你是谁啊，找我啥事？"

"小鞭杆子"说："你这人怎么贵人好忘事呢？这山货庄开业你爸唱完了单出头，往家里走，旁边跟个人，拿个小鞭杆子，那个人不就是我吗！"

关秋水说："我看着旁边是有一个人，可着急忙慌的，也没看出来是谁。"

"小鞭杆子"说："看你人长得挺水灵，可记性却不太好。我再告诉你，你没问问你爸啊，昨天他上镇子，谁请他喝的酒啊，那不还是我吗？"

秋水说："哎呀，你可别提我爸喝酒的事了，把我们家都坑苦了，我爸喝酒喝多了，跑柴火垛里睡去了，没把我和我妈急死。"

"小鞭杆子"说："你这话说得不对，我请你爸喝酒还请错了？再说了，他上柴火垛里睡觉，也不是我让他去的啊。"

关秋水说："行了，别说这些了，有话就直说吧，你找我有什么事？"

"小鞭杆子"笑呵呵地说："那当然是有事儿呢，没事我能来吗？"

秋水说："什么事，我能帮你不？"

"小鞭杆子"说："能帮，就你能帮，只要你肯帮我，我心里这一天云彩儿就都散了。"

关秋水说："看你这笑模滋儿不是挺好的吗，你有啥愁事啊？"

"小鞭杆子"说："哎呀，我的妈啊，关小姐，你是有所不知啊。没到你这儿来之前，我都在这个村子里绕了好几圈啦。"

关秋水说："绕圈？你找啥东西啊？"

"小鞭杆子"说："嗯，找了好几口井啊。"

关秋水说："找井干啥？"

"小鞭杆子"说："真想一头扎里头去，可是看着几口井，有几口粗细都不大合适，就怕一头扎进去，没扎到底，卡在半截腰上，死不死，活不活的，那可就遭罪了。就一口井，看着挺合适，当时就想扎下去了，可这时候，人家井的主人出来了，是个白发苍苍的老太太，来打水来了，我一寻思，人家这么大岁数了，我扎到人家井里，把水源给污染了，那也太没良心了，寻思来寻思去，我没路可走啊，就奔你这儿来了。"

关秋水说："这位大哥啊，啥事把你愁成这样了，至于吗？你说说我听听。"

"小鞭杆子"说："哎呀，我都不想说了，丢老人，现老眼了，昨晚在饭店里头，当着那么多吃饭的人，我把脸撂下，扯着嗓子，像公鸡打鸣似的，唱了一溜儿十三遭，就为了拜你爸为师，结果你爸没通过呀，啪嚓一声，把收我当徒弟的大门就给关死了。你说我呀，就喜欢唱二人转，这就是我的理想，这就是我活着的动力。想拜师，拜不成，我还活着有个啥劲呢？"

关秋水说："你不是那个卖货郎吗？非学二人转干啥？开着小四轮子，噼噼瑟瑟的，挣两个钱，日子不也算挺好过吗？"

"小鞭杆子"说："得了吧，钱我是不缺，但人不是光有了钱，就啥都满足了，我这不还有精神方面的需求嘛，关小姐，你就说句话吧，能不能可怜可怜我，帮我个忙。"

关秋水说："什么忙，怎么帮？"

"小鞭杆子"说："还怎么帮啥啊，闺女都是当爸的眼珠子，含在嘴里怕化了，顶在头上怕吓了，你跟你爸说句话，肯定灵，就说收我当徒弟了。"

关秋水说："要说别的事都好办，就这个事难办，有不少人都想拜我爸当师父，都叫我爸给卷了回去，你会不会唱二人转，有没有那方面的天分，我也不懂，这么的吧，我给你介绍个人吧，你就对她公关吧，你要能把她公关下来，我爸的那一关就差不多了。"

"小鞭杆子"眼睛一亮，说："这个人是谁啊？"

秋水说："这个人不是别人，就是我妈李小翠。"

"小鞭杆子"说："哎呀，那干脆你跟你妈说说，我给她当徒弟得了呗。"

秋水说："我把你领到我妈那儿去，你们见了面再说，这些事我不明白，也不想管得太细。"

"小鞭杆子"："哎呀，我都不知道该怎么感谢你了。"

16．村口旁的洼地旁

成大鹏正在和往洼地里挑土的八月说话。

成大鹏说："八月，你这是怎么回事啊，你爸让我在这个洼地里取土，你却左一挑，右一挑的，往这洼地里填土，你这是要干啥呀？"

八月说："我爸说了，我可以用这块洼地做养猪场，可这块洼地太洼了，像个大坑似的，我就得把它用土垫起来。"

成大鹏惊讶地说："这么大一块地方，你都要垫平？！"

八月说："是。"

成大鹏说："我的妈呀，靠你一个人？"

八月点头说："是。"

成大鹏说："这不得干到猴年马月去啊，我看得了，我搞泥塑的土也干脆别从坑里取了，我也上岗上那取一点儿，有工夫的时候，我看能不能从城里借一个推土机来，也来帮你。"

八月说："不用，不用。人活在世上，就怕不想干事儿，想干就没有干不成的事儿，你看，咱们中国在世界上最长的跨海大桥不是建成了吗？我就不信，我一天填出两平方米的地方来，半年下来，也得有个几百米的地方吧，那做一个养猪场就够了。"

成大鹏说："养猪致富这是好事儿啊，村子里怎么不说再给你找一块平溜儿点的地方呢？"

八月说："那平溜儿的地方也许是有，可是人家不给咱。"

成大鹏说："为啥啊？"

八月说："为啥呀，我爸我妈对我回村来务农养猪，就是个不支持。要问为啥，这就是原因！"

成大鹏一愣："哦，还这样呢。"

八月说："要是真是问题就像这个洼地似的，填平了就算完了，我倒觉得，事儿就好办了，可我面前的坎多着呢，我要建猪场，买猪崽，买饲料，管理猪场，总得有资金吧，人家不给我拿钱。"

成大鹏说："那你准备怎么办？"

八月说："贷款！"

成大鹏说："我看行，有志者事竟成。"

17．小卖店

里屋，酒仙儿躺在床上，还在呼呼大睡，鼾声如雷。

酒仙儿妻轻轻地走了进来，把一个毯子轻轻地盖在他身上，脸上一半是嗔怪，一半是怜惜。

18. 酒仙儿家的承包地
柳春虎正在掰苞米，他一声不吭地掰着，把掰好的苞米，一筐又一筐倒在苞米堆上，在地头上，拴着酒仙儿赶着的那辆牛车。
樱桃挎着个筐走了过来："春虎哥，我家地里的活儿都干完了，我来帮着你干吧！"
春虎笑了："你来得好，我正一个人挺闷的，边干活边想你呢！"
樱桃说："真的呀！呀，你都掰了这么多了！"说着就干起活来。

19. 关小手家
李小翠正在炕上坐着。
这时家里的电话铃声骤然响起。
关小手本来背着手在地上溜达，听到电话铃响，他想去接电话，可是走到电话跟前，又把伸出的手又缩回来了，冲着李小翠说："你的电话！"
李小翠见状没好气地说："那电话铃声会说话呀，你没接起来怎么知道是我的电话！"
关小手说："我听着铃响的动静就猜是找你的，你接吧。"
李小翠没动，说："你离电话近，你就接呗。"
关小手说："我不接，你接。"
李小翠说："这扯啥呢。一会儿再不接，那边就寻思咱们家里没人，把电话撂了。"
关小手说："那就快点接呗。"
李小翠一边赶忙过来接电话，一边骂道："你这个缺德的玩意！"忙接起了电话。
电话听筒里的声音："喂，是关师傅家吗？"
李小翠说："是，你是谁啊，有事儿吗？"
电话听筒里的声音："你是李小翠阿姨吧。"
李小翠答应说："是我。"
关小手在旁边插话说："你看，我说是找你的，就是找你的吧！"
李小翠照关小手的腿上蹬了一脚说："去去去。"
电话听筒里的声音："李阿姨啊，我是老爷岭村，老张家的二小子，后天我们家要给我办喜事，想请你们来演二人转，把鼓乐队也带过来，行不？"
李小翠说："行啊，行，后天几点？"
电话听筒里的声音："9点18分正式开始，你们鼓乐队里有没有吹萨克斯的？"
李小翠说："还真没有会吹那玩意的。"
听筒里的声音："没有也行，那就这么定了吧。"
李小翠说："定了吧。"
李小翠放下电话，冲关小手骂道："你这缺德玩意儿，差点没把一个正经事儿给耽误了。"
关小手笑呵呵地说："我就知道，八成是这么档子事儿，你接电话你答应了，到时候你自己去啊，我不去，这回该轮到你上场去唱'单出头'了。"
李小翠说："你咋这么缺德呢？过生日的时候，你妈给你扔到绿豆窖里边了，你怎么长得这么多比豆芽菜还弯弯的心眼儿呢？"
关小手说："我要是接了电话，我答应完了，我还得求你啊，你接吧，你能请神，就能送神，这回你也尝尝手捧着刺猬，捧着扎手，扔还扔不下的那个感觉。"

李小翠说："你不去拉倒，住家过日子，总不能有钱不挣，这场戏，就是我真的上去唱'单出头'也没啥，就凭我这表演，我这嗓子，肯定也得博个满堂彩。"

关小手说："行，我看行，你去吧，往日我拖累你了，影响你出彩了，对不起啊。"

这时候，屋门开了，秋水和"小鞭杆子"一头闯了进来。

关小手一见是"小鞭杆子"，就说："哎呀，你怎么还找到这儿来了呢？"

"小鞭杆子"一拱手说："关叔，今天来我不是来找你的，我是来看我师娘李小翠的。"

李小翠一愣："你是谁啊？"

关秋水忙说："妈，这就是那个卖货郎，人称外号'小鞭杆子'的刘金宝，老热爱二人转了，就想拜师学艺，今儿个来就是要认识认识你，有话你们说吧，山货庄那边正忙着呢，我可走了啊。"

"小鞭杆子"笑呵呵地对关秋水说："哎呀，妹子，你对我可真好呢，在山货庄那边跟我说话还不够，还把我领家来了，你要走啊？"

关秋水说："行了，有啥事儿，你就跟我妈说吧，我走了啊。"

秋水转身走了，"小鞭杆子"呢，用眼睛盯着关秋水的背影，等秋水出了门，才转身对李小翠说："哎呀，师娘啊，你看我那妹子长的，多带劲，真水灵，那脸蛋，那身段，和你像一个模子扒下来似的。"

李小翠说："坐坐坐。"

"小鞭杆子"说："师娘啊，坐我就不坐了，我就站着说吧。"

李小翠说："你看你这孩子，都到家来了，有啥话就坐下说呗。"

"小鞭杆子"说："师娘啊，我能管你叫一声师娘，我这心里头就老温暖了，你是我师娘，我是你徒弟辈分上的人，咱们俩也不在一个水平线上，怎么能平起平坐呢，你实在要让我坐，我就不坐在炕上了，我就坐地上了。"说着，"扑通"一下就坐在了地上。

关小手背着手回过头，看看"小鞭杆子"，说："行，你坐在我家地上也不凉，这是水泥地。"

李小翠见状，急忙上前拉着"小鞭杆子"说："哎呀，这孩子，怎么能坐地上呢，快起来，你不愿坐炕上，这有凳子，你坐这儿吧。"

关小手见状，对李小翠说："这没我的事儿啦，你们谈，我走了。"

说着，就要往外走。

"小鞭杆子"一把抓住关小手的衣袖说："师父，你看我都到家来了，和师娘说两句话也没什么可背着你的，你咋能走呢？"

关小手背着手说："我昨天跟你说啥来着，你怎么还管我叫师父呢，找抽是不？哪来的山狸猫，跑到我家充座上宾来了，我可没工夫侍候你，我走了。"

关小手走到外屋，返身又回来了，说："我酒也醒了，事儿也明白了，我得把昨天和你喝酒的钱还你！"说着，就要往外掏钱。

"小鞭杆子"说："得了，得了，关师父，关叔，你有事儿你就赶快忙去。"

关小手说："不要，是不？好，我告诉你啊，你请我喝酒，帮我打车的事儿，以后可不许再提啊，那事儿就是让风吹了。"说完转身走了。

李小翠看关小手转身出去了，就对"小鞭杆子"说："哎呀妈呀，原来昨天是你请他喝的酒啊，你可把我们家坑苦了，我昨天晚上一宿都没睡着觉啊。我说你这孩子咋干这事呢？"

"小鞭杆子"说："哎呀，师娘啊，我是好意啊，哪承想是这种结果呢，我现在给你赔个不是行不？"

李小翠横了"小鞭杆子"一眼说："一个年轻人，干点正事儿，我最烦喝大酒没正事儿的人。"

"小鞭杆子"说："师娘啊，都是我的错，我平时也不喝酒，昨天不是想拜你们家关叔当师父么，我破格喝了一点酒，我喝多了，关师父也喝多了，对不起了啊。"

李小翠说："你找我啥事，说吧，说完了你好走。"

"小鞭杆子"："师娘啊，事没说完呢，我不能走啊。"

李小翠说："那你要干啥啊？"

"小鞭杆子"："我不是想拜你做师父嘛，跟你学唱二人转。"

李小翠说："你可别扯了，我要整你这么一个徒弟来，你成天和我们家那口子小酒盅儿捏上，一天喝个五迷六醉的，那我可有事儿干了。"

"小鞭杆子"说："师娘啊，不会的，我肯定不能，不信我就起誓，你要真收了我当徒弟，我要是跟我师父再喝一回酒，你骂我是啥都行。"

李小翠看了看"小鞭杆子"说："你不用起誓发愿的，要做我的徒弟，你得会唱两句，你得有个基础，你说吧，都会啥？"

"小鞭杆子"说："师娘啊，我会唱，但我师父说我唱得不太好，我还会跳，跳的吧不太专业，但是挺现代的。其实我还有一手，我都没和别人说啊。"

李小翠说："你还会干啥？"

"小鞭杆子"说："要说张飞卖老虎钳子，人硬货也咬手的，那就是我这一手了。"

李小翠说："哪一手？"

"小鞭杆子"说："我拿来了。"

"小鞭杆子"打开身后背着一个黑色的布兜，亮出一只萨克斯来。

李小翠眼前一亮，说："你会吹萨克斯？"

"小鞭杆子"说："也别说会不会，我现在就给您吹两口，你要认为我吹得行，就留下我当徒弟，你要认为我吹得不行，我就死了这条心了。"

李小翠说："行，那你就吹吹，我听听。"

"小鞭杆子"试了两口音，就流畅地吹起萨克斯来，这优美的旋律，让李小翠有点听呆了，她啪地一拍手，说："停了吧，我们这个鼓乐队里，就缺一个吹萨克斯的，你这个徒弟我收定了。"

"小鞭杆子"呢，吹着的萨克斯没有停，一条腿跪在了地上，他继续轻柔地吹着萨克斯，眼里滚出了泪花。

（第三集完）

第四集

1. 村小学校

教室里，高甜草正拿着书本和同学们一起朗读课文，带有童声童气的朗读声："锄禾日当午，汗滴禾下土。谁知盘中餐，粒粒皆辛苦。"

这声音，从小学校的院子里传出来，传到很远。

2. 村东边的洼地里

杨八月，正在那里挑土填着洼地。

成大鹏推着个手推车，走了过来。他把车子推到了岗上，拿下铁锹，往车上装土。

杨八月说："呀，大鹏哥，你怎么又来了？"

成大鹏笑呵呵地说："先帮着你填填洼地，一会儿回去的时候，再带回一车土去，两不耽误。"

杨八月说："哎呀，填洼地的活，还是靠我慢慢干吧，别耽误了你的事儿，你该忙什么忙什么去吧。"

成大鹏看看杨八月说："八月，大鹏哥在这帮你干活，你不高兴啊？你一个人在这儿干活，多没意思啊。"

杨八月说："高兴是高兴，你到村子里来，是搞泥塑来了，不是干这个活儿的，我是真怕耽误你的事儿。"

成大鹏说："没关系，在城里待久了，没干过多少体力活儿，干点儿，也是个锻炼，出点儿汗，心里痛快。"说着，他推起了小推车，把土倒向不远处的洼地。

杨八月呢，深情地看着成大鹏的背影，抿着嘴唇悄悄地笑了。

3. 八月家

杨立本依然坐在那个石磙子上，一脸愁容。

八月妈推开院门，走了进来。见到杨立本那副模样，诧异地问："哎，我说，你一个人儿，坐那儿发什么呆呢，怎么的啦？看你脸上那副愁样儿，两边的眉毛都快拧成一股麻花绳了！"

杨立本叹了口气，站了起来："要说愁事，是真有愁事。我这心里愁得慌。"

八月妈说："啥大不了的事儿啊，愁成这样了？"

杨立本说："还不是因为你那个好姑娘，八月啊。"

八月妈说："她又怎么啦，不就是要养猪那点事儿吗？不让她干就完了呗。"

杨立本说："事儿要有你说得那么简单，早好了。可这闺女不听话啊。"

八月妈说："钱在咱们手攥着，不给她拿钱，她啥事也干不成。别听她瞎咋呼。"

杨立本说："你不给她拿钱，她说是要去搞贷款，你说没有建猪场的地方，她要了村东头那片没人要的洼地，现在正在那个地方挑土填大坑呢！"

八月妈说："我的妈啊，这咋还出这事儿了呢？这孩子不是犯傻吗？要把那个大洼坑都填平了，那得啥时候啊？你是当爸的，她去干这活，你也不拦拦啊。"

杨立本说："拦是想拦，可是拦不住啊。"

八月妈说："八月这孩子，也忒让老人操心了。这虎了吧唧儿的，非得要养什么猪呢！她没毕业的时候，我盼她毕业！她毕了业了，反倒给我这心里添了堵！你说她是姐姐，九月是妹妹，咱家九月还正在农业大学里念书呢，看她姐毕业回来了，那九月将来弄不好也得回来。咱们操心费力地供她们，我看将来她们的这个大学要白念！"

杨立本说："我是说不她了，要能说你去说说她吧。"

八月妈说："我可没工夫，我是回来给你们做饭来了。要我说，都不用太拦她，三天过不去，累拉胯了，你让她去干，她都不去了，就是几天新鲜！不信你瞅着！"

4. 柳茂祥家的地头上

柳茂祥、春龙妈、春龙、彩云正在往一个小四轮子上装苞米。

春龙妈对柳茂祥说："我看你那个弟弟，是越来越不像样了，跟春虎妈打了一仗。把媳妇给气到小卖店去住了，还觍着个脸，到咱们家来，又是拿酒，又是拿饭拿菜的。说心里话，我真是满心的不高兴！可是碍着是你亲弟弟的这个面子，我没好说啥，就这一次，下回再有这事，可别怪我不给他好脸子看！"

柳茂祥说："周瑜卖当票，你'穷嘟嘟'个啥？茂财懒点是不假，愿意喝几口也不假，可他一年，找咱们几回麻烦，你当嫂子的，得有个当嫂子的样儿，再说又是东西院住着，对我这个弟弟别那样。"

春龙妈说："他要是什么好人，我在他身上，搭点儿啥，我也愿意。他真是又馋又懒的，什么正事儿也不想干，谁家的老爷们儿像他，你说这东西院地住着，一有点儿啥事儿，他就来找你。咱这当哥哥嫂子的可是倒八辈子霉了，这贴狗皮膏药算是粘身上了，想揭都揭不去了。"

柳茂祥把一筐苞米倒上车，说："行了，行了，我越不喜欢听啥，你越说啥，让我心里发烦。"

春龙和彩云也在往车上装着苞米。

听了他妈的话，春龙说："妈，是不是我二叔昨天到咱们家拿走两瓶酒，你心疼了？这些年，也不都是二叔给咱们家添麻烦，我们小的时候，二叔可没少帮咱们干这干那的！我都骑过二叔的脖颈儿，尿都撒过他脖子里。我和彩云，在他们家，跟春虎一起玩完了，赶上饭就吃，二叔二婶，可从来没把我们当外人。"

柳茂祥说："你看看，你这个小心眼儿的人，孩子都说你了。"

春龙妈对春龙说："过去，两家两好轧一好的事儿就别说了，他们对春龙和彩云不错，可我对他们家春虎呢？少在咱们家吃饭了吗？我啥时候烦过？我不欠他们人情！现在我烦茂财，不是烦他别的，就是烦他喝大酒，没个正事儿。"

柳茂祥说："行了，你可别说了，你那个小心眼儿，在村里也是出了名的，怪不得别人家背后都叫你'小算盘子'，我想你也不是不知道。"

春龙妈说："'小算盘子'咋了？过日子不算计行吗？吃不穷，花不穷，不会算计就受穷！头些年，咱们家经济困难那阵子，我要是不会算计，有米一锅，有柴火一灶坑的，你们爷们的日子，还不知道过成啥妈样儿呢！外边有个搂钱耙子，家里就得有个装钱的匣子，我没啥错！"

柳茂祥说："得了，照你这说法，咱们今天的好日子，不是咱们干出来的，都是你算计出来的呗。"

春龙妈说："是干出来的不假，可也离不开我算计。我可跟你说啊，给你弟弟拿过两瓶酒了，拿了就拿了，那箱子里还有几瓶子好酒，你要是再给我往外抖瑟，给别说我跟你急眼儿。"

柳茂祥说："酒是我的酒，我愿意给谁就给谁，你一个女人家，管这么多事干吗？"

春龙妈说："你要是给别人，我没意见，给茂财不行，你看他一天到晚喝成啥样儿了，都快喝死了。"

柳茂祥说："你说这话等于没说，你也知道，除了他，我的酒也没别人可给。"

5. 酒仙儿家

春虎站在房顶上，竖下一根扁担来。

樱桃在下边把装满苞米的土篮子，挂在扁担钩上。

春虎用扁担把苞米筐钩上去，把苞米穗子整齐地摆在房顶上。

6. 村中小卖店里

酒仙儿撩开身上的毯子，慢慢地坐了起来，冲外屋喊："淑芬啊，淑芬，该吃中午饭了吧？"

酒仙儿妻在柜台前打点儿着顾客，没应声。
　　酒仙儿下了地，趿上鞋，揉着眼睛，打着哈欠，伸着懒腰，走到了外屋，自言自语地说："这怎么稀里糊涂地就睡过站了呢？一睁眼睛，怎么都大中午了呢？肚子都饿了，有吃的没有？快给我整点儿，吃完了，我可真要下地干活儿去了！"
　　酒仙儿妻说："指望你下地干活儿，早就指到黄瓜地里去了，春虎早就下地了，这阵子把擗好的苞米都拉家去了。"
　　酒仙儿说："好呀，啥人啥命，别看我不干，可我有这么个好儿子啊，他干，也就等于是我干了，给我整点吃的，我饿了。"
　　酒仙儿妻说："怎么吃完了早饭，躺下就睡，啥活儿没干，一睁眼睛又饿了呢？"
　　酒仙儿说："这话说的，那不是胃消化得快嘛，你赶快给我整点吃的，我要是吃不好，下午下地干活儿可没劲儿。"
　　酒仙儿妻说："你没看到我正在这忙着呢嘛，你要是真饿了，那有方便面、香肠、咸鸭蛋，你自己拿着吃吧。"
　　酒仙儿一晃脑袋说："我不吃那玩意儿，你得给我弄一点热乎饭吃。"
　　酒仙儿妻瞪了他一眼说："这不是家里，这是小卖店，锅碗瓢盆，油盐柴米都没准备，要煮也只能煮挂面，你吃吗？"
　　酒仙儿说："我不吃挂面，手擀的刀切面还行，赶快把小卖店锁了，回家做饭去。"
　　酒仙儿妻说："要不，你先回去吧，我收拾收拾就回去，冲着春虎干了一上午活儿了，我也得回去做饭去。你这是星星跟着月亮走，借着春虎光了。"
　　酒仙儿说："我借他光？那个小兔羔子，他不是我儿子吗，没有我，哪有他呀？"说完，走到小卖店摆着酒的地方，用眼睛盯着看。
　　酒仙儿妻说："你还站在那抻着个脖子瞅啥？还不赶快回家去，春虎可能正卸苞米呢。"
　　酒仙儿说："他正卸苞米呢，我回去干啥？等他卸完了我再到家，不正合适吗？我说掌柜的，我看中了你这儿摆的两瓶酒，我拿家去行不行？"
　　酒仙儿妻说："不用问，不行！你休想把酒喝到我这小卖店来！"
　　酒仙儿慢腾腾地说："事儿是这么回事儿，我吧，昨天晚上，上邻院大哥家去了，从大哥家拿了两瓶酒，我看大嫂的脸啊，'哗啦'一下就耷拉下来了！脸耷拉有多长？不夸张地说，有二里地那么长啊。可酒接到手上了，我也没有办法立马退给他，主要是怕大哥脸上不好看，回家去就给喝了半瓶，我看这酒和那酒是一样的。把这两瓶酒拿着吧，我给他们还回去。"
　　酒仙儿妻说："你瞅瞅你，怎么那么不要脸呢，上人家要什么酒喝？"
　　酒仙儿说："那你说我要上你这儿来拿，你也不同意啊，说是要给我断酒啊，你知不知道喝酒的人，要断酒的那个滋味，难受啊，好像有个酒虫在嗓子眼儿里，一拱一拱的。就跟小孩儿断奶那个滋味差不多，就差哇哇哭了。"
　　酒仙儿妻说："别说那么没出息的话，这酒要还，一会儿，我拿回去给他们还了，不用你，你先走吧。"
　　酒仙儿说："这是啥话呢？我从他们家拿的酒，大嫂的脸儿是撂给我看的，我给他们送回去，那就是要找回这个脸儿，你去送算怎么回事儿啊？容易把小事儿整大了不说，也不是那么回事儿呀，要送还是我自己去送。"说着，从架子上面，拿下那两瓶酒，抱在了怀里，就往门外走。
　　酒仙儿妻说："我告诉你啊，那酒你要去送行，可得指定还给人家，不许打什么埋伏，不然我可饶不了你。"

酒仙儿说："你看，都说是还给人家了，那就是还给人家的，这还能有戏言吗？"

他走出了小卖店，回头往屋里看看，哼着小曲往家那边走，自言自语地说："说是还，能去还吗？酒到了我酒仙儿手里，就好像是把羊放进了老虎嘴里，不会吐出去的，再说了，大嫂愿意让我还，大哥也不能要这酒啊，那也太不给大哥面子了！"又哼着哩格隆咚的小曲，继续往前走了。

7. 八月家

院子里饭桌上摆好了饭菜，杨立本坐在桌前喝着闷酒，不时地吃上几口凉菜。

八月妈呢，扎着围裙，在屋内正接着电话："说话呀！是九月啊，你咋想起来给妈打电话啦？你姐啊，挺好的。对，山货庄也开业了，不过妈跟你说啊，有时间的话，你得勤和你姐通通电话，劝劝她。她回村来呀，别的不想干，非得要养猪，你说这不鬼迷心窍了嘛，啥？你说啥？九月，妈可跟你说，你可不能在电话里再说支持你姐的话，你知道你姐现在干啥呢？在村东头用锹和土篮子在那垫洼地呢。她这不是傻了吗？要是再说个支持的话，那得了，她不定能干出啥事儿来呢，行了，你可别说了，你爸和我都不同意她养猪的事。"

屋外，院门开了，八月一脸汗渍，空着手走了进来，走到门前的洗脸架儿前，洗起脸来，刚把脸擦净，八月妈就从屋里把那个遥控电话听筒拿出来，递给了她："八月，给你，你妹妹的电话。"

八月接过听筒，高兴地说："九月啊，你怎么样？啊，不用惦记你姐，回村以后都挺好的，哎呀，你别管了，我自己有我自己的事儿做，啊。在学校，你就学好你的习，照顾好自己就行了啊，有事再来电话吧，我撂了啊。"

八月妈在一旁察言观色，说："说了这么两句就撂了，九月没跟你说啥啊？"

八月说："有啥说的，三天两头，她就给我打手机。"

杨立本坐在炕桌前说："吃饭吧，吃饭吧，都吃饭吧。"

八月坐在里饭桌前。

八月妈也坐在了饭桌前。

八月用手拿起了一棵葱，边蘸着酱吃边说："咱们庄稼院的菜吃着就是香。"

八月妈说："别说那话，你妈不会做啥，别看咱村里各种菜都有，可是你妈做不到好处，比起城里饭店那些师傅做菜的味道，可是差到天上地下去了。"

八月一边吃着饭，一边笑模样儿地说："这话就分谁说了，要依我说，还是我妈做的饭最好吃。"

8. 山货庄里

"小鞭杆子"刘金宝正在柜台前和关秋水说着话："哎呀，妹子，这回你可是我亲妹子了，你爸是我师父了，你妈是我师娘了，跟咱俩有同一对爹妈差不多了，多亏是你，帮了我这么个大忙啊。"

关秋水一瞪眼睛说："说啥呢？谁跟你是同一对爹妈了？我爸是我爸，我妈是我妈，不是你爹，也不是你妈，你弄明白点儿！"

"小鞭杆子"说："那你看，我不是寻思师父跟师娘不就是我艺术生命中的再生父母吗？那也不就跟亲爹亲妈差不多嘛。"

秋水说："你可别扯了。以后你可别这么说话，不但不能这么说，连往这方面想都不对。"

"小鞭杆子"说："跳蚤吐口唾沫，能有多大水分呢？值得把问题说得这么严重吗?"

　　秋水说:"你不怕,我可害怕!"

　　"小鞭杆子"说:"就叫个师父师娘的,你有啥怕的呀?"

　　秋水说:"你倒是不怕了,我可是个黄花大闺女。你管我爸我妈,叫师父师娘行,可是,你要把这个叫法和爹妈弄混了,那叫外边人听着成啥啦?好像你是我对象似的,那给我带来的麻烦就大了。"

　　"小鞭杆子"说:"哦,你这么一说,我听明白了,那是不能那么叫。你看吧,秋水妹子,你长得这么漂亮,我长得丑了吧唧的,再者说没有太大能耐,我根本配不上你,对你我的关系,我心里明白:我的位置应该在哪儿!这一辈子,我也就是当一个护花使者了!我看过《巴黎圣母院》那本书,那里头有个敲钟人丑八怪卡西莫多,他的命运就是我的下场,咱是地上的蛤蟆,也吃不着你这块天鹅肉,咱也不想吃。"

　　关秋水瞪大眼睛,惊讶地说:"哎呀,你还知道那个敲钟人叫卡西莫多呢?你看过的书还真不少呢?"

　　"小鞭杆子"说:"这有啥惊讶的?我这不是老有一个想搞艺术的梦想吗?有这把底火烧着,那么有名的世界名著,我能不翻翻吗?"

　　秋水说:"没看出来,以前就知道你是个卖货的,没承想,你还会吹萨克斯,懂点文学。"

　　"小鞭杆子"说:"你看,这人不就在于了解嘛,了解得越多,感情也就越近了,哎哎哎,我说错了,我说的这个意思是,人只有了解了,才能更了解。我可没有别的意思啊,你别误会。"

　　秋水"扑哧"一声笑了:"瞅你那傻样儿。"

　　"小鞭杆子"说:"这话你说得对,我这人是有一点儿傻,不管干啥事儿,一条道跑到黑,就是一个心眼儿,将来可别让我爱上谁,要是爱上了,那就像瞎虻叮到牛身上去了,蚂蟥叮在人腿上似的,叮上就没跑,死不松嘴。"

　　秋水笑着,用异样的眼神看了看他说:"你还没吃饭吧?正好我这儿有刚热好的饭,咱俩一起吃点吧。"

　　"小鞭杆子"说:"那咋好呢?我是来感谢你来了,本来应该请你吃饭,可这村子里也没饭店,请你也请不成。"

　　秋水说:"今天你就在我这儿先对付一口吧,哪天有时间的话,上镇子上,你再请我。"

　　"小鞭杆子"说:"说定了,让我请你!你不说这话,这饭我可不能吃!"

　　秋水呢,拿过来热好饭的饭盒,用筷子,往另一个方便盒里给"小鞭杆子"拨饭拨菜,又把一双方便筷子递给了"小鞭杆子"。

　　"小鞭杆子"接过来,用手捋捋筷子说:"恭敬不如从命,那我就可不客气了。"

　　关秋水看看"小鞭杆子"说:"你用啥擦筷子呢?去,把筷子再用水洗洗。"

　　"小鞭杆子"笑了,走到水缸边,用水舀子,舀了一点水,在那里涮筷子:"用得着这样吗?不干不净,吃了没病!"

　　秋水看着他,忍不住又笑着。

9. 关小手家

关小手和李小翠在说着话。

关小手背着手在地上走来走去:"我说你这老娘儿们,干什么事儿,怎么越来越没谱啊?收徒弟这么大的事儿,都不说跟我商量,怎么就自己做主了?你的胆子有多大?比天还大出一圈儿带拐弯去！我告诉你，他这个徒弟，你们谁愿意承认谁承认，我是不认！"
　　李小翠说："哎呀，你没听老爷岭村刘家那个老二来电话嘛，点名要找吹萨克斯的吗？现在年轻人结婚，都愿意来一点现代的乐曲，咱们这个鼓乐队里，就是缺一个吹萨克斯的！你是没听'小鞭杆子'吹啊，吹得老好听了。他在那块儿吹，把我的心都快吹蹦出来了，你要是听了，你也得同意他当徒弟。咱们正缺这个，他就会这手，你说这不都是缘分吗？"
　　关小手说："我告诉你李小翠，我听过他唱了，他唱得也不是不行，我是故意挑他毛病，不收他。"
　　李小翠说："那你端啥架呢？"
　　关小手："这个要给我当徒弟，那个要我当徒弟，你知道我为啥不收么！"
　　李小翠："都是他们不够格呗！"
　　关小手："傻娘儿们！我告诉你，咱们这个鼓乐队里，现在吹吹打打的，都是成家立业的人了，咱找个年轻人来，光是为了收徒弟吗？说到底，那也是给咱们家秋水物色一个对象！这个小子，成天开个小四轮子，东村走，西村串的，屁马流星的，我还没拿准他，没看准的人，咱们能一口应承，收他做徒弟吗？做了咱们家的徒弟，隔三岔五的，他就得到咱们家来，跟着咱们学这儿学那的，短得了和咱们家秋水接触吗？到时候你不让他们成对象，那也都得成对象！你知不知道你答应收他做徒弟，给我惹出个多大的事儿来！"
　　李小翠说："哎呀，我原先就寻思收徒弟的事儿了，也没往这方面想啊，你这一说还真是的，那现在生米煮成熟饭了，我都答应了人家做咱们的徒弟了，咋办呢？"
　　关小手说："咋办？只有两个办法，一是把这徒弟退了，二是你退不了，你就成天给我看住了，不能让他在咱们家秋水身上打什么主意，没啥事，也少让他往咱们家秋水跟前凑合，我告诉你，如果是在我没同意之前，他和咱们家秋水之间，要是有了点儿什么事，我可拿你是问。"
　　李小翠说："那咱们红口白牙地都答应人家了，在人家眼里，又这么看重咱们，咋好说退就退了呢，我看只能是我看着他了。"
　　关小手说："那你得保证，把他给我看住了。"
　　李小翠说："那逼人也没有这么逼的啊？反正我努力看呗，我要看不住，那不还有你呢吗？"
　　关小手说："别把我扯里头，事儿是你答应的。出了问题就得你负责，和我没关系。"

10. 村委会办公室
　　高甜草用毛巾拎着一盒饭，从外边走了过来，她趴着窗户往里望。
　　成大鹏呢，正从屋里出来，往外倒洗脸水，脸上还有水渍。
　　甜草见大鹏出来，忙过去说："大鹏哥，我爸让我给你送饭来了。"
　　大鹏倒完洗脸水，接过饭说："哎呀呀，怎么好这么麻烦呢？我刚想着要煮点儿面条吃呢，村上杨主任把煤气罐、炉盘、煮饭的锅都给我准备好了，我还没用呢。"
　　甜草说："饭菜都是我做的，你就别另起炉灶了，要么我给你送来，要么你过到我家去吃，我爸说了，你一个人，就别另起炉灶了。"
　　大鹏说："哎呀，那多不好意思啊，这么的吧，我能做，还是自己做点儿，我不想做的时候，就到你们那边去吃，行不？"
　　甜草说："那也行。"
　　大鹏又对甜草说："进屋坐会儿吧。"

甜草说："坐就不坐了，我这就回了，我爸我哥还等着我回去一起吃饭呢，哎，对了，大鹏哥，这周我们还真有堂图画课，你能不能去给孩子们上一节课？"

大鹏说："没问题，到时候，你再提前告诉我一声就行了。"

甜草说："那太好了。"说完，她转身走了。

成大鹏刚要进屋，身上的手机却响了。

成大鹏接起手机说："哎呀，是妈呀，挺好挺好的，你和小鹏俩不要惦着我，我这都挺好，挺好，哎呀，你不要惦着我吃饭睡觉的事儿，这安排得都挺好的，嗯，你和小鹏要过来？什么时候？行，等我这块把事儿都干起来了，到那时候你们再来，行，好了，好了。"说完把电话撂了，转身进了屋。

11. 山货庄内

"小鞭杆子"刘金宝和秋水一里一外地坐在柜台边，对着脸吃饭。

"小鞭杆子"说："秋水，这几块瘦肉，你夹过去吃吧。"

秋水拿眼睛看看"小鞭杆子"，说："你不喜欢吃肉？"

"小鞭杆子"说："不是不喜欢，而是觉得这几块瘦肉，你吃了好。"

秋水说："现在肉不算什么稀罕玩意了，家家都吃，顿顿有。"

"小鞭杆子"说："我知道你胃里不缺肉，可咱们是第一次吃饭，我又是端着你的饭盒，也跟你没啥好表示的，总觉得心里不大对劲似的。"

秋水笑着说："你都成了我们家的徒弟了，今后来往的日子长着呢，在我这吃顿饭算个啥，你就放心大胆地吃吧，别顾虑这，顾虑那的。"

"小鞭杆子"有点不好意思地说："那我可就吃了啊，本想把这肉让给你吃，可又不敢给你夹，怕你嫌我用的筷子脏。"

秋水看看"小鞭杆子"说："人吃饭就得讲个卫生，用手捋筷子可不是好习惯，不在我跟前吃饭就算了，在我跟前吃饭你这个毛病就得改。"

"小鞭杆子"说："那是，一定改，你记住，打今儿起，这个毛病在我身上没了，不管在哪吃饭，第一件事，保证把筷子洗干净了。"

这时候八月妈走了进来，看"小鞭杆子"和秋水在一起吃饭，有些惊讶。问秋水："这不是在咱们家店外晃悠的那个小伙子吗？"

秋水说："大姑，你有所不知啊，他现在是我爸妈收的徒弟了。"

八月妈说："哦，是吗？"

"小鞭杆子"放下碗筷，站起来，恭恭敬敬地说："大姑，我叫刘金宝，外号'小鞭杆子'，现在跟我师父师娘学唱二人转呢。"

八月妈说："好啊，好啊，你坐下吃饭，站起来干啥。你看你这孩子，咋这么客气呢？秋水你来。"

说着一摆手，把秋水招到了另外一间屋子。

12. 关小手家

关小手显然已经吃完了饭，正坐在炕上的桌子旁。

李小翠从外屋端进来一碗水，放在关小手的面前说："这是昨天晚上，怕你喝醉了酒，让秋水给你送了一碗白糖水，可是没找着你，又端回来了，我也没舍得扔，热热，你把它喝了吧。"

关小手显然是有些受感动了，他喝了一口水说："哎呀，挺甜的，这水是你给我沏的，还是咱家闺女给我沏的啊？"

李小翠说:"我沏的,叫她送的,咋的啦?"
关小手说:"不咋的,听说这事儿,挺受感动的。"
李小翠说:"感动个啥,我可听不明白,这话是真的还是假的?"
关小手说:"真的,人心都是肉长的。你看,你听说我喝醉了,还知道给我沏碗白糖水。那可是两口子刚干完仗,心里还憋着气呢,可是在气头上,还没忘了关心我,这说明啊,在你心里,还是有我,把我看得挺重的,让我受感动。"
李小翠说:"两口子吵架归吵架,也是嘴生气,心里不生气,心里还是实实在在地疼你。"
关小手说:"这话我爱听。"
李小翠又说:"两口子闹点意见没啥,我看电视的新闻联播里说,在处理有分歧的问题时,就说要搁置争议,谋求共同发展,这话对我启发挺大的。咱们对山货庄,入股不入股的事儿,不是有争议吗?现在山货庄也开业了,咱们闺女也过去在那边做事了,我看这个事,暂时就可以把这争议搁置起来。谁是谁非,不是争议出来的,在以后发展中看。另外上老爷岭老刘家的那个二小子那儿,唱二人转的事儿,我看你也得上场,让我一个人上去唱,不是那么回事儿。"
关小手说:"这回你知道啦?姐家的山货庄开业,我是强挺着,把这个门面给挺下来了。"
李小翠说:"哎呀,当时我也是在气头上,事后想想,也真后悔,不去不对,姐还给我拿了鹿胎膏过来,吃了以后,觉得这肚子里边得劲儿多了,哪天我得去看看姐,把过来过去话说说,让她别多想。"
关小手说:"姐不会多想的,多想了,那就不是咱姐了,你去看看姐行,没用的话,不用说。"
李小翠说:"把话说明白了吧,老爷岭村那个婚礼你到底去不去啊?"
关小手说:"去又咋了,不去又咋了?"
李小翠说:"这话说的,那去,不得按去的准备,不去,不得按不去准备嘛。"
关小手说:"老刨根问底地问啥啊?你刚才不是说,要共同谋求发展嘛,咱们这个鼓乐队和小戏班子指着啥发展啊?不就是出去吹吹打打,唱唱蹦蹦的吗?这挣钱的机会,我能撒手吗?"
李小翠说:"行了,你别说了,今天最受感动的,就是我听了你这一番话,叫我心里老热乎了,我都老感动了!"说着,眼睛里汪了泪。

13. 山货庄内

秋水端着饭盒,一边吃着,一边说:"大姑,啥事儿?"
八月妈笑声说:"秋水,这不是你对象吧?"
秋水说:"哎呀,大姑,你想哪去了,不是。"
八月妈说:"那不是对象,咋瞅着你们脸对脸地吃饭,那么热乎呢?"
秋水说:"哎呀,大姑,你可别说了,不就是在一起吃个饭嘛,没别的事,别整得神神秘秘的,没事儿我可出去了。"
八月妈:"你妈刚才都给我打电话了,让我看着你,要少跟这个小子来往。"
秋水说:"哎呀妈呀,这都哪儿跟哪儿呢,我妈咋能这样呢,她还给你打了电话,真是多余的事儿。"
八月妈说:"他咋找这儿来了呢?"
秋水说:"这不是我把他领到我们家去,给我爸我妈当徒弟,他来谢我来了嘛。"

八月妈："这回谢谢就谢谢了，以后可别让他老往这边来凑合。你妈给我交代的任务，我不能不当一回事儿啊。"
秋水说："大姑，我知道了，一会儿吃完饭叫他走。"
八月妈说："秋水啊，一会儿你吃完了饭，到村东头去看看你八月姐去吧，你姐犯上傻了，说是要在那片大洼地上垫土，建猪场，我和你大姑父说话都不听。你们都是年轻人，有共同语言，你过去劝劝她去，把她给我劝回来。"
秋水说："哎呀，大姑，你可真会调兵遣将，那我要劝不回来，可咋整啊？"
八月妈说："劝不回来，你就接着劝，大姑把这个任务就交给你了，反正山货庄这边事儿也不多，大姑一个人也能顶着。"
秋水说："行吧，这个任务我可不知道能完成不能完成，我去劝劝她试试。"
秋水一边吃着饭，一边从里边走了出来。

14．柳茂祥家
屋里，春龙正在电脑前上网，彩云坐在旁边。
春龙说："你看，关于马鹿和梅花鹿杂交的事，这上面都说得明明白白的了。有公马鹿的厂家，在这儿还留了电话，我看咱们可以做。"
这时候柳茂祥走了过来，看春龙和彩云在电脑前，咧着嘴笑着说："看着你们俩在电脑前做事儿，我高兴！这才像毕业大学生该做的事儿！我听说，现在在网上也能找工作，春龙，我看你就把你的情况，也都在网上，跟人家唠扯唠扯。如果有机会，可千万别放过。"
春龙和彩云相视一笑。
柳茂祥又问："儿子，我说的话，你往没往心里去啊？"
春龙说："我都听见了。"
柳茂祥说："上网可别白上，要能在网上把工作的问题落实了，你成天啥活也别干，就在网上泡着，爸都没意见。"说着，背着手出去了。
彩云用手轻轻地捅了捅春龙说："哥，刚才我听说我八月姐在村头挑土填洼地呢？"
春龙说："她填那洼地干啥？"
彩云说："是要建猪场。"
春龙说："哎呀，那片地可老大了！要把那儿填平了建猪场，那可不是件容易的事儿！八月她爸也是的，在哪儿找不出一块地方给她建猪场，非得让她去填这个大洼地，这纯粹是在难为人！"
彩云说："我听说了，八月姐她爸和她妈，是拧着劲儿地不同意八月姐在村里头建猪场养猪，八月姐去干这个事，也是没有办法的办法。"
春龙合上电脑说："走，咱们看看去。"
说着，两个人走到了屋外。
柳茂祥说："这才上了那么一会儿网儿，心又长草了，这是去干啥啊？"
春龙说："爸，我们出去有点事儿，你别管了。"
柳茂祥看着春龙和彩云的背影，自言自语地骂道："有事儿有事儿，有个屁事儿？什么事儿能有在城里找工作的事儿重要？"
春龙妈一边洗着碗筷，一边说："孩子都走了，你在这骂个啥劲，有能耐你当他们面儿骂去。"
柳茂祥看看春龙妈，一脸不高兴，说："行了，生怕我的话掉地上，你不接着不行啊？我不跟你说了，我上地。"

说着，走到小四轮子跟前，发动了车，开走了。

15. 山货庄内

"小鞭杆子"问："你大姑跟你嘀咕啥啦？"

秋水说："没说啥。"

"小鞭杆子"说："别糊弄我，肯定跟你说啥了，不然你正吃着饭，怎么能把你招呼到里屋去了呢？"

秋水说："哎呀，说我们家里事儿，不关你的事儿。"

"小鞭杆子"说："真不关我的事儿？那就好，那以后这个地方，我就能常来了呗，你大姑不烦我吧。"

秋水说："我大姑是不烦你，可是你有事就来，没事也不能老来，我们这是山货庄，对外营业的，你老来干啥？"

"小鞭杆子"说："这话说的，我是干啥的？我不是东村走、西村串的吗？你们要收购的那些山货，我完全可以给你们代着收购，收完了，用车给你们顺道捎过来，一方面能给你们扩大货源，另一方面，也能给你们扩大收入，你跟你大姑说说，行不行？"

秋水说："你就好好和我爸我妈学二人转吧，卖好你那个货吧，我们这个山货庄的事儿，可不用你掺和。"

这时候，八月妈从里边走了出来："他要掺和啥呀？"

"小鞭杆子"点头哈腰一笑说："大姑，我看你们家这小店，收购山货也挺不容易的，村子里出去捡山的人也不多，我走东村串西家的，寻思能帮你们多收购一点山货，我们说的就是这个事儿。"

八月妈说："是吗？这可是个好事，我正愁货源不够呢！咱们这个山货庄要想多挣钱，货源不足可不行，你要是能帮我们，多收购一点正宗的山货，那就太好了。"

"小鞭杆子"听了这话，乐呵呵地说："大姑你放心，你们要收购啥山货，给我提个单子，这事儿我办了。"

秋水悄悄地抻抻八月妈的衣角说："大姑，你找他收购，能给你收购明白吗？他哪懂这个。"

"小鞭杆子"说："这说的是啥话呢，你可真是——趴门缝儿看人，把人看扁了。你们要收的不就是红景天、松子、枸杞、不老草、榛子、山核桃、金达莱叶、野玫瑰啥的么，这些玩意成色咋样，我拿眼睛一扫就明白，保证收不错。"

八月妈说："你收是行，不过我可有言在先，你要是收了假货上来，我们这可不收，经济责任你自己担。"

"小鞭杆子"说："那是一定的了，话就这么说定了，打现在开始，我就是你们这个山货庄的代购员了。"

八月妈说："你是给我们干代购的事儿，但是你不是我们山货庄的人，可不能打着我们山货庄的旗号出去，说这办那的！"

"小鞭杆子"说："听大姑这话的意思，现在还是有点儿信不着我呀，行，你说这话我理解，咱们没一起做过事儿，守不守诚信啥的，都不知道。等以后日子长了，我是啥样儿的人，你们也就知道了，好吧，大姑，Goodbye了。"说着，拿起"小鞭杆子"出去了。

秋水也跟着走了出去。

16. 东边的洼地上

八月在用土篮子挑着土。

成大鹏用小推车推着土。

那个好大的洼地旁，垫起了一点点新土。

17. 山货庄门外

"小鞭杆子"上了小四轮子，对秋水说："哎呀，妹子，在你这吃饭啥的，就够打扰了，你咋还出来送我呢，不用送了，你快回去吧。"

秋水看看他，向另外一个方向走着说："谁来送你啊，我是到村东头有事儿。"

"小鞭杆子"一听："到村东头，你快上车吧，我送你。"

秋水说："不用，我自己走！你走你的吧！"说着，径直朝前面走去。

"小鞭杆子"开着小四轮车停在了秋水的前面，说："妹子，你快上车吧，给我个表现的机会，我这一脚油就到了。"

秋水仍不想上车。

"小鞭杆子"说："妹子，你再不上车，我可就真不愿意了啊。"

秋水说："干啥啊，非得让我上你车干啥啊？"

"小鞭杆子"说："你说这，这不顺道嘛。"

秋水只好上了车。

"小鞭杆子"开着车在村中路上走。

迎面走来了关小手，"小鞭杆子"一见，忙停下车来了，说："师父。"

关小手一看，秋水也坐在"小鞭杆子"的小四轮车上，就问："秋水，你坐在他车上干啥，上哪去啊？"

秋水说："我大姑让我到村头办点事儿。"

关小手说："上村头办事去？上村头办什么事啊？你跟我说实话，你到底要上哪去？"

秋水说："我大姑让我到那片大洼地去办点事儿。"

关小手说："别扯了，你这不是明显地说假话，糊弄你爸呢么，那片大洼地啥也没有，让你上那干啥去啊，说，到底怎么个意思啊？"

"小鞭杆子"说："师父，你别误会，没怎么个意思。就是秋水要到那片大洼地去，我要回镇上去，顺路，我寻思把她给捎过来。"

关小手说："别老一口一个师父的，我承认你是我徒弟了吗？要叫师父，管我们家那口子叫去，我不是你师父。"

"小鞭杆子"说："我觉着，还是管你们家我关阿姨叫师娘好。不然，我管她叫师父了，那管你叫啥呀？人都说，一山容不得二虎，可除非是一公一母。你说你和我师娘俩，男才女貌的，一对般般配的好夫妻，总闹啥意见呢？"

关小手说："你说啥呢？怎么还说到我家的事儿上了，我家的事儿用你管吗？秋水，你下来，要上东头那片洼地，爸跟你一起去，你别跟他一块去。"

"小鞭杆子"说："哎呀，师父，你看这把事儿都想哪儿去了，我一片好心，想给秋水妹子捎个脚，没承想，还给捎出意见来了，得了，秋水妹子，师父让你下去，你就下去吧。"

秋水呢，跟关小手解释道："爸，我真的有事儿，你在这儿捣啥乱啊？我八月姐在东头那个洼地里，挑土垫坑，我大姑让我去劝劝她。"

关小手一愣："有这事儿，真的假的？"

秋水说："那还假的啥啊，我大姑说，让我把店里的工作都撂下来，专门过去劝她。"

关小手用手把住小四轮子的车厢，一纵身，也上到"小鞭杆子"的小四轮子上来。

"小鞭杆子"说："哎呀，师父，你还咋上来了呢，咋个意思啊？"

关小手说："咋个意思啥啊，就是赶快往前开的这个意思！东边那块洼地那儿有事儿了，我能不过去看看吗？"

"小鞭杆子"发动起车开走了。

18. 酒仙儿家

酒仙儿正盘着腿坐在炕上，滋溜儿滋溜儿地喝着茶水。

酒仙儿妻用围裙擦着手，走进屋来说："春虎赶着牛车上地走了半天了，你啥时候去呀？"

酒仙儿说："着什么急，这水不是还没喝完呢嘛，催命呢？"

酒仙儿妻说："我看你是得懒一会儿，就懒一会儿。"

酒仙儿说："我懒咋了，地里的活儿不是没耽误吗？"

酒仙儿妻说："那不都是春虎干的吗？"

酒仙儿说："你这老娘儿们啊，就是头发长，见识短，春虎年纪轻轻的，多干点儿活儿有啥不好的，他多干点儿，我不是就少干点儿嘛，他都干了，我不是就不用干了嘛。"

酒仙儿妻说："你瞅瞅你这身懒肉，都快懒死了。行了，你别上地了，一天就三个饱，一个倒的，在家当老爷子吧，我可得上小卖店去了。"说着要走。

酒仙儿喝了一口水，冲妻子摆摆手说："你回来，我说你这老娘儿们，咋这么不明白事儿呢，我不上地去，那是我懒吗？"

酒仙儿妻说："那不是懒，那是啥啊？"

酒仙儿说："你的两只眼睛长到后脑勺上了，你没看着啊，"

酒仙儿妻一愣，问："我看着啥啦？"

酒仙儿说："你没看见人家樱桃一直在咱们家帮着干活吗？上地干活也是人家跟着春虎一起走的，人家俩人，边干活，边说说话，欢欢乐乐的，我到那儿中间插上一杠子，人家不觉得碍眼儿吗？"

酒仙儿妻说："得得得，你懒就说你懒得了，还找出这么多理由来干啥？"

酒仙儿说："怎么是找理由？，事儿是不是这么个事儿吧？如果咱春虎一个人在地里干活，我能不去吗？我能坐在这儿滋溜儿滋溜儿地喝茶水吗，我早上地去了。"

酒仙儿妻说："行了行了，你愿意躺着躺着，愿意歪着歪着，我可走了。"说着转身出去了。

酒仙儿一拍大腿说："啧，事儿明摆在那儿，能怨我懒吗？"

这时候，酒仙儿妻又趿身走进屋来，说："地里不去你就不去了，可你别忘了，把那两瓶酒给大哥大嫂他们还回去。"

酒仙儿说："还酒，那着啥急啊？院挨院的，我隔墙就给他们递过去了，这还用你操心吗？"

酒仙儿妻看了酒仙儿一眼："那你现在干啥啊，那你现在隔墙递过去吧。"

酒仙儿摆摆手说："你走你的吧，我还要睡会儿觉了，睡醒了再说。"

19. 村头洼地上

"小鞭杆子"开着小四轮子，停到了洼地边上。

关小手、关秋水从车上跳下来，向洼地走去。

洼地那边，杨八月、成大鹏正在往车上和土篮子里装着土。

"小鞭杆子"抱着个鞭杆子也跟在后边向洼地里走。

关小手停住脚说："哎哎哎，你跟着干啥？"

"小鞭杆子"说："你们不用我啦？一会儿办完了事儿，用不用我开着车再把你们送回去？"

关小手说："行了，你别没话找话说了，这不用你了。"

"小鞭杆子"说："师父，你说这话，我可对你有意见啊！你这不是过河拆桥吗？你刚从我的车上下来，怎么说变脸就变脸了呢？"

关小手说："得了得了，我们这儿正有事儿了，没工夫跟你磨牙，你走你的吧。"

"小鞭杆子"说："那行，秋水，哥可走了啊，有用得着哥的地方，就给哥打电话。"说完，转身往回里走。

关小手问秋水："咋的？你还和他互相留电话了？"

关秋水说："留个电话怕啥的，他还能吃了我呀？"

关小手指着秋水说："这孩子，没经验！跟你我要操心！"

这时候，成大鹏从那边看见"小鞭杆子"要走，就冲着他喊："'小鞭杆子'！你别走。"

"小鞭杆子"听见了喊声，就停住了脚。

成大鹏从那边匆匆忙忙地走过去。

"小鞭杆子"问："你找我有事儿啊？"

成大鹏说："你什么时候还来村里？"

"小鞭杆子"说："随时。"

成大鹏说："我想让你从镇子上，给我捎过两口大缸来，能捎不？"

"小鞭杆子"说："大缸？不就是装水的那个大缸吗？"

成大鹏说："是，要高一点儿的。"

"小鞭杆子"："你要缸干啥啊？"

成大鹏说："刚才中午的时候，我去问高海林他爹了，他说要搞泥塑，这块土质虽好，也不能直接用，得把土在缸里和成泥，浇点高粱米汤，像发面似的那么发了，生土变成熟土了，将来搞出泥塑作品来，才能不裂缝儿。"

"小鞭杆子"说："哦，这好办，我肯定给你捎过来。"

成大鹏说："要不要给你点儿运费啊？"

"小鞭杆子"说："哎呀，要啥运费啊，我最喜欢和搞艺术的人来往了，将来你搞出那个泥塑作品来，能让我看上几眼，饱饱眼福，就算给我运费了。得了，不就这么点儿事儿吗，我走了。"

那边，秋水关小手在和八月说着话。

关小手说："八月！你爸和你妈说的话，你得听啊！你说你哪能大学毕业回家干这玩意呢，你在这养上猪了，扎下根了，将来那九月毕业了咋整，也回村来养猪啊？不是当舅的说你，你这个当姐的头带得不好！"

八月没停手里的活计，仍然往筐里装着土说："每个人有每个人的活法，我不管别人怎么活，反正我觉得我这么活，活得值，就行。"

说完，挑着土篮子，就往洼地那边走。

关小手说："这孩子，比毛驴还犟！"

秋水跟着八月往那边走，小声说："姐啊，我大姑让我来，是专门来劝你的，她不想让你干这活儿，这活儿挺累的，我看你也别干了。我瞅着你嗓门也挺好的，要不就跟我爸我妈他们学唱二人转得了，那也挺挣钱的。"

八月说："哎呀，我可唱不了那玩意。"

秋水说："姐，我这劝不了你，你还接着往下干，那我回去跟我大姑咋交代啊？"

八月说："交代不了就不交代，不就完了嘛。"

这时候，道边上，"小鞭杆子"已经开着小四轮子走远了。

柳春龙和彩云他们却奔了过来。

八月刚倒完土，见是他们来了，就问："春龙，彩云，你们怎么来啦？"

（第四集完）

第五集

1、村东头洼地，黄昏

杨八月、成大鹏、关小手、关秋水都在这里。

八月看见春龙和彩云过来了，就说："我在这儿干活儿，你们怎么也知道啦？"

春龙说："老龙岗村就这么巴掌大点儿的地方，谁家有个大事小情的，还不传得像风一样快！"

彩云说："八月姐，我们也是刚听说，就过来了。"

春龙对八月说："你挑土垫这大洼地，你爸和你妈同意啦？"

杨八月说："那不是，打发我舅和秋水来了，劝我别干了。"

春龙说："你呀，这么聪明个人儿，怎么能干这种傻事儿呢？这一大片洼地，你想挑土把它垫平了，那得干到哪年哪月去啊？还不想法儿弄个推土机来，用不了多长时间，就推平了。那多省劲啊！"

杨八月从地上拿起土篮子，笑着说："春龙，别以为就你聪明！告诉你，我这么干，有我这么干的想法。我爸我妈不想让我回村来养猪，他们也不相信我能把这个大坑给填平喽。我是干给他们看的，让他们知道我决心有多大。"

春龙说："和你爸妈较劲归较劲，可填这洼地，该用推土机还是得用推土机，你这么干下去，一天填不了多少不说，也得把自己给累坏了。"

杨八月用铁锹往土篮子里装着土说："你说得倒轻巧。用推土机推，那得用钱啊！眼下我没钱，拿啥雇推土机？我先干着，也让全村人都知道，我杨八月的养猪场开工啦！"说着，挑起担子就走。

柳春龙忙抢过了扁担，说："你这么说，我就明白你的意思了。来，你歇会儿吧。"说着，挑起了土篮子，向洼地那边走去。

彩云也从八月的手里抢下铁锹，说："姐，我来吧。"

杨八月呢，见成大鹏推着一车土挺费劲，就跑过去帮他推车。

彩云看看，没吱声。

大鹏和八月用力推车，把土猛然倾进了洼地，然后高兴地笑着。

彩云脸上悄然浮起了一层荫翳。

这时候，关小手对秋水摆摆手说："秋水，你八月姐刚才说的话，你不是都听着了吗！你呀，别说劝她，就是用十头老牛也拉不回她。人争一口气，佛争一炉香，我还真挺佩服你八月姐的！你呢，要么在这儿帮他们干点活儿，要么回去跟你大姑说劝不了，可千万别给人家当绊脚石。我走了……"

关小手三步两步蹿出了洼地，把手一背，嘴里哼起了二人转："走过了村东大洼地儿，往西走进了龙岗村儿，坑坑洼洼也能变成那平川地儿，就看小八月她能不能真正扎下根儿呀……"

秋水笑道："八月姐，你听见没？我爸把你都编进戏文里啦！"

八月说："真的？我没听见，你给姐来两嗓子呗！"

秋水脸腾地红了，忙说："哎呀，在你面前我可不敢唱！再说了，真人不露相！"

众人都笑着看着她们。

秋水从地上抓起另外一把铁锹，和彩云两个一起往手推车上装土。

成大鹏一脸汗水泥土，擎着手推车把。

彩云拿眼睛深情地觑着他……

2. 田野里，傍晚

杨立本开着小四轮子，碰上了同样开着小四轮子的柳茂祥。

柳茂祥停下车，冲杨立本喊："哎，立本老弟！"说着，从车上跳下来，往杨立本的小四轮子跟前走。

杨立本也停下车，熄了火，坐在车上问："茂祥大哥，地里的活儿干得咋样了？"

柳茂祥说："就差高粱没割了。我看这两天太阳挺好的，再晒晒米。那么点儿地，好割！"他往前凑了凑，说："立本老弟啊，你们家八月回来了，听说她在村东头填那片大洼地，要建养猪场？"

杨立本笑着说："小毛孩子，心血来潮，想个啥是个啥，没有三天的押头！就凭她，能把那块大洼地给平了？你们家春龙忙啥呢？"

柳茂祥说："唉，你们家八月张罗养猪，他就张罗养牛！立本老弟，你弄明白没，这俩孩子跟咱们到底玩的是什么新潮把戏？我都快愁死了。"

杨立本笑着说："这些事儿，也不是光发愁就能解决的！八月要回来养猪，你当我同意啊？我也不同意！犯不犯愁？也犯愁！可想来想去啊，就不愁了，愁没用，就决定放手让她干了。他们这茬孩子，都是顺毛驴，你戗着不行。不听大人言，吃亏在眼前，等她撞了南墙，自己就回头了。"

柳茂祥说："立本老弟，你这个想法儿比我高。这茬孩子，想法多，有不少事儿，你越拦他们，他们越不听你的。你说得对，咱们呢，就是嘴上支持，行动上不支持。反正咱这树根不动，他们这些树梢儿白晃悠！"

杨立本笑道："想明白了吧！别着急，也别上火，再过几天啊，咱们就磨好小刀儿，乐乐呵呵地割高粱了。"

柳茂祥说："立本老弟，你是村主任，站得高，看得远。有什么好主意，可千万跟我通通气儿。我，听你的。"

杨立本说："自家的羊自家拴，自家的孩子自家管。我说的也不一定都对，大伙合计吧。我走了啊……"说完，开着车走了。

3. 山货庄外，傍晚

八月妈正蹲在那里用一个筛子筛五味子，地上晾着人参、五味子、红景天、小黄蘑什么的。

关小手走过来，说："姐啊，忙呢？"

八月妈说："哦，就是把收上来的山货晾晒晾晒，晒干爽了，好装箱，给人家厂家发货。"

关小手说:"姐……"

八月妈停下手里的筛子,往外拣着草叶儿,问:"你有事儿?"

关小手伸出两个指头说:"有,两件事儿!"

八月妈说:"什么两件三件的,有事儿你就说呗。"

关小手说:"第一件,姐,秋水在你这个店里当售货员,你可得给我看紧点儿,别让她和外人接触。"

八月妈说:"咱这山货庄就是大伙送山货、买山货的地方,不和外边人接触,那不是笑话吗!"

关小手说:"我说的外人,不是所有的外人。"

八月妈说:"那你……是指那个'小鞭杆子'吧?"

关小手说:"对啦,就是那小子!我那个败家娘儿们,背着我收了他当徒弟。那小子一天开个小四轮子,摇晃个小鞭杆子,走村串户,不像个正经人。"

八月妈说:"这事,秋水她妈也嘱咐过我。可让我看,事情没你们想得那么严重。那'小鞭杆子',是个热心肠,他都自告奋勇地给我们山货庄当代购员了。"

关小手一惊,说:"啥时候的事儿啊?我咋不知道呢!"

八月妈说:"就是今天中午的事。"

关小手说:"完了,完了,全完了!这……不是明摆着要出事儿吗!"

八月妈说:"出啥事儿啊?"

关小手说:"姐,我让你盯的就是这小子。你可千万别让他和咱们秋水有太多的接触机会。我看他油头滑脑的,还没闹明白他肚子里到底装的是啥下水!"

八月妈说:"这你放心。秋水整天都在我眼皮底下,啥事儿也不会有,姐给你保证。"

关小手看看八月妈说:"姐,有你这句话,我这心里就不敲鼓啦。现在,我再说第二事儿——"

八月妈笑着说:"你这是唱二人转唱的,跟你姐说话,咋还掰着手指头说呢?"

关小手说:"姐,这第二件事是我真心劝你,八月在村东头填大洼地的事儿,你管不了,我看干脆就别管了。"

八月妈把筛子里的五味子猛地倒在地下说:"啥?我管不了?我不管了?她上房揭瓦我也让她揭啊?她大闹天宫我也让她闹啊?"

关小手说:"姐,我已经看明白了,八月这闺女,主意正。她养猪的事,你就是把她塞进太上老君的炼丹炉烧上七七四十九天,也甭想让她改主意。"

八月妈继续筛着五味子说:"钱攥在我手里。我对她实行经济封锁,看她有啥辙!"

关小手说:"唉,我刚才看见八月在那儿挑土,心里挺心疼的,真想拿出几个钱来,雇台推土机帮她推,可……我没征得你们的同意,话都到了舌头尖儿上,又叫我给硬咽回去了。"

八月妈说:"你可别胡扯!你要是真拿钱给她雇推土机,那就不是帮她,是害她!你可千万不能帮这个忙!"

关小手说:"姐说的话就是指示,我照办就是了。"

4. 村东头洼地上,傍晚

成大鹏、柳春龙、杨八月,还有关秋水都坐在一棵树下歇气。

成大鹏说:"春龙、八月,我看咱们村里年轻人还真不少,文化水平都挺高。没事儿的时候得常往一堆儿凑凑,说说话,聊聊天,沟通沟通致富信息。"

杨八月说:"我看行。村里有个文化书屋,钥匙在高甜草手里。咱们闲下来的时候,可以到那儿去活动活动。"

成大鹏说:"好哇!咱们就办个文化沙龙吧!"

5. 文化书屋,夜

成大鹏、柳春龙、杨八月、高甜草等,兴高采烈地打扫着书屋。

彩云用大托盘捧着切好的西瓜,从外面进来。

八月高兴地喊道:"嘀,我正渴呢。来呀,吃西瓜呀!"

众人一拥而上。

彩云挑了块最大的,递给了成大鹏。

成大鹏咬了一口:"呀,真甜!"

这时,彩云也甜甜地笑了。

6. 山野,晨

广袤的山野上,一个无比壮丽的日出。

7. 酒仙儿家的地里,晨

牛车上,已经装了不少苞米。

春虎和樱桃坐在地上的苞米堆旁,说着话。

樱桃说:"春虎哥,你想好了没有?咱们上镇子做活计的事儿,什么时候去?哪天走?"

春虎说:"我家没种别的庄稼,就剩这点活儿了。咱们装上车,拉到家里,就没事儿了。你准备得咋样儿啦?"

樱桃说:"我早准备完了,包括摊煎饼的鏊子什么的,都齐了。"

春虎说:"好!我呢,也没啥准备的。皮鞋油,擦皮鞋的布,到我们家小卖店就拿了;锤子,家里有现成的;皮子,鞋钉子,鞋拐子,等到了镇子上再买。没啥了,也齐啦。"

樱桃说:"春虎哥,别的我都不愁,我就愁……到镇子上,住哪儿啊?"

春虎说:"那愁啥!随便在哪儿租个小房子,里外间,你住里间,我住外间。晚上,你睡你的,我睡我的。你要是怕我使坏,还可以把门插上……"

樱桃笑了:"春虎哥,我信不过别人,还信不过你呀!"

春虎说:"那可不一定。火柴头碰上火柴皮,也保不准'嚓'地就划着啦!"

樱桃娇嗔地说:"你敢!你要是不老实,我晚上睡觉前,拿绳子把你捆起来,再拿我的臭袜子把你的嘴塞上,让你动也不能动,喊也不能喊!"

春虎嘿嘿笑道:"完了,矮脚虎遇上扈三娘啦!"

樱桃也忍不住笑了。

这时,春虎又说:"不过,你可得帮我做饭吃。我这点儿要求,不过分吧?"

樱桃说:"那得看你表现了。"

春虎痴情地望着她,说:"放心。我一定争取当天底下最好的男人,让你成为天底下最幸福的女人。"

樱桃:"你这话说得好,我爱听。"

春虎闻言,忙凑近她,忘情地亲了她一口。

樱桃佯怒地:"你犯错误了吧?"

春虎开心地笑道:"犯什么错误啊!你夸我说得好,还说你爱听,那不是得奖励奖励我吗!"

樱桃也幸福地笑了。

8. 柳茂祥家院内,晨
春龙妈正忙着喂鸡鸭。

忽听不远处有说笑声,她直起腰,引颈朝那边望去。

9. 村东头路上,晨
成大鹏用手推车拉着满满一车土。

八月、春龙和彩云都帮成大鹏推着车。

成大鹏扯着嗓子唱:"一根竹篙喂,难过汪洋海……"

大伙接着唱:"众人划桨呦,开起大帆船,大帆船……"

10. 柳茂祥家院内,晨
春龙妈瞧见春龙和彩云也在其中,一脸不高兴。

一只鸡凑到她的脚边,叨着她鞋上沾的鸡食。

她生气地飞起一脚,踢得那只鸡惊慌地咯咯叫着,一直飞到了屋顶……

11. 村委会院子里,晨
八月、春龙、彩云帮大鹏卸完了手推车上的土。

这时,高甜草又来给成大鹏送饭。

彩云无声地望着她。

八月笑吟吟地:"甜草,又做啥好吃的了?"

高甜草大大方方地:"家常便饭。"

春龙掀开看看,不无惊叹地:"哇,还是西餐早点呢!"

高甜草说:"我哥说大鹏是城里人,怕总吃咱们庄稼院儿的饭吃腻了,让我经常变变花样儿。"

成大鹏笑道:"甜草做的饭菜,都赶上城里星级饭店的大厨啦!"

高甜草也笑道:"太夸张了吧?"

彩云朝这边看看,心里有些不快。她悄然离开了。

12. 柳茂祥家院子,晨
彩云回到自家院子的时候,春龙妈从屋内迎出来。

春龙妈说:"你跟你哥干什么去了?这一大早,就连个影儿都没了!"

彩云沉着脸说:"妈,你管得太宽了吧?你管天管地,还管得住别人的自由啦?我们就不兴有点儿自己的事儿?!"说完,径自进了屋。

春龙妈被她给噎在了那里。

这时,春龙也回来了。

春龙一进门就喊:"妈,吃饭吧。我扒拉两口,还得去帮八月干活儿呢!"

春龙妈看看他说:"春龙,妈问你,你和那个杨八月,到底是啥关系呀?"

春龙说:"妈,你咋问起这话来啦?我跟她没啥别的关系呀,就是同学关系啊。"

春龙妈说:"没别的关系,你总往她跟前凑合啥?"

春龙说:"她是我的同学,又一个村儿住着,能屋里打井、房顶扒门,谁也不跟谁来往吗?再说了,我们到一起,商量的也都是正事儿。"

春龙妈说:"还正事儿呢!养猪养牛,是你们该干的吗?"

春龙说:"妈,我们这茬人跟你们想的不一样。这叫啥?这叫代沟。"

春龙妈说:"我就知道你们个顶个都是孙猴子!早知道这样,还不如当初再提前几年就把你生下来,省得总跟我们较劲!"

春龙忍不住笑了,说:"妈,现在国家的各行各业,那些二十一二岁,二十五六岁的年轻人,不都是我们80后吗!别碰上不对心思的事就给我们扣帽子!"

春龙妈说:"你是大学生,妈说不过你。可我告诉你,春龙!别有一天把你妈惹翻脸了,气得我不认你是我儿子!到了那一步,看谁给你做饭吃。"

春龙笑嘻嘻地说:"妈,我一听,你说的就是气话。你不认我是你儿子,你舍得吗?就算你舍得,我还舍不得你这个妈哩!妈、妈、妈……趁你还没不要我,我得多喊几声儿。"

春龙妈努力板着脸说:"你别嬉皮笑脸的,好不好?"可还没等说完呢,自己便忍不住笑了。

13. 村委会院子里,日

成大鹏正在用铁锹拨弄土。

"小鞭杆子"开着小四轮子,拉着两口大缸,驶进院来。

"小鞭杆子"停下车,说:"缸给你拉来了,卸哪儿?"

成大鹏一愣:"呀,说拉来就拉来了,这么快啊!"

"小鞭杆子"说:"我不是怕你急等着用吗!为了买这两口缸,我跑了好几个地方,就看着这两口还不错。你看看,行吗?"

成大鹏说:"行,太行了,跟我想的是一样的。"

"小鞭杆子"说:"那就赶快卸车吧。"

成大鹏和"小鞭杆子"从小四轮车上往下卸缸。

高甜草拎着一堆苹果、李子、西红柿走了进来。她顺手把东西放在了一边,跑过来帮着他们卸缸。

他们三个人把两口大缸卸到了地上的土堆旁。

"小鞭杆子"对成大鹏说:"我走了啊。"

成大鹏说:"别走啊,我还没给你缸钱呢!"

"小鞭杆子":"哎呀,两口缸才不到一百块钱,等哪天有时间再算吧。"

成大鹏说:"那行,反正你也总来。"

"小鞭杆子"开着小四轮子走了。

成大鹏拿过锹来,就把地上的土往缸里装。

甜草说:"大鹏哥,先别干了,歇会儿,先吃点儿水果。这苹果,是我们家树上结的;这李子,是干核的;这柿子,没上过化肥。"

成大鹏说:"就这一点儿土,我一会儿就把它们装到缸里去,等装完了,一块歇着。"

甜草说:"在这缸里和泥,就能搞泥塑了?"

成大鹏说:"没那么简单,还有好几道工序哩!"

甜草说:"那……我先进屋,把水果给你洗干净。"

成大鹏说:"你哥呢?"

甜草说："在家里烙画呢。这水果，就是他让我送来的。"

成大鹏一边弄土，一边真诚地说："你哥的画，也算一绝！"

甜草拎起那些水果走到门口，又悄然回眸，朝成大鹏那边深情地看了一眼，才走进屋去。

14. 杨立本家院子里，中午

杨八月在屋檐下的洗脸架旁洗脸。

正从小四轮子上卸着苞米的杨立本说："八月，你上午又去东边填那块儿大洼地啦？"

八月一边用毛巾擦着脸一边说："嗯。"

杨立本笑着说："我闺女是真能啊！身体也好，浑身是劲！"

八月擦完了脸，走到小四轮子旁，帮她爸一起卸苞米。

杨立本又说："有你这么个能干的闺女，爸算是心满意足了。将来，等你把那大坑填平了，再把款贷来了，猪场哗地一建，我闺女就能发大财。那时候，你爸我也抖起来啦，住小洋楼儿，坐小汽车儿，再包架飞机到国外去看看西洋景儿……哈，看来我这后半辈子，是有享不完的福啦！"

八月笑了："爸，有啥意见你就直说，别尽说反话。你闺女傻是傻点儿，可还没傻到那个份儿上，好话赖话我听得出。"

杨立本叹口气说："行，我啥也不说了。八月，你干吧，你甩开膀子大干吧，你愿意咋干就咋干吧！什么时候，你撞了南墙，脑袋磕出个大包来，那时候你再来找爸。爸会把你搂在怀里，轻轻给你往下揉那个大包的。"

八月说："爸，我就知道你是这么想的！我干的这些事儿，我妈不支持，我理解；可你也不支持，我不理解！爸你放心，我要是真的撞了南墙，真的把脑袋磕了个大包，也不会让你和我妈跟着操心。我会冲着那南墙，再狠狠地撞过去，把脑袋上的大包给它磕平了！"说完，进屋了。

杨立本缓缓靠在他的小四轮子上，自言自语地说："唉，这小倔驴……"

15. 村委会院子里，日

成大鹏往装了土的两口大缸里倒着水，用锹搅动着缸里的泥土。

16. 山货庄屋外，傍晚

八月妈和秋水正在收着晾在地上的山货。

八月妈说："秋水，你也别说劝不了你姐。人心都是肉长的，你有机会就跟她磨。"

秋水说："大姑啊，白费！昨天，我啥话都说了，嘴皮子都磨薄了，就差上去抢她手里那把大铁锹啦。"

八月妈说："那你咋不抢呢？给她抢下来，把她拽回来！"

秋水笑了："管咋说，八月是我姐啊。我劝她，话说得深点儿，浅点儿都行，可让我动手，那哪儿行！那我们姐俩不是得掰脸吗！"

这时候，"小鞭杆子"开着小四轮子，吹着悠扬的口哨，来到了山货庄门前。他停下车，冲八月妈说："大姑，还忙着呢？"又冲秋水说："秋水啊，下班后，有事儿没？"

还没等秋水搭腔，八月妈便抢着说："我们这么一个农村的山货庄，分什么上班下班啊？只要活儿没干完，干到半夜也得干。你……有啥事儿吗？"

"小鞭杆子"说："也没啥大事儿，就是……哈，我答应请秋水上镇里吃顿饭……"

八月妈说:"你答应请秋水了,可秋水答应你了吗?这些天,我们这儿忙得昏天黑地的。我看'小鞭杆子'你啊,也别再跟着添乱啦!"

秋水听大姑这样讲,只好对"小鞭杆子"说:"大姑说得对,我们忙着呢。吃饭的事,免了吧。"

"小鞭杆子"却从车上跳下来,走到秋水跟前说:"别免了啊!只要你答应去,不管多晚都行,我就在这等你了。镇上有家饭店,24小时营业呢,吃完了,我再开车把你送回来。"

八月妈急忙冲秋水摇头。

秋水只好说:"不行,我去不了。"

"小鞭杆子"把她拉到小四轮子背后,低声说:"咋的,你是跟别人有约会啦?"

秋水说:"约啥会啊?我跟谁约会啊!"

"小鞭杆子"说:"除了约会,啥事能有我请你吃饭重要啊?"

这时,八月妈突然出现在他背后,说:"'小鞭杆子',你可真能逗!你请吃顿饭,就重要到那份儿上啦?!强扭的瓜不甜,秋水不乐意去,你就别勉强她了!"

"小鞭杆子"喟叹道:"唉,秋水啊,我没想到请你吃顿饭,都快赶上三顾茅庐、程门立雪了。"

秋水"扑哧"一下笑出声来,说:"还挺有词儿呢!大姑,你看他,知道的还真不少呢!"

八月妈没吭声。

秋水无言地望着"小鞭杆子",目光中多了几分歆羡与柔情。

"小鞭杆子"想了想,对八月妈说:"大姑,秋水去不去,由你。我们当晚辈的,不能逆着长辈。可……我这个人,从小就没爹没妈,也没有兄弟姐妹。说实话,我是回家进屋一个人,出去还一个人;只有一个时候是俩人,那就是照镜子的时候。每天干完活儿回去,孤得慌,这心里头,总是抓心挠肝的……"

他说得很真诚,让八月妈心里酸酸的。

八月妈说:"'小鞭杆子'啊,我不放秋水走,你可别怪我。这是她爸她妈……"

秋水一听,忙打断她的话:"大姑,多余的话,咱就不说了。"然后转对"小鞭杆子"说:"你不是说……怕回去早孤单吗?那就晚点儿回去呗!你看,大姑这儿满眼都是活儿,你就不会伸把手啊!"

"小鞭杆子"一听,忙说:"哎呀,可不是么,这地上不是还有好多山货没收呢,来,我帮你们收收吧。"说着,弓下腰就忙活起来。

八月妈心情挺复杂地看着他。

秋水的嘴角,却悄然浮现出一丝笑意……

17. 酒仙儿家,傍晚

酒仙儿妻在外屋的一张小桌上切着茄子干儿。她一边在灶口烧着火,把切好的茄子干儿放在热水锅里,煮上一会儿,一边用笊篱把茄子干儿从锅里捞出来,放在一个盖帘子上。

酒仙儿呢,则坐在里屋炕头上,脸儿红红的,正拿着根牙签儿,轻轻地剔着牙,打着饱嗝儿。

屋外的邻家院子里,响起了春龙妈吆喝鸡的声音:"老鹞子叼小鸡儿喽,呕嘘……"

酒仙儿妻听见了,手里拎着笊篱走到里屋门口对酒仙儿说:"那院儿大嫂正在院子里,你赶快把那两瓶酒给人家还回去吧!"

酒仙儿说:"你让我现在去还酒,不是成心给人家添乱吗!"
酒仙儿妻说:"怎么是添乱呢?"
酒仙儿说:"那酒是大哥给我的,我把酒还回去,大嫂那个小心眼儿肯定会把酒收了。大哥知道了,不得生气发火吗!为了大哥家的安定团结,这酒咱还真的先不能还。"
酒仙儿妻说:"不还,那我就拎回小卖店去。"
酒仙儿忙说:"别的呀!我没说不还,我的意思是……得找个合适的机会,得选个恰当的方式……"
酒仙儿妻瞪他一眼,说:"怎么说,都是你的理!"说完,扭身回到灶旁,把盖帘上的茄干儿端到了屋外。

18. 酒仙儿家的院子里,傍晚

酒仙儿妻往绳子上晾茄干儿。
邻院春龙妈也正从架子上往下收晾干的衣物。
酒仙儿妻看见她,喊:"大嫂。"
春龙妈朝这边瞥一眼:"哟,准备过冬的干菜了!"
两个人都来到了院墙旁。
酒仙儿妻问:"春龙回来咋样儿?我这些天瞎忙,也没说请孩子到这边坐坐,简单吃个饭。"
春龙妈说:"都是自家人,还客气个啥劲儿!"
酒仙儿妻:"大嫂,真不好意思。那天,我们家茂财跟我闹唧唧,还跑到你们家拿饭拿菜拿酒喝。大嫂你也真是的,不光管他吃,管他喝,还给他拿了两瓶好酒。这,我都听说了。"
春龙妈:"两瓶酒算个啥呀?不值得一提的事儿。"
酒仙儿妻说:"我们家茂财一天到晚就恋着那个酒。我们家小卖店里有酒,我给他拿了两瓶,让他还你们。"
春龙妈说:"哎呀,看你说的!不就两瓶酒嘛,还啥还呀!他还,我们也不能要啊!"
不知道什么时候,酒仙儿出现在了门口。
他大声地说:"你看,我说不用还,你就非得要还!这人情是把锯,有来也有去。我喝了大哥大嫂家两瓶酒,等他们缺啥啥的时候,到咱们小卖店拿去不就结了吗!"
春龙妈说:"茂财说的是,实在亲戚嘛!"
酒仙儿妻瞪了一眼酒仙儿,没再说话,转身去晾她的茄子干儿了。

19. 文化书屋内,夜

高甜草拎着个水壶正往暖瓶里倒开水。
杨八月走进来,说:"甜草,咱这文化书屋,这么一收拾还真的挺像样儿!"
甜草说:"书是不少,养殖业的、种植业的、科技方面的书,不说全了,也差不多。可惜这些书了,搁在这儿没多少人来看,都快成摆设了。"
八月问:"这么多好书,咋就没人来看呢?"
甜草说:"村子里有点儿文化的年轻人,都出去打工了;剩下的都是一些老年人、妇女和孩子……"
正说着,成大鹏、柳春龙、彩云、高海林他们走了进来。
成大鹏从一个兜里掏出一盒茶叶,还有咖啡和咖啡伴侣,放在桌子上,说:"咱们这个小书屋不光是咱们的文化沙龙,也是咱们的茶吧、咖啡吧。今天,就算正式成立了,大伙说好不好？"

小屋里立刻响起一片欢呼声。

20. 村中路上，夜

秋水往文化书屋的方向走。

"小鞭杆子"跟在后边。

秋水说："挺晚了，你也累了一天了，别再跟着我了。"

"小鞭杆子"说："我得护送你到目的地呀！你安全到达了，我才放心。"

秋水笑道："我们村子里，过去治安一直很好，就最近才多出点儿不安全因素！"

"小鞭杆子"瞪着眼睛说："你看，还是有不安全因素吧！"

秋水说："所以，我才让你早点儿回去呢。"

"小鞭杆子"说："那我就更不能早点儿回去了！"

秋水说："可……你不回去，这不安全因素就没法消失！"

"小鞭杆子"一听，笑了："哈，你是说我啊！我是多好的一个人啊，多可靠啊，我怎么会是不安全因素呢！有我在，你什么不安全的事儿，都会变得安全了。"

秋水调皮地说："你可得了吧！我才认识你几天啊，你就总黏黏糊糊的。我看，你就是一个不安全分子！"

"小鞭杆子"一吐舌头，说："妈呀，没想到，我在你心目中是这形象！得了，你走吧，我也不护送你了。"说完，他站住了。

秋水呢，大步流星地往前走出了十多步远。

"小鞭杆子"忽然颤着声喊："秋水妹子……"

秋水回眸，说："你又喊我干啥？"

"小鞭杆子"抽泣着说："我太伤心了……"

秋水忙往回跑，说："你看，逗你玩呢，你怎么还当真啦！"

"小鞭杆子"哽咽地说："你太伤我自尊啦！我一个大好人，却让你给当成不安全分子，我没受过这委屈！"说着，撩起衣袖，抹开了眼泪。

秋水说："行了行了，挺大个男人，抹什么眼泪！"

"小鞭杆子"说："男人该哭的时候也哭。不是有句话叫'男儿有泪不轻弹，只因未到伤心处'么！"

秋水劝慰他说："行了，你也别委屈了。你是这世界上最好的男人，最可靠的因素，行了吧！"

"小鞭杆子""扑哧"笑出声来："哈，那……就让我接着送你吧！"

秋水"啪"地给了他一巴掌，说："好哇，你跟我演戏！"

"小鞭杆子"说："我就想在你面前展示一下我的表演才能。咋样，我给你爸你妈当徒弟，够格不？"

秋水说："舞台上不光需要正面人物，也需要演坏蛋的。我看，你行！"

"小鞭杆子"笑了，说："唉，我一个跟头翻出去十万八千里，可还是没跳出你这如来佛的手心！"

秋水不无得意地："你想跳出去，没门儿！"

21. 关小手家院子里，夜

关小手从茅房里站起身来，一边系裤腰带，一边往外走。突然，他站住不动了，怔怔地扭着脸往村街上看。

22. 村街上，夜

秋水和"小鞭杆子"一起往前走着。

"小鞭杆子"蓦地停下脚，说："秋水妹子，文化书屋不远了，你在前边走吧，我在后边远远地看着你。"

秋水嫣然一笑："那……就明儿见！"说完转身跑开了。

"小鞭杆子"痴痴地望着她的背影……

23. 关小手家院内，夜

关小手皱起眉头，望着"小鞭杆子"。

24. 关小手家，夜

李大翠正翻腾着箱子，找东西。

关小手从外面进来，说："你找啥呀？翻箱倒柜的！"

李大翠说："我不是说得过去看看你姐嘛，能空手去吗？有一套新睡衣，你姐穿着肯定合适，可就想不起来放哪儿了。"

关小手说："那你就找吧。上老爷岭演戏，叫那'小鞭杆子'也去？"

李大翠说："那肯定了。人家那边点名儿要吹萨克斯的，他不去行吗！"

关小手抬起手来，竖起食指，向空中点着说："我说老婆啊，这世界上，没有比你老公我再精明、看问题再准的男人了！你猜，刚才我看见啥啦？"

李大翠说："看着啥啦？"

关小手说："那个'小鞭杆子'开始黏糊咱们家秋水了！"

李大翠瞪大眼睛说："不能吧？他这么快就出手啦！"

关小手说："那快啥？当年我追你，不是半个钟头就搞定啦！唉，你这徒弟收的，整不好就是引狼入室。"

李大翠说："你可别吓唬我呀，我害怕。"

关小手说："不是吓唬你。那小子，比我年轻时候的心眼儿多！"

李大翠说："那咋办？我就勤叮嘱叮嘱咱们秋水吧！鸡蛋身上没缝儿，那苍蝇就白嗡嗡！"

这时候，关小手从一大堆衣物中，"唰"地拎出一套睡衣来。

李大翠一见，笑道："哎呀，我找了这么半天，硬是找不着。可你这只小手儿，怎么说拎就给我拎出来啦！"

关小手也笑了。

25. 柳茂祥家，夜

春龙妈对坐在那里喝着茶水的柳茂祥说："刚才淑芬跟我说要叫茂财来还酒，我说啥也没同意。"

柳茂祥："两瓶酒他喝就喝了，还啥？"

春龙妈："是啊，那两瓶酒，满打满算也超不出五十块钱！"

柳茂祥说："春龙上哪儿去啦？"

春龙妈："跟杨八月她们上文化书屋了。我看咱们春龙，心里八成有八月。"

柳茂祥："那可不行！八月那闺女，死心塌地地要养猪了！"

春龙妈："现在已经到了火烧眉毛的时候，你得出手了。"

柳茂祥说："你啥意思啊？"
春龙妈说："八月的舅妈李大翠是个保媒拉纤儿的好手。想法儿让她把高德万家那个海林子介绍给杨八月，咱春龙不就死了心了么。他没了这份心思，八成就得奔城里使劲了，养牛的事儿也就黄了。"
柳茂祥说："把海林子介绍给杨八月？那杨立本能干吗！八月好歹也是大学生啊！"
春龙妈说："啥大学生啊？人家老高家海林高中毕业，老实巴交，木匠活做得挺精细，还会烙画。杨八月她一个养猪姑娘，还想找一个啥样的！"
柳茂祥摇摇头，没说话。
春龙妈说："为了咱春龙的前程，必须把他和杨八月掰开！"
柳茂祥不无怀疑地说："春龙和八月俩真有那意思吗？"
春龙妈说："反正我是听见辘轳响了，还没找到井在哪儿。"
柳茂祥说："那……要掰，你就掰吧！"

26. 樱桃家，夜
春虎、樱桃都在这里，和樱桃妈一起围着个大笸箩搓苞米。
樱桃妈说："春虎啊，樱桃要和你一起上镇子找活儿做，我不拦。有你在她身边，我放心。你们俩在外边就互相多照顾着点儿吧，这样我和你家老人都放心。"
春虎一边搓着苞米一边说："大婶儿你什么都不用惦记，我肯定照顾好樱桃。"
樱桃妈说："樱桃说了，她到了镇子上，摊煎饼卖烙饼啥的。春虎你呢，你想干啥？"
春虎说："擦鞋掌鞋。"
樱桃妈说："哟，干这活儿啊？你爸你妈知道吗？"
春虎说："我没告诉他们。我擦鞋掌鞋，挣的是钱，我没考虑别的。"
樱桃妈说："先不让他们知道也好。要是让他们知道了，能不能同意你去，还两说着呢。你妈跟我们不一样，她当年是从城里下乡来的，她那人特爱面子！"

27. 文化书屋门前，夜
"小鞭杆子"抱着个鞭杆子，站在那里听屋里人说话。
春龙的声音："我看哪，村头那块洼地，要真填平了，做养猪场养牛场都够了！干脆，八月先填着土，我和彩云先到往镇子上跑跑贷款的事！"
八月的声音："这个主意不错！"
文化书屋里不时地传来年轻人的笑声。

28. 樱桃家，夜
春虎回家了。搓苞米的大笸箩旁，只有樱桃和樱桃妈了。
从外面传来二胡声。
樱桃妈停下手，静静地听着。

29. 高德万家的院子里，夜
高德万坐在一把椅子上拉二胡。
他拉的是《高山流水》。
他拉得很用心，也很动情。
二胡声在寂静的夜里传得很远……

30. 樱桃家，夜

樱桃妈听着高德万的二胡曲，眼里居然汪出了泪。

樱桃一边搓着苞米，一边问妈："妈，你咋啦？"

樱桃妈努力压抑着内心的忧伤，说："行啊，你们走吧！人往高处走，水往低处流，没啥。"

樱桃停住了手里的活计，静静地看着她妈。

31. 杨立本家的院子里，夜

天上云彩花儿遮挡着月亮，杨立本坐在那个石磙子上，想着沉重的心事。

32. 柳茂祥家的院子里，夜

柳茂祥坐在自家的院子里，一副心事沉沉的模样。

33. 文化书屋的门口，夜

杨八月、成大鹏、柳春龙、柳彩云、高海林、高甜草、关秋水他们说说笑笑地走了出来。

"小鞭杆子"看见了他们，没吭声。

成大鹏从兜里掏出一百块钱，塞在"小鞭杆子"手里。

彩云看见"小鞭杆子"，说："你家不是在镇上吗？这么晚了，怎么还没回去！"

秋水则装作不认识的样子，远远地站在一边。

"小鞭杆子"笑着说："我打这儿路过，看你们在文化书屋里有说有笑的，我就在外边听了一会儿。你们说的那些事儿，真有意思。以后你们搞活动，能不能带上我呀？"

彩云说："你不是我们村里的人。再说了，晚上在这参加完活动，还得走那么远的路，多不方便啊。"

秋水一听，忙说："我爸我妈刚收他做了徒弟。说起来，他也算得上半个村里人呢！"

"小鞭杆子"也说："我有车，也没啥不方便，不就是几脚油门儿的事儿吗！"

这时候，成大鹏走过来，说："我跟你一样，也不是村里人。这个文化书屋，是开放性的，谁愿意来都行，没人限制你。八月，甜草，你们说对吗？"

八月和甜草都对"小鞭杆子"说："你愿意来，欢迎啊！"

秋水悄然笑了。

"小鞭杆子"乐得"啪啪啪"地连着打了几声响鞭，又看了一眼秋水，然后才说："各位，那就改日见！"说完，转身走了。

秋水默默地看着他……

34. 天空，夜

月亮，在雪莲花般的云朵里穿行。

35. 村街上，夜

秋水往前走着。

"小鞭杆子"突然从一棵大树背后闪出来，压低着声音喊："秋水……"

秋水："呀，吓我一跳！"

"小鞭杆子"说："我把音量压到最低了，怎么还吓了你一跳？"

秋水说："你不是走了吗？怎么又踅回来了？"

"小鞭杆子"说："我还没跟你正式道别呢！"

秋水心里挺温暖，可嘴上却说："你也不怕叫别人看见！"

"小鞭杆子"说："看见怕啥呀？我已经是你们文化书屋的正式成员了！哎，秋水……你们都什么时候搞活动啊？"

秋水说："每天晚上都有人。"

"小鞭杆子"说："光有人不行啊。你不来，我来有啥意思！"

秋水故意装作听不懂，说："你是来参加活动的，有人就行呗，为啥非得我来呢！"

"小鞭杆子"掩饰地："我跟别人不是都不太熟嘛。"

秋水说："你和我就熟啊？咱俩才认识几天啊？你就拿我当熟人啦！"

"小鞭杆子"说："不对吧？我这心里头，咋觉得好像咱俩已经认识好多年了呢！"

秋水暗自笑了。但她却没笑出声来，对"小鞭杆子"说："你可真能黏糊真会黏糊！好了，人家都走远了，我……也得回家了。"

"小鞭杆子"说："你看，我特意拐回来，就是怕没人送你回家。走，哥给你保驾护航！"

秋水也没拒绝。

他们一起朝前面走去。

36. 村街上，夜

柳春龙、彩云、八月正往前走，关小手迎面匆匆忙忙地走了过来，问八月："看着秋水没？"

八月说："秋水？刚才还在啦！"

彩云说："在后边呢。"

关小手忙朝彩云指的方向走去。

37. 村街拐弯处，夜

"小鞭杆子"、秋水跟关小手在这儿走了个迎面。

关小手一看"小鞭杆子"还在，就背着手、扬着脖儿，也不说话，围着"小鞭杆子"转着圈儿地瞅。

秋水怯怯地喊了声："爸……"

关小手依然不吭声。

"小鞭杆子"有点儿叫他给看毛了，说："师父，我脸上一没长花儿，二没长草儿，你这么看我干啥呀！"

关小手愤愤然地低声吼道："干啥？你心里头明白！"

（第五集完）

第六集

1. 村中路上

关小手说："我光是要看看你吗？我告诉你，你小子再这样下去，我可就不是看你的问题啦，我揍你！"

"小鞭杆子"说："师父，我怎么的啦？你怎么还要打我呢？"

秋水说："爸，我刚才没和他在一起，我们也是刚碰面，刘金宝他也真的没办啥错事儿。"

关小手对秋水说:"行了,行了,你少说话,怎么还替他讲上情了呢?"

他抬起手指着"小鞭杆子"说:"我告诉你,我们家那口子是收你当徒弟了,可是你要借着这个机会,一个劲儿地贴乎我们家秋水,别说我真把你这个徒弟名分给废了。"

"小鞭杆子"笑嘻嘻地说:"师父,我这也是到文化书屋来参加活动了,肯定是你想多了。我没贴乎秋水妹子!"

关小手说:"那还想怎么贴乎呀?一会儿搁车拉着她上村东头去,一会儿两人挨在一起走夜道,我告诉你,以后我再看到一回,我就饶不了你!秋水,走!"说完,关小手拉起秋水往前走去。

秋水回头看看"小鞭杆子"。

"小鞭杆子"还跟在后边走。

关小手回过头来问:"你怎么还跟着我们呢?"

"小鞭杆子"说:"我这是跟着你们吗?我的小四轮子扔在山货庄那边了,我得去取车回镇子上啊!"

关小手一边和秋水一边往前走着,一边说:"秋水,你给我长记性,以后少搭葛他。"

2. 柳茂祥家

屋里的灯亮着。

院子里,柳茂祥和春龙妈在那说着话。

春龙和彩云走了进来。

春龙妈见了,说:"这么晚了,你们两个又跑哪儿疯去啦?"

彩云说:"我们上文化书屋了。"

柳茂祥有些意外地说:"上书屋看书去啦?"

彩云点点头。

柳茂祥脸上浮现出一丝笑意。

春龙妈说:"是不是又和那个杨八月在一块儿啦?"

柳春龙说:"是又怎么啦,不是又怎么啦?整天就盯上那杨八月了,人家一不偷二不抢的,你老防着人家干什么?"

春龙妈妈说:"守着啥人学啥人儿!你就跟那个杨八月学吧,她张罗养猪,你就张罗养牛,看你能学出个啥好来?就不能少搭理她?"

春龙看看他妈,一脸不高兴,但没吭声,进屋去了。

彩云埋怨她妈说:"妈,我们年轻人在文化书屋聚聚,读读书,学学习,说说科技致富的事儿,这不都是正事儿吗?你管这么多干啥啊?"

春龙妈说:"你哥的事儿,怨我管吗?我看他八成是看上那个杨八月了,我能让你哥读完大学,在这老龙岗村找个媳妇吗?那你爸你妈是不是太没正事儿了?"

彩云说:"找媳妇哪儿不能找啊,城里的咋就一定比村里的好呢,都啥年代了,还这思想。"

春龙说:"我把你养大了是不,还敢跟我顶嘴了,我管你哥的事儿,你少掺言,回屋去。"

彩云噘着嘴:"照你这说法,我一辈子还找不着好对象了呢!"说完,进屋去了。

3. 关小手家

月光，从窗外筛进来。

关小手和李小翠躺在炕上，没睡。

关小手说："媳妇儿啊，你别老因为我姐办那个山货庄，咱们没入股的事儿，跟我心里较劲啦！咱们家，那点儿钱，我可想好往哪儿投资了。"

李小翠带理不睬地说："往哪儿投，能赶上投到大姐那块儿好啊。"

关小手把一只胳膊枕在脑袋底下，笑呵呵地说："这你就没眼光了！"

李小翠说："你打算投给谁吧？说出来，我听听！"

关小手说："八月！"

李小翠说："是她？"

关小手说："八月不是正张罗在村东头建猪场吗？我看八月这姑娘不光有知识，也有能干成事的那股劲儿！我佩服她！你瞅着吧，这闺女的事业要干大！"

李小翠："八月这姑娘能干成事儿，我也信！可是姐姐、姐夫都不同意办这个养猪场，咱们合股投资去，那姐夫和姐姐知道了，不得对咱们有意见啊？"

关小手说："这啥话呢？咱们看准了，有钱挣的时候，能不抓准机会下手吗？再说了，投资入股咱们是跟八月签协议，先别让姐夫和姐知道，不就完了嘛。"

李小翠说："那纸里还能包得住火啊？"

关小手说："嗨嗨！你不说我不说，八月不说，谁能知道？！"

4. 村中路上

夜色中，"小鞭杆子"开着小四轮子，嘴里吹着快乐的口哨，驶出村去。

5. 樱桃家

早晨，屋门口。

春虎骑着个"倒骑驴"，上面撂着一些东西，等在那里。

樱桃妈和樱桃从屋里走了出来。

樱桃对她妈说："妈，我们可走了，有事儿就打电话吧！"

樱桃妈假装乐呵呵地说："走吧，你们走吧，别惦记着妈啊，妈没事儿！"

樱桃有些依依不舍地上了"倒骑驴"。

春虎骑上走了。

樱桃妈轻轻摇着手，一直目送着他们。

待那车子走得没了影子，樱桃妈才撩起衣襟揩着眼泪。

6. 村东头的洼地上

杨八月一个人在那里挑着土，填着洼地。

春龙妈挎着个柳条筐从那边走了过来，老远就打着招呼说："八月啊，你是真要在这儿建猪场啊？"

八月汗水津津的，抹把汗水说："嗯。"

春龙妈用手抓住八月肩上的扁担，说："八月，歇会儿，跟婶子说说话呗。"

八月放下挑子，揩着汗，笑着对春龙妈妈说："柳婶，找我有事儿啊？"

春龙妈说："哎呀，也没什么大事儿，我说八月啊，你人长得也怪好的，又大学毕业了，怎么不说在城里找个工作，非要回来养猪呢？这不白瞎了你这个人才了吗？"

八月笑了："婶子，在我们年轻人眼里，城市生活、乡村生活都是生活，今天的农村，也就是明天的城镇，在哪儿创业都一样。"
　　春龙妈说："你说这话，婶子可有点儿听不大懂，那城里跟咱农村可是两回事儿！"
　　八月笑着说："现在还有许多不一样，将来慢慢地都会变成一样的。"
　　春龙妈说："啥？你说咱这儿小村子，也能变得有高楼大厦，路口有红绿灯？像个城市似的？我看那可早着呢。"
　　八月说："樱桃好吃树难栽，不下苦功花不开，幸福不会从天降，美好生活等不来！这是咱自己的家，咱们不建设这儿，这地方不是老也变不了吗？"
　　春龙妈说："那咱老龙岗村变城市，靠你建这个养猪场就能变啊？"
　　八月说："婶子，村子是大家伙的，建设得靠大家，其中也有婶子你一份啊。"
　　说完，八月挑起土篮子继续往洼地里填着土。
　　春龙妈看了看八月的背影："哎呀，现在这孩子，啥事儿都敢想，咱们八辈子都寻思不到的事儿，他们都敢干。"

7. 酒仙儿家

　　酒仙儿坐在炕桌上，大口吃着馒头。
　　酒仙儿妻从外屋进来跟他说："不兴喝酒哇，一会儿你吃完了，自己收拾吧。"说完走了。
　　酒仙儿透过窗子看着酒仙儿妻走出了院门，就下了地，打开箱子盖，拿出一瓶酒来，倒到杯子里喝了起来，一边喝着，一边自己叨叨说："你管天管地，还管得住老子喝酒啦。啧！"

8. 村委会院内

　　成大鹏和高海林只穿着挽腿裤子，赤裸着上身，分别在两个大缸里踹泥，他们的身上脸上都有泥渍。
　　高德万手把着缸沿儿，一边往里看着一边说："泥踹得越好，也就越好用。"
　　这时候，杨立本、柳春龙、柳彩云，他们几个人走进院来。
　　柳春龙和柳彩云各推着一辆自行车。
　　杨立本说："哟，你们这是做啥呢？"
　　高德万说："成大鹏不是要搞泥塑吗？我告诉他们，怎么把生泥变熟泥呢。"
　　杨立本说："对对对，这玩意儿你懂！"回手招呼春龙和彩云，说："你们进屋来吧。"
　　成大鹏跟春龙、彩云打着招呼说："你们这是干啥来了？"
　　春龙说："找村主任在这个贷款申请上盖个章，好到镇子上跑贷款去。"说完，春龙跟杨立本进了屋。
　　彩云呢，看见旁边洗脸盆泡着条毛巾，就赶忙过去，把毛巾拧了拧，过来给成大鹏和高海林擦脸上的泥渍，一边擦，一边说："你看看你们两人的脸，都成什么啦。泥塑没塑出来呢，你们自己倒先成了泥像了。"
　　成大鹏笑着说："哎呀，不用擦，这活没干完，擦完了还得崩上。"
　　高海林呢，当彩云来给他擦脸时，却静静地闭上了眼睛，让彩云慢慢地擦。
　　彩云擦完了，高海林冲彩云笑了笑。
　　在海林的笑容里，彩云仿佛感觉到了什么。

9. 山货庄门前

"小鞭杆子"开着小四轮车停在了山货庄门前。

八月妈和秋水正在门前晾山货。

"小鞭杆子"从车上走了下来。

秋水见了，说："哎，我爸不是说了，让你少往我跟前来凑合，你怎么又来了？"

"小鞭杆子"洋洋不睬地说："你以为我来到这儿就是为了看你啊？真没自知之明！我今天是来找大姑的！大姑！我给你送山货来了。"

八月妈从地上直起腰来，说："这么快你就把山货给收上来啦？"

"小鞭杆子"说："这有啥难的，时不我待么！对这一左一右的，到谁家能收着啥，咱掌握信息！大姑，把货卸到哪啊？"

八月妈说："你先别张罗卸啊，我得看看货的成色。"

"小鞭杆子"说："看吧，随便看，看看我收的这些五味子、红景天啥的，嘎嘎地好。"

八月妈和秋水一起来到小四轮子跟前，打开袋子，拿出几枚红景天放在嘴里品尝着，点着头说："嗯，是不错，袋子底下的也都这样吗？"

"小鞭杆子"说："管咋说我也管你叫声大姑，我能糊弄你吗？糊弄你不就等于糊弄我自己一样吗？过秤的时候，我都检查多少遍了，没问题。"

八月妈说："行，那就往屋里卸货吧。"

关秋水刚要伸手去拎车上的袋子，"小鞭杆子"制止她说："哎，你别动，这是你们女人干的活儿吗？你和大姑俩都该干啥干啥去，这几袋子东西，我转眼之时就能卸完了，不用你们啊！"说着，一下子扛起两袋子山货，就往屋里走。

八月妈用手抻抻秋水的衣角，说："别说，这小子干活还真有一套。"

秋水呢，看着"小鞭杆子"的背影，对八月妈说："大姑，你咋夸上他了？我爸可说要让你盯着他。"

八月妈说："看人，那不就得说实话吗？我看这小子，还真不错，说不定真能跟你对成象呢。"

秋水说："大姑，你这是看着他呢？还是在我们之间撺掇事儿呢？"

八月妈说："没看准这个人的时候，那我是得看着他，可是一旦看准了，那该撺掇也得撺掇。"

秋水说："大姑，我爸可不是这意思啊。"

八月妈说："你爸啥意思我知道，当老人的没有不希望孩子好的，这小子要是真行，你也看中了，我去跟他说。"

这时候"小鞭杆子"从屋里出来了，又从车上扛起两袋子山货，喊着说："秋水，过来，搭把手！"

秋水过来了，说："怎么搭手哇？"

"小鞭杆子"说："来，给我哥，再往上加一袋！"

秋水嗔怪地说："行了，你逞什么能啊？这死老沉的东西，两袋儿还不够你背的啊？"

"小鞭杆子"说："不沉，再来一袋。"

八月妈说："算了，算了，轻来轻去搬倒山，就那么几袋东西，那么着忙卸干啥？一次扛两袋就不少了。"

"小鞭杆子"用手又从车上拿起一袋，撂在自己肩膀上说："你看，让你搭把手怎么这样费劲呢？行了，我自己干吧。"说完，扛着三袋山货，一路小跑，进屋去了。

10. 村子通往镇子的路上

春龙和彩云俩骑着自行车往前走。

彩云说:"哥,我和那个有公马鹿的厂家联系过了,人家说最近几天就来人。"

春龙说:"好。哎,你看前面走的人都是谁啊?"

柳彩云看看,说:"哎,好像是樱桃、春虎他们。"

春龙说:"加快点儿劲骑,撵上他们!"

11. 村委会院里

成大鹏和高海林还在大缸里踹着泥。

这时候,高甜草风风火火地跑来了:"大鹏哥,你咋还在这儿踹泥呢?我跟你说的,让你去上图画课的事儿,你是不是给忘了?"

成大鹏一惊,说:"哎呀我的妈呀,亏得你来找我了,这事儿叫我给忘得一干二净了。"说着,就从缸里跳了出来。在旁边那个洗脸盆里,简单地擦了擦胳膊和脸,披上一件衣服,就跟高甜草紧跑慢颠地要往外走。

甜草看见他脚上腿上都是泥,就说:"你就这个样子去啊?"

成大鹏说:"哎呀,别耽误了给孩子们的上课,快走吧。"他们一起向小学校的方向跑去。

12. 村中通往镇子的路上

春龙和彩云骑着自行车,停在了春虎和樱桃的"倒骑驴"前。

道两旁是未收割的高粱,一片火红,随风摇摆。

春虎和樱桃从车上下来。

春虎说:"龙哥,你和我彩云姐也上镇子啊?"

春龙说:"虎子啊,你这车上驮包摞伞的,这是要干什么去啊?"

春虎说:"哥,姐,我是和樱桃要到镇子上做工去。"

春龙说:"怎么想起来做这事儿啦?"

春虎说:"没听人家说吗,咱们农民要发家,就得先离开家。"

春龙说:"虎子,这么大个事儿,要走,怎么没说跟哥打一声招呼呢?"

春虎笑笑说:"哥,姐,你们都不是外人,我到镇子上是想去擦鞋掌鞋,在咱们村子里头,有不少人还把它当成低三下四的活儿,我就没好意思声张,也不想让别人知道。"

春龙说:"春虎,你这个想法对,咱们是靠劳动挣钱,别人说什么,和咱没关系,用不用我们再帮你们做点儿啥?"

春虎说:"暂时不用。哥,姐,等我们在镇子上挣了钱了,立住脚了,你们俩再到镇子上办事儿,可一定得到我们那儿,现在我还不敢说这句话。"

春龙说:"行,你们在后边慢慢走吧,我们先走了啊。"

彩云也跟樱桃打了声招呼。

春龙和彩云两个人,骑着自行车先走了。

樱桃对春虎说:"春虎哥,我看今天咱们在这碰面也挺有意思的。"

春虎说:"咋啦?"

樱桃说:"春龙哥是念完了大学,彩云姐是正在读网络电大,他们一个从外边回村了,一个压根儿就没想离开村里,咱们两个高中毕业生呢,却出来闯天下了。"

春虎笑了:"这叫每个人都能干自己想干的事儿,择业自由。"

说着，他们骑着"倒骑驴"往前走了。
道旁闪过正晒米的红高粱。

13. 小卖店里

春龙妈一边往柳条筐里放着东西，一边对酒仙儿妻说："再给我拿三袋精盐，两瓶子酱油，两瓶子醋，五袋味精，四根香肠。"

酒仙儿妻把这些东西放在柜台上。

春龙妈把这些东西一一装进筐里，直起腰，拍拍手说："弟妹，算一下多少钱吧。"

酒仙儿妻说："大嫂，都是自家的小卖店，就这点儿东西，你拿回去用吧，要啥钱呢？再说，我们家茂财要还你们的酒，你不是也没让还吗？"

春龙妈说："哎呀，弟妹，我一寻思今天我来买东西，你就得多心，你不要钱可不行，你这小卖店是小本买卖，这个钱我得掏。"

酒仙儿妻说："大嫂，我说不用就不用了，你快拿走吧。"

春龙妈说："你快算算多少钱吧，咋这么让我着急呢？"

酒仙儿妻说："我都说过了，不算了，大嫂你快回去吧，可别在这儿撕撕巴巴的，让别人看着不好。"

春龙妈一边说着："不行，不行，绝对不行。"一边从兜里往外掏钱，她掏了左兜，又掏右兜，掏了衣兜，又掏裤兜，突然说了一句："哎呀妈呀，你瞅我这记性，要洗衣服换衣服，把装钱的那件衣服给扔家了。"

酒仙儿妻说："那不正好嘛，本来我就没想收你的钱。"

春龙妈一脸难色地说："这成啥事儿了呢？要不东西先放这儿，我回家取钱去。"

酒仙儿妻走出柜台，拎起筐来，塞到春龙妈的手上说："你快拿走吧。"

春龙妈说："弟妹，这东西我拿走了，可是钱，回头我还是得给你。"说完，挎着东西往外走，边走边说："这扯不扯，人一上了岁数，记性咋这么差呢？。"

14. 小学教室内

学生们安静坐着。

教室的门开了，成大鹏光着脚，穿着挽腿裤，脸上腿上还有很多泥垢，走到讲台前。

学生们一看他那个样儿，都嘿嘿地乐了。

高甜草说："不许笑，我给同学们介绍一下，这是我给大家临时请来的图画老师，成大鹏老师。"

同学们齐声喊："成老师好！"

成大鹏笑着说："同学们好！"

高甜草说："同学们，成老师是省艺术学院研究生毕业的，是学美术的，今天能把他请来给大家上课，是件很荣幸的事儿，大家鼓掌欢迎！"

同学们鼓起掌来。

高甜草说："下面请成老师给大家上课。"

成大鹏说："对不起，对不起，今天来上课，这副样子很不好看，让同学们见笑了，可是咱们一回生，二回熟，我一时半会儿在村里还走不了，你们这个图画课，我就代着上了，今天我主要是教大家做手工劳动。"说着，把手里拿着的一块泥放在了课桌上。

成大鹏说："现在我就用这块泥给大家捏小动物，大家看着啊。"

说着，成大鹏就掰下来了一块泥，捏了起来。

15. 村东头的洼地上

杨八月正在那里干活，关小手从那边跑了过来，一边跑一边喊："八月，八月，别干了，别干了，你快别干了。"

杨八月说："舅，咋啦？"

关小手气喘吁吁地跑到杨八月跟前说："八月啊，我和你舅妈商量好了，就在你这儿投资入股了，你别干了，舅先给你拿钱，你去雇台推土机，这块地，几天就推平了。"

杨八月说："舅啊，你在我这投资入股，我爸妈知道不？"

关小手说："那能跟他们说吗？现在不能告诉他，等把猪场都建起来了，猪也养起来了，钱也挣着了，那时候，他们再知道了也不怕了。"

八月说："舅，我这猪场现在八字还没一撇呢，就是块大洼地，你和我舅妈，就敢拿钱往这里投？"

关小手说："这有啥不敢投的，你八月要干什么事儿，从小看到大，还能干不成吗？说到根儿上，就是我和你舅妈都信服你。"说着递给她一沓钱："这是一万块钱，你拿着花吧，不够的时候，再到舅家取去。"

杨八月接过钱说："舅，这钱对我来说，是太有用了，可是我现在就这么拿着你的钱花，也不好，咱们之间也没有个什么协议。"

关小手说："八月，你不是我外甥女吗？那协议啥时候签不行啊？就算是不建猪场，你八月要花舅家点儿钱，那还花不着吗，娘亲舅大，是不是啊？你就拿着花吧。"

杨八月接过钱说："舅，你放心，这钱我肯定花在刀刃上，不能乱扬巴了。"

关小手说："哎，舅舅跟你说一条，这事儿可千万不能让你爸和你妈知道啊。"

八月点点头。

16. 柳茂祥家

柳茂祥正在往墙上挂红辣椒。

春龙妈挎着一筐东西，走进院来。

柳茂祥看看说："你去哪儿啦？"

春龙妈说："去小卖店了。"

柳茂祥说："以前买东西，你都不好意思到那去买，咱们家用的东西，基本上都是我从镇子上捎回来的，或者从'小鞭杆子'那个四轮车上买。怎么今儿个去小卖店啦？"

春龙妈说："去哪儿买不一样，一样花钱的事儿。"

柳茂祥说："不对吧，今天你买这些东西，淑芬让你花钱啦？"

春龙妈说："钱还没给她呢，等她回来，我就给她送过去。"

柳茂祥说："那你买完东西，你怎么不当时就把钱给人家呢，人家是做买卖的。"

春龙妈说："我不是忘了带钱了吗？"

柳茂祥说："得了，你骗别人行，你可骗不了我，你这点儿小心眼儿的，我早看明白了，肯定是茂财在这儿拿了两瓶酒，你老觉得吃亏了，又到人家小卖店里，拿了一堆东西，往回里找平乎。"

春龙妈说："不是，我真是想给钱来着，可是那钱就真是忘了带了。"

柳茂祥撂下手里的活儿说："你把钱拿出来，我给她送过去，这兄弟之间，邻院住着，这成什么事儿了？"

春龙妈说："挺大一个男人，这柴米油盐酱醋茶，鸡毛蒜皮点事儿，用得着你啦？干你的活儿得了，我说我还，我就肯定还。"说着，挎着筐走进屋去了。

柳茂祥在外边自言自语地说："这个小算盘子，跟谁都在心里把那个算盘珠拨着噼里啪啦山响。"

17. 山货庄门前
"小鞭杆子"已经卸完了东西，汗巴流水地往外边走。
八月妈递给他一块毛巾说："看把这孩子给累的，快擦擦汗吧！"
"小鞭杆子"说："大姑，擦啥汗哪？干这点活儿，这不是小菜一碟吗？我走了啊。"说着，就上车了。
八月妈说："你看看，刚干完活儿，也没说歇会儿，喘口气再走。"
"小鞭杆子"对八月妈说："大姑啊，谢谢你的好心了，你的好意我领了，可我不能在这多待啊！"说着，向秋水那边努努嘴说："秋水她爸找我了，要再发现我和秋水在一起，就饶不了我，我可害怕。"说完，开着车走了。
秋水正在摊晒红景天。
八月妈走到秋水跟前说："秋水啊，我怎么越来越觉得这小子挺招人喜欢的呢？"
秋水说："大姑，你可别被表面现象给迷惑了，他为了讨咱们的好，什么招都能使出来，刚认识这两天，咱可不能断定他是个啥样的人。"

18. 酒仙儿
酒仙儿跷着二郎腿，躺在炕上，嘴里含含糊糊地不知哼唱着什么小调，酒仙儿妻从外屋走了进来，用鼻子嗅嗅说："你今儿早上是不是又喝酒啦？"
酒仙儿说："没有啊。"
酒仙儿妻说："不对，那这屋里咋有一股酒味儿呢？"
酒仙儿说："那箱子里不还有好几瓶酒呢吗？"
酒仙儿妻说："你朝大哥大嫂要酒喝，这回好，你给人家还钱，人家不要，大嫂今儿个到我那儿，一下子拿了一百多块钱的东西，咱们这次赔大了，看你以后还去不去找人家要酒喝。"
酒仙儿从炕上坐了起来说："真的啊，大嫂就那么把东西拿走啦，没给咱钱？"
酒仙儿妻说："她说要给钱，可是又没带钱，我寻思着，你在人家拿了酒，又欠人家人情，我怎么好说非得让人家回来取钱呢？"
酒仙儿说："你看你看，问题还是出在你身上，你就抹下点儿脸来，人家能不给你钱吗？"
酒仙儿妻说："这话叫你说的，你要不欠人家那个酒的人情，我收钱，还情有可原，有了这个人情在里边放着，我能那么不近人情吗？行了，吃亏占香油的，就这一回了。咱们赔点儿就赔点儿了，以后你可不能再背着我，到人家那院儿里乱拿东西啊。"
酒仙儿说："这个大嫂啊，不怪人家管她叫小算盘子，还算计到我这亲兄弟头上来了。你别着急，这个事儿我来摆平。"
酒仙儿妻说："行了，行了，这个事儿到此就打住吧。"
酒仙儿说："那不行，在我这只铁公鸡身上，她都能拔下毛去，那她也太小瞧我了。"
这时候，春龙妈在隔着墙朝这边喊："淑芬，淑芬。"
酒仙儿一边趿着鞋，一边冲酒仙儿妻说："八成是来还钱了，你别出去，我出去。"
酒仙儿妻说："那是干啥呢？她跟咱们小心眼儿，咱们不能跟她小心眼儿啊，这钱不要了。"说着，酒仙儿妻走到了屋外。
春龙妈从墙那边递过来50块钱说："淑芬啊，买的那些东西，是多少钱你也不说，我也不知道，多少就这些吧，你快收着。"

酒仙儿半开玩笑地说："大嫂啊，这回你算是合适了，你拿给我四五十块钱的酒，换回去100多块钱的东西。"

春龙妈脸色一变地说："啊，我拿的那点东西，有100多块钱？"

酒仙儿妻说："大嫂你别听他瞎说，快把钱拿回去，不要了，不要了。"

春龙妈说："淑芬，你给我说明白，茂财说的倒是真的假的啊，要是这钱不够，我再回屋去给你们取！"

酒仙儿妻说："大嫂，这50块钱我们也不能要，不都说过了吗，你快拿回去吧，我这正忙着要做饭呢？"说着，走进屋去了。

酒仙儿从春龙妈手里接过钱来说："大嫂，这钱淑芬不要了，可是我要，大嫂你也真会算计，就是给了我这50块钱，那两瓶酒的钱，也是叫你算计回去了。"

春龙妈从酒仙儿手里抽回那50块钱，说："话要这么说，这50块钱我还真不给你啦，真叫人生气！咱两家都是实在亲戚，鸡毛蒜皮的事儿都算得这么明白，真没劲儿。"说完，转身走了。

酒仙儿冲着院那边张着手说："哎，怎么还把这个钱拿走了呢，哪有白到我们小卖店拿东西的呢？"

春龙妈说："你愿意跟谁跟谁说去。"

这时候，柳茂祥从屋里走了出来："你们这是干啥呢？"

春龙妈说："你进屋去吧，没你的事儿。"

酒仙儿说："是没我哥的事儿，可是有嫂子你的事儿啊，大哥，你得说说我嫂子，我这当弟弟的到你们家拿了两瓶子酒，可我嫂子却到小卖店拿了100多块钱的东西，不给钱，这也有点太小心眼儿了吧。"

柳茂祥说："有这儿事？茂财，你回去吧，钱，指定还你们。"

19. 杨八月家

杨八月用扁担串着土篮子，扛着铁锹走进院来，她把工具放在了墙根儿上，开始洗脸。

正在做饭的八月妈说："工具怎么都拿回来啦，下午不干啦？"

八月说："不干了。"

正在那儿磨镰刀的杨立本听了这话，笑着说："这可不像我姑娘说的话，我姑娘可是胸有大志的人，那块儿大洼地不填平了，我姑娘能住手吗？要是我，就一直干下去，不把腰累折了，脸晒得跟个黑李逵似的，我才不罢手呢。"

八月笑笑，没吭声。

八月妈冲杨立本嗔怪地说："孩子不干就是不干了，累得受不了了呗，谁都有做错事儿的时候，八月回心转意了，就是好事儿。"又冲八月说："八月，别听你爸在那儿乱说，你不愿意干就别干了，在家好好歇歇，啊，快点吃饭吧。"

八月没吭声，坐在桌前，端起了饭碗。

20. 柳茂祥家

柳茂祥和春龙妈吵了起来："有你这么小心眼儿的吗？谁你都算计，你赶快把钱给送过去，你送不送，不送我去送。"

春龙妈说："我的事儿我来办，你一个大男人老在这儿掺和什么？"

屋里有瓷器摔在地上的碎裂声。

21. 酒仙儿家院里

酒仙儿妻和酒仙儿站在院里听动静。

酒仙儿妻指着酒仙儿的鼻子说:"你看看你,没事儿你能惹出事儿来,小事儿你能惹出大事儿来,没有那几十块钱,能怎么的,她就是占了便宜,也不是别人家占了,你看看你把个事儿整的。"

酒仙儿背着手说:"这是我惹的事儿吗?是大嫂太不够意思,太不讲究了,这样的老娘儿们,我哥教育教育她不对吗?我看教育得还不够。"

22. 高德万家

高德万正在院里推着刨子。

李小翠走了进来:"德万大哥,吃饭没呢?"

高德万停下手里的活计说:"吃过了,哎呀,你可是无事不登三宝殿哪。"

李小翠说:"也没啥事儿,就是随便串个门。"

高德万说:"你是那闲着没事儿到处串门的人吗?今天你来肯定有事儿。"

李小翠乐了:"说有事儿也行,我就是来说说话。"

高德万说:"啥事儿?"

李小翠说:"大哥,我看你们家甜草啊,也老大不小了,也该找个对象了。"

高甜草说:"那是啊,你那儿有合适的?"

李小翠说:"德万大哥,我想有一个人,跟咱家甜草挺般配的。"

高德万说:"谁啊?"

李小翠说:"柳春龙呗。"

高德万说:"春龙那小伙子,倒是真不错,可咱们家甜草要找他当对象,好像有点儿攀高枝似的。"

李小翠说:"现在找对象,男的条件高一点儿,女的条件低一点,不算个事儿,我看他们可是挺般配的一对。"

高德万说:"他关姨,如果你真觉得行,就在中间撺掇撺掇呗。"

李小翠说:"现在介绍对象啊,介绍人在中间起不了多大作用了,主要是两个当事人,他们要打心眼儿里往外愿意就行,你给甜草吹吹风,如果她要是愿意,就让她对春龙主动点儿。"

高德万说:"咱们家是个女孩子,腼腆!春龙是个男孩子,他要能对我们家甜草主动点儿,就更好了!"

李小翠说:"哎呀,大哥,你咋还这么想事儿呢,女追男,男追女,追到最后,目的不都是为了成为一家人吗?结了婚,成了家,生了孩子以后,谁追不追谁,能咋的啊?当初我们家那口子,为了追我,成天茶不思饭不想的,三天见不着我,人都得瘦一圈。可结了婚以后,咋的啦?不是照样冲着我吹胡子瞪眼睛吗?我成天不还得做饭洗衣服地伺候着他么。大哥,你要是也觉得他们合适,就叫甜草追追他。"

高德万说:"行,我跟我们家甜草说说,不知道甜草心里咋想的呢。"

李小翠说:"有空儿,我也跟春龙爸妈那边透透话,两家都是村里的老户,彼此知根知底。上哪找这么合适的对象去。"

23. 镇子的街道上

樱桃在那已经支起了煎饼摊鏊子,正在摊煎饼,并在另外一个铁锅里烙着饼。

春虎呢，在不远的地方，坐在一个小马扎上，给人擦着皮鞋。

春龙和彩云推着车子，走到了樱桃的小摊前。

彩云说："哎哟，樱桃，这说干就干起来了，你们可真够麻溜儿快的。"

樱桃一边摊着煎饼，一边说："哥，姐，你们还没吃饭吧，今儿个中午就尝尝我的手艺吧。"

春龙说："我看行。"

说着，樱桃往一张摊好的煎饼上，打着鸡蛋，撒着葱末、香菜末，还有面酱、辣椒酱什么的，包好了一张递给春龙，又包好了一张，递给彩云。

春龙咬了一口煎饼说："嗯，好吃，好吃。"

那边，春虎擦完了一双皮鞋，见到春龙和彩云在这里，也把马扎和东西拿到了这边，正好又有人来擦鞋，他一边擦着，一边跟春龙哥说着话："哥，事儿跑得顺利吗？"

春龙说："反正是先把报告打上去了，能不能批，批下来多少钱，还都不好说呢。"

春虎说："我这个人，就喜欢做有挑战的事儿，别人瞧着不起眼的事儿，这样干，才觉得做得有意思。"

春龙说："擦了多少双皮鞋了？"

春虎说："没查数，但手也一直没闲着，人家还都说我皮鞋擦得好呢。"

春龙吃完了那张煎饼，站起来对樱桃说："多少钱？"

樱桃说："你们吃我烙的煎饼，那就是给我面子了，哪能要钱呢？什么时候你们过到镇子上来，喜欢吃就过来，无限期免费。"

春龙说："那可不行。"说着，在兜里掏出5元钱，放在了樱桃的小摊上。

樱桃拎着两只手说："春虎！我这儿正摊着煎饼呢，手不能沾钱，你快把那钱给春龙哥拿回去！"

春虎拿过钱往春龙的兜里一塞，说："谁跟谁啊，怎么还算钱啊？"

春龙说："樱桃的小摊刚开张，我们也算是来祝贺过了，哪有吃煎饼不花钱的啊？春虎，这钱，你不能代樱桃给我们！"

说完，春龙又把钱掏出来，扔在了樱桃的小摊上，说："开张大吉啊。"

春龙和彩云骑着自行车走了。

春虎看着他俩的背影，说："这扯不扯呢，吃两张煎饼还拿什么钱？，这不把兄弟的关系都给整生分了吗？"

24. 酒仙儿家院里

屋子里，酒仙儿隔着窗子，看见柳茂祥往院子里扔了点儿什么，就推门走了出去。看见在墙根儿下有一百元钱。

酒仙伸手去拿，风，却把那张钞票吹了起来，在院里飘。

酒仙儿在院里撒着欢儿，撵那张钞票。

终于，他把那张钞票用脚踩住了，用手拿起来，仔细地看看说："嘿嘿，一百块！还是大哥亲啊！"

25. 柳茂祥家

院门插着，"小鞭杆子"来到了门口，推着他家的门，喊着："屋里有人吗？"

喊了一会儿，柳茂祥披着衣服走了出来，说："谁呀？"

"小鞭杆子"说："我是帮咱们村山货庄做代购员的刘金宝。"

柳茂祥说："你叫啥名我不知道，人我早认识，不就是原先赶着毛驴车卖货的'小鞭杆子'嘛，你有事儿呀？"

"小鞭杆子"说："大叔，你家不是养鹿的吗？我来是跟你们说收购鹿产品的事儿。"

柳茂祥说："行了，行了，你愿意找谁家说去就找谁家说去吧，我现在没心情搭理你这些事儿。"

正说着，春龙妈走了出来，说："收购鹿产品，怎么个收法？你给我详细说说。"

"小鞭杆子"说："鹿茸、鹿鞭、鹿筋、鹿心、鹿皮这些东西都收。"

春龙妈说："和咱们村的山货庄相比，你收的价钱咋样啊？"

"小鞭杆子"说："婶子，看来你是有所不知呀，我现在就帮着山货庄做代购员呢。你有这方面的货，就不用再往山货庄送了，我上门来收，不省得还跑一趟了吗？"

春龙妈说："价钱有啥优惠吗？"

"小鞭杆子"说："价钱都是一样的，不能再优惠了，优惠了你，那不就亏了我了吗？"

春龙妈说："是不是你在中间要挣个二手钱啊？在我们这儿低买，到山货庄高卖啊？"

"小鞭杆子"说："婶子，你看咱是那样的人吗？这些年，一直走村串户的卖货，我啥时候抬高过一点儿价格？各村的老百姓都说我童叟无欺！不信，你可以到山货庄去打听，价格保证一样。和我办事儿，你就只管把心放在肚子里。"

春龙妈说："行，以后再来我们家说收鹿产品的事儿，就直接跟我说，不用跟别人说，这个家我当家。"

柳茂祥在那边，狠狠地横了春龙妈一眼，在一块儿磨石上，浇了一点水，开始磨起镰刀来。

这时候，杨立本推门走了进来，说："茂祥大哥，大嫂，你们都在啊？"

柳茂祥说："立本来了，快进屋坐。"说着，把杨立本让到了屋里。

屋外，"小鞭杆子"对春龙妈说："婶子，那咱就说定了啊，你们家的鹿产品，就是我来收购了。"

春龙妈说："我再到山货庄那边问问，如果价格都是一样，卖给你就省事儿了。"

屋里，柳茂祥对杨立本说："立本老弟，你们家八月在东边大洼地，垫土建猪场干咋样了？"

杨立本笑着说："我不跟你说了吗，我不反对她干，我鼓励她干，怎么样，照我说的话来了吧，今儿个中午就撂挑子了，洗手不干了，现在正在家待着呢。"

柳茂祥说："是吗，立本啊，我也真佩服你，你料事如神，神算哪！"

杨立本说："我今儿个来，就是想跟你和大嫂子说说，对春龙养牛的事儿，也别太卡了，放手鼓励他们干，干不了，自然就撂挑子了。"

这时候，春龙妈从屋外走了进来，给杨立本倒水。

杨立本又说："咱们两家四个老人，可得有正事儿，帮八月和春龙俩把住关。"

柳茂祥说："现在村里的小年轻们，有时间就往一块凑，这回又有了文化书屋做场所，互相串通着，对付咱们。"

杨立本说："姜还是老的辣，他们咋串通，想和咱们几个老家伙过招，他们还嫩了点儿。"

春龙妈说："立本啊，没啥事儿的时候，咱们两家几个老的也得常往一起凑凑，不能让他们小年轻的老牵着咱们的鼻子走。咱们也得有个准主意，才能对付得了他们。"

杨立本说："行啊，到晚上的时候，他们几个小年轻，不是到文化书屋活动去了吗？咱们几个人也可以在家里凑凑，摸个扑克牌，打个'升级'，一边玩，一边说着话，这不也挺好吗？"

春龙妈说："行行行，今儿个晚上，我和茂祥俩就上你们家去，叫八月妈把扑克准备好啊。"

杨立本说："想喝啥茶，先给你们沏上。"

26. 村文化书屋内

窗外，小村的夜色正浓。

屋内，杨八月、成大鹏、柳茂祥、柳彩云、高海林、高甜草、秋水和"小鞭杆子"都在这里。

有人在说话，有人在看书。

成大鹏一扬手说："哎哎，大伙儿都静一静啊，我手里这本书上，有这么几句话，我觉得挺有意思，念给大伙儿听听，你们听着啊：两千多年前，智者苏格拉底先生，就告诫后人'认识你自己'！这句平易浅显的话里，包含了许多哲学道理，就我们所面临的生活而言，加深自我认识是十分有益的，它能使我们的生活更有智慧，人生更有价值，也将使我们获得更多奔向成功的机会。这段话好不好？"

大家伙都说："好！"八月又特意说："大鹏，拿过来，我再看看！"

27. 杨立本家

一张炕桌上，杨立本、柳茂祥、春龙妈、八月妈在一起玩着扑克牌。

杨立本说："茂祥，出牌别老毛毛糙糙的，像个小年轻似的，得把牌拿稳点儿，考虑仔细了再出牌！"

八月妈说："别老说别人，好像你玩得比别人高多少似的！"

28. 高德万家

高德万在院子里清淡的月光下，拉着委婉的二胡曲《苏武牧羊》。

29. 樱桃家

樱桃妈在灯下绣着花，委婉的二胡曲声从远处飘来，她的脸上，溢出几许凄苦之情。

30. 酒仙儿家

酒仙儿坐在炕桌边正在喝着酒。

酒仙儿妻突然推门闯了进来，抓起桌子上的酒壶和酒杯就要往地上摔。

酒仙儿连忙从酒仙儿妻手里往下抢着。

酒仙儿妻还是把酒壶和酒盅儿给摔碎了："你说！这酒你怎么就是断不了？这回春虎走了，家里就剩你我两个人了，你要是再喝酒，我可就真的不和你过了！"

酒仙儿说："你拿不和我过吓唬谁呢？老婆可以不要，离了我可以重找，但是酒我断不了。"

酒仙儿妻一听，气得直跺脚说："好，这是你柳茂祥说的话，离了你还能重找！好，我就跟你真不和你过了，打现在你不兴再找我啊，这个家我也不回了！"说完，转身走了。

酒仙儿蹲到地上，捡着地上的酒壶和酒盅儿的碎片说："不过就不过，好像谁怕你似的，这娘儿们是疯了，这么好的酒，全白瞎了。"

31. 樱桃妈家

高德万正在月光下压着水井,水桶里的水满了,他拎起来,走到屋里,倒进了水缸,又出来压水。

这时候,樱桃妈披着衣服走了出来,默默地看着眼前的一切。

高德万呢,拎着一桶水,又往屋门前走去。

看见樱桃妈站在那里,就说:"你出来干啥?"

樱桃妈说:"大哥,这水你别帮着我拎了,我一个人半桶半桶地也能拎,你快进屋歇会儿吧。"

高德万说:"我来一次,就把缸添满了吧。"说完,他进屋向缸里倒完了水,复又出来。

樱桃妈呢,却早已握好了井把,向桶里压着水。

两人相视无语。

水桶满了,高德万又走进屋去,把水倒进缸里,出来把水桶扣在院子的篱笆上,也不说话,就要往院外走。

樱桃妈低低地喊了一声:"大哥!"

高德万默默回过头来,对樱桃妈说:"德千媳妇,你快回屋吧。"

樱桃妈眼里有泪光,没再说什么。

高德万转身缓缓地迈开步子走了,在他们两个人的心里,仿佛有一支哀怨的二胡曲正在鸣响着。

32. 村中

月亮跳在了树尖上。

高德万躺在炕上,翻来覆去地睡不着。

33. 樱桃妈家

樱桃妈披着衣服坐在炕头,想着很沉的心事儿。

34. 关小手家

灯下,关小手和李小翠两个人正在排演二人转《百家姓》。

李小翠唱道:"我问你姓钱的谁是技术手?"

关小手唱:"钱二凤摆弄果树技术纯熟。"

李小翠唱:"我问你姓孙的谁是技术手?"

关小手唱:"孙老三种大豆高产多出油。"

李小翠唱:"我问你姓李的谁是技术手?"

关小手唱:"李四娘养鸡鸭肉蛋双丰收。"

李小翠唱:"我问你姓周的谁是技术手?"

关小手唱:"周五叔大棚种菜正经有研究。"

李小翠唱:"我问你姓吴的谁是技术手?"

关小手唱:"吴六婶喂肥猪像个小牤牛。"

35. 村中路上

年轻人三三两两地从小书屋里走出来。

"小鞭杆子"还是走在了秋水旁边,他对秋水说:"秋水,不管我心里咋想送你,今天都不能送你了。"

秋水说："为啥？"

"小鞭杆子"说："你没看你爸对我那个凶样儿啊？眼珠子瞪得有老牛眼珠子那么大，再碰着我送你，还不得把我吃啦？！"

秋水说："只要你不长坏心眼儿，真心保护我，送送也没啥。"

"小鞭杆子"说："要说你让我送你，那我可是太高兴了，但是咱们可有言在先，出了问题你负责。"

秋水说："咱们正正派派的，也没啥事儿，有啥问题出的？"

（第六集完）

第七集

1. 小镇上

上午的街市，人流熙熙攘攘。

樱桃在那里摊着煎饼，烙着烙饼，春虎正在她身边支着一把新的太阳伞。

支完了伞，春虎转到旁边仔细地看着，乐呵呵地对樱桃说："有了这把伞，不但能遮风挡雨，还防晒，另外，也是你这小摊的标记。打离老远一瞅，就能看到你的小摊了。"

樱桃笑着看看春虎，拿起一个煎饼盒子给他说："洗洗手，吃吧。"

柳春虎在旁边的洗脸盆里，简单地洗了一把手，接过煎饼吃着，冲着樱桃憨憨地笑。

这时候，"小鞭杆子"开着小四轮子，车上拉着一些货，停在了小摊旁，他到摊前，来买煎饼吃："给我来一份煎饼合子，一张烙饼，多少钱？"

樱桃说："三块。"

"小鞭杆子"掏出三块钱给了樱桃。

春虎见是"小鞭杆子"，就把头扭到了另外一面，吃着煎饼合子。"小鞭杆子"看着春虎的背影，觉得眼熟，他对樱桃说："哎，那是不是老龙岗村小卖店老板娘的儿子啊？"

樱桃看看"小鞭杆子"，没吭声。

"小鞭杆子"一边吃着煎饼合子，一边说："是，肯定是。"说着，就走了过去，用手拍拍春虎的后背说："兄弟，我一上你家去卸东西，你总帮着我卸货，这怎么到了镇子上来，还装作不认识我了呢？"

春虎一看躲不过，就站起身说："哎呀呀，原来是刘哥。"

"小鞭杆子"指着樱桃说："这是谁啊？"

春虎说："我对象，樱桃。"

"小鞭杆子"说："啊，樱桃啊，你们咋来镇子上啦？"

春虎说："地里的活儿都忙完了，就到镇子上来做点事儿。"

"小鞭杆子"说："住哪儿呢？"

春虎用手指指旁边说："就在这个房子的后边，租了两间房。"

"小鞭杆子"说："哎呀，这可巧了，我也住这片！行了，以后天天早饭我就在樱桃这个摊上解决了。"说完要走。

春虎却拽住了"小鞭杆子"，说："刘哥，你先别走，你这是要上哪去啊？"

"小鞭杆子"说："去你们村啊，一会儿还要和我师父他们去老爷岭村那边演节目。"

春虎说："刘哥，你说，你是我哥们儿吧？！"
"小鞭杆子"说："那肯定是啊。"
春虎说："那老弟拜托你一个事儿。"
"小鞭杆子"说："啥事儿？"
春虎说："你知道兄弟在这儿干的啥活儿吗？"
"小鞭杆子"说："不知道。"
春虎说："擦鞋，掌鞋呢。"
"小鞭杆子"说："哦，苦活计！"
春虎说："你可不能把这个话给村子里人露出去，尤其是不能跟我妈说，要不然，她该心疼我了。"
"小鞭杆子"说："那是一定的了，我是肯定不说，就当咱俩没碰到过，行吧？"
春虎说："刘哥，我可信着你了啊。"
"小鞭杆子"说："你放心吧。"说着，上了小四轮子车，开走了。
樱桃对着春虎说："一天没人看见，两天没人看见，村子里上镇的人多，人多眼杂的，我看这事儿啊，你妈你爸早晚得知道。"
春虎说："我也知道瞒不住，但是，还能瞒几天是几天，等我挣到些钱了，把钱捎回去，他们看到我干这活儿也还行，也就不惦记我了。"
说完，春虎就在离她不远的地方摆起了擦鞋和掌鞋摊。马上有个年轻女孩子过来掌鞋。
樱桃一边摊着煎饼，一边拿眼睛觑着那边。

2. 村头的大洼地上
柳春龙、杨八月都在这里。
杨八月正引导着一台推土机向洼地里推土。

3. 柳茂祥家
屋外，春龙妈正在那里拿簸箕簸着什么。
彩云正在屋子里的灶旁煮着高粱米粥。
彩云坐在灶前，烧着火，不时地用勺子搅着锅里的粥。
灶前的火光，映着彩云那张好看的脸。
看着锅里的粥，煮得差不多了，她拿着勺子往外舀锅里的米汤。
春龙妈从外屋走了进来，说："从打一大早，你就烧这锅粥，你熬这么一大锅粥，谁吃啊？"
彩云说："我要这米汤有用。"
春龙妈说："你要这米汤有用，这米不白瞎了吗？"
彩云说："那就留着喂鸡喂鸭呗。"
春龙妈一脸不高兴地说："你呀，真是个小败家子儿，不会算计过个日子，就知道祸害家里的东西。我看，将来你找了人家，独自挺门过日子，还这么祸害不！"
这时候，院门口有人喊："老柳家有人吗？"
春龙妈应声出去，门口站着两个人，牵着一只马鹿。
春龙妈问："你们是？"
其中的一位说："这是柳彩云家吧？是你们跟我们打电话联系的，你们家的梅花鹿要配种，我们就来了。"

春龙妈说："哎？我家往年鹿配种，都是梅花鹿啊，你牵的这个鹿，我还是第一回看着。"她冲屋里喊："彩云！"

彩云从屋里出来，笑着对那两个人说："哎呀，你们来啦，快进来吧。"

两个人中间有一位说："你们家的鹿圈在哪儿？"

彩云说："在那边，走，我跟你们去。妈，你照顾一点儿锅啊，别烧干了。"说着，要和那两个人走。

春龙妈却叫住了彩云，说："彩云，你等一会儿，用这种鹿和咱们家的鹿配种，你爸知道吗？"

彩云说："哎呀，人家这是新的科研成果，我养鹿，我说了算。不用跟我爸商量。"

春龙妈脸色一沉地说："不行，这么大的事儿，你不跟你爸商量可不行。"

彩云说："你看，人家都来了。"

那两个人中有一个人说："你们家的事儿，得快点办，之后我们还有别的事儿呢。"

春龙妈对彩云说："彩云，你赶快上地把你爸找回来，我陪着他们两人在这说话，快去吧。"

彩云只好噘着嘴骑上自行车走了。

4. 村山货庄

八月妈和秋水正在摊晒山货。

"小鞭杆子"开着小四轮子，停在了门口，离老远就喊："大姑，我又来啦。"

八月妈说："又给我送山货来啦？"

"小鞭杆子"说："不是，一会儿要跟我师父他们上老爷岭村去演出，打这儿一走一过，想看看我给你收的那些货，质量上有啥问题没有。"

八月妈说："现在地上晾晒的这些就是，没问题。"

秋水看到"小鞭杆子"来了，故意装作不理不睬的样儿，忙着自己手里的活计。

八月妈对秋水说："秋水啊，我看一会儿你爸妈他们到老爷岭村去演出，你也跟着去吧。"

秋水说："他们去演出，我跟着去干啥啊？"

"小鞭杆子"说："跟着过去看看热闹呗。今天是我第一天上场演节目。"

秋水说："不去。"

八月妈说："我是想把咱们山货庄的业务介绍单拿过去，婚礼上的人多，顺便给大家伙儿发发。"

"小鞭杆子"说："就是，这不等于是给咱们山货庄搞个宣传嘛，这个机会不错。"

八月妈说："秋水你要不去，就得我去，咱们两个必须得去一个。"

秋水说："把那些介绍单带着，叫我爸我妈或者是他，带上发发不就完了？！"

刘金宝说："我可不是非得摽你去，一心不可二用，我是怕忙忙活活的，再把这个事儿给忙忘了。"

八月妈说："秋水，那你就跟他们去一趟吧。"

秋水说："那些介绍单在哪儿呢？"

八月妈说："你等着，我回屋给你取去。"

八月妈趸身进了屋。

"小鞭杆子"乐呵呵地对秋水说："你别寻思好像是我乐意让你去的，大姑这是有业务，你不去不行！"

秋水睃了"小鞭杆子"一眼说："傻样儿，好像谁喜欢跟你一起去似的，没有这事儿，我才不去呢。"

5. 村东头洼地上
推土机正在作业，杨立本风风火火地跑了过来，说："停停停。"推土机停了下来。
八月说："爸，我们正在干活儿呢，你这是干啥？"
杨立本说："谁让你们雇推土机推这个地方的土啦？"
八月说："你不都同意把这块儿地方，给我们建养猪场养牛场了吗？"
杨立本说："我嘴上就是那么说说，你们就当真啦？"
春龙说："杨叔，你怎么是光嘴上说说呢，我们往上打报告，请贷款，你不也盖了章了吗？"
杨立本说："那是给你们请贷款盖的章，不是同意你们用这块儿地盖的章！你们要用这块地，村民委员会还没开会商量呢。"
八月说："爸，村民委员会没开会，你咋就答应我们啦？"
杨立本说："我那是随口答应，我不信你们能干起来。"
八月说："爸，那你们就开会商量吧，推土机都请来了。花钱论天雇的，工程不能停。"
杨立本说："不停也得停，村民委员会啥时候能开会商量你们这块儿地的事儿，还说不定呢。"他对开推土机的师傅说："哎，你们不能推了啊，你们要再推，这里头就有你们的责任了。"
推土机的师傅停住车，问八月："咋办呢？"
八月呢，用手一捂脸，蹲在地上哭泣起来。
杨立本对春龙说："这块儿地方不能再推了啊，我是村主任，我说了算，连你们几个小毛孩伢子，我都管不了，这个村主任我就不用当了。"说完，背着手佝偻地走了。
八月呢，仍然蹲在地上，伤心地哭着。
推土机师傅和春龙都是一脸同情的神色。

6. 柳茂祥家
柳茂祥正背着手左看看，右看看的，看着那头公马鹿说："这是个啥玩意儿啊，我咋第一回见着呢？"
彩云说："爸，这是马鹿，马鹿和梅花鹿杂交，这是新的科研成果。"
柳茂祥说："是吗？"
那两个牵着马鹿的人说："这你没啥可不信的，报纸上，电视上，广播里，网络上，科研讲座上都有。"
柳茂祥说："这么先进的事儿，我怎么才听说呢？咋没看见村子里养鹿的人家有人这么干呢？"
彩云说："科研成果要普及，总得有先有后啊。"
柳茂祥说："我听明白了，这是要拿我们家的梅花鹿当实验，是吧？"
那两位来的人说："哎，这可不是做实验，这个科研成果，早就成功了。"
柳茂祥说："彩云，叫他们走吧，咱们家的梅花鹿不能搞这个杂交，这不等于是把一朵鲜花插在牛粪上吗？看这马鹿长得像个啥，杂交出来的后代。肯定也是个劣等品种。"
两个来的人当中一个人说："你们家还没统一意见，要我们来干啥啊？我们俩牵着鹿，打早晨天没亮就往这边走，这是扯啥呢，这不是逗我们玩呢吗？"
彩云眼里含着眼泪说："两位师傅，真的是对不起啦，我没想到我爸能拦这事儿，这么的吧，鹿虽然是没杂交成，你们牵着鹿走了这么老远，一来一回的需要多少费用我们付。"

两个人中的一个说："看你这姑娘说话挺和气的，我们就不多算了，要细算的话，你们影响了我们公司的生意，这损失就大了，行了，你就象征性地给拿一百钱吧。"

春龙妈在一旁插话说："干什么给你们拿一百块钱呀？你们牵着鹿来了，到我家啥事儿都没干，还把我们家的人从地里找回来了，要说耽误事儿，我们家地里的活儿还耽误了呢，这个钱我不能赔。"

两位师傅说："哎，你这人怎么有点儿不讲理啊？"

春龙妈说："你们就讲理啊？"

柳茂祥摆摆手说："算了，算了，人家要一百块钱，大老远地来一趟也不容易，给人家吧。"说着，掏出一百块钱要给那两位师傅。

春龙妈一把抢了过去说："你可倒会装大方，我看，你们一来一往的顶多也就值个50块钱。要赔就赔你们50块钱，不然我们就不给了。"

两位师傅面有难色地说："我们搞了这么长时间的梅马杂交工作，还是第一次遇着你家这种情况，行吧，50块就50块吧，我们认栽。"

春龙妈从兜里掏出50元钱递给彩云说："给他们。"

彩云没接。

春龙妈又把钱递给了两位师傅。

两位师傅接了钱，其中一位说："你们家也太不讲诚信了，以后再打电话，用八抬大轿请我们，我们也不来了。"说完，牵着马鹿走了。

春龙妈在那里数落着柳茂祥说："就你在那里装大方，你看我说50块钱，不也讲下来了吗？"

7. 村东头洼地上

八月泪眼婆娑地从地上站了起来。

春龙说："八月，你别哭了，光哭是哭不出办法来的。"

推土机师傅说："到底咋办呢，我们还干不干啦？"

杨八月说："你们干你们的，出了问题我顶着。"

推土机师傅说："这不好吧，你说让干，你爸说不让干，还说我们要干了，就有责任了。我看这个事儿你还是回家跟你爸商量商量去，商量明白了，我们也就知道，该咋干了。"

春龙说："八月，我看今天这活儿啊，就别干了，你爸的思想不通，老来干扰，这个活儿也干不下去，干脆，先让师傅把推土机开回去。"

推土机师傅说："这小伙子说得对，我们电话都留给你们啦，随叫随到。"

八月说："行吧，你们就先回吧。"

推土机师傅说："你们交了定金了，可是我们这活儿还没干多少，咋办？"

八月说："定金不用退，这片地早晚是要推的，你们先回吧。"

推土机师傅开着推土机走了，在村路上，扬起一路烟尘。

八月和春龙站在那片洼地旁，看着远去的推土机，和尚未填多少土的洼地，百感交集。

八月眼里汪了太多的泪。

8. 老爷岭村

一家门前围了很多人。

关小手和李小翠正在人群中上演二人转。

关小手唱道:"四大全,最有趣儿啊,解渴解乏又解闷儿,又逗哏,又够味儿,听着有个实惠劲儿,每个字每一句儿,咋听咋是那么回事儿,长知识,现借力儿,够你琢磨后半辈儿,谁要不信好好信儿,保准你得笑岔气儿。"

李小翠唱道:"四大黑。"

关小手唱道:"油漆路,优质煤,木匠的墨斗老李逵。"

关小手唱道:"四大红。"

李小翠唱道:"杀猪的盆,庙上的门,新娘的盖头火烧云。"

李小翠唱道:"四大白。"

关小手唱道:"头场雪,二场霜,精粉白面牛奶浆。"

关小手唱道:"四大绿"

李小翠唱道:"春草地,西瓜皮,山里的蝈蝈邮电局。"

李小翠唱道:"四大嫩。"

关小手唱道:"大姑娘的手,春发的柳,小孩的脸蛋嫩黄瓜纽儿。"

李小翠说道:"现在家家种塑料大棚,十冬腊月都能吃上嫩黄瓜扭儿,这不算什么新鲜玩意儿。"

关小手说:"你接着往下听啊。"

在人群里,秋水和"小鞭杆子"站在一起。

"小鞭杆子"脖子上挎着个萨克斯。

秋水手里拿着一沓子宣传单,想要去给大伙儿发。

"小鞭杆子"制止她说:"先不用着急,等会我发。"

秋水说:"你能发,还要我来干啥?"

"小鞭杆子"说:"看你说的,你不来,那多没意思呀!"

9. 村委会院里

成大鹏和高海林两个人在一个木头案上和着泥。

彩云挑着两桶米汤走了进来,说:"大鹏哥,德万大叔说,你们这个泥发熟了,要做泥塑,还要加点米汤才更好用,今儿个早起我就用慢火给你们熬了米汤,挑来了。"

成大鹏和高海林一起走到挑子跟前。

成大鹏用手指挑起一点米汤来,放在嘴里边吧嗒着嘴尝着,边说:"哎呀,这米汤熬的还真是好,太好了。"

彩云一听大鹏夸她,脸上有了笑意。

这时候春龙和八月走了进来。

八月的脸上,明显有泪迹。

彩云见了春龙就说:"哥,人家两个师傅把马鹿都牵到咱们家院里了,爸横扒拉竖挡着就是不同意,鹿杂交的事儿没办成,还把人家给得罪了。"

大鹏在旁边说:"你爸也是的,这么先进的东西他都不接受!"

春龙说:"真是福不双至,祸不单行,大鹏,我们平洼地的事儿,也受阻了。"

成大鹏说:"怎么啦?"

春龙:"推土机正推着呢,八月她爹来了,说啥也不让干了。"

成大鹏说:"这也太不讲理了吧,我找他去。"

春龙说:"大鹏,你别激动,这不是激动能解决的问题,我看咱们得坐下,好好商量商量才行。"

10. 田野的路上

杨立本拎着把镰刀,往自家的高粱地里走。

柳茂祥在后边喊他:"立本老弟。"

杨立本回过身来。

柳茂祥紧走了几步赶了上去:"立本啊,你不是说你们家八月东边那片地干不起来吗,可我怎么听说都动上推土机啦?"

杨立本说:"你现在看看去,那个推土机还在那干呢吗?"

柳茂祥说:"哦,叫你给她整停啦?整停了好,不然我们家春龙也老往那块地上使劲儿!我也告诉你,刚才我们家来了俩人,说是要搞梅马鹿杂交,叫我给撵走了。"

杨立本说:"哎,你怎么给撵走了呢?这不是胡扯吗?梅马杂交,是新的科学方法,农业技术推广站也号召搞呢。我听说效益很好,茂祥,你这个人的脑袋瓜子是怎么回事儿?进水了?还是叫马蹄子踢了?"

柳茂祥说:"那你也没给我传达啊?"

杨立本说:"早就想开会,跟村里养鹿的说说这个事儿,可大家伙都忙得脚打后脑勺,忙着割地,这个会不是还没开成吗?"

柳茂祥说:"那咋整?人都叫我给撵走了。"

杨立本说:"我告诉你啊,这个事儿和他们在东边平洼地的事儿,是两回事!梅马杂交的事儿,你们家还应该搞。"

柳茂祥说:"现在这科学技术发展的也真是有点儿快,我是真有点儿跟不上啊,那咋整?你村主任都说了,我们家再想办法吧!"

11. 老爷岭村演出现场

"小鞭杆子"上场了,先拿个小鞭"啪啪"地甩了几个响鞭,说:"我'小鞭杆子',各位应该都认识,今天呢,我给大家吹段萨克斯《爱情故事》。"说完就吹了起来。

人群里,新郎新娘陶醉地听着悠扬的乐曲。

关小手、李小翠、关秋水都在听着他的演奏。

关小手和秋水脸上有几许惊讶的神色。

李小翠对关小手不无夸奖地说:"我没说错吧,吹得老带劲儿了。"

12. 村中小卖店

酒仙儿妻正在忙着。

酒仙儿背着手从外边走了进来。

酒仙儿妻看见他进来,一脸不高兴。

酒仙儿上到小卖店的货架上,想拿咸鸭蛋、香肠、面包、方便面什么的,被酒仙儿妻喝道:"别动!"

酒仙儿说:"说是不过了,你也不回家给我做饭了,可咱俩不还没办离婚手续嘛,这我要饿出个好歹来,你可得负法律责任。"

酒仙儿妻说:"讹我来了?一个男人家,别人的事儿你管不了,自己的事儿还管不明白吗?自己的嘴就管不住?那口酒就非得喝?要想让我和你过下去,其实也简单,你立马把酒戒了，我立马回家给你做饭，洗衣服，让我咋伺候你都行。"

酒仙儿说："那酒我没说不戒啊。"

酒仙儿妻说："要戒，就立马戒了，嘴上说是戒，心里可又恋着，那个酒你能戒吗？"

酒仙儿说："行了，我不喝了，真的不喝了，你回家给我做饭吧。"

酒仙儿妻说："你都说过一百回不喝了，可过后不还是照样喝。"

酒仙儿说："那你想怎么着，非让我起个誓不可？那我就起誓，如果我以后再喝酒，我就不是人。"

酒仙儿妻说："是啥？"

酒仙儿说："你随便说，说我是啥就是啥。"

酒仙儿妻"扑哧"一声乐了："看你这样儿，真是又恨你又可怜你，早晨吃饭了吗？"

酒仙儿说："你不给我做饭，我吃啥呀？"

酒仙儿妻说："你也别起誓发愿的了，咱们一起回家，你做出个举动来，我就信你起的誓是真的了。"

酒仙儿说："让我干啥？我听你的。"

13. 村委会院内

成大鹏、八月、柳春龙、柳彩云、高海林都在这里。

八月说："咱们大学生回村来干点事儿，政府是提倡的，我爸他们这块云彩在头顶上，想挡也挡不了多长时间，我看咱们去找镇政府，让上边的人，治治我爸，要不然他这个村官在村子里，就是熊瞎子打立正，一手遮天了。"

春龙说："我和彩云上镇子上去跑贷款，镇政府的人对我们都挺热情的。我们去找找镇里领导咋样儿？"

成大鹏说："我看行。嗨，真没想到，在这么个小村子里，年轻人要干点事儿，还这么难。"

八月说："春龙，要走，咱们现在就走吧。"

春龙说："我看也是事不宜迟，走。"

说着，春龙和八月走出院子。

14. 老爷岭村某家门前

"小鞭杆子"演奏的萨克斯乐曲结束了，众人一片欢呼声和掌声，都喊着："再来一个，再来一个。"

"小鞭杆子"呢，从秋水的手里拿过宣传单，说："诸位乡亲，我刘金宝不仅是走村串户的卖货郎了，现今加入了二人转小剧团，还是老龙岗山货庄的代购员，今后大家有个山货啥的，都可以由我代购了。"说着，他把手里的宣传单往空中一撒，群众纷纷接着，看着。

15. 村子至镇上的路上

八月和柳春龙各骑了一辆自行车，走在路上。

正在地里干活的柳茂祥，看见了他们，一脸不悦。

春龙和八月一边骑着自行车，一边说着话。

春龙说："八月，你别着急，镇里不行，咱们就找县里，县里不行，咱们就找市里，总能找出个头绪来。"

八月说："不是我着急，我是觉得，在这些没用的地方，浪费了时间、精力不值得。"

春龙说："事儿没有一帆风顺的，这就是现实，咱们通过这些事儿，也得到锻炼了。"

八月说："春龙，我觉得你比在学校的时候成熟了。"

春龙笑着说："你可别夸我，看我把自行车骑沟里去。"

16. 老爷岭村通往老龙岗村的路上

有人开着小半截子。

关小手、李小翠、关秋水、"小鞭杆子"和几位鼓乐队师傅都坐在车上。

"小鞭杆子"吹着萨克斯《回家》。

小四轮子，在乐曲声中欢快地行驶在路上。

秋水听着乐曲，望着"小鞭杆子"莞尔一笑。

"小鞭杆子"注意到了，吹得更来劲儿了。

李小翠看见秋水高兴的神情，用手指捅捅关小手，示意他往那边看。

关小手看看秋水，对李小翠说："别捅捅咕咕的，你要说啥，我心里明白，该看还得看着那小子，不能让他们接触太快。"

17. 酒仙儿家

屋里，酒仙儿妻翻箱倒柜地，把所有成瓶酒和散酒都拿出来说："这些玩意儿，你都给我处理了。"

酒仙儿说："咋个处理法？"

酒仙儿妻说："该扔的扔，该摔的摔，该倒的倒，都给我处理了。"

酒仙儿说："妈呀，这酒是我泡了多少年的人参不老草和枸杞啥的，就是不喝了也别扔了啊，那不白瞎了吗？"

酒仙儿妻说："我就是想扔了它。"

酒仙儿说："这还有没开瓶的呢，这可以拿到小卖部去卖啊，再说这些散酒，半瓶的送人也好啊。"

酒仙儿妻说："不下点狠心，不破点财，就下不了那个戒酒的决心，要想让我给你做饭吃，赶快把这玩意都给我扔了，处理了。"

酒仙儿有点恋恋不舍，说："行吧，这胳膊是拧不过大腿啊。到了这会儿，我这做男人的才知道，男人离了女人，真玩不转哪。"说着，他走了出去。

酒仙儿来到了院内，拿锹挖起一个坑来。

酒仙儿妻抱着几瓶散酒，从屋里走出来说："你挖坑干啥？"

酒仙儿说："酒不喝了，挖个坑埋了不就得了。"

酒仙儿妻说："我看你还是没下决心，挖个坑儿埋了，等哪天又想抠开坑儿把酒拿回来喝啊？"

酒仙儿说："我也想把酒都扔在外边，但是太危险了，你知道，酒是容易燃烧的，要是碰见有个人，扔个烟头啥的，再引起一场火灾来，那事儿可就大了。还是埋了好。"

酒仙儿妻说："行，你说埋了就埋了吧。"说着，把手里的酒瓶子放在了地上，返身又回屋去了。

酒仙儿把土坑已经挖得很深了。

酒仙儿妻把酒瓶子，往坑里扔。

酒仙儿说："你慢点儿扔，酒瓶子都磕碎了，酒都漾出来了，从这坑里不还得往外冒酒味来，让我闻着这个酒味儿，又喝不着，这不影响我戒酒吗？"

酒仙儿妻就把那些剩下的酒，慢慢地放进坑去。

酒仙儿用铁锹填好了，一边在上边踩实着，一边从地上，"呸"地吐了一口唾沫说："我柳茂祥再喝酒就不是人。"

酒仙儿妻说："再使劲踩踩，这踩实了的土，过两天一风干，你要是抠开，我可能看出来啊。"

酒仙儿使劲地踩着坑上的土，说："哎呀，这回可踩实了，行了，瓶酒散酒我的亲爱的，告别了！"说着，拄着铁锹，站在坑前，久久没有离去。

酒仙儿妻一笑，进屋去了。

18. 镇子上

春虎正在那里掌鞋，突然来了两个年轻人。

一个脱下两只鞋说："来，小哥们，给我这只鞋钉个鞋鱼子。"

春虎给他的两只鞋的后跟上，都钉了鞋鱼子。

那个人说："我让你在一只鞋上钉鞋鱼子，你怎么给我两只都钉上了？"

春虎说："这位哥，钉鞋鱼子，哪有只钉一只的，走道不偏脚吗？一只鞋高，一只鞋低的那也不得劲儿啊？"

那个人说："我不管，反正我让你钉的是一只。"

春虎说："那你非要钉一只，我就把这只给你起下来吧。"

那个人说："起下来倒也行，可鞋后跟儿的钉子眼儿咋办？"

春虎说："那就随你吧，你要不想要这钉子眼儿，我就再给你钉上几个小钉，也不影响啥。"

那个年轻人说："你说不影响啥就不影响啥啦？"

春虎说："这位哥，那你说咋办？"

那个人冲那边指指另外一个掌鞋的人说："看见没？那边那个掌鞋的是我大哥，我在他那边擦鞋掌鞋，从来都不花钱，这是他的地盘，识相的，赶快卷摊子走人，别让我以后在这儿看到你。"说完，他穿上鞋，和另外一个年轻人走了。

春虎望着他们的背影，脸上现出不解的神色。

樱桃从那边跑过来，说："春虎哥，怎么啦？"

春虎说："没啥，听兔子叫，我还不种黄豆了呢？我不怕他们！"

19. 镇政府某办公室

一个领导模样的人正在跟春龙、八月谈话："你们的贷款报告我们报到县里了，刚才李县长还来了电话，说是对你们要干的这个项目要大力支持，杨八月，你放心，你爸的工作我们来做，我保证让他支持你们的工作。"

柳春龙和杨八月都笑了。

20. 杨八月家

杨立本正在接电话："哦，是王镇长啊，有事儿您说！啊，李县长都知道啦，是吗？你说我们家这个杨八月，也是太不懂事了，非得要建什么猪场呢，惊动面儿这么大，给您惹麻烦了，不好意思啊！什么？您说让我支持她，王镇长啊，要说让我嘴上答应你说支持她，那行，可要是让我打心眼儿里支持他们，我这心里真还别着劲儿，那行吧，最起码的，我先不反对了，行不？行，有时间欢迎你来啊。"说完，撂下了电话。

八月妈在一旁说："谁来的电话啊？"

杨立本一肚子火地说："王镇长，咱们家的那个好闺女，和老柳家的那个好小子，跑到镇里找王镇长，告我状去了。"

八月妈说："那这事儿不好办了吧？镇长都来电话，让你支持他们了。"

杨立本说："那有啥办法，我不光是八月的爸爸，我还是村主任，镇长来电话，说让我支持这个事儿，我能不支持吗？"

八月妈说："我看这个事儿是越整，岔头越多，这领导都插手了。"

杨立本说："要光镇领导插手还好呢，李县长都过问了。"

八月妈说："是吗？那么大的领导都惊动了？那村东头的大洼地，还得让他们用推土机推啊？"

杨立本说："那不同意能行吗？"

八月妈说："不是我说你，你老觉得姜是老的辣，咋样儿啊？让这些小孩子给涮了吧。"

杨立本一脸愁容地坐在炕头上，说："说别的都没用，我只能走一步看一步啦。"

21. 柳茂祥家

春龙妈正在边洗碗筷，边和柳茂祥说着话。

春龙妈说："这个杨立本啊，也真是的，村里养鹿的，也不光咱们一家，马鹿和梅花鹿杂交的事儿，怎么就非得从咱们家开头做呢？"

柳茂祥说："也怨我，把不同意两种鹿杂交的事儿当好事儿说给他了，没承想反倒叫他抓了话把儿。"

春龙妈说："那咋整，看来这个事儿还得干呗。"

柳茂祥说："村主任都说了，那不干能好吗？"

春龙妈说："那咱们得和他立个字据，要是在这个问题事情上出了问题，咱们可得找他杨立本说话。"

杨立本说："别在这儿瞎说了，有啥问题，你得跟签合同提供公马鹿的公司说去，跟村主任说得着吗？"

春龙妈说："怎么说不着啊，咱们不想搞，他想让搞，那就让他给负责任。"

柳茂祥说："就你能耐，你去跟杨立本说去。"

春龙妈说："我说就我说，有啥不好说的。

22. 村委会屋里

晚上。

大家正在开会。杨立本、柳茂祥、高德万、樱桃妈、关小手都在。

樱桃妈手里拿着花撑子绣着花。

杨立本说："梅马鹿杂交的事儿，大家伙儿都说过了，就此打住。"

关小手笑着说："这就打住了？这玩意儿是个新鲜事儿，总觉得没说够呢！"

柳茂祥调侃道："没说够，回家跟你媳妇接着唠去！"

关小手听出话头里的意思，说："我家也没有梅花鹿，也不搞梅马杂交，这个话题，还是留给你和嫂子多唠唠吧！"

柳茂祥笑着打了关小手一巴掌，说："你这个小子，屁了咣叽的，没个正经话！"

杨立本说:"下面说东边那片洼地的事儿。"

酒仙儿推门进来说:"哎哎,村里头开会,咋没通知我呢?"

杨立本说:"这不是村民大会,是村委会。"

酒仙儿笑笑说:"就是村委会,我不是村委,不参加意见,出个耳朵,旁听行不?"

关小手说:"看来你是有愿意开会的瘾,以后咱俩换换,我这个村委会成员让给你。"

酒仙儿笑笑说:"真的呀?那啥时候让给我?现在?"

关小手:"现在有点早了点!"

酒仙儿:"那啥时候?"

关小手:"别着急,等我当够了的时候。"

柳茂祥说:"小手,你逗他干什么。茂财,这正开会呢,没事儿,你先回吧。"

杨立本说:"哎哎,咱研究的事儿也没啥背人的,他乐意听,就坐下听吧!"

酒仙说:"你们听听,人家村主任咋说话呢?人家都让我坐这儿听听,你们还一个劲儿地撵我走。真是的!"

关小手说:"县里镇里都有态度了,哪咱得支持呀,春龙和八月两个回村来做事,我看是个好事儿!"

酒仙儿说:"村子里出去的,大学毕了业,都长翅膀飞了也不好,该回村就得回村!城里知识青年当年不下乡,那淑芬,能成我媳妇吗?"

柳茂祥说:"茂财,你喝酒了?"

酒仙儿:"没喝!"

柳茂祥说:"人家村委会成员研究事呢,你跟着掺什么言哪?"

23. 八月家

月光,洒在院子里。

八月妈对坐在那里的杨立本说:"你瞅你那张脸,真够好人看半拉月的,都抽条了,啥事愁成这样?"

杨立本拍拍脑袋,说:"没想到,问题复杂了!"

八月妈说:"是吗?能复杂到哪去?你是村主任,东边那块洼地,你一句话,不让动不就完了?"

杨立本说:"我和柳茂祥才两票,可高德万和樱桃妈都和我们意见相反。"

八月妈:"那不才是两票对两票吗?"

杨立本:"不还有你那个宝贝弟弟关小手吗?"

八月妈:"他的意见和你们不一致?"

杨立本:"那还用说么!"

八月妈:"他咋能是这么个意见呢?我找他去!"

杨立本说:"会都开完了,事儿都定完了,你再找他有啥用?"

八月妈说:"一个当舅舅的,表这种态,这不是没正事么!"

杨立本说:"人家是村委,开会表态,有人家的自由,你现在去找,好像我回家跟你说什么了,不好。"

八月妈叹口气说:"等我哪天碰见他的!"

24. 酒仙家

夜晚,饭桌旁。

酒仙儿妻说："你刚才干什么去了？"
酒仙儿："开村委会去了！"
酒仙儿妻说："别没喝酒像喝了似的！你去开什么村委会？显着你了？"
酒仙儿说："这话说的，关小手都说了，要把他那个村委让我当呢！"
酒仙儿妻说："行了行了，别有一寸说八丈了！满天下雨，哪个雨星儿，也崩不到你身上！"
酒仙儿正在吃饭："趴门缝儿看人，是不是？好，走着瞧！"
酒仙儿妻说："我是一碗凉水把你看到底了，你成不了那么大的气候！"
酒仙儿说："我说了，咱走着瞧！哎老婆子，这光吃饭不喝酒，怎么老像少点儿啥似的呢，这个手老觉得发空呢？"
酒仙儿妻说："要想戒酒，先得不想酒。你不往那上头想，它不就没事儿啦。"
酒仙儿说："要说一点儿也不往这边想，那是不可能的。来。"他端起个碗来，说："给我倒点白开水，这都习惯了，要克服也得慢慢克服啊。"
酒仙儿妻给他倒了一点儿凉白开："看没看见，我看你就跟这碗水似的，一眼就能看明白！"
酒仙儿端起来，像喝酒那样的，轻轻地抿了一口，说："话也别那么说，这没度数的酒，细品也有滋味儿！好酒啊，好酒！"

25. 松花江边

柳树丛中有一条小毛毛道，"小鞭杆子"和秋水一前一后地走在这里。
他们的身边是月下江水粼粼的波光。
秋水采了一把野花拿在手上，送到"小鞭杆子"鼻子前说："你闻闻，这花香不香？"
"小鞭杆子"说："你采的花，能不香吗？"
秋水说："你最喜欢的花儿是哪种？"
"小鞭杆子"说："对花儿我还真是缺少研究，不过你采的花儿，就是我最喜欢的。"
秋水说："真的假的啊？你这个人怎么这么能说假话呢？"
"小鞭杆子"说："说啥假话呢，我要是说假话，天打五雷轰。"
秋水说："你喜欢这花它就给你吧。"
说着，就把采的花插在了"小鞭杆子"的上衣兜里。
"小鞭杆子"看着这花儿，说："这么好的花儿，你留着呗，给我干啥？"
秋水说："金宝哥，你演奏的那个萨克斯可是真把我给迷住了，你吹得太好听了！我敢说，征服了在场所有观众！"
"小鞭杆子"说："光萨克斯吹得好，人家对咱们印象不好，有啥用？"
秋水说："谁对你印象不好啦？"
"小鞭杆子"说："没看我一和你单独接触，你爸，你大姑，都看得噔噔的吗？好像我是啥洪水猛兽似的！"
秋水："那人不都是在了解吗！人的关系不都是发展的吗？"
"小鞭杆子"说："秋水，你爸你大姑对我态度咋样我都不在乎，我最在乎的就是你对我的感觉。秋水，你觉得我这个人，到底咋样？"
秋水说："你咋问这话呢，你缺心眼儿还是咋的啊？"
"小鞭杆子"说："那我这话不该问呗，你可别生气啊，我说错了行不？"

秋水说:"看你那傻样儿,越看让我越来气。"
"小鞭杆子"说:"我傻吗?没谁说我傻啊,都说我挺精挺灵的啊。"
秋水羞涩地说:"你还不傻啊?人家把采的那么多花都给你了,你还问我对你印象咋样?"
"小鞭杆子"恍然大悟:"哎呀,我的妈啊,我可明白了!"说着,双腿跪地,亲吻了一下土地说:"我可得好好亲亲你,大地啊,我的妈妈!"
秋水在一旁笑着说:"还说不傻呢,亲了一嘴土。"
"小鞭杆子"说:"我高兴死了!"
秋水笑了:"告诉你,你可高兴得太早,人家说对你印象不错,可没说别的!"
"小鞭杆子"的眼里,是欢喜的泪花:"正式进入考察期了呗!"
秋水娇嗔地说:"你说正式就正式了?讨厌!"
"小鞭杆子"说:"我听出来,你说的是喜欢,行啊,你讨厌我我都高兴啊!"

26. 关小手家
李小翠对关小手说:"咋样儿啊,我看你也喜欢上那个'小鞭杆子'了吧?"
关小手说:"有点儿。"
李小翠说:"我一个女的,给一个男孩子当师父,不是不行,但总是有点儿别扭,我想我还是当师娘好。"
关小手说:"你的意思还是要把他推给我当徒弟呗?"
李小翠说:"这孩子既然是这块料,你就收下他吧,好好调教调教,我看人不错。"
关小手说:"家里的一把手都下令了,那我就得说行呗。"
李小翠说:"别扯了,还是你看着行了,不然我咋说,也是白扯。"
关小手说:"徒弟是可以收,可但是,还是要注意他和咱们家秋水的关系,不能让他们近乎得太快。"
李小翠说:"我看现在是两种可能都有,这小子,要是人品挺好的,给咱们家当个女婿,也不错啊。"
关小手说:"你说的两种可能,是以后的事儿,现在还只是一种可能,你的任务不光是看人家,也得看着咱们家秋水点儿,我瞅着秋水的眼神,今天瞅那个小子的时候,就有点儿不对劲儿。"
李小翠说:"刚才还说我是一把手了,一转眼,二把手又给我这一把手布置上任务了,看秋水,可不光是我的事儿。"
关小手说:"那是,这不又没影儿了,她半宿半夜地上文化书屋活动去了,我能让你去接她吗?"

27. 村文化书屋
八月、春龙、大鹏、彩云、海林、甜草都在这里。
大鹏吹着口琴,他们在一起唱着带些悲壮韵味的歌。
关小手隔着窗子向屋子里望,左看右看,还是没发现秋水。
他冲八月招招手。
八月从屋子里走了出来:"舅!"
关小手小声地:"八月,村委会开过会了,村头那块洼地同意你们用了!"
八月喜出望外:"真的?"
关小手:"舅还能跟你说假话吗?"

八月："那可太好了！"
关小手说："哎，八月，别光顾着高兴了，我问你，我们家秋水呢？"
八月说："她今天晚上没来呀。"
关小手一惊："啊？没来？"

28. 江边
夜色中，关小手打着个手电，走在小毛毛道上。
他边用手电在树木丛中晃来晃去，边喊着："秋水，秋水！"
江边，正坐在那里的"小鞭杆子"站起身来说："哎呀妈呀，你爸来找你来了！"说着要跑。
秋水说："你瞅你那个样儿？你还是个男人不？我爸来了怕啥的？他又不是老虎，能吃了你？再说了，咱们就在这说说话，怕啥的？"
"小鞭杆子"说："哎呀，你爸对我约法三章，我可怕你爸！"
秋水笑着，站起来说："行，你走吧！以后就当咱们谁也别认识谁啊！"说着，迎着关小手走了过去。
"小鞭杆子"一边追着秋水，一边说："秋水，我到底咋办呢？"
秋水佯装厉声地："别跟着我！"
"小鞭杆子"说："我想好了，我就跟着你，咱们也没做啥坏事，怕啥的！你爸看着就看着吧！为了你，我豁出去了！"
秋水窃笑，说："把腰杆挺直溜儿的！手插在挎兜里，头仰起来，目视前方，齐步走！"
"小鞭杆子"嘴里学着萨克斯的声音，向前走。
关小手的手电照了过来，他一脸惊奇，问秋水："你们在这儿干什么呢？"
"小鞭杆子"说："练习节目呢！"
关小手一脸狐疑："怎么跑到这儿练节目来了呢？秋水，赶快回家吧！"
（第七集完）

第八集

1. 村中路上
月光轻柔地从天上洒下来。
关小手和秋水走在村中路上。
关小手背着一只手，另一只手里掐着那只手电，对秋水说："我说你这闺女，越大还越不懂事了，真是让我操透心了。我越不让你跟这小子走得太近，你就越往他跟前凑合！你不是说上文化书屋了吗？怎么跟他跑到江边上去了？你跟你爸我玩'游击战'呢，是咋的？你这么整，我和你妈就是有孙悟空的本事，把浑身的毛都拔净了，变成你爸你妈，那也看不住你啊！你可让我操透心了。"
秋水解释说："爸，我不就是在那儿看着他练练节目嘛，有啥的啊？"
关小手回过身，用手指点着秋水，说："你看他练节目行，可要是在大白天去看，在你爸和你妈面前看，你怎么看，都行。可要是再赶到晚上和他偷偷摸摸地到江边去看，不行！"
秋水说："爸，你这话说得也太难听了吧，我们这是明来明往的，咋是偷偷摸摸的呢？"

关小手说："好，还学会顶嘴了是不？整急眼了，晚上我连让你出来都不让你出来！"

秋水噘着嘴说："这看人也看得太紧了。"

关小手说："看得紧还看不住呢，不看更完了，回家去。"

秋水往前走走，又回头往后看看。

关小手说："看啥呢？你给我目视前方，回家！"

2. 樱桃妈家

高德万、高海林、甜草和樱桃妈围着大笸箩，在灯下搓苞米粒。

高德万说："甜草，老柳家那个春龙也去文化书屋了吧？"

甜草点点头，说："嗯，爸，你咋问起这事儿啦？"

高德万说："春龙那孩子，是从小在我眼皮儿底下长大的，知根知底，人不错，文化程度也够高。"

甜草看看她爸，说："爸，你跟我说这干啥？"

樱桃妈接过话茬说："甜草，你爸的话你还听不明白啊？他是想着让你有机会就多跟春龙接触接触，看能不能处上对象。"

高海林在一旁笑着说："别说，还真像一对儿。"

甜草的脸红了，带几分羞涩地打了高海林一拳，说："哎呀，哥，你瞎说啥呀？人家春龙是大学毕业生，能看上我吗？"

3. 江边

春龙和八月走在江边的那条小道上。

春龙说："八月，你说我走在这儿想起了什么？"

八月问："想起啥了？"

春龙说："我想起了，咱们刚上大学的头一天晚上，走在校园的湖边，风也是这么湿润润的，我们一起说着话；还想起了毕业那天，我们又一起到了小湖边，一起走着路，说着话，风儿还是这么湿润润的。学校的湖水好，我们村边的这松花江更好。"

八月望着月光下的松花江，深有感触地说："大江流日夜，何时复西归？一晃，我们都大学毕业了，现在又回了村，好像就是昨天的事儿一样。"

春龙说："家里的老人，都想着让咱们到城里生活，他们是好心，可咱们回来，用自己的知识，把生我们养我们的村庄，建设起来，这不也很好么！"

八月说："我当时，也是真想留在城里来着，可是留不下，既然回村来了，那就得干出个样儿来，我是就在村里干下去了，不走了，你呢？"

柳春龙说："我爸我妈现在对我是一肚子意见，还是让我去城里找工作，还想让我找个城里的女孩当媳妇。他们不了解咱们这代人的想法，咱们有我们的活法。你知道，我这个人从小脾气和你一样，有点儿犟，要干的事儿，就必须得干成了才行。"

4. 柳春龙家

屋里，柳茂祥正在一个脚盆里洗着脚。

春龙妈手里端着个装热水的水舀子，说："用不用再给你加点儿热的？"

春龙爸说："加点儿吧，我这个脚啊，还真得好好烫一烫。"

春龙妈给盆里添了热水。

春龙爸说:"哎,老婆子啊,你能不能代我跟春龙和彩云说个事儿。"
春龙妈:"啥事你不能跟他们亲口说,还非得隔山赶牛的,让我说?"
春龙爸说:"就是那个梅花鹿和马鹿杂交的事儿。"
春龙妈说:"不是说,不整那个事了吗?"
春龙爸说:"原来是不想整,可现在咱们不又改主意了么。"
春龙妈说:"一会儿不想整,一会儿又想整的,到底咋回事?"
春龙爸说:"这不都是为了挣钱吗?效益好的事儿,就像有风吹着风车似的,谁不想转得快点儿?"
春龙妈说:"那就这点事儿,你就跟他们直接说呗。人是你撵走的。"
春龙爸说:"人是我撵走的,可你要是不去跟人家讲价钱,把人家那个公司的人给得罪了,我这话不就好说了吗?可你那么一弄,让人家很不高兴,把这事儿给弄麻烦了,就是彩云去请,人家还不一定能不能来呢。"
春龙妈说:"这事儿怎么都弄到我头上来了?当时说不搞梅花鹿和马鹿杂交,说马鹿长得丑,不都是你吗?"
春龙爸说:"别说没用的,反正你得跟春龙和彩云他们去说,让他们再把那个公司的人给请回来!"
春龙妈:"我不说!"
柳茂祥:"你不说谁说?这事儿我还能跟春龙彩云张开嘴吗?前脚我刚说过不同意,后脚我又说让人家来,我这个当爸的,好意思吗?孩子们会怎么看我?"
春龙妈看看柳茂祥,说:"行了,你倒闹了个要脸面,早知今日,当时别说啊!"
柳茂祥说:"老婆子,这事儿咱俩就别论是非了,算我求你了行不行?"
春龙妈说:"说,我可以跟他们说,能不能请回来,我可说不好了。"

5. 村委会
屋里亮着灯,彩云一边给大鹏重新铺着床,一边从床上往下撤着床单。
大鹏说:"彩云,你这是干什么呢?我自己来吧。"
彩云把撤下的床单卷成一个团,又拿起大鹏的几件脏衣服,说:"看看你这衣服,上面全是泥点子,你这兜里没什么别的东西吧?"
大鹏:"哎呀,没啥,还是我自己洗吧。"
彩云说:"你能洗干净啊?女人家洗洗涮涮的,怎么说也比你们男人强。"说完,夹着那些衣物要出门。
大鹏说:"彩云,那可谢谢你啦!"
彩云说:"谢啥啊,以后这些事儿就包在我身上了!都是小事!"说完,冲大鹏笑笑,走了。
大鹏望着彩云灿烂的笑容,仿佛意识到了些什么。
在彩云拿着那些衣物,从屋外窗前走过的时候,他向彩云做了个似敬礼似招手的手势。
彩云向屋里望望,羞涩地一笑,拿着衣物跑了。

6. 春龙家
月光下的院子里,彩云在往晾衣绳上搭着床单和衣服。
春龙妈走了出来,看着晾衣绳上的衣物,说:"彩云,你一回来,就哗啦哗啦地洗,我当是你洗自己的衣服呢,这都是谁的呀?"

彩云看看她妈没吭声。

春龙妈说："呀，这怎么都是男人衣服呢？跟妈说，谁的？"

彩云说："成大鹏的。"

春龙妈有些惊异地说："成大鹏？是不是住在村委会那个城里来的小伙子啊？"

彩云说："是。"

春龙妈说："嗯，我姑娘有眼力，你跟他处上对象啦？"

彩云说："妈，你说啥呢？我给他洗两件衣服就是处上对象啦？"

春龙妈说："那没啥关系的话，你给他洗什么衣服？你不用糊弄妈，妈明白你们年轻人的事儿。彩云，不是妈夸你，你比你哥强！你在农村长大的，还知道要找个城里人当对象呢，可你哥呢，一个在城里读过大学的人，我一提跟他应该在城里找对象的事儿，他就装聋作哑。"

彩云说："妈，我们年轻人的事儿，你能不能少操点儿心？"

春龙妈说："你们都不是我的儿女，我就不跟你们操心啦。"

彩云说："那对象要都是你操心操出来的，那你就使劲操。"

春龙妈说："你要是真跟成大鹏处上了，那可是个好事儿，那小伙子个人条件、家庭条件多好啊！"

彩云说："八字没一撇的事儿，妈你老说啥呀？"

春龙妈说："行了，这是又烦我了，不说这事儿了。妈跟你说啊，你爸说了，梅花鹿和马鹿杂交的事儿，咱们还得把那公司的人给请回来。"

彩云说："我可请不回来，要请让我爸去请吧。"

春龙妈说："你看你这孩子，要是他去能请回来，还用我跟你说吗？"

彩云说："我爸那么个有能耐的人，啥事儿办不了啊？"

7. 春龙家

屋内，春龙妈和春龙爸躺在炕上，说着话。

春龙爸说："彩云真是这么说的？"

春龙妈说："我说的话你还不信啊。"

春龙爸说："完，这是又跟我叫板呢！"

春龙妈说："那不行，你就亲自去一趟呗。"

春龙爸说："那不是要我的好瞧吗，我去，脸面上下不来不说，请不来，不白跑一趟吗？"

春龙妈说："那咋办？人家彩云不去。"

春龙爸说："她说不去就不去啦？有时间我找她说！"

8. 村东头的大洼地

上午，推土机又开来了。

八月和春龙在那里指挥着推土机推土。

杨立本缓缓地走了过来。

推土机司机看见杨立本，忙停下车，问："村主任来了，这活儿你又支持我们干啦？"

杨立本笑笑说："我不让干能行吗？这俩小孩子伢子到镇子上把我给告了。"

八月说："爸，话，别说得那么难听，我们上镇子只是想求得一份支持。没有告你的意思。"

杨立本说:"行啊,不是老鸟叼虫,喂刚出蛋壳儿黄嘴丫子没褪的小鸟的时候了,现在是小鸟出窝,在天上飞了,翅膀也硬了,回头又来叼老鸟身上的毛了。"

八月说:"爸,我们就是想在这建猪场牛场,不想和谁过不去。"

杨立本说:"多余的话不用说了,都是我错了,行吧?是我和你们过不去了。打今儿个起,你愿意认我这个当爸的,你就管我叫声爸,你不愿意认,就当是两方路人,咱们这个家呢,你要是不愿意回,也可以不回,这片大洼地,不比爸爸妈妈、家都重要吗?你就吃这儿住这儿吧,你们在这儿好好干吧,我支持你们啊,支持到底。"说完,杨立本走了。

八月看着她爸远去的背影,眼里盈满了泪水。

春龙对八月说:"真没想到,咱们上趟镇子,怎么还惹出这么大的事儿来了,你爸看来是真的不高兴了,要真不让你回家,那可咋整?"

八月说:"那不能,我爸他是刀子嘴豆腐心,我知道他心里疼我。"

9. 镇子的街道上

太阳伞下。

樱桃正在煎饼摊前吆喝着:"煎饼,煎饼,又香又筋道的煎饼啊!"

这时候有人过来买煎饼。

不远处,春虎已经摆开了鞋摊,正在那里掌鞋,先前来过的那个年轻人又来了。坐到小板凳上说:"我说了,让你们另外去找个地方,你们怎么还在这儿?"

春虎说:"我办的是正儿八经的工商营业执照,这大道边,宽得很,在哪干活不行?"

那个人脱下一只鞋,说:"你非要在这儿干,把这只鞋钱先给我赔了。"

春虎说:"说吧,多少钱?我赔你。"

那个人说:"我这双鞋是一千块钱,你赔一只不行。"

春虎笑着说:"这位大哥,您这不是讹人吗?你这双鞋我看了,顶多值一百多块钱。"

那个人说:"我说一千块就是一千块,你赔不赔吧?"

春龙又笑着说:"想赔,可没有钱给你。"

那个人说:"呀哈,看来你这小子是属鸭子的,嘴还挺硬的。"上前一把揪住春虎的衣领,说:"你到底赔不赔?"

春虎平静地说:"你松开我,松开我不?!"

那个年轻人说:"好小子,看来今天你是要跟我过过招,不让你尝尝我的厉害,你大概也不知道,马王爷长着三只眼!"说完,照着春虎的鼻子就是一拳。

春虎倒在地上,血,从春虎的鼻孔里流出来。

周围有很多围观的人说:"哎,你怎么打人呢?"

那个人揪着春虎的衣领还要打。

这时候,樱桃冲进人群来,用手抓住那个年轻人的手臂,说:"你怎么这么欺负人啊,有话不能好说吗?为什么打人?"

那个年轻人说:"我知道你们是一起的,你们俩给我听好了,现在就都给我滚!"

这时候,春虎猛地从地上爬起来,冲向那个年轻人,两人扭打在了一起。

周围围观的人都说:"别打了!别打了!"

一声清脆的鞭响,使春虎和那位年轻人刹那间停止了争斗。

"小鞭杆子"刘金宝从人群中走了进来,对那个年轻人说:"哎哎哎,干吗呢?"

那位年轻人见是"小鞭杆子",点头哈腰地说:"哎呀,是刘哥!"

"小鞭杆子"看春虎鼻子上有血,就跟那位年轻人说:"你打人了是不?"

那位年轻人说:"刘哥,这不关你的事嘛!"

"小鞭杆子"说:"怎么不关我的事呢,这个人是我亲弟。"

那位年轻人说:"是吗,刘哥的亲戚,在街面上做生意,怎么不早说一声呢?"

"小鞭杆子"说:"跟你说什么?如果你还敢在这里欺行霸市,我能饶得了你,手里这杆小鞭子可饶不了你。"

那个年轻人说:"哎哎,不好意思,对不起了啊!"说完走了。

春虎还想上去和他理论,被"小鞭杆子"扯住了。

他对春虎说:"这小子,不务正业,是个小混混。春虎,你别搭理他,该咋干活,就咋干活,谅他也不敢再欺负你了。"他对周围的人说:"没事儿了,都散了吧。"

人群渐渐散去,"小鞭杆子"到樱桃的煎饼摊前交钱买煎饼吃。

春虎一边用纸擦着鼻血,一边从兜里掏出几十块钱,递给"小鞭杆子"说:"你把这点钱先捎给我妈吧!"

"小鞭杆子"接过钱说:"行!"

10. 村山货庄

山货庄院子里,八月妈、秋水正在院里摊晒山货。

李小翠走了进来,说:"大姐。"

八月妈说:"你咋来啦?"

李小翠说:"这两天没什么事儿,知道你们这边忙,就过来伸把手。"说着,就帮着她们一起干起活儿来。

八月妈说:"弟妹,你这是来了,不来我还要跟秋水说,叫你有时间过来一趟呢?"

李小翠说:"大姐,有事儿啊?"

八月妈说:"你说我那个傻弟弟他不是犯虎嘛,村委会开会,他和他亲姐夫较上劲了。"

李小翠说:"有这事儿,我咋一点儿不知道呢?"

八月妈说:"他居然支持八月和柳春龙在东边那块洼地上建猪场牛场。他这个舅是怎么当的啊,这不把八月给坑了吗?八月真把这个猪场建起来,哪有心思上城里找工作啦?这胳膊肘儿往里拐往外拐都弄不明白了。"

李小翠说:"不能吧,他可跟我连牙缝儿都没欠过,没说过这事儿。"

八月妈说:"弟妹,有时间你得说说他,枕头风给他吹吹,说话别分不清轻重里外,你告诉他,有时间让他上我这儿来一趟。"

李小翠说:"大姐,你别生气,你看着他长大的,啥脾气啥秉性你不比我更清楚,他那人没有坏心眼儿。"

八月妈说:"这个八月啊,也不知道从哪来的钱,还雇上推土机了,我看,这从中都是有'好人'帮忙啊!"

李小翠说:"姐啊,这你可别往我们身上想,我们可没给八月拿过钱。"

秋水向李小翠这边看看,说:"妈,我姐雇推土机的钱,不是咱们家给拿的啊?"

李小翠一边冲秋水使着眼色,一边说:"大人之间说话呢,小孩伢子插什么言?干你的活儿去!"又笑着对八月妈说:"大姐,你真别多心,八月雇推土机的钱,真不是我们给拿的。"

11. 田野里

柳茂祥正在地里割高粱，看见杨立本从地头走过，就说："立本老弟，村东头那一片大洼地的活儿，又干上啦，我看那推土机正突突突一个劲儿地推呢？"

杨立本说："村委会里支持他们的人占多数啊，另外，还得谢谢你那个好儿子啊！到镇子上把我给告了。"

柳茂祥一听这话，连忙放下手里的活儿，跑向杨立本："咋的，立本老弟，真是我们家春龙上镇子上告了你？"

杨立本说："茂祥大哥，看来我这个村主任也就只能干到今年年底了，像你们家春龙这样的年轻人，又有知识，又有干劲，明年就让他接班干吧。"

柳茂祥说："哎呀，立本老弟，你这是说哪儿的话呢？回家去，我好好教训教训这小子，他怎么能干这事儿呢？你可别往心里去啊。"

杨立本说："你可别教训春龙了，别再给我惹事了，你教训他，他就有可能再到镇子上去告我，这是整谁呢，不还是整我吗？"

柳茂祥说："那我得咋办？"

杨立本说："没啥咋办不咋办的，放手让他们干了。他们要是真能在那洼地上，建起猪场牛场来，把事业干起来了，都成了明星企业家，那不也挺好吗？尤其是你们家春龙，将来有了钱，买台小轿车，拉着你和他妈，全中国的到处溜溜看看，那多风光啊！我可真盼着有那天啊。"

柳茂祥说："立本老弟啊，你说的，这都是正话还是反话啊，我全听糊涂了。"

12. 柳茂祥家

春龙妈在窗台上晒着鹿鞭和鹿筋。

高德万从门口走过，故意使劲咳嗽了一声。

春龙妈听见了，一回头说："哎呀，是德万大哥，这是要上哪儿啊？"

高德万说："刚从德千媳妇那边儿过来，樱桃不在家，家里就剩她一个人了，更得常过去看看了。"

春龙妈说："大哥呀，咱们老邻旧居这么多年了，我说句不该说的话，你听着可别恼我。"

高德万说："说吧，咱们之间还有啥话不能说的？"

春龙妈说："关于你和樱桃妈的事儿，村子里闲言碎语也不少哇。"

高德万说："这些话，我也早灌得满耳朵了。他们说都是屁话！我弟弟没了，弟媳妇家我不照顾谁照顾，地谁帮着种？庄稼谁帮着割？说闲话的人，没看见帮着动过一手指头！脚正不怕鞋歪，我不在乎他们说啥，不嫌累，他们愿意怎么说怎么说去，哎，大妹子，你们家春龙有对象没呢？"

春龙妈说："还没找呢，现在的年轻人，你都不能跟他提这个事儿，一提，他就说不着急，也不知道他心里是咋想的。"

高德万说："是啊，我们家甜草和海林子不也是没找嘛，孩子找对象是大事，找个知根儿知底儿的正经人家，那就更不容易了。"

春龙妈说："你们家甜草，和海林子都好找，别看甜草是乡下姑娘，可人家是小学教师，长得那都是百里挑一的，海林子呢，那就更不用愁了。"

高德万说："没想到她柳婶，对我们家甜草在心里看得还这么重呢，你忙吧，我走了。"

说完，高德万走了。

春龙妈在背后看着他的背影，品味着他的话："甜草好不好，和我家也没关系，我们家春龙绝对不会找甜草当媳妇！跟我说这干啥？"

13. 村委会院

成大鹏从缸里往外掏着泥，在那块案板上和着泥。

彩云呢，拿着个水舀子在往泥团上浇米汤。

高海林正照着一张图纸在那里钉着一个木架。

彩云对成大鹏说："大鹏哥，别看我是个农村姑娘，可我最喜欢搞艺术的人了，你要能一直留在我们村多好。"

成大鹏抬眼看看彩云。

彩云正对她灿烂地笑。

成大鹏说："等等！"他停下手里的活计，把手在身上擦了擦，从兜子里掏出一个数码相机，对彩云举了起来："还像刚才那样笑，笑，太好了！"

随着相机咔嚓咔嚓的声音，成大鹏把彩云的各个侧面都拍照下来了。

彩云笑着说："照相都是在前面照，你怎么还跑到我后边照去了，照后脑勺啊？"

成大鹏说："对，就是连后脑勺也照，你等着吧，你这个笑脸塑像，我肯定把它塑成！"

这时候，柳茂祥手里提着一把镰刀走了过来，对彩云说："彩云，你不在家好好养鹿，怎么到这儿鼓捣上泥啦？"

彩云说："鹿我都喂过了。在家闲着也是没事儿。"

柳茂祥说："你赶快跟我回家吧。"

彩云看看她爸，说："爸，你有事儿啊？"

14. 村中路上

柳茂祥和彩云一起往家里走。

柳茂祥说："我说你这闺女，在家里负责养鹿的事儿，怎么不把心思往养鹿上使，净琢磨别的事儿呢？"

彩云说："我们要搞梅花鹿和马鹿杂交，你不让。"

柳茂祥说："因为这点事儿，还跟你爸较劲呢？行，就算你爸我错了，在这件事上依着你哥和你啦，你们整去吧，我不掺和了行吧？"

彩云说："爸，你又同意啦？"

柳茂祥说："我不同意行吗，你和你哥成天在心里和我较劲。"

彩云说："爸，你同意可是同意了。但是你把那公司的人给撵走的，你得负责去请回来。"

柳茂祥说："我把你养这么大，这点力我都借不上啊？这么个小事儿，还用你爸我亲自去跑？"

彩云说："人家都说，老将出马，一个顶俩。"

柳茂祥说："得了吧，我听说的可是江水后浪推前浪，一代更比一代强。"

彩云说："我可请不回来，要去，还是得你去！"

柳茂祥苦笑着说："我看谁也不用去了，你给他们打个电话行不？好好说说软乎话，人家同意来了，把事给咱办了，咱再请他们吃个饭，那一天的云彩不就都散了。"

15. 村中小卖店

"小鞭杆子"驾着小四轮子停在了小卖店门前，一看，门上着锁，就调转车头向酒仙儿家驶去。

16. 酒仙儿家

院子里，酒仙儿正背着手，在埋过酒的地方转来转去，他自言自语地说："这死老娘儿们，哪能这么逼着我戒酒呢。这么多好酒都埋到地底下了，干着急喝不着。可真是把我给馋毁了。"

这时候"小鞭杆子"驾着小四轮子停在了他家的院门前，坐在车上问："酒仙儿大叔，你家婶子呢？"

酒仙儿说："她没在小卖店吗？"

"小鞭杆子"点点头。

酒仙儿说："那八成是临时有事儿出去了。你找她有事儿啊？"

"小鞭杆子"说："春虎在镇子上捎回点钱来。"

酒仙儿说："呀，出去这么几天，就往家捎钱啦？我儿子这小子还真行，把钱给我吧。"

"小鞭杆子"说："春虎说，让我把钱交到你家婶子手上。"

酒仙儿说："我说，你小子是不是有点儿犯傻呀？我家你婶子是谁？那不是我媳妇吗？给她给我不都一样吗？"

"小鞭杆子"说："那也行，不过你得给我打一个收条。"

酒仙儿说："打啥收条啊，咱们爷们之间有话在这，比啥收条都管用，把钱给我吧。"

"小鞭杆子"只好把钱递过去了。

酒仙儿往手指上啐一口唾沫，开始查钱。

17. 樱桃妈家

樱桃妈给坐在炕边上的酒仙儿妻倒茶水，说："哎呀，我知道你那个小卖店事儿挺多的，可你还撂下那里的活计，往我这儿跑，还给我拿来这么些东西。"

在酒仙儿妻坐着的炕边上摆着酱油醋盐调料什么的。

酒仙儿妻说："大姐，将来春虎和樱桃结了婚，咱们两家，就是最实在的亲戚了。樱桃不在家，我心里能不惦记你吗？有什么事的话，你就千万说话啊。"

18. 酒仙儿家院门口

"小鞭杆子"已经坐在驾驶座上，要走。

酒仙儿手把住他的方向盘，身子挨他很近地低声说："我说'小鞭杆子'，你不能走！"

"小鞭杆子"看了看他说："钱都给你了，我咋还不能走呢？"

酒仙儿压低声音说："你小点声行不行？没看见那院就是我哥我嫂子家嘛，咱们说的话，我不想让他们听着。"

"小鞭杆子"也压低声音说："整得还挺神秘的。这叫我受不了，行吧，有什么事儿你快说吧，我着急有事儿呢。"

酒仙儿说："刚才你在我家这犯了个大错误，你知道不？"

"小鞭杆子"瞪大眼睛说："大错误，我犯啥大错误啦？"

酒仙儿说："刚才你见到我的时候，第一句话，你喊我啥来着？"

"小鞭杆子"说："没什么错啊，我就是喊你酒仙儿大叔来着了。"

酒仙儿伸出一个手指头说："问题就出在这里，本人叫柳茂财，酒仙儿是别人给我起的外号，你该管我叫酒仙儿大叔吗？"

"小鞭杆子"说："啊，那我以后就管你叫茂财大叔，行了吧。"

酒仙儿说："以后是以后，这回叫错了怎么办？先说你错没错？"

"小鞭杆子"说："那就得说，我错了呗。"

酒仙儿说："光说错了就行啦？"

"小鞭杆子"那你还想怎么的？"

酒仙儿说："你叫这一声酒仙儿大叔不要紧，把我嗓子眼儿里酒的馋虫给引出来了，咋办？你说吧。"

"小鞭杆子"说："问题有这么严重吗？那你说咋办吧。"

酒仙儿说："问题也好解决，你说你这车里拉酒没？"

"小鞭杆子"说："酒是有。"

酒仙儿说："那不就好办了吗，给我拿两瓶出来。"

"小鞭杆子"说："我这酒是卖的，不能白给你啊。"

酒仙儿说："我说白要了吗？给你钱。"

"小鞭杆子"说："给钱行。"说完，边从车上给酒仙儿拿了两瓶酒，边给酒仙儿往回里找着钱。

酒仙儿说："我跟你说啊，这回是你犯了错，我找你买酒的事儿，就是咱们爷俩的事儿，你可不能跟别人说，尤其不能让你婶子知道。"

"小鞭杆子"看看酒仙儿说："行了，就算我说错话了，卖你酒也就卖这一回。以后你想买我也不卖了，我知道婶子让你戒酒呢。"说完，发动了车，走了。

酒仙儿把酒藏在自己的外衣里，走到了房后，用锹挖着一个小坑，自言自语地说："这可是正儿八经的高粱酒啊，我可得细水长流地喝。"说完，把两瓶酒埋在土坑里，转身嘴里哼唱哩格隆咚的小调，走到屋门口，放下锹，边在洗脸盆架上洗着手，边自言自语地说："这酒要喝下去可真不易啊！东掖西藏的，都赶上耗子躲猫了！"一抬头，见酒仙儿妻走进院来："妈呀，老猫回来了！"

酒仙儿妻说："我看见咱们家门口有小四轮子车印了，是不是'小鞭杆子'来过啦？"

酒仙儿说："什么'大鞭杆子''小鞭杆子'的，我在后院侍弄地来着，没看着。"

酒仙儿妻说："我从小卖部那边，顺着那个小四轮子车印走回来的。你真没看着他来？"

酒仙儿说："没看着就是没看着，审问我呢？"

酒仙儿妻看了他一眼，没再吭声，一边往屋抱着柴火，一边说："挑两挑水去，把缸加满了，我要做饭了。"

酒仙儿说："那缸里不有水吗，够使就行了呗，我在地里都干半天活儿了，怪累的，水啥时候挑不行啊。"

酒仙儿妻说："行了，行了，你就懒吧，不用你了。一会儿做好了饭，那水我自己挑。"

19. 杨八月家

杨八月在灶台忙着，屋里蒸腾着氤氲的水气。

八月把扒好的大葱、酱、筷子碗，都摆放在了院子里的桌子上。她向一个饭盆里盛着饭和菜，带上几个碗，几双筷子，用一个布兜拎好，刚要往外走，八月妈从外推门进来。

八月说："妈，饭菜我都做好了，没敢给你们往外盛，怕一会儿风吹凉了。我爸从地里回来，你们就吃饭吧。说完，就往外走。

八月妈说："你不吃啦？"

八月说："到工地上，和推土机的师傅们一起吃去。"说完就往外走，走到院门口的时候，正遇见杨立本往院子里进。

八月说："爸，你回来啦。"

杨立本权当没听见，走进院去了，停下脚步，回身看看八月急急匆匆的背影。

杨立本在洗脸架旁洗了洗手，坐在了饭桌前，拿起一棵葱来，蘸着酱要吃。

八月妈端着饭菜从屋里出来说："八月把饭菜都做好了，咱们吃吧。"说完，把饭菜摆在饭桌上。

杨立本偏了一下脸说："她做的？我不吃！"

八月妈说："这跟饭菜生的什么气呢？谁做的饭菜不是这个味道啊？"

杨立本说："我不吃，你再给我重做一点儿。"

八月妈："哎呀，山货庄那边事儿正忙着呢，快点吧，对付吃一口得了，就当是我做的，行了吧？"

杨立本这才勉强地端起饭碗来，吃起饭菜来。

20. 关小手家

李小翠从炕上往下撤着桌子和碗筷。

关小手说："大姐真是这么说的？"

李小翠说："叫你去一趟呢。"

关小手看看李小翠说："你这个老娘儿们啊，啥事都叫你给说糟了！你到她跟前，非得说咱们没拿钱帮八月雇推土机干吗？这不是越描越黑嘛，我不知道你是尖还是傻？"

李小翠说："大姐一个劲地问，我不解释解释，那不就直接怀疑到咱们头上了吗？"

关小手："啊，你解释大姐就不怀疑啦？你越解释，她就越怀疑！你懂不？傻啊！缺心眼儿啊！脑袋瓜子不会转轴啊！我看你除了会唱两口二人转，别的事儿你啥也玩不转！"

李小翠说："行了，行了，都是我傻，你聪明行了吧。你那么聪明，我也没看你办出个聪明事儿来。"

关小手说："你说吧，哪个事我吃亏啦？"

21. 镇子街市上

春虎在那掌着鞋，樱桃一手拿着湿巾，一手用纸包着两个煎饼合子，走过来放在春虎的鞋箱子上说："春虎哥，别忙了，不差这一会儿，先吃饭吧。"

春虎笑着说："放那儿吧，我这儿马上就完。"

春虎的一只鼻孔里塞着棉花，鼻翼下仍有少许血迹。

樱桃蹲下身，指着鼻子说："哥，这没事儿吧？"

春虎说："没事儿！我没那么娇贵！"说着，仍然叮叮当当地掌着鞋。

樱桃眼里有泪光，说："哥，你弄没弄明白，那个人为什么要来找事儿呢？"

春虎说："我可没时间想那么多，他是个小混子，什么事儿干不出来？"

22. 村东头的洼地上

八月正和两位推土机师傅席地野餐。

一位师傅说:"八月,这饭菜是你做的啊?"

八月说:"嗯。"

那位师傅说:"做得还不错。"

八月笑笑,说:"不错可说不上,反正就是能做熟了。我做的菜有一个特点:油大。"

另外一位师傅说:"是是是,一看就是不常做菜的人做的。这菜里的豆油是没少放。哎,八月,你们跑贷款的事儿跑得怎么样啦。"

八月说:"听说是快了。"

一位师傅说:"你杨八月啊,做事情还真是有个劲头,像你这样的一个大学生,回到村里能扎扎实实地做点事儿,挺叫我们佩服的。"

八月一边吃着饭,一边说:"佩服我啥啊?小白人一个。这个猪场我想是应该能干起来,但究竟能不能干出名堂,还不好说呢。"

23. 山货庄院里

秋水和"小鞭杆子"两个人蹲在那里。

秋水在往一个饭盒里给他拨饭菜,一边拨一边说:"又跑我这蹭饭菜来了?"

"小鞭杆子"说:"怎么说是蹭饭呢?这是赶上饭口了,是我有口福!"

秋水说:"我看你这个代购员,当得可不怎么样,这两天货也没收上来,我告诉你啊,别给你一个棒槌你就当真,我是说有点儿喜欢你,可没说会爱上你!你也知道点远近,平时该干吗干吗,别老像心长草似的,老往我这儿跑,一会儿你吃完饭,抓紧走人。"

"小鞭杆子"说:"秋水,是不是我耳朵有啥毛病了?你说的这话我怎么听不明白了?和你以前说的话不像是一个人说的呢。"

秋水说:"你讨不讨厌啊?"

"小鞭杆子"说:"你不会说我是可爱的小讨厌吧?"

秋水打了他一拳说:"你要再跟我耍贫嘴,我可真生气了啊?"

"小鞭杆子"说:"生啥气啊,我寻思晚上要是和你在一起,再遇上你爸,容易把我这个徒弟的名分给废了,就寻思尽量在白天找点时间,多和你在一块待会儿。"

秋水说:"老往我跟前凑合啥啊?"

"小鞭杆子"说:"这话说的,那你不想我,还不许我想你啊?"

秋水说:"快吃饭吧,把嘴堵上!"

这时候,有一挂毛驴车停在了山货庄门前,从车上下来一个老爷子和一个年轻俊美的姑娘。

老爷子边往院子里走,边跟"小鞭杆子"打着招呼说:"哎,'小鞭杆子'吧?我们是前村老爷岭的,来给你送山货了。"

"小鞭杆子"放下碗筷,对秋水说:"你看看咋样,还用咱们去收吗?自己送上门来了,这叫啥?这就叫明星效应。"

"小鞭杆子"来到车前说:"哎呀,送了这么多的山货啊。"

那位老爷子说:"这不是我们一家的,村子里的人,一说往这儿送山货,可积极了。'小鞭杆子',来来来,你们认识认识,这是我姑娘大丫。"

"小鞭杆子"和大丫握手。

大丫用两只手握住"小鞭杆子"的手说:"哎呀,哥啊,从你那天在我们村子里演完出,我就找到感觉了,你就是我心中的大明星啊,我都老崇拜你了。"

秋水见"小鞭杆子"握着那女孩的手,没有松开,就走过来,用手轻轻地打了"小鞭杆子"的胳膊一下说:"干啥呢?这手握起来,还没完了呢,不卸车啦?"

"小鞭杆子"说:"不是我握起来没完,是大丫想跟我握手。她不松手我能把手抽出来吗?人家崇拜我一回,我就那么没礼貌啊,你说是不是,大丫妹子。"

大丫重又握住"小鞭杆子"的手说:"哎呀,哥,和你握手,我这心里,都老高兴,老感动了。仿佛,那萨克斯又在耳边响起!"

秋水说:"大丫,他要干活了,你实在要握,那咱们俩握吧。"说着,把手伸了过去。

大丫说:"我不崇拜你,我就崇拜这哥,那萨克斯小曲吹的,把人心吹得颤巍巍儿的。"拉着"小鞭杆子"说:"哥,来,咱们俩一起往院子里抬东西。"

他们两个人就一起抬起车上的袋子往院里走,把袋子放在了一块空地上。

秋水说:"不行,别放在那儿,抬这边来。"

"小鞭杆子"用胳膊夹起那袋子东西,自己走了过去,往下一放,故意砸在秋水的脚上说:"看着没,不用你说爱我,我的追星族多了。"

秋水说:"你要死啊,往我脚上砸。"

"小鞭杆子"做了个鬼脸,转身又出去了。

秋水一边把袋子里的东西倒在地上,摊开,一边拿眼睛觑着"小鞭杆子"和那个大丫。

24. 关小手家

关小手一边喝着茶水,一边对李小翠说:"你通知那个'小鞭杆子'刘金宝,让他今天晚上到咱们家来。"

李小翠说:"晚上人家能有时间吗?说是在村里文化书屋活动呢。"

关小手说:"可别听他们糊弄你了,去什么文化书屋活动?都活动到江边树毛子里去了。"

李小翠一惊,说:"真的假的?"

关小手说:"秋水昨晚上从哪回来的?我从江边把她找回来的!她正和'小鞭杆子'在一起呢。我平时老说让你看紧一点,你看哪去啦?怕是黄鼠狼把小鸡叼走啦,吃完了,你还不知小鸡丢了呢!"

李小翠说:"那还真得告诉秋水呢,这么晚可不能跟人家出去。"

关小手说:"我已经看好了,我已经想好了,晚上把这个'小鞭杆子'刘金宝弄到家里来,他不是要学二人转吗?我教他!秋水呢,愿意哪去哪去,只要不跟这小子在一起就不会有啥事,把这小子看住了,也就等于把秋水看住了。"

李小翠说:"你瞅你这招想的,也真难为我老公了。那就这么着,我就通知那小子晚上上家来?"

关小手站起来说:"通知!立马通知!"

25. 山货庄门前

那个老爷子,赶着毛驴车要走。

大丫冲"小鞭杆子"挥挥手,有些依依不舍地说:"哥呀,我走了,有时间要是到我们村去的话,可千万到家啊。"

"小鞭杆子"也冲她挥挥手，说："那是一定的，你们村隔三岔五的，我就能去，咱们准定能见上面。"
　　大丫上了车，说："那就再见了。"
　　"小鞭杆子"冲大丫挥挥手。
　　秋水却使劲地在"小鞭杆子"的腰间拧了一把。
　　"小鞭杆子"突然喊道："哎呀妈呀，疼死我啦。"说完，捂着腰蹲在了地上。
　　远处的毛驴车上，大丫从车上站起来，向"小鞭杆子"这边望着。
　　"小鞭杆子"对秋水说："这人真是不可貌相，瞅着你这么个温柔的人，怎么能对我下这么重的手呢？"
　　秋水说："别看着来个女孩子，你眼睛就不够使了。"
　　"小鞭杆子"笑着说："找对象这玩意也真是有意思，要说没有吧，一个都没有，咋想也没有！要说有了吧，这一个没等怎么着呢，那个又上来了，你看人家大丫，对我可比你好多了。"
　　秋水说："你看她好，你怎么不跟她去呢，在这蹲着干啥，撵车去啊！"

26．村外的高粱地里
　　酒仙儿坐在地垄上，打开一个塑料袋，里边有花生米、香肠等下酒菜，他从衣兜里掏出酒瓶子，一边喝着，一边吃着菜。自言自语地说："什么叫神仙过的日子啊？什么叫小康生活啊？这就是。"
　　柳茂祥拎着一把镰刀，一边割着高粱，一边走近酒仙儿。
　　酒仙儿见是他哥茂祥，也不躲避，继续吃着喝着。
　　茂祥也看到了他，问："哎，你怎么跑这儿吃喝来啦？"
　　酒仙儿说："哥，坐在高粱地里，喝高粱老酒，真是别有一番滋味在心头啊，好像这酒味都变香了，来，你也嘬两口。"
　　柳茂祥说："我这正干活呢，我问你，你跑这儿喝酒来，春虎妈知道吗？"
　　酒仙儿说："让她知道啥啊？我喝酒又不是她喝酒。"
　　柳茂祥说："怕是人家正让你戒酒呢吧。"
　　酒仙儿说："她倒是那样想的，酒也让我挖坑埋了，可戒酒是那么容易的吗？家里不让喝，我就上外边喝来。她总不至于找到高粱地来吧。"
　　柳茂祥说："你啊，也是真没出息，这口酒怎么就戒不了。非得喝啊？等我把这一片高粱都放倒了，我看你还上哪喝去。"
　　酒仙儿说："高粱地放倒了，不还有树毛子吗？村前村后，村左村右，这么广阔的地方还找不着一个我喝酒的地方？"
　　柳茂祥说："我就不信一个男人要真心戒酒就戒不了？"
　　酒仙儿说："那咱们活着干啥啊，为啥啊？不就是为了享受生活吗？喝酒对我来说，就是享受，为啥要戒呢？"
　　柳茂祥说："行了，你喝吧。我劝你戒酒是怕你把身子喝坏了。"
　　酒仙儿说："不会，我喝了点儿酒，才觉得身上舒坦得劲。"

27．关小手家，夜晚
　　关小手、李小翠、"小鞭杆子"都在。
　　关小手对"小鞭杆子"说："你想学二人转，知道二人转是怎么来的吗？小帽、说口、主调，手绢扇子功夫，都知道点不？"

"小鞭杆子"说："师父，我真不懂。"

关小手说："那就得我慢慢一点儿一点儿地来教你。从今晚开始，我就天天给你上课，一直讲到你要回镇子上的时候为止。"

"小鞭杆子"说："那太好了。"

关小手说："你听着，我现在跟你讲什么是二人转的小帽？这个小帽啊，就像是评书的引子。说相声的刚上场子垫场那几句话，就是一上台，最先与观众见面的演唱。你比如说《丑汉俊妻》的小帽《月牙五更》就是这么唱的。"

关小手唱："一更里，月牙挂树梢，你躺在床上，两眼望房笆，翻来覆去睡不着，你模样丑，个不高，没有爱，还挺熬糟。哎呀，我说那个小伙子哟，你说你着笑不着笑？"

"小鞭杆子"说："师父，你唱得太有味儿了，我啥时候能唱到你这样呢？"

李小翠过来给他们两个人倒水，对"小鞭杆子"说："只要功夫深，铁杵磨成针，慢慢来，别着急。"

关小手说："这也得看你天生是不是这块材料了。你要是这块材料，那学得就快。你要不是这块材料，那学得就慢。"

"小鞭杆子"说："师父，那你看我到底是不是这块材料啊？"

关小手说："虽然现在我还不能一口咬定，说你就是这块材料。但我这不正教你呢吗？什么是说口，我再和你师娘一起给你来一段《西厢听琴》。来，我说那口子，过来，咱们俩一起给徒弟演示演示。"

这时候，窗户外边出现了秋水的身影，她向里边望望，冲"小鞭杆子"做了个让他出去的手势。

"小鞭杆子"趁关小手下地转身的机会，冲秋水摆摆手，意思是说：根本出不去。

关小手说道："你听好啦，下边的就是说口。'炸麻花得把油煮翻了，摸泥鳅得把烂泥泔子踹咕冒烟了，扭秧歌得把脚脖子'跋踏'酸了，二人转得唱欢了，别唱蔫了。"

李小翠说："那也不能乱蹦啊。"

关小手说："这话对，人的口味不一样。有得意文的，有得意武的，有得意甜的，有得意苦的，你吃冰棍就和别人不一样。"

李小翠说："咋不一样？"

关小手说："专门得意开水煮的。"

李小翠说："没的事。"

关小手又说："反正是各有各的爱好，听二人转也是：有得意《蓝桥》的，有得意《锔缸》的，有得意《拱地》的，有得意《寒江》的，在座的各位啊！"

李小翠说："都得意啥呀？"

关小手说："都是来听我们俩唱《大西厢》的，你听明白没？这就是说口。"

"小鞭杆子"不时地往窗外看看。

关小手说："哎，你往窗户外头看啥呢，我可告诉你啊，一心不可二用，我讲过的，你都得记住了。我刚才都讲啥了？"

"小鞭杆子"说："讲的是《大西厢》嘛，张生想跳粉墙。"

关小手看看"小鞭杆子"说："我跟你白讲了。竹字头，底下加个书本的本字，念啥？"

"小鞭杆子"说："念'笨'。"

关小手说："你还知道念'笨'啊。"

（第八集完）

第九集

1. 八月家

晚上。

外屋，八月正从锅里往外舀水。她给两个洗脚盆里添了水，又兑了些凉水，用手试一试水温，端进了里屋，说："爸，妈，洗脚水给你们放这儿啦。"

杨立本坐在炕头，脑袋靠在墙上，没有吭声，

八月返身出去了，又端进来一盆水。

八月妈迎了过去，接过这盆水说："行了，你洗你的吧，别管我们的事儿了。"说完，把那盆水也放在了一边。

八月转身出去了，她端着一盆水走到了院外，坐在凳子上，在月光下洗起脚来。

月光下的八月啊，很美！

2. 关小手家

关小手在给"小鞭杆子"讲着："二人转里头，一个人演的叫单出头，两个人演的叫二人转，三个人以上演的，就叫拉场戏了，咱们的这个二人转里头有说唱性、歌舞性，还有戏剧性。"

这时候，"小鞭杆子"看看表，对关小手说："师父，你今天讲得真是太好了，我这个当徒弟的，好像是久旱的小苗逢了场透雨啊，真没听够！可是时候不早了，我还得开车回镇子呢，要不明天再讲？"

关小手说："忙啥啊？我们秋水还没回来呢，这才几点啊。"

"小鞭杆子"说："师父，我得回镇子了，明天一早我还有事儿呢。"

李小翠说："秋水这孩子也不知道跑哪去了？上文化书屋也该回来了。"

"小鞭杆子"说："那师父师娘你们就去找秋水吧，我就走了啊。"

关小手说："你非要走啊，那行，我送你。"说完，就往外走。

"小鞭杆子"说："师父，我是你徒弟，也不是啥客人，你看你送我干啥啊？你快去找秋水吧。"

关小手说："我说送你就送你，送你到车跟前，车出村了，我也就回来了。不然我还不放心！秋水呢，你师娘先去找去。"说完，他和"小鞭杆子"一起往村中走。

"小鞭杆子"说："不放心我啥呀，我一个男人！"

关小手下意识地说："正因为你是男的，我才不放心你呢！"

"小鞭杆子"说："啊？师父，你说啥呢？我要是女的，你反倒放心了？"

关小手支吾地说："啊，那个什么，我是说你是男的，不放心是怕碰上一个比你更壮实的男的！怕你碰着坏人！"

"小鞭杆子"："上哪儿碰上坏人去？"

关小手说："走吧，我送你！你在我这上课，万一出点儿啥事儿，那不是不好么！"

3. 酒仙儿家

酒仙儿妻手里拿着一个鸡毛掸子，正敲打着炕沿，对圪蹴在炕头的酒仙儿说："你说实话，你张口说没喝酒，闭口说没喝酒。你身上这股酒味是从哪来的？"

酒仙儿抵赖地说："你闻我身上有酒味，我闻你身上还有酒味呢！你从小卖店回来，

酱油醋味、酒味、面包味、香肠味，什么味带不回来？"

酒仙儿妻说："柳茂财！今天我算认识你了，你是一个说话不算话的男人。"

酒仙儿说："我说没喝酒就是没喝酒，你拿着那个鸡毛掸子在我面前比比画画的干啥？"

酒仙儿妻说："我看你这个人啊，就是欠打，不使劲打你一顿，你这个酒就是戒不了啦。"

酒仙儿说："给你打，给你打，瞅你那个样子，还敢打我，你碰到我一根汗毛，我让你跪着扶起来。"

酒仙儿妻说："怎么的？我不敢打你是怎么的？你偷着喝酒还有理啦？是不？"

酒仙儿说："小样，你打我一下试试！"说着，就拿头抵了过去。

酒仙儿妻真的就抡起了鸡毛掸子向酒仙儿打去。

酒仙儿一边用手招架着，一边："这咋还真打啊？我告诉你，现在我就跟你说真话，酒我是喝了，在村外头高粱地里喝的，看你能把我怎么着？有能耐你就把我打死了，打不死我，我有一口气，这个酒我就得照样喝。"

酒仙儿妻气得扔下了手中的鸡毛掸子，坐在炕边上，手拍着大腿哭起来。

4. 村头

"小鞭杆子"开着车走了，说："师父，你回去吧。明儿晚上见啊。"

关小手一边招着手，一边说："好，明天晚上见。"见小四轮子渐渐走远，他笑着自言自语地说："好，这回咱们就天天晚上见，你小子能坚持住就行，看你还有没有时间往秋水跟前凑合。"

5. 八月家

月光从窗外筛进来，屋里两盆洗脚水没人动，还放在那里。

杨立本和八月妈躺在炕上说着话。

八月妈叹了口气说："嗨，十指连心啊，看着八月这些天累得够呛，我这当妈的心里也不好受。"

杨立本说："别心疼他，这些累都是她自己找的。"

八月妈说："行了，你别硬着头皮说硬话了，你心里咋想的我还不知道？八月、九月这俩闺女，那都是你的掌上明珠，顶在头上怕吓着，含在嘴里怕化了。"

杨立本眼里有了些泪光，但依旧沉默不语。

八月妈说："那个成大鹏的妈妈苏教授，说是咱们村原来的老知青，你跟她认识，能不能托她给咱们八月在城里找一份工作？"

杨立本说："我不是没想过，可咱们八月学的是农业大学，在城里的工作不好找，再说了，八月一心就扑在那一片大洼地上了。这闺女太犟，认准的道儿，十头老牛都拉不回来！"

八月妈说："那咱们九月，念的也是农业大学，那将来毕业了，也得回村来？"

杨立本说："我不是神仙，不会掐算，八月回村的事儿我没想到，九月将来回不回村的事儿，我就更说不好了。"

八月妈说："我看实在不行的话，就托苏教授他们，帮她在城里边找一个对象，男方是城市户口，八月将来结了婚，户口就随过去了。"

杨立本说："你说这话，还有点儿谱。我倒可以跟苏教授打电话说说，看她的身边，一左一右的，有没有合适的小伙子，不过这也是个难事。"

八月妈说:"咱们八月又是大学毕业生,长得也好,有啥难的?"

杨立本说:"自己家的孩子,咋看咋漂亮,关键是得对方相中咱。"

八月妈叹口气,说:"嗨,那是。这个八月让我真跟她愁得慌。"

6. 村子至镇子的路上

秋水坐在路边。

"小鞭杆子"开着小四轮子,从那边开了过来。

秋水见车过来了,急忙站起身说:"停下,停下。"

"小鞭杆子"停下车说:"秋水!这么晚了,你一个人在这干啥呢?"

秋水说:"这话问的?我不在这儿等你呢嘛,你怎么才往回走呢?"

"小鞭杆子"说:"我是徒弟,师父给上课了,课没上完,我敢走吗?"

秋水说:"哎呀,没看出来,你还挺守规矩的呢。"

"小鞭杆子"说:"天都这么晚了,你爸你妈到处找你呢,你快回去吧。"

秋水说:"你傻呀,快点下来,咱们一起散散步,说会儿话。"

"小鞭杆子"说:"秋水啊,我看今天咱俩啊,步也别散了,话也留着以后说吧,师父师娘要是找不着你,那还不急坏了。"

秋水说:"我让你下来,你就下来得了。我爸有一天晚上没回家,睡柴火垛里,当时把我妈急坏了,过后也没啥事儿,有我这个大活人在这呢,能有啥事儿。"

"小鞭杆子"一边从小四轮子往下下,一边说:"那我就下来了。"

秋水和"小鞭杆子"走在路上。

"小鞭杆子"说:"咱们散步往哪散呢?我看江边那边就别去了,这高粱地里也别去,让人看见了,那说道就更多了,咱们俩就沿着这大道边走走吧。"

秋水说:"明天上午你干啥去?"

"小鞭杆子"说:"我得走村串户卖货,连带得到各村收山货啊。"

秋水说:"你都到哪个村收去?"

"小鞭杆子"说:"哪个村?还没想好呢。"

秋水说:"我倒有个建议,你到前村老爷岭去吧。"

小鞭杆子"说:"行倒是行,可山货,老爷岭村不都送来一些了吗?"

秋水说:"那你也得去呀!那大丫不说了吗,让你到她家去串门去么,这么好的机会,要是失去了,那咋整啊?"

"小鞭杆子"说:"秋水啊,你说这话啥意思啊?是想让我和大丫好还是咋的呢,你不想和我好了?"

秋水说:"我看你和大丫在一起,你有情我有意的,两个人在一起抬山货,挺般配的,真像一家人似的。"

"小鞭杆子"说:"咋的,你这是要给我们俩当介绍人啊?"

秋水说:"我问你,你是不是相中她了?"

"小鞭杆子"说:"大丫那人多好啊!"

秋水捏着"小鞭杆子"的鼻子说:"看来你是真相中她了。"

"小鞭杆子"说:"我相中可是相中她了,可是有个前提,得是你没看中我的前提下,我才会相中她,对你我只要还有一线希望,我就会尽百倍努力。"

秋水笑着说:"我告诉你啊,老爷岭村的山货都送来了,这几天你尽可能到别的村去,我不许你往大丫跟前凑合,不然让我知道了,我可饶不了你。"

"小鞭杆子"说:"行吧,你不让我去,我就不去了。可我也真闹心啊,你说你这头吧，我没得着一句让我心能落底的话，那边呢，还不让我去，这不把我的爱情吊在你们俩中间了吗？"

秋水生气地看着"小鞭杆子"，"啪"地拍了他一下说："就吊着你，让你两边哪边都靠不上。"

"小鞭杆子"说："这么下去也不知道什么时候是个头。难受啊，你倒没啥，这不把我的爱情给活坑了吗？"

秋水看了"小鞭杆子"一眼说："傻样儿！"

7. 关小手家

院子里，关小手背着手，走来走去。

李小翠推开院门走了进来说："秋水回来了吗？"

关小手说："回来个屁！村里村外江边树毛子里，我都找遍了，压根儿就没见着这个人。"

李小翠说："她大姑家，还有几个年轻女孩子的家，我也都找遍了，没有，咋办？"

关小手一摆手说："咋办？能咋办呢？回屋！"

李小翠说："咱们就不找了，秋水不能出啥事儿吧？"

关小手说："我看哪，咱们家这个秋水啊，是恋上这个'小鞭杆子'了，咱们赶快回屋，商量点事儿。"

李小翠说："回屋说啥，商量啥啊，有啥话就在这儿说呗，秋水要是回来了，咱们离老远还能看着。"

关小手说："别在这儿说，隔墙有耳，回屋吧。"

关小手和李小翠进了屋。

8. 村口

"小鞭杆子"和秋水站在那里。

秋水说："行了，你别送了，我回去了。"

"小鞭杆子"说："秋水，我问你一句话，明天晚上你还在不在路边等我？"

秋水说："这话你明天问不行啊？"

"小鞭杆子"说："我现在就想知道。"

秋水说："那上课也不能上太晚了呀，以后能不能早一点儿。"

"小鞭杆子"说："早点儿晚点儿都是师父定的呀，我倒想早，可早不了啊。"

秋水说："行吧，你尽量早吧，反正文化书屋那边活动散了，我就在这道边上溜达散心。"

"小鞭杆子"说："秋水啊，那就谢谢你等我了，我感动得都不知说啥好啊？你走吧……"

秋水往村里走。

"小鞭杆子"站在村口，久久地看着秋水的背影。

秋水回头冲他笑笑，"小鞭杆子"忙冲她摆摆手。

9. 八月家屋里

八月在灯下打开电脑笔记本，在上着网。

10. 关小手家

屋里，关小手对李小翠说："我看，咱俩明天一早必须上镇子去一趟。"

李小翠说："干啥去？"

关小手说："咱们是收他当徒弟了，可面对这个极可能成为咱们姑爷子的人，咱们能无动于衷吗，咱们得行动！"

李小翠说："咋个行动法啊？"

关小手说："调查摸底，马上得展开，咱们得找他一左一右的人打听打听，这小子到底人品咋样？"

李小翠说："我看秋水到现在都还没回来，整不好又是和这个'小鞭杆子'在一起呢？对这个人，咱们还真是得上镇子了解了解。"

这时候，秋水走了进来："爸，妈，你们还没睡呢？"

关小手看看秋水说："你上哪去啦？"

秋水说："我没上哪儿去啊。"

关小手说："还没上哪儿去呢？秋水，我和你妈把全村子村里村外都翻腾遍了，也没搭着你的影儿。"

秋水："你们这儿找那儿找的，去山货庄了吗？"

李小翠说："山货庄不锁门了吗？"

秋水说："那是暗锁，我就不兴在屋里干活啊。"

关小手说："行行行，你说在那干活，我和你妈就信你在那儿干活了，我们信！行不？这闺女一大了啊，跟爸爸妈妈就是俩心眼儿，我算看明白了，睡觉！"说完，"啪"地拉灭了电灯，脱了衣服，钻进了被窝。

秋水呢，看看她爸爸妈妈，转身回到自己房里去了。

11. 八月家

早晨。

八月挑了一担水，走进院来，挑进屋去。

她打开水缸盖，把水倒进缸里，转身挑起挑子又要往外走。

正在灶前忙活着烧火做饭的八月妈见了，用手抓住扁担说："行了行了。你可把扁担给我放这儿吧，这些活儿你别干了。"

八月说："妈，我年纪轻轻的，挑点儿水怕什么，也累不坏。"

八月妈说："行了，八月，你头些天挑土篮子，把肩膀头都磨出血泡来了，你睡着的时候，妈都去看过了，这两天刚好点儿，你可别再磨它了。"

八月，只好拎着水桶，倒挂在自家的篱笆墙上。

这时候，八月妈拿着电话手柄，递给她说："八月，你妹妹九月来电话了，找你。"

八月接过电话说："九月啊，怎么这么早就来电话？"

电话里九月的声音："打晚了，我怕你又上工地去了，建猪场的事儿忙得怎么样啦？"

八月用手捂着话筒小声说："还行，九月，姐跟你说啊，爸和妈对我干的这个事儿，可是都不支持啊。"

九月电话里的声音："我支持，姐，你就好好干吧，咱们村真的需要你和春龙哥这样的回村大学生。"

12. 春龙家

柳彩云正在和"种马鹿"公司的人通电话。她拿着电话听筒笑着说:"哎呀,那天的事儿我爸都说了,真是对不起啦,让你们白跑一趟,这回不能了,真不能了,不信叫我爸跟你们说话。"

柳茂祥接过电话听筒:"哎呀,那事儿是我们家做错了,咱们农民啊,见识少,你们别跟我们一般计较就是了。那怎么整?我开小四轮子接你们去?那也行,谢谢了啊,我们就在家里等着你们了。"

柳茂祥下电话听筒,对彩云说:"行了,这回问题全解决了。"

13. 村子至镇子的路上

关小手开着一个半截子车,拉着李小翠,在往镇子走。

迎面,"小鞭杆子"开着小四轮子走来。

两个车走了个碰面,都停下了。

"小鞭杆子"说:"哎呀,师父师娘,你们上镇子这是要干啥去啊?"

李小翠答应着说:"啊,那个啥,我们是要到镇子上去买点东西。"

"小鞭杆子"说:"买啥东西啊,怎么还劳驾二老往镇子上跑呢?说句话,我不就都给捎过来了嘛。"

关小手说:"那不用,你不知道,你师娘和别人不一样,买东西总得亲自到场,翻来覆去地挑,相中了才买。哎,我问你,昨天晚上,你看着我们家秋水没有?"

"小鞭杆子"说:"师父,你咋问这话呢?昨天晚上你给我上完课,那都多晚了啊,你不亲眼看见我往镇子上走的吗?"

关小手说:"这么说,就是没看着是吧?"

"小鞭杆子"说:"秋水还没回家吗?"

关小手说:"回了回了,我就是随便问问。"

李小翠在一旁说:"金宝啊,今天晚上你师父还给你上课,你可遵守时间啊。"

"小鞭杆子"说:"知道了。"

14. 村东头洼地

推土机还在作业,已经推平了很大一块地方。

八月手里拿着把铁锹,正在平整已经推过的土地。

这时候,柳春龙气喘吁吁地跑了过来,边跑边喊:"八月,八月!"

八月听见了喊声,抬头往春龙跑来的那个方向看去。

春龙跑到了八月跟前,说:"八月,我告诉你一个好消息。"

八月说:"是不是贷款批下来的?"

春龙说:"叫你说对了,刚才镇里来电话,县里给咱们批了20万元贷款,你10万元我10万元。"

八月高兴地笑了,眼里有泪花涌动。她说:"真的啊,春龙哥,这回我们可以放手大干了。"

柳春龙说:"眼瞅着这块地就平整完了,咱们马上就可以商量盖猪场、牛场的事儿了。"

八月说:"等咱们把盖猪场的事都安排妥当了,我还要到咱们的学校去一趟,找咱们的老师,再详细问问,养猪要注意的一些事儿。"

柳春龙说:"你去吧,咱们分兵两路,我在这边留守。"

15. 村子小卖部门前

"小鞭杆子"在门口鸣了两声笛。

酒仙儿妻从小卖部里走了出来，说："小刘，今天没有我家的货吧？"

"小鞭杆子"说："婶子，没有你家的货，我就想问问你家的事儿。"

酒仙儿妻说："啥事儿？"

"小鞭杆子"说："婶子，春虎让我给你家捎钱的事儿，你知道不？"

酒仙儿妻说："春虎托你给我家捎钱啦？"

"小鞭杆子"说："啊，我交到你家我叔手里了，他没告诉你？"

酒仙儿妻说："不知道啊，捎了多少钱啦？"

"小鞭杆子"说："钱倒不多，可他应该告诉你啊。"

酒仙儿妻说："行了，孩子，这话咱俩就说到这儿为止吧，说出去我都怕丢人。肯定是春虎他爸把钱给截留了，又想背着我去买酒喝，以后春虎要再往家捎钱，你可千万不能交给他的手。"

"小鞭杆子"说："谁能想到他还这样呢？行了，我知道了。"说完，开车走了。

酒仙儿望着"小鞭杆子"开车的背影，自言自语地说："这个死老头子，啥钱他都敢截留，等我回家再跟他算账。"

16. 镇子街道旁

突然，关小手把车停在了路边。

李小翠说："怎么把车停这儿了呢？"

关小手说："你下来，下来，我看着熟人了。"

李小翠跟关小手一起下了车。

李小翠说："熟人在哪呢？"

关小手指指太阳伞下的煎饼摊，说："你看那个人，是不是樱桃？"

李小翠说："哎呀，像她。"

关小手说："离她不远的地方，那个掌鞋的小伙子是不是春虎？"

李小翠一拍大腿说："妈啊，可不是他们俩咋的，说是上镇子务工来了，原来都在这儿干活啊。"

关小手说："走吧，咱俩过去看看他们去。"

关小手和李小翠向樱桃和春虎那边走去。

17. 柳茂祥家

那个公司的两个人，牵着马鹿来到了院门口。

柳茂祥和彩云已经迎在那里。

柳茂祥说："快请屋里坐。"

那两个人说："坐就不坐了，直接到鹿圈里去吧。"

柳茂祥说："别价呀，上回你们匆匆忙忙地来，匆匆忙忙就走了，也没说进屋，喝口水，真不好意思。"

一个人说："哎呀，水就先别喝了，工作是主要的。"

柳茂祥说："那也行，彩云，先把两位领到鹿圈去，一会儿工作都忙完了，中午就在咱家吃饭啊。"

另一个人说："别这么客气，你这么客气，以后我们都不好意思来了。"

彩云领着那两个人，牵着马鹿走进了鹿圈。

18. 镇子街道旁

关小手和李小翠走到樱桃的煎饼摊前。

李小翠说："哎呀，这不是樱桃吗？"

樱桃抬眼一看："哎哟，是李阿姨，关叔。"

李小翠说："你上镇子干这活儿，咋样，累不？"

樱桃说："不算累，挺好的。"

那边，关小手在春虎的鞋摊前俯下身子，看春虎掌鞋。

春虎一开始并没有注意到是关小手，他看有个人站在自己跟前，就说："擦鞋，还是掌鞋啊？"

关小手说："我一不擦鞋，二不掌鞋，我就是要来看看你。"

春虎一抬头："哎呀，是关叔。"忙把屁股下的小板凳递给关小手说："关叔，你快坐。"他自己坐在鞋箱子上。

关手推回那个小板凳说："你坐你坐，你正忙着呢，和你比，我是闲人。"又说："春虎啊，擦鞋掌鞋这都是苦活计，一天能挣多少钱。"

春虎说："说不好，活儿多呢，就能挣个百把块钱，活儿不好呢，也挣个几十块钱。"

关小手说："哟，这收入还真行。"

春虎说："关叔，我爸我妈都不知道我干这活儿呢，回村里你先别跟别人说，我不想让我爸我妈知道，尤其是我妈，我怕她惦记我。"

关小手说："好孩子，关叔给你保密。春虎，关叔问你，你知道老给你们家送货的'小鞭杆子'吧？"

春虎说："知道啊，他就住在这一片，你打听他干啥？"

关小手说："你知道，他给我和你李阿姨做徒弟了。"

春虎说："是吗？那是好事儿啊！"

关小手说："好事儿是好事儿，可是收个徒弟，他是啥样的人，咱们得了解了解啊。"

春虎说："关叔，你要了解他，我都能跟你说上两句，这个人是个好人。"

关小手说："你来镇子上才那么两天，好坏不能那么轻易下结论，我得找知道他根底的人，详细问问。"

春虎说："那你问吧，反正我看这人不错。他差不多天天早上都到樱桃那个煎饼摊来吃东西，我们差不多天天早上都能见上面。"

关小手说："那你也给你关叔保密，不能告诉他，说我们来了解他了。"

春虎笑着说："那没问题。"

这时候，李小翠手里拿着个煎饼合子，一边吃着，一边来到春虎的鞋摊前，说："哎哟，你看春虎掌的这鞋，还掌得真不错，这孩子，从小手就巧，有心计！"

19. 村中小卖店

酒仙儿妻正忙着打点顾客。

酒仙儿背着手走了进来。

酒仙儿妻打点完顾客，见店里没人了，就对酒仙儿说："春虎从镇子上捎回来的钱，叫你放哪儿啦？"

酒仙儿打着糊涂语说："钱？什么钱啊？"

酒仙儿妻说："你装什么糊涂？'小鞭杆子'没给过你钱？是咱们家春虎托他捎来的。"

酒仙儿说："哎，有这事儿吗？你等等，让我好好想想。"

酒仙儿妻说："你喝酒喝到人肚子去了，也没喝到狗肚子里去，你装什么糊涂？"

酒仙儿说："怎么是我装糊涂呢？我是真的有些想不起来了。"

酒仙儿妻说："你别装了，我还不知道你啊，就是想把钱留下来自己偷着买酒喝，那是孩子在镇子上打工挣来的钱，这钱你也想偷着花？给我交出来！"

酒仙儿说："这没头没脑的，你说什么呢？你说'小鞭杆子'给我钱了，我不得想起来算嘛？"

酒仙儿妻说："不用你在那给我打糊涂语儿，孩子这些钱你要敢给花了，我可绝不能容忍你，你躲了十一，躲不了十五，等'小鞭杆子'来了，我就拉着他，找你去当面对质。"

酒仙儿说："对呗，我不怕。"

20. 镇子某居民区

关小手的那台车停在那里。

街口有一个上了年纪的老人，摇着蒲扇，在那里纳凉。

关小手和李小翠站在一处民房前说："看吧，就是这家，这就是咱那个徒弟刘金宝的家。"

李小翠说："院门、房门都上着锁呢，这窗子玻璃还反光，根本看不着屋里啥样。"

关小手说："看屋里啥样有啥用？咱们主要是找左邻右舍的人，打听打听他的情况。他真要是人好，家里经济条件好赖我都不在乎，主要咱们是得叫咱秋水嫁个正经人，这比啥都重要。"

李小翠说："我看路口那块有个老太太，咱们能不能找她打听打听。"

正说着，有一个带着治安人员红袖标的中年女人迎面走了过来，对关小手和李小翠说："我看你们俩在这儿绕了半天了，有啥事儿吗？"

关小手说："没事儿，没事儿，我们就是到这来找个人。"

说完，两个人上了小四轮车，向树下那个纳凉老人的方向开去。

21. 柳茂祥家

那个公司的两个人牵着那头公马鹿正要往院外走，柳茂祥拦在院门口说："哎呀，哪能走呢？我都叫我们家你嫂子忙活饭了。"

这时候，春龙妈扎着围裙也从屋里出来，手上还沾着面粉地说："哎呀，你们可不能走，我正给你们和面包饺子呢。"

那个公司的两人说："不用了，不用了，这早晨不早晨，中午不中午的，吃什么饭啊？谢谢了，我们这就回去了。"说完，又牵着马鹿要走。

柳茂祥抓住马鹿的缰绳说："不行，上回那事儿，我们家总感觉有点欠你们的，这回要不吃了饭走，我们心里不好受。"

这时候，一位公司的人说："哎呀，以后常来常往的，在养鹿技术方面，有不少事我们都能帮上你们，饭留着以后再吃吧。"

春龙妈说："茂祥啊，你就别在那死拦着啦，咱们是真心留，人家也是真有事儿。咱们就让人家走吧，反正来日方长的。"

柳茂祥听了这话，才缓缓地松开了缰绳。

那两位公司的人就说："好了，走了！"牵着马鹿出了院子。

彩云一直跟在后面送他们。

柳茂祥见牵着马鹿的人走远了，回头对春龙妈说："你看看你，非得出来说这么一句话，好像咱们不实心请他们似的。"

春龙妈说："咱们把话说到了，意思他们也听明白了。人家不吃，咱们死乞白赖地留，那显得咱们也太低下了。"

柳茂祥说："我还不知道你，一天到晚，在怀里揣着小算盘子，噼里啪啦的打个山响。别人占你一分钱，都像咬了你的手指头，你心疼。"

春龙妈说："这话说的。那钱要是大风刮来了，我就不心疼了。那不不是大风刮来的么。"

22. 山货庄门前

"小鞭杆子"刘金宝正从车上往下卸山货。

八月妈和秋水在院子里和他接着手。

"小鞭杆子"趁八月妈不注意，塞给秋水一个纸袋。

秋水顺手把它放在了窗台上。

八月妈说："小刘啊，今儿个这些山货都是在哪收的啊？"

"小鞭杆子"瞅瞅秋水说："我没到前村去，我是在后村收的。"

八月妈说："我瞅着这些鹿鞭怎么和前村收的不一样呢？"

"小鞭杆子"说："不能有啥问题吧？对这玩意儿，也不是特别明白！"

八月妈拿着两根鹿鞭在那做比较说："不对，我越看这鹿鞭，我越觉得不对劲，不然咱们就去找海林子他爸给看看，他明白这个。"

"小鞭杆子"说："行，大姑你要是实在不放心，一会儿我卸完了车就去。"

23. 村委会的院子里

成大鹏正往一个木架子上贴泥，搞着泥塑。

高海林在一旁翻着几本西方油画家的书说："我看这个叫拉图尔的人可是有些了不得，他的油画差不多每幅上面都有表现光线的。"

成大鹏一边贴着泥，一边说："那是，那是一位17世纪的西方绘画大师。在他的作品中，你除了看出光啊，影儿的，还看出什么了？"

高海林说："我还正在看。"

成大鹏说："你还应该看出创造两个字来，生命真正的价值都是创造出来的，生活和艺术也是创造出来的。"

高海林笑着说："我知道，你搞泥塑的，也是在创造。"

这时候，彩云拿着一沓衣服、床单走进院来，说："大鹏哥，这些东西给你放哪儿？"

大鹏说："我这两手泥豁豁的，就没法接了，快给我拿回屋去吧。"

24. 镇子街头

大树下，那个白发老太太，正摇着蒲扇和关小手、李小翠说着什么。

25. 樱桃妈家

高德万和樱桃妈都在院子里。

樱桃妈把带着苞米叶的苞米穗子，用绳子捆在一起。

高德万正拿着一根木竿往墙上挂一串又一串的苞米！

屋檐下还有通红的辣椒，白白的大蒜瓣子。

农家小院里，一幅美丽的秋天风景画！

这时候，八月妈、秋水、"小鞭杆子"走进院来。

八月妈说："德万大哥，在这儿忙着呢？"

高德万见是他们来了，放下手里的活计说："你们怎么来啦？"

八月妈说："你不是我们山货庄的名誉顾问嘛，快帮我们看看。"说着，就把两根不一样的鹿鞭拿给高德万看。

高德万拿在手上，看了一眼说："这不用看，一打眼睛，就是一真一假，你看这个鹿鞭就是真的，这个鹿鞭就是假的。"

"小鞭杆子"用手拿着那根假鹿鞭看着说："怎么看出这一根是假的呢？"

高德万说："你看看，这哪是鹿鞭呢，这是用鹿筋上边粘的鹿毛。"说着，就把那鹿毛给拔下来了。

"小鞭杆子"说："干这种事儿的人也太缺德了，为了几个钱，名声都不要了，我去后村找他们。"

26. 村东头的洼地上

土地已经完全平整完了。

八月和春龙两个人，正拿着一个米尺在地上量着，钉着标桩。

八月说："春龙你看好了，这条线，就是咱们俩猪场和牛场的分界线，从这儿往那边，怎么建牛场，你规划一下。从这往那边怎么建猪场，就是我规划了。打今儿个起，咱们就算是牛场和猪场的邻居了。"

春龙笑着说："可咱们这儿除了两块地，两标桩，一条线，还什么都没建呢？"

八月说："咱们拿到了贷款，那就什么都会有的，我现在站在这儿一看，不仅看到了我建好的猪场，也看到了你建好的牛场。"

春龙说："行，你的想象力比我丰富，我现在看就是一块光溜溜的大地，没别的玩意。"

27. 村中路上

八月妈、秋水和"小鞭杆子"拿着东西往山货庄的方向走。

"小鞭杆子"和秋水在后边，他对秋水说："秋水，你劝劝大姑，别让她太着急，这些假货，我在代购的时候，钱都付过了，我要是能找着他们赔了就赔了，他们要是赔不上，那就我赔。"

秋水说："我看那有二三十根假货，一根按200块钱来算，那钱也赔不少呢？"

"小鞭杆子"说："那咋办，事情已经出了，咱得认栽啊。"

28. 村中小卖店

酒仙儿妻正在算账。

李小翠走了进来，她一边指着货架上的酱油，一边对酒仙儿妻说："嫂子，给我拿瓶酱油。"

酒仙儿妻从货架子上把酱油递给了李小翠。
李小翠一边把钱递给酒仙儿妻一边说："嫂子，你说我们上镇子看着谁了？"
酒仙儿妻露出问询的眼神。
李小翠说："你儿子春虎，还有樱桃。"
酒仙儿妻一听这话，忙从柜台里搬出两个凳子，一个送到李小翠屁股底下，一个自己坐下说："快快快，大妹子，快说说，你在哪看见他们啦？"
李小翠说："就在镇子大街上。"
酒仙儿妻说："你看见他们在干什么呢？"
李小翠说："他们干什么，你还不知道吗？"
酒仙儿妻说："知道了我还跟你打听干啥？"
李小翠说："哎呀妈呀，你们家春虎和高德千家那个樱桃啊，那都是好孩子啊，不怕苦不怕累的。"
酒仙儿妻说："大妹子，你快给我说个实话，我心里老惦记他们了，他们到底在镇子上干啥呢？"
李小翠说："我说出来你可别惊讶哦，高德千家那个樱桃在镇子道边开煎饼摊呢，你们家那个春虎呢，就在道边上擦鞋掌鞋呢。"
酒仙儿妻一下子站了起来，说："哎呀，孩子干这活儿呢？"她脸上流露出太多的疼爱与惦念。

29. 春龙家

柳茂祥和春龙妈一边往苞米楼子里装着苞米，一边说着话。
春龙妈说："老头子，我可听说，春龙和八月这俩人，到镇子上跑贷款，跑成了。"
柳茂祥说："你从哪听说的？"
春龙妈："你媳妇我这耳朵是啥耳朵，逆风十里远有个蛤蟆在那叫，我都能听出动静来，村子里出了这么大的事儿，我能不知道吗？"
柳茂祥说："我原来想他们跑贷款，就是扯淡，像小孩玩家家似的，没承想还真跑成了。这可是个严重问题。"
春龙妈说："照我看，啥事儿严重，也没有这个事儿严重！这春龙要是真把养牛场办起来了，那杨八月，在他旁边把养猪场也办起来了，两个人不仅是同学，这回又成了猪场牛场的邻居，那杨八月又是一个有心计的人，要是'唰啦'撒开一张爱情网，咱们家春龙想跑也跑不了，还能上城里找工作找对象吗？咱们俩的计划就全泡汤了。"
柳茂祥说："可是贷款已经批下来了，咱们现在不让春龙干，是不是有点儿晚了？"
春龙妈说："晚啥啊？现在那个钱不是一分钱都没花呢嘛？你就找春龙谈，说说这个贷款是有风险的。说一旦赔进去，咱们家赔不起。以后我们俩都不给他当贷款担保人，看他咋办！真是的，治这两个小孩伢子，招儿还不有的是？活人还能让尿憋死啦！"

30. 小卖店门前

酒仙儿妻锁了门，向山货庄的方向走去。

31. 山货庄院里

八月妈、秋水、"小鞭杆子"正在袋子里往外挑假鹿鞭。
秋水一边挑着，一边数着说："妈呀，哪是30来根啊，这不40来根吗？"
"小鞭杆子"说："行，有个数就行。"说完，把鹿鞭用纸包好，往小四轮子旁边走。

这时候，酒仙儿妻过来了，说："哎，小刘，婶子来问你一点事儿。"

"小鞭杆子"站在那里。

酒仙儿妻说："小刘啊，那天你光跟婶子说，春虎往家捎钱来了，可却没说春虎在镇子上干的啥活儿。"

"小鞭杆子"说："他光说让我往回捎钱了，干的啥活，我也不知道啊。"

酒仙儿妻说："小刘啊，我都知道了，你不用再瞒我了，你说他是不是在擦鞋掌鞋啊？"

"小鞭杆子"说："婶子，谁告诉你的？"

酒仙儿妻说："你问谁告诉我的干啥啊？你就说是不是吧？"

"小鞭杆子"说："不怪师父唱的那四大快里，把跑马的腿，下山的水，穿云的燕子，传闲话的嘴，都说到了里边，有的人这嘴是真快啊。"

酒仙儿妻说："小刘，你啥时候回镇上？"

"小鞭杆子"说："我得先上后村办事儿去，晚上还得在我师父这上课，要回镇子那就挺老晚挺老晚的了。"

酒仙儿妻说："那看来我搭你的车上镇子是不行了，行，我再找别的车吧。"

"小鞭杆子"开着小四轮子要走。

秋水却上了车，说："我也跟你一起去。"

八月妈对酒仙儿妻说："大妹子，进屋来坐一会儿吧。"

酒仙儿妻说："大姐啊，我还得坐车上镇子，去看看春虎他们去，改天再坐吧。"说完，转身走了。

32. 杨立本家地头

杨立本正在放倒的高粱上割穗子。

柳茂祥走了过来，说："立本，快干完了吧？"

杨立本说："快了快了。总共就这么点活儿。"说着，把割下的高粱穗子，用高粱秆打着捆。

柳茂祥说："哎，立本，春龙和八月这俩孩子的贷款上边批下来了的事，你都知道了吧。"

杨立本说："知道了。"

柳茂祥说："我寻思就来找你合计合计，事情这么严重，咱们俩得联起手来，有个对策。"

杨立本说："树根不动，树梢干摇，他们跑贷款，批是批下来了，可真正要把贷款办下来，得有担保人，我和他妈都不担保，他那个贷款还是办不下来。"

柳茂祥说："哎呀，立本，真是英雄所见略同，咱们两家这四个老的，想事儿又想到一块去了，我们也是这么想的。"

杨立本说："上边给他们批贷款的事儿，咱们管不了，支持他们办养猪场的事儿，咱们也管不了。可是要让我们承担经济风险，当担保人，那愿不愿意承担，就是咱们说了算了，这个怕是谁也干涉不了。"

柳茂祥笑着说："对，咱们就给它一卡到底，就像那水库关闸似的，'咔嚓'把水给它断了，让它一滴水也淌不出来。"

33. 后村某家

"小鞭杆子"把车停在那家院门口。

秋水跳下了车。

"小鞭杆子"在他家门口"啪啪"轮起了两个响鞭，冲他家院子里喊："家里有人吗？"

喊了半天，有一个胖女人懒洋洋地走出来了，说："什么事儿？"

"小鞭杆子"摊开那个纸包说："这些鹿鞭都是你们家的吧，我们不收了，退货！"

那个女人说："什么鹿鞭是我们家的啊？我看看。"

她走到了那个纸包前，说："妈啊，大兄弟，你拿回来的这个鹿鞭，可不是我们家卖的鹿鞭，这也不是真鹿鞭啊。"

"小鞭杆子"说："我清楚地记着，就是在你家收的，你怎么能说不是你们家卖的呢？"

那个女人说："我说不是就是不是，你在谁家收的，就找谁家还去吧，可别在我家大门口，大吵大嚷的，好像我们家卖了啥假货似的，你不要名誉，我们家还要名誉呢，快走吧，快走吧！"

说完，那女人转身要进屋去。

"小鞭杆子"十分生气，"哗"地把那个纸包里的假鹿鞭撇进了她家的院子里，说："我真没见过你这样的人，什么人呢！"

那个女人见"小鞭杆子"把假鹿鞭扔了到了院里，就说："你干什么？你把这些东西扔到我们家院子里干什么啊？你都给我捡起来。"

秋水问"小鞭杆子"："你记准了吧，指定就是这家卖你的吧？"

"小鞭杆子"说："后村就这几家人家，我常来常往的，熟悉得像我手上的纹路似的，肯定错不了，就是她家卖的，可她就是死不承认，真是气死我了！"

秋水对那个胖女人说："这位大姐啊，你别着急，要我说呢，要是你家没卖假鹿鞭，那这事也真不了，要是你家卖了假鹿鞭，那这事也假不了，你敢不敢让我进到你家屋里看看去。"

那个女人说："你是谁啊？还想到我家屋里来看看，想白毛吧，门儿都没有。"

秋水呵呵一笑说："你不敢让我进到你家屋里去看看，那这些假鹿鞭就是你家卖的。"

那个胖女人说："你有什么证据说是我家卖的？那鹿鞭上写了字了？"

秋水说："人啊，说话办事，都得讲个良心诚信，你做了亏心的事儿，就是多挣了几个黑心钱，你也富不到哪儿去！你这个名声一传开，以后谁都不买你家的鹿鞭，你家的真鹿鞭也没人来收，你就留在家里当萝卜土豆子烀着吃吧。"

这时候"小鞭杆子"有些着急了，蹲在地上，抹开了眼泪，呜咽着说："这怎么还有这样的人呢？我长这么大都没见过，也不说个理啊，明明是她家卖的，她就是不承认。"

秋水说："行了，行了，挺大一个男人，这点事儿掉什么眼泪疙瘩呢？站起来，开车，走人！"

"小鞭杆子"抹了一把眼泪说："那我买这些假鹿鞭的钱就白搭了？这个便宜就让她白占啦？"

秋水说："不就是几千块钱吗，有什么了不得的啊，咱就是花钱买了个教训，以后再碰到这样的假货，咱也知道了，快起来，上车！"

"小鞭杆子"很不情愿地上了车，冲着院里那女人说："两座山到不了一起，两个人总有会着的时候，除非你不撞到我的手上，要是撞到我的手上，看我怎么治你。"

34. 村东头的洼地上

春龙和八月站在那里。

春龙说:"哎呀,对了,我想起来了,咱们去办贷款手续的时候,还得找一个经济担保人。"

八月说:"我的好办,我不是有我舅嘛,他支持我。你看你找谁?"

春龙说:"我真没想好找谁,找我老叔,他一天喝得醉醺醺的,也办不了啥正经事儿,就得想法找我那个婶子,看她能不能代我担保。"

八月说:"你先试试吧,实在不行,再想别的辙!"

春龙说:"我只能先试试看了。"

35. 后村通往老龙岗村的路上

"小鞭杆子"带着哭腔地说:"长这么大,我第一次吃这么大的亏,心里不得劲。"

秋水说:"行了,行了,不行我给你承担一半,别哭了。"

"小鞭杆子"说:"你不说说这话我心还好受一点儿,你一说这话我更想哭了!"

秋水说:"我咋看不明白你这个人呢?怎么我掏腰包,帮你赔钱,你还更想哭了呢?"

"小鞭杆子"说:"你想啊,一个,我是受感动不说啊,再一个,这鹿鞭我要是没买假的,这笔钱我没赔上。你要是把这一半钱都给我,那我能请你吃多少顿饭啊?"

秋水使劲打了他一拳说:"你还倒挺会算账的呢,账有你这么算的吗?"

"小鞭杆子"一耸肩膀说:"文明!请不要殴打驾驶员,我开车呢,影响安全!"

(第九集完)

第十集

1. 江边上

下午的阳光,照耀在江面上,泛着粼粼波光。

八月和春龙俩,一前一后地坐在江边。

八月说:"春龙,那天咱们在江边走,你说你想起了校园里的湖水。我觉得你说得这话有意思。"

柳春龙说:"我就是随便说说,有啥意思?"

八月说:"你是随便说说,可我真犯琢磨来着,越琢磨,越觉得你说得对。"

柳春龙有些吃惊地说:"呀,事情有这么'严重'吗?"

八月说:"你看,咱们脚下是黑土地,眼前是松江水,可以说是地也肥来水也美!可是你想过没有,咱们村这块土地上,缺少点儿啥东西。"

春龙说:"缺啥?!你说的这些,我还真没细想过,咱们这个黑土地啊,有人夸张地说,抓一把都能攥出油珠子来,插根儿筷子都能长出青枝绿叶来,咱们的松江水呢,要多清有多清,里边的鱼呀虾呀,又肥又鲜,这样的地这样的水,缺啥?"

八月笑了,说:"咱们的黑土地肥不肥?是真肥,可给咱们带来富庶的时候,也给这里的人们带来了安逸和懒惰,你回村以后,没觉得人们缺少创造生活的激情吗?"

柳春龙看着杨八月说:"哎呀,看来你是真琢磨了!"

杨八月笑着说:"这就是我们眼前的现实,我想咱们两个回村还是回对了,要想让咱们的家乡这块变个样，就不能让咱们眼前的江水，像校园里的湖水那么平静，咱们就得翻出几个浪花来，让这江水比以前淌得更有劲儿。"

柳春龙往江水里打了个水漂儿，水漂儿贴着水面，荡起几圈涟漪。

八月站起来说："你这水漂儿，还是打在水面上，看我的。"说完，她把手中的一块土"砰"地扔进了江水中，激扬起很高的浪花，水花儿溅了她和春龙一脸。

杨八月说："这叫啥？这才叫一石激起千层浪！"

春龙抹了一把脸上的水渍，说："没看出来，八月，你的想法比我多！这几天我就愁贷款担保的事呢！没心思想别的！"

杨八月："车到山前必有路，急啥？"

春龙说："八月，你是行了，实在不行，你舅可以给你当贷款担保人，可我这个贷款担保人，想了半天，还是没想到合适的。"

杨八月说："这个事儿我也是想了又想，觉得先去找我舅也不合适。"

春龙说："你舅给你当担保人不是挺好的吗？怎么又不合适了？"

八月说："你看啊，我回村办养猪场，我爸和我妈打心眼儿里外外不愿意，我觉得这也不能全怪他们，我看这里也有我的原因，是我跟他们沟通得少，他们没有理解我造成的。我想好了，不能遇到困难，遇到事儿，老绕开他们！我还得直接找我爸和我妈去说，争取他们的支持。不到万不得已，不能找我舅。"

春龙说："也对！你找你爸和你妈说说也许有希望，可我爸我妈的工作那是太艰难不过了！等我把他们的工作做下来，那就得猴年马月！我总不能光做他们的工作，不做事儿吧。"

八月说："事儿要做！可他们的老观念也得帮他们改变！"

春龙说："不行，我爸和我妈的工作太难了！那真是望山累死马的事儿，我只能放弃！"

八月："春龙！我看你不能这么想！他们是谁？是咱的亲爸亲妈！他们活得越开明，咱们不越高兴吗？"

春龙："我也想和他们沟通，可没信心！"

2. 山货庄门前

八月妈、秋水、"小鞭杆子"几个人在屋里说着话。

八月妈说："真是林子大了什么鸟都有，嗑瓜子嗑出个臭虫，啥人都有！"

秋水说："大姑，这下我金宝哥可赔大发了，好几千块钱，扔到水里还有个响呢！这一转眼的工夫没了！"

"小鞭杆子"怏怏不乐，说："行啊，秋水你别说了。为了大姑家你们这个山货庄，我赔点儿就赔点儿了，谁让我乐意当山货庄的代理采购员来着？这是我自愿干的，这事儿都怨我自己。"

八月妈叹了口气说："你说你也是的，买那鹿鞭的时候，怎么不说好好看看，瞪两只眼睛叫人家给糊弄了！就是年轻不懂行啊！要是像高德万那样跑过山的人，她糊弄得了？行了，事情出了，咱们就得挺着，别上火了啊。"

"小鞭杆子"说："大姑！这个亏我不能白吃，我琢磨好了，还得找他们村主任去，让他们想办法解决，如果解决不了，我就告她去。"

八月妈说："那些假货呢？"

秋水说："都扔到那家人的院子里了。"

八月妈说："东西都扔进人家院子里了，那你拿啥告她啊？"

"小鞭杆子"在兜里掏出两根假鹿鞭，说："我没那么傻，我这留着两根呢！我能都扔给她吗？！"

3. 八月家地头前
杨立本正往小四轮子上装捆好的高粱穗子。

八月，也抱着高粱穗子往车上装。

杨立本说："停停停，别在我眼前晃来晃去的，这儿的活儿不用你干。"

八月仍然抱着高粱穗子，笑着对杨立本说："爸，我知道你还生我的气呢，可咋生气，我不也是你闺女嘛！人家都说，闺女好，闺女好，闺女是爸妈的小棉袄！"

杨立本说："别跟我嬉皮笑脸的，我不想搭理你！"

杨八月说："爸，我觉得咱爷俩应该在一起好好唠唠，把心里的话说说。你说好不？"

杨立本说："我没工夫！我不认你是我闺女！"

八月笑了："爸，一听你就还是在说气话，我不是你的闺女是谁的闺女啊？"

杨立本："别跟我说这些！我不想听！"

八月看看她爸，突然发出"哎哟"一声惊叫，蹲坐在了地上。

杨立本急忙从那边转了过来，见八月手掐着脚，就说："八月，你怎么啦？是不是扭了脚？你看你这孩子，我越说不让你干这活儿，你非要干。"说着，蹲下身，说："快点儿，把鞋脱了，老爸给你揉揉！"

八月却突然一笑，从地上一个高儿蹦了起来："我说得没错吧，还是老爸亲！"

杨立本抽出一根高粱穗子要去打杨八月，嘴里骂道："这个死闺女，又来耍你老爸了！"

八月呢，已经跑出十几步远，蹲在那里笑弯了腰。

杨立本看见八月在笑，把高粱穗子扔在车上，佯怒道："这个死闺女，真把我吓了一跳，我还以为你的脚真扭了呢！"

4. 柳茂祥家地头前
春龙，在帮柳茂祥一起捆着高粱穗子。

柳茂祥看看春龙说："哎呀，我说儿子，今儿个怎么又想起跑到地里，帮我干活来了？你不是忙着建你的养牛场呢吗？"

春龙说："那边现在没事儿了。"

柳茂祥说："是吗？你小子有能耐啊，不但把贷款跑下来了，村主任杨立本也叫你给告了，看来你那个养牛场指定是能办起来了！老爸就等着了，等你挣了大钱，坐你开的小汽车，去全国兜风啦！"

春龙说："爸，我那养牛场现在还是一块大平地呢，你哪来的这么多怪嗑儿啊，我可没跟你说过这些话。"

柳茂祥说："你是没说，可村子里有人说啊，还说明年要选你当村委会主任呢？看来你爸跟你呀，要长老多脸了！"

春龙笑着说："爸，我能听懂你说话的意思！其实，我只想把养牛场办好，从来没想过这个那个的。"

柳茂祥说："你不想当村主任，那去告人家杨立本干啥？叫人家心里咋想？"

春龙说："我们到镇子上，就是想把贷款跑下来，也没去告他啊！"

柳茂祥说："还跟我嘴硬是不？那杨立本和咱们家是处了多少年的老邻旧居了。在我们这辈人之间，没有什么矛盾。可自打你跑贷款回来，人家就老拿话敲打我，这多少年的老关系，都叫你小子给弄僵了。"

春龙说："事有事实在，我们真的没去告他，不信你可以问彩云，也可以到镇子上去了解。"

柳茂祥说："你说你没去告人家，可人家杨立本那人，从来不说假话，我信他都不信你！"

春龙说："爸，你信也不好，不信也好，我们真的没去告他。"

柳茂祥说："那我就奇了怪了，你说没去告人家，人家怎么说，是你爸我去告的呢？没说是别人告的呢？我不知道你小子到底中了哪门子邪了？非得跟那个杨八月掺和在一起干啥？一起平洼地！一起建猪场牛场！一起跑贷款！你们俩到底是啥关系啊？给我说明白！"

春龙说："我们年轻人在一起做点事情，有啥关系呀，就是这个关系！"

柳茂祥说："春龙，我把你养这么大，我告诉你一句话，那杨八月要是留城里了，你找她当对象，你爸我不是举双手赞成，是连两只脚都可以给你举起来，赞成！可现在，她回村来了，你要找她当对象，我和你妈都不同意，你把话给我听明白了。"

春龙说："爸，你说的这都是哪跟哪的话啊，我啥时候跟你说我要跟八月处对象了啊？嗨，跟你们在一起说话办事真累！"

柳茂祥："那咱们就少说！"

春龙看看他爸，心里似有江水在涌动！

5．关小手家

关小手和李小翠从停在那里的半截子车上下来，一前一后地正要进屋。

八月妈走了过来，说："你们回来啦！"

李小翠见是八月妈忙说："哎呀，姐来了，快进屋。"

八月妈说："不啦。"冲关小手说："你现在没别的事儿了吧？"

关小手说："暂时没事儿，怎么的？"

八月妈说："没事儿，你拉我上后村去一趟，我有急事儿！"

关小手说："好，姐，你上车吧。"

八月妈上了车。

关小手发动了车，车开出了院子。

6．山货庄门前

"小鞭杆子"和秋水共用一个筛子来回筛着红景天。

"小鞭杆子"说："你大姑呢，她干啥去了？"

秋水说："依照我对她的了解，她肯定是上后村找那家人去了。"

"小鞭杆子"说："哎呀，那用不用咱们也跟着过去看看呢？你大姑一个人过去，别再动起手来，吃啥亏。"

秋水说："哼哼，看来你也是太不了解我大姑了！我大姑那人，她不会那么处理事儿的！你就在这儿干你的活儿吧。"

"小鞭杆子"突然放下手里的筛子说："哎呀妈呀，我干错活了！"

秋水说："啥干错活了？一惊一乍的？"

"小鞭杆子"说："我是代购员，不是代筛员呢！这咋还筛上这个了呢？！"

秋水说："受委屈了是不？不愿意干你就别干了！上一边待着去！"

"小鞭杆子"说:"对呀,我是帮你干呢!那看来还得筛啊!"说完,又和秋水一起筛了起来,又说:"秋水啊,大姑一去后村,我怎么觉得心里亮堂多了呢?总觉得看出点儿啥希望了呢,要不我的心里真没缝儿了。"

秋水说:"一个大男人家,别那么小心眼儿!别说,不一定能赔上,就是赔上了,还能怎么着,不就是那几千块钱嘛,我还说帮你分担点儿,我真看不上你这个没出息的样儿。"

"小鞭杆子"跟秋水说:"你把手松开!"

秋水说:"干啥?"

"小鞭杆子"说:"我一个人筛!"说着,他一个人使劲儿地晃起筛子来,跟秋水说:"你以为我真在乎赔那几千块钱啊?我告诉你,我当你面前抹抹眼泪,那是试探试探你,是看你对我动不动感情!实话告诉你,好汉做事好汉当!我'小鞭杆子'是一般人物吗?咱也是响当当的男人!"说完,他把筛好的红景天倒在了一边,冲秋水说:"来,再往筛子里给我多捧点儿!"

秋水一边往筛子里捧着红景天,一边说:"逗什么风啊,别你没筛完这些'山货',把自己先给筛成'山货'了。"

"小鞭杆子"笑着说:"这说的是啥话呢?'山货'咋啦?这筛子里的红景天,都是正经的好成色的山货!"

秋水呵呵地笑着。

7. 老龙岗村通往后村的路上

关小手驾着车。

八月妈跟他说:"我托秋水给你带过几回话了,要找你说话,怎么老搭不着你影呢,你是不是有意躲着我?"

关小手说:"姐,我躲你干啥啊?你看我一天到晚的,一个人都好擗成几瓣了,都忙成啥样了。"

八月妈说:"你跟姐说实话,八月在村头平洼地雇推土机的钱,是不是从你那拿的?"

关小手看看八月妈说:"姐呀,你这话问得咋这么有意思呢,你有啥证据咋的?"

八月妈说:"你媳妇一个劲儿地跟我解释,说这钱不是你们拿的,我就想了,不是你们拿的,老跟我解释这干啥,我看就是你们给拿的!"

关小手笑了:"姐啊,我那个媳妇你还不知道吗,那个破嘴呀!平时说话,拿过来就说,她也不考虑呀,一样的话,该怎么说。你可别听她的,我告诉你,根本就没有这个事儿。"

八月妈说:"你可是我弟弟,你可不能糊弄我。"

关小手说:"姐,八月这孩子还是真明白事儿,人家根本就没找我!你说她要真找我借,我这当舅的能说不借吗?那是我的亲外甥女啊!"

八月妈说:"我告诉你啊,你不能背着我借给她钱啥的,这两天他们贷款跑下来了,正找贷款担保人呢,她要是找到你,你要是答应了,我可饶不了你。"

关小手说:"什么贷款担保哪,我根本不知道这个事儿。"

车继续往前开去。

8. 柳茂祥家地头

车已经装好了,春龙坐在了驾驶座上,对着柳茂祥说:"爸,我开吧。"

柳茂祥说:"不用,不用,你们老也不鼓捣这车,别给我鼓捣坏了。"说着,他把春龙推下车去,自己发动了车。

春龙上了车。

柳茂祥一边开车,一边说:"春龙,你小子也不用跟我绕弯子,到我跟前来,贴贴乎乎的,我知道你小子是找我有啥事儿!"

春龙说:"爸,那你就说说,我找你有啥事儿?"

柳茂祥说:"你小子跑的那贷款,批是批下来了,可是办贷款手续,你遇着困难了。"

春龙笑了:"爸,你说得可真不对!我没啥困难,这笔贷款我们马上就可以用了!你看着,爸,我的养牛场马上就要开工建设了。"

柳茂祥笑笑说:"我问你,谁给你当贷款担保人啊?你以为你爹啥也不懂啊?你找不到担保人签字,那贷款还是到不了,那钱你还是花不着!"

春龙说:"哎呀,爸,没想到你还这么关心儿子的事儿呢,连这么小的细节你都想到了,咋的,想给儿子做个担保?"

柳茂祥说:"想让我给你担保啊,行!那你得到城里把工作找好了,我再给你担这个保,要不,你在城里找个对象,定下来了,我也能给你担这个保!不然的话,你别想!"

春龙听了他爸的话,躺在了车上的高粱穗子上,没再说话,他向天上望去。

广袤的湛蓝的天空上,有雁阵飞过。

他们的小四轮子走在田野中。

9. 酒仙儿家

酒仙儿妻把从箱子里拿出的几件衣物,装进了一个纸袋里,对坐在炕头的酒仙儿说:"行,我说上镇子去看看春虎,这你都不乐意去,你不去,我自己去,你这个人啊,除了酒之外,心里只有你自己。"

酒仙儿说:"我不是不想跟你一起去啊,那要坐公共汽车,行,我跟你一起去!你说你骑自行车去,我又不会骑自行车,你还得驮着我,我这个坨儿,死老沉的,那不给你增加负担嘛。"

酒仙儿妻说:"我告诉你啊,我又问'小鞭杆子'了,春虎捎回的钱就在你手上,这是孩子挣的钱,得给孩子攒着,留着他要媳妇用。你可不能拿它给喝了酒!"

酒仙儿说:"哎呀,那天你提起这事儿,我一时还真没想起来,后来就使劲想,还是没想起来!最后一掏兜,把这钱给掏出来了,我就问自己,这是钱从哪来的呢?忽悠一下子就想起来了,这可能就是春虎捎来的钱!"

酒仙儿妻说:"你能想起来就好,钱呢?"

酒仙儿说:"在那呢,这是春虎挣的钱,我能花吗?"

酒仙儿妻说:"你把钱给我拿出来!"

酒仙儿说:"就这么点儿钱,搁到我这儿,和搁到你那儿,不都一样吗?"

酒仙儿妻用手去摸酒仙儿挂在衣架上的衣兜。

酒仙儿说:"这么两个钱,值得你搞一回搜查吗?来来来,我给你。"说着,把手插进了被褥垛,从那里摸出一个小纸包,扔在炕上说:"你瞅瞅你,这几个钱,你要到不了手,急得像猴似的,给你给你。"

酒仙儿妻拿过那个纸包,打开看看钱,反手锁在了箱子里,拎着纸兜出了屋。

酒仙儿说:"晚上可早点回来啊,我可等着你给我做饭呢。不及时回来做饭,我可喝酒!"

酒仙儿妻没再吭声，走到屋外，把纸兜挂在了自行车车把上，骑上自行车走了。

屋内，酒仙儿看着酒仙儿妻出了院子的背影，自言自语地说："这娘儿们，是真难对付，不是说去看春虎，这个钱我还是真不能交到她手，完了，几瓶子好酒又飞了！"

10. 后村

那个胖女人家门口

关小手把半截子车停在了那里。

八月妈从车上走了下来。

那个胖女人见有车停在了自家门口，就从屋里走了出来。

八月妈和关小手推开院门走进院子，说："这是王长贵家吧？"

那胖女人说："是啊。"

八月妈说："那看来你就是长贵媳妇了。"

那胖女人说："是啊，你们是哪的？"

八月妈说："前村杨立本家的。"

那胖女人说："啊啊，听说过，你们家新开了个山货庄了吧？"

八月妈说："正是。"

那胖女人说："你们找我有啥事儿啊？"

八月妈见窗台上正晾着那些假鹿鞭，就说："哎呀，孩子们扔到院子里的假鹿鞭，你又捡起来晾上了？你还想卖给谁啊？"

那胖女人脸上有些不自然，停顿了一下才说："他们把这些东西扔到我院子里，就走了。我是好心把这些东西都捡起来了，放那晾晒晾晒，什么时候他们来，该取走还取走，不然这些东西扔到我这儿，算怎么回事啊，也不是我家的东西！"

八月妈说："常贵媳妇，咱们前后村住着，人活在世上，得讲究个良心诚信，不能掉进钱眼儿里，不义之财不能贪，那是祸不是福。"

长贵媳妇说："大姐啊，你这是说的哪儿的话呢？我再说一遍，这些东西不是我家的，那个'小鞭杆子'也不是在我家买的。"

八月妈说："你家常贵呢？"

长贵媳妇说："上地了。"

八月妈说："我跟你说，你们家长贵和我们家立本不但认识，而且关系都还不错，长贵一到前村去，总到我们家吃饭喝酒，你嫂子我今天来了，就是要跟长贵见个面，讨个说法。"

胖女人一听八月妈说这话，语气有些变软了，低眉顺眼地说："哎呀，那就等长贵回来吧，嫂子你们先进屋吧。"

八月妈和关小手走进屋去。

11. 山货庄屋内

秋水和"小鞭杆子"坐在柜台前。

秋水轻轻地打开"小鞭杆子"送给她的那个纸包，里边出现了一条好看的真丝围巾和一个精致的小镜子。

秋水说："真没看出来，你心还挺细，还知道给我买这些玩意。"

"小鞭杆子"抖开那条丝巾说："你看看，好看不？"

秋水笑着说："还真挺好看的，你还挺会买东西的呢。"

"小鞭杆子"把围巾围在秋水的脖子上，说："你拿小镜子照照，看好看不？"

秋水拿着小镜子照照，莞尔一笑，从脖子上要拿下那条围巾，说："这么好看的围巾，你还是留着给别人吧。"

"小鞭杆子"说："你看看，不就因为它好看，你能喜欢，我才给你买的吗？"

秋水说："我看这个围巾你要给一个人，保证能比我更喜欢！"

"小鞭杆子"说："我知道你又要跟我提谁，是不是又要提那个大丫，我告诉你，大丫能有你好吗？这条围巾你要是不要，我就是扔了也不会给她。"

秋水笑了："真的啊，那行了，这条围巾我要了。"

"小鞭杆子"乐得快要蹦了起来，冷不防在秋水的脸上亲了一口说："我真是太高兴了。"

秋水羞红了脸，用手摸着"小鞭杆子"刚才亲过的地方，说："你干啥呢？咋这么没深浅呢？你怎么对我搞突然袭击呢？"

"小鞭杆子"说："哎呀呀，对不起，我是太高兴了。"

秋水看了"小鞭杆子"一眼说："把人家脸都给亲红了，亲得心都要蹦出来了。"

"小鞭杆子"说："那说明啥？那说明你对我有真感情！"

秋水说："你别不要脸啊，别以为我收了你这点东西，你就认为我爱上你了。东西是东西，爱是爱，两回事！"

"小鞭杆子"说："为了表达我对你的歉意，亲你亲错了，让我再对你有一点表示行不行。"

秋水说："咋表示？"

"小鞭杆子"说："光亲一边有点儿偏坠，两边都亲一下，那不就平衡了么！"

秋水羞涩地看着"小鞭杆子"，说："行，给你一个认错的机会，大不了亲完了，我好好洗洗脸！"

"小鞭杆子"却没有立即亲秋水，反而往窗外边左看右看的。

秋水说："你看啥呢？"

"小鞭杆子"说："我得看看外边来没来人，不然这正亲呢，突然'乓仓'进来一个人，那不吓一大跳吗？"

秋水说："我大姑上后村了，我爸和我妈上镇子还不知道回来没呢。"

"小鞭杆子"说："妥，给机会了。这回得好好亲一下。"说着，捧过秋水的脸，使劲儿地亲了一下，眼角溢出了泪水。

秋水说："哎，金宝哥，你咋还哭了呢？"

"小鞭杆子"说："你别管我了，我乐意哭！你快洗脸去吧，脸叫我给亲脏了！"

秋水说："洗啥脸啊？我是跟你说着玩的。"说着幸福地看着"小鞭杆子"。

"小鞭杆子"揩着泪水，说："秋水，从今天起，咱们俩就签一份承包合同吧，你这两边的脸蛋，就承包给我一辈子吧，不许别人亲啊。"

秋水说："哼，那就看你对我好不好了。"

"小鞭杆子"说："有你这么说话的吗？你哥眼里淌的是眼泪，不是水！'谁的眼泪在飞？是你哥我的眼泪'！"

12. 后村

胖女人家屋里

八月妈、关小手、胖女人都在。

八月妈指着炕上切好的鹿筋，还有胶水，和一些鹿毛说："长贵媳妇，看来你的手还是真巧，能把这些鹿筋做成鹿鞭，行啊。我告诉你，孩子们想去告你，你要是不想吃官司，就该知道这个事该怎么办！咱们两家之间的事儿，说大就大，说小就小。小事儿可以整大，大事儿可以化了，怎么办？你现在就给我个准话。"

长贵媳妇说："嫂子，万没想到，来收货的那个'小鞭杆子'还和你家有关系，真不好意思，钱给你们退回去吧！"说完，从箱子里拿出一个信封递给八月妈说："嫂子，钱都在这儿呢，你查查吧。"

八月妈说："要不要等长贵回来，当着他的面儿，你再把钱给我？"

长贵媳妇说："哎呀，嫂子，也是我犯了糊涂，想挣钱，想疯眼儿了，不然也不会干出这种糊涂事来，你可别跟长贵说了，这事儿他要是知道了，非得跟我打仗不可，整不好我俩都得闹离婚！"

关小手说："看来你这个人啊，还有救，不是那知错不改的人，正做着的这些假鹿鞭咋整？"

长贵媳妇一边收拾这些东西，一边说："行了，行了，我现在就收拾起来，肯定不做了。"

八月妈说："长贵媳妇，人心都是肉长的，不管做啥事，都得将心比心地来做！咱们为了几个钱，骗了别人，那咱要是被骗的人呢，心里会咋样？这些假鹿鞭，你不但不应该买给我们，也不应该再卖给别的人！"

长贵媳妇说："哎呀，我知道错了，现在肠子都悔青了，肯定不再卖了，回头你告诉那个'小鞭杆子'，还到我家来收货吧，我要是再卖给他一根假的，连人都不是。"

13. 镇上街道旁

酒仙儿妻推着车子走在人流中，她看见了太阳伞下的樱桃，也看见了正在给别人擦皮鞋的春虎。她推着车子来到了春虎身边。把车子立在了春虎的鞋摊旁，看着春虎，她的眼里盈满了泪水。

春虎专注地擦着皮鞋。

待那人交了钱走了，他才抬头看见酒仙儿妻，惊讶地说："妈，你咋来了？！"

酒仙儿妻说："妈惦记你！孩子，你咋干这活儿呢？"说着哭了。

春虎说："妈，你快坐下。"他把屁股底下的凳子让给他妈，说："你看你哭啥呢？我干这活儿有啥不好的？咱们凭着力气和技术挣钱！"

酒仙儿妻说："春虎啊，看着你给别人擦皮鞋，干这么低下的活儿，妈心里不好受啊。"

春虎说："哎呀，妈，咱们干的是服务行业的事儿，把皮鞋给别人擦亮了，让大家穿在脚上，走在道上不也显得干净精神吗？把别人的鞋给掌好了，不也省得老花钱去买新鞋了吗？咱这做的都是好事啊，这有啥低下的，妈你可千万别那么想。"

酒仙儿妻说："春虎啊，妈就你这一个孩子，不想让你吃这么多苦，遭这么多罪，你在镇子上这个活儿别做了，收拾收拾，干脆跟妈一起回村吧。"

春虎笑着说："妈，你看你说哪去了，我没有你想象的那么苦，也没有遭啥大罪，我现在不是挺好吗？人到了一定时候，不能老像窝里的小鸟似的，叫爸妈给叼虫吃了，得自立啊！不自立不出来闯天下，老窝在村里，那什么时候才能出息人啊！"

酒仙儿妻还想说什么，这时候又来了个中年女人，坐在春虎的旁边，脱下一只鞋说："小伙子，我都听说了，你掌鞋掌得好，我是特意来找你给我修鞋的。"

春虎说："行行，我这就给你修。"说着，拿起那只鞋看了看，对那女人说："是这儿吧，好弄。"

酒仙儿妻呢，看了看春虎，站起身来，向樱桃那边望望，就向樱桃那边走去了。

14. 八月家

八月和杨立本已经把那些高粱穗卸在了一处。

八月呢，把洗脸盆里原来的水泼掉了，从水缸里舀了一点凉水，又拿过暖瓶往里兑了一点热水，把一条毛巾递给杨立本说："爸，你洗洗脸吧。"

杨立本说："别给你一个好脸，你就蹬鼻子上脸，我还是没想搭理你。"

八月说："爸，你心疼我，我知道，你对我好，我也知道。我也知道你对我有点儿意见，等你消消气，咱爷俩好好唠唠啊。"

杨立本说："你不用拿软刀子扎我，我告诉你，我疼你是疼你，对你好是对你好，可是，你要是想让我给你当贷款担保人，那是别想！"

八月说："爸，谁说让你当贷款担保人啦，快洗脸吧。"

杨立本接过毛巾，把毛巾搭在肩膀上，洗起脸来。

八月对杨立本说："爸，一会儿我做饭，你想吃一点什么，我给你做。"

杨立本说："不用，不用，一会儿你妈就回来了，我喜欢吃啥，她知道。"

15. 柳茂祥家的鹿圈里

几只梅花鹿，正悠闲地吃着柞树叶子。

彩云用一个叉子，挑进了一些新的柞树叶子，摊在圈内的地上。

春龙妈拎着个小水桶，里边盛着水走了进来，她把水倒进了一个小木槽里，对彩云说："彩云啊，你就好好侍弄这些鹿吧，我听你爸跟我说了，马鹿和梅花鹿杂交出来的鹿崽产茸量大。我看你比你哥有正事儿，等将来咱们家养的鹿越来越多，妈就不让你亲自养鹿了，雇两个人来替咱们养。咱们呢，就再开一个鹿产品经销店，你就像八月妈似的，在店里当个小老板，风淋不着雨淋不着的，还挣钱。"

彩云说："鹿产品经销店的事儿，咱们家都说过多少回了，今天说要办，明天说要办，我耳朵都听出茧子来了，可就是没办起来。"

春龙妈说："这怨我吗，怨你爸，做事总是瞻前顾后的，不见兔子不撒鹰，什么事儿都得他眼见实了，看有人挣着钱了，他才跟风。"

彩云说："我就是没有我哥那两下子，要是有他那两下子，我明天就去贷款去，后天就把鹿产品经销店办起来。"

春龙妈说："行了行了，在我跟前别提你哥的事儿，让我心里犯堵！"

这时候，柳茂祥驾着小四轮车拉着高粱穗子，春龙坐在车上，驶进院来。

他们开始往地上卸高粱穗子。

春龙妈从鹿圈那边走过来，对春龙说："你要是实在待不住，闲得慌，就帮你爸干一些轻来轻去的活儿，多好，那总比办养牛场强。"

春龙看看他妈，没再吭声。

16. 村委会院里

成大鹏在雕着那座泥塑。

高海林拿着电烙铁在一旁烙着画，一边烙一边说："大鹏哥，通过和你接触，不知不觉地我还真有提高，我烙的这些画，我自己看着都不相信是我烙的了，比以前好看多了。"

成大鹏说："艺大不压身，人要想把有的事做得更精，那就得多学习，多琢磨。"

17. 酒仙儿家

天擦黑了。

酒仙儿在自家的院里转来转去，自言自语地说："这娘儿们，怎么还没回来呢？我都饿了。"

正在这个时候，春龙从隔院探出头来说："叔，你没吃饭呢吧？"

酒仙儿说："吃什么吃啊，你婶子上镇子去没回来，家里没人做饭，我总不能吃凳子腿儿吧！"

春龙说："叔，你要是饿了，等会儿，就先过到我们家这边来吃点呗！"

春龙妈扎着围裙，刚倒了一盆水，往屋里走，听见了春龙的话就说："春龙啊，你要是闲着没事儿，就再给我抱点柴火进来！"说完进屋去了。

酒仙儿对春龙说："听见没？我这当叔的，对你这个大侄儿说实话，你妈那个心眼儿太小，跟针鼻儿似的，我能上你们家吃饭去吗？上回我上你们家去吃了一次饭，拿了两瓶酒，你妈就跑到小卖店去拿东西了。我知道你妈会过日子，能算计，但总不至于谁都算计吧！"

春龙说："叔，你们大人之间的事儿，我不参与。但是今天你晚饭的事儿，我管啊，一会儿我就给你送过来。"

酒仙儿说："春龙啊，有你小子这句话，你叔心里就乐呵，你从小到大，你叔也没少喜欢你，还是我大侄儿心里有我，那我就等着啦。"

春龙说："行。"

说完，春龙就去柴火垛抱柴火了。

18. 镇上某出租房内

酒仙儿妻、樱桃、春虎都在屋内。

酒仙儿妻在看着房子："哦，里边这间住的是樱桃，春虎住在外边。"

樱桃说："是。"

酒仙儿妻摸摸褥子说："天气一天比一天凉了，这个褥子还是有点薄。春虎啊，再挣了钱，你们就先别往家拿了，你和樱桃买两个厚一点儿的褥子。各自铺上。"

春虎说："妈，这些事你都不用操心了，我们都多大了啊，还不会自己照顾自己啊。"

酒仙儿妻说："樱桃啊，你们俩出门在外，就得多互相照顾着点儿！"

樱桃说："嗯，阿姨，你就放心吧！"

19. 柳茂祥家外屋

春龙妈一边做着饭，一边跟在灶前烧着火的春龙说："你那个叔，是啥好人啊？大酒包一个！没什么事儿，你少搭理他！"

春龙说："妈，那不是我叔吗？我就这么一个亲叔，见了面，说说话不应该吗？"

春龙妈说："你们说啥啦？"

春龙说："没说啥，我叔就是跟我说，我婶还没回来。"

春龙妈说："得得得，你往下不用说了，他说啥我都能猜出来，准是说家里没人做饭了，他又饿了。"

春龙说："妈，你是神仙啊？我叔他还真是这么说的。"

春龙妈说："你妈不是神仙，可你叔是个啥样的人，我太了解了，他肚子里头有几根弯弯肠子，我看得明明白白的。"

春龙说:"妈,我可答应我叔啦,一会儿给他送饭去。"

春龙妈说:"你也真是的,给他送什么饭呢?你搭葛吧,没头儿!"

春龙说:"妈,我叔和我爸是亲兄弟,咱们两家就隔着一道墙住着,别整得那么生分,我婶子不在家,我叔饿了,我过去给送一点儿饭,这不应该的吗?"

春龙妈说:"啥叫应该不应该的,一年到头的,我看见他家给我们这边拿过啥啦?总是来扯巴我们,今天一顿饭,明天两瓶酒的,我可懒得伺候他。"

春龙说:"妈,不是我说你,你有时候心眼儿太小,把钱看得比人情重,这不好。"

春龙妈说:"不用你来教训我,老老实实地烧你的火得了。别觉着多念了几天书,谁都能教训!"

火光照在春龙的脸上,春龙没再吭声。

20. 樱桃妈家

高德万把两桶水倒进水缸里,把水桶挂在了外边的篱笆墙上,对在屋外搓着苞米的樱桃妈说:"德千媳妇,樱桃到镇子有些日子了,带回个信儿来没?"

樱桃妈说:"差不多天天有信儿,在街头摊大煎饼烙饼呢,说是小买卖做得还挺红火。"

高德万说:"她好就好,省得我惦记她了。"

樱桃妈看看高德万说:"大哥,你都这么大岁数了,一天到晚地,别弄得一股肠子八下扯,牵着这个,挂着那个的,你得多照顾你自己。"

高德万说:"我看到了,你家的这些碗架子、锅盖、箱子、柜啥的都旧了,该重做的得重新做做。该修理的,得重新刮刮面儿,刷刷油,有个新鲜样儿。地里的活儿,也都忙巴完了。我的手也腾出来了,这些活儿,也都抓紧做做吧。"

樱桃妈说:"大哥,地里的活儿刚忙完,你就多歇几天吧!我家里这些杂活儿,早几天干晚几天干,那都没啥。"

高德万说:"哎呀,你还不知道我嘛,恨活儿!要是看到眼前有啥活儿,恨不得一把干完了,再歇着。明天早晨,我就把家把什儿都拿过来,你家的这些活儿,开工!"

21. 关小手家

关小手在和李小翠说着话。

李小翠说:"没想到,那一左一右的人对'小鞭杆子'咱们这个徒弟反映都还不错,都说他人好,挺仁义的。"

关小手说:"情况,咱们是了解了,对于他这个人,也开始有些掌握了,但是仍然不能大撒手,让秋水和他的关系发展太快。咱们唱二人转的讲话了,有的时候要紧打慢唱,有的时候要慢打紧唱,得给他们掌握一点节奏,不然他们很快就好上啦,有一天发现'小鞭杆子'和咱们现在了解的不一样,那不什么事儿都晚了吗?到头来吃亏的还是咱们。"

李小翠说:"老公,你说得对,你这个主意也正,咱们还真是得提醒秋水,不能跟这个'小鞭杆子'好得太快。"

关小手说:"这些话,我这个当爸的该说的是得说,可是有些事儿,我不好说的话,你当妈的得去说,好好提醒提醒秋水。就是真谈了恋爱,那也得把握住尺度。"

李小翠说:"你说的,和我心里想的都一样。不过我瞅咱们家秋水啊,以前挺听话的。自打认识了这个'小鞭杆子',就觉得她有些变了。"

关小手说:"以前从来没有这么晚不回家的时候,我看哪,咱们教那个'小鞭杆子'学唱二人转,也别整得时间太晚了,咱们越晚,秋水也就回来得越晚。看人哪,得会看。

想看住她的身，看不住，重要的是看住她的心！"

22. 八月家

月亮，已经挂在树梢上。

杨八月和杨立本坐在院子里，一起说着话。

八月说："爸呀，我有一件事不明白，为什么你和我妈非得让我在城里找工作，在城里找对象呢？"

杨立本说："这还用问吗？城里的生活条件，那就是比咱们农村强。"

八月说："爸呀，现在户籍制度已经改革了，省城和乡下的户口都一样了。在城里工作，在乡下做事，哪块有利于发展，我们就在哪做，这有啥区别啊？"

杨立本说："你打听打听，哪个当老人的不愿意儿女生活好一点？你爸和你妈苦点儿累点儿都没啥，可就是不愿意让你和我们一样，在农村再过了一辈子了。"

八月笑了，说："爸呀，你就是想让我们这代人再和你们那代人生活得一样，那都是不可能的了。你想想看，现在咱村还是以前的咱村吗？哪家的家用电器不是全的？土房还有吗？早变成砖瓦房了，有的人家还盖了楼。你实际想想，现在的农村和城里生活有啥大的差别啊？城里能吃到的水果，咱们能买到，城里能用上的东西，咱们也差不多都能用到。"

杨立本说："你说的这些都是实话，农村变化大不大，大！但是要想变得像省城那么繁华，短时间内是不可能的！所以，你爸还是不想让你在农村干下去。"

八月说："爸，你要是真心疼我，你就支持我，你看你女儿能不能有这口志气，在这个村子里头干出像样的事业来。"

杨立本说："八月，你是个有志气的孩子，可爸不想拿你的命运做赌注！"

八月说："爸，你就支持你女儿一把呗？"

杨立本说："没那话，八月，你爸是真心疼你和九月！"说着，眼里有了泪光。他又接着说："你先别着急，这个事儿，我得想想。"

八月说："爸，我知道，你是嘴上恨我，心里心疼我！"

杨立本说："不养儿不知父母恩哪！爸现在的心情，你体会不到！"

23. 酒仙儿家

春龙用塑料袋拎着饭菜，隔着墙头叫着："叔，叔！"

酒仙儿推开屋门，一溜小跑地跑过来。

他接过春龙手里的饭菜，说："大侄儿啊，谢谢你啦，你吃过了吗？"

春龙说："没呢。"

酒仙儿说："你看我这个大侄儿，自己没吃，就先把饭菜给我送过来了！哎呀，这饭菜还都热得烫手呢！行了，那我就回屋趁热乎吃啦。"说完，转身要走。

春龙说："叔，你先别忙着走，我有个事儿问你。"

酒仙儿看春龙一副神神秘秘的样子，就小声地问："啥事儿，说！"

春龙说："叔啊，我要在村东头办个养牛场，贷款是批下来了，可中间缺一个经济担保人。"

酒仙儿说："那你爸你妈咋说的？"

春龙说："我爸和我妈说啥也不同意。"

酒仙儿说："他们俩咋那么没眼光呢？就凭我这大侄儿，大学都毕业了，办个养牛场那还能有啥闪失啊，我出面担保行不行？"

春龙说：“那倒是行，可不能让我爸和我妈知道。”
酒仙儿说：“这是咱爷俩的秘密，不跟他们说，不就完了嘛！”
春龙说：“行，那叔，啥时候需要在担保书上签字，我再过来找你。”
酒仙儿说：“哎呀，你就代我把那名字签了，我在上边按个手印不就行了！这些都是小事儿，你叔我饿了，我回屋先吃饭去啦。哎，你妈再做啥好吃的，你别让她知道，给你叔多拿过点儿来！"
说完，一溜小跑回屋去了。
窗子上，是酒仙儿端着酒杯喝酒的逆光剪影。
春龙看看，转身回屋去了。
春龙妈从屋里走出来说：“你给他送个饭，怎么还送这么长时间呢？你又跟他说啥了？”
春龙说：“没说啥啊。”
春龙妈说：“你是不是跟他说贷款担保的事儿啦？”
春龙说：“没有啊。”
春龙妈说：“我告诉你啊，你以后跟他少来往，跟他这种人，多一事儿不如少一事儿。”
这时候，高甜草来到柳茂祥家的院门前，喊道：“春龙哥！”
春龙说：“哎呀，甜草！”
高甜草说：“春龙哥，你吃饭没呢？”
春龙说：“没呢。”
甜草说：“今儿晚上文化书屋有活动，你别忘了去啊。”
春龙说：“知道，你吃没吃饭呢？”
甜草说：“吃过了。”
春龙说：“那你进屋来坐会儿吧，一会儿我吃过了，咱俩一起走。”
甜草说：“不啦，我先过去了，先给大家把水烧好了。”说完，笑着走了。
春龙妈站在那里，看着眼前的一切，待高甜草走远了，她对春龙说：“春龙啊，你到文化书屋活动去，是不是这个高甜草也在那儿。”
春龙说：“啊。”
春龙妈说：“你是一个大学毕业生，身份和他们不一样！我告诉你啊，我看这个高甜草在感情上有点冲你使劲儿，你得小心她点儿，别让她把你贴乎上。”
春龙说：“你看你看，我们没啥事儿，甜草不挺好的吗，干什么防人家像防贼似的！”
春龙妈说：“我知道你现在和她没事儿，可是咱们没事儿不是得防备有事儿吗？快回屋吃饭去吧。”
春龙看看他妈，进屋去。

24. 酒仙儿家

酒仙儿妻骑着自行车进院，一边停下车，透过窗子，就看见了酒仙儿在喝酒，就气不打一处来，她走进了屋，说：“你怎么又喝上了？”
酒仙儿说：“你不在家给我做饭，我从邻院大哥家弄的饭菜，我不是说了吗？你不回来给我做饭，我就喝酒，你别老管我好不好。”
酒仙儿妻说：“你把酒杯放下，我跟你说一点事儿。”
酒仙儿妻滋溜儿地喝了一口酒，放下酒杯说：“说吧。”

酒仙儿妻说:"你一天到晚地,就知道恋着这口酒,你怎么一点都不惦记春虎呢?你知道春虎,在镇子上干的啥活儿吗?"

酒仙儿刚往自己的酒杯里倒了一杯,端起来要喝,突然放下说:"啥活儿?"

酒仙儿妻说:"咱孩子,就在大道边上,风吹日晒的,在那儿给别人擦皮鞋掌鞋呢!"

酒仙儿听了这话,皱起了眉头,"啪"地一拍大腿:"完了完了,我的心情全完了,这酒不能喝了,春虎真是干的这活儿吗?"

酒仙儿妻说:"我还能糊弄你啊?"

酒仙儿用拳头砸了自己脑袋一下说:"嗨,得回你把春虎捎回来的那几十块钱要回去了,不然的话,我这个糊涂爸把孩子挣的钱,就得给买酒喝了。"说着,眼睛里竟然也有了莹莹泪光。

酒仙儿妻说:"这回你知道难心啦。"

酒仙儿说:"你说啥呢,家里最大的事儿,还有比孩子的事儿大的吗?我不是后爹!听说春虎干的这活儿,又苦又累的,我这当爹的心里能好受吗,你咋没说把春虎给我领回来呢?"

酒仙儿妻说:"春虎说了,他不回来。"

酒仙儿下了地,趿上鞋,在地上走来走去,说:"这也不怨孩子,也是我这当爹的没正事儿,当时孩子高中毕业要考大学,我就横扒拉竖挡着没让考,这事儿啊,也怨我。"

酒仙儿妻说:"行了,别老吃后悔药了,天底下没有卖后悔药的地儿。"

酒仙儿说:"是没有卖后悔药的地方,可却能找到卖醒酒药的地方!我柳茂财,从今儿个开始戒酒了!"

酒仙儿妻说:"得了,这话你说过有二百遍了,今儿个说不喝,明天偷着喝,你说的话,我这耳朵听了,那耳朵就冒了,权当耳旁风了。"

酒仙儿眼里落下泪来,他带着一点哭腔地说:"春虎这孩子啊,有种!知道自立了!你爸呀,不如你呀!"说完,坐在凳子上,弯下腰手捂着脸,默默地淌眼泪。

酒仙儿妻看着他说:"行啦,别一听孩子干的这活儿,就装作动感情了,我不喜欢看你这个样,像演戏似的。"

酒仙儿忽地站了起来,用袖头子把桌上的菜酒全部扫到了地上,对酒仙儿妻说:"我今后再喝一口酒,我就不是柳春虎的爸!"

(第十集完)

第十一集

1. 关小手家,夜

天完全黑下来了。

关小手、李大翠正在教"小鞭杆子"唱二人转。

关小手一边说着,一边拿着扇子和手绢,给"小鞭杆子"表演:"二人转演员要想演好戏,就得玩好手里这把折扇和手绢。玩扇子呢,也有一些讲究,有软腕子扇、硬腕子盘扇、五花扇什么的。你看,这样是正抛扇;这样是背抛扇;这样呢,是立抛扇。这手绢呢,又分外团花儿,里片花儿,外片花儿啥的。这扇子和手绢在演员手里说它是啥,它就是啥,说它是盘子就是盘子,说它是碗它就是碗。二人转《王三姐》里不是有这么一句唱么,'大雁咯喽一声飞上天'……你看,这扇子就变成大雁的翅膀了。"

"小鞭杆子"说:"呀,这手绢和扇子在师父手里都玩出花儿来了,真是神啦!"

关小手说:"来,我要手绢,你跟着我学。"说着,他耍起手绢来。

"小鞭杆子"也跟着他学。

关小手用食指尖向上顶起那个手绢,手绢便旋转了起来。他说:"你看现在这个扇子是啥?这就成了《十八相送》中梁山伯手里的遮阳伞了……"

2. 文化书屋,夜

屋里灯火通明。

八月、春龙、彩云、大鹏、秋水、高海林都在。

秋水的脖子上,围着那条好看的花围巾。

甜草端着个大功夫茶盘儿,上面有茶壶、茶碗儿,从门外笑盈盈地进屋。

春龙一见,笑道:"嘀,又换啥花样儿啦!"

甜草说:"茉莉花茶、西湖龙井你们都喝过了,今天再让你尝尝铁观音。"

高海林坐在一个角落里,笑吟吟地说:"唉,我怎么摊上这么个妹妹,把我的几盒好茶都给倒腾出来啦!"

甜草笑道:"对啦,咱们也别把我哥的功劳给埋没了。这茶叶,都是他的,我是借花献佛!"说着,给大伙儿斟茶。

秋水看着那茶碗儿,拉着长声说:"甜草,你也太抠门儿了吧?怎么拿这么小的茶碗儿糊弄我们啊!我这一口,能喝三碗!"

彩云笑道:"秋水,可别说外行话了!人家这叫功夫,上讲究儿哩!"

众笑。

秋水不服地说:"啥茶,也不能用这么点儿小碗啊,都赶上酒盅儿啦!"

彩云说:"秋水,喝酒、喝茶,其实不是喝,而是品。你看,这个'品'字,是三个口,意思呢,就是这么一小杯茶也得分三口喝。"

甜草也说:"有一首诗,是写'碧螺春'的——'及时品茗未为奢,携侣招邀共品茶。都道狮峰无此味,舌端似放妙莲花。'你说,如果不是品,而是像喝凉水那样咕嘟咕嘟往肚子里灌,哪能有'舌端似放妙莲花'的感觉?"

她和彩云的这一番话,把大伙儿都给说蒙了。

这时候,八月笑道:"哎呀,甜草、彩云,你们这些年进步都挺快呀!"她站起身,对大伙儿说,"这些天,咱们一有活动,甜草就给大家端茶倒水,彩云就忙里忙外,从来没有说话的机会。今天让她们也讲讲,好吗?来,甜草先讲,大伙儿给她呱唧呱唧!"她带头鼓掌。

大伙儿都跟着鼓起掌来。

甜草涨红了脸说:"我不讲了。八月姐、春龙哥,还有大鹏哥,你们都是大学生。我们还是想多听你们讲!"

高海林说:"嗨,让你讲你就讲嘛,省得在家总对我一个人叽叽喳喳地说个不停!"

甜草娇嗔地说:"哥!你咋还出卖我哩?!"

众笑。

成大鹏说:"再一次热烈鼓掌!"

掌声又响起。

甜草忙说:"别鼓了,可别鼓了!你们一鼓掌,我就不会说话了。"

彩云向她丢一个眼色说:"甜草,讲!"

甜草清清嗓子说:"那好吧……咱们在座的,除了大鹏哥之外,都是村里的年轻人。

在咱们这些年轻人里边,春龙哥、八月姐跟我们几个还不一样,你们俩是念过大学回来的。我们几个呢,从小就没怎么离开过这个小村子,因此想事情,看事情,做事情的角度也许跟你们就不完全一样。"

春龙、八月、大鹏听了这话,脸上都有一些惊异的神色。

春龙说:"接着说,哪不一样?"

甜草说:"这些天,我跟彩云姐总在一起琢磨。我说的,是我们俩的意见。"

成大鹏笑着对彩云说:"哟,甜草还有后台呢!"

彩云不无得意地一笑。

甜草说:"我们说得也不一定对,可我们心里真是这么想的。春龙哥和八月姐,你们俩回村来了,跟大鹏哥还不一样,大鹏是长着翅膀儿的,说不定哪天就飞走了;可春龙哥和八月姐,你们俩就得帮我们想得更长远点儿!"

八月说:"甜草,我们要是不往长远想,能办这养牛场、养猪场的吗?"

甜草说:"秋水啊,我说话,你替我给大伙儿倒茶。"

秋水说:"好咧!"

彩云也说:"甜草,你讲细点儿。倒茶的事,我跟秋水承包了。"

甜草笑笑,说:"八月姐呀,你们张罗办养猪场、养牛场好不好?好!可你们俩回到村里来,如果只干这么两件事儿,那可是拿高射炮打蚊子——大材小用了。"

众人听了甜草这话,都笑了起来。

高海林不无得意地看着他妹妹。

秋水说:"我、甜草和彩云姐,都是村里土生土长的。甜草说的,也对我的心思!"

彩云对秋水说:"秋水你别打岔啊,听甜草说。"

成大鹏说:"掌声再一次响起来!"

大家又鼓掌。

甜草笑着说:"你们一个劲儿鼓掌,这话我还能再往下说嘛!"

春龙说:"说,你接着说呀。"

甜草看看大伙儿,"扑哧"一声笑了:"你们都这么瞅着我干啥?这气氛太严肃了吧?"

八月笑着插话说:"这是你的话把大伙儿给镇住了。"

甜草笑盈盈地说:"要是我的这些话就把大伙儿给镇住了,那我下面就再隆重推出一个人来,让彩云姐接着镇镇你们,好不好?"

彩云忙说:"甜草,别的呀……你接着说吧!"

甜草说:"大伙儿鼓掌欢迎!"

成大鹏说:"对,让我们掌声响起来!"

彩云满脸绯红,说:"那……我就再补充几句儿吧。"

大伙儿都注视着她。

彩云看一眼成大鹏,又清清嗓子,说:"在咱们村儿,八月姐,还有我哥,你们俩是最有知识的人了。可你们现在光顾着干自己的事儿,这可不行。村子里的事情,你们都得多费费心,多伸伸手!"

成大鹏很欣赏地注视着她。

彩云从他的目光中得到鼓励,继续说:"你比方说,塑料大棚里头,怎么弄光线才能更好,保温性才能更好?种什么菜经济效益更好?养猪养牛养鹿,怎么养村里的老百姓才能挣到更多的钱?"

成大鹏微笑着望着他,目光中有异样的光芒。

彩云讲得更来劲儿了："还有……咱们村儿，头两年挖了不少沼气池，可是一到了秋天、冬天，沼气就不好用了，家家户户都还得抱柴火做饭！这些事儿，我们只是先把问题提出来，看你们能不能想办法解决解决。这，可都是对全村人直接有好处的事儿。"

彩云的话音刚落，春龙就站起来说："我举双手赞成。刚才，甜草和彩云，说得都很好！"

八月也站起来说："她们俩这些话，像是在我的脑门儿上拍了一巴掌。这些事儿，咱们还真得在一起好好商量商量。"

成大鹏却一脸严肃地说："我有不同意见！"

大伙儿的目光都齐刷唰地转向他。

甜草和彩云也惴惴不安地望着他。

成大鹏看她们俩一眼，说："彩云说的，都对；可甜草呢，你说的只有百分之九十五正确，有一句话，我很有意见！"

甜草谦恭地说："大鹏哥，你说。"

成大鹏笑着问："你凭啥说我是带翅膀儿的呢？"

彩云说："因为你是城里人呗！"

成大鹏说："我是城里人不假，可你们大伙儿都知道，咱们老龙岗是我妈当年下乡插队的地方。我要是也想弯下腰在这儿干点儿事，你们不欢迎啊？"

甜草说："你成天整那些泥塑啥的，我们瞅着是挺好，可……离我们的生活还真的有一点儿远。彩云姐都跟我说过好几回了，咱们松花江边有很多浪木，不少人都在开发它，用它们制作艺术品。我觉得，她说得有道理。大鹏哥，还有我哥，你们都应当往这一方面想一想。"

成大鹏说："呀！我今天有一个重大发现，平时给咱们端茶倒水儿的甜草，肚子里的道儿还真不少呢！"

彩云听他夸甜草，多少有点儿不自然。

成大鹏接着又说："在甜草的背后，还藏着一个女卧龙先生，一个小诸葛儿。她是谁呀？就是总给咱们跑里跑外的彩云！"

彩云高兴了，笑着说："可别把我捧那么高，万一摔到地上可没人接着。"

八月说："怎么没人接着？我接着。你们刚才说得可真是太好啦！你跟甜草，真的是动脑筋了。你们出了不少好主意。"

秋水递给彩云和甜草每人一杯茶，说："来，都润润嗓子。"同时，她自己也拿起一杯，笑道："我以茶代酒，敬敬你们俩，你们把我的心里话都给说出来了！可……说实话，这茶碗儿实在太小，你们俩慢慢品吧，我就一口干啦！"

大伙儿被她给逗得开心地大笑。

3. 关小手家，夜

关小手拍着"小鞭杆子"的肩膀说："行了，今天你学得挺快，我看就到这儿吧。"

"小鞭杆子"看看表说："师父，再练一会儿呗。"

关小手瞅瞅"小鞭杆子"说："不用了，赶在文化书屋活动结束之前你就回去吧，我还得去接秋水呢！"

"小鞭杆子"忙说："师父，今天你连比画带扭的，也累得够呛了。要不……我替你去接秋水？"

关小手哈哈笑道："行啊，你还知道我累了，想帮我。我看出你是个感情丰富的人，有心眼儿，不傻！"

"小鞭杆子"说:"那……师父,我就去接秋水啦。"

关小手说:"不用你去接秋水,还是我送你吧。"

"小鞭杆子"说:"师父,咱俩谁跟谁呀?你挺累的,还送我干啥呀!"

关小手说:"不行,得送。天这么黑了,我看着你走,放心。走吧,走吧,你开车回镇上去吧。走走走……"说着往外送"小鞭杆子"。

4. 关小手家院门外,夜

"小鞭杆子"的那台小四轮子停在门口。

李大翠从外面回来,正遇上从屋内往出走的关小手和"小鞭杆子"。

李大翠问:"你们这是要干啥去?"

"小鞭杆子"说:"师父今天教我特别累,我想替他去接接秋水,他说啥不同意。师娘,你说……我这心里咋还觉得挺不对劲的呢!"

李大翠顿时明白了,笑眯眯地说:"这事儿,就听你师父的吧!你心里要是觉得有一点不对劲儿了,那他这心里就对劲儿了;你的心里要是觉得对劲儿了,那他的心里反倒就会觉得有点不对劲儿了!"

"小鞭杆子"无奈地望着关小手和李大翠说:"那我就真走啦。"

关小手说:"上车吧,上车吧。"

"小鞭杆子"上了车,却调过车头来,向另外一个方向开去了。

关小手说:"你咋往哪边开啊?"

"小鞭杆子"说:"文化书屋那边活动还没完呢,我去看一眼。"说完,开着车走了。

李大翠问关小手:"你今天咋这么早就把他给放走了?"

关小手说:"你还没发现啊?他走得越晚,咱们秋水也回来得越晚!"

李大翠说:"咱不是都调查过了吗?'小鞭杆子'这人挺仁义的。你咋还这么防着他?"

关小手说:"耳听为虚,眼见为实。我不把他品透了,不能让他往秋水身边贴乎。"说完,背着手走了。

李大翠在背后问他:"干啥去呀?"

关小手边走边说:"去文化书屋。我就不信,他'小鞭杆子'能在我眼皮底下把秋水领出去!"

5. 通向文化书屋的村街,夜

八月妈挎着一只筐,风尘仆仆地走在村街上。

"小鞭杆子"开着小四轮子过来,看见她,忙刹车,说:"大姑,你这是上哪儿了?"

八月妈没回答他,却勾着手说:"'小鞭杆子',你下来,下来!"

"小鞭杆子"跳下车,走近她,抽抽鼻子,说:"大姑,你喝酒了?"

八月妈点头说:"嗯,喝了几盅儿,后村长贵媳妇请客。"

"小鞭杆子"说:"哪个长贵媳妇啊?"

八月妈说:"就是卖咱们假鹿鞭那个!"

"小鞭杆子"惊愕地说:"大姑,她的酒你也敢喝呀?就不怕她给你下毒药?!"

八月妈嗔怪地说:"你这小子,别把人想得那么坏!出了这件事儿,她肠子都悔青了,两口子来请我,又要磕头又作揖的,你说我能不去吗?"

"小鞭杆子"不语了。

八月妈这时又说："这事儿，满天的云彩就算全散了。长贵媳妇说，你往后别忘了还到她家去收货。"

"小鞭杆子"说："大姑啊，我脑袋没进水，小时候也没被门弓子抽过，更没让驴蹄子踢过，我有记性！我不可能再上她的当了！"

八月妈说："可人家都拍胸脯儿了，说以后绝对不会再卖假货啦！"

这时候，关小手走过来了。

关小手跟八月妈打招呼："姐呀！"

八月妈问他："你干啥去？"

关小手说："接秋水！"

八月妈笑了，说："秋水都多大了？你还当小孩子看啊！"

关小手看看"小鞭杆子"，意味深长地说："不怕一万，就怕万一啊！"

6. 文化书屋门前，夜

春龙、八月、甜草他们有前有后地走出来。

这时关小手也到了。

八月迎过去，说："舅，贷款担保的事，我爸我妈那儿连门儿都没有，我就得靠你了。"

关小手说："钱，倒不是问题，可……你嘴得严实点儿啊！我给你拿钱雇推土机，让你妈知道都把舅给骂苦了！这回，你连秋水也别告诉，啊！"

没想到，这话让秋水给听见了。她忙走过来，说："爸，啥事儿对我保密呀？"她的脖子上，围着"小鞭杆子"送她的那条好看的花围巾。

关小手笑道："耳朵比兔子都长！没啥事儿，我就是让你八月姐帮你琢磨个对象儿。"

秋水说："可得了吧，我的对象儿用不着你们帮助琢磨！"

这时候，"小鞭杆子"开着小四轮子来了，一见关小手在这儿，没敢停。

秋水扬手朝他打了个手势。

他径直往前开去。

关小手喊秋水："秋水啊，走吧！"

秋水只好跟他往家走去。

八月转向春龙，说："春龙，我看咱俩也分分工。种蔬菜的课，我给大伙儿讲讲；养猪养牛养鹿那些事儿，你给大伙儿讲讲；村子里沼气池改造的事儿，等咱们拿出办法了，再跟我爸他们说。"

春龙说："好哇！"

八月说："多亏甜草了！她今天要是不把话说明白，我压根儿就没想到还有这么多的事儿可做。"

春龙说："以前可真没看出来，甜草不简单哩！"

7. 村街拐弯处，夜

关小手边走边问："秋水，你这条围巾是哪儿来啊？"

秋水说："别人送的。"

关小手说："你说的这个'别人'是谁？"

秋水说："爸，你咋这么愿意刨根问底呢？"

关小手说:"我不是关心你嘛!"

这时,秋水突然一拍大腿说:"呀,坏啦!"

关小手说:"咋的啦?"

秋水说:"我把山货庄的钥匙给落到文化书屋了!爸,你先走吧……"说着,拔腿就往回跑。

关小手急喊她:"哎……"

可秋水早就跑得没了踪影了。

8. 樱桃妈家,夜

酒仙儿妻和樱桃妈坐在炕沿边上说话。

樱桃妈一边绣着鞋垫儿,一边对酒仙儿妻说:"从打樱桃和春虎走了,我就总觉得这心里头空落落的。白天忙忙这儿忙忙那儿,还好一点儿;一到了晚上,就翻过来调过去地睡不着。我也常劝自己,光惦记也没啥用,睡吧,可……就是睡不着!当妈的人,都是这个样儿。"

酒仙儿妻说:"你这鞋垫儿绣得可真挺好,是樱桃的吧?"

樱桃妈说:"这双小点儿的,是樱桃的;这双大点儿的,是春虎的。"

酒仙儿妻拿过那副大点儿的鞋垫儿,翻过来调过去地看,然后说:"你看,连春虎也得让你操心。"

樱桃妈说:"嗨,我就樱桃这么一个闺女,将来春虎不也跟儿子一样吗!"

酒仙儿妻说:"可也是。我就春虎那么一个儿子,将来樱桃不也跟闺女一样吗!"

这时,高德万的二胡曲《江河水》从窗外飘来……

9. 高德万家的院子里,夜

高德万坐在那儿拉着二胡。

甜草从屋内出来,手里拿个香瓜,"啪"地砸开,咬了一口,说:"嗬……"

她走到高德万身边,递半个给他,说:"爸,你尝尝。"

高德万接过,吃了一口。

甜草问:"咋样?特甜吧!"

高德万微微笑了,说:"没看是谁拿来的!经我闺女甜草拿过的瓜,还能不甜!"

甜草甜甜地笑了。

高德万说:"你哥呢?咋还没回来?"

甜草笑道:"不用问,准是在成大鹏那儿!"

10. 老龙岗到小镇的路上,夜

小四轮子停在路边。

秋水和"小鞭杆子"站在车旁。

"小鞭杆子"说:"秋水啊,你这么晚了还不回家,你爸你妈肯定能猜到你是跟我在一起呢!要不,你早点儿回去吧。"

秋水说:"没事儿,咱们再待一会儿。你看,这四周围一点动静都没有,只有风吹着庄稼叶子沙啦啦地响,天地之间就咱们俩,这感觉多好!"

"小鞭杆子"说:"感觉是挺好,可我怕你爸你妈感觉不好。"

秋水说:"你总说我爸我妈干啥呀!"

"小鞭杆子"憨憨地笑着,说:"我总说你爸你妈,还不是为了有一天……他们也能顺利地成为我爸我妈吗！"

秋水怔怔地看着他，良久才说："呀，'小鞭杆子'，从打我认识你，你就这句话说得最有水平！"

11. 关小手家，夜
李大翠正坐在炕边吃黄瓜。
关小手沮丧地进屋。
李大翠问："秋水呢？"
关小手不说话。
李大翠突然咯咯地笑出声来。
关小手不耐烦地说："你笑啥呀？"
李大翠边吃黄瓜边说："我笑你！"说着，还唱了起来，"我家有个小呀小关公，你说他多能就有多能，过五关，斩六将，单刀赴会逞英雄，可就是最怕那个小秋水儿呀，在他闺女面前走了麦城……"
关小手摆摆手说："人家正闹心呢，你咋还唱上啦！"
李大翠说："闹啥心啊？不是有那么一句老话吗：会看人的看住心，不会看人的才去盯着身。人是长着两条腿儿的动物，那身子是活动的，你还能看得住啊！"
关小手说："妈的，这'小鞭杆子'，叫我真犯琢磨！这才几天啊，就把秋水的魂儿给勾走啦！你别说，那小子还真挺会的。我看秋水脖子上围着条新围巾，准是他给的！"
李大翠说："年轻人的事儿，多理解吧。咱俩搞对象儿的时候，我爸我妈不是也看不住我吗！那时候，你一想见我，就趴在我们家房后学鸡打鸣儿，学狗'汪汪'，现在人家不用了，有手机，可以打电话、发短信；还有电脑，可以发'伊妹儿'，可以在网上唠嗑儿，连照片都能传。咱那时候都看不住，现在你还能看住？！"
关小手蹙着眉，说："你咋还一口一个'对象儿''对象儿'的呢？我发现，从打调查回来，你对那'小鞭杆子'恨不起来了！"
李大翠说："我恨人家干什么啊？一家女儿百家求，咱秋水儿没人追就好啊！"
关小手不吭声了，只是长长地叹了口气。
这时候，李大翠凑近她，把自己吃剩的一小段黄瓜尾巴塞进了他的嘴里，说："别着急，吃口黄瓜解解渴。"
关小手嚼了两口，赶忙吐了出来，说："哎呀，咋这么苦哇？你是不是把黄瓜尾巴塞我嘴了？！"
李大翠咯咯地笑出声来，说："我不是想给你败败火吗！"
关小手又一连"呸呸"地往外吐了好几口……

12. 酒仙儿家的小院儿，晨
一声响亮的鸡啼。
晨光照亮了酒仙儿家的小院。
门开了，酒仙儿从屋里走出来。他伸了个长长的懒腰，这一伸使他好像是换了另外一个人：他脸上的气色、眼神儿，都仿佛变成了另外一个样子，身上仿佛有了蓬勃的朝气。
他拿起扫帚打扫着院子。
隔院儿的春龙妈，正在柴火垛旁抱柴火。她看着酒仙儿的样子，眼神里流露出几分惊异。
酒仙儿撂下扫把，又拿起水桶。他把水桶放在井旁，压起水来，井口有清亮亮的水流淌出来。

酒仙儿拎着两桶满满的水，往屋里走。

酒仙儿妻扎着围裙，把门打开说："你今儿个是怎么啦，是不是睡毛愣了？"

酒仙儿说："你才睡毛愣了呢？告诉你，我柳茂财想换个活法儿了！"

酒仙儿妻笑着说："心血来潮，没有三天的新鲜头儿！"

酒仙儿对酒仙儿妻说："你这娘儿们，乌鸦嘴！你就不能改改，也像喜鹊叫似的，给我说点儿鼓励的话。"

酒仙儿妻说："我不是小看你，你要是能坚持十天半个月的，我就服你。"

酒仙儿瞅瞅酒仙儿妻，说："你这是激将法儿，对不？你再这么说反话，再打击我的积极性儿，我可撂挑子不干啦！"说着，把水桶里的水倒进缸中，又拎着两只空桶出去了。

酒仙儿妻的脸上浮现出久违了的笑容。

13. 田野中，晨

杨立本和柳茂祥在玫瑰色的晨曦中，走在丰硕的田野上。

杨立本说："……等秋收忙过去了，等咱们把粮食都收到家了，咱就得好好商量商量村子里头的事儿了。眼下，公路已经通到了咱们村里，可八月跟我说，她跟春龙都觉得光有'村村通'还不行，还得搞好'户户通'，让每家每户门前都有路，都直接通到'村村通'公路上。"

柳茂祥说："说得轻巧，那得有钱啊！"

杨立本说："哎，你对孩子也别有成见！他们见识比咱们广，脑瓜儿比咱们灵。养猪、养牛这些事儿咱们不支持，不等于他们说什么咱们都非得跟他们拧着干。"

柳茂祥说："立本，你是村主任，你心里这杆秤可得拿稳，千万别驴打江山马坐殿。这帮小崽子，你给他们搭个梯子，他们敢上天摘月亮！"

杨立本说："放心，我拿得稳。我不是跟你说过吗？咱这树根不动，他们那些个小树梢儿白摇晃！"

柳茂祥摇摇头，不语了。

这时杨立本说："哎，你说，要是修'户户通'，那钱村里拿一半，各家的拿一半，行不？"

柳茂祥说："那我得回去问问我媳妇。"

杨立本轻蔑地一笑，说："一个大老爷们儿，在家里也得挺起点儿腰杆来，别啥事儿都听媳妇的！"

柳茂祥也同样轻蔑地一笑，说："我看见你那'腰杆儿'啦！你哪样儿不听八月她妈的？她说灯，你就添油儿；她说庙，你就磕头……都一个村住着，谁不知道谁呀！"

杨立本被揭了短，反倒笑了，说："她的级别在那儿，我一点儿不听她的也不合适吧？"

柳茂祥说："她有啥级别呀！"

杨立本说："我是村主任对吧？"

柳茂祥说："那对。"

杨立本说："那……她不就是咱们村儿的第一夫人吗！"说完，自己先笑了。

柳茂祥也被逗笑了。

14. 八月家的塑料大棚里，晨

八月一边在大棚里拎着喷壶浇菜，一边看着大棚上面的坡度、角度。她细细地琢磨着，手里拎着的喷壶，水洒在了一处，已经从菜畦中溢出来。

杨立本从门外进，见状忙从八月的手中抢过喷壶，笑着说："大小姐，浇菜有你这么浇的吗？把菜根儿都浇出来了。"说完，他拎着喷壶均匀地把水洒到菜畦上。

八月说："爸，咱们家这个塑料大棚，我看得改造改造了。改造好了，不但采光好，保温好，冬天也不用烧火取暖了。"

杨立本一听，笑了，说："你们这些大学生啊，恨不能个个都像孙悟空，能腾云，能驾雾，能一个跟头翻它十万八千里！咱们东北，冬天冷着呢！要是扣大棚冬天不烧火，我的这些菜……不等于你们在大雪地里穿连衣裙吗！八月，往后，这些根本不行的事儿，咱就不说了，好吗？"

八月看了他一眼，没说话。

杨立本说："咋的，又觉得跟爸没共同语言了，对吧？"

八月笑了，说："爸，你说中国话，我也说中国话，这不就是咱俩的共同语言吗！"

杨立本想了想，说："哎，你这话……好像还是挖苦我啊！"

八月调皮地说："老爸，我哪敢挖苦村里的'一把手'啊！"

杨立本笑道："你看，你的这句话还是挖苦！"

八月笑眯眯地想从他手里接喷壶。

杨立本不给她，说："这不是你干的活儿，一边歇着去！"

八月却一把抢过，说："爸，我浇菜，你进屋去练练倒立吧！"

杨立本不解地说："我练倒立干啥呀？"

八月说："爸，你不是亲口说过吗，我要是把村东头那片大洼地给平了，你就大头朝下围村子爬三圈儿。我平好啦！"

杨立本瞪她一眼，说："没大没小，没老没少！"

八月半是撒娇半是认真地说："咱说话，得兑现。爸你想不爬也行，那就得给我做贷款担保。"

杨立本指着大棚的门说："八月，你看好，门在那儿！"又指指大棚的四周说，"门不在那儿，也不在那儿！"说完，把手一背，走了。

八月噘起嘴儿瞪他一眼，然后又开始浇菜。

她喷壶中的水，均匀地洒在那些青枝嫩叶儿上……

15. 小镇的街道旁，晨

"小鞭杆子"车上拉着货，停在了樱桃的煎饼摊儿前，交了钱吃煎饼。

春虎见"小鞭杆子"过来了，忙放下手里的活计走过来，说："金宝哥，一会儿你上哪去？"

"小鞭杆子"笑着说："呀，听别人管我叫'小鞭杆子'听惯了，你这一声'金宝哥'还真把我给叫蒙了！我先去收山货，收完了送到你们村儿。"

春虎说："我再麻烦你点事儿呗。"

"小鞭杆子"说："又往家里捎钱？"

春虎说："不是，我想给我爸捎两瓶酒回去。"

"小鞭杆子"笑着说："都说'知子莫如父'，我看'知父也莫如子'。春虎啊，你这两瓶酒捎回去，你爸得乐得拎着它们满村子转三圈儿！他呀，是真好这口。"

春虎说："我妈反对他喝大酒，我也反对。可我这当儿子的，挣着钱了，总得给老爸买点儿啥吧！他好这口，我就给他买两瓶儿吧，也算是我对老爸的一份孝心。"

"小鞭杆子"说："行，我给你捎着！"说完，把两瓶酒放在了小四轮子上。他一边吃着煎饼合子一边说："我走了啊！"开着小四轮子走了。

16. 酒仙儿家，晨

酒仙儿妻正忙着做饭，酒仙儿在一旁帮着洗菜。

酒仙儿妻说："哎呀，你轻点儿，崩得满地是水！"

酒仙儿忙顺从地控制了自己的动作。

酒仙儿妻开始炒菜。

酒仙儿忙起身去看。

酒仙儿妻说："你躲开点儿，看崩到你身上油星子！"

酒仙儿说："别，我细看看，我得学着点儿。"

酒仙儿妻说："这是我们老娘儿们的活，你学这玩意儿干啥呀？"

酒仙儿说："我学会了，不就省得你小卖店、家里两头忙活了吗？，我做好了饭菜，可以打上包，给你送过去。"

酒仙儿妻边把菜盛在盘子里，边对酒仙儿说："茂财啊，我现在一阵一阵的，咋觉得你好像不是现在的你了呢！"

酒仙儿说："那是哪个'你'啊？"

酒仙儿妻说："是过去的你，是当年追我时的那个你！"

酒仙儿伸出手，用指尖从盘子里抓了一点儿菜，塞进嘴里，边吃边说："当年哪是我追你呀，不是你追我吗！"

酒仙儿妻娇嗔地瞪他一眼，说："好，等哪天，我当着春虎和樱桃的面儿抖搂抖搂你的老底！"

酒仙儿又伸手从盘子里抓了点儿菜，送到妻子的嘴边，说："得，我还是先把你的嘴给堵上吧！"

酒仙儿妻说："你手脏不脏啊？"

酒仙儿说："我的手还能脏！"

酒仙儿妻瞪他一眼，说："就你的手才脏呢！"说完，张开嘴，接了过去。

酒仙儿挺动感情地看着她。他伸出手，轻轻拍拍她的背，说："淑芬，你放心，往后我再喝酒，就不是我妈生的，是你生的！"

酒仙儿妻笑道："你说啥傻话呢！"

这时候，灶膛里的火蔓出来了。

酒仙儿妻"呀"了一声，忙去踩火。

酒仙儿也赶紧跑过来帮忙。

他们三下五除二就把火踩灭了。

酒仙儿笑嘻嘻地说："你老公我……还挺见义勇为的吧？"

酒仙儿妻瞪他一眼说："还见义勇为呢！我干活儿，你添乱，这火，就等于是你放的！"

他们俩都笑了。

17. 村东头的那片洼地上，日

春龙、八月、高海林一起走过来。

八月对高海林说："海林哥，你就先从这儿，给我们立起一道分界线，看看把我这片地圈起来，需要多少木材？"
　　春龙说："我那片，你也给算算。"
　　高海林说："好！"他拿着米尺，在地里量了起来。"
　　八月对春龙说："村里沼气池改造的事儿，我想出一个主意。现在，池盖上边，都用水泥给抹死了，到了秋、冬季节，阳光透不进去，热产生不了，当然沼气也就不足。咱们可以把顶盖儿给改造一下，弄一块透明的真空玻璃铺在上面，到了晚上再用垫子把它盖上。这样，沼气肯定充足。"
　　春龙说："可以试试！不然，一家一个大柴火垛，风刮得哪都是，村容村貌也不好！"
　　八月说："就先拿我们家的沼气池做试验吧。海林哥，你也得伸手帮忙。"
　　高海林直起腰说："有用着我的地方，你们尽管说，一招手，我就来。"
　　八月说："你干活儿有门道。沼气池上面的玻璃怎么镶？镶多大的合适？怎么个角度？镶完了，怎么把它封好？这些事儿，就都得靠你了。"
　　高海林笑着说："这些活儿，都是小菜一碟儿！"
　　这时候，关小手走了过来。他站在路边，远远地招呼着八月："八月，你过来！"
　　八月便朝他走去了。

18．村中小卖店，日
　　樱桃妈把用塑料袋装好的绣花鞋垫儿放在了柜台上，对酒仙儿妻说："你这儿肯定常有送货的车回镇去，就先放你这儿吧，方便的时候给春虎樱桃他们捎去。"
　　酒仙儿妻说："这好办，天天都有车。"
　　樱桃妈转身欲走。
　　酒仙儿妻说："忙啥呀？坐会儿呗！咱姐俩儿也说说话儿！"
　　樱桃妈说："不坐了，你这头忙着，我家里也忙着。"
　　酒仙儿妻说："你一个人在家，有啥忙的？吃完晌午饭再走呗！"
　　樱桃妈说："不行，德万大哥正帮着修理那些旧家具呢！""说完走了。
　　酒仙儿妻拿起那些鞋垫儿，望着樱桃妈的背影。

19．村东头洼地边的树林子，日
　　关小手正跟八月说着话。
　　纵深处可见高海林在量地，春龙帮他拉着米尺。
　　关小手对八月说："这么说，你爸你妈的工作肯定做不通了？"
　　八月微微摇头。
　　关小手说："那……舅就跟你长话短说了，我给你担保！咱爷俩的事，就限于咱们爷俩，见了秋水和你舅妈也别跟她们说。秋水总跟你妈在一起，说不准啥时候又会从嘴边给溜达出去；你舅妈呢，没坏心眼儿，可嘴太松……"
　　这时候，成大鹏拉着小车过来了。
　　八月说："大鹏哥，你怎么还拉土啊？"
　　成大鹏说："这车土，不是搞泥塑的，是给小学校的孩子们上手工课用的。"

20．樱桃妈家，日
　　高德万在院子里用刨子推着木头，地面上落了不少刨花子。
　　樱桃妈给高德万倒了一碗凉白开，放在窗台上。

高德万看了樱桃妈一眼。

樱桃妈也默默地看了他一眼。

两人眼里，都有着太多太多复杂的情愫。

21. 酒仙儿家的院子里，日

酒仙儿正往墙上挂着一串一串的苞米。

柳茂祥隔着墙，说："茂财啊，你怎么从一大清早就开始折腾，这太阳是从哪边出来了？"

酒仙儿停下手里的活计，笑道："从西边！"

他走到墙边，对柳茂祥小声说："哥，我说了你可别不信啊，我戒酒了！"

柳茂祥说："真的啊？"

酒仙儿说："那能有假吗！"

柳茂祥高兴地说："那好哇。茂财，你喝酒，花几个钱儿，我倒觉得没啥！我……最担心的就是你的身板儿，怕真的让酒给泡坏了！"

酒仙儿说："不喝了。哥，这回我真的不喝啦！"

"小鞭杆子"开着小四轮子，来到了院门前。

他喊道："叔——"

酒仙儿回眸，问："这儿有俩叔呢，你喊哪个叔？"

"小鞭杆子"说："喊你！"

酒仙儿说："有事儿啊？"

"小鞭杆子"说："给你捎东西来了！"

酒仙儿说："是不是又捎钱来了？这回可别给我啦，你直接送到小卖部去，给你婶儿吧。"

"小鞭杆子"说："这回给你捎的可不是钱。"

酒仙儿说："那是啥呀？"

"小鞭杆子"说："酒！你看，两瓶正经不错的酒呢！"

酒仙儿手颤颤地接过那两瓶酒，说："春虎这孩子啊，干着那么累的活儿，还想着给我捎两瓶酒来。"

"小鞭杆子"准备开车走。

酒仙儿却又喊住他，说："哎，你给春虎带个话儿吧，就说他捎回的这份孝心，我收下了；然后呢，你再告诉他，就说你茂财叔我戒酒了！"

"小鞭杆子"说："你戒酒？哦……反正酒我是给你捎到了，你喝不喝，就没我什么事儿了。"说着，他开车走了。

柳茂祥隔着墙头对酒仙儿说："你看，你说戒酒，连'小鞭杆子'都不信！"

酒仙儿说："哥，我真不喝了！要不……把这两瓶酒给你吧。"

柳茂祥说："我也不怎么喝酒，你别给我。春虎给你捎的，是孩子的一点儿心意，你不喝也先留着吧。"

酒仙儿说："那……我就把它摆在箱子盖儿上，成天看着它，看着孩子的一份孝心，也想着孩子在外边做活儿不容易。这样，酒就彻底戒利索了。"

22. 村委会院里，日

彩云往晾衣绳上晾着成大鹏的衣物。

成大鹏则往缸里的土上倒水，并不停地拿锹搅拌着。

23. 酒仙儿家，傍晚

那两瓶酒赫然地摆在箱子盖儿上。

外屋，酒仙儿扎着小围裙，一边洗菜切菜，一边往锅里倒着油，练习着炒菜。屋里充满了烟气、水气。

门开了，酒仙儿妻走进来。

酒仙儿妻咳嗽着说："你这是作啥妖呢？"

酒仙儿说："我不是说了吗，学炒菜！"

酒仙儿妻说："来吧，我来吧。"

酒仙儿却一摆手说："不用，你就站在旁边，指挥我就行了。"

酒仙儿妻往里屋一看，发现了箱子盖上放的两瓶酒，心里很生气，就说："行啦！我还没死呢！你放下吧！"

酒仙儿愣愣地看着她。

酒仙儿妻一把推开他，说："屋去吧！"

她开始炒菜，但动作很大，用锅碗瓢盆儿等各种炊具制造出巨大的响动，以宣泄内心的愤懑。

酒仙儿在旁边谦恭地看着，有点儿莫名其妙，但一声不敢出。

酒仙儿妻炒好了一个菜，盛在盘子里，酒仙儿伸手欲端，酒仙儿妻却厌恶地把他的手一扒拉，说："去去去，你急什么！"她自己端菜进屋。

酒仙儿跟入。

24. 里屋，傍晚

酒仙儿妻把菜盘子往小桌上"砰"地一扣，将菜倒在桌子上，端起空盘子转身就走。

酒仙儿火了，吼道："你这是干啥！"

酒仙儿妻沉着脸说："许你嘴急，不许我性急？你不是急着喝酒吗？我还急着刷盘子呢！"

酒仙儿委屈地说："我怎么急着喝酒啦？"

酒仙儿妻一指那两瓶酒说："你当我瞎啊？你又买了两瓶酒，就明晃晃地摆在那儿，我会看不见！"

酒仙儿这才明白了妻子发火的原因，禁不住哈哈大笑。

酒仙儿妻被他给笑蒙了，说："你笑啥？"

酒仙儿倏地沉下脸，说："你以为我又要喝酒了对不？你为了这才跟我使性子对不？你诬陷了好人你知道吗？你这是冤假错案！"

酒仙儿妻不屑地看着他，说："还我'诬陷了好人'！你要成了好人，就全世界找不出坏人！"

酒仙儿气得脑袋上青筋直蹦。他冲过去，把那两瓶酒从箱子上拎过来，"砰"的一声放在桌上，厉声地："你明天去问春虎，这酒是从哪儿来的！"

酒仙儿妻一愣，说："春虎？"

酒仙儿颤着声说："这是儿子给我尽的孝心，你知道吗？不信，你明天问'小鞭杆子'！"

酒仙儿妻一听，声音立刻小了许多，说："你这人，那……你为啥不早说！"

酒仙儿说："你一进屋就摔盆子摔碗儿的，给我说的机会了吗！"

酒仙儿妻愣在那里。

25. 八月家，傍晚

高海林、春龙、八月正站在一个沼气池边上。

八月说："来，咱们现在就把这水泥盖儿给它掀掉。"

春龙、海林两个人就用镐头刨着那个沼气池盖儿……

26. 酒仙儿家灶房，傍晚

酒仙儿妻正弓着腰炒菜。

她把炒好的菜盛在盘子里，然后扭脸朝屋内看。

27. 酒仙儿家里屋，傍晚

酒仙儿头朝里躺在炕上。他身边的小桌儿，已经摆上了好几盘菜。

酒仙儿妻又端菜进屋，然后坐在炕边，用手轻轻推酒仙儿，说："哎，起来吃饭了。"

酒仙儿不动。

酒仙儿妻说："你还要跟我闹绝食啊？"

酒仙儿仍不动。

这时候，酒仙儿妻真诚地说："行了，茂财，我这人脾气不好，但不是对你，是对酒。今天都怪我不好，你可别得理不让人啊！"

酒仙儿缓缓地睁开眼睛，说："你这句话的意思，是承认了错误，对不？是承认'理'在我这一边，对不？"

酒仙儿妻看着他，不语。

酒仙儿说："你不把这事儿掰扯明白了，我今天就绝对不起来！"

酒仙儿妻瞪他一眼，站起身收拾桌子，说："你不吃？那好，就算省下了。"

酒仙儿慌忙起身，说："哎哎哎，你别忙着收拾啊！我不吃，肚子不饿吗？你不让我喝酒，我戒了；可……你总不能连饭都不让我吃吧！"边说边抓起筷子。

酒仙儿妻望着他，啼笑皆非。

酒仙儿狼吞虎咽地吃起来。

酒仙儿妻想了想，一欠身，把那两瓶酒拿过来，放在桌子上，说："这是儿子孝敬你的，你就把它们喝了吧！要戒，也得把这两瓶儿喝了再戒！"

酒仙儿盯着那两瓶酒，馋得垂涎欲滴，说："淑芬，你说的是真心话？"

酒仙儿妻点点头，说："行啊，你喝吧，不然，儿子的那片心不是白费了吗！"

酒仙儿乐得差点儿蹦起来，忙伸出手把酒瓶子抓过来，然后便迫不及待地凑到嘴边用牙去咬瓶盖儿，可刚咬了两下，却又停住了。他把酒瓶子从嘴边移开，缓缓地放回桌子上。

酒仙儿妻怔怔地看着他。

酒仙儿开始吃饭。

酒仙儿妻问他："咋又不喝了？"

酒仙儿沉重地摇摇头，说："淑芬，你要问我看见这酒馋不馋？那我告诉你，真馋！喝酒的人，没有酒，吃饭都觉得没味道！可我……说不喝，就坚决不喝了！我得把这两瓶酒摆在那儿，把它们当成春虎和樱桃，一看见他们，就想起那俩孩子在风里吹着呢，在雨里淋着呢，在日头底下晒着呢。儿子孝敬我，我也得值得儿子孝敬！这酒戒了，真的……戒了！"

酒仙儿妻听了他的这番话，抽抽鼻子，撩起衣袖揩眼角的泪。
酒仙儿说："淑芬，我戒酒，你应当高兴啊，咋还哭了？"
酒仙儿妻抽泣着说："我是高兴得哭了。"
酒仙儿说："看看，你高兴，得乐，咋还哭了呢！"

28. 八月家，傍晚

沼气池盖终于被打开了。
八月对高海林说："你量好尺寸，就照盖儿这么大，镶一块真空玻璃。转圈再密封好，这个沼气池肯定就好用了。"
这时候，八月妈突然出现在他们面前。
她惊慌失措地嚷道："呀，你们也太胆大包天啦！这池盖子咋还给我掀开了呢？你们赶紧住手！这要是熏着人，整失了火，不是吃不了兜着走吗！"
（第十一集完）

第十二集

1. 八月家后院儿，傍晚

八月妈发现高海林、八月、春龙动她家的沼气池，急得嚷起来。
八月说："妈，我们这是搞沼气池改造呢，不然，它都快成摆设了。"
八月妈说："这本来不就是个摆设吗！你看，全村儿哪家不是一个大柴火垛，有几户用这沼气啊？你们千万别动了，看动出毛病来。"
春龙说："婶子，你不相信我，不相信八月，还不相信海林子吗？他这人，不论干啥活儿，都有道道儿。没把握，他不会给你瞎捅咕。"
八月说："妈，等咱们家试验成功了，那别人家的沼气池，也就都跟着改造了。"
八月妈满脸不悦地说："八月，你这是拿咱家的沼气池做试验啊？！好了好了，我不管了行吧？反正，要熏，熏死的也不是我自己；要着火，烧死的也不是我自己！你照量着办吧！"说完，一扭头，生气地回屋去了。
高海林对八月说："你妈生气了，咱们别干了吧？"
八月说："你怎么还打上退堂鼓了？干啊，怎么能不干呢！等咱们成功了，我妈用上沼气了，她还能生气吗？"
高海林依然犹豫，说："可别咱们一片好心，却让你们家闹矛盾。"
春龙说："这事儿，咱们就听八月的吧！"
他率先动手，把刨下来的混凝土块，装到地上的土篮子里。
八月赶紧过去帮忙。
高海林也重新干起来。

2. 八月家，傍晚

八月妈扎个围裙，正在做饭，可却有点儿心神不安。她不时地走到门口侧耳倾听房后的动静。
杨立本从外面回来。
八月妈忙说："你快去看看吧，八月她们几个正在那儿大闹天宫呢！"
杨立本一听，忙奔后院儿去了。

3. 八月家后院儿，傍晚

杨立本惊异地看着八月他们几个，问："你们这是鼓捣啥呢？"

八月说："爸，我不是心疼你了嘛，想把这沼气弄好，省得你每年都得为家里准备过冬的柴火。"

杨立本瞪大眼睛，说："你当咱这儿是海南岛啊？这是东北！冬天阳光不充足，沼气用不了。我不准备柴火，你妈做饭烧手指头，烧大腿啊？！"

八月说："爸，你就等着吧，看我们怎么让你大冬天也能用上充足的沼气！"

春龙也说："杨叔，我们办事儿，都是有科学根据的，你就把心放到肚子里吧！"

杨立本说："你们几个，要真把沼气给村里解决了，那可真是去了我一块心病。为这事儿，我头疼好几年了！现在家家户户都有沼气池，可用吧，用不了多少；拆了吧，又太可惜！"

高海林笑着说："那……我们要是捅咕成了，你得奖励我们啊！"

杨立本说："至少也得用大广播喇叭，好好表扬表扬你们。"

杨八月说："爸，我们不用你表扬。叫我说，你就来点儿实在的，在一张纸上，给我们签个名儿就行了。"

杨立本笑道："你们都听见了吧？我这闺女，又挖苦她老爸呢！我又不是什么明星、大腕儿，我签什么名啊！。"

八月说："你不是明星、大腕儿，可你是村主任，是我爸啊。"

杨立本说："我的字儿写得可是不咋好。你们实在让我签，也行，但有一条，我只能往白纸上签，你要是拿个贷款担保啥的，我可绝对不签。"

八月说："那我们要你的签字有啥用啊！"

杨立本说："八月，你不用老想让我往窟窿桥上走，你爸我不傻。"

4. 镇上出租房内，夜

樱桃在一个案板上揉着面。

春虎正认真地盯着一只皮鞋看。在他面前的桌子上，摆放着好几双男女皮鞋。

樱桃走过来，说："你买了这么多皮鞋，想干啥啊？"

春虎说："樱桃，我寻思，我这辈子也不能光干擦鞋掌鞋的活儿呀！我正琢磨着，看能不能做手工皮鞋。"

樱桃说："做皮鞋？那可是个难活儿，跟擦鞋掌鞋不一样。"

春虎说："也没啥难的。把几种料备齐了，把手工活儿做得细一点儿，式样再新一点儿，就妥啦！"

樱桃说："可……人家皮鞋厂都是机器生产，你拿手工做，能有人要吗？"

春虎说："这你可就外行啦！我到网吧里查过，在人家国外，越是手工的东西才越值钱。瑞士手表你知道吧？"

樱桃说："那我能不知道吗？世界名表！"

春虎说："可最贵的瑞士手表，都是手工做的。人的脚，有大有小，有肥有瘦。就算是同一个人吧，左脚和右脚还不一样哩！我手工做，可以根据人的脚型，让穿鞋的人觉得最合适，最舒服。一旦咱们做出信誉来，我不信没人来订货！"

樱桃点着头儿说："你想的是挺好。"

春虎说："我做的会比想的更好。这么着，我就拿你做试验啦！过几天，我先给你做一双，咋样？

樱桃说:"行。不管你做得是好是赖,我都穿。只要是能伸进脚儿去,只要是两只鞋跟儿不一低一高,就行!"

春虎笑了,说:"你也太贬低我了吧?我要是真把那鞋跟儿给你做得一高一低,人家还不都得笑话我,说春虎那么一个帅小伙儿,咋还找了个瘸媳妇呢!"

樱桃撇着嘴说:"真不知羞,你帅在哪儿啊?咱俩成了,谁不说是你是癞蛤蟆吃上了天鹅肉啊!"

春虎说:"那是。网上都说了,不想当元帅的士兵不是好士兵,不想吃天鹅肉的癞蛤蟆,不是好蛤蟆!"

樱桃一听,不无得意地笑了,随手扔给他一个大苹果。

春虎接过来,把嘴张到最大,狠狠地咬了一口。

5. 酒仙儿家的院子,晨

酒仙儿抱着一大捆柴火,正往屋里走。

后村的长贵媳妇挎着筐,从他家门前经过,匆匆地朝前走去。

6. 山货庄门前,晨

秋水和"小鞭杆子"正从车上往下卸货。

长贵媳妇来了。

"小鞭杆子"一见是她,就拉着长声说:"哎呀,我没看花眼吧?哪阵风儿又把你给吹来了?"

长贵媳妇说:"小老弟啊,过去的事儿,咱就一笔勾销了,好不好?你也别拉着这么长的声儿跟我说话了。这回啊,我可是特意给你送真鹿鞭来了。"

"小鞭杆子"笑道:"你们家还能有真鹿鞭!"

长贵媳妇撩开小柳条筐上面盖着的布,说:"你看啊!我要是再给你们送假货,那还是人吗?"

秋水说:"你这个货,啥价钱啊?"

长贵媳妇说:"给你们打个五折吧,算我来赔不是啦。"

秋水说:"五折?那可不行!"

长贵媳妇说:"我这可都是正经货啊,要是再打太多的折……"

秋水说:"我不是那意思!我是说,也不能让你亏了。"

长贵媳妇说:"我说五折就五折吧。这样,我心里好受一点儿。"

"小鞭杆子"笑了,说:"看你这鹿鞭,倒是像真货。可你这么一折,却真把我给折蒙了。有句老话说:便宜没好货,好货不便宜!"

长贵媳妇说:"我这不是带有赔礼的性质吗,保准是好货又便宜。"

"小鞭杆子"说:"我呀,是一年遭蛇咬,三年怕草绳。秋水你看紧店门,我去找彩云给鉴定鉴定。"说完,抓过几条鹿鞭走了。

长贵媳妇对秋水说:"妹子,嫂子上回脸丢大啦。你看,在他眼里,我都成蛇了!"

秋水笑道:"他不过是随便打个比方!"

7. 酒仙儿家,晨

酒仙儿扎个围裙,正忙着洗菜切菜。他把葱花、蒜、姜等在灶台上摆了好多堆。

菜切完了,他又往灶口处加了一把柴火,然后回身用抹布擦了擦锅,拿起油瓶子,准备往锅里倒油。

156

他嘴里哼着快乐的小调。

8. 村委会院内、外，晨
彩云来给成大鹏送饭，却见甜草在院儿里，便停下脚，远远地看着。
成大鹏在缸里踹着泥。
甜草扶着缸沿儿说："大鹏哥，这些都是给我们学生做手工用的吧？"
大鹏说："对呀。"
甜草笑着说："那你出来吧，我进去踹踹！"
大鹏说："你可别了，这活儿太脏，可我一个人造吧。"
甜草说："你帮我们学校做事儿，我咋好袖手旁观呢？"
大鹏说："这哪是你们女孩子干的活儿！"
甜草说："你这是城里人的眼光。小时候，我最喜欢踹泥了。那时候，赶上下大雨，我，春龙、春虎，还有我哥、八月姐、彩云，我们就一起在院子里踹着玩！多少年没这感觉了，今天想踹踹！"说着，脱了鞋和袜子，挽起裤腿儿来。
大鹏笑了，说："你实在要踹，就踹吧。看见没，那儿还有一个缸，你哥就总在那儿帮我踹！"
甜草一听，说："好啊，那我就在这边踹了。"说着，她身子一纵，跳进缸里，真的踹了起来。
大鹏说："咋样？"
甜草嘿嘿地笑着说："又找回童年的感觉啦！"
彩云这时走过来，对成大鹏说："大鹏哥，吃饭啦！"
甜草说："彩云姐，给大鹏哥做啥好吃的了？"
彩云说："一两星星二两月，三两清风四两云，我把它们给烩在一起了！"
甜草说："还有你的心、肝、肺吧？"
彩云嗔怪地说："死丫头，说啥呢！"她往屋门口走了几步，又回过头说，"甜草，你踹两下就得了。这活儿，不是女孩子能干的，快出来吧！"
甜草说："我还没累呢，挺好玩的，再踹一会儿。"
彩云进屋去了。

9. 山货庄院里，晨
长贵媳妇挎着空筐往院外走。
八月妈、秋水和"小鞭杆子"在后面送她。
长贵媳妇回头对八月妈说："你看，我本想便宜点儿卖给你们，这心里还能好受点儿，可……你们这么一整，我不是更觉得欠你们的了吗！"
八月妈说："按质论价，买卖公平。"
长贵媳妇说："那我就走了啊！"
八月妈问："你咋来的啊？"
长贵媳妇说："我走着来的啊。"
八月妈说："秋水，你和'小鞭杆子'俩开车去送送。"
秋水痛快地应道："哎！"
长贵媳妇忙说："可别麻烦了。我溜溜达达的，就当着散心了。"
"小鞭杆子"说："你们这一边让送，一边不让送，我还真挺难办的。"
秋水猛一拽他："你说啥呢！上车！"

"小鞭杆子"只好从命。

秋水一回身,把长贵媳妇也拽上来。

长贵媳妇说:"不好意思啦!"

"小鞭杆子"说:"没啥不好意思的。我这个人啊,是别人给我一粒瓜子,我能还他三颗大枣儿。冲那天你卖假货,你碰我车轱辘一下都不行;可冲你今天这个样儿,你让我送多远,把我车轮胎磨漏了,我也不说二话。"

秋水说:"你得话痨了?闭嘴吧,开车!"

"小鞭杆子"顺从地驾车走了。

10. 村委会院里,晨

成大鹏和甜草依然在两个缸里分别踹着泥。

彩云在旁边的一个水盆里,反复地洗着一块毛巾,她的目光不时地投到大鹏和甜草的身上。

成大鹏说:"甜草,你在文化书屋里的那番话讲得好,不但让八月、春龙他们开始琢磨沼气池改造和冬季大棚保暖的事儿了,也叫我挺犯琢磨。我呀,过去光想着搞泥塑的事儿了,你说的松花江浪木,还真的是给我提了个醒儿!"

这时候,彩云拿着那块湿毛巾,过来给成大鹏擦着脸上的泥渍。

大鹏说:"彩云啊,别擦了,等会儿一块洗吧。"

彩云一边擦着,一边说:"你瞅瞅你,身上脸上都是泥点子,快成泥猴儿了。"

甜草调皮地说:"彩云姐,我的脸上也同样有泥点子啊,你这可是让我心里太不平衡啦!你总不能见了哥们儿,就忘了姐们儿啊!"

彩云转过脸来说:"甜草,我这不是得一个一个地来吗?你忙啥啊!"她走过去为甜草擦脸。

甜草笑眯眯地说:"服务质量得一样啊!"

彩云用温毛巾为她擦着,故意给她擦了个五花脸儿。

成大鹏一见,哈哈笑出声来。

甜草这才明白上了当,忙抓起一块泥巴,往彩云脸上涂去。

彩云笑着跑开了。

甜草嘿嘿笑着,把手中的泥巴朝她抛过去。

小院儿里,顿时让快乐的笑声给溢满了。

11. 山货庄门前,日

杨立本背着手来了。

八月妈正忙着,没看见他。

杨立本夸张地咳嗽一声。

八月妈说:"你来干啥?"

杨立本说:"咦?这山货庄注册时的法人代表,是我不是你。我来视察视察还不行啊?"

八月妈说:"你呀,就是正事不足,闲事有余!我说让你给成大鹏他妈打个电话,说说咱们家八月的事儿,你打还是没打啊?"

杨立本说:"可别提了。这个电话打的,人家苏教授把我好顿笑话!"他指指自己的脑袋说:"她说我这块儿守旧!"

八月妈说:"她也太不够意思啦!那成大鹏到咱们村连吃带住的,咋咱们求她个事儿，就这么难呢？"

杨立本说："唉，先别说这事儿了。刚才我看秋水和'小鞭杆子'开车往后村去了，你知道吗？"

八月妈说："那是我派的。"

杨立本说："你挺会派啊！你不怕那小子勾搭秋水啊？"

八月妈说："你'勾搭'这个词儿用得不大好！咱俩年轻的时候，也是你'勾搭'我吗？"

杨立本说："咦？我听你这意思，好像是……还觉得那'小鞭杆子'挺不错呢！"

八月妈说："不是不错，是相当好！咱们这个山货庄，收个山货，给山货打个包什么的，也真缺个青壮劳力。我想把他正式聘进来，你说行不？"

杨立本说："这事你定，问我干啥呀！"

八月妈说："你不是山货庄的法人代表吗！"

杨立本说："在山货庄，我是法人代表，这不假；可在咱们家，你不又是我的直接主管领导吗！"

八月妈笑着说："行，看得出你还不糊涂。"

12. 山路上，日

"小鞭杆子"和秋水从后村回来了。

"小鞭杆子"一边开车，一边笑眯眯地说："秋水啊，你说不就是送个长贵媳妇吗？大姑还让你跟来干啥呀？"

秋水说："你这种人，见了女的就动心，大姑是派我来监督你呗！"

"小鞭杆子"撇撇嘴，说："就长贵媳妇那样的，还能让我动心？秋水，我当你说实话，从打认识你，就是九天仙女来了，我都坐怀不乱！"

秋水说："啥叫坐怀不乱呀？"

"小鞭杆子"说："就是坐在我的怀里，我都脸不变色心不跳。"

秋水说："脸不变色好理解，因为你这人脸皮本来就厚。可心不跳，那人不就死了吗！"

"小鞭杆子"说："好哇，你咒我！"

秋水说："这你就不懂了，一咒十年旺！"

"小鞭杆子"看看她，说："秋水，你爸老说我贴乎你，他说的根本就不是事实。"

秋水说："你啥意思啊？这么说是我贴乎你了呗？"

"小鞭杆子"说："我看有点儿。"

秋水说："你停车，我下车！"

"小鞭杆子"喜眉笑眼地说："停车？车是那么好停的吗？开起来，想刹住就难了！再说了，我这个闸，还有一点儿不大好使！"

秋水惊愕地说："那闸不好使，你咋还开呢？"

"小鞭杆子"："我是说，我这个人'感情的闸'有点失灵了，八成要撞上一个人，她的名字……叫关秋水！"

秋水打了他一下，说："好好开车啊，不许分散注意力。"

13. 村委会院里，日

成大鹏和甜草坐在院子里，把脚插在水盆中，洗着脚上的泥。

彩云给他们往洗脚盆里加水，递毛巾。

大鹏对甜草说："你在文化书屋里讲的那些话，是拿镜子给我、春龙和八月，让我们都照了照脸。我们都看见自己脸上哪儿有泥巴啦！可我……也想对你说几句话，拿镜子照照你。"

甜草说："好啊。"

大鹏说："你觉得……你和你哥对你爸咋样？"

甜草说："那没说的！我爸把我们拉扯大不容易，我们俩都知道孝顺爸。我爸对我们俩，也挺满意的。"

成大鹏说："甜草啊，你以为光让老人吃好喝好穿好，就是孝顺了？"

甜草沉思地看着他。

大鹏说："你没听听你爸拉的那个胡琴，是个啥动静？我听着，觉得那像是你爸的心在哭！"

甜草惊讶地说："不会吧？我爸没啥不顺心的事儿啊！"

大鹏说："你呀，甜草！你可得多想想，看他有没有啥藏在心里不方便跟你们说的话？咱们这些当儿做女的，把老人心里的事儿都琢磨明白了，把他想做的事儿都帮他做到了，那才是真正的孝顺！"

大鹏擦脚，彩云忙过来帮他把洗脚水倒了。

甜草对大鹏说："你提醒得对，回头我还真得跟我哥好好说说。"

这时，彩云倒水回来了。

甜草的调皮劲儿又上来了。她一边擦脚一边说："彩云姐，把我的洗脚水也给倒了啊！"

彩云走过来，猛然用两只手揪住了她的腮帮子，笑着说："死丫头，张开嘴，吃我一口唾沫！"

甜草笑着挣扎。

成大鹏笑呵呵地看着……

14. 关小手家，黄昏

几只鸡在地上觅食。

关小手和李大翠坐在院子里一起扒葱择菜。

八月妈从院外进，手里提着一袋蘑菇。

关小手和李大翠忙站起来。李大翠说："呀，姐来啦！"

八月妈把手中的那袋蘑菇放到窗台上，对李大翠说："这是正经的山蘑菇，吃吧，味道可正啦。"

李大翠说："姐啊，你来就来呗，还拿啥蘑菇呢！"

八月妈说："你姐我不是开山货庄的嘛！你们要是吃好啦，吃了啦，再让秋水往回带。"

关小手说："姐，你来，不会是单为了送袋蘑菇吧？"

八月妈说："听说，那个'小鞭杆子'，是你们俩的徒弟了。我想把他聘进我们山货庄来，绝不会耽误你们演出，你们看行不？"

李大翠说："让他进山货庄？咱们秋水还是在那儿啊！"

八月妈说："在那儿又咋了？"

关小手说："姐，秋水成天在你身边。你看……那'小鞭杆子'跟咱秋水，有点儿'那个啥'没有？"

八月妈笑笑，说："让我看啊，他们俩肯定是有点儿'那个啥'了！"

李大翠忙问:"是有好感的'那个啥',不是别的'那个啥'吧?"

关小手忙拿手把她一扒拉,说:"他俩这才认识几天啊?除了有好感的'那个啥',哪能还有啥别的'那个啥'!姐,你瞅着'小鞭杆子'那小子人品咋样?"

八月妈说:"我和你姐夫,都觉得这小子不错,脑瓜儿灵,干活麻利!"

关小手沉吟了一下,说:"哦……"

15. 柳茂祥家院子里,薄暮时分

春龙妈对坐在桌旁喝茶水的柳茂祥说:"这地里的事儿,也都基本忙活完了。春龙的事儿,也得好好商量商量了吧?"

柳茂祥说:"商量个啥呀?人家是听你的,还是听我的!"

春龙妈说:"不能全都由着他!不然,还要咱这当爸当妈的干啥呀?他不是不乐意到城里去找工作嘛,咱就从现在开始下手,帮他张罗在城里找对象的事儿。"

柳茂祥说:"看把你能耐的!在城里,咱两眼一抹黑,连个捡破烂的都不认识!还想给春龙说对象?那不是张着嘴巴想吃天,找不着下嘴的地方吗?"

春龙妈说:"你不认识城里人,我不认识城里人,那不是还有认识城里人的人嘛!"

柳茂祥说:"谁啊?"

春龙妈:"远在天边,近在眼前。"

柳茂祥皱起眉头,一脸迷惑的神色。

春龙妈用手一比画,说:"就隔着一道墙,你往墙那边想!"

柳茂祥恍然大悟:"哦,你是说淑芬?"

春龙妈说:"她不是当年从城里下放到咱们村的知青吗?她娘家的人,不都在城里吗?"

柳茂祥说:"有空儿可以跟淑芬提提。那也得跟她说明白,咱们春龙管咋说,也是个大学毕业生,不知根知底的,条件一般的,咱都不要!"

春龙妈说:"你跟她提,还是我跟她提?"

柳茂祥说:"你呗!你们都是老娘儿们,又是妯娌,有些话好说。我一个大老爷们儿……"

春龙妈说:"这么些年,我从来没求过她办过任何事。看来,为了儿子,我不能不舍出这张脸了……"

16. 关小手家,夜

关小手坐在炕头上,沉思不语。

李大翠说:"你寻思啥呢?"

关小手说:"我在想……你说这个江水吧,它是活的,总得往前流动,想把它截住是截不住的!"

李大翠说:"你这意思是……'小鞭杆子'和秋水的事儿,咱们不能拦了呗?"

关小手说:"你说,咱秋水跟他是不是亏了点儿?"

李大翠说:"当年,我爸我妈不是也觉得我跟你亏了吗?可咱俩这辈子不还凑合吗!"

关小手说:"你亏啥呀?当时我是娶不着媳妇不假,可你不也找不着婆家吗!咱俩这辈子,不能说凑合吧!至少在这十里八村,咱俩还算才子配佳人儿!"

李大翠说:"要照你这么说,人家'小鞭杆子'也不赖。咱好好培养培养,将来说不定也是个角儿!就是他爸妈没得早,从小没人管束,骨子里有些野性!"

关小手说:"再野的小儿马子,咱也可以给他戴上笼头。我就不信,我治不了他!"
李大翠说:"哎,这'口'字旁,右边加个'欠'字儿,念啥?"
关小手说:"'吹'呗!"
李大翠咯咯笑出声来,说:"你还知道是'吹'啊!"

17. 文化书屋屋内,夜

八月正拿着一张图纸给大伙儿看,说:"沼气池改造的事儿,就说完了。现在我给大伙儿说说蔬菜大棚取暖改造的事儿。咱们东北气候跟南方不一样,要想做到冬天不烧火,大棚里的蔬菜照样长,一个是要研究采光,就是大棚这个斜面的角度,要达到采光的最佳值;再一个,就是要注意蓄热保暖。"
高海林坐在那里,一边听着八月说话,一边给八月画着素描。

18. 文化书屋外,夜

杨立本来了。
他在窗外驻足,听着八月说话。

19. 文化书屋内,夜

高海林继续画着。春龙和彩云伸头看,高海林笑着推开了他们。
八月继续讲着:"我觉得,蓄热可以通过多搞些立体土槽的方式解决,在靠北边墙的这块地方,加上四到五层蓄热土槽;再就是把靠北边这面墙做成保温墙,棚顶上要有保温的棚布。这样呢,问题就基本上解决了。"
她话音刚落,杨立本便进了书屋。
他进门就说:"你们都在啊?"
八月说:"爸,你来了?"
杨立本却摇摇手说:"在这儿,还是叫村主任。"
春龙笑着说:"杨主任大驾光临,咱们呱唧呱唧!"
大伙鼓掌。
杨立本说:"你们在这儿都搞了好多回活动了,可因为秋收的事儿太多,我也没腾出空儿来看看你们。你们还有啥不方便的?还需要村上帮助解决点啥事?就跟我汇报汇报!"
春龙说:"主任,你不来,我们还要去找你呢。"
杨立本说:"啥事儿?"
八月说:"我跟春龙想给村里的父老乡亲们讲讲发展养殖业和蔬菜大棚的事儿。"
杨立本说:"好事儿,我支持,时间我来安排。"
这时候,"小鞭杆子"来了,他站在窗外冲八月勾着手指头。
八月赶忙出去。

20. 门外,夜

八月出来,递给"小鞭杆子"一张纸条儿,说:"玻璃的尺寸、厚度都写在这上面了,要钢化玻璃啊。"
"小鞭杆子"接过纸条说:"好,你放心。"

21. 高德万家，夜

高海林对着给八月画的那张素描，拿电烙铁往一块木板上烙着八月的画像。

甜草走了过来，说："哎呀，哥，你画的这不是八月姐吗！"

高海林问："像吗？"

甜草说："还真像！"

高海林说："过去，不论我画谁，都是画得有点儿像，可又总有些地方不像。这阵子，跟大鹏哥没少学习。你看，这画连我自己都觉得比以前强多了。"

甜草对高海林说："哥，今天大鹏哥可是批评咱俩了。"

高海林继续看着他烙的画，没有抬头，说："你是骗我吧？"

甜草说："骗你是狗！"

高海林漫不经心地说："他批评咱俩啥啦？"

甜草说："说咱俩只关心爸的物质生活，不关心他的精神生活，包括他的内心情感。"

高海林说："他咋知道哩？"

甜草说："他说是从爸拉的二胡曲中品出来的。"

高海林笑了："太浪漫了吧？"

甜草看看哥，又想了想，才说："哥呀，咱妈没得早，爸一个人苦巴苦业地把咱俩给拉扯大，多不易啊！二婶儿那边呢，咱二叔前年也没了。你说，这俩老人是不是心里都挺苦的？"

高海林停下手里的画，想了想，没直接回答她，却说："爸呢，是不是又在二婶儿那边？"

甜草点头。

高海林拔下电烙铁，说："走，咱俩到二婶儿那边看看去。"说完，拉起甜草就走。

22. 樱桃妈家院子里，夜

地上，还有许多刨花子，在风中滚着，瑟瑟地抖动着。

窗户上，是高德万和樱桃妈黑色的头部剪影。

高海林和甜草来了。

他们站在那儿，看着窗上的剪影，看着小院儿里的一切……

23. 关小手家屋内，夜

关小手和李大翠正在排练《王二姐思夫》——

关小手唱："八月里那个秋风冷呀冷飕飕，"

李大翠唱："王二姐我孤苦伶仃独坐绣楼。"

关小手唱："二哥我京城去追功名去赶考，"

李大翠唱："他一去六载没有音讯也不回头！"

关小手唱："她想我一天吃不下半碗饭，"

李大翠唱："我想她两天也喝不下一碗粥，"

关小手唱："半碗饭一碗粥，她瘦得那个肉皮包着骨头！"

李大翠唱："我胳膊上的镯子戴也戴不住，"

关小手唱："她手上的戒指直劲儿往下打出溜，"

李大翠唱："我头不梳来脸也懒得洗，"

关小手唱："她脖子黑得赛过大车轴……"

李大翠说:"这最后一句不好,涉及个人卫生啦!"
关小手说:"那就改改吧。你说,咋改?"
李大翠说:"你不总说你是才子我是佳人儿吗?要改词儿,当然得是你这才子改啦,与我这佳人儿没关系!"
关小手冥思苦索地:"那……改啥呢?"

24. 高德万家院子里,夜
高德万和高海林坐在屋檐下。
他们的身边是一张木匠常用的老长凳,凳子上留着斑驳的印记,放着刨子、锛子、斧子等工具。它们静静地躺在那里,凝神倾听着高德万和高海林父与子之间的对话!
高海林说:"爸呀,你把我和甜草从小拉扯大,吃了多少苦,遭了多少罪,我这当儿子的心里都有数。在咱们村里也好,村外也好,除了我二婶儿,你不论相中了谁,儿子要是说半个'不'字,那就是忤逆,就是不孝!可……你咋就偏偏看中了我二婶儿呢!这……好说不好听啊!"
高德万的脸,猛地抽搐了一下。
他说:"海林子,你啥都别说了。你爸这心里啊,有一杆秤,知道啥事该咋办。你放心好了,爸就是心里再苦,哪怕是哗哗淌血,也绝不会给你和甜草添络乱!"
说罢,他深深地低下头去。
甜草从屋内出来,见状,忙把高海林一拉,低声问:"哥,你又跟爸乱说什么啦?!"
高海林神情紧张地说:"我……什么也没乱说啊!"

25. 小镇上,街道旁,晨
春虎擦鞋、掌鞋。
樱桃摊煎饼卖烙饼。
一位中年女人,正坐在春虎的鞋摊儿边上擦鞋。她看见了鞋箱子上樱桃妈绣的那个花鞋垫儿,就拿到手里,翻过来调过去地看,说:"这鞋垫儿是谁绣的啊?"
春虎说:"我们村里人绣的。"
那位中年女人说:"绣得太漂亮了!卖不卖?"
春虎说:"是家里人给我们绣的,哪能卖呢?"
那位中年女人说:"你跟家里人商量商量,这样的绣花鞋垫儿,一年能生产多少双?要是你们同意八元钱一双,那绣多少,我就买多少。"
春虎笑着说:"这都是很细的手工活儿,一年绣不了多少双!"
那位中年女人说:"小伙子,你知道我是干啥的吗?我来到这个小镇,就是专门发掘咱们这些民间文化产品,组织生产和外销的。你能不能让我见见这个绣鞋垫儿的人?"
春虎说:"绣鞋垫儿的人在村子里,她闺女在这儿。"
那个中年女人眯起眼睛,细细地打量着樱桃说:"哦,绣鞋垫儿的人,就是那闺女她妈?"

26. 小镇通往老龙岗的路上,晨
"小鞭杆子"开车,拉着两块玻璃,在村路上行驶。

27. 酒仙儿家院里，晨

酒仙儿妻正喂鸡。

酒仙儿扎着个围裙，蹲在屋檐下簸米。

春龙妈从隔院儿笑盈盈地冲酒仙儿妻打着招呼，说："淑芬啊，早饭还没做吧？"

酒仙儿妻笑笑说："这不刚要做嘛。"

春龙妈说："那你们就别做了。昨晚上，我蒸了两大屉馒头，我家还有刚腌好的咸鸭蛋，蛋黄都腌出油来了。我给你们拿点儿去。"说完，进屋去了。

酒仙儿对酒仙儿妻说："嫂子是有名的'小算盘'，今儿咋还大方起来了？"

酒仙儿妻瞪他一眼："啥话，让你一说就特难听！"

这时候，春龙妈又一次在墙边出现了。她举着一个装着馒头和鸭蛋的塑料袋，说："淑芬，给——"

酒仙儿站起身，抢先走到墙边，瞪着眼睛看春龙妈。

春龙妈笑道："你这么看我干啥呀？"

酒仙儿说："我看看这是我嫂子吗？我嫂子啥时候也没这么大方过啊！"

春龙妈笑着说："听说你戒酒了，也学着做饭了，人也由懒变勤快了。你变了，我们对你的态度不是也就变了吗！"

酒仙儿笑道："嫂子啊，你是变了，由抠门儿变得不抠门儿啦！"

酒仙儿妻忙走过来，一把推开酒仙儿，说："人家嫂子跟我说话哩，有你啥事儿？进屋点火去！"

酒仙儿听话地回屋去了。

这时，酒仙儿妻才对春龙妈说，"嫂子，不用了，我们的饭也马上就好。"

春龙妈说："哎呀，都是一家人，怎么说两家话呢！快点吧！"说着，把塑料袋递过来。

酒仙儿妻还是不想接，说："嫂子，真的是别了。"

春龙妈说："淑芬，你要是再不接，我可跟你生气啦。"

酒仙儿妻只好接过来，说："嫂子，那就谢啦！"

春龙妈说："谢啥呀？茂祥、茂财是亲哥俩儿，咱们得往近了处。什么你家我家的，分那么清楚干啥呀！晚上，你们就别做饭了，嫂子我多炒几个菜，都过来坐一坐。"

酒仙儿妻说："不用了，真的不用了。"

春龙妈不容分说地："啥不用啊？就这么定啦！"说完走了。

酒仙儿妻看看手里的东西，缓缓地转回身来。

28. 酒仙儿家灶房，晨

酒仙儿正忙着刷锅。他见酒仙儿妻把那兜馒头和鸭蛋拎进屋来了，就说："淑芬啊，她给咱的东西你也敢要？咱这个嫂子可不是一般的嫂子，鬼心眼儿比谁都多。一个钢镚儿搁在手心里，能攥出二两油来！"

酒仙儿妻说："我不要，她非得给。"

酒仙儿皱起眉头，边想边说："这'小算盘儿'……这回，她的葫芦里到底又卖的是啥药呢？

29. 柳茂祥家屋里，晨

柳茂祥正刮胡子，脸上涂着肥皂沫。

春龙妈走到他身边，说："事在人为。你看着吧，我想办的事儿没有办不成的。刚才，我把馒头鸭蛋给淑芬拿过去了，也说好了，晚上把他们两口子都请过来吃顿饭。等饭吃完了，咱们就像闲唠嗑似的，就把咱们春龙的事儿跟淑芬说了……"
柳茂祥说："你这个人啊，用人朝前，不用人朝后。整这些现用现交的事儿，让人家吃了你的饭，心里都不舒服！"
春龙妈说："你可得了吧！老话说，吃了人家的嘴短，拿了人家的手短。我还没听说有谁人家请他吃饭，他还反过来骂人家八辈儿祖宗的！"

30. 小镇街道旁，樱桃的煎饼摊儿前，晨
那个中年女人，对樱桃说："那好，就这么说定了！回头啊，你跟你妈说，她能绣多少这样的鞋垫儿，我们就收多少。你们这边定下来，就立刻给我打电话啊。"说完，走了。
春虎等那女人走了，才嘿嘿一笑，对樱桃说："真没想到，你妈绣的这个鞋垫儿，引起她这么大的兴趣，给的价钱也不低。"
樱桃高兴地说："我也没想到！"
春虎说："这是从天上掉下来的馅儿饼。樱桃，快给你妈捎个话儿吧！"
樱桃说："这么大的事儿，捎话儿怕捎不明白。不行的话……我回去一趟吧。"
春虎说："也好。要回，咱们就一起回！"

31. 八月家后院儿，日
春龙、八月、高海林正往沼气池上铺玻璃。玻璃挺自然地铺成了一个斜面。
高海林拿着个泥抹子，往玻璃的四周抹着泥。
八月说："海林哥，你是干木匠活儿的，怎么连瓦匠活儿也会啊？"
高海林说："这么说吧，凡是咱庄稼院儿里有的活儿，没有能难住你海林哥的！"
八月笑道："你看，说你胖，你还喘上啦！"
高海林夸张地大口喘着粗气，说："就是啊，你看我这人，一听到表扬……就喘……"
春龙和八月都让他给逗笑了。
春龙问八月："咱们什么时候试气啊？"
八月说："这池盖儿刚封好，怎么说也得让太阳晒晒，不然能有沼气吗？"

32. 山货庄屋内，日
秋水对"小鞭杆子"说："哎，大姑说……想把你正式聘到我们山货庄来呢！"
"小鞭杆子"说："秋水，你不是逗我吧？"
秋水说："你不信，问大姑啊！"然后，她冲屋里喊，"大姑……"
八月妈从里屋出，问："啥事儿？"
秋水说："我跟'小鞭杆子'说，你想正式聘他，他说我逗他！"
八月妈故意沉下脸来，说："我啥时候说过聘他了？你们开玩笑，也不能拿这开呀！"
"小鞭杆子"愣愣地看着八月妈和秋水，显得挺尴尬。
秋水也愣了愣，但旋即就明白了。她娇嗔地抱住八月妈，摇晃着说："大姑，想不到你也这样坏！"
八月妈笑了，这才对"小鞭杆子"说："我看你挺实在的，干活也行，正好我们山货庄也缺人手……"

"小鞭杆子"高兴地说:"大姑,你们要是诚心聘我,我没二话。"
秋水说:"这么快就表态了,你用不用再好好想想啊?"
"小鞭杆子"看了一眼秋水说:"还想啥啊?无论从哪个方面考虑,我都是太乐意了!"
八月妈拿出几张纸来,说:"口说无凭,立字为据。咱们也得签个合同。"
"小鞭杆子"说:"行啊,往哪签?"
八月妈一指,说:"你签这儿吧。"
"小鞭杆子"说:"我是写刘金宝啊,还是写'小鞭杆子'啊?"
秋水说:"写'小鞭杆子'呗!你说刘金宝,谁知道啊?"
八月妈忙说:"那不行。签合同,还是得用真名,哪能用外号儿呢!"
"小鞭杆子"立刻签下了"刘金宝"三个字。
秋水说:"哎呀妈呀,你瞅瞅你这几个字写得,真是让我感到节日气氛了!"
"小鞭杆子"端详了一下,说:"嗯,这几个字儿,是带着喜庆劲儿!"
秋水说:"啥喜庆劲儿啊?七扭八歪的,好像唱二人转和扭东北大秧歌。"
"小鞭杆子"笑吟吟地说:"我是心里乐,手能不发颤吗!"
秋水仔细看了两眼合同,突然惊叫一声:"呀——"
八月妈和"小鞭杆子"都紧张地看着她。
八月妈急问:"咋了?"
秋水说:"大姑,这合同上咋还落了一条呢?"
八月妈说:"落了哪条?"
秋水说:"咱们得明确写上啊,刘金宝同志签约后,必须一切服从秋水的调动和指挥,一定做到打不还手,骂不还口。"
八月妈笑了,说:"你这死丫头!"
"小鞭杆子"则笑着说:"这……就算是口头协议吧!"

33. 酒仙儿家灶房,中午
酒仙儿从锅里盛出菜来,放在一个搪瓷盆里,用毛巾包好,出了门。

34. 酒仙儿家院子,中午
酒仙儿刚出得门来,邻院儿春龙妈就过来跟他搭话:"茂财啊,你这是干啥去啊?"
酒仙儿说:"给淑芬送饭去。"
春龙妈说:"你还真学会做饭啦?"
酒仙儿说:"嫂子,像我这样高智商的人,这么点活儿还用学吗?那不是拿眼睛一扫就会了吗!"说罢欲走。
春龙妈说:"茂财,你可别忘了,晚上过来吃饭啊。"
酒仙儿说:"那是淑芬答应的,让她去吧,我就不过去了。"
春龙妈说:"咋的?还非得嫂子请八抬大轿去抬你啊!"
酒仙儿看看春龙妈,没再吭声,走了。

35. 八月家后院儿,中午
八月妈和杨立本站在铺好玻璃盖儿的沼气池边。
八月妈说:"你看他们整这玩意能行啊?"
杨立本说:"妈呀,这帮小兔崽子!这招儿都让他们给想绝了!我咋就没想到这一层呢！"

八月妈说："这么说，能行？"

杨立本高兴地说："反正，往后我用不着再弓着腰去给你准备柴火啦！"

36. 酒仙儿妻的小卖店内，中午

酒仙儿妻刚打发走一个顾客，酒仙儿就进屋了。

酒仙儿把饭菜放在柜台上，边打开边说："淑芬，快趁热吃吧！"

酒仙儿妻说："你咋还送来了？我抽空儿回去吃一口不就结了。"

酒仙儿说："省得你两边跑了。"

酒仙儿妻搛菜，吃了一口，眉头微微皱了一下。

酒仙儿发现了，忙问："不好吃吗？"

酒仙儿妻忙说："好吃。"

酒仙儿伸手抓了点儿放进自己嘴里，但马上又吐了出来，苦着脸说："哎呀，盐放多了，咋这么咸啊！"

酒仙儿妻笑眯眯的，内心充盈着满足感，说："没事儿，我就当咸菜了，就着饭吃。"她继续吃着。

酒仙儿看着她，久久没说话。

酒仙儿妻说："你想啥呢？"

酒仙儿情真意切地说："淑芬，前二十多年，我混蛋，让你受了太多的苦！你就放心吧，往后哇……我柳茂财一定要让你用享的福把过去的那些苦全补回来！"

酒仙儿妻一听，轻轻放下了筷子。

她默默地看着酒仙儿，眼中飘起一片水雾……

（第十二集完）

第十三集

1. 小镇至老龙岗的路上，黄昏

春虎骑着三轮车，驮着樱桃往回走。

春虎回过头说："樱桃，你说……咱俩这次回村儿，要不要当着双方老人的面，把日子定下来啊？"

樱桃明知故问地说："把啥日子定下来啊？"

春虎说："把我娶你的日子呗！"

樱桃笑着说："你这人，咋回事啊？我看你是'洗脸盆儿里扎猛子'——真不知道深浅！"

春虎说："我咋不知道深浅啦？"

樱桃说："你也不问问人家想不想嫁给你，就张罗着要娶人家啦！"

春虎没说话，猛然刹住车。

樱桃："哎，你咋不走了？"

春虎说："浑身没劲儿，蹬不动了。"

樱桃当真了，忙关切地问道："呀，是不是感冒了？"

春虎说："不是感冒了，是你伤我自尊啦！"

樱桃咯咯地笑出声来，说："哎呀，我才知道，我春虎哥还有自尊呢！"她轻轻推推

他，说："太阳都快卡山了，别闹了，快走吧！"

春虎说："那不行，你得鼓励鼓励！"

樱桃只好爬过去，在他的左脸颊上亲了一口。

春虎说："不行，还有右边呢！"

樱桃调皮地一笑，又在他的右脸颊上狠狠地来了一口。

春虎尖叫着："呀……你这哪是亲啊，是咬！"

樱桃往车子上微微一仰，哈哈笑出声来……

2. 酒仙儿家院子里，黄昏

春龙妈堵在门口，正跟酒仙儿和酒仙儿妻说话。

她一边说，一边推着酒仙儿："哎呀，我让你过去就过去。你看，你哥不也正在那院儿瞅着你们吗！"

酒仙儿说："嫂子，我咋觉得今天这事儿挺蹊跷的呢！这年不年节不节的，非得请我们吃饭干啥呀？"

春龙妈说："啥叫年啥叫节呀？咱们庄稼人小日子过好啦，说哪天是年就是年，说哪天是节就是节！走走走……"她连推带拽的，把酒仙儿和酒仙儿妻往自己家让。

酒仙儿妻劝酒仙儿，说："行啊，大哥大嫂真心实意让咱们去，咱就去吧。"又对春龙妈说，"嫂子，那你饭菜可千万简单点儿，别把我们当外人。"

酒仙儿也说："对，做多了也是浪费。嫂子，我看，你就炖条龙虾，炒个海参，蒸盘燕窝儿，再煮盆鲨鱼翅儿就行了。"

酒仙儿妻噗笑道："你又没正形儿！"

春龙妈则满脸笑容地说："你还落了两道菜，我还想给你炖个龙肉，蒸只凤凰呢！"

3. 柳茂祥家院子里，黄昏

桌子上摆好了挺丰盛的菜肴。

酒仙儿、酒仙儿妻和柳茂祥都陆续落座。

柳茂祥说："你看，茂财还不喝酒了。"

酒仙儿说："可不是咋的！过去，我喝酒的时候，你们从来没说炒几个菜请请我；眼下，我把酒戒了，你们却咕咚一下子冒出这么多好菜来！这，不是成心馋我吗！"

柳茂祥说："咋的，咱们整两口？"

春龙妈边往桌上端菜边说："无酒不成席。淑芬，今天你高抬贵手，放他个假，让他喝两盅儿。"

酒仙儿妻说："大哥和大嫂都发话了，今天菜又好，你想喝就喝呗。戒酒，也不在乎这一顿。"

酒仙儿摇着头说："别别别！戒酒这玩意儿，最怕戒了又喝，喝了又戒。我告诉你们啊，可千万别再跟我提'酒'字儿了。我肯定不喝，可你们一提呢，就又像有小虫子在嗓子眼儿里头爬！"

柳茂祥说："也好，那咱们就以茶代酒吧，来——"

酒仙儿也端起了茶杯，跟柳茂祥碰了一下。

春龙妈还在继续往桌子上端着菜，一连声地说："吃菜啊，吃菜啊，你们吃菜！"

酒仙儿说："嫂子，你这是干啥啊，想撑死人不偿命啊？你要是乐意，那就明天，后天，大后天接着请，可不能再上菜啦！"

春龙妈说："好好好，就这些了。淑芬，你动筷儿啊！"

酒仙儿妻说:"嫂子,我等你呢。别忙活了,快坐下一块儿吃吧。"

这时候,春虎骑着三轮车进了自家院子。

酒仙儿听见有动静,站起身一看,说:"哎呀妈呀,这不是我儿子回来了吗!"

酒仙儿妻也忙站起来说:"呀,还真是春虎回来了!"

春龙妈急忙走到墙边,说:"春虎啊,你来得早不如来得巧。你爸你妈都在我这儿吃饭呢,你也赶快过来。"

春虎笑着说:"我在镇子上吃完了,你们快吃吧。"

春龙妈说:"吃完了也得过来再吃一点儿。你们年轻人,迈个门槛儿,就能再吃上一碗儿。"

春虎笑笑说:"我实在是吃不下去了。"说着,从包里抽出一条毛巾来,开始在院内的洗脸盆儿洗脸。

酒仙儿、酒仙儿妻、柳茂祥都一直在桌边站着,往春虎那边看。

春龙妈走回来,说:"春虎不过来,咱们就接着吃。坐下,坐下,都坐下。"

酒仙儿没有马上坐下。他冲着春虎喊道:"春虎,你洗把脸,先进屋歇会儿。我和你妈吃完了饭,马上就回去,啊!"

春虎一边擦脸一边说:"不急,你们慢慢吃吧。"

4. 樱桃妈家,黄昏

樱桃一边用湿毛巾擦着脸和手,一边跟她妈说:"妈呀,我告诉你一个好消息。有个搞外贸的商人,看中你做的手工绣花鞋垫儿了,出价八块钱一双。"

樱桃妈说:"是吗?没承想,我年轻时学的这点女红,老了老了,还派上用场了。他们一年最多能收多少双啊?"

樱桃说:"你能做多少,他们就收多少。不怕多,就怕少!"

樱桃妈说:"哟,我就是白天黑夜连轴转,顶多也就能绣千八百双。"

樱桃说:"妈,你不会再招几个徒弟?教她们,等她们把这手艺学会了,你就带着她们一起干,那不就成了规模吗!那边说等咱们定下来,他们就来跟你签合同。"

樱桃妈说:"可……带徒弟,那也得有人愿意学呀!"

樱桃说:"这事儿不难。只要你觉得行,我就写个红纸告示,往村委会门口一贴,肯定有人主动来报名儿。"

樱桃妈说:"那敢情好。我带几个徒弟,又有活干,平时我也省着孤单了。"

樱桃说:"妈,那我可就写告示了啊。"

樱桃妈说:"抓紧写吧。"

5. 酒仙儿家屋内,傍晚

只有春虎和酒仙儿。

春虎说:"爸,你吃好了吗?"

酒仙儿说:"你小子回来了,我哪还有心思在那儿吃饭。儿子,爸可真想你了!累坏了吧?"

春虎看看箱子上的酒,说:"爸,我给你捎回来的酒,你咋没喝呢?你看,我又给你带回来两瓶。"

酒仙儿说:"你吃苦受累的,总花钱买酒干啥呀?这酒,喝到嗓子眼儿,能把爸噎住!我从打听说你是在镇上给人家擦鞋、掌鞋,我就把酒戒了!儿子,你身上有股子劲儿,爸没有。你小子将来肯定能出息人!从现在开始,我这个当爸的也得有个当爸的样儿了，可别等你都出息了，你爸我还让别人戳脊梁骨呢！"

春虎说："爸，你现在这个精气神儿，就跟换了个人似的！"

酒仙儿笑了，说："儿子，你爸我不但戒酒了，还在家里当上'妇男'了呢！"

春虎笑着说："'妇男'？"

酒仙儿说："就是扎个小围裙，围着锅台转啊！"

春虎说："爸，你会做饭了？"

酒仙儿说："瞧不起我，是不？明天早上，爸就给你露一手！"

春虎高兴地说："哎呀，爸！我这些天没在家，你进步可真是太大啦！"

酒仙儿说："你到镇上干活去了，这'啪嚓'一巴掌，就把你爸的脑袋打醒了！"

春虎笑道："哈，早知道有这个效果，那我早点儿出去好了。"

父子俩都笑了起来。

6. 柳茂祥家院子里，傍晚

春龙妈、柳茂祥和酒仙儿妻都已经吃完了饭。

春龙妈抓着酒仙儿妻的手说："淑芬，咱们现在吃的住的穿的用的，都比过去好多了，生活上没啥愁事儿。可春龙这小子的对象儿，可把你哥和我给愁坏了！"

酒仙儿妻说："咱春龙找对象儿，得满世界挑着找咩，那你还愁啥呀！"

春龙妈说："你看，你们家春虎比春龙小一岁，那都有樱桃了；我们家春龙，还是光棍儿呢！"

酒仙儿妻说："啥光棍儿啊？嫂子你只要在村里放个话，就说咱春龙要找对象儿了，那些闺女们都得排着队来！"

春龙妈说："淑芬，我是你亲嫂子，春龙是你亲侄子，我就实话跟你说，春龙的对象儿我不想在乡下找。"

酒仙儿妻恍然大悟道："哦，我明白了。嫂子，你是不是……想让我帮着在城里给春龙找个对象儿啊？"

春龙妈一拍大腿，说："哎呀妈呀，你咋这么聪明呢！"

酒仙儿妻想了想，说："行！嫂子，我不敢说这个事儿就包在我身上了，但我肯定尽力。"

春龙妈说："有你这句话，你嫂子我心里这满天的云彩就都散了。"

这时，柳茂祥捧过一个大西瓜来。

春龙妈站起身来，一边切一边说："嚅，淑芬啊，你可真有口福。你看，红瓤儿的，都起沙啦！"

酒仙儿妻说："嫂子，西瓜我就不吃了。春虎都回来半天了，我得回去了。春龙的事儿，你就等着听我的信儿吧。"说完，起身要走。

春龙妈把切剩下的半拉西瓜捧起来说："不吃也行，这半拉西瓜你就捧回去吧，让春虎尝尝。"

酒仙儿妻说："这多不好啊！哪能连吃带拿呢？"

春龙妈说："咱两家谁跟谁呀！"边说，边把那半拉西瓜硬塞到了酒仙儿妻的手中。

7. 酒仙儿家屋内，傍晚

酒仙儿正跟春虎说着话。

酒仙儿妻捧着半拉西瓜走进屋来。

酒仙儿说："呀哈，咋还把西瓜也捧回来了？依我对嫂子那人的了解，她肯定有事求你，对吧？"

　　酒仙儿妻说："也没啥大事，就是让帮着给春龙在城里找个对象儿。"

　　酒仙儿说："这还不是大事啊！嫂子那人，无利不起早，有利盼鸡鸣，我还不知道她！"

　　春虎笑着说："爸，你别总这么说我大娘！"

　　酒仙儿妻也说："行啊，反正春龙也是咱亲侄子，他找对象儿也不是啥难事儿。"

　　酒仙儿说："这娘儿们，肠子里的弯儿太多！"

　　酒仙儿妻说："行了，行了。春虎好不容易回来一趟，咱们别说这些了。再说了，这都是我们女人之间的事儿，你别瞎掺和什么？"

　　酒仙儿这才噤声。

　　8. 樱桃妈家院子里，薄暮时分

　　樱桃把两块砖立在地上当支架，在砖的中间塞进了一些柴火。

　　她把一个药壶放在砖上，然后把柴火点着。

　　离她身边不远处的饭桌上，有一张用红纸写好的告示。

　　樱桃妈从屋里走出来，说："你这孩子，好不容易回趟家，就好好歇着得了，非给我熬什么药呢？"

　　樱桃说："妈，这是我找一个老中医给你抓的。你先吃几副试试。"说着，用一个小树棍儿拨弄着火。

　　樱桃妈看着樱桃，说："唉，村子里的人，都盼着生儿子；可妈呢，没事儿的时候总想，可多亏我生了个闺女！闺女长大了，知道疼妈！"

　　9. 高德万家屋里，夜

　　高海林正在加工着他给八月画的那张电烙画。

　　甜草从外面进，走到他跟前，沉着脸说："哥，那天，你到底跟爸都瞎说啥啦？"

　　高海林不悦地说："你说我瞎说啥啦？"

　　高甜草说："你准是说他跟二婶儿事啦！"

　　高海林看看她，没吭声。

　　甜草步步紧逼地说："你别不吭声！你说，我说得对不对？"

　　高海林说："我也没说别的呀！我就说……村子里吧，对这事儿有些风言风语，我听了挺闹心。"

　　甜草急了："你还想说啥呀！你这不是拿刀子往爸的心上捅吗？你没看着啊，从打那天起，咱爸就打蔫儿了！"

　　高海林说："甜草，我不是旧脑筋，我不反对咱爸再给咱俩找个妈。这十里八村的，单身女人不有的是吗？可……你说咱爸，咋就非看上二婶儿了呢？"

　　甜草说："哥，这感情上的事儿，是你能说清楚，还是我能说清楚啊？好，你等着，到你谈恋爱的时候，你喜欢张三，我就非让你跟李四；你追王五儿，我就非让你娶崔二麻子……你记住！"说完，把门一摔，气鼓鼓地走了。

　　高海林愣愣地望着窗户，当甜草经过的时候，他喊了一声："甜草！"

　　甜草停下脚，说："啥事儿？"

　　高海林和颜悦色地说："你这根小甜草儿，今儿咋还变成小毛驴儿了呢？还跟哥尥蹶子啊？"

　　甜草说："就跟你尥蹶子，专踢你这种人，咋了？谁让你跟爸胡说八道啦！"说完，走了。

10. 酒仙儿家，夜

春虎手里拿条皮尺，正给酒仙儿量着脚。

酒仙儿说："春虎，你这到底要干啥啊？给你妈量完了又给我量。"

春虎说："到时候你就知道了。"

酒仙儿说："你是不是想给爸妈买鞋啊？我可跟你说，别手里刚有几个钱就乱花。再说了，我还是穿你妈做的鞋舒服，买的鞋，我穿不了！"

春虎说："爸，你这话，可是说到点子上啦！人的脚，长短肥瘦、脚面子高低，都不一样。我不买鞋，我要给你们做鞋。"

酒仙儿说："啊？我的耳朵没听错吧？你才出去几天啊，咋就出息成这样了呢，还会做鞋了？"

春虎说："还不能说会做，正试着做呢！"

酒仙儿说："你干的不是擦鞋修鞋的活吗？"

春虎笑着说："爸，我也不能一辈子老擦鞋修鞋啊。"

酒仙儿听了这话，高兴地给了春虎一巴掌，说："行啊，小子！你要真学会了做鞋，在镇上开个鞋店，那不就成老板了吗？我呢，也就成了老板他爸啦！"

春虎说："眼下，还不敢说办鞋店的事儿，走一步看一步吧。"

11. 江边，夜

彩云和成大鹏走在江边的小道上。

月光照耀在江面上，闪着粼粼的波光。不远处，有夜鸟在叫。

大鹏抬眼看看天上的月亮，说："彩云，你看，今儿个天上的月亮挺圆的哦！"

彩云说："嗯。可……我不喜欢月亮太圆。"

大鹏说："为啥？"

彩云说："月亮太圆了，也就要开始亏了；不如看小月牙儿，总有盼着它圆的那一份希望。"

大鹏说："你这话说得有意思。"

这时候，成大鹏突然身子一闪，躲到树后，指着前边不远处对彩云说："你看，那有一群大雁正睡觉呢！"

彩云顺着他指的方向望去，说："旁边那个没睡的，就是哨兵。走吧，咱们别打扰它们。"

他们俩，转过身，蹑手蹑脚地走开了。

12. 一大片菖蒲丛中，夜

彩云和成大鹏从草丛中钻出来。

成大鹏说："大雁睡觉，还有站岗的，有意思！这么说，它们通人性啊！"

彩云说："当然。有时候，我抬眼看见天上飞着的大雁，就能想到你。你和它们有一样的地方。"

大鹏说："是因为我叫大鹏吗？"

彩云说："不。我是说，你们都属于候鸟——天气暖和了，就从南往北飞；天要冷了，就从北往南飞。你们啊，专会找舒服的地方。"

大鹏说："瞎打比方，我可不是那种人！"

彩云说:"你是!你看,你想搞泥塑了,就来到我们村儿;将来泥塑搞完了,也就回城了。大鹏哥,我说实话,我一想到将来你还要离开我们村儿,心里就难受,就直想哭……"说着,低下头去。

大鹏说:"彩云,那天甜草说你对我好,你嘴上还不承认,可我早就感觉到了,你对我是真好!"

彩云说:"我是山里的泉水,你是天上的银河。我知道,我这辈子够不上你……"

大鹏说:"彩云,你哪儿都好,就有一点不好!"

彩云倏地抬起头,怔怔地看着他。

大鹏说:"人,不能自卑!"

彩云说:"大鹏哥,我不是自卑,我是实话实说。甜草那天说你是带翅膀的,她没说错。我在网上看过一句话,说幻想发财能推动创业,幻想成功能激活发明的灵感,而幻想爱情呢,能产生虚拟的幸福,有益身心。你,就是我人生里的一个梦。我知道,自己现在是白日做梦,可是我乐意。"

大鹏笑了,说:"彩云,你实话实说,我也实话实说。我没来咱村儿的时候,在我的想象中,你们都是一群'小芳'——身上穿着带补丁的衣服,屁股后梳着长长的辫子,嘴里说着一口大土话……可到这儿一看,你,还有甜草,跟城里的姑娘也没啥区别呀!这互联网儿把你们整的,哪像高中生儿啊?说起话儿来都一套一套的,有时还带着点儿诗意!"

彩云不无得意地听着。

大鹏又说:"刚才你不是说了吗,一想到我还要离开咱们村儿,心里就难受,就直想哭……彩云,这些天,我也是这样。"

彩云眼前一亮,说:"真的?"

大鹏点点头,说:"我和高海林商量好了,要开发松花江浪木,要在村子里搞实业了。"

彩云说:"你们家能同意吗?"

大鹏说:"我妈在这儿下过乡,对老龙岗感情很深。再说了,她绝对是开明人。我的事儿,她不可能不支持!"

彩云说:"大鹏哥,你这么说,我今晚上肯定要乐得睡不着觉了!"

大鹏笑着拉起她的手,说:"睡不着觉好哇!咱俩就沿着这大江一直朝前走,说不定还能走到月亮里呢!"

彩云开心地笑道:"还说别人说话带诗意呢,你这才是真正的诗意呢!"

他们俩,连说带笑地朝前走去。

13. 高德万家院子里,夜

高德万闷着头坐在木匠做活儿用的长条凳上。

甜草给高德万端过一盆洗脚水来,又帮她爸脱下袜子,把他的两只脚放进了水里,问:"爸,烫不烫?"

高德万点着头说:"温度正好!甜草啊,你别管爸了,快睡觉去吧。

甜草呢,却坐到了他的身边,很体贴地说:"爸,这两天,你心里好像不大痛快,对吧?"

高德万忙掩饰地说:"没有啊!"

甜草摇着头说:"不,你心里有事儿。"

高德万的脸抽搐了一下,说:"在爸的心里,除了你和你哥,啥都没有!"

甜草笑着说:"爸,不对吧?让我说,你心里还有个人……"
高德万紧张地望着甜草,说:"谁呀?"
甜草说:"你自己说呀!"
高德万摇头,说:"我想不出。"他低头洗脚。
甜草说:"那……爸呀,我给你破个'闷儿',你猜。"
高德万说:"我哪有心思猜那玩意儿!"
甜草撒娇地说:"不嘛,你就得猜。"
高德万边擦脚边说:"好好好,你说吧。"
甜草说:"你听好啊——'远看好像火一团,近看颗颗红又鲜。灯笼小果溜溜圆,吃上一口嘎嘎甜!'打一水果名儿,你猜吧!"
高德万说:"山丁子呗!"
甜草摇摇头说:"山丁子是涩的,哪是甜的!"
高德万说:"那……是山枣儿!"
甜草又摇头,说:"山枣儿是绿的,哪是红的!"
高德万说:"那我就猜不出了。"
甜草笑了,说:"爸,我是你的亲闺女吗?"
高德万说:"不是亲的,还是从垃圾堆捡的?"
甜草说:"那奇怪呀!爸,我这么聪明智明,可你……咋这么笨呢?"
高德万被她给逗笑了,说:"傻丫头,又说傻话了不是!"
甜草说:"我刚才说的,不是樱桃吗!"
高德万的心里猛地沉了一下,但他却很巧妙地说:"樱桃是爸的亲侄女,你要说我心里有她,也对。"
甜草说:"我说的不是樱桃。"
高德万说:"那还有谁?"
甜草说:"还有生樱桃那个人——我二婶儿!"
高德万慌忙说:"胡说八道,你胡说八道!村里人乱说,你咋也跟着乱说呢!"
甜草说:"爸,你敢说你心里没我二婶儿?"
高德万叹了口气说:"爸都这么大岁数了,哪像你们小年轻的那样有情有爱的?我那份心思早死了。"
甜草说:"爸,你说的不是心里话,你心里不是这么想的。"
高德万说:"不管我心里咋想,为了你和你哥,我不能让村子里人嚼咱们家的舌头!"
甜草说:"爸,舌头长在他们自己嘴里,爱嚼嚼去呗!人活着,不能让别人的闲言碎语挡住自己的路。"
高德万说:"甜草你别说了,爸不想跟你唠这些。我知道,你是为爸想,你是孝顺爸。可是爸不光得考虑村里人是咋想的,还得考虑你哥是咋想的。"
甜草端起那盆洗脚水说:"爸!别人的想法都是这洗脚水,泼出去就完了;你自己的想法才是盆,得留在身边自己用!"
高德万看看甜草,不语了。

14. 樱桃妈家屋内,夜

樱桃把一碗药端到她妈的手里,说:"妈,你趁热喝了吧。"
樱桃妈接过药,说:"你以后出门在外的,别总惦记我。你照顾好了你自己,也就等于惦记妈了。"

樱桃把妈喝过的药碗接过来，又往里倒了一点热水，递给她妈说："妈，这药苦吧？"

樱桃妈把水喝下去，说："你给妈熬的药，不苦，甜！"

15. 柳茂祥家彩云的屋内，夜

彩云坐在电脑前。

显示器的荧屏上，是成大鹏的各种照片。

她以自己的一张彩照为中心，让裁剪好的成大鹏的各种照片都紧紧围绕着她。

她很欣赏地注视着自己的作品，忍不住"扑哧"地笑了。

她的笑，很是甜蜜！

16. 酒仙儿家院子，晨

晨光照亮了小院，远近雄鸡喔啼。

一只手，把鸡窝的小门儿打开。那些鸡们，解放啦，自由啦，争先恐后地从鸡窝里钻出来。

这是酒仙儿，他腰间扎着小围裙。

酒仙儿妻推门出来，说："你起得太早了吧！"

酒仙儿说："小鸡儿都喔喔地打了好几遍鸣了。我睡不着了，想抓紧把饭菜做好。一会儿，春虎和樱桃还要回镇上呢。"

酒仙儿妻笑着说："你总算会炒两个菜了。孩子回来了，想显摆显摆，对不？"

酒仙儿抱起柴火往屋里进，说："让开，堵在门口干啥？"

酒仙儿妻慌忙闪开。

酒仙儿进屋，把柴火丢在地上，才回过头来说："别我的这点儿进步，让孩子看见了，你就不高兴。怕把你比下去啊？"说着，他擦着火柴要点灶口里的柴火。

酒仙儿妻忙说："锅里还没添水呢，你想烧干锅呀！"

酒仙儿强词夺理地说："你回身添一瓢水，不就不能干锅了吗！"

酒仙儿妻说："好吗，我成了给你打下手的了。"说着，舀了一瓢水倒在锅里，又说："大师傅，还让我干啥？"

酒仙儿说："扒葱、切肉、洗蒜薹、给菜改刀……怎么我一上灶，这些眼前的活儿，你就都看不见了呢！"

酒仙儿妻笑着说："让你做顿饭，比我自己做都费事。"

酒仙儿说："我这朵大红花儿，不是得有你这片小绿叶扶着嘛！"

酒仙儿妻一边蹲在灶台旁择菜，一边忍不住抿口而笑。

17. 樱桃妈家，晨

外屋，樱桃妈在剁着肉馅儿。

樱桃睡眼惺忪地走出来，问："妈，你剁啥呢？"

樱桃妈说："剁点馅儿，给你们包饺子。"

樱桃说："妈呀，这一大早的，你不嫌忙活！"

樱桃妈说："这几个饺子好包，你再睡一会儿。等春虎来了，咱们一块儿煮。"

樱桃说："我也睡不着了。妈，我帮你干点儿啥好？"

樱桃妈说："那……你就洗把手，揉揉那块面，再把剂子揪出来。我这儿，馅儿马上就好了。"

18. 山货庄门前，晨

秋水、"小鞭杆子"、八月妈、杨立本、八月都在。

"小鞭杆子"在满车的山货上面勒着绳子。

八月妈叮嘱"小鞭杆子"说："去城里的路不近，你可悠着点儿开。秋水啊，你一路上多提醒着他点儿，千万要注意安全！"

"小鞭杆子"说："大姑，放心吧，我们肯定把货安安全全地送到货场去。"

他和秋水都上了车，坐到驾驶室里，车子开走了。

八月妈、八月和杨立本站在门口和他俩招着手。

19. 酒仙儿家，晨

酒仙儿在灶台旁炒着菜，屋里满是烟气与水汽。

春虎走了出来，说："爸，妈，大早晨的，吃口馒头，喝口粥就得了，咋还整得这么复杂呢！"

酒仙儿说："儿子回来了，光吃馒头喝粥还行啊？你去把樱桃也叫来，都尝尝你爸我炒的菜。"

春虎说："大清早的，人家能来咱们家吃饭吗？"

酒仙儿说："你去，就说我请的。"

春虎没动。

酒仙儿妻说："春虎啊，你爸这是有意在大伙面前显摆显摆。他让你去，你就去吧，别打击了他的积极性！"

春虎苦笑着说："哪有这么早请人家吃饭的！"说完，出门走了。

酒仙儿和颜悦色地说："哎，春虎，你先等等。这早上请樱桃吃饭能怨着爸吗？你们要是不着急走，我不是中午、晚上请都行吗？是你们把时间给爸挤到这块儿了，还能怨爸？"

春虎赶忙笑着说："爸，我哪能怨你呢？你让我去找樱桃，我这不是遵命了吗！"

酒仙儿也笑着说："我和你妈请樱桃来吃饭，可是给你撑面子！你小子，懂好赖不？"

20. 樱桃妈家，晨

樱桃妈正在锅里煮饺子，对烧火的樱桃说："樱桃，快去叫春虎吧！"

樱桃站起身说："哎！"

她欲出屋，却与春虎撞了个满怀。

樱桃妈说："呀，春虎你可真不禁念叨，樱桃刚说要喊你过来吃饺子呢！"

春虎说："婶儿，我爸我妈，早就把饭菜做好了，也在家等着樱桃去吃饭呢。"

樱桃妈说："呀，那咋办啊？"

樱桃说："春虎，我妈大清早起来，又是揉面，又是剁馅儿的。反正饺子也煮好了，咱俩先吃点儿，然后再过到你们家吃饭去。"

春虎笑道："我一个掌鞋匠儿，你一个摊煎饼的，回到自己的爸妈跟前还都成了香饽饽儿！也好，只能这么办了！"

21. 酒仙儿家，晨

炕桌上已经摆好了菜。

酒仙儿站在地上，一边用围裙擦着手，一边说："春虎这小子，进趟北京也该回来了！这才几步路啊，去了这么长时间！再不回来，菜就凉了。"

酒仙儿妻说："兴许人家樱桃有点啥事儿呗！"

酒仙儿说："那刚出锅的菜和凉了的菜，吃起来味道能一样吗？要不，我再去喊一声！"

酒仙儿妻说："你看看你，挺大个人，还像个小孩似的。你老实在家待会儿吧，急啥哩？樱桃肯定能来。"

22. 村委会门口，晨

春虎和樱桃贴上了一张红纸告示。

杨立本走过来说："哈，你们要结婚办喜事吧？"

春虎说："不是，比结婚办喜事更重要！"

樱桃说："杨叔，你看，这上面都写着呢！"

杨立本走过来，仔细看着那告示，说："呀，还有这样的好事儿？等有时间的时候，我得用广播喇叭给你们好好广播广播。"

告示旁，陆续围上了一些人。他们看着，议论着……

23. 酒仙儿家，晨

酒仙儿站在地上，用筷子夹起一粒花生米放在嘴里嚼着。

酒仙儿妻说："你这人，嘴真急。"

酒仙儿说："我这是嘴急吗？我是尝尝菜凉了没有。我可跟你说啊，往后你少挤对我。再挤对我，说不定哪天我就把小酒壶儿重新给你捏起来！"

酒仙儿妻哈哈笑道："你吓唬谁呀！"

这时，春虎和樱桃进屋了。

酒仙儿说："哎呀，可算把你们给盼来啦！"

春虎和樱桃笑盈盈地进屋，上炕。

酒仙儿妻对酒仙儿说："你也上炕吧，跟孩子一起吃。"说完，就给春虎和樱桃盛饭。

酒仙儿却推了一把酒仙儿妻，说："你陪他们吃。"

春虎说："爸，你咋不上桌呢？"

酒仙儿说："今儿个我不是上灶师傅吗！你们吃吧，看着你们吃，比我自己吃都高兴。"

春虎说："爸呀，这菜真是你炒的啊？"

酒仙儿说："凉了，要是趁热吃，效果更好点儿。"

酒仙儿妻笑着说："春虎，樱桃，你们两个吃着味道好的菜，那就是你爸炒的；要是咸了淡了的，那就都怨我，可别怨你爸，啊！"

樱桃和春虎都笑了。

酒仙儿也笑着说："春虎，你妈这是嫉妒我！"

24. 村子至城里的公路上，晨

驾驶室里，"小鞭杆子"正和秋水说着话。

"小鞭杆子"说:"秋水,今儿个跟我出来,高兴不?"

秋水说:"这坐在车上,看两边的风景,能不高兴吗?"

"小鞭杆子"说:"你光看着车外头高兴,看着车里头就不高兴啦?"

秋水说:"车里有啥好看的啊?除了方向盘,就是操纵杆儿!"

"小鞭杆子"说:"这不是还有我这么一个大活人吗?"

秋水笑道:"窗外的风景我还看不过来呢,哪有时间看你啊。"

"小鞭杆子"说:"完,自尊心严重受挫!"说完,就唱了起来,"杨宗保我被那穆桂英打落烟尘,羞得我面红耳赤没了自尊心。桂英她飞身跳下了红鬃马,用双手扶起我连喊小将军。她爱我英姿勃勃又是英雄后,在阵前当着千军万马与我私订终身……"

秋水饶有兴致地听着。

"小鞭杆子"突然不唱了。

秋水说:"你咋不唱了?"

"小鞭杆子"说:"我唱到'私订终身',结果都出来了,两个人都对上象儿了,再唱那不就显得多余了吗!秋水,穆桂英可是巾帼英雄,很值得你学习啊!"

秋水笑道:"你一不像人家杨宗保那样'英姿勃勃',二呢,也跟'英雄后代'挂不上边儿,我就是学成了穆桂英,跟你有啥关系啊!"

"小鞭杆子"一听,赶忙冲秋水竖起大拇指,心悦诚服地说:"你反应太快啦!"

秋水不无得意地笑了,说:"甘拜下风了吧?那我得罚你!"

"小鞭杆子"说:"咋罚?"

秋水说:"咱们卸完车,办完事儿,我得罚你陪我逛逛商店。"

"小鞭杆子"高兴地说:"好啊!那哪是罚啊?那不是奖励我吗!"

25. 酒仙儿家院门口,晨

春虎骑上了那辆三轮车。

樱桃也跟着上了车。

春虎对站立在门口的酒仙儿夫妻说:"爸,妈,那我们就走了。"

这时候,春龙妈从邻院儿打着招呼说:"哟,春虎好不容易回来一趟,咋不多住几天!"

春虎说:"我们在镇子里还有事儿呢,我们走了啊!"说着,春虎骑着三轮车,拉着樱桃走了。

春龙妈对酒仙儿夫妻说:"春虎这孩子,眼瞅着见出息!"

酒仙儿说:"龙生龙,凤生凤,我的儿子那还能差得了吗?说不定哪天在镇子上,还当上老板了呢。"

春龙妈说:"听说,春虎还想开鞋店?这孩子,心不小呢!"

酒仙儿妻说:"嫂子,你可别听外面瞎传。春虎咋出息,也出息不到他哥春龙那份儿上。人家春龙那是响当当的大学生,将来把养牛场办好了,那可就不是一般的小老板了,是大老板啦!"

春龙妈说:"养牛,那是小牛倌儿干的事儿,哪是大老板干的事!"

酒仙儿说:"让我说,不管干啥,只要孩子乐意,咱就得高兴。我算看明白了,强扭的瓜不甜。对春龙和春虎他们这一茬孩子,不可能咱们说啥是啥。"

春龙妈笑道:"茂财,你行啊,喝了那么多年的酒,还没把脑瓜儿喝糊涂,跟形势还跟得挺快!"

26. 八月家灶房，日

春龙、彩云、成大鹏、高海林都在。

八月说："春龙，咱们试试火吧？"

春龙说："好啊，八月你点吧。火别一下子开得太大了，看烧了手。"

成大鹏说："这是咱们改造的第一个沼气池。我看，郑重点儿，咱们也给它喊个倒计时，好不好？"

彩云最先响应，说："好啊，就像原子弹爆炸时那样！"

高海林一捅她，说："彩云，说啥哪！"

彩云这才觉出说得不妥，一伸舌头，笑了。

春龙说："好啊，咱们开始倒计时——"

众人都跟着他一起喊着："五、四、三、二、一。"

春龙喊："点火！"

八月用打火机点着了炉盘，火苗由小变大，众人欢呼着鼓起掌来。

高海林说："从这个火苗看，冬天只要有阳光，沼气池就能好用。"

八月说："好哇，咱们成功啦！"

众人又是一阵鼓掌、欢呼。

高海林这时笑着："停停停……现在啊，由我来给八月颁奖！"说着，他取出了那个烙着八月画像的木板画，珍重地递给八月。

彩云说："呀，这画的不是八月吗？还真像！"

成大鹏赞许地点着头说："画得不错。"

八月高兴地说："你啥时候画的啊？！"

这时候，杨立本走了进来。他看着炉盘上的蓝色火苗说："呀，你们这还真捅咕成啦！往年这时候，沼气早就没了。烧柴火，费事不说，也不干净。"

彩云说："火苗这么大，谁不愿意使啊！我看，咱们挨家做吧。"

春龙说："好，下一个，是樱桃家。樱桃出去挣钱了，家里只剩下她妈一个人。咱们先可着困难的吧！"

八月说："好啊！"

成大鹏对杨立本说："村主任大叔，这沼气池改造成功了，你可得好好表扬表扬八月啊！"

杨立本说："哪能是表扬她一个人呢？你们大伙儿，都得表扬！"

27. 村街上，日

酒仙儿牵着头牛，扛着副木犁，沿村街朝地里走去。

树上的大广播喇叭中，传出了杨立本的声音，他驻足倾听。

杨立本的声音："乡亲们，我说三件事啊。第一件，咱们村儿的几个小年轻儿，把沼气池给改造好啦！经过他们这么一捅咕，秋天、冬天也都可以用上沼气啦！第二件，村委会门前贴了张告示，樱桃妈要招几个学绣花的，有会绣花儿的人乐意报名儿也行。第三件，文化书屋，别光小青年们在那儿活动啊，大家都积极点儿啊……"

酒仙儿笑笑，朝前走去。

甜草带着一队学生迎面走来。

酒仙儿问："甜草，你们这是干啥去啊？"

甜草笑盈盈地说："去听成大鹏给孩子们上手工课……"

28. 城里的一个大服装商场内，日

"小鞭杆子"拉着秋水的手，两人一前一后地往前走着。

秋水说："你把我的手攥得太紧了，都攥麻啦！"

"小鞭杆子"说："我不是好心吗！攥紧一点儿，不是怕你丢了吗？"

秋水说："那你也不能这么死死地攥着啊！"

"小鞭杆子"只好松开她的手，说："那好，不过我可告诉你啊，你要是丢了，找不着我了，可别坐在大街上哇哇哭啊。"说完，朝前走去。

秋水追上他，说："你慢点儿走不行啊？咱这是逛商场呢，还是练竞走呢？"

"小鞭杆子"停下脚，说："这两边都是商场，要是走得太慢了，天黑日头落了也逛不完。"

秋水说："逛不完就逛不完呗，不会下次再来？你呀，连陪人逛商场都不会，还总吹自己走过南闯过北呢！"

"小鞭杆子"说："那你说，让我怎么陪？"

秋水说："你过来……伸出你的左手，插在我的右胳膊里边，看见没有，就这样。"

"小鞭杆子"一看，秋水是让他挽着她的胳膊。他忙抽出手说："这哪对劲儿啊！"

秋水说："咋啦？"

"小鞭杆子"说："这不整反了吗！我拿手挽着你，那我不成了女的了吗？你看这大街两边，有你这么挽胳膊的吗？不都是女的挽着男的吗！"

秋水说："啥女的男的，我让你咋挽就咋挽。把手拿过来，放这儿！"

"小鞭杆子"说："这不扯呢吗？陪你逛商场，我还得像女的似的……哎呀，这么挽着胳膊，真别扭。"

秋水说："你挽一会儿，就不别扭了……"说着，两个人朝前走去。

29. 村委会院子里，日

成大鹏正领着小学校的孩子们，在一个大案板上做手工。

甜草抠起一块泥巴，说："大鹏哥，我是属猪的，你帮我捏个猪呗。"

大鹏说："好啊。"

他接过泥，几下子就捏出一个小胖猪来，又用指甲在上面印上了眼睛和睫毛，然后递给甜草说："你看，好不好？"

正当甜草伸手接这个泥塑小猪的时候，彩云走进了院子。

甜草瞧见彩云，说："你看，我是属猪的，就让大鹏哥帮我捏了个小猪。可爱不可爱？"边说，边把手里的泥塑小猪递给彩云看。

彩云说："可爱，大鹏哥给你捏的，能不可爱吗？"

孩子们都拿着自己捏的各种小动物，给大鹏看。

大鹏帮完这个，又帮那个的，捏着各种动物。

彩云抠下挺大一块泥，在手上揉了揉，放在成大鹏面前的案板上，说："大鹏哥，别光顾了给别人捏呀。我是属狗的，一会儿给我也捏个狗，我把它拿回家去，放在床头上。"

成大鹏看看彩云，小声地说："你没看我这正忙着吗？你凑什么热闹，要捏狗，啥时候捏不行啊？"

彩云说："不行，你都给别人捏了，也得给我捏。"

成大鹏笑笑说："你等一会儿不行吗？"

彩云拿起案板上那块儿泥，用手掰成几块，丢在成大鹏面前的案板上说："行了，我不求你了，我也不捏了。"说完，扭头走了。

甜草见状，问成大鹏："彩云姐这是怎么啦？"

成大鹏说："不知道，真是莫名其妙。"

甜草忙从后边追上彩云，说："彩云姐，你……"

彩云对甜草说："这里头没有你的事儿，你别管我！"说完，倔倔地走了。

甜草站在那儿，不解地望着她的背影。

30. 柳茂祥家院子里，日

春龙妈对柳茂祥说："我刚才听见杨立本在大喇叭里广播了，说樱桃妈那边要招几个会绣花的人去做活计。我想过去打听打听，要是行，就报个名儿。不管挣多挣少，总算是个来钱的道儿。你说呢？"

柳茂祥说："多你挣的那几个钱，家里富不了；少你挣的那几个钱，家里也穷不了！你做不做这个事儿，主要得看你有没有兴趣，别把挣钱摆在前头。"

春龙妈说："你这是啥话呢？要不是为了挣钱，我去干那玩意干啥？"

柳茂祥看看她说："钱这玩意儿，要是光挣不花，等于没挣。"

春龙妈说："哪笔钱该花，我没花呀？"

柳茂祥说："别的不说，就说'户户通'公路的事儿吧。杨立本都跟我说过多少回了？只要咱们家拿一点儿钱，村里再补一点儿钱，就把咱家门口的路跟'村村通'公路联上网了！可你呢……唉，你让我在大伙跟前直不起腰，没面子！"

春龙妈说："这年头，面子值几个钱啊？你还口口声声说一定得给春龙在城里找个对象儿。你当那是吹糖人儿啊？那不得拿钱堆吗！"

柳茂祥一听这话，不吭声了。

31. 城里商场内，日

"小鞭杆子"领着秋水，来到一个首饰专柜前。

他低声对秋水说："你想买啥就买吧，我带着卡呢！"

秋水瞪他一眼说："就你带卡了，别人就没带？"

"小鞭杆子"说："我知道你也带了，可我……不是想送你件礼物吗！你随便挑，金戒指、白金项链啥的，你喜欢啥咱就买啥。"

秋水说："我喜欢啥你就买啥？你这话说大了吧！"

"小鞭杆子"说："秋水，我是真心的。"

秋水嫣然一笑，拿手在柜台上一比画，说："所有这些，我全都喜欢，你买吧！"

"小鞭杆子"微微一愣，旋即便笑道："行啊，等将来我开银行的时候！"

32. 酒仙儿家院子里，黄昏

春龙、八月、海林正帮酒仙儿家量沼气池的盖儿。

酒仙儿高兴地说："你们要是帮我把这个沼气池改造好了，那以后我可就省事多了。现在可好，我每天做饭炒菜啥的，一会儿到外头抱一趟柴火，一会儿到外头抱一趟柴火，这柴火我可是抱够了。"

八月说："茂财叔啊，你在家里做过饭吗？炒过菜吗？"

酒仙儿说："听你这话，还有点儿不信，对吧？那你问春龙啊！"

春龙说："我叔他是做了好几天了。"

酒仙儿说："咋样？我没撒谎吧！人家春虎他妈，整天忙着小卖店里的事儿，咱不把后勤给整好，那能行吗！"

　　高海林说："茂财叔，你可真是'浪子回头金不换'啊！"

　　酒仙儿不无得意地说："那是！"可细一想，又觉得不是滋味儿，忙说："咦？不对呀。海林子，你小子这么说话，不等于说你叔我过去是'浪子'吗？"

　　高海林笑道："那咋说才合适呀？"

　　酒仙儿想了想，说："我姓柳，我看，还是说'柳暗花明又一村儿'吧！"

　　众笑。

　　（第十三集完）

第十四集

1. 樱桃妈家院子里，黄昏

　　樱桃妈坐在屋檐下，在一个花撑子上绣着花。

　　春龙妈挎个小篮子，走进来，冲樱桃妈说："大姐。"

　　樱桃妈停住针，站起身说："哟，稀客呀，快坐。"

　　春龙妈说："我们家的咸鸭蛋腌好了，给你送过几个尝尝。"

　　樱桃妈说："我们家也腌了，你给我拿这干啥。"

　　春龙妈说："大姐，我知道你们不缺这，可你们家腌了是你们家的，我送来的是我们家的。不管多少，是我的一份心。"说完，就把那十来个咸鸭蛋放到了一边。

　　樱桃妈端过来一碗洗好的李子，说："尝尝我们家的李子，还是干核儿的呢。"

　　春龙妈拈起一个，边吃边说："我听大喇叭里广播了，你这儿要招几个会绣花的人，对不？"

　　樱桃妈点着头说："樱桃从镇上给揽来了一大笔活儿。"

　　春龙妈说："你看，能不能算我一个？"

　　樱桃妈很痛快地说："那行啊，加上你，咱有六个人啦！"

　　春龙妈拿过桌上的花撑子，说："啧啧，大姐，你看你，手多巧！我可是个笨人啊……"

　　樱桃妈笑着说："你还笨？你要是笨，咱们满村子可就再也找不出灵巧人啦！"

　　春龙妈说："说实话，家里头女人缝缝补补的那些活儿，我都行；可花儿，我还真的没绣过。"

　　樱桃妈说："没绣过，就学呗！"

　　春龙妈笑了，说："那可太好了，我就拜你当师父了！大姐，干这玩意儿，什么价儿呀？"

　　樱桃妈说："做一双绣花鞋垫，人家给咱们八块钱。别看我教你们，连着检查质量，可我一分钱不收你们的。那八块钱，谁绣就归谁。"

　　春龙妈说："呀，那一天要是做上个十双八双的，钱也不少挣啊！"

　　樱桃妈说："让我看，一天刨去材料钱，赚个五六十块，没问题。"

　　春龙妈说："那……咱们就一言为定了！"说完，起身走了。

2. 酒仙儿家院子，黄昏

　　春龙妈走到这儿，探头朝里面看。

　　春龙、八月、海林子正蹲在地上，画着玻璃的形状。

八月对酒仙儿说:"茂财叔,你家的两块钢化玻璃要比我们家那两块大,得100多块钱。"

酒仙儿说:"别跟我说钱的事儿,你们几个帮我们家干活,我还信不着吗?你们就弄吧,需要多少钱,说话!"

这时候,春龙妈隔着院墙叫春龙:"春龙!"

春龙起身走过去。

春龙妈问:"你们这是干啥呢?"

春龙说:"给我叔改造沼气池子。"

春龙妈说:"咱家的啥时候弄?"

春龙说:"村里有统一安排,咱把钱准备好,等着就行了。"

春龙妈说:"啥?还要钱啊?"

春龙说:"钢化玻璃得自己买。"

春龙妈说:"那你们挨家挨户地干活儿,工钱咋算?"

春龙说:"这么点儿事,算啥工钱啊!"

春龙妈说:"那至少……咱家的钢化玻璃钱,村里得给免了啊!"

春龙笑了,说:"妈,你又算小账儿了。"

春龙妈不悦地说:"看,跟你爸一个腔调儿!这也是小账儿,那也是小账儿,啥是大账儿啊?我想上联合国去算世界各国的开支,人家用我吗!"说完,走了。

春龙苦笑着摇摇头。

八月走过来,轻声问他:"春龙,你妈咋又不高兴了?"

春龙掩饰地说:"哈,没事儿,还是说不让我办养牛场……"

3. 村委会院子里,黄昏

孩子们已经放学回家了,院子里只剩下甜草和大鹏,还有孩子们捏的那些小动物。

大鹏指着高海林的画架子说:"甜草,你哥的悟性真好。你看,他的画,进步多快!"

甜草看看大鹏,说:"大鹏哥,你跟我哥在一起,除了画画和泥塑啥的,在别的方面你也得多点化点化他。"

大鹏说:"甜草,你跟我说话,别藏头露尾的。需要我做什么,你就直说。"

甜草说:"关于我爸的事儿,你那天当我说过的话,为啥不能当我哥也说说?"

大鹏说:"我能不跟他说吗?我把嘴皮儿都磨薄了,把舌头都磨短了,他都只是闷着头,不吭声。我看有点儿劝不动他,才又跟你说的。"

甜草说:"唉,我哥那人,是头犟牛。他跟我爸,在心里较着劲儿呢!"

成大鹏说:"时间可以医治一切。别急,咱们慢慢来吧。"

这时,甜草才说:"大鹏哥,我也该回家给我爸和我哥做饭了,你呢,也该去向彩云姐负荆请罪了。"

大鹏说:"我又没招她没惹她,负什么荆,请啥罪啊?"

甜草说:"她让你给捏条小狗,你没捏,她都生气了。"

大鹏说:"我不是正忙着给孩子们上课吗!"

甜草说:"我看出来了,在彩云姐的心里,可是把你看得挺重的。你可千万别伤了她的心。"

大鹏笑着说:"她生气,不是对我。"

甜草说:"那是对谁?"

大鹏继续笑着说:"你自己寻思吧!"
甜草怔怔地望着他。
大鹏瞅瞅她,又说:"甜草,这些天,我太了解彩云了。'何以解忧,唯有杜康'!"
甜草笑了,说:"你这么一会儿工夫,咋又扯到酒上去了呢!"
大鹏说:"我说的这个'杜康',不是酒,是你!"
甜草惊异地:"我?"
大鹏说:"彩云的心病,只有你一个人能治,也只有你一个人才能给她去根儿。"
甜草若有所悟地长长地说了一声:"啊……"

4. 江边,黄昏
彩云自己默默地坐在那里,嘴里嚼着一根青草。
她的眼前,斜阳映照在江面上,半江瑟瑟半江红……

5. 樱桃妈家,黄昏
樱桃妈坐在屋檐下绣着什么。
高德万来了,拿给她十多个花撑子。
樱桃妈高兴地说:"呀,大哥,我正为这事儿犯愁呢!你这是从哪儿弄来的啊?"
高德万憨厚地说:"我给你做的呗!"
樱桃妈说:"真是太好啦,太及时了。"
高德万蹲在她对面,说:"德千媳妇啊,听说春龙他妈也要跟你学着绣花鞋垫儿?"
樱桃妈说:"她来找过我。我知道,她那人鬼心眼子多,可人归人,事归事,都在一个村儿住着,有钱就大伙儿挣吧!"
高德万点点头,说:"那对!他婶儿,你说……春龙那孩子咋样?是不是跟他妈不太一样?"
樱桃妈说:"当然了,春龙那孩子多透亮啊!"
高德万不说话了。
樱桃妈停下手里的活计,用探寻的目光望着高德万,说:"大哥,你咋突然问起春龙来了?"
高德万说:"我就是随便问问。唉……你看你们家樱桃,多让你省心!你再看看我们家海林子,还有甜草,一个比一个犟。都二十好几了,还把自己当小孩子,对象儿的事连想都不想。海林子还好说,男孩儿;可甜草呢,我真怕她高不成低不就,最近剩到家……"
樱桃妈"扑哧"地笑了,说:"不能!凭咱甜草,那得满世界任咱挑。哎,你别说……大哥,春龙跟咱甜草,倒还真是挺般配!"
高德万说:"就怕……人家春龙,念过大学啊!"
樱桃妈说:"嗨,现在念过大学的多了。你没听说吗,在大街上扔块土坷垃,少说也得砸上他十个、八个的!抽空儿,我跟春龙他妈提提!"
高德万说:"你刚才说了,她那人鬼心眼子多。你跟她提这事儿,得讲点儿谋略。"
樱桃妈说:"你有啥谋略?"
高德万说:"我让甜草没啥事儿的时候,也过来跟着你学学绣花。你呢,一有机会,就当春龙他妈的面多夸夸咱家甜草。时间长了,甜草在他们家的印象就会越来越好。不等咱主动提,说不定他们家就主动提了。"

他这一番话，把樱桃妈给说乐了。她说："大哥，你还说人家鬼心眼子多呢！别看你平时老实巴交的，可到了关键时候，这鬼心眼子也不少哇！"
　　高德万也嘿嘿笑了。
　　这时候，甜草从墙那边探出头来，喊："爸，吃饭啦！"
　　高德万应了一声，缓缓起身，走了几步，又回过头来，说："那花撑子，你用，就说话。你要多少，我就给你做多少，保证供应。"
　　樱桃妈注视着他离去的背影。
　　她拿起那些做得极精细的花撑子，欣慰地笑了。

6. 酒仙儿家院子里，黄昏
　　春龙、八月、海林边说话边往外走。
　　酒仙儿追上来说："我家这个沼气池，你们咋干了一半儿又撂下了？"
　　八月笑着说："茂财叔，你别急啊。这刚把玻璃的尺寸量好，还得送到钢化玻璃厂去加工，再拉过来铺上，得好几天呢！"
　　酒仙儿说："哎呀，我还寻思你们今天来弄，我明天就能用上了呢。一天老烧这个柴火，都把我烦死了！春龙，你小子给叔盯着啊，越快越好。"
　　春龙说："叔，放心吧，过不了几天，你保准能用上沼气。"

7. 江边，傍晚
　　彩云依然沉默地坐在那里。
　　甜草找来了。
　　她轻轻地走到彩云的身边，站住，说："姐……"
　　彩云回眸，看看甜草说："来啦？"
　　甜草蹲到她身边，递给她个香瓜，说："还没吃饭吧？先吃个瓜吧。"
　　彩云接过，却没吃。
　　甜草笑盈盈地说："彩云姐，你今天咋生那么大的气啊？"
　　彩云说："他们城里人没良心！这么多天，我帮他洗衣服、送饭、推土、和泥……可他呢，我让他给捏个小狗都不肯！"
　　甜草笑了，说："彩云姐，你说的，不是心里话！"
　　彩云一愣，转脸看着她。
　　甜草说："我有特异功能，我能一眼就看到你的心里去。惹你生气的，不是大鹏哥，是另外一个人。"
　　彩云说："谁？"
　　甜草说："那个小坏蛋姓高，叫高甜草，对不对？"
　　彩云脸微微一红，忙掩饰道："胡扯！咱姐俩井水不犯河水，你哪会惹到我！"
　　甜草："大鹏哥给我捏了头小猪，没给你捏小狗，你才生了气。要是他没我捏小猪，你也不会让他给你捏小狗，对不对？"
　　彩云被她给说中了心事，有些尴尬，但却依然掩饰道："甜草，你把这事儿想歪了！"
　　甜草看看她，又说："好，你嘴上不承认，也行；只要在心里佩服我，就行了。"
　　彩云笑了一下，说："你让我佩服你哪样啊？"
　　甜草说："佩服我的火眼金睛啊！不服吗？你不服，我可要接着往下说啦！"
　　彩云说："你说啊，我怕你？！"
　　甜草笑笑，说："我有个朋友，叫巴尔扎克，他刚才给我来了个电话，说你们村儿有个叫彩云的姑娘,深深地爱上了一个叫成大鹏的小伙子!"

彩云说:"胡说八道!巴尔扎克是大作家,都死了好多年了,你骗谁呀!"

甜草说:"可他生前说过呀,爱情具有最强烈的排他性,妒忌是爱的最鲜明特征之一。今天,你妒忌我了,你为那头小泥猪生气了,你把心里对大鹏哥的爱暴露无遗了。姐呀,你露馅儿啦!"

彩云脸红红的,说:"甜草,我……说不过你。"

这时候,甜草亲昵地搂住了彩云的肩头,说:"彩云姐,大鹏哥今天没给你捏那个狗,你猜他是咋想的?"

彩云把脸侧向了甜草,轻轻摇头。

甜草说:"他一定是想多挤出点儿时间,好好给你捏一个。"

彩云一听,忍不住"扑哧"地笑了。

这时候,不远处的水草中,有一只野鸭子扑棱棱地飞起来。

彩云借机说:"你看——那边,有野鸭子窝!"

她起身朝那边跑去。

甜草在后面紧紧跟上。

8. 一大片水草中,傍晚

几只椭圆形的野鸭子蛋,静静地躺在草丛中。

彩云用双手小心地掬起。

甜草这时也跑到了。

彩云说:"咋样?还你是火眼金睛,我才是火眼金睛哩!离那么远,就知道这儿有野鸭子蛋。"

甜草笑着,一语双关地说:"祝贺你,收获了这么一大堆爱情的果实!"

彩云笑了,赶忙小心地把野鸭子蛋又放回到草丛中,说:"可不是吗,到了明年,这又是一群小鸭子。"

甜草说:"姐呀,明跟你说,我是大鹏哥派来的。他说,只有我,才能治好你的心病。"

彩云"啪"地给了她一巴掌,说:"你们俩,都太坏啦!"

甜草嘿嘿笑着,挽起她一起往回走。

彩云脸上浮现出灿烂的笑容,很真诚地对甜草说:"甜草,谢谢你来看我。"

甜草说:"彩云姐,你二哥春虎跟我叔家的樱桃早就成一对儿了。咱两家,是实在亲戚。打今往后,有一个想法你得彻底消除,那就是可千万别把我当成你的情敌啊!"

彩云掩饰地笑着说:"甜草,你别多想,我原本也不是那个意思……"

9. 小镇上的一家饭店门前,傍晚

"小鞭杆子"在门前刹车。

秋水说:"把车停这儿干啥啊?"

"小鞭杆子"说:"吃饭。"

秋水说:"没多远儿就到家了,回去吃得了。"

"小鞭杆子"说:"你到家了,我呢?来吧,你进去吃吃就知道了,那烙饼软乎乎的,特香。"

秋水说:"行,那我就再给你一个表现的机会吧。"

"小鞭杆子"推开饭店的门,对秋水极谦恭地说:"请——"

秋水"扑哧"乐了,说:"行了,别出怪样儿了,你!"

10. 山货庄门前,傍晚
八月妈正忙着,关小手来了。
关小手说:"姐,秋水他们咋还没回来呀?"
八月妈说:"来过电话了,回到镇上了,说'小鞭杆子'非要再请她吃顿饭。"
关小手说:"他妈的,这'小鞭杆子'!奥运会要是有一个给女孩儿溜须拍马的项目,他稳拿冠军!"
八月妈笑着说:"你还说人家呀?别人不知道你,姐还不知道!要是有那么个项目,你二十多年前就拿到手了,还轮得到他'小鞭杆子'!"
关小手讪笑道:"姐,我发现,你也让那小子给收买了。"

11. 饭店内,傍晚
"小鞭杆子"与秋水坐在饭店内。
"小鞭杆子"跟服务员点着菜:"酱爆鸡丁,火爆腰花儿!"
秋水无言地看着"小鞭杆子"。
"小鞭杆子"继续说:"再来一个糖熘里脊!"
秋水说:"咋都是荤菜呀?点个青菜吧,我想吃素的。"
"小鞭杆子"笑着说:"想吃素的,你早说啊!……素炒土豆丝儿!行不?"
秋水说:"行吧。"
服务员走了。
"小鞭杆子"笑眯眯地问秋水,说:"这次跟我出来,咋样?"
秋水说:"我咋是跟你出来呢?不是你跟我出来吗!我是山货庄的老员工,你是刚来的;这一路上,我是管货、管钱的,你是负责开车的。你连大、小王都分不出来啊?"
"小鞭杆子"打了一下自己的嘴,说:"可不是咋的,我说错话了!"
秋水笑了。
"小鞭杆子"说:"这趟进城,还算有收获吧?"
秋水说:"该看的看了,该吃的吃了,该买的买了,能没收获吗?"
"小鞭杆子"说:"秋水,你说句真心话,我……还是挺有男子汉味儿的吧?"
秋水说:"哪有!你一天开车装车卸车,衣服总被汗水泡着,那臭味儿都熏鼻子,还能没有'男子的汗味儿'!"
"小鞭杆子"一听乐了,连连摇手说:"秋水,我算明白了,我准是上辈子欠你的,这辈子老天爷就专门派你来收拾我!"
秋水一听,也笑了。

12. 柳茂祥家,夜
春龙在屋里接着电话。
柳茂祥在外屋听着动静。
春龙在电话筒里说:"啊,啊,啊,知道了。苏老师,那我们明天就去办了,谢谢您。"
他放下听筒,走到外屋。
柳茂祥说:"春龙啊,谁来电话?"
春龙说:"苏教授,就是成大鹏他妈。"

柳茂祥说："啥事啊？"
春龙说："没别的事儿，就是说说贷款的事儿，让我们明天到镇上办手续。"
柳茂祥惊异地问："你们有担保人了吗？"
春龙说："有了。苏教授说，她亲自为我和八月当贷款担保人。"
春龙急着要往外走，却被柳茂祥给拽住了。
柳茂祥说："儿子，你先别急着走啊。我问你，那成大鹏他妈咋还管起你和八月的事儿来了？"
春龙扳着指头，耐着性子给他解释，说："一呢，她是我和八月的老师；二呢，她曾在咱们村儿插过队；三呢，她儿子成大鹏现在是我们的哥们儿！爸，你听明白了吧？"说完，他就走了。
柳茂祥愣愣地站在那里，看着春龙的背影。
春龙妈走进屋来。
柳茂祥喟然一声长叹。
春龙妈说："又咋的了？"
柳茂祥说："立本他们两口子，加上咱们两口子，四个老的没对付过两个小的！咱们总以为不给他们当贷款担保人，他们就啥场也办不起来了。哪承想，成大鹏他妈又咣啷插了一脚！"
春龙妈说："为他们担保了？"
柳茂祥点头。
春龙妈说："这不等于是将咱们的军吗？"
柳茂祥说："何止将军，这是走了咱们一个'马窝心'！"
春龙妈说："这农大的老师也怪，学生毕业了不往城里领，还帮着往乡下推！"
柳茂祥说："你再催催茂财媳妇，给春龙找对象儿的那件事得抓紧！"

13. 小镇街道旁，晨

那位订购绣花鞋垫的中年女人，正跟春虎、樱桃在煎饼摊儿前说着话。
春虎说："依我看，樱桃就可以替她妈代签了。挺远的路，您还用得着亲自往村子里跑一趟吗？"
中年女人说："我们有车，到村里也不远。我必须得去一趟！"

14. 柳茂祥家院门口，晨

八月扶着一辆自行车在门口等候。
春龙推着自行车从院内出。
酒仙儿突然喊他，说："春龙——"
春龙回眸，说："叔哇……"
酒仙儿走过来，说："听说，你们的担保人，不要二叔了？二叔哪儿不够格啊？"
春龙笑了，说："叔，不是你不够格，是我们老师出面了。"
八月也说："养牛场和养猪场建起来，贷款不会只有这一笔。好钢得用在刀刃上，到了那时候，少不了麻烦你茂财叔。"
酒仙儿说："听你们这么说，我这心里还好受点儿。昨晚上，可是憋屈得我一宿没合眼！春龙啊，你叔我不光有钱，也有力气。等你的养牛场办起来了，像清个牛圈啊，喂个草料啊……这一类的活儿，你甭找别人，就找你二叔我吧！"
春龙说："二叔，那些事儿，等养牛场办起来再商量。"

酒仙儿说："要商量，你就找我商量，也可以找八月商量，可千万别跟你妈商量。她那人，是小算盘子，我烦她。"
春龙说："叔，就说到这儿吧，我们得走了。"
春龙、八月骑自行车走了。

15．村中路边，晨
杨立本正往一棵小树的身上缠绳子。
柳茂祥走了过来。
杨立本说："也不知道是谁家的牲口，把这棵小树给啃了，啃得我直心疼。"
柳茂祥说："八月和春龙到镇上去办贷款了，你知道吗？"
杨立本说："去镇上我知道，办贷款我不知道。"
柳茂祥说："看来，你也有不知道的事！"
杨立本满不在乎地说："咋呼雀儿没食吃，他们白跑！"
柳茂祥说："不，你别看咱们这树根没动弹，可他们树梢儿却一点儿也没白摇晃。跟你说，人家成了！"
杨立本笑道："成个屁！没担保人，贷款是不可能的。我的大哥呀，你咋也跟着咋呼上了？有点儿大将风度好不好！"
柳茂祥说："立本，我再告诉你一句话，你要是能保持住大将风度，我就服你。"
杨立本说："说！"
柳茂祥说："成大鹏他妈，也就是你常说的那个苏教授，出面给他们担保啦！"
杨立本倏地从地上站起身，骤然色变地说："啥？"
柳茂祥转身走了，走了几步又回过头，说："立本，你的大将风度跑哪儿去了？飞到天上去了，还是钻到地里去了？"说完又走。
杨立本忙追到前面拦住他，说："你，还有你们家嫂子，都赶紧到山货庄去，咱们得一起合计合计呀！"

16．山货庄，日
杨立本、八月妈、柳茂祥、春龙妈都坐在那里，每个人都是一脸愁容，谁也不吭声。
秋水给他们倒水。
八月妈说："秋水，你送货昨晚刚回来，还没缓过乏来吧？今天给你放一天假，回家歇着去吧。"
秋水看看她，又看看这屋沉默的几位长者，识趣地说："那……你们就在这儿合计事儿吧，我走啦！"她出门去。
八月妈用下颏儿点着秋水的背影，说："这帮小崽子，一个个的，都扯着骨头连着筋呢！不背着她点儿，不行。她肯定给八月、春龙他们当奸细！"
这时，春龙妈说："让我说，那个成大鹏他妈也是太过分了，咋还把手伸到咱们家里来了呢！也不征求征求家长意见，就给他们担保？"
柳茂祥瞪她一眼说："还征求家长意见！你当春龙、八月还是穿活裆裤的小孩儿啊！"
春龙妈又说："要不，咱们就把那个成大鹏从村子里撵走，搞啥泥塑啊，纯粹是添乱来了！让他这么一搅和，春龙、八月他们就更不愿意往城里挪动啦！下决心吧，撵走！"
杨立本说："嫂子啊，那么做，咱们就太小儿科了。好歹我也是村主任，不能胡来。"

柳茂祥对春龙妈说:"你少说两句儿吧,听听立本他们两口子有啥高招儿。"

春龙妈不悦地瞪了他一眼。

杨立本唉声叹气地说:"唉,你们还没看明白吗,咱们兵来,他们将挡;咱们水来,他们土掩;咱们有千条妙计,他们有一定之规。还高招儿?能想出招儿来就不错!"

八月妈说:"这茬孩子,真难摆弄!"

柳茂祥愤愤地说:"我们家春龙,好像我不是他爹,他是我爹!"

杨立本说:"大哥,你这话算是说到点子上了。有那么一句话,说得特别好——人哪,有了儿子,自己就是儿子;等再有了孙子呢,自己又成孙子啦……"

听杨立本这么一说,在场的几位脸上更加愁云密布了。

这时,春龙妈起身就往外走。

柳茂祥说:"哎,你别走哇!"

春龙妈说:"跟你们在一起,都快把我憋死了。我可受不了,我得学绣花去啦!"说完,径自出屋去了。

杨立本对柳茂祥说:"这是在你们家当一把手当惯了。刚才,你不让人家说话,生你气了吧?你小子,等着回家跪搓板儿吧!"

柳茂祥不屑地说:"她算什么一把手?儿子一回来,她早降成二把手啦!"

他这句话,暴露了自己在家里的真实地位,把杨立本和八月妈都给逗乐了。

17. 樱桃妈家,日

一辆小轿车,停在了樱桃妈家门前,车上下来了那位中年女人。她冲着院子里喊:"是樱桃家吧?"

高德万正在邻院儿做木匠活,听见喊声,忙停下手里的活计,走到墙边,问:"是找樱桃家吗?"

中年女人说:"对呀!"

高德万说:"我知道在哪儿。走,我领你去!"

18. 村文化书屋,日

樱桃妈正带着五六个妇女,每人手上一个花撑子,在那儿学绣花。春龙妈也在,就坐在门边。

高德万引着一位中年女人进来,对樱桃妈说:"找你的。"

樱桃妈忙放下手中的活计,迎过来,说:"你是……"

那位中年女人说:"是樱桃让我来的。我就是找你订购绣花鞋垫儿的那个人,跟你签合同来了。"

樱桃妈说:"呀,快进屋里坐吧。"

那位中年女人看看屋里的妇女们,又拿过樱桃妈手里的花撑子细细看看,说:"嗬,你们这儿还有点儿成规模了呢!这位大姐啊,你绣的这个花,真好看。我看,咱们第一步是先开发绣花鞋垫儿,以后呢,还可以商量着再开发别的产品。"她看看高德万,问樱桃妈说:"大姐,这是姐夫吧?"

屋里一片笑声。

高德万脸涨得通红。

樱桃妈忙说:"不……这是我家大哥。"

那位中年女人说:"哎呀,不好意思!我还真寻思你们是两口子呢。"

樱桃妈说:"也算一家人,我是他弟媳妇。"

高德万忙说:"那你们忙吧,我回了。"
他红着脸离开了,不知突然想到了什么,悄然咧嘴儿笑了一下。

19. 关小手家院子,日
关小手坐在树下吃西瓜。
李大翠从屋内出,走过来对关小手说:"哎,秋水这丫头跟咱分心眼儿了!"
关小手说:"咋的了?"
李大翠挺神秘地说:"昨晚回来,你没看,她和'小鞭杆子'都没在咱俩眼前露面儿。刚才,我偷着翻了她的包儿,哎呀妈呀,多了一条白金项链儿,还多了一枚金戒指,准是'小鞭杆子'给她买的!"
关小嗔怪地说:"你翻孩子包儿干啥!"
李大翠说:"我翻咋啦?我还能偷她的啊?这不是得掌握情况吗!"
关小手把手中的西瓜皮往地上一丢,说:"'小鞭杆子'这小子,也太不讲究!按理说,咱俩好歹也是他师父。他进了一回城,光顾着咱闺女,对咱俩一点儿也不表示,失礼!这要是他真把咱秋水追到手,将来咱两口子还不得沦为他的阶下囚!"
恰在这时候,秋水和"小鞭杆子"进院了。
秋水笑盈盈地喊道:"爸、妈!"
"小鞭杆子"也热情地说:"师父、师娘!"
关小手扭过脸,看也不看他们。
李大翠则说:"你们回来啦?秋水,你昨晚回来,咋也不跟爸妈打个招呼?"
秋水说:"我一看太晚了,不是怕影响你们休息吗!爸,你这是……跟谁生气呢?"
关小手瞥一眼'小鞭杆子',没说话。
李大翠忙掩饰地说:"跟我,正骂我耍驴呢!"
秋水忙伸手拉关小手,像哄小孩儿似的说:"爸,走,进屋吧。你进屋一看我们给你买的东西,气就消了。"
关小手假装挣扎着说:"我不稀罕!我啥都不缺,啥也不用你们买!"
李大翠在后边推了他一把说:"有话进屋说去,别在院子里大吵大嚷的!"

20. 关小手家屋内,日
秋水用脑袋把关小手顶进了屋。
李大翠、"小鞭杆子"随后也进来了。
秋水赶忙从一个兜子里往外掏东西,说:"妈,这件衣服是给你买的。看,我还给你买了一对耳环呢!"
李大翠说:"呀,这玩意儿挺贵的呀,花这钱干啥!"
关小手把屁股搭在炕沿上,在一旁不满意地看着秋水。
秋水又掏出两件衣服,说:"爸,看我们给你买的这衣服多好,有点颜色,能把你显年轻了。"
关小手假装不耐烦地用手比画着说:"拿一边去,拿一边去。你们愿意给谁穿给谁穿,我不要啊!"
李大翠说:"你这身材,属于特体。孩子好心好意地给你买了,你不穿,别人也穿不了啊!"
关小手说:"那我也不要。"
这时"小鞭杆子"说话了:"师父,这衣服啊,是我花钱买的。从打我认你当师父,还没说给你个见面礼呢。这两件衣服，不成敬意，师父你就收下吧。"

关小手说："这衣服真是你买的？"

"小鞭杆子"说："不信，你问秋水啊！"

关小手说："要是秋水买的衣服，我虽说现在不摸不看，可放那儿过些日子，我还可能穿穿；你小子买的，我是肯定不要。拿走拿走，别让我看着别扭！"

"小鞭杆子"说："师父，你是不是嫌我花钱少了，礼太薄了。"

关小手说："不，我是嫌你人太奸了，弯弯肠子太多！"

"小鞭杆子"说："我咋给师父这么一个印象呢？"

关小手笑了，说："'小鞭杆子'，我问你一句话，你老老实实地回答我。"

"小鞭杆子"说："师父，你说。"

关小手说："秋水包里那条白金项链儿和那个金戒指，是不是你给买的？"

秋水一听，生气地嚷道："妈，是不是你又翻我包啦？"

李大翠忙说："我没翻啊，我啥时候翻啦！"她生气地向关小手丢着眼色，说："你这人，翻孩子包儿干啥呀！"

关小手说："你不用跟我挤眉弄眼的，你翻就是你翻了，好汉做事好汉当！"然后又转头对"小鞭杆子"说，"你小子，这是画了一个大圈儿让我跳。白金项链和金戒指，那是干啥用的？那是订婚和结婚用的，你当我不懂啊？我要是再穿上你这身衣服，你就敢到处说我是你老丈人了！你想把生米煮成熟饭，对不？"

"小鞭杆子"着急地说："秋水，你说话啊。"

秋水说："我说啥呀？"

"小鞭杆子"说："你就说那项链儿、戒指和这身衣服都是你买的，就说我一分钱没花，不就结了，省得惹咱爸不高兴！"

关小手说："停停停，我还没穿你买的衣服呢，咋就成了'咱爸'啦？"

秋水急了，说："爸，你还有完没完？你再多说一句，我就拿剪子把这衣服铰了！"

关小手忙把衣服抢在手里，说："哎，你铰了它干啥呀，那不是白瞎了吗！"

李大翠瞪他一眼，说："你又不是老娘儿们，咋整这一出？"转头对秋水和"小鞭杆子"说："你们俩，在家吃晌午饭吧，妈给你们做。"

秋水说："饭就不吃了。对了，我们还带回来不少水果呢，'小鞭杆子'，走，给咱爸咱妈洗几个去！"她故意把"咱爸咱妈"四个字咬得很重，然后拉着"小鞭杆子"出屋了。

关小手说："听见没？连你那个好闺女也'咱爸咱妈'了！"

李大翠说："嗨，'咱爸咱妈'就'咱爸咱妈'吧，闺女大了不能留，留来留去留成仇！"

关小手也摇着头说："我也总算看明白了，秋水和'小鞭杆子'的关系，正好应了两部电影名儿。"

李大翠说："哪两部啊？"

关小手说："一部是《一江春水向东流》。"

李大翠点着头说："嗯，我看咱也挡不住了。"

关小手说："二呢，是《野火春风斗古城》。"

李大翠说："谁是春风，谁是野火，谁是古城啊？"

关小手说："这你不用分得那么仔细。反正，我不能让他们俩太顺了。不经常给他们点儿脸色看看，以后我这当老丈人的，能压住茬儿吗？"

这时候，"小鞭杆子"端着一盘子水果，进屋了。他走到关小手面前说："师父，尝尝我给你买的葡萄吧！"

关小手说："我要是不想吃怎么办呢？"

"小鞭杆子"跪在地上，笑着说："师父，那我就一直这么跪在地上给你端着。"

关小手有些受感动了，赶忙拽起他，说："行了，你放到炕上吧，我想吃的时候再吃！秋水准是在外面等着你呢，你们俩说会儿话去吧！"

"小鞭杆子"高兴地说："师父师娘，那我可走啦。"

李大翠说："晚饭回来吃！"

21. 关小手家院子里，日

秋水果然正在这儿等着"小鞭杆子"。

"小鞭杆子"笑嘻嘻地从屋内出来。

秋水问："你乐啥呀？"

"小鞭杆子"压低了声音说："我心里高兴！"

秋水说："真没心没肺。叫我爸骂成那样，还高兴！"

"小鞭杆子"压低了声音说："秋水，我告诉你吧，今天，我在你们家被通过了。"

秋水说："啥玩意儿通过了？"

"小鞭杆子"说："我和你的事儿，通过了呗。"

秋水说："我咋没看出来呢！"

"小鞭杆子"把右手食指竖起来挡在嘴边，"嘘"了一声，说："你智商没我高呗！"

秋水亲昵地给了他一巴掌。

22. 关小手家屋内，日

关小手已经穿上了那套新买的衣服，正对着镜子照。

他回身问李大翠："帅不？"

李大翠说："衣服倒是挺好，就是人差了点儿！"

关小手说："人不差点儿还真不行，那咱俩就太不般配了。"

李大翠照他屁股就是一脚，说："别臭美了。今儿晚上，村里要搞活动，咱也得准备个节目啊。"

关小手说："准备啥啊？把手绢扇子一带，也不用化妆，到时候大伙儿想听啥咱就唱啥呗……"

23. 村文化书屋，夜

一间大屋子里，坐满了村民。

杨立本、八月妈、八月、柳茂祥、春龙妈、春龙、酒仙儿、酒仙儿妻、高德万、樱桃妈、高海林、甜草、秋水、"小鞭杆子"、关小手、李大翠等，都在。关小手穿着那身新衣服，很醒目。

酒仙儿起着哄说："大伙儿再呱唧呱唧，请关老弟和他媳妇给咱们来一段儿听着过瘾的二人转好不好？"

众人喊："好啊！"掌声雷动。

关小手站起来说："我们唱是肯定唱，是不是先让八月给大家唱个歌？"

大伙儿说："好！"

酒仙儿说："八月，你舅都点你名儿了。快出来，给大伙唱一个吧。"

八月站起来说:"我唱一个倒是行,可就怕唱不好。"
酒仙儿说:"那哪能呢?你肯定能唱好,鼓掌!"
大伙儿又鼓起掌来。
八月说:"那我就站这儿唱吧。"说着,她唱了起来:"多少脸孔,茫然随波逐流,他们在追寻什么,为了生活,人们四处奔波,却在命运中交错,多少岁月,凝聚成这一刻,期待着旧梦重圆,万涓成水,终究汇流成河,像一首澎湃的歌……"

24. 江边,夜
月色下,大鹏和彩云在散步。

25. 文化书屋内,夜
八月唱完了,众鼓掌。
春龙妈问春龙:"这歌还真好听,叫啥名儿啊?"
春龙说:"《把根留住》!"
春龙妈马上一脸不高兴地说:"啥叫把根留住哇?"她捅捅身边的八月妈说,"你知道八月唱的是啥歌儿吗?"
八月妈说:"你跟春龙说的话,我都听着了。当着这么多人的面儿,咱就先别说了。"
这时候,春龙妈才发现彩云没在,便问春龙:"哎,你妹妹彩云呢?"
春龙笑着说:"妈,你别管那么多闲事儿,好不好?"

26. 江边,夜
大鹏和彩云走到了一大簇芦苇旁。
彩云望着大鹏,说:"大鹏哥,你们城里人,到底喜欢啥样的女孩?"
大鹏说:"天上飞的,地上跑的,水里游的……我们都喜欢。"
彩云说:"人家跟你说正经事儿呢!"
大鹏说:"那……你就猜吧!"
彩云说:"我说出来,你可不许脸红。"
大鹏笑道:"我这人脸皮厚,脸红你也看不出来。"
彩云想了想,说:"你……喜欢甜草那样的,对吧?"
大鹏哈哈笑道:"我早看出来了,你嫉妒甜草,这说明甜草的确很优秀。可实话说,在我的心里,她还只是一个孩子!"
彩云惊讶地说:"甜草只比我小一岁!"
大鹏摇头,说:"不是年龄,是内心感觉。也许,是因为我总跟她哥在一起的缘故吧,所以感觉她更像我的小妹妹。"
彩云不说话了。
大鹏看她一眼,说:"彩云,你想啥呢?"
彩云低着头说:"我在想……大鹏哥,我要是个城里的女孩儿,那该多好。"
大鹏说:"彩云啊,眼下,是农村正在走向城镇化的时代。农民的生活,也正在悄悄地发生着变化。城里女孩儿,还是乡下女孩儿,并不重要,关键得看是不是优秀的女孩儿!"
彩云站住了,对大鹏说:"你说的只是理论。我就不信,你在生活中,会真的喜欢上一个农村女孩儿!"
大鹏说:"你错了。我还真的喜欢上一个!不信吗?我这儿有她的照片。"

彩云怔怔地望着他。

大鹏作出要掏的姿势，问彩云："你想看她吗？"

彩云心里挺酸涩，说："不了，我就不看了吧。走，咱们回吧。"

大鹏却站在那儿不动，说："彩云，我来了以后，你是最关心我的人。这件事儿，作为好朋友，我也不该瞒着你。只是……你看了以后，千万替我保密，可别传出去。我倒没什么，传出去对人家女孩儿不好。"

彩云一听，连哭的心都有，但她努力控制着自己的感情，说："你放心吧，我……不会对别人说。"

大鹏从怀里往外掏着，说："彩云，你看，就是这个人，你认识的——"

彩云紧张地看着，可当她看清了时，却又忍不住乐了。原来大鹏手里拿的是一面小镜子，镜子里照出的是彩云自己！

彩云望着大鹏，眼里汪出了泪，说："大鹏哥，我真没想到……你能对我这么好。"

大鹏冲彩云微笑着说："那是因为，我看到了你对我是真心真意的好！"

彩云听了这话，掩饰不住内心的激动，扑进了大鹏的怀里……

27. 文化书屋，夜

那间大活动室内，酒仙儿正在说话："刚才，关老弟他们老两口儿已经唱完了，大伙儿说唱得好不好哇？"

众喊："好！"

酒仙儿又说："我看，再让秋水和'小鞭杆子'这小两口儿给咱们来一段儿，大伙说要不要啊？"

众喊："要！"

关小手一听，慌忙站起来，说："酒仙儿啊，你不是戒酒了吗？咋又说起醉话来了！哪儿来的'小两口儿'儿？你咋乱点鸳鸯谱呢！来吧，大翠，还是咱们老两口儿，再给大伙来一段吧！"

李大翠上场，说："再来段儿啥呢？我看来段儿小帽儿吧。"

关小手说："好！"说着唱了起来，"八月里柳春龙回到了村庄啊，老龙岗就飞回了金凤凰啊，村东头儿要办养猪养牛场啊，沼气池改造得村民喜洋洋啊……"

听到这儿，春龙妈按捺不住地站起来说："哎呀，可别唱这个了，瞎编的词儿，听着不过瘾！我看，还是来段儿'四大全'吧，好不好？"

众喊："好！"

关小手说："行啊，大伙儿想听'四大全'，我们就来一段'四大全'。哎呀，我说那口子啊——"

李大翠应道："来啦……"

关小手说："先唱'四大苦'吧，这说的可都是过去的事儿啦！"

李大翠唱道："四大苦，猪苦胆，黄连面，没娘的孩子，光棍汉。"

关小手说："再唱'四大酸'——"

李大翠接着唱道："没熟的枣，山楂露，女人们争风，老陈醋。"

李大翠唱："'四大甜'，说的是现在的事儿——秋甜秆儿来，冬甘蔗，白糖蜂蜜润口舌。"

关小手接着唱道："'四大全'来唱不全，农民的日子比啥都更甜，不信各家各户走一走，吃的天天像过年！"

众人兴高采烈地鼓掌……

28. 镇上出租屋内，夜

灯下，春虎对坐在凳子上看着杂志的樱桃说："来，把脚伸过来！"

樱桃说："干啥？"

春虎背着手，从身后拿出一双红色的女式皮鞋，放在了樱桃的脚前，说："你穿上试试。"

樱桃忙放下手中的杂志，把鞋拿起来，端详一下，说："呀，这么快就做出来啦！"

春虎说："试试。"

樱桃说："春虎，我真没想到，你能把鞋做得这么好看！看着这么好看的鞋，我都舍不得穿了。"

春虎笑道："鞋做了不穿，当摆设啊！"

樱桃这才小心翼翼地把鞋穿在脚上，站起来，来回走了几步，说："好看，穿着也舒服。"

春虎说："那从明天开始，你就穿着它出摊儿吧。"

樱桃对着一个穿衣镜，反复看着，说："春虎，我留着，过年、过节再穿吧。"

春虎忙说："那可不行。鞋穿在你脚上，你以为是白穿啊？那是帮我做广告！"

樱桃调皮地说："那你得给我广告费吧？"

春虎笑道："行啊，我再给你配双好看的白袜子。"

樱桃说："我看行。这鞋，配上白袜子，肯定抢眼！"

春虎说："樱桃，我把鞋做出来了，你得鼓励鼓励我吧？"

樱桃上去亲了他左边脸颊一下。

春虎夸张地把嘴朝左边歪去。

樱桃笑了，又过去亲了亲他右边的脸颊。

春虎这才笑着把脸正了过来。

29. 村街上，夜

文化书屋的活动结束了，人们三三两两地往家走。

酒仙儿走过关小手和李大翠身边的时候，朝关小手竖着大拇指说："兄弟，你真是金嗓子，亮堂！"

关小手却上去照他屁股就是一脚，说："我让你亮堂！"

酒仙儿双手捂着屁股，龇牙咧嘴地回过头，说："关小手，你咋还踢人哩？！"

（第十四集完）

第十五集

1. 村街上，夜

酒仙儿让关小手一脚踢在屁股上，疼得直喊。

关小手咯咯笑道："我让你再'老两口儿''小两口儿'地胡嘞嘞！"

酒仙儿说："本来嘛！这事儿，你瞒得了别人，还瞒得了我啊？我能掐会算，你又不是不知道。"

李大翠说："你还是回去给你们家春虎和樱桃算去吧。"

酒仙儿振振有词地说："那不是一回事儿吗！如果说，你们家秋水是我们家樱桃，那

'小鞭杆子'就是我们家春虎！不信，咱们打赌？"
　　关小手说："我不想打赌，我就想踢你屁股！"说着，又追了上去。
　　酒仙儿吓得捂着屁股落荒而逃。
　　关小手和李大翠都开心地大笑。
　　跟他们一起笑的，还有酒仙儿妻……

2. 杨立本家八月的房间里，夜
　　床头，醒目地挂着高海林给八月烙的那张电烙画。
　　八月正在电脑前上着网。
　　从另一间屋子里，传来了杨立本的咳嗽声。

3. 杨立本的房间内，夜
　　八月妈瞪着两只眼睛看着房顶，想着很沉很沉的心事。
　　杨立本则躺在她身边大声地咳着。
　　八月妈转向杨立本，说："又睡不着了？"
　　杨立本用长长的叹气作为回答。
　　这时候，八月来了。她趴在门边轻声说："爸，吃点儿止咳药吧。"
　　杨立本说："不用。"
　　八月妈也说："这是你爸的老毛病，一睡不着觉，就想咳嗽！"

4. 柳茂祥家春龙屋内，夜
　　春龙正伏在桌上写日记。
　　春龙妈端着碗鸡蛋汤蹑手蹑脚地走进来，抻长脖子，越过春龙的肩膀偷看。
　　春龙回过头来，把日记拿给她，笑着说："妈，又来侦察我了，是吧？想看，随便儿！"
　　春龙妈细细地看了两眼，嗔怪地说："你们这些小兔崽子，连写日记都用洋文，欺负你妈文化浅啊！"
　　春龙嘿嘿笑了。
　　春龙妈把鸡蛋汤摆在春龙面前，说："儿子，喝了它。我得把你养得白白胖胖的，好给妈找个好儿媳妇。凭我儿子，不是找张曼玉那样的，就得找刘若英那样的！"
　　春龙笑道："哎呀，我妈对港台明星还知道得不少呢！"
　　春龙妈又说："要不就是容祖儿那样的！"
　　春龙拿两只手调皮地刮着自己的眼睛。
　　春龙妈说："你这是啥意思？"
　　春龙说："妈，儿子对你刮目相看啦！"
　　春龙妈亲昵地拍拍他的脑袋，说："傻小子，可得听妈话啊，咱就是打一辈子光棍儿，也不能再找农村媳妇！"
　　春龙看着她，顿时无语。

5. 关小手家，夜
　　关小手依然穿着那身新衣服照镜子。
　　李大翠进屋，说："别照了，咋照也是那副德行！"
　　秋水在窗口出现了，说："谁说的！我爸穿上这身衣服，年轻了十多岁。"

关小手嗔怪地说:"你这闺女,就是不会说话!我年轻十来岁,那不是把你妈显老了吗!你别总刺激你妈呀!"

秋水一听,咯咯笑起来。

关小手开始往下脱衣服。

李大翠说:"别脱了,脱啥呀?穿着睡呗!"

关小手说:"我想穿着睡,但怕你给碰脏了。"

秋水又咯咯地笑出声来。

李大翠瞪着她说:"你一个劲儿傻笑什么!"

秋水说:"妈,人家笑还不行啊?"

李大翠说:"你爸是个戏疯子。他说,你笑,本身就是对他的支持和鼓励,你知道不?"

秋水听了,忙把双手伸进自己的胳肢窝儿里,一边胳肢自己,一边哈哈大笑。

李大翠笑道:"你胳肢自己干啥?你也疯了!"

秋水停住手,不笑了,说:"妈,我不能光支持和鼓励我爸,不是也得支持支持、鼓励鼓励你吗!"

她这句话,把关小手和李大翠全逗笑了。

6. 酒仙儿家,晨

在清晨的阳光中,酒仙儿肩头上搭着几串大苞米,正沿梯子往屋顶爬。

春龙推着自行车,欲出院儿,一眼瞧见了,忙喊道:"二叔,小心点儿啊!"

酒仙儿停止了攀爬,回头,说:"没事儿。你二叔像你这么大的时候,就这房子,几步蹿上去,根本就用不着梯子!"

春龙说:"叔,你起得挺早啊!"

酒仙儿说:"原来你婶儿做饭的时候,我睡懒觉儿;现在我起来做饭了,轮到她睡懒觉了。"

酒仙儿妻推开屋门,笑着说:"谁睡懒觉了?春龙,你看你叔,干点活儿,就想让全天下的人都知道!"

春龙笑了,说:"婶儿啊,这是我叔有了上进心的表现!"

酒仙儿妻说:"春龙,你推个车子,又上哪儿啊?"

春龙说:"我和八月上镇里。"

酒仙儿说:"昨天你们不是都去了吗?"

春龙说:"昨天是办贷款手续,今天是去提款。"

酒仙儿高声大嗓地说:"呀,提款,你们可当心!"

酒仙儿妻焦急地说:"你那么大嗓门干啥呀?你上大喇叭里喊去得了呗!"

春龙笑了,说:"叔,婶儿,我走啦!"

酒仙儿冲他的背影喊:"春龙,别光忙活贷款,可别把我们家沼气的事儿给忘了!"

春龙的声音:"忘不了!"

酒仙儿妻仰起脸说:"又喊,你又喊!"

7. 村子通往小镇的路上,晨

春龙和八月,正骑着自行车往前走。

杨立本开着小四轮子,车上坐着柳茂祥,从后边追了上来。

他们超过春龙和八月,把车停下,说:"哎,你们俩也上来吧!"

八月说:"爸,你们这是要上哪儿去啊?"
杨立本说:"你们上哪儿去,我们就上哪儿去!"
八月说:"怎么不早说一声呢,省得我们骑自行车了。"
杨立本说:"是啊,怎么不早说一声呢,省得我们追来了!"
柳茂祥说:"都上来吧。"
春龙把八月的自行车先递到车上。
柳茂祥接过放好。
春龙又把自己的自行车递上去。
柳茂祥又接过放好。
春龙扶八月上了车,自己也上了车。
八月说:"爸,你们上镇子干啥去啊?"
杨立本说:"你们干啥去呀?"
八月说:"我们去提款啊!"
杨立本沉着脸说:"提款,就像你们这样骑着自行车去?!"
柳茂祥也说:"你们这俩孩子,胆子也太大了。二十万元啊,那是小数吗!"
春龙恍然大悟地说:"哎呀,爸,杨叔,敢情你们是来给我们保驾护航的呀!"
杨立本扫他们一眼,没吭声。
八月半是撒娇半是认真地说:"爸,你们既然是来给我们当保镖的,那一是得听我们指挥,二是得服务态度好点儿啊!别板着个脸,像要吃人似的!"
杨立本没吭声,一踩油门儿,开车走了。

8. 樱桃妈家,日

上午的阳光,透过窗子,照进屋来。
樱桃妈正在教春龙妈和另外两个女人绣花,说:"你们看好啊,绣花儿主要在怎么走针上。有的针是这样走,有的针是这样走……"
这时候,甜草来了。她对樱桃妈说:"婶儿,今儿是星期天,我没事儿,我爸非让我过来跟你学绣花。"
樱桃妈说:"那边还有一个花撑子,你用那个吧。"她对春龙妈说:"甜草这孩子,打小就心灵手巧,绝对是学绣花的好料。"
甜草说:"二婶,你可别夸我了。画画绣花,我最笨了,不然,我们学校的图画课,能让人家成大鹏替我们上吗!"
樱桃妈说:"甜草,你那么谦虚干啥呀?我,春龙他妈,都不是外人!别看你没上过大学,你看过的那些书,有些大学生还不一定看过呢!你不会画画,那是你没往那上头悟。你稍稍一用心,就比谁都学得快!"
春龙妈在一旁默默地听着。

9. 山货庄门前,日

"小鞭杆子"欲上车,秋水从屋内追出来。
她把一个装钱的信封,揣到"小鞭杆子"兜里。
"小鞭杆子"一摸说:"啥玩意儿啊,这么厚?"
秋水说:"大姑让我发给你的工钱。"
"小鞭杆子"说:"唉,真失望。我还以为是你写给我的情书呢!"
秋水笑道:"做梦娶媳妇——净想美事儿!"

这时候,"小鞭杆子"把钱掏出来,递给秋水说:"秋水啊,这……我看,你就统一保管吧。"

秋水"啪"地给他扔回到怀里,说:"你想啥呢?谁给你统一保管啊!"

"小鞭杆子"说:"秋水,你这么说话,不是又让我的心里没底了吗?不是又等于往我火炭儿般的心上浇凉水吗?"

秋水说:"咋?我把钱收下你就心里有底了?'小鞭杆子'啊,你也太小看了人啦!你记住,我看中的人,他对我一分钱不花,我也不会变心;我看不中的人,他给我搬座金山来,我也不稀罕!"说完,转身进屋去了。

"小鞭杆子"看看手中的钱,禁不住"扑哧"乐了。

10. 樱桃妈家,日

樱桃妈、春龙妈、甜草,还有几个妇女,都在绣着花。

春龙妈说:"甜草,你知道昨晚八月唱的那歌,叫啥名儿吗?"

甜草说:"是一首老歌,叫《把根留住》。"

春龙妈说:"八月这闺女,唱得倒是挺好,可这歌名儿我烦。啥叫把根留住啊?"

甜草说:"婶儿,我跟八月姐唠过,她可真的是想在村子里干下去,不走啦。"

春龙妈说:"那当初还上大学干啥呀?"

甜草说:"虽说都是一样在村子里干,可上大学跟不上大学那可不一样!"

樱桃妈说:"你们家春龙,不也上过大学吗!"

春龙妈说:"所以说……我才不能让他'把根留住'。她婶子淑芬,正张罗着给他在城里找对象呢!"

樱桃妈抬眼望着她,说:"淑芬给张罗呢?"

春龙妈说:"她娘家不是在城里吗!"她看看甜草,又说,"等把春龙的事忙活完了,我给咱们甜草也张罗张罗。"

甜草笑了,说:"婶儿,我可不用您费心。"

春龙妈说:"甜草啊,宁要城里一张床,不要乡下三间房。反正,我是绝对不会让春龙在村里找对象儿的!"

甜草笑笑,没吭声。

樱桃妈却说:"你也别把话说得那么绝。那个'小鞭杆子',不也是镇上的人吗?现在不是跟秋水也好上了!"

春龙妈说:"'小鞭杆子'啥条件啊?他跟春龙咋比啊!"

樱桃妈说:"春龙能听你的?"

春龙妈说:"在这些大事儿上,他不听也得听!"

甜草不说话了,只是埋头绣自己的花。

11. 小镇信用社门前,日

杨立本靠在自己的小四轮子上。

柳茂祥则蹲在离他不远处。

他们俩的眼睛都紧紧地盯着信用社的玻璃门。

杨立本一边拿帽子扇着风,一边说:"唉,咱们这些当爹当妈的,都是一身贱骨头。你看,他们贷款,咱哥俩本来心里一百个不乐意,可还得来给他们当警卫员;人家俩呢,成了大首长啦!"

柳茂祥说:"立本,你有一句话说得特别好,我咋琢磨咋是那么回事。咱俩从小就是光屁股伙伴儿,我认识你这么多年了,你也就那句话说得有水平!"
　　杨立本说:"哪句话呀?"
　　柳茂祥说:"就是那句——人有了儿子,自己就成了儿子;等有了孙子呢,自己也就跟着成了孙子啦!单凭你这句话,当村主任就够格儿。不,不是够格儿,是富富有余!"
　　杨立本苦笑道:"那也不是我说的。"
　　柳茂祥急问:"谁说的?"
　　杨立本说:"我好像……是在哪本书上看的。"
　　柳茂祥说:"在书上看的?那就更厉害了!那说明啥?那就说明……碰上咱们这种难心事的,不单是你,不单是我,还有普天下那许许多多当爹当妈的人!"
　　这时,八月和春龙每人拎着个小包从门内出。
　　杨立本说:"出来啦!"
　　他跟柳茂祥急围上去。
　　柳茂祥问:"办妥啦?"
　　春龙扬扬手中的小包,点着头说:"妥啦!"
　　八月笑盈盈地:"爸,茂祥大叔,辛苦你们啦!走,我跟春龙做东,请你们撮一顿儿去!"
　　杨立本慌忙说:"不撮啦,不撮啦!"
　　八月说:"别不撮啊!你们风吹日头晒的,还不是都为了我们吗!"
　　杨立本走近她,压低着声音说:"你傻啊?身上带着那么多钱,撮什么撮?上车!"

12. 镇上小街,日
　　杨立本开着小四轮子,拉着柳茂祥、春龙和八月,往前走着。
　　路边的春虎看见了他们,忙从鞋摊上站起来。
　　杨立本瞧见了春虎,停下车,回身对柳茂祥说:"你看,那不是春虎和樱桃吗?"
　　春虎迎过来,说:"大爷,春龙哥,杨叔,八月姐,你们干啥来啦?"
　　春龙和八月忙下车:"春虎……"
　　杨立本和柳茂祥急走过来,从他们手中接过包,紧紧地搂在自己怀里。
　　春龙说:"春虎啊,听说你和樱桃干得挺好的。"
　　春虎说:"还行!哥,八月姐,你们过来看看我的小鞋摊儿!"
　　八月说:"好哇!"
　　他们来到了春虎的鞋摊儿前。春虎的小鞋摊儿发生了变化,在修鞋的箱子上面,醒目地摆着好几双新皮鞋。
　　八月回头喊杨立本和柳茂祥:"爸,你们过来呀!"
　　杨立本和柳茂祥这才走过来。
　　杨立本拿起一只皮鞋,问春虎:"你这擦鞋掌鞋的,咋还卖上皮鞋了?"
　　春虎说:"有人定做的。"
　　柳茂祥笑道:"哟,我侄儿还会做皮鞋了?"
　　春虎嘿嘿地笑着。
　　八月接过杨立本手里的皮鞋,说:"这鞋做得还真像个样儿!"
　　春龙说:"春虎,今早来的时候,我还见着你爸了。我叔现在表现可好了,你不用惦记家!"

13. 樱桃的煎饼摊儿前，日
樱桃正忙着。
八月走过来。
樱桃一抬脸，高兴地说："八月姐！"
八月说："呀，樱桃，我怎么觉得你长个儿了呢？"
樱桃笑了，说："不是我长个儿了，是穿这鞋穿的。"说着，她抬起一只脚，让八月看她穿的那双红皮鞋。她一双洁白的袜子，把那红皮鞋衬得格外好看。
八月说："这皮鞋穿在你脚上，合适，精神。"
樱桃说："是春虎做的。"
八月说："没想到，春虎手还这么巧！"
樱桃说："八月姐，你那个养猪场办得咋样啦？"
八月说："今天才敢说，肯定是能办起来了。"
杨立本在那边喊："八月，走啦！"
八月应道："哎！"

14. 春虎的鞋摊儿前，日
杨立本、柳茂祥开始往小四轮子方向走。
春虎拿出两双皮鞋，递给春龙说："哥，这是我给我爸和我妈做的两双鞋，你给提溜儿回去吧。"
春龙说："好。"
柳茂祥问陪着八月走过来的樱桃："樱桃啊，跟你妈有啥事吗？"
樱桃说："没有。"
杨立本说："那好，你们就在这儿好好干吧，我们走了啊。"说着，招呼柳茂祥、春龙、八月："上车，上车吧……"

15. 行驶的小四轮子上，日
柳茂祥拿着春虎往家捎的那两双鞋对春龙说："你看看人家春虎，多孝顺，多听话！"
春龙笑着说："爸，你这意思是我不孝顺，不听话啦？"
柳茂祥苦笑笑，说："儿子，我敢那么说吗！"
这时，杨立本回过头来说："没想到，春虎和樱桃这俩孩子还真出息啦！"
柳茂祥说："是啊，两个乡下孩子，出来闯天下，一个熟人没有，能站住脚不易。"
杨立本一语双关地说："人就得往高处走！从高处往低处去的，那是水，不是人；就算是人，也是傻瓜！"
八月说："爸，你别总这么含着骨头露着肉的。我知道，你这是说我和春龙呢！"
杨立本说："哎呀，我的闺女啊，我哪敢说你们啊！"

16. 山货庄屋里，日
八月妈、秋水和"小鞭杆子"正在忙碌着。
关小手和李大翠来了。
李大翠说："秋水啊，你们先出去找点儿活儿干，我和你爸跟你大姑在屋里说会儿话。"
秋水说："妈，我们越忙，你们越来添乱！"

关小手说："咋跟你妈说话呢？"
八月妈忙对秋水和"小鞭杆子"说："你们先出去一会儿吧。"
秋水和"小鞭杆子"只好往屋外走去。

17. 屋外，日
"小鞭杆子"小声嘀咕："秋水，他们要说啥事儿呢？咋还非得背着咱们俩呢！"
秋水说："人家爱说啥就说啥呗。"
"小鞭杆子"忧心忡忡地说："我这心，扑通扑通跳得厉害。"
秋水说："你做啥亏心事儿啦？"
"小鞭杆子"说："我觉得，他们好像要商量和决定咱俩的事。"
秋水说："啥？咱俩的事，他们愿意商量，我拦不住；可决定权，绝对在我自己手里！啥时候我跟你说：'小鞭杆子'，我爸我妈让你离我远点儿。那就是我心里烦你了，是拿我爸我妈当借口。你就二话别说，离我远点儿！听明白没有？"
"小鞭杆子"看着秋水，脸上露出几许惊异的神色说："我真没想到，从你嘴里，还能说出这样高水平的话来！"
秋水说："咋啦？"
"小鞭杆子"说："你说的是人格独立呀！这就像阴云密布的天空，'咔嚓'就是一个响雷，把满天的云彩都给劈散了，阳光呼啦一下子就照亮了我的不安的心！"
秋水看看"小鞭杆子"，说："真能整，还作上诗啦！"

18. 山货庄里屋，日
八月妈笑着对关小手和李大翠说："从打你们让我帮着盯住秋水，我就不错眼珠儿地盯着。可我发现，你们家秋水也不错眼珠儿地盯着'小鞭杆子'。"
关小手说："姐，你说到底是'小鞭杆子'追咱秋水啊，还是咱秋水追'小鞭杆子'啊？"
八月妈摇着头说："分不那么清楚，可有一条是看清楚啦……"
李大翠说："哪条？"
八月妈说："那就是你们俩……像王母娘娘似的，从头发上拔下个银簪子来，在他们俩之间画上一道银河，那也甭想拦住他们！"
关小手说："姐，我们头发上没有银簪子，我们也画不出那道银河来。秋水那闺女，不会听我们的。我们……哈，也就是掌握掌握情况。"

19. 山货庄外面，日
"小鞭杆子"一边干着活儿，一边对秋水说："哎，我还有个事儿，你帮我拿拿主意呗。"
秋水说："啥事儿啊？"
"小鞭杆子"说："我想跟大姑商量商量，干脆就搬到这山货庄来住得了。"
秋水一听，笑了，说："得，我们山货庄可不缺打更的。"
"小鞭杆子"说："我是跟你说正经事儿，你别逗乐啊！我是想……大姑的山货庄都正式聘我了，我还住在镇里头，一天到晚开着车两头儿跑，浪费汽油不说了，也挺不方便的。"
秋水说："那你镇上的房子不是空起来了吗？"
"小鞭杆子"说："出租啊！我那房子临街，可以当门市房儿！"

秋水说:"呀,这事儿可得问问大姑,我做不了主。"
正说着,关小手、李大翠、八月妈从屋里出来了。
关小手对"小鞭杆子"说:"今儿晚上你小子还得到我那去上课啊,我给你讲点绝活儿。"
"小鞭杆子"忙说:"师父,我看……课就先免了吧,我遇到困难了。"
关小手说:"遇到啥困难了?"
"小鞭杆子"说:"师父讲完课就挺晚的了,我还得开车回镇子,到家就更晚了。"
关小手说:"你以前不是都这么跑吗?"
"小鞭杆子"说:"这来回折腾,我真有点儿跑够了。"
关小手一瞪眼睛说:"你啥意思啊?想还住我家啊!"
"小鞭杆子"说:"师父,我哪能住你家呢!我寻思,大姑这个山货庄,货还挺多的,也没人照顾。我就买个折叠床,晚上一支,连打更都有了。"
八月妈一听,说:"那好啊,也省得我总惦记着这些山货了。"
秋水说:"不用支折叠床,里屋不是有个大沙发吗?又长又宽绰的,睡个人没问题。"
关小手说:"这里头也没你啥事儿,你跟着掺和啥啊!"
秋水说:"爸,妈,没啥事儿,你们就抓紧回家吧!"
李大翠对关小手说:"听明白没?这是不让咱俩掺和呢!"

20. 柳茂祥家灶房,日
彩云正忙着做饭、炒菜。
春龙妈进屋,说:"彩云哪,你这是作什么妖呢?"
彩云笑笑,没吭声。
春龙妈过去看看,说:"哟,咋还炒了这么多菜呢?"
彩云说:"妈,我约了个朋友,一会儿到咱家吃饭。"
春龙妈急问:"谁呀?"
彩云说:"哎呀,你就去学你的绣花吧,别问了。"
春龙妈说:"不问行吗?谁呀?"
彩云吞吞吐吐地说:"就是那个谁……成……大鹏。"
春龙妈一听,惊喜地说:"呀!这么大的事,你咋不事先跟妈打个招呼啊!"
彩云笑道:"哪么大的事儿呀?"
春龙妈说:"彩云,妈不糊涂!你今天帮那个成大鹏熬米汤,明天帮他洗衣服……这呢,又要把他请到家里来吃饭!你说,这事儿还小吗?告诉妈,你们俩到底咋个关系啊?"
彩云说:"妈,你想多啦!我们年轻人在一起,感情上合得来,话能说到一起去,就是好朋友,不想很远的事儿。"
春龙妈说:"那哪儿行啊!你可千万不能把事情弄得清不清浑不浑的。有些事儿,不挑明了说,等有一天,人家一拍屁股走了,把你一个人甩到这儿,你不傻眼吗?"
彩云说:"妈啊,我不是就请朋友吃顿饭吗?咋引出你这么多话来呢!"
春龙妈说:"嫌我啰唆了?那我就简单点儿,你们俩到底是不是对象?"
彩云无奈地说:"对啥象啊?顶多……也就是朝着那个方向发展吧。"
春龙妈一听这话,极高兴地说:"那不就结了吗!"说着,从灶台上把菜刀拎起来,欲出屋。
彩云说:"妈,你拎菜刀干啥啊?"

春龙妈说:"杀鸡啊!"

21. 柳茂祥家的院门,日
杨立本的小四轮子停在柳茂祥家院门前。
柳茂祥和春龙下车。
八月把春龙的自行车递给他。
杨立本开车走了,柳茂祥父子进院儿。

22. 酒仙儿家院子,日
酒仙儿正在院子里忙活,一眼瞧见春龙,忙走到墙边,说:"大侄儿,办好啦!"
春龙拍拍身边的小包,高兴地点头。
柳茂祥说:"春龙,别忘了把春虎捎来的东西给你二叔。"
酒仙儿说:"春虎又捎东西了?这孩子,我不让他捎这个,不让他捎那个的,他非得捎!"
春龙隔着墙,把两双皮鞋递给了酒仙儿。
酒仙儿接过皮鞋说:"哎呀,这是上回回来量的尺寸,这么快就做出来啦?"
春龙说:"二叔啊,春虎说给你们捎回这个鞋来,让你们别放着,该穿就穿。"
酒仙儿说:"行,一会儿我就穿上试一试。"
春龙转身欲走。
酒仙儿却又喊住他,说:"春龙,你把贷款办成了,叔跟你一样高兴。有了钱,你的养牛场就有希望了。你的希望越大呢,叔的希望也就越大。叔要到你养牛场打工的事儿,可给叔记着。"
春龙说:"忘不了。"
酒仙儿乐颠颠地转过身,嘴里哼起了小调儿:"过去喝酒我天天醉,喝坏了心肝儿喝烂了胃,喝得腿脚半残废,喝得记忆大减退,喝得黑眼儿对白眼儿,喝得家里缺经费,喝得老婆流眼泪,喝得她晚上睡觉跟我背对背……"

23. 柳茂祥家屋门前,日
春龙妈正在一个盆子里拔着鸡毛。
春龙蹲在旁边看着,并用一个水舀子,往鸡身上浇热水。
酒仙儿的歌声从邻院儿传过来。
春龙妈说:"这酒鬼咋还唱上了!"
春龙说:"人家我二叔戒酒了,不能再叫他酒鬼了。"
春龙妈说:"戒也没用,他浑身上下的汗毛孔儿早都让酒给占满了,连放屁都带酒味儿。你二婶儿这辈子,算是毁在他手里了。"
春龙说:"妈,咱别这么说人家!"
春龙妈说:"人这一辈子,啥最重要?女人嫁给啥样的男人,男人娶个啥样的媳妇最重要!"她一边拔着鸡身上的毛,一边对春龙说,"你看你妹妹彩云,多有心眼儿。她伸出感情的钩子,把那个成大鹏给抓到手了!她是没有条件,自己硬创造条件。你呢?你是有了条件,却自己扔下条件!我看你将来能找个啥样的。"
春龙说:"妈,你放心吧,你儿子不傻。我肯定要给你找回个这世界上最好的!"
春龙妈说:"就算是九天仙女儿,乡下的咱也不要,我就认准城里的了!"
春龙笑笑,不语了。

24. 杨立本家院子里，日

杨立本闷着头坐在屋檐下。

八月妈走过来说："咋样？奔拉脑袋了吧？"

杨立本不语。

八月妈继续数落他："最可笑的是你跟柳茂祥，一对贱骨头。人家孩子去取钱，你们还嘚嘚瑟瑟地跟去了！要是开个奔驰啊，宝马啥的，还能壮壮脸面。你开个小四轮子，去显摆个啥呀！"

杨立本抬起头来，不悦地说："你少说两句，能把你当哑巴卖了啊？他们取那么多钱，我们不去，出事儿咋办？小四轮子咋了？拉庄稼、卖粮食……哪样少得了它！想坐奔驰、宝马啊？你嫁成龙、李连杰去，可人家稀不稀罕娶你呀！"

八月妈瞪他一眼，说："你也就是跟我发发脾气瞪瞪眼睛的能耐！在八月面前，你的本事呢？你村主任的权威呢？你咋像耗子见猫、兔子见了猎手呢？"

杨立本苦着脸说："你能不能把嘴闭上，不说话，啊？你不知道我正烦着吗！"

八月妈说："光你烦，我就不烦啊！咱们家，啥是大事儿？八月和九月的事儿，不就是最大的事儿吗！一个女孩子，岁数也不小了，赖在家里说啥不走了。将来工作咋办？对象儿咋办？这不是愁死人吗！"

杨立本不耐烦地挥挥手，说："你该干啥干啥去，行不行？我烦啥事儿，你就偏往啥事上说！你这不是往我的伤口上撒盐吗？"

八月妈见他一脸不高兴，忙趑身回屋去了。

杨立本从身边捡起块小石片，拿着它，在地上一道一道狠狠地画着……

25. 酒仙儿家，日

酒仙儿穿上了那双新皮鞋，背着手，迈着四方步，在院子里来来回回地走。

春龙妈从墙那边探过头来，问："淑芬回来没呢？"

酒仙儿说："没呢。"

春龙妈笑道："你这背着手，迈着四方步，干啥呢？"

酒仙儿翘翘自己的脚说："嫂子，你往这儿看。"

春龙妈说："呀，咋还穿上皮鞋了？"

酒仙儿说："嫂子，这皮鞋一穿，立马就觉得自己身价提高了。"

春龙妈说："啥时候买的啊？"

酒仙儿说："还用买吗？咱家有会做的！"

春龙妈有些不相信地说："春虎？"

酒仙儿："嫂子，你看，春虎还给他妈也捎回来一双呢。这式样不错吧？你要是喜欢，就量量鞋样儿，叫春虎也给你做一双。"

春龙妈说："那哪行啊！孩子做鞋挣点儿钱不容易，我可不能占这个便宜！"

酒仙儿笑着说："我是说让他给你做双鞋，可没说让他白给你做！"

春龙妈也笑了，说："哟，还收钱啊？那我就更不用他做了。商场里头，想买啥样儿的没有啊？"

酒仙儿说："那不对呀！商场里的鞋，一是价钱贵，二是都一模子出来的。人家春虎做的这鞋，大小肥瘦高低，都可着你的脚来，穿上感觉能一样吗！"

春龙妈说："你这哪是张罗给我做鞋啊，你这是给春虎卖鞋做广告呢！行啦，我可不跟你磨叽了。"

这时，酒仙儿问她："嫂子，那阵子我见你拎把菜刀，满院子抓小鸡儿，请谁吃饭啊？"

春龙妈说："你猜吧。"

酒仙儿说："那我可猜不着。"

春龙妈笑着说："猜不着就别问了，反正请的不是你！"说完，笑眯眯地走了。

酒仙儿十分欣赏地看着自己脚上的皮鞋，又开始在院子里来回踱步……

26．柳茂祥家院子里，黄昏

透过窗户，可以看见菜早已摆在了屋内的桌子上。

柳茂祥和春龙蹲在院子里说话。

柳茂祥说："办养牛场，可不像吹气球，一鼓腮帮子就吹起来了。把牛养起来，那事儿可就多了，今天清粪，明天垫圈，还有喂草喂料啥的，麻烦着呢！"

春龙说："爸，没事儿，我再雇几个人不就行了吗！"

柳茂祥说："现在不比过去，家家户户的日子都过好了，没人乐意到你这儿来干那么脏那么累的活儿。"

春龙说："怎么没有？都有人自愿报名儿啦！"

柳茂祥说："谁啊？"

春龙说："我二叔。"

柳茂祥说："你要用你二叔？"

春龙妈在一旁听见了，一脸焦急的神色，忙压低着声音插话说："春龙啊，你一会儿张罗办养牛场，一会儿又要用你二叔，咋像小孩儿玩'过家看狗狗儿'呢？那人，你还敢用！"

春龙说："为啥呢？"

春龙妈说："一是自家的亲戚，二是你的长辈，你管得了吗？再说了，他那人说不定哪天小酒盅儿又端起来了，懒劲儿又上来了，啥活儿不干，光想着拿钱，你想辞又不好辞，那不是两手捧刺猬，不扔扎手，想扔又扔不掉吗？"

柳茂祥也说："你二叔是我的亲弟弟，我不能说他不好的话，可你妈说的，你也得琢磨琢磨，看有没有道理。"

春龙说："妈，爸，养牛场的事儿，我自己安排吧，你们就都别插手了。"他向屋内喊彩云，"彩云啊——"

彩云从屋内出。

春龙说："那小子咋还不来呢？我都饿啦！"

春龙妈抬眼看看太阳，也说："是啊，这日头都要卡山啦！"

彩云掏出手机，打电话，没人接，就皱着眉头说："妈，你和我爸、我哥先吃吧，别等他了！"

春龙妈说："那能行吗！谁饿了，先进屋垫巴一点儿，桌子上的菜一筷子不能动。"

柳茂祥说："彩云啊，你去找找他。"

彩云说："去过一趟了，没在。我再去看看吧……"说着，走出院儿。

27．村委会院子里，黄昏

在斜阳晚照里，这里仿佛一幅优美的静物写生。那大缸，那案板，还有高海林的画架子，都沐浴在温暖的色调里。

成大鹏的几件洗好的衣服，在晾衣绳上伴着轻风飘荡。

彩云进院儿，喊："大鹏哥！成大鹏……"
没人应声。
她走过去，把晒干的衣服小心地收起来，放进屋内，然后反过身来，手扶着门边，茫然四顾，一脸焦灼。
她又喊："大鹏哥！成大鹏……"
回应她的，只有几声悠长的鸟鸣。
彩云猛然想到了什么，便匆匆地走了。

28．村小学校内，黄昏
孩子们已经放学了。
甜草正带着十几个女生在操场上练跳舞。
伴着录音机里黑鸭子演唱的《吐鲁番的葡萄熟了》的歌声，她在给孩子们做着示范。
她的舞姿极其优美。
孩子专注地看着，有的在模仿着她。
甜草停下来说："跳舞，自己的情感一定要投入。比方说跳这一段的时候，你一定要想象着在美丽的新疆，在吐鲁番盆地，秋天来了，鸟儿在欢鸣，那成串成串儿红的紫的黄的绿的葡萄挂满了枝头……"
这时候，彩云急急地走来。
甜草忙迎过去，说："彩云姐！"
彩云把她拉到一边，小声说："甜草，看见成大鹏了吗？"
甜草摇头说："没有哇！"
彩云说："这人，答应上我家吃饭，咋没影儿了呢？"
甜草说："打他手机啊！"
彩云说："打了，没人接。甜草，你说……不会出啥事儿吧？"
甜草想了想，说："彩云姐，你别急。我想，没啥事儿。"
彩云的内心，完全被焦灼给占据了……

29．柳茂祥家院内，黄昏
彩云郁郁寡欢地走进院子。
春龙妈忙迎上去："人呢？"
彩云沉重地摇摇头。
这时候，酒仙儿隔着墙，从那边探出头来，关切地问："这菜都快凉了，请的人咋还没来呢？"
春龙妈说："他叔，这事儿，你别操心了。"
酒仙儿说："嫂子，春虎给我捎来的酒，还都在那儿摆着呢，你们用不用啊？"
春龙妈弦外有音地说："不用了。亲兄弟，明算账。再说了，嫂子也不是那种现用现交的人啊！"
酒仙儿看看她，不说话了。

30．柳茂祥家屋内，傍晚
彩云生气地冲到桌边，拿起筷子，朝外面喊道："爸，妈，哥，吃饭，不等啦！"
春龙妈忙跑进来，说："别不等啊！"
彩云不说话，赌气地用筷子搅着桌子上的菜，眼里含着泪。

春龙妈手足无措地："彩云……"
彩云这时带着哭声喊道："你们到底吃不吃？不吃，我全都倒扔了啊……"

31．江边上，傍晚
成大鹏和高海林站在江岸上。
那里有一根浪木，用绳子拴着。他们两个正把它从水里往岸上拽。经过艰难的努力，那根浪木，终于被他们捞上岸来。
高海林汗津津的脸上，露出微笑，对大鹏说："好了，终于把它给弄上来了。"
成大鹏说："走，那边还有几根，咱们把它们也都拽上来。"
高海林："好，走！"边说边用手挽着绳子。
成大鹏解着浪木上的绳结。
他们两个拎着绳子又向江的上游走去。

32．柳茂祥家屋内，傍晚
柳茂祥、春龙妈、春龙都在桌前吃着饭，谁都不说话。
彩云默默坐在那儿，手里拿着筷子，却一点儿不动。
柳茂祥瞥她一眼，说："咱乡下的那些小伙子，像猪，看起来脏，闻起来臭，吃起来香；可城里那些公子哥儿，是绣花枕头，看着挺好，却一肚子荞麦皮！"
春龙说："爸，你说得太绝对啦。让我看，大鹏挺好的。"
柳茂祥从鼻子里"哼"了一声，说："好？行啊，你们说好，就好！"
彩云把筷子往桌上一放，说："爸，你别说了，行不行！"
柳茂祥瞪她一眼，想要发作。
春龙妈忙夹菜给他，又拿胳膊肘儿碰一碰他，说："吃饭，吃饭，好好吃饭！"
柳茂祥只好忍气噤声。

33．江边，傍晚
成大鹏和高海林还在用绳子拉着江边的浪木。
他们两个人的脸上，满是汗水和泥浆……

34．柳茂祥家灶房，薄暮时分
春龙妈忙着刷碗。
柳茂祥坐在一边低头抽烟。
春龙妈扭过脸儿劝他，说："彩云心里不痛快，你不能再火上浇油儿啊！"
柳茂祥长叹一声，说："杨立本跟我说，'人有了儿子，自己就成了儿子；等有了孙子呢，自己也跟着就成孙子了。'叫我说，他还落了一句话。你看，咱在闺女面前，不也是儿子吗！"
春龙妈笑了，说："嗨，不是有句老话吗？'百行孝为先，论心不论行，论行天下无孝子。'都是咱自己身上掉下来的肉，彩云心里不痛快，不跟咱撒点儿邪火，跟谁撒去？你想让孩子憋死啊！"
柳茂祥愤愤地骂道："他妈的，成大鹏这小子，真不是个东西！"

35．村委会院里，夜
月光下，大鹏和海林子推着一车浪木走进院儿。

彩云从屋内出来。

大鹏兴奋地说:"彩云,你快来看!我们今天收获可大了,拉回来的这些浪木,棒极啦!我敢说,这是大自然恩赐给人类的最美的艺术品!"

彩云盯着大鹏,没吭声。

高海林看看彩云说:"彩云啊,我们拉回来这么多浪木,你应该高兴啊。我咋瞅你没一点儿笑模样呢?"

彩云看看大鹏,说:"这都啥时候了,你们没饿吧?"

大鹏说:"没饿。看到这些浪木,一根根巧夺天工,谁还能想到饿呀!"

彩云不说话了,低着头,默默地往外走。

成大鹏挺奇怪地看着她。

彩云快走到院门口的时候,才缓缓停下脚,也不回头,说:"你们卸完了浪木,回屋吃饭吧。饭菜,我都放在了桌上。"

这时,成大鹏愣了一下神,才猛地"啪"地一拍大腿,说:"呀,彩云,我光顾着忙活浪木了,把到你家吃饭的事儿给忘了!"

彩云蓦地转身来,眼里含着泪,带着哭腔儿喊道:"你们去弄浪木,就不能跟我打声招呼啊?!"

(第十五集完)

第十六集

1. 村委会院子里,夜

大鹏见彩云真的不高兴了,忙说:"海林哥找我去弄浪木,我一急,忘带手机了。彩云,真的对不起!"

正从小推车往下卸浪木的高海林听了,忙插话说:"光说声儿对不起可不行啊!人家彩云,肯定为你忙活了大半天,一片好心白费了。让我看,那得负荆请罪!"

大鹏笑嘻嘻地逗彩云,说:"海林哥言之有理。你说吧,这罪,让我咋请我就咋请。要不……我趴地上给你磕一个?"

彩云努力忍着不笑,说:"弄浪木,是重要,可你们得说一声儿啊!一声不响,人就没了,差点儿把我给急死!"

大鹏深深感受到了彩云对他的关心。他忙双手抱拳,模仿着京剧小生的姿态和腔调儿,深深向她打了一躬,说:"小生这厢有理啦!"

彩云终于忍不住了,扑哧笑出声来。

大鹏一本正经地说:"彩云,我刚才说的'这厢有理啦',可不是敬礼的'礼',是理由的'理'!人家不是响应你和甜草的号召,去弄浪木了吗!"

彩云心情好多了,娇嗔地说:"讨厌!都进屋吃饭去!"

2. 樱桃妈家院子,夜

屋里只有樱桃妈和甜草两个人。

樱桃妈说:"甜草啊,我听春龙妈话里话外的意思,那春龙是不可能在村里处对象了。"

甜草说:"二婶儿,人家在不在村里处对象,跟咱有啥关系啊?"

樱桃妈说:"我跟你爸合计,想给你和春龙撺掇撺掇呢!"

甜草一听咯咯笑了，说："我说二婶你今天跟春龙他妈说话，咋总往这上头引呢！你可别听我爸瞎张罗，我根本就没动过那份儿心思！"

樱桃妈说："春龙那孩子，多好啊！"

甜草说："这种事儿，一是缘分，二是感觉。春龙是挺好，但跟我不合适。我的事儿，不用你们操心。你和我爸，还是先把自己的事儿管好吧。"

樱桃妈说："你爸也好，我也好，心里头装的不就是你们这几个孩子吗！"

甜草说："二婶啊，人活在世上，可不能总骗自己。我知道，你心里有我爸，我爸心里也有你。我二叔都走了那么多年了，你和我爸的事儿，早该挑明了！可你们……都心里明白着，脸上遮盖着，活得多苦啊！"

樱桃妈听了甜草这话，深深地低下了头。

良久，她才说："甜草啊，我和你爸……都这么大岁数了，活得苦不苦乐不乐的又能怎么的？"

甜草说："二婶，我看出来了，你眼睛里有泪了。你的泪是真的，可你的话是假的。你说的，不是你的心里话！"

樱桃妈轻轻地拭了拭眼角，说："甜草啊，咱不说这些了。二婶这辈子，就这么认了。"

甜草说："你说这辈子就这么认了，可二婶儿啊，人还能有下辈子吗？你这么想，坑的不单是你一个人，还有我爸！你要真是在心里疼我爸，疼我和我哥，就该把心里的那些没用的想法都扔了，跟我爸走到一起去！"

樱桃妈苦笑着说："那村里人的唾沫星子，还不把我和你爸淹死啊！"

甜草说："唾沫星子还能淹死人？让他们可劲儿喷，顶多也只能没到脚脖子！人活着，不能总是看别人的脸色！"

樱桃妈说："甜草啊，这些话，你先别跟我说，还是先回家跟你爸说。我一个女人家……"

甜草说："好！二婶儿，我要的，就是你这句话！"

樱桃妈一听，眼泪又无声地流出来……

3. 关小手家，夜

李大翠坐在炕上，一边拿着把小木梳梳头，一边对着镜子左看右看。

关小手啃着一穗烤玉米从外面进来，一看，便拉着长声儿对李大翠说："要不，咱们买张飞机票，上韩国整整容吧。你看你脸上那褶子，我看一眼都后悔半天！"

李大翠反唇相讥："你好！都五十来岁了，还穿套新衣服，硬充新郎官儿呢！"

关小手说："五十来岁怎么了？你没听人家说吗，三十不浪四十浪，五十正在浪头儿上，六十还要浪打浪哩！"

李大翠瞅准机会，一把揪住了他的耳朵，笑着说："我让你浪打浪！"

关小手疼得直咧嘴儿，说："哎哟，哎约……"

李大翠在炕上站起来，居高临下地问："咱俩谁一脸褶子？"

关小手忙不迭地说："我，我，我……"

李大翠又问："咱俩谁需要上韩国整容？"

关小手一连声地说："我，我，我……"

李大翠笑笑，又说："还有……咱俩谁让人家一看后悔半天？"

关小手赶忙说："是我呀，哪能是你呢！"

这时候，秋水和"小鞭杆子"突然进屋了。

李大翠慌忙松开关小手。

关小手说:"咱俩接着练啊,你松开干啥呀?"

"小鞭杆子"说:"师父,你们这是……你看,你耳朵都让师娘给揪红啦!"

关小手说:"我跟你师娘正练《三请樊梨花》呢。刚才正练到第二请,薛丁山苦求,樊梨花就是不答应,还把他耳朵给揪住了!"

"小鞭杆子"说:"咦?我看过唱本儿啊,没有这一段儿呀,师父……这是你自己加上去的吧?"

秋水一见,忙拦住他,说:"你忘了咱俩是来干啥的啦?刨根问底地追问这有什么用啊?唐僧一生气就给孙悟空念紧箍咒,我妈一生气就揪我爸耳朵,连这你都不明白?"

李大翠一听咯咯笑出声来。

关小手则多少显得有点儿尴尬,拿手指点着秋水说:"你这傻闺女,你这傻闺女……"

这时候,"小鞭杆子"拿出一个钢卷尺来,说:"师父,来,我给你量量脚。"

李大翠惊异地说:"你们这是啥节目啊?"

秋水说:"看看我爸穿多大的鞋?"

关小手忙缩回脚说:"不用,不用,我不用你们买鞋,我有鞋穿。"

"小鞭杆子"说:"不是我俩要买鞋,是有人要送鞋。"

关小手说:"谁呀?平白无故地送我鞋干啥呀?"

"小鞭杆子"说:"师父,你记不记得曾在村子里演过一个擦皮鞋的节目?"

关小手说:"演过。可……那跟送我鞋有啥关系?"

"小鞭杆子"说:"本来没啥关系,可是你遇到讲究人了,它就有关系了。"

关小手说:"这个讲究人是谁呀?"

"小鞭杆子"说:"酒仙儿的儿子柳春虎!"

关小手一愣:"唔?"

秋水说:"爸,春虎就是听了你的那个段子,受到启发,才想起到镇上去擦皮鞋。现在呢,他又学会做皮鞋了,生意挺好,说一定得感谢感谢你,就跟我们俩说,非要送你一双皮鞋不可!"

关小手说:"哟,这是好事儿啊!那……来来来,量吧。"说着,把脚伸了过来。

"小鞭杆子"蹲在他面前,给他认真地量起来。

李大翠对关小手说:"这你得感谢我呀!"

关小手说:"怎么又扯到你身上去了呢?"

李大翠说:"这要是那天我顺顺当当地跟你一同去登台演出了,你能一个人唱单出头吗?你不唱单出头,能唱擦皮鞋吗?你不唱擦皮鞋,能有今天的这个好事儿吗?"

关小手说:"秋水,你看你妈,啥好事儿都能跟她扯在一起!"

李大翠笑道:"我说我昨天晚上,咋梦到房顶上噼里啪啦地往下掉馅饼儿呢,原来……你爸今天捡了个大便宜!"

她这话,把秋水和"小鞭杆子"都逗笑了。

关小手自己忍不住也笑了。

4. 八月家的塑料大棚里,晨

杨立本正薅着地里的青菜。

八月手里拿着一个耙子,在那里边平整土地,边轻声哼唱着:"多少脸孔,茫然随波逐流,他们在追寻什么……"

杨立本用力薅出一棵青菜，使劲抖落着根上的泥土，说："八月，我跟你妈，都烦这首歌儿，别唱了。"

八月笑道："爸，你们烦这首歌儿干啥呀？"

杨立本说："'把根留住''把根留住'，为啥要'把根留住'呢？爸供你们上大学，就是想连根带须地都把你们从这老龙岗拔出去！"

八月说："爸呀，看来……咱们两代人，真得坐在一起好好沟通沟通。"

杨立本说："这件事儿，我把底交给你，你咋沟我也不通！"

八月笑了，说："爸啊，我问你，咱家的沼气池改造得咋样？"

杨立本拿眼睛横了她一下，说："我说过不好吗？"

八月一字一板地说："那……我现在再跟你说说咱这蔬菜大棚改造的事儿，你想听还是不想听？"

杨立本说："我堵你嘴了吗？"

八月笑了，说："老爸，你早上吃饭，菜里头掺火药了？"

杨立本语气登时平和了不少，说："你想说就说呗，我耳朵又不聋。"

八月这才说："爸，我们商量，因为你是村主任，蔬菜大棚的改造，还得拿咱们家的大棚最先开刀。你看，靠北边的这面墙，外边要再加保温层；这里边呢，还得加四到五层蓄热的土槽儿，上面不影响种菜；这个顶梁的坡度，也得调整一下……"

杨立本很细心地听着。

5. 高德万家灶房，晨

甜草正在做饭，她在锅里烙着饼。

高德万从屋外走进来。

甜草说："爸，喊我哥吃饭吧。"

高德万说："他起大早走了，又跟成大鹏上江边整浪木去了。"

甜草说："不吃饭就走了？"

高德万说："说是彩云给准备了。"

甜草说："爸，那你就吃饭吧。这饼，得趁热吃。"说着，她端起饼，向院子里走去。

6. 高德万家院子，晨

甜草把饼放在窗前的小桌上。

高德万在洗脸架上洗了把脸，又擦了擦手，坐到小桌前。

甜草又端过来一盘菜和一碗汤，说："爸，昨晚上，我跟我二婶唠嗑儿来着。"

高德万拿眼睛盯着甜草，说："你们唠啥啦？"

甜草说："唠你们俩的事儿了。"

高德万手一哆嗦，说："谁俩呀？"

甜草说："你跟二婶儿。"

高德万说："你闲着没事啦？唠我们干啥呀？"

甜草压低声音说："爸，这回，我可把我二婶心里咋想的给探到底啦！"

高德万瞪她一眼，说："她心里咋想的，我不比你知道！"

甜草说："你知道？那你为啥不把话先当二婶儿挑明它啊！"

高德万低头吃饭，不说话。

甜草说："怕村里的闲言碎语，对不？"

高德万说:"甜草,别看你在孩子们面前是老师,可你在爸的面前,还是只小小的虫儿。你懂啥呀?你以为你爸我乐意这么活下去啊?可……我得知道我是谁!我叫高德万,是你二叔高德千的亲哥。有这一条挡着,咱们两家中间这道土墙,就比一座山还高!"

甜草说:"爸,你说的那座山,是你自己在心里堆起来的。让我说,一使劲儿就平了它!"

高德万苦笑道:"我要是平了它,甜草啊,你跟你哥都得让人家在背后指碎脊梁骨!"

甜草说:"我才不怕呢!"

高德万咬了口饼,在嘴里咀嚼着,努力咽下,说:"你不怕,爸怕。爸不能不想着你,还有你哥。我是土埋半截的人了,不能给儿女造孽啊。这么多年,我习惯了,没啥……"说着,他的眼睛里竟然有了泪光。

甜草把汤给他往前推了推。

他端起那碗汤,喝着。

甜草看着爸,轻声说:"爸,看你这么活着,我的心里真难受……"

7. 柳茂祥家院子,晨

春龙妈在屋里屋外忙得团团转。

这时候,邻院儿里,酒仙儿妻在墙边喊她:"嫂子!"

春龙妈一见,忙走过去。

酒仙儿妻说:"嫂子,你托我的那件事,有点眉目了。刚才,我姐和姐夫来电话,说人家女方那边听了春龙的情况,答应见个面。"

春龙妈说:"那好哇,啥时候?"

酒仙儿妻说:"嫂子,你定下时间,我再跟那边联系。"

春龙妈这时一弓腰,从地上抱起个大倭瓜,从墙头递过去,说:"淑芬,这是新摘的。你炖着吃吧,特面!"

酒仙儿妻忙从墙边闪开身子,说:"可别的,咱又不是外人,我又不是靠保媒拉纤儿赚外捞儿的!"

这时候,酒仙儿扎着围裙,从屋里走出来。他无言地注视着春龙妈和酒仙儿妻。

8. 樱桃妈家,晨

樱桃妈正坐在炕边吃饭。

高德万推门走进来。

他把几张烙饼放到樱桃妈面前,说:"甜草烙的,你尝尝,挺好吃。"

樱桃妈说:"大哥,甜草的事儿,我跟春龙他妈透过话儿了。"

高德万急问:"她啥意思?"

樱桃妈说:"我没把话挑明。可我看出来了,她压根儿就没把咱甜草放在眼里,也不打算让春龙在村儿里找对象。"

高德万说:"一个巴掌拍不响,那咱就刹车吧。"

樱桃妈说:"大哥,不用急。凭咱甜草,找对象儿还难吗?"

高德万没吭声,却指着桌上的烙饼说:"吃,你趁热吃啊……"

9. 酒仙儿家屋内,晨

酒仙儿一边用抹布抹着桌子,一边问他妻子:"哎,刚才你跟嫂子在墙头那儿叽叽喳喳地说啥了？"

　　酒仙儿妻说："没说啥。"

　　酒仙儿说："芝麻粒儿大点儿的小事儿，也弄得神神秘秘！"

　　酒仙儿妻说："不干你的事，你就别乱掺和。"

　　酒仙儿说："我都听见了，你说'保媒拉纤儿'，是不是给春龙介绍对象儿啦？要不，嫂子那么抠，能舍得她家的大倭瓜！"

　　酒仙儿妻笑了，说："我知道你对嫂子有意见，可这事儿……咱们不是得主要看春龙嘛！"

　　酒仙儿不说话了。

　　酒仙儿妻说："是姐和姐夫给张罗的，同意让春龙去相亲啦。"

　　酒仙儿摇摇头说："嫂子那人，顶难伺候。这事儿，我看你就算粘到手上了，想抖落都抖落不掉了……"

　　10. 小镇上，日

　　春虎正坐在那里掌鞋。

　　先前来闹过事的那个胖胖的男青年，坐到了他的鞋摊儿对面，说："兄弟，你行啊，不但擦鞋掌鞋，做鞋的手艺也不赖。那边那个卖煎饼的女孩，穿的皮鞋是你做的吧？"

　　春虎说："嗯。"

　　那个年轻人说："我带我女朋友逛街，她一眼就相中那双皮鞋的颜色和款式了。咋办？还真得求求你，帮着做一双吧。"

　　春虎说："做鞋可以，可你得让她本人来啊，我得量……"

　　那个年轻人说："你女朋友穿的那双鞋，我女朋友都试过了，不大不小，不肥不瘦，正合脚。你照那双做就行。开个价吧，要多少钱？"

　　春虎说："我刚开始做。你不用多给，给100块钱就行了。"

　　那个年轻人说："那可不行！"他伸出三个手指头，说："少说也得给你300块。"

　　春虎说："那太多了。"

　　那个年轻人说："兄弟，我花100块钱给女朋友买双鞋，那不是让我太丢面子吗！"说着，从兜里掏出300块钱说："兄弟，你拿着。"

　　春虎摇头说："该收多少钱就收多少钱，我只要100块。"

　　那个年轻人说："你这么说，那这钱我就更得给你了。我看出来了，你们俩真不易。收着吧，咱这也算不打不成交！"他把钱丢在了鞋摊儿上。

　　这时候，"小鞭杆子"和秋水来了。

　　"小鞭杆子"捅捅那个胖胖的年轻人，说："哎，又在这儿捣蛋呢？"

　　那个年轻人回头，笑道："没，哪能呢！我们俩，眼看着就成哥们儿啦！"

　　春虎忙说："你看，他给女朋友订了双皮鞋，非得多给我200块钱！"

　　"小鞭杆子"笑了，说："那他也省了。要是买双名牌儿，少说也得一两千呢！春虎，你先收着吧。改天，你把樱桃带上，让他把女朋友也带上，一起吃顿饭，不就结了！"

　　那个年轻人听了，"啪"地一拍"小鞭杆子"的肩膀，大声说："爽！"

　　11. "小鞭杆子"的屋前，日

　　"小鞭杆子"开着车，拉着秋水和春虎来了。

　　他停车，跳下来，说："春虎，这就是我说的那房子。不小吧？将来你做个门市房啥的，也行！"说着，他打开院门，与秋水、春虎一起走进屋去。

12. 屋内，日

春虎屋里屋外地看。

"小鞭杆子"和秋水忙着收拾被和褥子，还有临时用的东西，"小鞭杆子"问春虎："咋样儿？"

春虎说："挺好，可……我怕是租不起。"

"小鞭杆子"说："这房子闲着也是闲着，你们就先住进来吧。"

春虎说："别，咱们还是先小人后君子，把丑话都说在前面好。"

"小鞭杆子"说："租金你看着给。头半年，我一分钱不要，行吧？你和樱桃到镇上来求发展了，挺不易。我也帮不上别的忙，这点小光儿还借不上我的吗！"

春虎说："我们现在租的那个房子，是300块钱一个月。你这房子，比那好多了，又临街，我还真不好开价啦。"

秋水对"小鞭杆子"说："我跟樱桃，是从小到大的姐妹。让我说，就还是300吧！"

春虎忙说："不行，那哪儿行？那你们就太亏啦！"

"小鞭杆子"说："啥你们我们的，就这么定啦，前半年不收。"

春虎为难地说："别，再涨点儿吧！"

"小鞭杆子"一指秋水，说："我们内当家的都发话了，她那是一锤定音儿！"

秋水猝不及防地揪住"小鞭杆子"的耳朵，说："谁是你内当家的？"

"小鞭杆子"立刻告饶，说："哎哎哎，算我放屁，行吧？"

秋水这才松手。

"小鞭杆子"一边揉着耳朵，一边说："真是你妈的闺女，连揪耳朵的动作都一样！"

秋水抿嘴儿笑了。

春虎也开心地笑了。

13. 荒郊野外，日

小四轮子在行驶。

秋水突然说："找个方便的地方停一下，我憋泡尿。"

"小鞭杆子"立即刹车。

秋水说："这四外都是大平地，你让我上哪儿去呀？"

"小鞭杆子"跳下车，背着身站在车边，说："那边车轱辘后，我给你站岗！"

秋水叮嘱他："你可不许偷看啊！"

"小鞭杆子"说："你哥我是那号人吗！"

秋水的身影在我们的视野中倏地消逝了。

"小鞭杆子"中规中矩地背身站着，大声地喊着说："秋水啊，我一想到这马上就要搬进山货庄住了，心里真是太高兴啦！一呢，是我离你更近了，见你更方便了；二呢，住进大姑的山货庄儿，就好像有了家的感觉了。以前，你是不知道啊，一到了晚上，就我孤孤单单的一个人……"

秋水这时从那边爬上车来，瞪着他嗔怪地说："你到了山货庄，晚上就俩人啦？"

"小鞭杆子"边上车边说："虽说还是一个人，可身边的小村子里不是就有你吗！就好比这开车，加好油了，挂好挡了，只要一松离合器，再一踩油门儿，不是就高高兴兴地上路了吗！"

他开起车朝前走去。

从车上，传来秋水甜美的笑声……

14．八月家的塑料大棚里，日

杨立本用一个大耙子在平整着土地。

八月推开大棚的门，走进来，说："爸，咱们家这个蔬菜大棚怎么改，我画了几张图纸，都在这儿呢。"说着，递给杨立本。

杨立本说："问题是改造完了，能不能真像你说的那样，冬天就不用烧火取暖了？"

八月说："肯定。"

杨立本说："我可跟你说啊，村里老百姓的事，没有小事，可千万不能有闪失！咱们东北这地方，种蔬菜大棚，要是冬天不用烧火取暖，那可是省了一笔大钱！咱家这大棚，我就豁出去让你们祸害了，不整明白了你们可千万不能动别人家的！这图儿，你自己拿着吧。"

八月说："不行，爸，得你照着我画的做。我这几天，还得抽空儿上趟省城呢。"

杨立本说："干啥去呀？"

八月说："我是学植物学的，养猪那些事儿我还得回学校找老师问问。"

杨立本说："你这意思……大棚改造的事儿，就全扔给我啦？"

八月说："嗨，全村子的事儿，我爸都管得了，家里一个大棚改造算个啥啊！"

杨立本说："你别先给我戴高帽儿，反正我是照葫芦画瓢儿，整错了你别赖我！"

15．山货庄里屋，夜

秋水在一张大沙发上给"小鞭杆子"铺好了床。

她抱着一些脏的床单和被套，往屋外走。

16．山货庄外屋，夜

"小鞭杆子"正往一个小镜框里装秋水的照片。

秋水见了，说："这不是我的照片吗，你从哪儿偷来的？"

"小鞭杆子"说："从你们家呀！"

秋水笑道："别人都管我爸叫'关小手'，真没想到，我又遇上个'刘小手儿'！"

"小鞭杆子"说："鲁迅说孔乙己偷书都不算偷，那我偷张你的照片儿就更不能算偷了！我是想把它摆在我的床头，晚上想你了，就起来看上几眼。"

秋水心里很乐，嘴上却说："没羞，真没羞！"

她把怀里的脏床单和被罩都放进一个大洗衣盆里，倒上些洗衣粉，就开始洗起来。

"小鞭杆子"凑过来，蹲到她的身边，说："秋水，我今天瞅你，跟往天不一样。我越瞅你，就越像一个人。"

秋水说："你可别说我像谁，你得说是谁像我。"

"小鞭杆子"说："我要是说出这个人来，肯定吓你一跳。"

秋水说："你真的是把我看扁了。我的胆子，会有那么小吗！"

"小鞭杆子"端详着她，说："嗯，你真的是太像一个人了！哦，不不不，我是说……有一个人真的是太像你啦。"

秋水盯着他，说："谁呀？"

"小鞭杆子"说："我梦过的一个人。"

秋水说："又跟我要贫嘴儿，是不？"

"小鞭杆子"说："不是，是真话。你呀，就是我过去做梦总梦着的那个人——我媳妇儿！"

秋水从大洗脸盆里撩起水，向"小鞭杆子"连连泼去。

"小鞭杆子"四处躲闪。

秋水笑道："啥话你都敢说！你要是再胡说八道，我可不给你洗啦。"

"小鞭杆子"一边抹着脸上的水，一边说："你看，我说真话，说实话，咋还遭到野蛮攻击了呢？"

秋水趁他不备，又撩了他一脸一身，撩完了自己开心地大笑。

17．柳茂祥家春龙屋内，夜

春龙正在电脑前上网，春龙妈来了。

她说："春龙啊，西院儿你二婶儿在城里给你挑了个对象儿，你抽空儿去相看相看呗！"

春龙一愣，说："我二婶儿给我挑对象儿？妈，是不是你背着我鼓捣的？"

春龙妈说："咱在城里找个对象儿，咋的也比在村儿里找强。这个机会，你不能错过。"

春龙说："谁张罗的，谁去看；谁相中了，谁就娶。这事儿，跟我无关！"

春龙妈说："你二婶儿也是一片好心。管它成与不成，去看看还不行吗？就是去相看相看，也不用咱往里搭啥。"

春龙说："怎么不搭啥？搭时间！"

春龙妈说："你二婶儿都给联系好了。你不去，那不是闪人家的面子吗？"

春龙说："闪就闪吧，我不去！"

春龙妈说："你看你这孩子……"

18．小镇，晨

喧闹的街市……

19．春虎的小鞋摊儿前，晨

春虎在专注地钉鞋。

汽车喇叭声，是专门为他而摁的，嘀嘀地响个不停。

春虎抬头一看，是"小鞭杆子"和秋水。忙站起，迎上去。

春虎说："来得这么早哇？"

"小鞭杆子"说："给药店送点儿人参和不老草。"

春虎忙从鞋摊儿上拿起一双鞋来，说："你们把这双鞋带给关叔吧，就说我谢谢他！另外，再让我爸我妈把我大爷、大娘的鞋样子也捎过来，我抽空给他们也都做双鞋。"

"小鞭杆子"说："好的。"

这时，樱桃笑盈盈地走过来，递给秋水两个煎饼合子，说："尝尝，茴香馅儿的！"

秋水说："哎呀，还是我姐妹儿！我早上没吃饭就出来啦，还真忙活饿啦！"

她先让"小鞭杆子"咬了一口，然后自己便吃上了，边吃边说："樱桃，那房子去看过没？"

樱桃笑道："都搬过去啦，真得谢谢你们！哎，你们俩，下车吃饱了，喝点儿热乎水再走呗。"

秋水说:"不啦,我们忙着呢!"
"小鞭杆子"开车走了。
樱桃、春虎望着他们远去的背影。

20. 酒仙儿家院门前,日
酒仙儿正在院子里扬苞米。
"小鞭杆子"在门外喊他:"茂财叔!"
酒仙儿忙起身迎过去,说:"春虎又往回捎东西来啦?"
"小鞭杆子"说:"不,这回反过来了,是让你给他捎点儿东西。"
酒仙儿说:"他缺啥啦?我立马给他捎去。"
秋水小声说:"茂财叔,春虎让你量量他大爷和大娘脚的尺码,想给他们俩也做双皮鞋。"
酒仙儿瞪着眼睛说:"你们告诉春虎,他大娘嫌我给春虎的皮鞋做广告了,说多便宜她都不要!"
"小鞭杆子"说:"春虎不能要钱!当侄儿的,给大爷大娘做双鞋还收钱,那不让人笑话吗?"
酒仙儿在那儿低下头,一声没吭。

21. 酒仙儿妻的小卖店,日
酒仙儿妻正在柜台前用抹布擦拭着瓶瓶罐罐。
酒仙儿身上扎着围裙,脚上穿着皮鞋,走了进来。
酒仙儿妻一见就说:"你看你,穿着双皮鞋,又扎个围裙,咋这身打扮儿就来啦?"
酒仙儿说:"这身打扮有啥不好?鞋是儿子给我做的,穿上它在村子里走走,晃晃别人的眼睛,让他们都知道咱春虎有出息了。这是啥?这不就是广告儿吗!"
酒仙儿妻一笑,说:"可你还扎个围裙干啥呀?那也是广告?"
酒仙儿说:"对呀!过去大伙儿都说我懒,现在我把这小围裙一扎,那给人的印象就是我干活儿啦!这,你脸上不是也有光彩吗!等春龙那个养牛场一办起来,我呢,就成了有工作的人啦!到那时候,谁还敢说我懒?!"
酒仙儿妻说:"嫂子能同意吗?"
酒仙儿说:"她那人,属犁杖的,总往自己那一面翻土,我看不起她!哎,你说春虎那小子傻不傻,还捎回信儿来,说是要给大哥大嫂一人白做一双皮鞋。"
酒仙儿妻说:"那是孩子的一点儿心意,你就听春虎的吧。"
酒仙儿说:"说实话,给那娘儿们做,我还真的不大情愿。"

22. 关小手家,日
关小手正试着春虎给他捎来的那双皮鞋。
他穿上,说:"嗯,这鞋做得还真不错。"
李大翠在旁边拉着长声儿说:"祝贺我老公啦。马不吃夜草不肥,人不得外财不富啊!"
关小手说:"这怎么是外财呢?没有我唱'擦皮鞋',春虎他能想到镇上去擦皮鞋吗?没有'擦皮鞋',他能想起来给别人掌鞋吗?没有掌鞋,他能会做鞋吗?我跟你说,别看他送我一双皮鞋,我不欠他啥情。"
李大翠说:"你能耐,行了吗?这回,新衣服也有了,新皮鞋也蹬上啦,你就到处臭美吧。"

关小手说:"你嫉妒了?嫉妒也没用。你看我,足不出户,钱不出手,这鞋,它就长着膀儿飞到我脚底下来了。这叫啥?这就叫能耐!"

李大翠笑道:"真是穷汉得了狗头金啊!你这人,有一丈不说八尺,有骆驼不说牛。"

23. 彩云的鹿圈,黄昏

彩云在旁边看着。

两个小伙子正按着一头梅花鹿,往下锯鹿茸……

24. 酒仙儿妻的小卖店前,黄昏

酒仙儿妻正在扫地。

彩云一手驮着鹿茸,一手拿着用瓶子装好的鹿血,沿村街走来。

酒仙儿妻喊她:"彩云啊!"

彩云走过来,说:"二婶儿,有事儿吗?"

酒仙儿妻说:"又采茸了?"

彩云点头。

酒仙儿妻说:"回去告诉你爸你妈,都量个鞋样子。你春虎哥说,每个人孝敬他们一双皮鞋。千万量准啊!"

彩云说:"好咧!"又朝前走去。

这时,酒仙儿从屋内出,拉着长声儿说:"哟,我老婆嘴挺快呀!挺能抢功啊!挺会装好人儿啊!"

酒仙儿妻笑着说:"快回家做晚饭去。再在这儿捣乱,我拿笤帚抢你呀!"

酒仙儿赶忙走了。走了几步,又回过头来说:"媳妇儿,你看我,还真的成了'妻管严'啦!哈……"

25. 村委会院内,黄昏

大鹏和高海林正在琢磨着他们的浪木。

彩云到了。

大鹏一看她手里的东西,说:"这是啥呀?"

彩云说:"这是鹿茸,新割的。这是鹿血,大补。听说八月姐要回学校,让她捎给你家伯母吧!"

大鹏一听,赶忙接过来,说:"彩云,真的谢谢你了。"他朝屋内走去。

这时候,高海林伸出一个指头,冲彩云刮着脸皮,然后说:"哟,彩云,提前孝敬婆婆啦?"

彩云不说话,悄悄从缸边抠了一块泥巴,猛地冲过去涂在高海林的脸上。

彩云看着他的三花脸儿,得意地弯着腰笑出声来。

高海林对从屋里走出来的大鹏说:"你看,彩云把我搞成泥塑了!"

大鹏一见,也嘿嘿笑了。

26. 关小手家,夜

灯光下,关小手正给"小鞭杆子"讲课。

他说:"……二人转在表演上,有个特点,那就是'千军万马,就是咱俩'。咱俩是

谁啊？不是你和我，是指二人转里的两个行当，一个是旦角，一个是丑角！"

"小鞭杆子"说："生旦净末丑里的两角呗？"

关小手说："对！旦角呢，一般是主演，丑角呢，一般是配角。你当然演不了旦角了，一是你没有梅兰芳那两下子，能男扮女装；二呢，你就是扮了女装，长相也太差了。你这辈子，也就得跟我似的，唱丑角儿！"

"小鞭杆子"说："我唱丑角合适啊，我乐意唱丑角，不是说丑角有绝活儿吗！"

关小手说："哎，这句话算是让你说对了。'唱丑唱丑，全在说口'。'说个口，卖个俏儿，不说不笑不热闹'，说口又分套口、零口和专口，这都是丑角的基本功。"

"小鞭杆子"说："说口，师父以前讲过了！"

关小手说："除了说口呢，丑角还要练唱，练舞。丑角的唱腔要粗犷豪放，幽默滑稽，风趣喜庆！丑角的舞蹈呢，要丑中求美，笨中求巧，比方说走矮子，肩、肘、腕子上都得有活儿，不能舞得女里女气的，那就男女不分了。我告诉你，你演好了丑角，也就演好了二人转。"

"小鞭杆子"说："师父，听你这么一说，我实在是太想演丑角了。可……我得冒昧地问一句，将来我登台演二人转的时候，不是还得有个唱旦角的吗？到底谁跟我唱一副架儿啊？"

关小手说："现在练习的阶段，就先跟你师娘搭架子吧。"

李大翠这时进屋了。

"小鞭杆子"看看她，对关小手说："师父，那好吗？师娘是我的长辈，我跟她一起搭架子，是不是有点儿不严肃啊？再说了，我怕也放不太开……"

李大翠说："咱们先这么练着，以后肯定得给你搭副架儿。你还不了解秋水，我们闺女唱功舞功，正经不错呢，她深藏不露。"

"小鞭杆子"惊喜地说："是吗？要是我能跟秋水唱一副架儿，那可真是太好了。"

这时候，秋水从门口走进来说："谁跟你唱一副架儿啊？瞅你那笨样儿吧，刚学几天二人转啊，你会个啥啊？"

"小鞭杆子"说："秋水啊，我才知道，你道行挺深啊！二人转唱得好，竟然一丁点儿都没露。行，我佩服你。"

秋水说："你先好好练吧，光会吹萨克斯可不行。我先说下，你练不好，我可不跟你搭架子。上了场，你不嫌丢人，我还嫌丢人呢！"

"小鞭杆子"说："秋水，我真想听你唱。你喊两嗓子呗。"

秋水说："那能行吗？天都这么晚了，左邻右舍都睡了。再说了，我这是金嗓子，张嘴儿一唱，把窗户上的玻璃稀里哗啦地都震碎了，你赔啊？"

"小鞭杆子"说："呀，你这不就是二人转的'说口'吗！"

27．柳茂祥家院子里，夜

春龙妈坐在院子里，一边用大蒲扇轰着蚊子，一边想着心事。

酒仙儿妻隔着墙喊："大嫂。"

春龙妈站起身，说："淑芬。"

酒仙儿妻："嫂子，春虎要的鞋样儿量完了没有？"

春龙妈说："量完了。"

酒仙儿妻说："那就递过来吧。"

春龙妈说："在这儿呢。"她顺手从窗台上拿过一个纸包，一边递给酒仙儿妻，一边说："淑芬啊，你看春虎，是真懂事。这刚刚学会做鞋没几天，就惦记着给我和他大爷做鞋啦。孩子做工也不易，真是难为春虎了。"

　　酒仙儿妻说："嫂子，咱们两家谁跟谁啊，别说这些外道话了。春虎学会做鞋了，给你和他大爷做一双，不是应该应分的吗！"

　　春龙妈说："就算是孝敬我和他大爷的吧！可我们两个庄稼人，也没长穿皮鞋的脚啊！我量的，是春龙和彩云的鞋样儿，还是让春虎给他们俩做吧。年轻人，正是爱美的时候，也正是搞对象儿的时候！有了春虎的这份心思，也省得我再花钱给他俩买鞋啦。"

　　酒仙儿妻说："也行。哎，嫂子啊，春龙啥时候去看对象儿啊？"

　　春龙妈说："你没看见吗？春龙那小子，现在实在是太忙了，忙得脚打后脑勺儿。瞅他这架势，一时半会儿的怕还腾不出时间呢！"

　　酒仙儿妻说："那……嫂子，我打电话，让女方到咱们这边来一趟，咋样？"

　　春龙妈说："哎呀，那敢情好啦！"

　　酒仙儿这时出来，看见春龙妈和酒仙儿妻正在墙头说话，就故意使劲儿地咳嗽两声，然后进屋去了。

　　春龙妈朝酒仙儿那边瞥了一眼，对酒仙儿妻说："淑芬啊，我听春龙说，他二叔还想到养牛场去干活呢！那活儿，是他干得了的吗？今儿个填土，明天清粪，弄得一身又臊又臭，回到家里，还咋伸手帮你做饭了？"

　　酒仙儿妻看看她，没说话。

28. 柳茂祥家院内，夜

　　彩云和大鹏，推开院门走进来。

　　春龙妈一见，忙迎过来，说："呀，大鹏来啦？快进屋。"

　　他们一起朝屋内走去。

29. 柳茂祥家屋内，夜

　　柳茂祥正在炕上躺着，见大鹏和彩云进来，忙坐起来。

　　大鹏说："大叔，大婶儿，那天真的是太不好意思了！彩云和大婶儿忙活了大半天，可我……"

　　春龙妈笑了，说："嗨，彩云都跟我们讲了。你去找浪木，也是正事儿。不就是一顿饭嘛！只要你不嫌弃，婶儿从今往后一天请你三顿！"

　　彩云要给大鹏倒水。

　　大鹏忙接过暖瓶说："我自己来。"

　　柳茂祥说："你来了就好，上炕坐吧。"

　　大鹏脱了鞋，盘着腿儿坐到炕上，说："大叔，大婶儿，说起我妈，你们八成都认识。"

　　柳茂祥说："那能不认识吗！"

　　春龙妈说："你妈当年在咱们村儿五年多呢，跟我们处得跟亲姐妹似的。"

　　柳茂祥说："春天播种的时候，我们还一起用干牛粪掺沙子，炒过苞米花儿呢！那时候，一个个，把小嘴儿吃得黑黢黢的。"

　　春龙妈一听这话，忙说："大鹏来了，我给你炒点苞米花儿吃吧。新苞米，炒出来最香啦！"说完，一拉彩云，出屋去了。

30. 柳茂祥家灶房，夜

　　春龙妈和彩云走到灶旁。

春龙妈兴高采烈用两只手轻轻拍打着彩云的脸颊，连声说："我闺女行啊，我闺女行啊……"

彩云满脸娇羞，说："妈……"

31．酒仙儿家，夜

酒仙儿操起一把剪子，拎起一副鞋样儿问："这副鞋样儿是嫂子的吧？"

酒仙儿妻说："你要干啥啊？"

酒仙儿："我得给她改改！"

酒仙儿妻说："你别胡闹！她不乐意让你跟春龙干，也有人家的道理。你一个大男人，心眼儿别太小！"

酒仙儿说："我这人，是谁敬我一尺，我敬谁一丈；谁咬我一口，我咬谁三口！就她那德行，我还让春虎给她做鞋？"

酒仙儿妻说："人家都量好了，你别瞎改。再说了，这是春龙和彩云的鞋样儿，根本就没有嫂子的！"

酒仙儿"啪"地把剪子扔到了一边，说："这娘儿们，真他妈的会算计。春龙、彩云是俩孩子，我就不说啥了。这鞋样儿要是嫂子的，我非让春虎给她做双小鞋儿穿穿不可！"

酒仙儿妻说："唉，都是实在亲戚，就别计较这些小事儿了。"

酒仙儿说："咱拿她当实在亲戚，她拿咱当实在亲戚了吗？我上养牛场这件事，嫂子她要是敢给我搅黄了，你看我怎么收拾她！我光脚的还怕她穿鞋的？我正派的还怕她不正派的？我身子正的还怕她影子歪的？喊！"

（第十六集完）

第十七集

1．山货庄

早晨，阳光从屋外照射进来。

"小鞭杆子"已经起床了，他正吹着悠扬的萨克斯曲《回家》，他很专注动情地吹着，乐曲声很轻柔地在山货庄内回荡。

突然，有人敲门。

"小鞭杆子"脖子上挎着萨克斯来开门。

门口，站着前村老爷岭的大丫，她说："刘哥，我已经在屋外听了好一会儿了，知道你在屋里呢，听入神了，一直没想进来打扰你。"

"小鞭杆子"说："这么早，你怎么就来啦？"

大丫说："我爸有事儿去了，就我一个人来送山货了，我寻思赶早不赶晚，早来早回去。"

"小鞭杆子"说："你进屋坐吧。"

大丫进了屋，见那沙发上的铺盖，就说："刘哥，你搬到这山货庄来住来啦？"

"小鞭杆子"说："嗯。"他给大丫倒了一杯水，说："你先坐着，我先出去把车上的货卸了。"

大丫说："哎呀，刘哥，那点儿货着啥急卸啊，你看我大老远来的，要不你就接着吹这萨克斯，我老愿意听了。要不你就跟我说说话。"

"小鞭杆子"说："你先坐着吧，等我卸完了车，有啥话再说。"

大丫说："你非要卸车，那我就跟你一起卸去吧。"

"小鞭杆子"说："不用，不用，那点儿货，我一个人，一会儿就搬完了。"

大丫说："你上外头去搬货，我一个人在屋里待着有啥意思啊，我也去。"说着，她跟"小鞭杆子"走出了屋去。

2. 高德万家

牛圈旁，高德万背着手，在这里走来走去。

甜草走过来说："爸呀，你在这儿干啥呢？"

高德万说："村主任来说了，动员我把这闲置的牛圈，租给老柳家的春龙用。"

甜草说："爸，咱家的牛圈闲了有两年了吧？咱们家不养牛了，闲着也是闲着，就租给春龙哥他们用呗！"

高德万说："租给春龙用我是没啥意见，可是我越想春龙妈说的那话，我就气不打一处来，她说全村子的女孩子，没有一个能配得上她家柳春龙的，春龙他妈那眼眶子有天没地的，也太高了吧？我跟村主任说了，让他们家人来找我说话。"

甜草说："爸呀，养牛是春龙哥的事儿，也不是他妈的事儿，咱跟他妈较啥劲儿啊？我看这个牛圈的事儿，咱们该租就租吧。"

高德万想了想说："我生春龙妈的气，也是因为你跟春龙的事儿，越想呢，心里越不舒服，他春龙妈的眼睛里，居然连你这么好的闺女，她都看不着，这不是睁眼瞎吗？"

甜草说："爸，要是因为我的事儿，你就更犯不上和春龙妈生气了。我对象的事儿，我有主意，不用你跟着瞎着急。"

高德万说："哎呀呀，听着这儿话头，我闺女对象的事儿，是不是有啥戏啦？"

甜草说："我不是说了嘛，不用你跟着我操心。"

高德万说："甜草，如果你对象的事儿，真就有了眉目，爸还真就不因为这个牛圈的事儿，再跟春龙妈较劲了。"

甜草说："爸，我说啊，咱们家的牛圈该租就租吧，行不行？"

高德万笑着说："你说行，爸能说不行吗？爸信我闺女的！对象方面有了啥好戏，可别瞒着爸，早点儿告诉我。不然爸啊，老跟着你和你哥海林子对象的事儿牵肠挂肚的。"

3. 山货庄

"小鞭杆子"正在和大丫从那个车上往下抬东西。

"小鞭杆子"说："你看我不让你抬，你还非得抬，这点活儿，我一个人干不就完了嘛。"

大丫说："刘哥啊，你都好长时间没上我们村里去了，上回我走的时候，你不是说要上我们村去吗？我就天天盼着你去，只要一听见有小四轮子的动静，我就跑出来往大道上看看，可是啊，左也盼你，右也盼你，你就是没到我们村子去。"

"小鞭杆子"说："哎呀，我这一段时间也是忙了点儿。你这么盼我去干啥啊，找我有啥事儿咋的？"

大丫噘起嘴巴，斜睨着"小鞭杆子"不说话。

"小鞭杆子"说："哎呀，这拿啥眼神儿看我呢？白眼仁儿咋比黑眼仁儿都多了呢？"

大丫说："刘哥，你不想我，那我还不想你啊！刘哥啊，我是真想你啊，可把我想苦了。"说着，大丫的眼睛里有了泪花。

"小鞭杆子"说："嘿呀，你想我干啥啊？我也没啥太大能耐，长相也一般，文化也不高。"

大丫用手抹着眼泪说："火走一经，刘哥啊，我就像是走火入魔了似的，晚上睡不着觉，听见风吹房笆儿呜呜响的动静，我就像听到了你吹的那个萨克斯声了似的。哎呀，刘哥，你瞅你，长得还想咋好啊，要个头有个头，要身材有身材，你没感觉到你帅吗？"

"小鞭杆子"说："是吗？我在你心目中还这样呢？"

大丫说："像喜马拉雅山似的，老高大啦！"

"小鞭杆子"说："我是不是血压有点儿出问题了，怎么感觉有点儿迷糊呢！感觉脚底下的地皮一忽悠一忽悠的呢！"

大丫说："哎呀，刘哥，是不是你刚才干活儿有点儿干急了，你快进屋躺着去吧。"

"小鞭杆子"说："我没事儿。"

大丫说："都迷糊了，还没事儿呢？快进屋吧！"说着，就把"小鞭杆子"推进了屋。

进屋以后，大丫把"小鞭杆子"按着坐到了床上。

"小鞭杆子"说："我没事儿，别这样。"

大丫说："快躺下，快躺下。"

说着，又把"小鞭杆子"摁躺在了床上，说："不许动啊，我给你倒水。"

"小鞭杆子"说："这扯啥呢？我说这个迷糊，也不是这个迷糊法。"

大丫端着水，走到"小鞭杆子"跟前，一边把水递到他身边，一边说："迷糊还分咋迷糊啊，先喝口水，再多躺一会儿。"

"小鞭杆子"说："我说没事儿就没事儿，非得让我喝啥水呢？"

大丫说："哎呀，刘哥，你真是一个坚强的男人，头都迷糊了，连躺都不躺，连口水都不喝，我大丫更佩服你了。"

正在这个时候，门开了，秋水怀里抱着已经熨好叠好的床单被套什么的，走了进来，说："哎呀，这是谁啊？这大清早的，你们俩在这干啥呢？"

"小鞭杆子"说："我没事儿。"

大丫说："哎呀，我知道你是秋水，我刘哥都迷糊了，可他还说没事儿呢。"

秋水放下手里的东西，过来关切地问"小鞭杆子"："你咋的啦，真迷糊啦？"

"小鞭杆子"对秋水说："我可不迷糊了咋的？"

秋水说："那咋还迷糊了呢？"

"小鞭杆子"说："大丫来送山货，进门就一个劲儿地忽悠我，啥人能扛她这么忽悠啊，我能不迷糊吗？"

大丫说："刘哥，我说的都是心里话，我咋是忽悠你呢？"

秋水对"小鞭杆子"说："那你到底迷糊没迷糊啊？"

"小鞭杆子"说："我这不好好地嘛，迷糊啥啊。"

秋水摆摆手说："得了得了，没迷糊就别在这坐着了，该干嘛干嘛。"

大丫在一旁说："秋水啊，你也太不知道心疼人了，我刘哥都迷糊了，你咋不让他歇歇，还让他出去干活儿呢？"

4. 酒仙儿家

酒仙儿把一个通了沼气的炉盘引到了院子里，正在蒸馒头。

隔院，春龙妈在喂着鸡鸭。

柳茂祥从屋里走出来，正要向院外走，看见了酒仙儿，就隔着墙跟酒仙儿说话："哎呀，茂财啊，你们家那沼气使上啦？"

酒仙儿说："使上了，哥啊，这沼气火老好使了，火苗子呼呼地往上蹿啊，我不把火给它闭小一点儿，都怕把我这锅底儿给烧化喽！"一边说着，他一边拿眼睛溜那院的春龙妈，又继续说："八月、春龙和海林子这仨人，还真是给村里的老百姓干了一件好事儿，有了这玩意儿，一分钱不用花，啥饭菜做不熟啊。还省着从屋外往屋里抱柴火了，大哥，你们家沼气还没安哪？"

柳茂祥看看酒仙儿说："你们家的沼气好使就行了，别管我们家的事儿了。"

酒仙儿说："这么好使的玩意儿，我寻思你们家也使上了呢，你们家有我嫂子那么精明的人当家，在这些事儿上，还能落在别人后边啊？"

春龙妈听了这话，说："茂财啊，我给你讲一个小故事啊。"

酒仙儿说："啥故事啊？"

春龙妈说："你听着啊，有一个人正走道儿呢，突然被什么东西绊倒了，他起来刚要骂，突然发现，脚底下是狗脑袋那么大的一块金子，这可把他乐坏了，他抱起这块金子就乐，这一乐可不要紧，脑溢血了。"

酒仙儿说："嫂子，你不用说了，我知道最近你们家有喜事，又是成大鹏上你家来，又是忙着让春龙去县城相看对象，你等于是捡了两块狗脑袋那么大的金子！嫂子，咱可别乐成那样啊，你要乐出脑溢血来，你们家谁当家啊？我不没嫂子了吗。"

春龙妈说："我是说你呢，使上一个沼气就把你乐成那样，你还见过啥？"

酒仙儿说："嫂子，要是赶上下雨阴天，你们家柴火垛叫雨浇湿了，没啥烧的，就到我这边来做饭啊。"

春龙妈说："我们家的柴火垛湿不了，上面压着塑料布呢，我倒是怕你，下雨阴天的时候，没沼气使，看你上哪做饭去。"

酒仙儿说："咱们这回搞沼气改造，改啥呢，就是十天连着下雨，不见太阳，咱那沼气池也照样出气。"

春龙妈又撒了一把米给小鸡，她对着小鸡儿说："咕咕咕！你们哪，就对付着吃一点小米得了，想吃馒头啊，一会儿到邻院，找你们二叔吃去，你们二叔用沼气蒸的那个馒头可暄腾好吃了。"

酒仙儿说："嫂子，你不用指鸡骂人的，我是春龙和彩云的二叔，不是小鸡的二叔，你这么骂，不把春龙和彩云当成小鸡儿了吗？骂自己是鸡妈妈了吗？这扯啥呢？"

5. 村委会门口

成大鹏、高海林正在那里用砂纸打磨浪木。

彩云在一旁打着下手。

八月走了进来，看着这些浪木说："哟，这说干就干起来了，这些浪木是啥时候拉回来的啊？"

高海林说："刚拉回来，我们都到沿江查看了，江边上的浪木还真不少呢。"

八月说："你看这些浪木，经你们手一收拾，马上就变了一个样儿，海林哥就是手巧。"

高海林说："别光夸我啊，大鹏哥比我手还巧呢。"

八月笑着说："那是，可当着彩云的面，我敢夸大鹏哥吗？我要是夸大发劲儿了，彩云还不上来咬我一口啊。"

彩云笑着说："八月姐，你是要拿我开涮了？"

八月说："涮你啥啊？你和大鹏的事儿，在村子里都传扬开了，这已经是公开的秘密

了。"

成大鹏看看彩云。

彩云说:"我们家可没人出去说,都是村子里人瞎传的。"

八月对高海林说:"海林哥,你能不能把手里的活儿先放放,跟我出去一趟。"

海林万说:"上哪去啊?"

八月说:"跟我去看看,我要租用的猪圈,该修的,你还得帮着我修理修理。"

高海林说:"行,我们手上的活儿,也不是一天两天能干完的,我先跟你去看看吧。"说着跟八月走了。

6. 樱桃妈家

樱桃妈、春龙妈,还有一个中年女人在那里绣着花。

春龙妈对樱桃妈说:"大姐啊,住在村委会那个叫成大鹏的小伙子,你见着过了吧?"

樱桃妈说:"见着过。"

春龙妈说:"大姐,你觉得那小伙儿咋样?"

樱桃妈说:"那还能有比的吗?要文化有文化,要长相有长相的。"

春龙妈说:"你看这个人的人品呢?咋样儿?"

樱桃妈说:"我看那小伙子不错,咋的,怎么说起他来了?"

春龙妈故意压低调门说:"他和我们家彩云处上对象啦,也不知道是好事儿还是坏事儿。"

樱桃妈说:"那肯定是好事啊!你看,你们家彩云多有福,找那么个好小伙子。"

春龙妈说:"也不知道我们彩云哪块好,人家成大鹏就喜欢上了。"

樱桃妈说:"彩云那闺女,那还有啥说的,长相人品。在咱们村里也是数一数二的啊。"

春龙妈说:"是吗?我倒没觉得。"

那个中年妇女说:"自己妈能夸自己姑娘好吗,好,也都让别人说好。"

樱桃妈说:"哎呀,大妹子,彩云这门亲结得好啊,你瞅你那一对儿女,春龙是大学毕业生,彩云又找了城里对象,今后你们老两口子,就等着享清福吧。"

春龙妈说:"姑娘好,姑娘好,姑娘是爸妈的小棉袄,儿子倒是好儿子,将来找个儿媳妇还不知道啥样呢,能不能指上儿子就两说着了。"

樱桃妈说:"大妹子,你不是说,要给春龙找个城里对象吗?那事儿有眉目了吗?"

春龙妈说:"县城里,有个女孩,听了我们家春龙的条件可满意了,说是这两天就来。"

樱桃妈说:"哎呀,还要到咱们村子来相看?"

春龙妈说:"咱春龙虽然是回了村,但也叫大学毕业生啊,咱也不能上赶着到县城里去,主动看女方啊,那显得咱们也太低下了。"

那位中年妇女对樱桃妈说:"大姐,你看人家那俩孩子,那对象都挑着找,一点儿不用他们两口子操心。"

7. 高德万家

牛圈里,甜草正在拿着锹清理牛圈。

春龙从外边走了进来。

甜草说:"春龙哥,你来啦。"

春龙说："说是你爸要找我说说租用牛圈的事儿，我就来了。"
甜草说："你不用跟我爸说了，我们都商量过了，这个牛圈就租给你用了。"
春龙说："租金的事儿，是不是还得商量商量啊？"
甜草说："商量啥啊，老邻旧居地住着，你就看着给吧，不然这个牛圈闲着也是闲着。"甜草一边说着，一边清理着牛圈里的一些脏物。
春龙妈说："甜草，既然同意把牛圈租给我了，你就别打扫了，我安排人收拾吧。"
甜草说："今天我没课，我想还是把这牛圈都打扫利索了，再租给你们，干干净净的多好啊。"
春龙也拿起一把锹，和她一起清理起来。

8. 山货庄门前

大丫已经上了那挂牛车。
"小鞭杆子"和秋水都出来，到院门前送她。
大丫说："刘哥啊，我可要走了，你可要多保重啊，能不能给我说句实话，啥时候上我们村子收山货去啊？"
"小鞭杆子"说："本来今天就想上你们村去了，可是没承想你来送货来了，你把山货都送来了，我再去还有啥意义呢？过一段吧，过一段我去。"
大丫说："知道你今天要去，我不来送货好了，这事儿整的。"
"小鞭杆子"说："没啥事儿了吧？那你慢走啊。"
大丫有些依依不舍地说："那就我们村子里再见呗？"
"小鞭杆子"刚要扬起手。
秋水扒拉了一下"小鞭杆子"，冲大丫摆摆手说："再见吧，山上弯道挺多的，你赶着车啥的，可慢着点儿啊，别掉沟里去！"
大丫赶着车，不断地回头看着"小鞭杆子"，走远了。
秋水对"小鞭杆子"说："大丫走了，你还站着愣啥神呢，是不是想'泪眼望着南飞雁，情人肠断啊'。"
"小鞭杆子"说："人的心事，真不好猜，我有什么好的，值得她在心中把我看得像喜马拉雅山似的，那么崇拜我吗？"
秋水说："喜马拉雅山算啥啊，你在我心目中，都是珠穆朗玛峰了，听了这话，你美不？"说着，递出一张湿巾纸，给"小鞭杆子"说："擦擦吧，美出的鼻涕泡儿快有气球那么大了。"
"小鞭杆子"说："你这人咋这么能嫉妒人呢？你看大丫这人，多实在！对人多真诚啊！"
秋水说："可没谁限制你，你现在开着小四轮子去撵她还来得及，告诉她：我爱你。"
"小鞭杆子"说："我可没说爱她啊。"
秋水说："你不好当她的面儿，像朗诵诗似的那么朗诵啊，说：我爱你，当她正高兴的时候，你再朗诵一句，啊，塞北的雪！"

9. 某猪圈旁

八月说："海林哥，你看看这个猪圈，哪块儿该修修的，弄一弄的，你就帮帮我的忙。我马上要到省城去一趟，几天就回来，我回来之前，你把这都弄好了，回来以后，马上就开始抓猪了。"

高海林说:"没问题,这些事儿就包在我身上了,我看猪槽子一个也没有,就现做几个吧。"

八月说:"该做的就做吧。"

10. 八月家塑料大棚前

杨立本正和着泥,用一些旧砖头在塑料大棚的北墙外,砌着夹层墙。

柳茂祥走了过来,说:"立本啊,你这是忙啥呢?"

杨立本说:"这不是想着要改造蔬菜大棚嘛,把这个北边再砌上一个夹层墙,冬天的时候,防寒、保温,就更有保障了,主要是为了解决大棚里冬天不用烧火取暖的事儿。"

柳茂祥说:"怎么八月和春龙这两孩子,一回到村里来,总能整出些今天改沼气池,明天改蔬菜大棚这些新鲜事儿呢?立本啊,你说是不是咱们这茬人真的是有点儿老了?脑袋瓜子有点儿不够用了?怎么老觉得有点儿跟不上趟呢?"

杨立本说:"春龙和八月虽说是咱们的孩子,可是人家那是念了大学回来的,人家肚子里装着有多少文化水?咱们能和人家比吗?眼瞅着孩子都大学毕业了,咱们能不老吗?可是也不等于人老了,脑袋瓜子就跟不上趟了,我觉得啊,还是思想上的事儿。"

柳茂祥说:"立本啊,平时听广播,看电视的,我也没觉得我自己思想有多落后啊,我也挺进步的啊。"

杨立本说:"进步不进步,那不是你想出来的,也不是说出来的,那得是你做出来的。你看你吧,村子里说要在村村通公路的基础上搞户户通,村里别人家谁不是乐乐呵呵地做这个事儿?可你们家呢,到现在也没个明确态度。村子里说要搞沼气池改造,花那么个一脚踢不倒的两钱儿,别人家都同意干,你们家呢,不干。我看你也是真有点儿落后。"

柳茂祥说:"这些事儿也不能怨我,都是我们家那口子在中间横扒拉竖挡着的不让做。"

杨立本说:"你们是一家人,你们两口子,谁先进谁落后,我可没法子去给你们去评说,反正我要的就是一个结果,你们家得把该做的事儿,做了。"

柳茂祥说:"立本啊,你放心,春龙妈的工作,我一定做好她,不然我这个村委会委员在一些事儿上,老当群众的尾巴,有点儿太丢人了。"一边说着,他一边给杨立本递着砖。

杨立本呢,在那块儿砌着砖。

11. 山货庄

八月妈、"小鞭杆子"、秋水还在屋外晾晒着红景天、五味子、山蘑菇等山货。

秋水一边干着活儿,一边对八月妈说:"大姑,我告诉你一条新闻。"

八月妈说:"啥事儿?"

秋水指着"小鞭杆子"说:"你刚让他搬进山货庄来,他今天早上就走上桃花运了。"

八月妈说:"别瞎说,哪来的什么桃花运啊。"

秋水笑么呵地说:"你让他自己说,今儿个早起,前村老爷岭的大丫是不是又来看他来啦?"

"小鞭杆子"说:"人家是送山货来了,怎么是来看我了呢?"

秋水逗他说:"没看出来啊,你小子心眼儿挺多啊,还会玩明修栈道,暗度陈仓的把戏,看来你要移情别恋啊。"

"小鞭杆子"说:"大姑,你们家有老陈醋没有?"

八月妈笑了。

"小鞭杆子"说:"要是有老陈醋,你带过一瓶来,秋水可喜欢喝醋了,一仰脖,一瓶醋眨眼之间全下去。"

秋水说:"拿一瓶来干啥啊?上小卖店搬一箱去呗,开着小四轮子,拉到前村给大丫送去,喝点醋浇浇心火,不正好吗?"

"小鞭杆子"说:"大姑,你得说说秋水,她尽冤枉好人,往我身上泼脏水,你说那大丫,是给咱们送山货来的,正常业务往来,咱能不接待吗?咱也不能得罪她呀,我和她有没有啥关系,大姑你看得最明白,你说句公道话吧。"

八月妈笑着说:"我可不掺和你们年轻人的事儿,你们年轻人啊,谈恋爱的方式有多少种,有互相打的,有互相闹的,还有互相说俏皮话的,我可不掺和你们的事儿。"

正说着,关小手和李大翠从院门口走了进来。

关小手和李大翠两人都穿着新衣服。

关小手还穿着那双春虎送给他的新皮鞋。

"小鞭杆子"站起身说:"师父,师娘,你们来啦。"

八月妈插话说:"弟弟,弟妹,你们过来干啥来啦?"

关小手背着手说:"我徒弟搬到这山货庄来住了,也等于是安了个家,我们俩能不过来看看吗?"

"小鞭杆子"说:"师父,师娘,我在这儿都挺好的。你们不用惦记我。"

关小手说:"你看你这孩子说的,都搬到我们眼皮底下来住了。那两步道怎么就那么金贵呢?我们能不来看看吗?你不是我们的儿女,但也管我们俩师父师娘地叫着,我们不也得把你当成儿女吗?在镇子上住的时候,伸竹竿子打月亮,太远了够不着。到了这儿,我们还能让你饱一顿,饿一顿,凉一顿,热一顿的吗?"

回身对李大翠说:"大翠,你进屋去看看他那个床铺,铺的盖的,都够不够厚,不行的话,回咱们家再去取被和褥子来。"

李大翠应声走进屋去。

"小鞭杆子"说:"师父,你们别对我太好了,行不行?你们对我这么好,不仅让我感到我真的是回到家了,还有找到了爹妈的感觉,我太受感动了,师父,你徒弟这心受不了啦。"说着,他就撩起衣袖抹眼泪。

关小手说:"别来这套,一个男人!把眼泪给我憋回去!咱们这是刚开始相处,以后的日子长着呢,你要是老掉眼泪,那不是浪费资源吗?人,得珍惜生命中的每一滴水!"

"小鞭杆子"擦干眼泪说:"师父,我不哭了。师父都不让哭了,我还哭啥呢?"

12. 高德万家牛圈

春龙和甜草已经清完了牛圈。

甜草对春龙说:"春龙哥,这就没什么活儿了,直接可以进牛了。"

春龙妈说:"下午我准备到镇里牛市上去看看牛的行情。"

甜草说:"春龙哥,我们家养过牛,我也多少有点儿养牛的经验,你要是到牛市上看牛,干脆我陪你去得了,那个地方我还熟。"

春龙说:"我是怕你有事儿,你要没事儿,陪着我去,那当然是更好了。"

甜草说:"那就说定了,我陪你一起去。"

13. 镇上

春虎的鞋摊前，摆放了一些新皮鞋，那双红色的女鞋很显眼。

春虎在掌鞋。

这时候，那个男青年来到了他的小摊前，看到了地上的那双红皮鞋，拿起来："哎哟，说做就给做出来了？对！就是这个样儿的！我女朋友穿上了，肯定喜欢。"

春虎说："你先拿回去给她穿穿试试，要是哪儿不合脚，拿回来我再给她收拾收拾。"

那位男青年说："我说老弟啊，你把摊收了吧。"

春虎说："干啥啊？"

那位男青年说："咱们不都说好了吗，我请你吃饭去。"

春虎说："免了吧，咱们都这么忙。"

那个男青年说："哎，我说你这个人啊，可不讲究！说好的事儿，怎么能不去呢？赶快收拾，就算我耽误你一会儿工夫了，影响你挣钱了，行不行？给个面子。"

春虎说："非去不可吗？"

那位男青年帮他收拾着地上的鞋说："那是！咱们哥俩得好好唠唠啊。"

春虎说："行吧！"说完，就开始收拾地上的东西。

14. 春龙家

一辆红色的QQ车，停在了春龙家的院门前，从车上下来一位打扮入时的女青年。她手里拿着一把遮阳伞，在院外，冲院里喊着："是柳春龙家吗？"

春龙妈扎着围裙，从屋里走出来，说："是柳春龙家，你是？"

那位女青年说："我叫江玲玲，是从县城里来的。"

春龙妈立即反应过来："妈呀，你自己开车来的啊。"

江玲玲说："是。"

春龙妈说："我知道了，我知道了，快进屋来，你看这闺女，说是要来，也不提前打个电话来。"

江玲玲说："阿姨，县城离这儿也不算太远，开着车，一会儿就到了，从县里到你们村都是柏油马路，可好走了。"

隔院里，酒仙儿探出头来往这边看，对春龙妈说："嫂子，家里来人啦？"

春龙妈说："嗯，来人了。"

酒仙儿说："嫂子，我用不用上小卖店把淑芬找回来啊？"

春龙妈说："你待着没事儿，愿意找就去找吧。"

酒仙儿用围裙擦擦手说："这闺女，人没看出来长得怎么漂亮，打扮得倒挺带劲儿，开的这个小车倒是嘎嘎新啊！"说完，他走到那个小红车跟前，看看这摸摸那的。

春龙妈说："茂财，你干啥呢？你别动弹它，那是人家玲玲的车啊。"

酒仙儿说："你看我就是看看，我能动弹它吗？再说我就是动弹动弹，这车也不是泥糊纸扎的，还能动弹坏啊？"

春龙妈说："你可不能动啊。"

酒仙儿说："我这不背着手呢吗？搁眼睛看看还不行啊。"

春龙妈一边给江玲玲倒水，一边说："玲玲啊，正好赶到饭口了，一会儿阿姨给你做点饭，你说你想吃点儿啥？"

江玲玲说："阿姨，能给我烀一点苞米吗？"

酒仙儿在院外说："这孩子，这时候要吃什么烀苞米呢，苞米棒子都掰到家里来了，要吃崩爆米花还能崩。"

春龙妈说:"茂财啊,你快去小卖店找淑芬吧,我跟小玲说话呢,哪显得你啦?"又对玲玲说:"玲玲,他是邻院你二叔,他那人就那样,你别跟他一般见识啊。阿姨跟你说,烀苞米是吃不成了,咱们现在农村现有的,想吃啥,你说,要不阿姨给你先杀只鸡,做个笨鸡炖黄蘑?"

江玲玲说:"阿姨,你就别做那些鸡啊鱼啊啥的了,实在一点儿,你给我烀几个土豆子,还有茄子吧?"

春龙妈说:"有啊。"

江玲玲:"也烀几个,都烀熟了,搁一点咱们自己家里做的那个大酱,捣成土豆泥、茄子泥,再放里几片葱叶就行了。"

春龙妈说:"哎,小玲,你看你第一回到我家来,哪能吃这个呢?"

江玲玲说:"阿姨啊,你有所不知,我在县城里是做小买卖的,平时在饭店里啥菜都吃够了,到你这儿来,就是想换换口味。"

春龙妈说:"那我可就以实为实了,总觉得给你做这些土菜,怕是怠慢了你。"

江玲玲说:"阿姨,这些都是绿色食品,你就做吧,中午你们愿吃啥,再做点啥,我就吃这个了。"

15. 八月家

八月妈正在往一个旅行袋里装东西,一边装一边对八月说:"你把这些咸鸭蛋给九月拿着,九月这孩子,打电话问她说给她捎点儿啥,她说啥也不缺。"

八月说:"妈,你不用给她捎这捎那的,省城里啥东西买不到啊。"

八月妈说:"啥都能买到,可当妈的,不都这样吗?不给孩子捎点东西,心里能好受吗?"

八月拎上旅行袋说:"妈,我走了啊。"

八月妈说:"你的身份证、钱啥的,可都放好了,别掉了,牙具啥的都带了吧?"

八月说:"妈,你怎么还拿我当小孩子呢?这些常用的东西,我能不带吗?"

八月妈说:"儿女多大了,在妈的眼里也是个孩子。"

八月回头对妈说:"妈呀,天一天天凉了,你和我爸,就多照顾好自己吧,不用惦记我们。"说完,走出院去。

院门口,高海林站在那里。

八月出去了,高海林接过了她手里的旅行袋。

八月妈在院里看到了这一切,她说:"海林子,你要去送八月啊?"

高海林说:"婶子,我就是把八月送到村头的公共汽车站。"

八月妈又对八月说:"八月,办完了事儿,就早一点儿回来,省着我们惦记你。"

八月答应一声:"嗯,妈你回吧。"说着八月、海林子两个人走了。

八月妈看着他们两个人的背影,好像想到了什么。

16. 村中路上

酒仙儿和酒仙儿妻,从小卖店往家走。

酒仙儿妻问酒仙儿:"那女孩你都看着了吧,长得咋样儿?"

酒仙儿说:"打个太阳伞,戴个蛤蟆镜,我也没看到她正脸啊。"

酒仙儿妻说:"一搭眼儿看她咋样吧?"

酒仙儿说:"我也没看出咋样来,给春龙说的媳妇,我这当叔叔的,能不错眼珠儿的，老往人家脸上看吗，好像我有啥别的意思似的。"

酒仙儿妻说："别没有正经话，不像个正经人似的。"

酒仙儿说："就你是正经人，办出了这种正经的事儿，这回行了，你是大媒人，人家请你过去呢，管成不成的呢，中午这顿饭是吃上了，不用我再给你做了吧？"

酒仙儿妻说："我还没到大哥大嫂家呢，来的人我还没看着呢，咱们就说上在人家家吃饭的事儿了？不早点吗？"

酒仙儿说："你在这中间穿针引线的，做红媒，费了半天劲儿，他们请你吃顿饭还不应该吗？要我说请你吃一顿饭，那都少，多请你吃两顿都应该！"

这个时候春龙从那边走了过来。

春龙说："二叔二婶。"

酒仙儿说："哎呀，春龙，你快过来，叔跟你说个事儿。"

春龙说："叔啊，不就是你要到养牛场打工的事吗？不用再说了，那事儿就那么定了，等我把牛买回来，你就到我那上班吧。"

酒仙儿说："大侄儿啊，你这片心我收下了，可我想来想去，你那个养牛场，我不去了。"

春龙妈说："怎么啦，你变卦啦？"

酒仙儿说："你妈不同意我去，我去了那不影响你们家庭内部的安定团结嘛。"

春龙说："叔，你别想那么多，养牛场的事儿，是我说了算，别人说什么，你不用听。"

酒仙儿说："大侄儿对你二叔这片心，我都心领了，可我还是别去了。"

春龙说："二叔啊，这事儿就依你了，你愿意来就来，养牛场的大门，对你永远是敞开的。"

酒仙儿说："春龙，你回没回家去呢？"

春龙说："没有啊。"

酒仙儿说："你知不知道你家里出啥事儿了？"

春龙妈说："不知道啊。"

酒仙儿说："你没看着我都来找你二婶来了吗，正着急忙慌地往回赶吗？"

春龙神情有些紧张地说："怎么啦？"

酒仙儿妻说："春龙啊，你不用紧张，不是啥坏事儿，是县城里要给你找的那个对象江玲玲来了，你快回家看看吧。"

柳春龙说："什么江玲玲？我不回去。"

酒仙儿说："你看你这孩子，人家都来了，你不回去能好吗？二叔我为了你家的安定团结，把工作都舍出去了。你不回去看对象，你妈能乐意吗？你们家非得出矛盾不可？"

春龙说："二叔二婶，我还有事儿呢，我走了啊。"说完，趸身走了。

17. 村口公路旁

高海林把八月送上公共汽车，他们互相招着手，车开走了。

18. 镇上某酒店里

那个男青年要给春虎倒酒，说："老弟，就算我给你赔个礼道个歉吧，我给你倒杯酒。"

春虎说："大哥，我是滴酒不沾的人。你别倒，倒了我不喝，不是白倒了吗？"

那位男青年说："好好好，那我就不给你倒了。"说着，他端起一杯酒，对春虎说：

· 234 ·

"你端茶杯吧。咱们哥俩碰一下，也就算是相见一笑泯恩仇了。"

他喝了一口，放下酒杯说："老弟，别看我比你大几岁，可在做人方面，我不如你！过去我真的是有点儿游手好闲，不务正业，为这事儿，亲戚朋友都没少说我，我呢，也没怎么往心里去，每天活得也就是稀里糊涂的！自从那次跟你打了一仗，回到家里，我就寻思，我打你是真的打错了。人都有个心，欺负好人、善良人那是缺德！你看你多有正事儿，这来镇子上的时间也不算长，事儿还真叫你做起来了，你大哥我今后得向你勤学着点儿了，也得做个好人，不能再浑浑噩噩地混下去了。"

春虎说："大哥，你太客气了，说了我这么多好话，我还真没觉出自己哪块儿好。不过我真是想，人来到人世间这一辈子，真的是要人过留名，雁过留声，自己活得有点儿滋味，别人看咱们活得挺值的，就行了。"

19. 高德万家
甜草正在外屋做饭。

春龙走了进来。

甜草说："春龙哥，你怎么前脚走，后脚又回来了，你还没吃饭的吧？"

春龙说："没吃呢，今儿个这顿饭我就在你们家吃了，吃完饭，咱们一起去镇上，到牛市看牛。"

甜草说："在我家吃饭，那没问题，可你怎么不回家呢？我听说有个小红QQ车停到你家门口了，你家里来人了吧？"

春龙说："都是我妈撺掇我二婶他们整的，说是要给我介绍什么对象。"

甜草说："哎呀，我还搁心里纳闷呢，你家门前怎么停个小QQ车呢，原来是到你家看对象来了。春龙哥，人家来了，你不回去能好吗？"

春龙说："谁愿意相看谁相看，不关我的事儿。"

20. 村里到省城的公路上
八月坐在公共汽车上，车窗外，闪过秋后的田野，美丽的五花山。

21. 春龙家
院里，春龙妈和江玲玲正一起洗着茄子和土豆。

春龙妈说："玲玲啊，这么点儿活儿，你就别上手了。"

江玲玲说："闲着也是闲着，一起干呗。"

春龙妈问："玲玲，在家你也动手帮你妈做饭吗？"

江玲玲说："我倒是想帮着她做，可她不用我啊。"

春龙妈又说："这个小QQ车是你自己家的啊？"

江玲玲说："嗯。"

春龙妈说："怎么家里还有小汽车呢，你家庭条件不错啊。"

江玲玲说："我这车也不算啥好车，因为我是做小买卖的，自己开着办点事儿，拉个货啥的都方便。"

春龙妈说："你是做啥买卖的啊？"

江玲玲说："卖服装的。"

春龙妈说："怪不得你穿着这身衣服这么合身讲究呢？原来是卖服装的啊。"

这个时候，酒仙儿妻从院门口走了进来。

进门就说："哟，是江玲玲吧？"

江玲玲站起身来说:"是啊,你是?"

春龙妈说:"玲玲啊,这是我们家春龙他二婶,就是和刚才隔着墙跟你说话那个二叔是一家的,你可得认识她,你能到我家来相亲,这都是你二婶在中间给撺掇的,如果你和春龙的事儿成了,你二婶就是你们的大媒人。"

江玲玲放下手里的活儿,甩着手说:"二婶啊,本来应该跟你握握手,你看,我这手湿着呢。"

酒仙儿妻说:"湿着就别握了,就当握了,听说你来了,我过来看看你。"

这时候,酒仙儿从隔院探出头来说:"嫂子,你们家一会儿炒菜,用不用新鲜肉啊,要用,我们家有,给你割一块拿过去啊?"

春龙妈说:"不用了,新鲜肉就留着你自己吃吧。"

酒仙儿又说:"嫂子,一会儿你们家炒菜,要是锅灶忙不过来,就拿到我们这边来炒,我们这边用沼气炉盘,火快。"

春龙妈说:"我们烧柴火,也不比你那个沼气炉盘慢多少,想火大就多添两把,想火小就少烧一把,你该干吗干吗去吧,不用老惦记着我们这边的事儿了,再说淑芬还在这儿呢!"

酒仙儿说:"嫂子,我寻思,淑芬都过到你们那边去了,你肯定是留她中午在你那边吃饭了,我这边一个人就不做啥菜了,炉灶和锅都闲着呢,你们要用就吱声啊。"

酒仙儿妻说:"茂财啊,你磨叽啥啊,嫂子说不用了,那就不用了。"

酒仙儿又说:"这春龙也该回来了吧,往常这时候都回来了。"

酒仙儿妻说:"行了行了,你该干吗干吗去吧,这院的事儿你不能少操点儿心啊?"

酒仙儿说:"这不不是外人嘛,大哥大嫂家的事儿,我不跟着操心,还跟着谁操心呢?"

22. 高德万家

甜草要把做好的菜和饭给春龙端到屋里去。

春龙却说:"甜草,你往哪端啊?"

甜草说:"上屋里桌子上吃呗。"

春龙说:"别了,你就放在这锅台上吧,我就在这儿吃吧,吃完了,还好收拾。"

甜草说:"春龙哥,你看你第一次到我家来吃饭,在这吃,这多不好啊,一会儿我爸就回来了。"

春龙妈说:"在哪儿吃,不都是吃饭嘛,我没那么多讲究,就放这儿吧。"

甜草只好把饭和菜放在了锅台上。

春龙也不客气,拿起筷子就吃上了,他对甜草说:"甜草,你也抓紧吃啊,吃完了咱们好走。"

甜草说:"你先吃着吧,我去找找我爸去,他咋还没回来呢?"

23. 镇上某小酒店门前

那个男青年显然是喝醉了。

春虎扶着他说:"你看你喝成这样,实在不行,我就送你回家吧。"

那个男青年说:"老弟,你不用送我回家,但是你说的这句话够意思。"说着伸出一个大拇指来:"老弟,你搁眼睛看着你哥我,打今儿往后,我得要换个活法了,得让我女朋友和家里外头的瞧得起我,你从村子里到镇子里都能把事儿做起来,我在镇子里也得做起点事儿来。"

24. 春龙家

春龙妈和酒仙儿妻，还有江玲玲，他们坐在院里的小桌旁，一起说着话。

柳茂祥拿着菜刀切着西瓜。

这时候甜草走进了酒仙儿家的院里。

酒仙儿问甜草："甜草，你咋来了？"

甜草说："看见一个小红车，停在院门口了，不知是谁来了，过来看看新鲜。"

酒仙儿小声说："你快看看去吧，来找我大侄儿相亲的，正在院里坐着呢。"

甜草呢，就走近了墙头，隔着墙往那边看。

酒仙儿也走近了墙边，说："嫂子，怎么没看到你们家炒菜呢？怎么还有一股炸土豆、炸茄子的味儿呢？"

春龙妈说："你知道啥，人家愿意吃这一口。玲玲愿意吃啥，我们就做啥。"

这时候，江玲玲也回头往酒仙儿那边看，她的目光刚好和甜草碰到了一起。

江玲玲问酒仙儿妻："二婶，这个女孩是谁啊？是你闺女吗？长得真挺俊的。"

酒仙儿妻说："不是，是我们村小学的女教师，高甜草。"

江玲玲点着头："啊？"

酒仙儿妻问高甜草："甜草啊，你怎么来了？"

甜草说："婶子，我爸打发我来，是找你家来借点东西。"

酒仙儿妻说："借啥东西，你跟你叔说去。"

甜草说："行了。"

那院，酒仙儿跟甜草小声说："甜草，你要找我借啥呀？"

高甜草说："原来是想找你借了，现在不用了。"

酒仙儿说："原来你想找我借啥啊？"

高甜草说："望远镜。"

酒仙儿说："尽扯。你上我们家来借什么望远镜呢，我们家哪有那玩意啊？"

甜草说："你别吵吵，你家那个墙头上，不就支着望远镜呢吗？"说完，转身就走了。

酒仙儿自言自语地说："这个甜草，这话是啥意思呢？我们家墙头上怎么支上望远镜了呢？我咋没看着呢！"

25. 高德万家

春龙正在灶台边吃饭。

高德万走了进来，说："哎呀，春龙啊，你怎么在这儿吃饭呢？"

春龙说："大叔，我在这儿吃点儿饭，一会儿要和甜草上镇子办事儿去。"

高德万说："那甜草呢？"

春龙说："她不是找你去了吗？"

这时候门开了，甜草走了进来，对高德万说："爸，你回来啦，那快吃饭吧。"

高德万说："甜草啊，你看看你，怎么让春龙在这吃饭呢？春龙，快点儿，回屋上炕上吃去。"

春龙说："不了，大叔，我在这儿都吃完了。"说着，他把吃完饭的碗，放到了一个盆里，拿起水瓢往盆里倒了一点儿水，就要洗那碗筷。

甜草说："春龙哥，你快放那吧，这点小活儿哪能用你呢？"

春龙说："那就不好意思了。"

高德万拽过春龙的胳膊说："春龙，走走走，屋去。"
春龙和高德万进了屋。

26. 酒仙儿家
屋里，酒仙儿一手拿着个大馒头，一手拿着咸菜条，吃着。
酒仙儿妻推门走了进来。
酒仙儿说："哎呀，他们没留你吃饭啊，你咋回来了呢？"
酒仙儿妻说："人家来个人，是来相亲来了，随便吃口饭，我没吃过饭啊？就是让我，我也不让在那边吃啊。"
酒仙儿说："你看你这个媒人当的，管成不成的，连顿饭都没混上。"
酒仙儿妻说："赶快给我整点儿饭，吃完了，我还有事儿呢。"
酒仙儿说："你看你，要是回来吃饭，隔着墙头早往这边通报一声啊，我啥都没准备，行了，我赶快给你扒拉个菜吧，反正火快。"
酒仙儿妻说："守着矬子不说短话，人家大嫂家没改造沼气池，你别老火快火慢地长在嘴上，人家听了心里能乐意吗？"
酒仙儿说："你以为我是无意中说的啊，我告诉你，我就是有意说给她听的。"
酒仙儿妻说："得了，得了，一个男人，老跟她个女人计较什么呢？"
酒仙儿一边洗着菜，一边说："哎，你瞅这个江玲玲咋样儿，和春龙的事儿能不能成？"
酒仙儿妻说："我看，大哥大嫂可都挺乐意的，就不知道春龙是咋想的啦？"
酒仙儿说："你别看咱们村子里没有多少人，有些事儿还真叫人纳闷儿，你说年把月的，那高甜草什么时候上咱们家来过啊？哎，像说书似的，巧了！这个江玲玲来了，这个高甜草也来了！隔着墙头往那边看，我看，八成是探风来了。"
酒仙儿妻说："你别瞎猜行不行，人家不找你借东西来了吗？"
酒仙儿说："是我瞎猜吗？是你瞎说呢，她找咱们家借的那东西，咱们家有吗？"
酒仙儿妻说："啥呀？"
酒仙儿说："说是借望远镜！"
酒仙儿妻说："真的呀？！"

（第十七集完）

第十八集

1. 省城
公共汽车在街道上行驶，八月坐在公共汽车内，街道旁是林立的高楼，一片繁华景象。

2. 村中至镇子路上
春龙和甜草骑着自行车走在路上。
甜草说："春龙哥，我看那个江玲玲真是长得还不错，你真该回去看看她，人家大老远来的，又在家里实心实意地等你，你不回去见个面，就这么走了，不好。"
春龙说："你也真有意思，还跑到我家偷着看她去了。我可跟你说，我是想先立业后成家的人！我这刚出学校门儿，我爸我妈，就一个劲儿给我张罗对象，烦不烦哪！别说他们给我找的这个对象，不一定行，就是行的话，我也不看！"

甜草说："春龙哥，你爸和你妈，张罗着从县城里给你找个对象，也是一片好心，还不都是为了你以后哇，怕你在农村苦着累着哇。你别和你爸你妈在这个事儿上太较劲。"

春龙说："甜草，咱们别说这事儿了，行不行？我跟你说，我现在就是一心一意办养牛场，别的事儿，我都不想谈。"

甜草说："春龙哥，我本来想劝劝你，让你回去和江玲玲见个面，管成不成的呢，对各方面的人都有个交代！可是你不愿意听，那我就不说了。"

春龙说："你要乐意跟我说话，你多说点儿养牛的事儿，我现在最乐意听的就是这话。"

甜草说："今天还是先说看牛、买牛的事儿吧，养牛的事儿，以后再跟你说。"两个人骑着车子渐渐远去。

3. 八月妈家

八月妈刚要出院门，碰见了杨立本往院里走。

八月妈说："你咋才回来呢？我一直等着吃饭来着。"

杨立本说："那蔬菜大棚改造的事儿，活儿不是没干完嘛。"

八月妈说："你光干活不吃饭了？"

杨立本说："吃饭忙啥的。"

八月妈说："都在锅里的盖帘上边热着了，你吃去吧。"说着，走了几步，又回过头来对杨立本说："哎，你过来，我跟你说句话。"

杨立本说："有啥话就直接说呗，还过去干啥呢？"

八月妈小声而神秘地说："老头子，我瞅着要坏事儿啊。"

杨立本说："咋的啦？"

八月妈说："你掰着手指头算算，村里的这些年轻人是个啥情况？省里来的那个成大鹏吧，和柳茂祥家那个彩云好上了；春龙妈，也正托人从县城里给春龙找对象呢；咱们村子的年轻人还剩下谁啦？"

杨立本说："剩谁啦？"

八月妈说："就剩下高海林和咱家八月了呗。"

杨立本说："你瞎联系啥啊？怎么能说出这话来呢！咱们家八月找对象那不说在省城找，最起码的，也得在县里找一个干部！就是满天掉雨点儿，也砸不到他高海林脑袋上啊。"

八月妈说："老头子，我跟你说这话都是有根据的，你知不知道，刚才八月要上省城是谁来送的？"

杨立本说："谁啊？"

八月妈说："还谁啥啊？我告诉你吧，去送她这个人就是高海林！"

杨立本说："我知道，咱们家八月要用高海林修理猪圈啥的，那可能就是临时赶上了，他就随便来送送，你别大惊小怪的。我敢说，八月和高海林肯定没那回事儿。"

八月妈说："现在是不一定有，那咱们不得提防着点儿嘛。等船到了江心，才发现了船有窟窿，那不啥都晚了吗？"

杨立本说："八月要敢跟高海林处对象，我打折她的腿！"

八月妈说："行了，别嘴上啥狠话都敢说，遇着事儿心又软得像块豆腐了，反正我把话告诉你了，你心里有个数就行。"

杨立本说："行了，我知道了。"说着，他蹙起眉头走进屋去了。

4. 山货庄内

屋里，秋水在和"小鞭杆子"说话。

秋水说："我爸和我妈都说了，你原来就一个人，身边也没置办下啥衣服，有时间的话，他们要和你一起上县城，帮你买衣服呢？"

"小鞭杆子"说："去县城倒是有时间，赶个送货的时候就去了！可是别为了给我买衣服专门去一趟，那不值得。一个穿的衣服，啥好啥赖的，能穿不就行了嘛，我可不是那么讲究的人。"

秋水说："你不讲究不行啊，过去你不讲究可以，现在你可是有身份的人了。"

"小鞭杆子"说："嗯？我不还是我吗？"

秋水说："那可不一样了，你过去是干啥的？就是一个走村串户卖货的。现在呢，不仅是山货庄聘用的工作人员，还是我爸我妈那个演出剧团的演员，你不穿点儿像样的衣服，癞蛤蟆挎洋刀，像个嘞得兵似的，那哪行呢？"

"小鞭杆子"说："我知道，这是师父、师娘疼我。秋水，你跟他们说，他们的心意我领了，可不能用他们给我花钱买衣服。那成啥事儿啦。"

秋水说："那咋的了？买衣服才能花几个钱，谁花不是花呢？"

"小鞭杆子"说："那能行吗？我前脚花钱给师父、师娘买了几件衣服，他们回头又来帮我买衣服，这哪好呢？"

秋水说："两好交一好嘛，有啥不行呢？"

5. 春龙家

江玲玲还坐在那张小桌前。

柳茂祥和春龙妈坐在旁边跟她聊着天。

春龙妈说："玲玲啊，你们做服装买卖的，挣不挣钱？"

江玲玲笑着说："那能不挣钱吗，不挣钱我们做这生意干啥？"

春龙妈说："我问你一句话，你不介意吧，你一个月能收入多少钱？"

江玲玲说："多了不敢说，一个月万儿八千块钱的，轻松！"

这时候，酒仙儿从院外跑到柳茂祥家的院门口说："大哥大嫂啊，你们别等春龙了，春龙和高甜草俩上镇子牛市去了。"

柳茂祥说："茂财，你听谁说的？"

酒仙儿说："哥啊，我看你们家人着急火燎的，都在等春龙，我也没事儿，寻思出去帮着给找找呗，东找西找的，打听到高德万那儿，这才把事儿给打听明白了。"

江玲玲说："阿姨，春龙上镇子去买牛了，一时半会儿也回不来，要不我就走吧，改天再来？"

酒仙儿说："春龙是上镇子了，走了才不大一会儿，一去一回的，还得买牛，要回来天也早不了。"

春龙妈对江玲玲说："你可不能走，这大老远地来一趟，哪能和春龙没见上面就走了呢？左溜儿回去也没啥事儿，你就在这儿坐着吧。"

江玲玲说："我倒是没啥事儿，主要是怕耽误你们的事儿。"

春龙妈又说："哎呀，我有啥事儿，你来了，啥事儿我都得放下，你和春龙到现在还没见上面呢，我能不陪着你吗？"

酒仙儿说："嫂子，樱桃妈可说了，让我给你捎个话，让你赶快过去呢！"

春龙妈说："行了，我的事儿就不用你管了啊，你忙你的去吧。"

酒仙儿转身一脸不高兴，对柳茂祥说："哥呀，你瞅我嫂子，我主动来帮你们家办事儿，她还往外撵我，这不是不懂好赖吗？"

柳茂祥站起来，用手搂着酒仙儿的肩膀，一边和他往院外走，一边安慰他说："我不都跟你说了吗，你别老跟你嫂子一般见识，看我面子，得了啊。"

6. 镇子上

某人才市场。

有不少打散工的人，手里举着纸牌，上面写着："电锤""木工""刮大白"之类。

春虎来到这里找人，他刚站下问一个人："你刮大白，一平方米得多少钱？"

立刻有一群人围了过来。

那个人说："我要得不贵，一块钱。你要刮多大面积？"

春虎说："一个大间，三个小间，外加厨房厕所。"

那个刮大白的说："三室一厅呗，行，你刮这么大面积，我给你少算一点儿，一平方米算你八角，行不？"

春虎说："行了。"

一个拿着"木工"纸牌的人问春虎："你那光刮大白，不用木工啊？"

春虎说："木工用是用，但是得过几天以后用，我要开鞋店，得打些鞋架子。"

那位木工递给他一张名片说："这是我的名片，用木工的时候，你就找我，保准活儿给你干好，钱不跟你多要。"

春虎说："行。"

7. 春龙家

江玲玲跟春龙妈说："阿姨，你要做事儿就做事儿去吧，不然我在这坐着，就更不好意思了，别把你的事儿给耽搁了。"

春龙妈说："哎呀，你就坐你的吧，我们就是几个人，在一起练着做绣花鞋垫儿。"

江玲玲一听这话："是吗？阿姨啊，你们会手工绣花？"

春龙妈说："我们现在练的就是这个。"

江玲玲说："你们在哪儿练啊？"

春龙妈说："我们都在樱桃妈家。"

江玲玲说："如果我去方便的话，阿姨，你就带我去看看呗，我对这手工绣花的事儿，非常有兴趣。"

春龙妈说："那也行，要不你在这儿坐着，也挺不得劲儿的，你愿意过去看看，我就领你过去，现在走？"

江玲玲走出院外，打开车门，坐到了车里。

柳茂祥对春龙妈说："春龙有可能回来挺晚的，晚上就留玲玲在家里吃饭吧，你们过去早点回来啊。"

春龙妈说："行。"

春龙妈走到了院门口。

江玲玲摇下车窗说："阿姨你上车吧，我开车拉你过去。"

春龙妈连忙说："不用，不用，没多远，几步道的事儿，我可不坐车，你也下来吧。"

江玲玲说："阿姨，几步路，不也是路吗？你快上来吧，坐坐我开的车。"

春龙妈说："哎呀，你看你这孩子，还得非让我坐车，行吧，那就不好意思了啊，我就上车了。"说着，春龙妈上了车。

酒仙儿在自家院里抻着脖子乐呵呵地在那看，说："哎哟，我嫂子行啊，还没等媳妇娶到家，屁股就先沾上光了，都坐上小轿车了。"

江玲玲鸣了一声笛，车开走了。

8. 山货庄屋里

"小鞭杆子"说："秋水啊，我师父和师娘说，等我的二人转练得差不多了，你就和我来搭架子，可我和你认识这么长时间了，怎么没听你唱过一句呢？你倒是会还是不会啊？"

秋水笑了，说："咋的，想让我给你来一段啊？"

"小鞭杆子"鼓起掌来说："早就想听你唱了。"

秋水说："你真想听？"

"小鞭杆子"说："那当然。"

秋水说："可我不愿意给你唱。"

"小鞭杆子"说："哎呀，现在店里也没人，你还端啥架啊？赶快唱两口，让我听听呗。"

秋水说："你想听啥？"

"小鞭杆子"说："你都会啥啊？"

秋水说："老段子《杨八姐游春》《猪八戒拱地》《洪月娥做梦》《二大妈探病》、《水漫蓝桥》《包公断后》《大西厢》我都会。"

"小鞭杆子"说："会这么多呀，那新段子呢？"

秋水说："反映新生活的《倒牵牛》《窗前月下》《老男老女》我也会。"

"小鞭杆子"说："那你就随便来一段呗，拿手的。"

秋水说："哪段都拿手。"

"小鞭杆子"说："哪段都拿手，那也不能捆到一堆儿一起唱啊，总得一个一个来啊。"

秋水说："行，我就先给你唱几句《窗前月下》吧。"

"小鞭杆子"说："鼓掌！"

秋水亮开嗓音，唱起来："月洒清辉遍地白，花影遮掩吉祥宅。宅前屋后篱笆寨，单门独院一棵槐，几声笑语传窗外，一对夫妻笑颜开！实话说，咱小两口扑腾得还真不赖，小日子旱地拔葱过得蹿了苔，全村人谁不夸你养兔有能耐，谁不知咱们专门能养'长毛白'。"

秋水停下了演唱。

"小鞭杆子"还在那张着嘴，愣着神，没说话。

秋水说："我都唱完了，你干啥呢？"

"小鞭杆子"突然站了起来，在地下绕着圈说："妈呀，我现在才知道，我是在和谁谈对象呢！哇！你就是那东方地平线上，贼亮贼亮的那颗巨星啊！哎呀，妈呀，你唱得也太好了，那天你说你一张嘴能把玻璃震碎了，我还寻思你逗我玩呢，今天我可信实了，你那一唱。震得玻璃都嗡嗡响，赶明儿个，我看干脆得把这窗户贴上点儿米字条，要真把玻璃震坏了多可惜呀！哎，我说秋水啊，你别叫秋水了，干脆重新给你起个名，叫玻璃脆得了。"

秋水说："别瞎乱起名，我妈叫李大翠，我叫玻璃脆，好吗？翠和脆，同音不同字，起个名你都不会起。

"小鞭杆子"说:"那叫啥呢?看来还得重新起个名,叫啥呢?"说着在那低头想着。

秋水说:"我也不用你给我起名了,听了我的唱,你怎么想的?"

"小鞭杆子"说:"这就是个好呗,我还能怎么想?"

秋水说:"那不对啊,你得琢磨琢磨,你要跟我这样的人搭架子,怎么才能搭得上,差距有多大。"

"小鞭杆子"说:"原来我呀,要学二人转真是树雄心立壮志的,可听了你这一唱,我真像遇着头场雪的麻雀,有点儿蒙了!觉得自己有点儿自卑了,真怕配不上你啊。"

秋水说:"这回知道自己啥层次了吧?像你现在这个样儿,也就是前村的大丫能看上你,跟我搭架子,你不好好练练行吗?想赶上我这唱功舞功,你早着呢!"

"小鞭杆子"说:"我说你原来咋不唱呢?这是瞧不起我啊,没拿我当回事啊,这回我知道了,啥也别说了,我现在是骑在老虎背上,下是下不去了,就是一个办法,夯着胆子往前闯吧!哎,秋水,你得多教教我啊。"

秋水说:"谁教你啊,我才不教你呢。"

"小鞭杆子"说:"为啥呢?"

秋水说:"我不怕把辈儿整差了吗?"

"小鞭杆子"说:"你教我唱二人转,那咋能差辈呢?"

秋水说:"我要教你,你管我叫啥,你就得管我叫师娘吧,那不整差辈儿了吗?"

"小鞭杆子"说:"秋水,你看咱们都处这么好了,你咋啥便宜都想捡呢?你总不能跟你妈我师娘比肩膀头儿吧。"

9. 省城农业大学校门口

八月拎着那个旅行袋走进校门。

九月和成小鹏两个人正在门口等候。

九月远远地见到了八月,就抢先跑上去,接过八月手里的旅行袋,笑呵呵地抱着她姐的肩膀说:"哎,姐,你看你,回家都干啥活儿了,脸都晒黑了。"

八月用下颏努了努成小鹏,问九月说:"这是谁啊?"

九月说:"成大鹏的弟弟,成小鹏!我的同学。"

这时候,成小鹏已经走了过来,和八月握着手说:"八月姐,你好,我妈听说你来了,可高兴了,让我告诉你,今天晚上到家里去吃饭呢。"

八月说:"苏教授不找我,我也得去找她。我这回来,主要是想见见老师。"

成小鹏问九月:"九月,给你姐安排住下了吗?"

九月说:"看姐愿意住哪,学校招待所里有地方。"

八月说:"住啥招待所啊?我就住九月宿舍了,咱们两个一张床挤挤得了。"

九月说:"行啊,天,一天天凉了,跟姐挤在一起,能说说话,还闹个暖和,姐啊,那咱们现在就上我宿舍吧。"

八月说:"行。"

她们往学生宿舍走去。

10. 镇里的牛市上

春龙和甜草正在看牛,向卖牛的人打听牛的价格。

春龙对甜草说:"甜草,我看这个价钱行。"

甜草捅捅他说:"你别着急,咱们再转转,牛,到了傍晚要散场的时候,会比现在稍微便宜一点。"

春龙和八月继续在牛市里转悠。

11. 樱桃妈家

那辆小红色的QQ车停在了樱桃妈家门前。

屋里，樱桃妈、春龙妈和那位中年女人，正绣着花。

江玲玲拿起绣好的鞋垫儿看着说："这都是这位阿姨绣的吧？这手工活儿做得也太好了。"

她对樱桃妈说："我是县城里做服装生意的，如果您绣的这花儿要是做衣服，那可漂亮死了！阿姨，你看，今后咱们能不能在一起搞一点合作，你帮我绣一些花布，我负责销售？"

樱桃妈说："哎呀，你要有这想法，早说话啊，现在我们都在忙做鞋垫儿的事儿，没有时间绣花布了。"

江玲玲说："阿姨，我说你们以后就跟着我干得了，我肯定让你们多挣钱。"

樱桃妈说："可是我们已经跟人家签了协议了，咱们不能毁约啊。"

春龙妈说："玲玲啊，要是绣这样的花，绣一块花布我们能挣多少钱？"

江玲玲说："我给你们出图纸，我不敢多说，我指定让你们挣比现在翻几番的钱。"

春龙妈听了这话，看看樱桃妈，对江玲玲说："玲玲，我们现在都跟着大姐学绣花呢，给你绣花布的事儿，就以后再说吧啊。"

樱桃妈拿眼看看春龙妈，没吭声。

这个时候，门口又有汽车声，以前来过的那辆小轿车停在了樱桃妈家的门前。

那位中年女商人从车上走了下来，走进了屋。

12. 农业大学宿舍内

九月一边从旅行袋里往外掏咸鸭蛋，分发给同寝室的同学，一边对八月说："姐，这位是若南，这位是苗苗，这位呢，刘安平，这是我姐，杨八月！"

几位女生接过九月递过来的鸭蛋，冲八月笑着。

那位叫苗苗的同学说："你们姐俩长得还真挺像的。"

九月说："像吗？"

若南对九月笑着说："我觉得，像是像，可是你姐比你长得好看。"

九月说："得了吧，别借机打击我的积极性啊，我可没那么觉得，我觉得我比我姐长得好看，姐，你说是不？"

八月笑了说："九月长得比我好看，你们屋里这四个女孩子，我看是四朵校花！都很美丽！"

叫苗苗的女孩忽然大笑着说："哈哈哈！笑死我了，没想到在八月姐眼里，我们这几个丑小鸭都成了白天鹅了。"

13. 酒仙儿家院子里

酒仙儿隔着墙和柳茂祥说着话。

酒仙儿说："你们家这事儿，都是咋整的，吧嗒吧嗒嘴儿寻思寻思，总觉得不对味儿呢？上回彩云说是要请大鹏吃饭，结果全家从中午等到天黑，人家没来。"

柳茂祥说："后来晚上到我家来了，你不知道。"

酒仙儿说："哦，那是摸黑来的，那小子是怕叫别人看着？"

柳茂祥说："不是，你想哪儿去了？人家是有事儿去了。"
酒仙儿说："行。那这个事儿咱们就不说了。咱们就说今天这个事儿，我嫂子叫你弟妹淑芬把人家闺女从县城给找来了，春龙不见面，这不是闪人吗？"
柳茂祥说："春龙那小子啊，天天中午都回家吃饭，可是事儿就巧了，偏偏今儿个，他就有事儿，上镇子买牛去了。"
酒仙儿说："哥，要我说这事儿啊，怨不着人家春龙，这个江玲玲来，你们也该提前告诉春龙啊。"
柳茂祥说："谁能提前告诉春龙啊？我们也不知道她今天来啊，可人家就是来了，你说咋办？"
酒仙儿说："反正你们家的事儿啊，我感觉都挺有意思的，左一出，右一出的，好事儿也都叫我那嫂子给整坏了！哥，我说你在家也得把胸脯挺起来点儿，别啥事儿都让我嫂子说了算，好像她才是你们家一把手似的。"
柳茂祥说："哎呀，茂财，我知道你对你嫂子有意见，她那个人不就那样嘛，你跟她较什么真啊？"
酒仙儿说："是我较真吗？我除非没啥好事儿，我有点儿啥好事，她就给我打破头楔。"
柳茂祥说："我知道，不就是你想到春龙那个养牛场打工的事儿吗？春龙都说了，让你去。"
酒仙儿说："可我嫂子不同意啊。我要是到了养牛场去打工，她要没啥事儿，到那去转悠转悠，老用下眼皮抹搭我，你弟我能受得了吗？"
柳茂祥说："哎呀，都是咱们家里人这点儿鸡毛蒜皮的事儿，别那么太在意，你到养牛场去，该干你的活儿，就干你的活儿，该拿你的钱就拿你的钱，别的事儿你不用太在意。"
酒仙儿说："我知道，我嫂子就是骨子里瞧不起我！哥，我今儿个把话给你撂下，那个养牛场我不一定去了，我正琢磨着，要干点儿别的呢。"
柳茂祥看看酒仙儿说："随你吧，你想怎么着都行，你要往东，我能说往西吗？到任何时候，你别说出我这当哥的有啥不好就行了。"

14. 樱桃妈家屋里

那位中年女人给樱桃妈递过一些钱来，说："大姐，你们做好的那些货，我都装到车上了。这是按合同付给你们的钱，咱们一手货一手钱。"
樱桃妈看看那位中年女人说："一看你这个人，就知道你厚道，我愿意和你这样的人干事儿。"
那个中年女人又说："大姐啊，你这是带了几个人啊？"
樱桃妈指着春龙妈和那个中年女人说："我这是带了两个人。"
那位中年女人指着江玲玲问道："她是咱们村的吗？"
樱桃妈说："不是，人家是县城里边，来咱村串门的。"
那位中年女人说："哦，我说怎么有一台车也停到了门口了呢！"
江玲玲看着那位中年女人，伸出手来说："你好！"
那位中年女人和江玲玲握了手，问她："你在县里做什么工作的？"
江玲玲笑着说："嘿嘿，一般的工作呗。"
中年女人看看江玲玲没再吭声。

15. 村委会院里
高海林、成大鹏正在那里干活。
成大鹏用砂纸打磨着浪木。
高海林呢，正在钉着猪槽子。
彩云也跟着忙这忙那。
高海林对彩云说："彩云，我听说县城里来了个女的，到你家去了。"
彩云一愣说："是不是我二婶要给我哥介绍的那个对象啊？"
高海林说："八成是，你没回去看看啊？"
彩云说："这都是我爸和我妈瞎张罗的，我哥不同意，别说来一个，来860个，我哥不看这事儿也成不了！我回去看，让我咋说话啊？"
高海林说："彩云啊，没看出来，你的鬼心眼儿还不少呢！"
彩云说："不是我有鬼心眼儿子，而是这事儿，本身就是竹篮打水一场空的事儿，我不想费那个劲儿，净做没用的事儿。"

16. 山货庄
秋水笑嘻嘻地对"小鞭杆子"说："金宝哥，我逗你乐归逗你乐，该告诉你二人转的事儿，我还是得告诉你。"
"小鞭杆子"说："我就寻思嘛，你能真心真意教我。"
秋水说："我跟你说，你知道'二人转'为什么叫'二人转'，不叫二人唱、二人舞呢？既然是转，这个转里头，说道可就多了。演员在演出的时候，有十多种转法！"
"小鞭杆子"说："不就是在舞台上转圈吗？咋还转出这么多说道来呢？"
秋水说："有这么一套顺口溜你听着：'大转时空变'，就是说两个演员在台上走一大圈，时间空间就变了；'小转人物换'，原地小范围的转圈，一般用于人物跳出跳入；快转呢，出入急，慢转呢，情绪缓；还有分转，两个演员由里向外，分别转出去，表现两个演员同时跳出人物，合转呢，换地点，演员由外向里转，就表示地点变化了，从屋里到屋外，从这儿到哪儿了；'扭转共欢喜，绕转丑撒欢'，就是像你这样演丑的，在舞台上围着我转圈，就是撒欢的意思；'半转表心曲'，就是演员向舞台不侧转半身，表达人物的内心活动；退转呢，头晕眩，就是表现人物悲痛，头晕目眩；'贴转两演一'，两人演员就演一个角色了。"
"小鞭杆子"眼睛一瞪，说："是吗，还有这转法呢？让我贴着你转转试试。"
秋水啪地打了他一下说："去，别想占便宜！"
"小鞭杆子"说："那在台下不练好了，上台咋演哪？"
秋水说："以后有你练的时候，先好好听着，还有追着转、扶着转等等，这转里头有这么多说道，所以才叫二人转。"
"小鞭杆子"一拍脑袋说："我的妈呀，原来我以为，二人转就是在舞台上，转来转去的呢？没承想到这里说道还这么多，看来，二人转这一潭子水是太深了，就是条龙，也得先探探这潭子底有多深，更何况我是条笨泥鳅呢？"

17. 村中路上
江玲玲开着车，从樱桃妈家门口开过来。
车上，春龙妈对江玲玲说："玲玲啊，你真看中了樱桃妈那手工刺绣了？"
江玲玲说："阿姨，你是不知道啊，这门手艺可了不得，这可是一棵摇钱树哇。"
春龙妈说："玲玲，樱桃妈不帮你刺绣花布，你也别着急，等阿姨我学会了，我就不跟她做什么鞋垫儿了，我专门帮你刺绣花布。"

江玲玲说："我听说，你们已经跟那个女的签了合同，你中间退出来，行吗？"

春龙妈说："那有啥行不行的？合同是樱桃妈跟她签的，我也没签，有我啥事儿？"

江玲玲看看春龙妈说："阿姨，我要是真成了你的儿媳妇，咱们就是一家人了！你带着人搞手工刺绣花布，我带着人把这些花布做成服装，咱们娘俩要是合起手来挣钱，那钱就得叫咱娘俩挣飞了。"

春龙妈说："玲玲啊，你今天到我家来，我可老高兴了，你也看出来了，我们家的事儿，就是我当家说了算！我这一辈子要能有你这么个闺女给我当儿媳妇，我的心里就真的觉得挺满足的了。"

江玲玲一听说这话，笑了。

车停在了春龙家的门口。

春龙妈下车。

江玲玲也下了车，说："阿姨啊，晚上我就不在这儿吃饭了，现在我就直接回去吧。"

春龙妈拽住江玲玲的手说："不行，你可不能走！玲玲！这你可得听阿姨的，晚上说啥咱们也得好好炒几个菜，招待招待你，和春龙见了面再走。"说着，拉着江玲玲的手，往院子里走。

酒仙儿从那院跟春龙妈打着招呼说："嫂子，这家伙的，小车都坐上了，屁股底下啥感觉啊？"

春龙妈说："啥感觉啊，啥感觉也不告诉你！"

酒仙儿看看她，一脸不高兴，又说："哎呀，这玲玲也是真能等啊，一般人早等不起了。俗话说，只要功夫深，铁杵磨成针。玲玲这闺女对春龙，我看是下真功夫了。"

春龙妈瞪了一眼酒仙儿说："你会不会说话啊？不会说话，就蹦到池塘里学蛤蟆叫去，怎么在你嘴里，就听不到一句好听的话呢？"

酒仙儿说："嫂子，你打听打听，全村子的人，没有一个人说我嘴臭的，有这说法的，也就是你。"

春龙妈拉着江玲玲的手往屋里走，说："进屋，咱们别搭理他，那是个半疯！"

18. 镇上牛市

傍晚，甜草和春龙牵着十来头黄牛从牛市里走出来。

甜草说："春龙哥，这几头瘦牛，咱们买得都挺合适的。"

春龙说："嗯。第一批就先买这几头吧，以后还得陆续地来买。"

甜草说："以后你再来买，就有经验了，就照着这几头牛的价钱来买就行。"

春龙和甜草推着自行车，在自行车的后座上拴着牵牛的绳子，在路上走着。

19. 关小手家

关小手和李大翠正坐在院子里。

关小手一边择着菜，一边对李大翠说："人啊，不知道是咋想的。这八月和春龙回村了，大姐和姐夫心里不愿意，那春龙妈和春龙爸就更不用说了。我就不明白，咱们农村现在有啥不好的？怎么老认为城里比咱们农村好呢？"

李大翠说："姐姐和姐夫对八月回村的事儿是有想法，可是还没像春龙爸妈似的，那是紧锣密鼓地给春龙找对象啊，生怕春龙以后在村里留下。"

关小手说："我都听说了，说是县城里来了一个女孩子，到现在还没走呢1这个女孩子也真够大方的，怎么不认不识的，说相亲自己开着车就上来了呢！"
　　李大翠说："现在的年轻人啊，活法、想法和咱们都不一样，要在过去，这事儿还了得了，这一件事儿就够咱们村的人说几年的了。"

20．春龙家
　　春龙妈在往饭桌子上端着刚炒好的菜，对站在那里的江玲玲说："玲玲，中午你也没吃好，你谁也不用等，坐下吃你的！"
　　江玲玲说："我也没什么急事儿，还是等大家伙儿一起吃吧。"
　　春龙妈说："不用，不用，你要实在不好意思，那就咱娘俩先吃。"说着，春龙妈也坐在了桌子旁，一边拿着筷子给江玲玲夹菜，一边说："阿姨做菜可做不出什么滋味来，你能吃饱，不一定吃得好。"
　　江玲玲一边客气地点点头，一边说："阿姨你吃，这菜炒得挺好的。"
　　邻院儿，酒仙儿探过头来说："嫂子，春龙还没回来哪？"
　　春龙妈看看酒仙儿，瞪了他一眼没有吭声。
　　酒仙儿自言自语地说："这么晚，怎么还不回来呢，我还找他有事儿呢。"
　　春龙妈说："你找他有啥事儿啊？"
　　酒仙儿说："啥事儿也不跟你说，是我们爷俩之间的事儿。"
　　春龙妈说："你别以为养牛场的事儿，就春龙说了算，有些事儿我要是不同意，你看他能不能办成！"
　　酒仙儿笑说："哼哼，你以为我找春龙，就非是说我要去他那养牛场打工的事儿啊？"
　　春龙妈说："你肚子里有几根弯弯肠子，我还不知道哇！"
　　酒仙儿："这回你猜得可不一定对！千里马也有失蹄的时候！"

21．樱桃妈家
　　夕阳的余晖中，小院显得很美。
　　高德万在那里修着家具。
　　樱桃妈说："春龙妈托人给春龙找了一个对象，那会儿领到我家来了，我看那个叫江玲玲的女孩子还真不错，长得白白净净的，说是还挺能挣钱的。"
　　高德万说："找这么一个能挣钱的儿媳妇，这下子可称了春龙妈的心了。"
　　樱桃妈说："说是春龙爸妈两口子，对这事儿都挺同意，就是春龙没见面。"
　　高德万说："在孩子们婚姻这个事儿上，我虽然不是那么相信缘分，但是我知道捆绑不成夫妻，春龙妈就知道奔钱使劲儿，我看啊，那不是什么好事儿。"
　　樱桃妈说："这一下午，一边干着活儿，我一边就寻思，这个江玲玲要是真跟春龙成了，那甜草就得抓紧找对象了。"
　　高德万笑着说："依我看，春龙对象的事儿啊，别看他们家张罗的欢，将来是怎么回事，还真就不好说呢，甜草对象的事儿，还真就得等等看。"

22．酒仙儿家
　　酒仙儿妻从院外走了回来。
　　进院隔墙一看，春龙妈正和江玲玲坐在桌前吃饭，就说："哟，看见车还在门口停着了，就知道玲玲没走。"
　　春龙妈说："玲玲要走啊，让我硬给留下了，淑芬，你也过来吃点儿呗。"

酒仙儿妻说："不了，春龙啥时候回来？"
春龙妈说："这天都快黑了，我看是快了。"
酒仙儿妻说："春龙也真是的，早不买牛，晚不买牛，偏赶着今儿个出去买什么牛呢？"
酒仙儿在门口招呼着酒仙儿妻说："哎，回屋吃饭吧。"
酒仙儿妻跟江玲玲说："玲玲，你们先坐着，我回屋吃口饭再过来。"
江玲玲应声。
酒仙儿妻一边往门口走，一边跟酒仙儿说："吃饭着啥急呢？我刚进院，那院玲玲没走呢，我不得过去说句话呀？"
酒仙儿说："看来你这个介绍人，当得还挺负责任的！可是人家管你饭了吗？你还得回来吃饭来，我早料到了，快点回屋吃饭吧。"
两个人进了屋。

23. 省城农业大学教师宿舍区苏教授家里

成小鹏带着八月和九月两个人，从门外走进屋来。
一进门，成小鹏就喊："妈，你看谁来了？"
正在厨房里炒着菜的苏文丽教授，从厨房里探出头来，说："哎呀，杨八月、杨九月！你们姐俩都来了！快坐，快坐！小鹏啊，你先招呼着她俩喝茶吃水果。我这马上就完啊。"
九月和小鹏坐到沙发那边去了。
八月却来到了厨房门口，一见厨房里摆着几盘已经炒好的菜，就说："苏老师，我们来，你炒这么多菜干啥？还有几个没炒，别炒了。"
苏文丽说："我听你大鹏哥来电话说了，到了你们村以后，把你爸他们都麻烦得够呛，你们到我这儿来了，我不招待你吃顿饭，那在情理上可说不过去，等我有一天去老龙岗村，和你爸你妈咋见面啊？"
八月说："苏老师，我大鹏哥现在正在和我们村的高海林两个人开发松花江浪木呢！说是将来要把这个东西搞成一种产业，好好发展发展呢！"
苏文丽说："大鹏来电话都跟我说了，他愿意干啥，怎么干，我都支持。"
八月说："我爸和我妈就说，别人家的孩子，都愿意从乡里往城里走，可你们家却支持大鹏哥从城里到乡下去。"
苏文丽笑笑说："不光是我支持，柳春龙和你大学毕业了不也都是回村了吗？你们的父母不也挺支持你们的吗？"
八月说："苏老师，人的想法可不一样，到现在我们两家的父母脑子里的弯子，还没转过来呢。"
苏文丽说："是吗？我看啊，什么城里乡下的，哪块适应孩子发展，就让孩子在哪闯荡！城市乡下都是咱们中国的地方，哪方水土不养人？你和春龙两个，家里要是不支持，你们也别着急，等把事业干红火了，家里人自然也就支持你们了。"
八月说："我们也都是这么想的。我今天来找苏老师，也是来想问点儿事儿。"
苏文丽说："哪方面的事儿？"
八月说："苏老师，你知我是学种植学的，不是学动物学的，可是，我现在办下了贷款了，要办个养猪场，但是对养猪的事儿，不明白，什么猪种好，养猪要注意什么，怎么才能做到科学养猪，这不都得学学嘛。"
苏文丽把锅里的菜盛出来，闭掉了灶火说："八月啊，你知道，你要问蔬菜大棚里的事儿，我都能跟你说明白，可是你要说养猪的事儿，我也不明白。这就得去找咱们学校的朱洪亮老师了，他是专门搞养猪的专家。"说着，和八月一起往客厅的餐桌上端菜。

八月说："苏老师，我怎么才能找到这个朱洪亮教授呢？"

苏文丽说："八月，你别着急，先吃饭，吃完了饭，我帮你联系一下。"

24. 酒仙儿家屋里

酒仙儿和酒仙儿妻显然已经吃完了饭。

两个人坐在炕边上说着话。

酒仙儿说："淑芬，我想跟你商量一个大事儿。"

酒仙儿妻说："说话别一惊一乍的，什么大事小事儿的，你能说出什么大事儿来？"

酒仙儿说："你看你这个人，怎么就不容我说话了呢，我说大事儿，这个事儿肯定是大事儿！"

酒仙儿妻说："那你说吧。"

酒仙儿说："我琢磨了，咱们大侄儿春龙办的那个养牛场，我不去打工了。"

酒仙儿妻说："我看也是，嫂子不乐意你去，你就别往那跟前凑合了。"

酒仙儿说："但是我不能这样待下去，我得干点儿事儿。嫂子不是瞧不起我嘛，我非得干出个样来给她看看不可。"

酒仙儿妻说："你想干啥啊？"

酒仙儿说："按我自己的想法，我想到镇子上去。"

酒仙儿妻一惊："啊，到镇子上去啊，你要干啥啊？"

酒仙儿说："我看春虎这孩子，又擦鞋又掌鞋又做鞋的，一天到晚也挺累的。我就到镇子上去，帮着给他和樱桃做做饭，照顾照顾他们的生活，连着呢，就把春虎手里头擦鞋掌鞋的活儿接过来，让春虎腾出手来，一心朴实地办那个鞋店，你看行不行？"

酒仙儿妻说："擦鞋掌鞋那活儿，也是个苦活儿，你这么大岁数了，家里也不是日子过得不好，咱们手头也不缺钱花，你一说要去干这个活儿，我还是真有点儿不忍心让你去。"

酒仙儿说："那话都别说了，苦啊、累点儿都没啥，春虎干得了，我为啥干不了？我现在就有一个担心。"

酒仙儿妻说："担心啥？"

酒仙儿说："就是你！我上镇子以后，你就一个人留在村里了，又得忙活小卖店，又得忙活家里的事儿，够你忙的。"

酒仙儿妻说："你就不用惦记我了，要是你和春虎都在镇子上发展得好了，我还不好说吗，哪天把小卖部门一锁，家门一关，我也到镇子上去了，说不定能开个超市或者饭店啥的呢？"

酒仙儿说："淑芬，如果你没意见，那这事儿就这么定了，反正我听说春虎他们已经把'小鞭杆子'的住房给租下来了，住房也挺宽绰的，我就去了。"说完，他下了地。

他走到了屋外，推起一个手推车子，拿起一把铁锹放在了上面。

酒仙儿妻说："你要干啥去啊？"

酒仙儿说："养牛场那个工我是不打了，但是我大侄儿对我那片心思，我不能不领，临上镇子前，我得帮他干点儿活儿去，哪怕是拉点儿土，垫垫牛圈呢，我也得去。"说完，拉着车就往外走。

这时候，邻院里，江玲玲、春龙妈、柳茂祥，正一起往院门口走。

春龙妈一边往外送江玲玲，一边说："这扯不扯，玲玲，太对不起了，都这时候了，春龙还没回来，等他回来的，我非得好好说说他！"

江玲玲笑着说："阿姨，你快回去吧，我看我和春龙的事儿，也是好事儿多磨，哪天我再来啊。"

春龙妈说："再来之前，你可千万来一个电话啊，我让春龙坐在家里等你。"

江玲玲说："今天的事儿也怨我，没事先打招呼，就开着车过来了。不过今天也没算白来，收获挺大的，说不定阿姨学会了手工刺绣，咱们娘俩真就能在一起做一番大事业呢。"

说完，江玲玲上了车。

天已经有些黑了。

江玲玲打开了车灯，摇下车窗，跟柳茂祥和春龙妈打着招呼。

春龙妈说："天都黑了，回去的道上，可慢着点儿开。"

在车的灯光里，酒仙儿推着手推车，从车前走过。

柳茂祥说："茂财啊，你这是要干啥去啊？"

酒仙儿说："帮着我大侄儿垫垫牛圈去。"

江玲玲鸣了声车笛儿，走了。

春龙妈对柳茂祥说："这也没说同意他到养牛场打工啊，他怎么就要去垫牛圈呢？"

柳茂祥说："你瞅瞅你们两个人，见了面就顶牛，弄得我的脑袋有这么大，养牛场是春龙的事儿，他们叔侄俩愿意怎么办就怎么办吧，咱们图个清闲，不管行不行？"

春龙妈说："今天的事儿，你都看出来了，春龙这孩子，不管行吗？这江玲玲到咱们家来了，他能说不知道吗？我看他就是故意躲出去了！不行，有些事儿，咱们俩还不能大撒手，该管的，还得管他！"

25. 高德万家

牛圈里，酒仙儿推来一车土，用锹在垫土，垫完了，他又推着车走了。

村口，春龙、甜草推着自行车牵着牛走了回来。

正好和江玲玲迎面开过来的那辆车，走了个对面。

江玲玲停下车，关掉了车灯，从车上摇下了车玻璃，没下车，看着柳春龙。

甜草捅捅柳春龙说："春龙哥，这位就是。"

甜草的话还没说完，江玲玲就从车上下来了，把手伸向柳春龙说："你是柳春龙吧？我是江玲玲！我来了快小半天了，都没见着你，没想到，要走要走的了，在这儿见着你了，这个大忙人，真难见啊。"

春龙呢，没有把手伸给江玲玲说："哎呀，我这手牵着牛呢，脏。"

江玲玲只好抽回手，对高甜草说："哎，我见过你啊，你不是叫高甜草吗，今天隔着墙头和我说话的那个人。"

高甜草说："哦，你还没走呢？那要不要再回村坐一会儿啊？"

高甜草对春龙哥说："要不你们先唠一会儿，我先回了啊！"

说着，高甜草牵着几头牛往村里走去。

春龙牵着牛对江玲玲说："其实这事儿也不怨你，都是我爸和我妈瞎张罗的。"

江玲玲说："这事儿可不怨你家大叔和阿姨，都怨我，事先打个电话来就好啦。"

春龙看看江玲玲说："天不早了，你也抓紧回吧。"

江玲玲冲春龙摆摆手，笑笑说："那就拜拜了。"说着上了车，又看了看春龙，鸣了两声车笛，开走了。

春龙牵着牛向村里走去。

高甜草见春龙牵着牛从后面赶上来了，就停下来对春龙说："春龙哥，不是我说你，人家等了你这么长时间了，你就跟人家说了那么两句话。我想怎么你们也能多唠一会儿呢。"

柳春龙听了甜草的话，看看她，没吭声，走了几步说："你别看我，命相属猪，可是我的性格属牛！"

26. 春龙家

春龙妈正和柳茂祥在屋里说着话。

春龙妈说："你看人家江玲玲这孩子多好啊，长相，个头，说话，能力，咱们春龙还有啥挑的？"

柳茂祥说："这才刚见上面，怎么就能说这个事儿行了？试玉还得要烧三日满呢，别说是看人了。"

春龙妈说："我看春龙先和她处处行，你看人家，开个小车，说来，悠悠地来了，说走，悠悠地走了。咱们村里杨八月上省城办事儿，走的时候，也没自己开个车啊，不还是高海林开个小四轮子，蹦蹦嗒嗒送走的吗？我今天可是尝着坐小轿车的滋味了，往车了一坐，屁股底下那个小皮垫，可软和了，车里还有一股香水味儿，咱们春龙要是跟江玲玲对上象，这个小车不得经常上咱们家来吗，我坐着这小车上县城，不就是像走平道似的了吗？"

柳茂祥说："给孩子找对象，别先把钱多钱少啥的摆在头里，得先看人品！"

27. 关小手家

灯光下，关小手、李大翠、"小鞭杆子"、秋水四个人正在一起说着二人转的事儿。

"小鞭杆子"说："师父，丑角的零口到底是咋个说法，能给我举个例子说说吗？"

关小手说："大翠，你过来，咱们俩给他来一段零口。"

关小手说："常言道，没有一直，不显一弯，没有平地，不显高山，没有一蔫，也不显一欢，你瞧人家夫妻俩刚才唱的那玩意儿，真是胳肢窝夹蛤蟆。"

李大翠说："啥话？"

关小手说："呱呱叫！"

李大翠说："那咱俩唱的呢？"

关小手说："咱俩呢？也是胳肢窝夹蛤蟆。"

李大翠说："呱呱叫？"

关小手说："叫啥！让我一使劲，夹死了。"

"小鞭杆子"和秋水一起鼓着掌叫好。

28. 省城苏教授家

八月和九月一起从屋里往外走。

苏教授出来送她们，说："不巧了，朱洪亮教授还到乡下去了，怎么办呢？"

八月说："没事儿，等打听准了，他在哪儿呢，我去找他。"

29. 高德万家

牛圈里，酒仙儿正在垫土。

春龙和甜草牵着牛走了进来。

酒仙儿一看见他们，高兴地说："哎呀，大侄儿，得回儿我把这个土先垫完了，不然牛一牵回来，就不好垫了。"

春龙和甜草把牛拴在牛槽边。

春龙对酒仙儿说："二叔，到我这儿来打工你想好啦？"

没待酒仙儿说话，春龙妈却出现在牛圈门口，她对酒仙儿说："茂财啊，我们家还没定你到这儿来做工呢，你可倒挺积极的，怎么先来干上活儿了呢，将来这工钱可不好算哪。"

酒仙儿把锹放到车子上，推着推车往外走说："我是帮着我大侄儿干活儿来了，一分钱我也不要，我是还我大侄儿一个人情！"说完，推着车子走了。

春龙妈呢，听了酒仙儿的话，一愣，又把目光转向了春龙和高甜草，说："春龙啊，你懂不懂个事儿，人家江玲玲来看你来了，可你呢，跑出去买牛去了。"

春龙摸着一头牛说："妈，对我来说，当前最要紧的事儿，就是养牛！"

春龙妈看看春龙说："我现在不跟你说什么了，等你回家，我再和你理论。"说完，转身走了。

（第十八集完）

第十九集

1. 八月家的蔬菜大棚里

杨立本和八月妈，在灯光下择着菜。

八月妈对杨立本说："我说，这个蔬菜大棚，你说今儿个忙着改造，明儿个忙着改造的，我怎么没看出来，哪块儿改造了呢，不还是原来那个样儿吗？"

杨立本笑着说："啥眼神啊，你出去到北边看看，那个夹层墙我全砌完了。"

八月妈说："那这里边也没动弹啥啊？"

杨立本说："现在马上要改造里边。一个是要在这儿贴着北墙，做几层蓄热的保温槽，一个是要把大棚上梁的斜面再做一点调整。"

八月妈说："那做保温槽是用铁皮做，还是用木头做啊？"

杨立本说："那得用木头的，渗水透气，上面放土还要种菜呢。"

八月妈说："哎呀，那还得做木匠活儿呗？"

杨立本说："那是肯定得做的。"

八月妈说："咱们村里有个老理儿，木匠在谁家做活儿，就在谁家吃饭，你啥时候做这个保温槽，可事先跟我言语一声，别等上人家木匠做上活儿了，我还没给人家预备饭菜，到时候，脸上可不好看，"

杨立本说："也不用再告诉你了，你明儿个中午就预备饭吧。我一会儿就去找高德万去。"

2. 高德万家的牛圈旁

灯光下，春龙蹲在牛圈里，看着那些牛，一声不吭。

甜草站在他的身边，一边给牛喂着草，一边说："春龙哥啊，牛都饿了，可你人还没吃饭呢。你不愿意回家吃，就到我家吃一口吧。"

春龙说："甜草啊，你别劝我了，我不饿。"

甜草说："春龙哥啊，我知道，你是一个重情意的人，看着你二叔叫你妈撵走了，你心里不得劲儿，我看这个事儿，你就别太往心里去了，不行的话，我跟你一起去找你二叔去，跟他说，让他到牛场来做工不就得了。"

春龙说："甜草啊，你别看我二叔那个人，平时好像糊里糊涂的，那是你不了解他，我不是说我性格属牛吗，他比我还犟，他要认准的道，十头牛都拉不回来。"

甜草说："你家二叔不是说不到这儿来打工了吗？也没说别的啊？"

春龙说："你搁眼睛看着吧，我二叔肯定要做出点什么举动来，我预感到了。"

这时候，高德万走了过来，说："春龙啊，把牛买回来啦？"

春龙站起来说："大叔，这才是先买了几头，以后还要成批地买呢。"

高德万背着手走进了牛圈，看看牛说："哟，这可是正经的好黄牛啊！"

3. 关小手家

关小手、李大翠正在这里排戏。

"小鞭杆子"和秋水在一旁看着。

关小手说："你们俩都听好啊，我和你妈现在给你们俩来两段'说口'。"

李大翠（说口）："唉呀！我说大哥，你可真积极呀！不是我胡嘞，不是我嘴黑，不是我当你吹，你手捧金翅鸟轻易放飞，送上门儿的金元宝儿你往外推。人家见个蚂蚁没命撵，你碰到金马驹子不想逮！这头牛你就是卖给我，谁还能说你品行不端，见钱心黑呀！你要是错打了算盘大牛被别人牵走，那可没法追！"

关小手（说口）："这话说得不对！一人一个口味，你得意倒扒葱，我得意斜着睡；钱是好花，人品更贵。这钱来路不对，我要是接了钱，买酒喝好醉，买肉吃反胃，买鞋穿不摔个前爬子，也得闹个大翻背。我是过河的卒子，只知道往前拱，不晓得往后退！剩下的杀完猪熬酸菜——再烩！"

秋水和"小鞭杆子"鼓起掌来。

关小手对"小鞭杆子"和秋水说："明天咱们是友情出演，你们两个搭架子，又是第一次上场，这个相你们得亮好了，来，你们俩接着练练！"

4. 高德万家牛圈旁

高德万对春龙说："春龙啊，大叔不能和你比，你是大学毕业，学的就是动物养殖。我呢，是一年遭蛇咬，十年怕草绳。自打那年我养牛赔了钱，就没再养过牛。看着你养牛，用的还是我这个牛圈，我该跟你说的话，还是要跟你说，有用没用的，你就听听吧。"

春龙说："大叔，我还真想问问你一些养牛的经验呢。"

高德万说："养牛难不难，论说也不难，主要得掌握个巧字，这些小牛犊子，要是喂好了，一天长三四公斤没问题！喂的苞米秸子、麦秸、稻草啥的，得巧处理，氨化以后喂；饲草呢，得巧搭配，得把干草、花生秧、地瓜秧什么的，搭配开。就是喂精料也得巧调剂，把大豆、玉米这些精饲料里添加一些麦麸子、粉料啥的；喂食得巧安排，马不吃夜草不肥，牛也是一样，开始还是让它先吃饲草，等到它吃到大半饱时再加料，这样它越吃才越愿意吃，容易长膘；还有对牛喝的水得巧调理，25℃左右的温水最好，再少放一点食盐、豆粉在里头，牛就更愿意喝了；还有，就是对这个牛舍得巧管理，垫土、垫草，保证通风，还得让牛能晒着太阳！哎呀，我懂得这些事儿，都是陈糠烂谷子了，反正七百年谷、八百年糠的，我都给你翻腾翻腾。你别笑话你大叔我没文化就行啊。"

春龙说："德万大叔，你说得太好了，这些东西，我看过书，也听老师讲过，可经你这一说，让我又懂了不少。"

甜草说："春龙哥啊，我爸跟你说是说，你可别完全听我爸的，他这些经验要是好，养牛能养失败了吗？"

柳春龙说："甜草，话你还别这么说，人，谁能老是胜利者？你家大叔的失败经验，正是我的成功之母！大叔，你讲的这些话，对我来说都很重要，我还真得谢谢你！"

高德万说："我说是说，你该咋做咋做，我看你这牛肯定能养好。"

这时候，杨立本走进牛圈来，说："哎呀，春龙啊，听说你先买了几头牛回来，我过来看看。"

春龙笑着说："看吧，这牛现在还没个看，除了小牛犊子就是瘦牛。"

杨立本说："养牛，就得从这样的牛开始养，要是牛都成了大肥牛了，那还用得着咱们养吗，不直接就出栏了吗？"

高德万说："我看这些牛也是不错！"

杨立本又对高德万说："我看这些牛栏杆、牛槽子啊，又都新修了吧？"

高德万说："嗯，咱们把这牛圈租给春龙了，把牛买回来就得能用上，我和海林子两个，给修理了修理！"

杨立本说："德万大哥，我家那个塑料大棚正忙着改造呢，还要做几个保温槽，明天就得弄，你得过去帮我的忙啊。"

高德万说："不就是那点儿活儿吗，那还用得着我去吗？我们家海林子去，不就行了？"

杨立本说："反正你把人给我安排好，明天早上开始，我就得动手做那个保温槽。"

高德万说："立本，你等着，我现在就给你招呼海林子去，让他跟你到大棚去看看。用什么样的料，带什么工具，他心里就有数了！"说着，他往前走了几步，朝自己家院子那边喊："海林子！海林子！"

高海林听见喊声，手里拿着一个没烙完的电烙画，从屋里跑了出来，说："爸，有事儿啊？"

高德万说："快点儿跟你杨叔到他家塑料大棚看看去，他那有点儿活儿明天要做。"

高海林说："好！"说完，返身又跑回屋去。再出来时，他边穿着衣服，边走，冲杨立本说："杨叔，咱们走吧。"

杨立本又对春龙说："春龙，我差点没忘了，你关叔和李阿姨他们那个演出小剧团，听说你在村里办起了养牛场了，人家主动要到这儿来给乡亲们拉场子唱戏。"

春龙说："哎呀，我这才刚干起来，造那么大的声势干啥啊？"

杨立本说："乡里乡亲的，人家是友情出演，也代表我和村上了，表示这么个意思吧。"

甜草说："杨叔，什么时候来演？"

杨立本说："明天上午。"

高德万开玩笑地说："立本啊，你看我安排海林子到你那儿去干活，安排对了吧？明天上午我正好在家门口能看场戏。"

杨立本乐了，说："那海林子可就看不上了。"

海林子说："杨叔家有活儿，戏看不看能咋的，让我爸看吧，对我来说，做活儿是主要的。"说着，和杨立本一起走了。

5. 酒仙儿家

酒仙儿和酒仙儿妻正在收拾东西。

炕上、箱子柜上堆了一些衣服。

酒仙儿妻从箱子里拿出一个存折，对酒仙儿说："茂财啊，这些年咱们家攒的这些钱，都在这里存着呢，我看你就把它带到镇子上去吧，春虎办的那个鞋店肯定得用钱。"

酒仙儿说:"行,你就找块布,把那个存折给我缝在裤子里边吧。"

酒仙儿妻说:"就这么一个存折,也不是现金,你这么大一个活人,还能丢了啊,往裤子里缝啥呢?"

酒仙儿说:"咱们家这点儿家底,都在这折子上面,那要丢了还了得?"

酒仙儿妻说:"这折子都是有密码的,别人就是捡去了,不拿咱们的身份证和密码也取不出来。"

酒仙儿说:"你可整准成喽,可别我真丢了,你到时候埋怨我。"

酒仙儿妻说:"搁个信封装上,揣到上衣内兜里,丢不了。"

酒仙儿说:"我可跟你说啊,我可坐公共汽车走,我可不把握。"

酒仙儿妻笑着说:"公共汽车上,也安全,没谁偷你的。"

酒仙儿说:"我不是寻思:不防一万,就防万一嘛!万一我掏兜拿钱买个车票啥的,顺手把存折带出去了,正好那公共汽车窗户开着呢,风,一呜呜,正好把这存折给刮到窗户外去了,咋办?"

酒仙儿妻说:"你尽说那憋死牛的话,什么事儿都那么巧?叫你赶上啊?"

酒仙儿妻说:"那不是叫我赶上了,那每天发生在世界上的巧事儿,那不得有的是吗?一脚踢出个屁,他就赶在裆上了!"

酒仙儿妻说:"行行行,你不是就要缝个兜吗,我给你缝。"说着,找过一块布来。

酒仙儿脱掉了外裤,酒仙儿妻就给他缝起一个装存折的布兜来。

6. 村中路上

"小鞭杆子"和秋水一起从关小手家的院门出来,往山货庄的方向走。

关小手从后面跟出门外来,说:"秋水啊,天可不早了啊,你快点回来啊。"

秋水应了一声,跟着"小鞭杆子"要往前走。

"小鞭杆子"对秋水说:"秋水啊,你爸喊你回去呢,你别跟我去了,要不然你爸又想东想西的了。"

秋水说:"你瞅瞅你,怎么神经兮兮的?我把你送回山货庄去,一会儿就回来了,怕啥的?"

"小鞭杆子"却回过身来对关小手说:"师父,秋水一会儿就回来,你放心吧。"说完,他俩往前走了。

关小手呢,却在院里自言自语地说:"放心,放心,对你小子,我就放不下这个心!"

那边"小鞭杆子"一边和秋水走着,一边对秋水说:"秋水,自打搬进这山货庄来,我怎么老有点儿睡不着觉呢?"

秋水说:"冷丁换了一个地方,是不是不适应啊?你有择床病啊?"

"小鞭杆子"说:"叫你说的呢,有啥不适应的?别说那还是一个沙发床,就是大野地,我困了,躺在那块儿,呼呼的都能睡着。"

秋水说:"那是咋回事啊?"

"小鞭杆子"说:"人啊,活在世界上就怕和别人有个比,老柳家那个春虎论文化不比我高,可是呢,跑到镇子上做事去了,听说马上要把鞋店开起来了。大鹏和高海林两个呢,搞什么松花江浪木呢,说是将来有可能还要办一个工艺厂。八月姐和春龙两个呢,一个在办养猪场,一个在办养牛场。我就想,我'小鞭杆子'也不照他们这些人少一个鼻子,俩眼睛,文化低一点儿是不假,可这脑袋瓜子,也不比他们笨多少,我就想啊,咱们老在大姑这个店里打工,也不是个长远办法。"

秋水说:"哎呀,真没看出来,你还这么有思想!你是因为这,睡不着觉啊?"
"小鞭杆子"说:"那可不,我尽琢磨这些事儿了。"
秋水说:"看来,我得对你刘金宝刮目相看了,说不定你也是一个藏龙卧虎之人,将来能干出点什么大事业来呢!"
"小鞭杆子"嬉皮笑脸地说:"秋水,怎么样?也许有一天,你在东方那颗贼亮贼亮的巨星旁边,又发现了一颗更加贼亮贼亮的巨星,那个就是我!"
秋水说:"瞧你那德行吧,你愿意咋贼亮咋贼亮去,可别挨着我贼亮贼亮的。"
"小鞭杆子"说:"你不想让我挨着你也不行,咱们俩已经成了一副架了,还能拆开吗?"

7. 樱桃妈家

樱桃妈和那位中年女人正在灯光下绣着花鞋垫儿。
那位中年女人对樱桃妈也说:"大姐啊,江玲玲一来,说是刺绣花布能多挣钱,我瞅着春龙妈就活心了,你看,今天晚上她本应该来的,可是她却没来。"
樱桃妈说:"大妹子,一样的人有百样心,十个手指头伸出来还不一般齐呢,一个树结的果子还有的酸有的甜呢,不管别人咋想,反正我是跟人家签了合同的,必须帮人家把这事儿做好了,违背良心的事儿,我可不能做。"
那位中年妇女说:"谁说不是呢,人啊,不能见钱眼开,见利忘义。大姐,你又教我们绣花,又教我们做鞋垫的,我们要是为了挣别的钱,把这份活儿推了,那真的对不起天地良心。"
樱桃妈说:"我看春龙妈,今天晚上没来,也不一定是以后就不来了,她有可能临时有别的事去了,想人,还得多往好处想。"
那位中年女人说:"大姐,我可不是不往好处想她。春龙妈那人,跟别人可不一样,她那人做事,可有点儿保不住,让人拿不准。"
樱桃妈说:"没啥,她就是真的不来了,大不了就算认识一个人了,我们这儿还可以再招人啊。"

8. 八月家的蔬菜大棚内

高海林和杨立本从大棚里走出来。
高海林拍打着手上的土说:"哎呀,杨叔,我寻思是多大的活儿呢,原来就是这点儿活儿,好干!也就是一天半天的事儿,你放心吧,我肯定给你弄好了。"
杨立本说:"这是八月临上省城前告诉我做的,我寻思赶在她回来前,把这些事儿都弄停当了,她回来后再看看,没什么别的问题,在村子里头该推广也得推广,就像你们头些日子推广改造沼气池似的。"
高海林说:"杨叔,你就放心吧,我肯定不会耽搁你的事儿。"说完,海林子走了。

9. 春龙家

柳茂祥、春龙妈、彩云几个人正说着话,春龙妈手里拿着个花撑子,边说话边绣花。
柳茂祥对春龙妈说:"你啊,也是的,不管咋说,那是我亲弟弟,说话做事儿都得给我留个面子!现在茂财不像以前喝酒懒惰没正事儿了,现在他想做点事儿,咱们得多帮他的忙,你可倒好,老在中间打杠子。"
春龙妈说:"你瞅瞅你那个弟弟,一见到我,就跟我说苞米瓢子话,横竖都不顺茬,我不愿意听啥他说啥,他就跟我犯劲,不管咋说,我是当嫂子的,我不能看他脸子活着吧？"

彩云说："妈，要我说啊，我二叔那人现在变得就挺好的了，和过去比，那不是一个天上一个地下，像换了个人似的！一个巴掌拍不响！我二叔他愿意说点儿啥就说点儿啥，你别总跟他，他有来言，你就非得有去语，时间长了，他也就觉得没意思了，你们之间也就'休战'了。"

春龙妈说："不是我猜忌他，这江玲玲来了，他出去找春龙，不但没找回来，春龙还上了镇上牛市！我就怀疑是不是他在中间给说什么话了，要不然这事儿怎么出得这么巧呢？"

柳茂祥说："我那个弟弟可能有这毛病、那毛病，但他不会做这种事儿，你别往那地方想。"

春龙妈说："我不同意他到春龙那个养牛场去，还有一个想法，就是怕他今天跟春龙说点儿这个，明天跟春龙说点儿那个的，时间长了，我怕把春龙给拐带坏了。"

彩云说："妈呀，你想哪去啦？我哥也不是三岁两岁的小孩，别说我叔不会跟他说啥，就是真说点儿啥的话，他就能听啥信啥啊？"

这时候，柳春龙走进屋来。

彩云站起身来说："哥，你回来了，吃饭没呢？"

春龙说："没呢。"

春龙妈冲彩云递了个眼色，暗示她去给春龙热饭。

彩云说："哥，你等着，我给你热饭去。"

柳茂祥说："春龙啊，怎么今天想着上镇子买牛去了呢？中午也没说回家吃个饭。"

春龙看看他爸，没吭声，坐在了炕头。

春龙妈对春龙说："春龙，那个江玲玲长得真怪好的，你是没看着，你要看着了，保准也能愿意跟她处处。"

春龙说："你们怎么知道我没看着？"

春龙妈说："你见着了？"

春龙点点头："见着了！"

春龙妈说："在哪儿见着的啊？"

春龙说："妈，你别管我在哪儿见着的，反正我是见着了。爸，妈，我现在正琢磨养牛的事儿呢，一心不可二用，我求求你们了，能不能别再给我整这些看对象的事儿了？"

春龙妈说："春龙啊，你这是咋说话？我和你爸做这些事儿不都是为了你吗？不然的话，我们张罗这些事儿干啥？"

春龙说："爸，妈，你们要是真为了我，这些事儿，就别再整了，让我烦得慌。"

春龙妈说："我告诉你啊，春龙，别的事儿我都可以依着你，江玲玲这个事儿我绝对不能依着你。"

春龙说："妈，谁都知道强扭的瓜不甜！"

春龙妈"啪"地把手里的花撑子扔在柜上说："那就看扭的是啥瓜了，扭的生瓜它不甜，扭的是熟瓜它照样甜！"

柳茂祥对春龙妈说："你看你，一天跟着隔院我那弟弟像小鸡斗架似的，挓挲着膀子，斗来斗去！这跟春龙呢，又吵吵巴火的，犯得着吗？孩子的婚姻大事，家里人，坐在一起慢慢商量呗。"

春龙妈说："我不像你，有那么多的耐心烦！这个事儿我就是看准了，春龙找对象，就找江玲玲，找别人，没门儿！"

柳春龙说："行，那我这一辈子就谁也不找了，打一辈子光棍，行了吧？"

春龙妈说:"你是不是想气死我呀?!"
这时候,彩云端着饭菜,要往屋来,说:"哥,饭菜给你热好了。"
春龙说:"放在外屋锅台上吧,我在那儿吃。"他走到了外屋,坐在一个小凳上,吃起饭来。
彩云小声地对春龙说:"哥,你别生气,妈不就那炮仗脾气嘛。"
春龙埋头吃着饭,不再吭声。

10. 省城农业大学女生宿舍内

宿舍里已经熄灯了。
八月和九月两个人挤在一张床上,睡在一个被窝里,两个人都没睡着。
突然,九月捅捅八月说:"姐,你还没睡呢吧?"
八月说:"没睡。"
九月说:"你转过头来。"
八月把脸转向九月说:"啥事儿?"
九月小声说:"姐啊,我问你一点儿事儿,你可不能糊弄我啊。"
八月说:"你问吧。"
八月说:"成小鹏的哥到村子里去了,我原来以为,他能跟你好上呢,可我怎么听说,他跟柳彩云好上了呢。"
八月用手指点着九月的鼻子说:"你呀,真是乔太守乱点鸳鸯谱,你怎么能想到成大鹏会和我好呢?"
九月说:"我看大鹏哥那人长得也挺帅气的,和姐你要真成了一家人,那不也挺合适的吗?"
八月说:"行了,行了,没有的事儿,你跟我说实话,你跟这个成小鹏,是怎么个关系啊?"
九月说:"姐,这还用我说吗?你琢磨呗。"
八月说:"你啊,把人家弟弟追到手了,又琢磨着让人家哥哥和你姐好,你咋想的呢?"
九月说:"姐,我告诉你,可不是我追的他,是他追的我,他对我挺好的!我原来想,你要是和成大鹏有啥想法,我就跟成小鹏说,让他做他哥的工作,叫他哥跟柳彩云黄了,跟你好。"
八月说:"九月,我可跟你说,做人可不能干这事儿,君子得成人之美,人常说,宁拆一座桥,也不拆一对姻缘。咱们可不能去做那些缺德的事儿!"
九月说:"姐,那你这个对象的事儿,有点儿啥眉目没有?"
八月说:"没有。"
九月说:"姐,我看春龙哥那人也不错,你要是看中了他,不好意思跟他说,我就让成小鹏找他哥,让大鹏哥跟他说去。"
八月说:"九月,原来我没觉得你情商这么高,你啥时候变成这样了呢?"
九月说:"姐啊,论智商那我是真不如你,可是论情商,我肯定是比你高,我得开导开导你!你可别傻心眼儿,等岁数一年年大了,事业是干辉煌了,可人老珠黄了,现在就得抓住机会,别把个人婚姻大事耽误了。"
八月说:"我现在正事儿还想不过来呢,没有你这么多的想法,我困了。"说着,八月转过了脸,闭上了眼睛。
九月爬起身,看她姐真的像是睡了,才又躺下。

八月闭着眼睛说:"九月啊,我可跟你说啊,姐明天还有事儿呢,你别鼓鼓捣捣的,快点睡吧。"

月光,从宿舍的窗外筛进来,宿舍里一片宁静。

11. 酒仙儿家

酒仙儿和酒仙儿妻躺在炕上,睡不着。

酒仙儿妻搂着酒仙儿的胳膊,眼睛都哭红了。

酒仙儿说:"你看,你这是干啥呢?我还没走呢,你就哭成这样了,我上镇子上去,这是好事儿,哭啥呢?"

酒仙儿妻抹了把眼泪说:"咱们结婚一晃20来年了,我从来没想过,你能离开这个家,咱们俩还能分开过日子!就是过去你喝大酒那一阵子,我嘴上不管怎么烦你,可是心里还是惦记你,没想到你现在变好了,还要离开我了。"

酒仙儿说:"这不是一方面想着出去干点事儿,一方面想着去帮帮孩子们嘛,要不老这么推碾子拉磨似的在原地转圈儿过日子,有啥意思啊?行了,你别哭了,等我和春虎两个人在镇子上干出名堂来了,就把你也接到镇子上去。"说着,他用手给酒仙儿妻揩着眼泪。

酒仙儿妻呢,在酒仙儿的怀里依偎得更紧了。

12. 春龙家

屋里已经熄灯了,只有清冷的月光照耀着小院。

春龙坐在屋檐下的一个小凳上,静静地想着心事。

彩云推门走了出来,给她哥披上了一件衣服说:"哥,你也早点儿回屋睡觉吧。"

春龙说:"你别管我了。"

彩云走回屋去了。

这时候,甜草来到了春龙家的院门前,她站在那里向院里望着。

春龙一抬头,猛然间看见了甜草,他一下子站了起来,呆呆地看了甜草一会儿,缓缓地走向院门说:"甜草啊,你怎么来了?"

甜草说:"春龙哥,我不知是怎么回事,我的心里一直惦记着你,都躺下了,就是睡不着,就又起来了,想过来看看,没想到能见到你,你怎么还没睡呢?"

春龙说:"我不是那没心没肺的人,这么多事儿,都压在我头上,我能睡着吗?"

甜草抬眼看看春龙,眼睛里溢出泪来,她说:"春龙哥啊,人生的道上,不都是直道,都兴有个拐弯坑洼啥的,你也别太难心了。"

春龙刚想说什么,屋门突然开了。

春龙妈走了出来,她看到了眼前的一幕,有些愣住了,继而咳嗽了一声,说:"春龙啊,有什么话白天说不完的,快点儿回屋睡觉去。"

甜草听了这话,看了一眼春龙,转身走了。

春龙呢,则向甜草走去的方向,引颈张望。

春龙妈走到了春龙面前,拉了他一把说:"回屋去,搭理她干啥!"

13. 酒仙儿家

早晨。

外屋,酒仙儿扎着个围裙,正在往锅里蒸馒头。

酒仙儿妻睡眼惺忪,头发有些散乱地从里屋出来,说:"你又起这么早,用你蒸啥馒头呢?"

酒仙儿说:"我不寻思我要走了吗,多给你蒸点馒头,你热热就能吃。"

酒仙儿妻说:"这些活儿就你会干哪?这么些年来,不尽是我伺候你们爷俩来的吗?"

酒仙儿说:"所以呀,本该轮到我也伺候伺候你啦,可是这却要走了,走之前,就得多干点活儿啊,给我媳妇留个好印象,免得我前脚走,后脚我媳妇在家守不住,再整出个第三者啥的,那后院不起火了吗,我在镇子上还咋煞心做事儿呢?"

酒仙儿妻说:"你别没正经的啊,有第三者也是你到了镇子上以后,你想有第三者。"

酒仙儿说:"说这话你可亏心啊!我可不像有的个别人,整的家里红旗不倒,外面彩旗飘飘的!你老公我在这个方面可绝对是个本分人,别说我压根儿也没啥想法,就是有点儿啥想法,守着两个孩子呢,咱们当长辈的,不给孩子做个好样子还行?"

酒仙儿妻一笑说:"瞅你那德行吧,谁会跟你啊,我也就是跟你逗乐子,你还当真了。"

酒仙儿说:"这个玩笑可开不得,这可是夫妻间的重大问题,这不当真行吗?"

14. 柳茂祥家院里
彩云正在院里给柳春龙洗着衣服,她把洗好的衣服晾在晾衣绳上。

15. 省城农业大学大门口
九月、成小鹏都在送八月。

九月说:"姐啊,要我说你就在这儿等几天得了,说不定那个朱教授就回来了,你非得到他下乡的那个地方去找,地方是死的,可人是活的,他今天走在这儿,明天走到那儿的,你怎么能找着他啊?"

八月说:"就那么几个乡镇,总不至于像大海里捞针吧,我肯定能找着他。"

这时候,一辆公共汽车驶了过来,八月要上车。

九月说:"姐啊,找到朱教授之后,你就抓紧回来吧,我们等你。"

成小鹏也跟杨八月扬扬手说:"八月姐,你慢走啊!"

杨八月上了公共汽车。

16. 八月家的蔬菜大棚前
高海林正在用刨子刨着木板。

杨立本在旁边给他打着下手。

八月妈拎过来一个暖瓶和两个茶碗,放在大棚门口,说:"海林子,今儿个中午就在我家吃饭了啊。"

高海林说:"婶子,这活儿刚开始干,可别说吃饭的事儿,都是一个村里住着,我中午回家吃去。"

八月妈说:"这孩子,外道啥呢?你在我家这儿做活计,赶上饭口了,就随便吃口饭,这不是不耽误活儿吗?"

高海林一边刨着木板,一边说:"婶子,我说不用就不用了,你可千万别给我准备饭了啊。"

八月妈说:"海林子,你在我们家干活,该给你多少钱,就给你多少钱,该吃饭还得吃饭,一个村住这么多年了,别说是在我家干活儿,就是不在我家干活儿,赶上饭口了,也得吃顿饭啊。"

高海林笑着说:"婶子,你看你把话说到哪儿去了,总共就这么点活计,我就是紧紧手,帮着干了,怎么还能提钱的事儿呢?婶子,我跟你和杨叔俩都说明白,我是一不要工钱,二不吃饭。"

杨立本说:"怎么的,海林子,是不是怕你婶子做的饭不好吃啊?"

高海林说:"不是,我不是那意思。"

杨立本又说:"我不管你啥意思,你婶子既然有留你吃饭的意思,你就别说别的了,你就在这儿吃吧,吃好吃赖就是我和你婶子这点意思。"

高海林有几分难为情地说:"你看就干这点儿活儿,这还吃什么饭呢?我要不吃,你们还不高兴,那就恭敬不如从命吧。"

八月妈说:"这不就对了吗。"她跟杨立本说:"我先到山货庄那边去,一会儿秋水他们要去演戏,中午我早点回来,给你们俩做饭来。"说着走了。

17. 酒仙儿家

门开了,酒仙儿背着个行李卷,往门外走。

酒仙儿妻出来送他。

彩云正在晾衣绳旁晾衣服,她见到了酒仙儿这副样子,就说:"哎呀,二叔,你这是要干什么去啊?"

酒仙儿说:"你妈不让我到你哥那个养牛场去做工,我没地方去了,只好上镇子去打工了。"

彩云的脸上有一些惊异,问酒仙儿妻:"二婶啊,二叔真要上镇子上打工去呀?"

酒仙儿妻对彩云说:"真的,他真要去。"

彩云听了这话,说:"二叔二婶,你们等一下!"赶忙跑进屋去了。

18. 春龙家屋里

春龙妈已经起来了。

彩云进屋对还躺在炕上的柳茂祥说:"爸啊,你快起来吧,那院我二叔说是要到镇子上去打工,背个小行李卷,正往外走呢。"

春龙妈说:"彩云啊,你是不是听差了?他能上镇子上去打工?我才不信呢?肯定是听了我说不同意他到养牛场打工的话,假模假式地背个行李卷往外走,吓唬人,我才不信他那套呢!"

柳茂祥急忙地穿着衣服,下地趿拉着鞋,就要往外跑。

春龙妈拦着柳茂祥说:"茂祥,你不用去。"

柳茂祥用手扒拉开春龙妈拦在面前的手臂,说:"你闪开!"就急急忙忙地出去了。

院外,彩云正招呼着酒仙儿:"二叔,你等一会儿,我爸出来了。"

柳茂祥一边系着衣服口,一边提着鞋,着急忙慌地隔着墙问酒仙儿:"茂财,你这是真要上镇子去啊?"

酒仙儿说:"村子里也没啥我能干的活儿,我不上镇子去找一点活儿干去,老在家待着哪行?"

柳茂祥说:"茂财啊,你听我说,你不是要到春龙那去打工嘛,这怎么又不去了呢?"

酒仙儿说:"人有脸,树有皮,窗户有纸,炕有席!你弟我虽说没啥大能耐,可也是要脸面的人。人活一口气,佛争一炉香。我不能为了找一点活干,让我嫂子拿下眼皮看我柳茂财!"

柳茂祥上前抓住酒仙儿的行李卷,要往下拉,说:"茂财啊,你怎么能走呢?这让你哥我太上火了。"说着,眼角里就溢出泪来。

酒仙儿说:"哥,任何时候我都得说,你是好哥哥,可是我那嫂子,她做得太过分了,大马勺抠耳朵,她太让我下不去眼儿了,我走了。"说着,背着行李卷就往前走。

柳茂祥拦也拦不住。

忽然,柳茂祥在后面大吼一声:"茂财,你给我站住!"

酒仙儿站住了,他缓缓回过身来说:"哥,你回去吧。"

柳茂祥两手一捂脸,往地上一蹲,呜咽起来。

酒仙儿见状,眼角也溢出了泪。

酒仙儿妻走上前去劝柳茂祥:"哥呀,茂财就是到镇子上去打工,也不是隔山隔水的有多老远,说回来还能回来,你别这样,你要是这样,让我们心里太难受了。"

这时候,春龙妈站在院子里看着眼前的一切。

酒仙儿走到柳茂祥跟前,扶着他哥,揩揩自己的眼泪说:"哥呀,你好好保重自己吧,我走了,到镇子上,我要不干出个样儿来,我就不是你弟弟。"

柳茂祥颤着声说:"茂财,你怎么上镇子?"

酒仙儿说:"坐公共汽车啊。"

柳茂祥说:"你等着,哥开车去送你!"说完,柳茂祥回到院子里,发动着了小四轮子,就往院外开。

春龙妈对彩云小声说:"彩云,他是真要去镇子啊?"

彩云点点头。

春龙妈往酒仙儿那边看看,叹了口气,转身回屋去了。

酒仙儿妻陪着酒仙儿还在往前走。

柳茂祥开着小四轮子撵上他们,停下车说:"茂财,你上车。"

酒仙儿说:"哥呀,我坐公共汽车得了,你开车送我干啥呀?这来来回回的你还得跑一趟。"

柳茂祥含着眼泪说:"茂财,你给我少废话,你要还是我弟弟,你就给我上车。"

酒仙儿妻对酒仙儿说:"茂财啊,你看哥来送你,你就让他送吧,你不上车,哥那心里能割舍得下吗?"说着,酒仙儿妻把酒仙儿的行李扔在了小四轮子上。

酒仙儿呢,上了小四轮子,说:"哥呀,你对我的心情,不用说,弟我心里都明白,你还非送我干啥呢?"

柳茂祥开着车说:"行了,你啥也别说了,你不让我开车往镇子上送你,那就等于是拿刀子捅你哥的心呢,你坐好了啊!"柳茂祥含着眼泪,开车走了。

车渐渐地走远了。

酒仙儿妻、彩云还站在那里,跟酒仙儿摆着手。

酒仙儿呢,也冲他们挥着手。

19. 高德万家的牛圈里

春龙正在这里清理着牛圈。

甜草给他擎着一个土篮子,往里装牛粪。

春龙说:"甜草啊,一会儿你该去给孩子们上课去了吧?"

甜草说:"我一会儿是得到学校去。不过,学生们的课,都由上午串到下午去了,一会儿学生们都到这儿,看演节目来。"

20. 酒仙儿家门前

彩云在和酒仙儿妻说着话。

彩云说："二婶啊，我二叔也是一个急脾气，说上镇子，说走就走了。我二叔这一走，家里就剩你一个人在家了，要是有点儿啥事儿，需要我和春龙哥帮着干的，婶你就吱声。"

酒仙儿妻说："行，我知道你和你哥是两个好孩子，没什么事儿，我肯定不能打扰你们，要是有啥事儿的话，我也指定去找你们。"

21. 省城通往某乡村的公路上

八月坐在公共汽车上。

窗外是美丽的秋野，公共汽车在一个站点停下了。

八月从车上走下来。

22. 村中路上

关小手、李大翠、"小鞭杆子"、秋水，还有几个锣鼓队的师傅，正拎着锣鼓家什儿往高德万家那个方向走。

23. 某乡政府院里

八月从大门走进来，走到政府楼里的值班室，问："省农业大学的朱洪亮教授，是在这儿吗？"

收发室里那个人说："昨天是在这儿的，今儿个早晨就上庆岭村了。"

八月说："他什么时候回来？"

那个人说："哎呀，那可就说不好了！朱教授这老爷子，别看人家是大城市的人，还是大学教授，到了咱们农村，一点没架子，在哪儿都能待住，帮助老百姓办实事。我们这一带的老百姓，对他印象可好了！哎，这位小同志，你是哪儿的呀？是不是新闻记者啊？要来了解他支农的事迹啊？"

八月说："我可不是新闻记者，我是朱老师的学生，来找他有一点儿事儿，庆岭村离这儿有多远？"

那个人说："远倒不远，也就十来里地。"

八月问："通公共汽车吧？"

那个人说："通是通，可是几个小时才一趟，你要是真想过去找他，干脆骑我的车子去得了。"

八月说："别的了，我走着去吧。"

那个人说："你走着去干啥呢？你骑着我的车子去，回来时再把车子还我，我这车子现在也是闲着呢，你别嫌它旧就行。"

八月说："我是怕你一旦有什么事，没车子骑，舍手。"

那个人说："哎呀呀，你看你这个小同志，考虑那么多干啥，我们这本乡本土的，有啥事儿了，想骑谁的车子骑不了啊，你骑走吧！"

八月接过自行车，说："那可就谢谢啦，我用完了，就给您送回来。"

那个人说："你不用说这话，我还信不着你吗？一看你，就是有知识有文化的人。"

八月骑着自行车出了乡政府的门。

24. 高德万家牛圈前

鼓乐喧天，掌声雷动。

秋水和"小鞭杆子"正在演唱二人转。

秋水唱："这头牛——"

"小鞭杆子"唱："是好牛！"

秋水唱："身高足有——"

"小鞭杆子"唱："四尺六。"

秋水唱："分量一千——"

"小鞭杆子"唱："得出头！"

秋水唱："眼赛铜铃——"

"小鞭杆子"唱："头赛斗！"

秋水唱："犄角弯弯——"

"小鞭杆子"唱："月牙沟！"

秋水唱："粉红的鼻子——"

"小鞭杆子"唱："方方的口。"

秋水唱："四腿粗壮——"

"小鞭杆子"唱："赛车轴！"

秋水唱："一点杂毛——"

"小鞭杆子"唱："也没有。"

秋水唱："滚瓜溜圆——"

"小鞭杆子"唱："如缎绸。"

秋水唱："若是缰绳一撒手——"

"小鞭杆子"唱："四腿腾空驾云头。"

秋水唱："哎呀妈亲哪！"

"小鞭杆子"唱："简直赛神牛哇！"

人群里，有关小手、李大翠、杨立本、八月妈、柳春龙、成大鹏、彩云、酒仙儿妻、高德万、樱桃妈和那位中年女人。

关小手和杨立本夸赞着秋水他们，杨立本颔首称是。

甜草呢，带着一班戴红领巾的孩子们，兴高采烈地站在那里。

众人鼓掌叫好。

25. 山路上

八月骑着自行车，她的脸上，是汗渍。

26. 镇子街道旁

柳茂祥的小四轮子停在了那里。

春虎和樱桃已经站到了小四轮子车旁，接酒仙儿从车上递下来的行李卷。

春虎说："爸，我妈来过电话了，我们正在这儿等你呢。"

酒仙儿从车上跳下来。

柳茂祥也从车上下来了，他对春虎说："春虎啊，你爸到镇子上来打工了，你们得照顾着他点儿。"

酒仙儿跟柳茂祥说："哥，你这话可是说反了，我来这儿，是来照顾孩子们的，哪能让他们照顾我呢？"

柳茂祥说:"互相照顾呗。"
春虎说:"大爷,你也告诉我妈,你们都不用惦记我爸,我和樱桃俩都在这儿呢,该照顾我爸的地方,我们都能照顾到。"
柳茂祥说:"茂财啊,我把你也送到地方了,你没什么事儿,我就回去了。"
春虎说:"大爷,你先别着急走啊,给你和我大娘的皮鞋我都做好了,你直接带回去吧。"
柳茂祥想想说:"春虎啊,鞋今天就别拿了,哪天再说吧。"
酒仙儿说:"哥,春虎都做出来了,你该拿就拿回去呗。"
柳茂祥说:"茂财,也是你跟你嫂子俩老闹这个意见闹的,我今天心里不静,往回拿这鞋,还有你嫂子的一双,我这心里怎么这么不得劲儿呢?"
酒仙儿说:"哥啊,过去的事儿都过去了,过去的那些事儿,也不一定全都怨我嫂子,你就别往心里去了,回到家去,你该把鞋给她就把鞋给她,让她穿上这双鞋,今后的道咋走,让她自己寻思去吧,别因为我的事儿,你再和她闹唧唧了啊。"
这时候,春虎把这两双鞋拎了过来。
柳茂祥没有接。
酒仙儿接过来,放在了小四轮子车上,说:"哥啊,你要是不着忙回去,咱们兄弟俩就在镇子上找个饭店吃个饭?"
柳茂祥说:"不了,不了,我就回了!"说完,他上车了,坐在车上,回头又看了看酒仙儿,对春虎和樱桃说:"春虎、樱桃,你们两个人都没啥事儿了吧?"
春虎和樱桃都说:"没事儿。"
春虎跟柳茂祥打着招呼说:"大爷啊,你走好啊。"看着柳茂祥开着小四轮子走了,他又对酒仙儿说:"爸呀,咱们先回家吧。"
酒仙儿说:"回啥家啊?你和樱桃在这儿摆摊儿,我是光听你妈说了,还没亲眼见识见识呢!你们俩该干啥干啥,我先坐在旁边看看,老子跟儿子学手艺,这事儿对咱爷俩来说也都是新鲜事儿。"说完,他把行李卷往春虎的小摊边上一放,就坐在了行李卷上。
春虎说:"哎呀,爸,你怎么把行李撂地上了呢?"
酒仙儿说:"撂地上怎么啦?"
春虎说:"我这有报纸,你快垫张在下头,不然不把行李整脏了吗?"
酒仙儿说:"垫张报纸也行,不垫,这行李还能脏到哪去?不就是粘了一点儿土吗?土可不脏,咱老农民,不尽跟土打交道了吗?土是咱农民的朋友!"

27. 庆岭村村民委员会门口
八月骑着自行车来到门前,她停下车。
这时候,有几个人陪着一位长者往门外走。
八月见了,就对那位长者伸出手去说:"是朱洪亮老师吧?"
那位长者说:"是啊,你是?"
八月说:"朱老师,我是杨八月,原来咱们农业大学的学生,你不认识我,可我单面儿认识你。"
朱教授说:"你怎么找这儿来了?"
八月说:"朱老师,我毕业就回村了,正张罗着要办一个养猪场,苏文丽老师跟我介绍您,我知道您是养猪专家,我就来找您了。"
朱教授说:"哎呀,你是从哪儿来的啊?"
八月说:"松江县老龙岗村!"

朱教授说:"哎哟,那道可不近哪,有什么事儿,咱们屋里说吧。"

28. 高德万家

牛圈旁,演出还在继续。

关小手说:"今天咱们是养牛场前唱牛戏,我和我那口子,再给大伙唱一段,四大牛,大家伙儿说愿不愿意听?"

众人齐声喊:"好!愿意听!"

关小手和李大翠唱了起来。

关小手唱:"四大牛来真是牛,唱出来吓你一跟头!大象站着走道,熊瞎子逛街背手;还有咱庄户人养的千斤肥猪,两千斤的牛!"

李大翠唱:"四大牛来真是牛,唱点新鲜事你再听牛不牛?跨海修大桥,云彩顶上盖高楼哇;还有那'嫦娥'奔月,'神舟'绕地球!"

众人叫好、鼓掌!

(第十九集完)

第二十集

1. 春龙妈家

屋里,春龙妈正在接电话:"哎呀,是玲玲啊,你都挺好的吧?"

电话听筒里传来江玲玲的声音:"阿姨,我都挺好的。"

春龙妈说:"玲玲啊,你还啥时候有时间来啊?"

江玲玲电话里的声音:"这些天还真是有些忙。阿姨,我跟你说的那个,刺绣花布的事儿你到底是咋想的?"

春龙妈说:"没啥咋想不咋想的,你是给了我们个挣钱的机会,我们还能咋想?干呗!"

电话里江玲玲的声音:"阿姨啊,我看教你们学刺绣的那个樱桃妈手工很好的,你要是把她能拉过来,跟着我们一起干,那就更好了。"

春龙妈说:"哎呀,这个事儿有点难,我跟她说过了,人家不大乐意啊。"

江玲玲说:"阿姨你还得多开导开导她,那个人也够死心眼儿的啦,我多给她钱,她还有啥不干的。"

春龙妈说:"玲玲啊,你别着急,我再想想别的辙,看能不能想法子说动她。"

电话里江玲玲的声音:"好了,阿姨,那我就等着你的回音了。"

说着,春龙妈放下了电话,她想了想,就往兜里揣了一点儿钱,疾步走出屋去。

2. 高德万家

牛圈旁,节目已经散场了,人们都在三三两两地往回走。

酒仙儿妻递给春龙一个打火机,她自己从兜里掏一包香烟,递给杨立本、关小手和几位锣鼓师傅,一边递着烟,一边说:"春龙啊,快给这几位叔叔点烟。"

春龙呢,就打着打火机,给杨立本和一位老师傅点着了烟。

关小手呢,把递过来的烟,夹在了耳朵上,对春龙说:"我不抽烟,谢谢了。"

酒仙儿妻对关小手说:"你看,春龙的爸爸到镇子上,送我们家茂财去了,春龙妈呢,忙着有事儿出去了,你们到这儿来演节目,这是太给我大哥我大嫂和我大侄儿面子了，没啥招待的，抽根烟吧。"

关小手说："哎呀，可别客气了，都是乡里乡亲的，谁跟谁啊，要是不认不识的，花钱来请我们，我们还不一定去呢！春龙这儿不用请，我们听着信儿，自己就来了。哎，你们别忘了，还有一方面呢，我们也是代表村委会来庆贺的。"说完，他跟李大翠、秋水和"小鞭杆子"，还有几位锣鼓师傅说："行了，咱们撤吧！"

杨立本跟酒仙儿妻和春龙摆摆手，说："没什么事儿的话，我也走了啊。"

春龙说："杨叔啊，谢谢你们了啊！"

杨立本说："别说谢，邻里邻居地住着，我就怕听这个谢字！一听就炸耳朵！抬头不见低头见的，谁用不着谁啊，可别说谢，把关系都整生分了，行了，我走了啊。"

3. 小卖店前

春龙妈站在小卖店门前，见门上着锁，她一脸焦急的神色。见有三三两两的村民从那边过来，她就问："哎，看见我兄弟媳妇淑芬没有？"

那个人说："在后边呢吧？一会儿八成就回来了。"

4. 高德万家

牛圈旁。

樱桃妈拉住酒仙儿妻的手说："淑芬哪，我都听说了，春虎他爸，也到镇子上去打工了，这会儿家里就剩你一个人了，走吧，到我家去坐会儿。"

酒仙儿妻说："大姐啊，坐就不坐了，小卖店那边还有事儿忙着呢。"

樱桃妈说："你忙，那就先忙去吧，等闲下来的时候，就到我那儿去，一个人不愿意做饭的时候，咱们俩就一起做点儿，这回咱们姐俩得常来常往了！"

酒仙儿妻说："大姐，难为你心里还这么惦记着我。"

樱桃妈："嗨，谁跟谁呀？将来咱们这也叫儿女亲家呀！"

酒仙儿妻说："那可不是！"说完，酒仙儿妻摆摆手，走了。

5. 小卖店门前

酒仙儿妻从那边走了过来。

春龙妈老远就和他打着招呼："淑芬哪，你这是干啥去了？"

酒仙儿妻说："嫂子，你真不知道哇？村里关小手、李大翠家的那个小剧团，到春龙养牛的那个地方，唱戏来着，我这是刚捧完场子回来。"

春龙妈说："哎哟，我真是一点儿不知道这个事儿！光顾着跟我们家你大哥生气了！淑芬哪，你说你们家茂财要上镇子上打工，这事儿能怨着我吗？可你大哥对我，鼻子不是鼻子，脸子不是脸子的，好像都是我的错似的。"

酒仙儿妻说："嫂子，我们家茂财要到镇子上去打工，这是我们自己定的，谁也不怨，快进屋吧。"说着，打开了小卖店的门，把春龙妈让进了屋。

春龙妈一边往屋里进，一边跟酒仙儿妻说："这个关小手啊，也是的，不就是能唱那两口'二人转'嘛，你瞅一天到晚把他嘚瑟的，浑身没二两沉，我看不惯他！别说我不知道这个事儿，就是知道了，我也不去。"

酒仙儿妻说："嫂子，你是不是跟春龙因为他办养牛场的事儿，还生着气呢？"

春龙妈说："淑芬啊，这里没外人说话，他要办养牛场，县里镇里都支持，谁能拦得住，我生气也没用。我是气他人家江玲玲来了，他连个正式面儿都不见，这不是也闪了你这当婶的面子吗？！"

268

酒仙儿妻一笑说:"嫂子啊,你说让我帮着春龙在县城里给找个对象,我能说不动员家里的亲属帮着找吗?可是春龙能不能相中,他们两个人咋处,那我可就说不好了。"

春龙妈说:"哎呀,他二婶,你不也看见了嘛,江玲玲这孩子多好啊!依我看,我们家春龙可不能失去这个机会!要说生气,我是跟他这个事儿生气。"

酒仙儿妻说:"嫂子,气大伤身,人家都说,酒色财气四堵墙,世人皆在里边藏,若能跳得墙身外,不是神仙寿必长。"

春龙妈听了这话,出了口长气说:"淑芬哪,你劝我这话是好话,说得也对,这个理儿我也明白,可是赶到事情头上,谁也不一定就把握得住。淑芬,你给嫂子拿几瓶罐头。"

酒仙儿妻说:"要啥的?"

春龙妈说:"来两瓶桃的,再来两瓶梨的就行了。"

酒仙儿妻说:"嫂子,你买这罐头是要送谁啊?"

春龙妈说:"我去看看樱桃妈去,人们不是教我学绣花了嘛。"

酒仙儿妻说:"嫂子,买这梨罐头自己吃行,要是送人,还是换成苹果的吧,有的人忌讳这个'梨'字。"

春龙妈说:"哎呀,都啥年代了,哪有这个说头,你就给我拿两瓶桃的两瓶梨的就行了。"

酒仙儿妻从柜台里拿出四瓶罐头出来,给她装进一个塑料袋里。

春龙妈说:"多少钱啊?"

酒仙儿妻说:"哎呀,嫂子,什么钱不钱的,你快拿走吧。"

春龙妈说:"那可不行,因为茂财上镇子打工的事儿,你哥正跟我憋着一肚子气了,要是再知道了我到这儿不花钱拿罐头,那我们家,可就真得吵大架,有热闹瞧了。"

酒仙儿妻说:"哎呀,嫂子你不说,我不说,他上哪知道去啊?你快拿走吧。"说着,酒仙儿妻把罐头塞在春龙妈手里。

春龙妈拎着那四瓶罐头说:"你看,怎么好这么的呢,我去看别人,还要你代我花钱。"

酒仙儿妻说:"哎呀,可别说这个了,你快走吧。"说着,就往门外推她。

春龙妈呢,出了小卖店的门,站在门口说:"淑芬哪,如果你跟茂财通电话,你呢,就代我这当嫂子的,给他问个好,别让他再生我的气啦,啊?!"

酒仙儿妻说:"嗯,这个话我肯定跟他说到。"

春龙妈拎着四瓶罐头走了。

6. 庆岭村村委会内

朱洪亮教授正和八月坐在一张桌子前说着话。

朱洪亮递给八月一本材料,说:"你看,这是我整理的,《发酵床养猪技术的工艺流程》,你好好看看这本书,养猪的科学方法,都在这里。"

八月接过这本书说:"太好了,朱老师,我一定好好看看。"

朱洪亮又说:"杨八月啊,我也当了这么多年的教授了,看到对养猪这么有决心,这么有干劲儿的学生,你是上数的,如果你真想把这门学问钻研下去,我倒有个想法。"

八月说:"朱老师,你说!"

朱教授说:"我看啊,你回去有时间的话,多复习复习文化课和专业课,可以报考,读我带的在职研究生。"

杨八月说:"哎呀,这可是太好了,朱老师,那咱们就那么说定了,我回去就抓紧复习应考的课程。"

朱教授说："好，你这样的学生，我愿意带。只要你能考上来，就行。"说着，掏出一张名片："这是我的联系电话，你在养猪过程中，还有什么不明白的，就可以打电话问我。"

杨八月说："谢谢老师。"

7. 樱桃妈家

樱桃妈和那个中年女人，在那里绣着鞋垫儿。

春龙妈拎着四瓶罐头走了进来，进了门，她把罐头放在炕头上，坐下说："大姐啊，我来了。"

樱桃妈说："来就来呗，怎么还给我带东西呢？"

春龙妈说："哎呀，我也没买啥，就是给你拿了四瓶罐头，这么一点儿小意思。"

樱桃妈说："你看你，怎么还想起给我拿罐头来了呢？我也不吃那玩意儿。你那个花撑子在那儿呢，我看你也学得差不多了，这是我昨天晚上画的新图案，你照着绣吧。"

春龙妈拿过那个花撑子，说："大姐啊，我今天来看你，一来呢是谢谢你教我绣花，二来呢，我也是向你来道个别，我以后就不到你这儿来了。"

樱桃妈说："为啥呀？"

春龙妈说："我们家那个春龙办了个养牛场，弄得我不静心。再说了，我笨手笨脚的，绣这鞋垫儿也不见得绣得好，大姐你们就再重新招个人吧。"

樱桃妈看看春龙妈说："大妹子，你给我拿的罐头，我不要，你说不干了，我也不勉强你。可是咱们得有言在先，你不能扔下这头原来应承过的活儿，去给那个江玲玲绣什么花布，如果是那样的话，你可对不起良心！"

春龙妈说："哎呀，大姐，江玲玲说绣花布的事儿，我看那都是有一打无一状的事儿，我今天来，是想跟你说点儿别的事儿。"

樱桃妈看看春龙妈。

春龙妈说："大姐啊。"指着那位中年妇女说："这位大妹子也不是外人，我问你句实话，你是就想这么过下去了，还是想再找个人？"

樱桃妈一听这话，一愣，说："大妹子你怎么好模样的，问起这话来了呢？"

春龙妈说："我觉得有一个人挺合适的，如果你要是有啥想法，我愿意给你们介绍介绍。"

樱桃妈听了这话，有些不好意思了。

那位中年女人说："我看大姐和高德万大哥就挺合适的，现在农村嫂子改嫁给小叔子的，弟妹改嫁给大伯子的，这也不算什么新鲜事儿了。"

樱桃妈抬起头来，对春龙妈说："大妹子，亏你还惦记着我这方面的事儿。"

春龙妈听了这话说："大姐，我知道你心里有德万大哥，德万大哥心里也有你，可是，你们都碍着以前那层关系，不好意思把这层窗户纸捅破。"

那位中年女人说："这回好了，有你这个大媒人站出来，我看大姐和德万大哥的事儿就有希望了。"

樱桃妈看着春龙妈，脸上有些高兴起来，说："大妹子，你看，我都这么大岁数的人了，没想到，这些事儿还得让你跟着费心。"

春龙妈说："这话说哪儿去了？我要给你介绍这个人也不是外人，条件比高德万大哥可好多了。"

樱桃妈听了这话一愣。

春龙妈又说:"这个人是谁呢?就是我的亲大哥,住在镇子上,我是想,樱桃也到镇子上打工去了,如果是大姐真要和我家的大哥成了,那不也搬到镇子上去住了吗?这不光是结成了一对好姻缘,有时间的话,还能照顾照顾樱桃。"

樱桃妈听了这话,神情有些黯然。

春龙妈站起身来,拿起在炕上的花撑子,说:"大姐啊,今天就把话说到这儿,你再想一想,如果你愿意,我就跟我哥那边说说,择个良辰吉日你们就见个面,我走了啊。"

樱桃妈说:"你把那几瓶罐头拿走吧。"

春龙妈说:"你看,我都给你拿来了,管咋的是我那么一点儿心思,如果你要真跟我大哥的事儿成了,咱们俩就成了姑嫂关系了,可别客气了啊。"说完走了。

看着春龙妈走了,樱桃妈的眼里尽是泪。

那位中年女人掏出塑料里的罐头,看看说:"看见没?送的桃,她这不是逃走了吗?还送的梨,这是离开了,送人哪有这么送东西的呢?"

樱桃妈说:"你放那吧,一会儿我都给春龙送去,叫他喂牛!"

8. 山货庄里

杨立本、八月妈、关小手、李大翠、"小鞭杆子"、秋水都在这里。

杨立本对"小鞭杆子"和秋水说:"哎呀,我说,你们俩年轻人这副'二人转'小架,行啊,今天唱得挺好的,不照这俩老的差多少啊。"

"小鞭杆子"说:"提溜着棒子叫狗,那可远去了!我师父师娘那是多少年的功夫,我这才刚下海,刚沾着水,刚湿了鞋。"

八月妈对关小手和李大翠说:"不是我当你们俩的面夸这俩孩子。第一回上场子唱戏,就能演成这样,这可就太不错了。没听见大伙儿都一轰声地喊好吗?"

关小手背着手,拿着架子,在地上一边走一边说:"依我看,演出的效果还算行吧,但照我的要求还有距离,姐姐姐夫你们俩说的话,我明白,这是鼓励他们俩呢,但是对年轻人,鼓励太多了也不行,我就得实话实说,还得练!"

李大翠对杨立本说:"姐夫,这节目是演完了,可有个事儿,我这心里咋那么纳闷呢?"

杨立本说:"啥事儿啊?"

李大翠说:"这咱们主动到春龙那个养牛场唱戏去了,这老柳家怎么除了春龙、彩云,他爸他妈都没到场呢?"

杨立本说:"你没听春虎他妈说吗?他们都有事儿出去了。"

李大翠说:"我不是挑他们的理,咱们给他们这么大个面子,可他们家人不给咱们面子,有啥事儿?回来的半道上,我离老远儿就看见春龙他妈在小卖部跟前站着呢!我这心里生气,没稀得搭理她。"

关小手说:"你眼睛咋那么尖呢,我咋没看着春龙妈呢!"

李大翠说:"你光顾着跟姐夫他们说话了。"

杨立本说:"我说弟妹啊,春龙妈那个人,你就别挑她了。"

李大翠对八月妈说:"姐,你说是我挑她吗?她这不是不懂人情吗?"

八月妈说:"按照情理说,春龙妈这么做也真是有点儿不对,可是咱们呢,做了自己该做的,也就别跟她一般见识了。"

9. 山路上

杨八月骑着自行车,她使劲地骑着。

10. 镇子街道旁

鞋摊旁，春虎在给一个女人修鞋。

酒仙儿在边上不错眼珠儿地盯着看。

那位中年女人问酒仙儿："哎，这位老同志，你是干啥呢？人家这小伙子给我修鞋，你一个劲儿地往我这鞋上看啥呢？我这鞋上有喜字啊？"

酒仙儿笑笑说："别打扰我，我这是看我儿子掌皮鞋呢。"

那位中年女人说："啊，这小伙子是你儿子啊？那看来你是个老鞋匠啊，你儿子这个掌鞋手艺是你传给他的吧？"

酒仙儿说："话你哪能这么问呢，这是我们家的秘密，不能对外人说啊。"

那位中年女人说："那你就好好指导指导你儿子，看看他给我掌的这鞋有啥毛病没有。"

酒仙儿说："我儿子掌的这个鞋，那可是掌得比我好。"

那位中年女人说："这个意思就是说，青出于蓝胜于蓝呗，那你还在这儿看着他干啥啊？"

酒仙儿笑笑说："儿子掌鞋掌得好，那我不得跟着他学学吗？"

那位中年女人说："哎哟，原来是你教他，现在你又跟他学上了，你这么大岁数了，怎么还不如岁数小的干得好呢？"

酒仙儿说："实话告诉你吧，我原来不是干这玩意的，也没教过我儿子！我儿子掌鞋是自悟的，现在我要来到这镇子上掌鞋了，正跟我儿子学掌鞋呢。"

那位中年女人说："你都这么大岁数了，怎么才想起来学这个呢？人一岁数大，手就笨了，你得什么时候才能学会啊？"

酒仙儿笑了，说："哈哈！我儿子给你掌鞋呢，就这工夫，我给你讲一个小笑话吧。"

那位中年女人说："你会讲笑话啊？讲吧！"

酒仙儿说："你看吧，有一个小孩子出生十天了，左边的小手攥得紧紧的，怎么掰也掰不开，他爸妈都寻思，这孩子不完了吗，将来这五个手指头都长到一块怎么办呢，夫妻俩就哭上了，可是正哭着的时候呢，孩子突然说话了，说爸妈，你们哭啥啊，你们看看，你儿子多能耐，说着呢，把那小指头伸开了，夫妻俩一看，就傻眼了，原来这个小孩子手心里攥着一个东西。"

那位女人说："攥的啥啊？"

酒仙儿说："小孩说：爸妈，你们看我多有意思，刚下生的时候，我就和护士阿姨开玩笑，把她手上的戒指给撸下来了，你们给她还回去吧。"

那位中年女人一边笑着一边说："净扯！刚下生的小孩能懂事吗，再说刚下生十天就能说话啦？这是不可能的事儿。"

酒仙儿说："你还不明白这个理啊，人既然没有刚下生就懂事的，那会说话，会走道不都得学嘛。"

这时候，春虎把那只鞋掌好了，递给那位中年女人。

酒仙儿笑着对那位中年女人说："以后我也就在这儿掌鞋了，有事儿你就过来啊。"

那位中年女人对酒仙儿说："虽然你现在不会掌鞋，但你这故事讲得挺有意思的，把我肚子都笑疼了。"

11. 某镇政府所在地

八月正把那辆自行车还给那位工作人员。

那位工作人员说:"找到朱教授啦?事儿都办完啦?"

八月点着头说:"嗯。这位同志,你看咱们不认不识的,你就帮了我这么大的忙,谢谢你啊。"

那位工作人员接过自行车,推到车棚子里说:"不用谢,不用谢。这才多大点儿的事儿,都是应该的。"

八月说:"这位同志,你帮了我的忙,我还不知道你姓什么呢?"

那位工作人员说:"我姓钟,金子的金,旁边加个中国的中。"

八月说:"钟同志,没有事情我也不会到这儿来,也认识不了你。我走了,以后再有没有机会见面,那都不好说了,不过,我会记着你给我的这个好。"

姓钟的那个人说:"姑娘啊,咱们可别说这个话了,你要再说,我就不好意思了,进屋喝口水再走吧?"

八月说:"不了,不了,我还得搭车返回省城呢!"

姓钟的那个人说:"那就再见吧。"

八月轻轻地摆摆手说:"再见。"说完,走了。

12. 老龙岗村通往后村的路上

"小鞭杆子"和秋水坐在驾驶室里。

秋水说:"我可跟你说啊,别有人夸你两句,你就不知道自己姓啥了,人家说咱们那副架唱得好,主要是夸我唱得好,不是夸你呢,我得提醒你,你心里得有个数啊。"

"小鞭杆子"说:"这还用你提醒吗?我知道,没有我这丑角捧哏,你一个人都能演千军万马,还保证比咱俩演得都好。"

秋水说:"你说这话是啥意思啊?"

"小鞭杆子"说:"我没啥意思啊。我就是说,你演得好,我演得不好,我影响你了,把你影响的,你也没演好,结果呢,咱俩都没演好。"

秋水说:"我咋越听就越听不明白了呢?"

"小鞭杆子"说:"这还用说吗?你没演好,那不就怨我吗?"

秋水说:"我怎么没演好呢,我演好了,是你没演好。"

"小鞭杆子"说:"反正咱们俩是一副架子,要演好了,那就都演好了;要没演好,那就都没演好;就像开车似的,两个人都坐在这儿,好好地一起往前走,要是掉到沟里去,两人就都折下去了,谁也好不了。"

秋水说:"我说你这个人,怎么就不知道你的水平和我的之间存在着巨大差距呢?听你这话,咱们俩唱'二人转'的水平,怎么就像拉齐了似的呢?"

"小鞭杆子"说:"通过演这一场'二人转',我是更有信心了,虽然你比我唱得好,但是在现场你看着没有,老百姓不光喜欢听你唱,也喜我这个丑角逗哏,你没看见吗?全村大姑娘小媳妇,包括那些小学的小孩子,谁的目光,不像闪电似的,唰唰!集中在我身上啊?"

秋水说:"自我感觉有点儿太好了吧?"

"小鞭杆子"说:"借用你爸的那一句话来说吧,我这也是实话实说。"

13. 春龙家

那辆小四轮子已经停在了院子里。

柳茂祥从车上拎着那兜皮鞋往屋里走。

春龙妈手里拿着那个花撑子，一边绣着花，一边从屋子里出来，对柳茂祥说："你回来啦！"

柳茂祥没吭声，直接走进屋去了。

春龙妈一见，也踅身走进屋去了。

屋里，柳茂祥把那个装皮鞋的塑料袋扔在炕上，对春龙妈说："人家春虎，给你做了双新皮鞋，让我给带回来啦，你拿去穿吧，穿上，心里舒坦，不觉得硌脚就行。"

春龙妈坐在炕边上，继续绣着花，并没有去动那个鞋袋子，说："我也没让他们给我做皮鞋，做了，我也不穿，你咋拿回来的，就咋拿回去吧，我有鞋穿，我不想领他们的那份人情。"

柳茂祥气得呼的一下站起来，一挥手把炕上的那个鞋袋子扫到了地上，说："你这个娘儿们，怎么这么不懂事理！人家给你送双皮鞋来，也送错啦？"

春龙妈坐在那里说："有理不在声高，你也不用拍桌子吓唬耗子，你跟我喊啥？我哪块儿错了？哪块儿对不起你们老柳家的人了？"

柳茂祥气呼呼地用手指着春龙妈说："你这个娘儿们，纯粹是一个搅家不良的女人，我告诉你，不管你怎么在我们兄弟之间掰生，有我柳茂祥在，和我兄弟家的这条路就断不了。"

春龙妈说："那你就和他们一起过去，省着看着我还碍眼。"

柳茂祥说："你这娘儿们是怎么说话呢啊？"说着，上前抓住春龙妈的衣领，想要动手。

这时候，彩云进来了，她在中间拉住她爸说："爸呀，妈呀，你们都是多大岁数的人了，吵什么架呢？让别人听着，多笑话咱们。"

柳茂祥指指春龙妈说："这个家你自己过吧，我走。"说着，就收拾自己的被褥。

彩云说："爸呀，你这是干啥呢，你这是要上哪去啊？"

柳茂祥说："我离开这个家，眼不见心不烦，我上蔬菜大棚住去。"

彩云说："爸，大棚里又潮又湿的，哪能住人呢？"

柳茂祥说："旁边不有一个工具房吗？我就上那儿住了。"说着，柳茂祥夹起了被褥卷要走。

彩云抓住行李卷说："爸！"然后又转头对妈说："妈，你快拦拦我爸呀。"

春龙妈说："我不拦他，他愿意哪去哪去。"

柳茂祥夹着行李卷走了。

彩云呢，紧紧地跟在后边。

14. 镇上街道旁

春虎的鞋摊前，只有酒仙儿和春虎两个人。

春虎一边掌着鞋，一边对他爸说："爸，这点儿手艺好学，你别着急，很快就能学会。"

酒仙儿小声说："儿子啊，你爸不笨！这擦鞋掌鞋的事儿，你就放心吧！我告诉你，我和你妈为了让你办好这个皮鞋店，把钱都带来了，存折就在这裤子里缝着呢。"

春虎说："办鞋店需不需要钱，真需要，头几天我还在想，要不要跟家里说一声，花点儿家里的钱，可我知道这钱都是你和我妈这些年攒下的，来得不容易。"

酒仙儿说："儿子啊，我和你妈就这么一个儿子，我们的钱，不就是你的钱吗？办鞋店这都是正用，你就花吧，不大点投入，能赚着大钱么。"

春虎说:"这钱用是用,将来等我挣了钱,这些钱,还是得再给你们存上,你儿子不想当'啃老族',花着老人的钱像是应该应分似的,我得依靠自己的能力求发展。"

酒仙儿说:"儿子啊,从打明儿个开始,这个鞋摊的事儿就交给我了,这个钱和鞋店的事儿,也就交给你了,我现在就把存折给你。"说着,他解开腰带,要从裤子里往外掏那个存折。

春虎说:"爸,在这儿拿啥啊?回家再说吧。"

酒仙儿停住手说:"也是的啊,这大街上人来人往的,人多眼杂,你爸我像变戏法似的,从裤兜里掏出个存折来,叫别人看着好像怎么回事似的,那就回去再说吧。"

15. 八月家蔬菜大棚前

杨立本正和高海林在一起做保温槽。

杨立本对高海林说:"海林子啊,你小子干这木匠活儿啊,干得是真不错,打从小你手就巧!怎么的,我听说你跟那个成大鹏合伙要办浪木工艺厂?"

高海林说:"嗯,有这事儿,不过这得一步一步来。"

杨立本说:"你们那个工艺厂要是办起来,能有多少人啊?"

高海林说:"那就看以后的发展规模了。"

杨立本又说:"那是不是还得设个厂长啊?"

高海林说:"叫工艺厂能没厂长吗?"

杨立本说:"那那个厂长是你当,还是成大鹏当啊?"

高海林说:"现在哪顾得上说这些事儿呢。"

杨立本说:"海林子,杨叔看你小子,将来能有出息啊,咱们这十里八村的,你相中谁家的姑娘了,你跟杨叔说,我给你介绍。"

高海林说:"杨叔,我才多大年龄啊,这事儿不着急。"

杨立本说:"不着急是不着急啊,可你要真相中了谁,你就告诉我,你杨叔对你们家知根知底,我可以给你当媒人。"

正在这时候,柳茂祥夹着个行李卷,和彩云从那边走了过来。

杨立本看见了就说:"茂祥啊,你这是要干啥去啊?"

柳茂祥说:"不干啥,你那个大棚还没改造完哪?"

杨立本说:"没呢,怎么的?你也要改造大棚啊?这家伙的,把被子都搬到蔬菜大棚来住了,茂祥,你真行!"

柳茂祥说:"哎呀,立本啊,你这是往哪夸我呢?可别把我夸到沟里去,我就寻思在蔬菜大棚边上住两天,我那兄弟茂财也上镇子去了,在这儿呢,我也图个心静。"

杨立本说:"我家大棚后边,那个夹层墙都已经砌好了,你要干,就照着这个样儿干。"

柳茂祥说:"行了!"说完,和彩云一起走进了自家的蔬菜大棚。

16. 柳茂祥家蔬菜大棚旁边的小房里

彩云对爸说:"爸呀,你在这儿睡觉能行吗?这个小土炕,都多长时间没烧了,不凉吗?我看你还是回家去得了。"

柳茂祥说:"彩云哪,你不用劝爸了,我就在这儿住了,你妈那张脸,我真是看够了。"

彩云跟柳茂祥说:"爸呀,你上镇子送我二叔那阵儿,咱们村我关叔家那个小剧团,到我哥那个牛场那块儿演出来着。"

柳茂祥说:"是吗?彩云哪,你爸我虽然不支持你哥养牛的事儿,可是我明白你关叔他们来演戏,那是人家给咱们家人面子呢,你妈去了吗?"

彩云说:"没有。"

柳茂祥说:"这个娘儿们,这么点事儿她都不明白,正事儿找不着她,扯个闲皮儿啥的,一个顶三个,得了,等有时间,我去跟人家说说过来过去的话吧。"

彩云一边给她爸铺着被褥,一边说:"爸,一会儿我回家去给你取点儿柴火去,这炕得烧烧火了。"

柳茂祥走了出去。

17. 八月家蔬菜大棚前

柳茂祥走过来,跟杨立本说:"立本啊,你看我上镇子这么会儿工夫,你那小舅子和小舅媳妇他们,就到春龙那个牛场去演出了,你看,我也没在家,也没说过去照个面,打点儿打点儿人家,这个事儿,是我们家欠了人家一份人情。"

杨立本说:"哎呀,别把那事儿想得那么细,事儿,过去就过去了。"

柳茂祥说:"那怎么能行呢?他们给了我们家这么大个面子,找个机会我得把人家这个面子还回去,要不然,你还不知道我这个人,受不了别人给咱们的好,心里割舍不下啊。"

八月妈走了过来,对杨立本说:"你们先停工吧,回去吃饭吧。"

杨立本对高海林说:"停工,停工,回去吃饭去。"

高海林放下了手里的活计。

杨立本又对柳茂祥说:"你吃没吃呢?"

柳茂祥说:"吃饭不着急,我先到你家大棚后边看看夹层墙去。"又对高海林说:"海林子,这个保温槽我们家也得做,把你杨叔这边的事儿忙完了,就去忙我家的事儿吧。"

高海林说:"好了,没问题。"

杨立本对八月妈说:"这个柳茂祥啊,也真是把干活好手,为了搞蔬菜大棚改造,都住到大棚里来了!"

八月妈说:"行了,你可别夸他了,我听说的可跟你说的不一样!他到这儿来住,是因为两口子吵架了!"

杨立本:"净瞎说,那不可能!"

18. 酒仙儿家

酒仙儿妻扎起了围裙,正在外屋做饭。

她到院外倒水,正好碰见彩云在往小推车上装柴火,就问:"彩云哪,你这是要干啥啊?"

彩云说:"二婶啊,我爸跟我妈吵起来了,我爸到我家蔬菜大棚旁边的小房子里去住了。"

酒仙儿妻说:"这扯啥呢,用不用我过去劝劝你爸呀?"

彩云说:"现在正在气头上呢,你先别去,等他气消消的再说。"

酒仙儿妻说:"那你妈呢?"

彩云说:"在屋呢。"

酒仙儿妻说:"你爸吃饭了吗?他住到那个小房子去,以后吃饭咋整啊?"

彩云说:"就得做好了,给他送过去。"

酒仙儿妻说:"你妈还没做饭呢吧?"
彩云说:"做啥呀?俩人正憋气呢。"
酒仙儿妻说:"你去送柴火去吧,回头你到婶子这儿来,连你爸和你们的饭我都给带出来,你过来取啊。"
彩云说:"婶啊,别麻烦了,一会儿我回来做吧。"
酒仙儿妻说:"哎呀,我知道,你爸和你妈吵架,十有八九也是因为我们家你叔上镇子的事儿,我跟你说啊,一会儿你必须得过来,这样你婶我的心里还舒服点儿。"
彩云说:"那好吧,一会儿我来。"说着,拉起装好的柴火要走。
春龙妈把门推开了,喊彩云:"彩云,你想把柴火拉哪儿去啊?"
彩云说:"我爸住在那蔬菜大棚的小房子里了,那炕得用柴火烧烧啊。"
春龙妈说:"我看你都多余给他送那柴火,那炕凉就凉去呗,住不了,他就自己跑回来了,你把炕给他烧热乎了,他住得美个滋儿的,他还能回来吗?"
彩云说:"妈啊,你是咋个意思啊?你是不是想让我爸回来住啊?那你就去请请我爸呗。"
春龙妈说:"我不去!"
彩云说:"你不去,那我就得去,我走了啊。"说着,拉着柴火走了。
这时候,酒仙儿妻隔着墙头走到春龙妈跟前说:"嫂子啊,你怎么跟我哥吵起来了呢?我一听这事儿,都上老火了!你可别再跟我哥生气了,这事儿我看谁也不怨,就怨我们家茂财,他要是不上镇子去,你们家根本不能打这仗。"
春龙妈说:"淑芬哪,你是明白人,说的是明白话!你不用劝嫂子我,我心里啥都明白,有时间,你去劝劝你哥去吧。"
酒仙儿妻说:"嫂子,你是不是想让我把他给劝回来啊?"
春龙妈说:"老夫老妻的了,吵是吵,闹是闹,可是你说他跑到那小凉屋去住了,我这心里能不心疼他吗?"
酒仙儿妻说:"嫂子你放心,我一定想办法把我哥给劝回来啊。"

19. 八月家
杨立本和高海林洗了手,就坐在了院里的小饭桌前。
八月妈呢,在给他们盛着饭,端着菜。
刚一坐下,高海林觉得桌子有一点不太平,晃了晃说:"哎呀,这桌子腿儿有一点不太平,有时间我给你收拾收拾,这桌子用多少年了?"
杨立本说:"这桌可有年头了,我和你婶子,从打结婚就用着这个饭桌子,这是我们两口子,成家立业的见证人啊。"
高海林说:"桌子的木头是好木头,可是用了这么多年,也该收拾收拾,重新刷刷油了。"
杨立本一边吃着饭,一边跟高海林说:"海林子啊,杨叔怎么听说,你对你爸和你婶子的事儿有点啥想法呢?你到底是怎么想的?跟你杨叔我说说。"
高海林一边吃着饭,一边说:"杨叔,其实在这个事儿上,最应该没想法的,就是我这当儿子的了。老人的心情好了,日子过好了,当儿子的心能不高兴吗?可是以前,我对这个事儿是有点儿想法,可那都不是我的想法。"
杨立本说:"是谁的想法啊?"
高海林说:"是咱们村子里说闲话人的想法呗。"
杨立本说:"听那些闲话干啥。"

高海林说:"闲话虽然不能听,但是不好听!杨叔,不好听的话,叫谁听了,心里得劲啊?我看现在咱们村子里的人,说我爸和我婶子闲话的人少多了,两位老人的事儿呢,就是水到渠成的事儿,我能扯后腿吗?"

杨立本笑着说:"我说的嘛,有人跟我说,说你不同意,在中间打横,我就奇怪:海林子一个年轻人,怎么还长一个老脑筋啊?今天你说了这话,我听明白了,你也不是不支持你爸和你婶的事儿。"

高海林说:"杨叔啊,我爸和我婶的事儿,其实能不能成,根本不在我们这些人身上!主要的,还是在我爸和我婶子身上,你看这两人,活得那么累!人,战胜不了自己,怎么能把握自己的命运呢?"

杨立本说:"嗯,你小子说得对!你爸和你婶的事儿,最大的阻力,八成还是在他们自己的心里!"

20. 村委会屋里
成大鹏塑正在雕塑着一个泥塑,这座塑像,已经有了雏形,雕塑的是柳彩云。

21. 酒仙儿家门口
酒仙儿妻隔着院墙,把一个用毛巾包好的瓷盆,递给从外边拉着空车刚进院的彩云。

彩云接过去了,说:"婶,你吃了没呢?"

酒仙儿妻说:"就吃!彩云,你可一定让你爸和你妈都别再生气了,好好吃饭啊。"

彩云接过了饭菜,点点头,进屋去了。

22. 柳茂祥家里外屋
春龙妈正在灶前做饭,看见彩云拎着一盆东西从外面走了进来就说:"你拿的啥呀?"

彩云说:"那院儿我二婶给咱们送过来的饭菜。"

春龙妈说:"得了,你给她送过去,麻烦人家干啥啊,我也不是没长手,咱们自己家不能做饭啊?"

彩云说:"妈,你看我二婶送过来了,就别再给人家送过去了呗,我看你这饭别做了。"

春龙妈说:"不行,你听我的,把饭菜给你二婶送过去。"

彩云拎着饭兜儿,复又走出门去,隔着院墙喊:"二婶!"

酒仙儿妻跑了出来说:"彩云,啥事儿?"

彩云说:"二婶啊,不好意思,我妈说了,让我把这饭给您送回来,她自己正做饭呢。"

酒仙儿妻接过饭菜说:"你妈自己做啦?"

彩云点点头。

酒仙儿妻说:"那行,只要你爸和你妈他们不生气了,能吃上饭,我怎么着都行!"

23. 后村
"小鞭杆子"和秋水正在那里收山货。

有人送过来一袋木耳。

秋水呢,站在车上,给那袋木耳过秤,说:"呀,这一袋木耳怎么这么沉呢?"

长贵媳妇不知道什么时候,来到了车跟前,她轻轻地扯扯"小鞭杆子"的衣服,使着眼色暗示说：这个木耳里边有问题。
　　"小鞭杆子"心领神会，对秋水一边使着眼色，一边说："这个木耳，暂时先别收，等一会儿收完了别的，车上要有地方再说。"
　　秋水从车上，把那袋木耳递给那个卖木耳的女人说："那你就先拿回去吧。"
　　那个卖木耳的女人说："我这木耳有啥问题啊？分量沉总不是问题吧？"
　　"小鞭杆子"说："我们没说有问题，也不是不收你的，你先拿回去吧，要收的时候，我们再找你。"
　　那个女人只好背着木耳走了。
　　见那个女人走远了，长贵媳妇凑到秋水跟前说："你看出她的木耳里怎么掺的假了吗？"
　　秋水从手里拿出一块木耳说："我顺手留了一块，看了半天也没看出假来，你说，她是怎么造的假？"
　　长贵媳妇说："为了压秤，他们家以前在晾木耳，就都先把木耳用浓盐水给泡了，可是让人家买货的人，后来给尝出咸味儿来了，人家就都不买他家的木耳了。现在呢，他家又改招子了，把熬的大米稀汤浇在湿木耳上，进行晾晒，你既尝不出咸味儿来，还压秤，你细细尝尝这木耳，有没有一股大米汤味儿？"
　　秋水把那个木耳放在嘴里咬了一块。
　　"小鞭杆子"也接过那块木耳咬一块，放在嘴里尝尝说："你说得真对，这是多亏你提醒了，不然我们上哪能知道她造这个假去啊！她这不光坑害的是我们，还坑害消费者，这事儿做得可真够损的。"
　　长贵媳妇说："跟我从前似的，为了挣钱，啥都不顾了，我可跟你们说，你不收他们家的木耳可以，但你们可千万别把我给露出去，好像我挡着他们卖货了。"
　　秋水说："这你放心，你对我们这么讲究，我们能做对你不讲究的事儿吗？"

24. 省城农业大学校园内
　　傍晚，太阳把余晖洒在校园里。
　　八月，坐在校园里的一个喝冷饮的桌子旁，正在专心致志地看那本资料。
　　这时候，苏文丽教授路过，看到了八月。
　　她轻轻地走到八月身旁。
　　八月这才察觉到，合上资料，站起身来说："哎呀，苏老师！"
　　苏文丽笑着说："看来你是找到朱教授了，谈得怎么样？"
　　八月说："挺好的！"
　　苏文丽说："你什么时候回村？"
　　八月说："明天！"
　　苏文丽说："那好，明天我跟你一起走，我也到村里看看去。"
　　八月一听这话，高兴得不得了，说："哎呀，那可太好了，村子里不少人，都常叨念你，巴不得你回去看看呢。"

25. 柳茂祥家蔬菜大棚旁边的小房子内
　　彩云正在烧炕，炕上放着彩云给她爸拿来的饭菜。
　　柳茂祥坐在那里不吃饭，也不吭声。
　　彩云说："爸呀，你怎么不吃饭呢？咋的，还要跟我妈展开'绝食斗争'啊？"
　　柳茂祥说："彩云，这饭菜真是你妈让你给我送来的？"

彩云说："那还有假吗？本来我二婶那边也给咱们代饭了，可是我妈不让，偏让我给你送她做的饭菜来。"

柳茂祥说："你妈还跟你说啥啦？"

彩云说："也没说别的，就是问问你，在这边住能行吗？让我多给你这炕烧点儿火，怕你凉着了。"

柳茂祥看看柳彩云，一边打开饭菜上的毛巾，一边说："我不用她关心我。"

彩云笑笑说："爸呀，你看你和我妈俩，怎么像两个老小孩似的呢？我们还得两头哄着你们，你不用我妈关心你，你咋还吃我妈给你做的饭菜呢？"

柳茂祥说："她是我媳妇，她不给我做饭做菜行吗？我要饿出个好歹来，她有责任！"

26. 省城

晚上。

八月、九月和成小鹏，还有苏文丽，从某个饭店门口走出来。

街道上，霓虹闪烁，一派繁荣夜景。

他们几个人沿着街道边散着步，说着话。

27. 高德万家

牛圈里，灯光下，春龙和甜草正拿着刷子给牛刷毛。

甜草说："春龙哥，过几天如果再买了牛，你一个人可忙不过来，就得招聘工人了。"

春龙说："那是，我从现在开始就准备在网络上贴招工广告了。"

甜草说："春龙哥，我真挺佩服你的，做事有恒心！"

春龙说："要真是一心无挂地做点事儿，倒不难，难是难在了身边这些乱七八糟的事儿上，累心！"

甜草说："春龙哥，你是有文化的人，有些事也不用我劝你，你得想得开点儿，别活得太累了！"

春龙说："我知道！"

28. 樱桃妈家

院里，高德万还在做木匠活儿。

那位中年女人从院门外走了进来，她走到高德万跟前，说："德万大哥！你说这人心真没地方看去，樱桃妈我那大姐，好心好意地教春龙妈学做绣花鞋垫，可那春龙妈听说刺绣花布能多挣钱，就摔耙子不干了。"

高德万说："她不干就不干呗，你们不好再招聘别人吗？"

那中年妇女又说："大哥啊，也不知道她出于啥目的，又来和我大姐套近乎来了，还说是要把她在镇子上的亲大哥介绍给大姐呢。"

高德万听了这话，微微皱了皱眉，说："有这事儿？"

（第二十集完）

第二十一集

1. 山货庄

灯光下，八月妈、"小鞭杆子"、秋水在给山货打着包。

"小鞭杆子"一边用簸箕往袋子里倒着木耳，一边对八月妈说："大姑啊，今天要不是后村那个长贵媳妇告诉咱们有一家木耳掺假，咱们就把那木耳给买回来了。"

八月妈说："所以说啊，人都是变化的，你看这个长贵媳妇不光自己不卖假货了，还能提醒咱们不收别人的假货，这不是挺好的事儿吗？"

秋水说："大姑！今天这个事儿，倒是提醒了咱们，以后在各村是不是可以聘一个业余的山货质量监督员？他们对当地的情况了解得比咱们多。"

八月妈说："这倒是个好主意！"她对"小鞭杆子"和秋水说："你们出去收山货的时候，多拿眼睛撒莫撒莫，看有合适的，咱们就聘！一个月给人家点儿钱呗！"

秋水说："那还撒莫啥呀？前后村咱们早就有合适人选了。"

八月妈说："谁呀？"

秋水说："后村我就选长贵媳妇了，前村让他选吧。"说着指指"小鞭杆子"，又说："我知道他会选谁！"

八月妈说："谁呀？"

"小鞭杆子"说："大姑，她说的又是大丫！大丫咋的？我看她当一个业余质量监督员真行，那人多实诚啊。"

秋水说："哼，不用你张嘴，我一寻思你就得选大丫，大姑你不知道，那大丫是他的'追星族'，老崇拜他了。"

"小鞭杆子"笑笑说："这玩意儿，咱们可以拥有不爱别人的权利，但是限制不了别人爱咱们的想法啊，她就喜欢我，我有啥招！"

秋水一咧嘴说："瞅你这话说的，好像有多少人喜欢你似的，殊不知，你也是一个绣花枕头，表面上挺花哨的，可肚子里呢，没有多少真玩意！"

"小鞭杆子"说："你就贬斥我吧。把我贬斥到地底下去，就能显出来你这个小土堆是高山是咋的？行了，守着你这样的人，我啥都认了，大姑，你说我是不是不能跟她一样的？"

八月妈说："我还不知道你们两个，要贫嘴就是谈恋爱，我可不管你们俩的事儿。"

2. 柳茂祥家蔬菜大棚外

柳茂祥在月光下砌着大棚的夹层墙。

酒仙儿妻和彩云走了过来。

彩云说："爸，你看，谁来了？"

柳茂祥抬头一看，见是酒仙儿妻，就说："哎哟，是孩子他二姨来了！"

酒仙儿妻说："大哥，你怎么还贪着黑砌墙呢？"

柳茂祥说："淑芬哪，你知道在村子里头，大哥大小也是一个村委，在修'户户通'路和沼气池的改造上，你大嫂不肯出钱，弄得我在村里都老没面子了，现在村主任家又带头开始搞蔬菜大棚改造了，我能不抓点紧，往前跟着吗？"

酒仙儿妻说："大哥呀，依我说，你和我嫂子俩，吵吵两句，吵过了，就过去了，别再往心里记！过日子两口子哪有舌头碰不着牙的？"

柳茂祥说："淑芬啊，不用你劝我，我一看着她，就气不打一处来，我搬出来住，是为了图个清静，我和她分居！"

　　酒仙儿妻说："大哥，一日夫妻还百日恩呢，你们都老夫老妻的了，孩子都那么大了，分啥居啊，可别无风也起三尺浪，有风浪头百丈高的了，让别人看了笑话咱。"

　　柳茂祥说："淑芬，你不用劝我，你看你嫂子对茂财那个样，我能容她吗？不是她在中间这事儿那事儿的，茂财能上镇子上去吗？她是属王母娘娘的，画一道银河，把你们两口子给隔开了，我这当哥的心里能不气吗？"

　　酒仙儿妻说："哎呀，大哥，你快别说了，茂财上镇子，和我嫂子有啥关系啊？那都是我们家自己定的，得了，大哥，你别生气了！我今天来，你也给我一个面子，我和彩云就把你的铺盖抱回去了，今晚上你该回家睡就回家睡，这么大岁数了，东一个西一个的咋好呢？"

　　柳茂祥说："淑芬，不是大哥不给你面子，别的事儿你说啥事儿都行，可就这个事儿谁说也不行，我不回去！"

　　3. 高德万家
　　高德万坐在院子里，他紧皱着眉头，身边那把二胡，静静地放在那里，月光下，犹如一个画家写生的作品。

　　4. 镇上
　　原来"小鞭杆子"的住房内，酒仙儿扎着围裙，在那里洗着碗。
　　樱桃走过来说："叔啊，你看你又做饭又洗碗的，这些活儿哪能用你干呢，我来吧！"
　　酒仙儿乐呵呵地说："樱桃啊，你叔我到镇子上来干啥来啦？擦鞋掌鞋那都是副业，照顾好你们这才是主业，你都忙了一天了，歇着去吧。"
　　春虎送过一个碗和一双筷子来，说："爸呀，啥时候学会做饭的呢？菜炒得还怪好吃的呢！"
　　酒仙儿说："儿子啊，你是不是有点儿低看你爹了，就这点小活儿，还用学吗？你爸不笨！"
　　春虎说："爸啊，你歇一会儿，我和樱桃两个人收拾吧。"
　　酒仙儿说："行了，行了，马上就要当鞋店的小老板了，这些活儿哪能用你干呢？把衣服弄得油渍麻花的，那哪像个鞋店小老板呢？儿子，我可跟你说啊，这几天，你不是要到工商所办执照什么的吗？我告诉你，你啊，给我穿得漂亮儿的，把西服穿上，领带扎上，再把小皮鞋蹬上，走道嘎嘎的，到哪办事儿，人家也拿你为重，当鞋店小老板了，就得有个样儿。"
　　春虎说："爸啊，西服领带我不是没有，樱桃早就帮我买回来在那放着了，可我不大愿意穿，穿上那个，有点儿太绑人，不大习惯。"
　　酒仙儿说："我可跟你说啊，人，到了该显示身份的时候，就得显示身份，有了身份的人，再像我似的，一天邋邋遢遢的哪行呢？"
　　樱桃说："春虎哥，叔叫你穿，你就穿吧。买来的衣服老放在那干啥？我也愿意让你穿！"
　　这时候，春虎的手机响了，他接起来说："喂，哟，是妈呀！嗯，我爸挺好的，你等着！"他把手机传递给酒仙儿说："爸，我妈找你。"
　　酒仙儿接过手机说："老婆子，我这刚来镇子上，你怎么就来电话啦，想我啦？"
　　酒仙儿妻在手机里的声音："咱们家大嫂让我问你好呢。"
　　酒仙儿说："怎么的？大嫂问我好啦？真有这事儿啊！我在家的时候，她一天到晚地总和我闹意见，怎么我这转身一出来，她就给我问上好了呢？她是啥意思啊？"

手机里的声音："没啥意思，就是给你问个好，你是不知道啊，你上镇子一走，大哥大嫂因为这都闹上意见了，大哥都搬出去住了。"

酒仙儿说："搬出去住啦？那你咋没去劝劝呢，把他给劝回来。"

酒仙儿妻说："去劝了，可是劝不回来啊！"

酒仙儿说："行行行，有时间我再跟大哥打个电话，我劝劝他，别因为我上镇子的事儿，他们两口子闹离婚啊，这不把小事儿整大了吗？这不好！"

手机里酒仙儿妻的声音："说到这吧，我没啥别的事儿了。"

酒仙儿说："老婆子，你要照顾好你自己啊，注意身体，按时吃饭，别冷着，别热着，我和春虎惦记你啊！喂，你听着没有？喂，这怎么没动静了呢？"说完，他把手机递给春虎说："春虎，你这是啥手机啊，我没说完了，你妈那边没动静了。"

春虎接过手机听了听，说："妈啊。"

手机里传出女人轻轻的啜泣声。

春虎对酒仙儿说："怎么没动静呢？我妈掉眼泪呢，说不出话来了。"

酒仙儿神色黯然地说："是吗，她咋还哭上了呢？你看没看着，平时你妈这能耐那能耐的，离开我了，还是不行！唉！我还寻思是你手机有毛病了呢！"

5. 省城农业大学学生宿舍内

月色，从窗外透进来。

宿舍里静静地，八月和九月依偎在一张床上。

九月爬起来，拿着自己的一根长头发，在八月的耳朵眼儿里轻轻挠痒痒。

八月睁开眼睛，拍了九月一巴掌说："从小你就淘气，这么大了，还那样！去！"

九月说："姐，睡不着就别睡了，咱们说会儿话呗？"

八月指指其他的几个床铺说："嘘，人家都睡觉了。"

九月嘟囔着躺下说："真没意思，本来想告诉你一个事儿来着，算了，不跟你说了。"

八月侧着头看看九月，把身子全侧过去说："说吧，又是啥秘密的事儿？"

九月说："你知道，明天都谁跟你一起回村吗？"

八月说："不就苏老师吗，怎么的，你也回去？"

九月说："睡觉吧，不想告诉你了。"

八月说："你不告诉我，我也猜得着，肯定是你也回去。"

九月说："不是我也回去，是我们也一起回去。"

八月说："成小鹏也去？"

九月说："苏老师和我都回村了，他能不跟着吗？再说了他也想去看看他哥和未来的嫂子柳彩云。"

八月说："哎呀，那咱们得提前给咱家打个电话啊，对咱家来说，这也是你的对象第一次进家门，还有你未来的老婆婆也去，那咱家得有个准备啊？"

九月说："现在都多晚了，爸妈睡觉早，咱们可别打电话了，明天上车再说吧。"

6. 高德万家

炕上，高德万躺在那里，沉沉地想着心事。

7. 镇上

原"小鞭杆子"住房门前，酒仙儿和樱桃、春虎正一起往那台三轮车上装东西，装好了，三个人推着车一起往外走。

这时候，春虎已经换上了西服、领带，穿上了皮鞋。

酒仙儿一边推着车，一边乐呵呵地说："春虎啊，你看你换上这身衣服，多带劲儿，爸和你走在一起，觉得脸上都有光！樱桃，你看你春虎哥，穿上这身服装，是不是精神得像换了个人似的？"

樱桃说："精神！要是把头发再整得亮堂点儿，真看不明白他是干什么的啦。"

酒仙儿说："干啥的？人家是鞋店小老板了，有身份了嘛！"他对樱桃说："樱桃，你别看你长得挺带劲儿的，你找我们家春虎不亏，你看看你春虎哥多带劲，多帅！"

春虎说："爸啊，帅不帅你让樱桃说，你就别夸了啊！"

酒仙儿说："可不是咋的，看着他穿上这身新衣服，我光顾着乐了，我这当爸咋还夸上儿子了呢？樱桃，你别笑话你叔啊。不过，也不怨你叔我夸他，你看看，你春虎哥，那真是越瞅越带劲儿。"

樱桃和春虎都笑起来了。

8. 省城公共汽车站

八月、苏文丽、九月、成小鹏上了公共汽车。

9. 八月家的蔬菜大棚

高海林正帮着杨立本往保温槽里放土。

杨立本说："海林子，木工活儿你干完了就算完了，剩下的这些活儿，就由我来干吧。"

高海林说："我再忙，也不差这会儿工夫。杨叔，你们家年巴月的，也不找我们帮着做点啥事儿，找这么一回，我就都帮着你弄利索得了。"说完，仍在往保温槽里装着土。

杨立本说："海林子，我听说彩云和你都在念网络大学呢？这事儿是真是假啊？"

高海林说："那还有啥真的假的？我再通过三科考试，就把大学本科的文凭给拿下来了。"

杨立本瞅瞅高海林说："原来我只是恍惚听说过这事儿，可真没想到，你们不出村子，也能念大学，现在这网络也是太发达了。"

高海林说："现在这时候是啥时候？是天高任鸟飞，海阔凭鱼跃的时候！无论你想干什么事业，时代都给你机会。"

杨立本说："海林子，你那个大学文凭，和我们家八月那个大学文凭还是不一样吧？"

高海林说："学历都是一样的，国家都承认！可八月是在校生，我和彩云呢，是通过网络，接受的远程教育。"

杨立本说："哦，我说你小子不管谁给你介绍对象，你都一直不找呢，是不是想等这个文凭下来，身价抬高了再找啊？"

高海林笑着说："杨叔啊，看你说哪去了？对象这事儿，我认为和文凭没关系，那得两个人真有感情才行。"

杨立本说："海林子，原来啊，我是掐着手指头算，以为咱们这村里就出了八月和春龙这两个大学生呢，可万没想到，你和彩云也快拿到大学文凭了！那咱们村的大学毕业生，那一下子不就变成四个了吗？"

高海林说："这是你知道的，那还有正念着你不知道的呢！"

杨立本说："看起来啊，别看我成天在村里，以为什么事儿都掌握，其实也不一定啊！"

10. 高德万家

牛圈里，春龙正在拎着水桶给牛饮水。

彩云跑了过来，说："哥，刚才九月来电话了，说是成大鹏他妈，他弟弟，都要来咱们村，他们已经从省城出发了。可咱们这边爸和妈还闹着意见呢，这咋办哪？"

春龙放下手里的水桶："彩云，你不用着急，我去找咱爸说去。"

11. 山货庄门前

"小鞭杆子"的半截子车上已经装满了货。

秋水、李大翠在往驾驶室里上。

关小手对八月妈说："大姐，我们这就走了，刚才听说是省里农业大学苏教授他们要来，锣鼓队那几位师傅都在家呢，到时候要是搞个欢迎仪式啥的，你把他们招呼着就行！"

八月妈说："你们放心走你们的吧，这些事儿我都能安排明白。"

"小鞭杆子"从驾驶室里对八月妈说："大姑啊，想不想从县城里往回捎点啥东西啊？"

八月妈说："捎啥，啥也不用捎，你们送货进城就平平安安地去，平平安安地回来，比啥都强，慢着点儿开啊。"

"小鞭杆子"说："好了。"

"小鞭杆子"开车走了。

12. 柳茂祥家的蔬菜大棚外

柳茂祥正在砌着夹层墙，春龙和彩云走了过来。

春龙说："爸呀，你先别干了。我跟你说点儿事儿。"

柳茂祥说："啥事儿？我干活儿也不影响你说话。"

春龙说："爸，成大鹏的妈妈苏教授从省城坐车过来了。"

柳茂祥说："她怎么忽然来啦？"

春龙说："你看你和我妈俩一个劲儿地闹意见，谁劝都不听，那我们寻思干脆把苏阿姨请来得了，过来劝劝你们。"

柳茂祥一听，扔下手里的泥抹子和砖头说："净胡扯！我和你妈闹点儿意见，至于惊动到这么大吗？现在彩云和成大鹏正处着对象呢，那苏教授人家是省城里的人，工作也怪忙的，能因为我和你妈吵个架的事儿，这么老远，把人家折腾来吗？春龙啊，你小子啊，净胡扯，人家来给我们劝架，这叫你爸和你妈这两张老脸往哪搁？"

春龙笑着说："爸呀，你别着急，我苏阿姨来是指定来了，我们还没跟她说你跟我妈俩吵架的事儿呢。"

柳茂祥说："你跟我说实话，到底里跟她说了没有？"

春龙说："人家我苏阿姨，就是和八月一起回村来看看当年的老知青。"

柳茂祥说："行，还算你小子有心眼儿。"

彩云说："爸呀，你看一会儿我苏阿姨他们就来了，你是不是得回去，换身衣服，像个样似的啊？"

柳茂祥说："人家第一次来，咱们穿得不体面点儿也是不好，可是不光我得换换衣服，那你妈不也得换嘛？"

彩云说:"爸,你就说你自己的事儿得了,我妈那边的事儿我们说。"

柳茂祥想想说:"你们看这儿的活儿还没干完呢,我是真不想回那个家,可是赶上这事儿了,我不回去怎么办?彩云,我告诉你,爸现在回去,都是为了你,要不是念着你和成大鹏是对象,人家妈来了,我和你妈弄得扭头别着膀子的,让人家看着不好,我才不回去呢。"

春龙说:"爸呀,那咱们回家吧,我现在就把那个铺盖卷给你搬回去了啊。"

柳茂祥说:"放那,放那!你苏阿姨来了,我是临时回去,等你苏阿姨走了,我还得回到这儿住来,这回,我不和你妈在有些事儿上,论出个甜酸儿来,我是不能轻易搬回去!"

春龙说:"那铺盖不搬就先不搬了?人先回去吧。"

柳茂祥又说:"你们俩都得跟我一起回去啊,当着你妈的面,把话都说明白,别好像是我愿意回去似的!"春龙和彩云都笑了,他们三个人一起往回走。

13. 后村

长贵媳妇家院前,长贵媳妇正在院子里摊晒山货。

先前卖掺假木耳的那个女人,背着一袋子木耳走进了院子。

长贵媳妇说:"呀,你咋来啦?"

那位女人一边放下木耳袋子,一边说:"上你家取钱来啦!"

长贵媳妇说:"上我家取钱?我家欠你什么钱呢?"

那位女人说:"这话说的,你家不欠我钱,我能找你来要吗?我怎么没找别人家去要呢?"

长贵媳妇说:"你是不是记差了?我们家啥时候也没借过你们家钱啊。"

那位女人说:"不是你们家借过我们家钱,你欠我们家的钱,是欠的木耳钱!"

长贵媳妇说:"木耳钱?我们家一不收山货,二没买过你们家木耳,怎么会欠你们家木耳钱呢?"

那个女人说:"废话少说,木耳我给你扛来了,你麻溜儿把这袋木耳钱给我,咱们两家没事儿。"

长贵媳妇说:"哟,这就奇了怪了,你这木耳是不是送错人家了?我们家不缺这玩意儿,你要卖木耳,该扛哪儿卖去就扛哪儿卖去,可别扛到我家来!"

那个女人说:"不扛到你家来行吗?我问你,老龙岗村山货庄来人收木耳的时候,是不是你在中间给我下上舌了?"

长贵媳妇说:"你说的这事儿,和我可没啥关系,我不知道!"

那个女人说:"嘴贼是不?你敢说不知道?我早看出来了,我这边卖木耳,你那边就跟收木耳的人嘀嘀咕咕的,要不是你在中间说了什么,他能知道我这木耳里掺假了吗?都是一个村里住着,村里的人不向着村里的人,胳膊肘还往外拐,人家给你什么好处啦?"

长贵媳妇听了这话,说:"你说我跟他们说什么,有什么证据?"

那个女人说:"就你跟他们离得近,嘀嘀咕咕的就是证据!我就认准了是你说的!你要敢说你没说啥,你就对天发个誓,你敢不敢?"

长贵媳妇脸色一变,说:"话要这么说,我就实话告诉你,你也别怀疑我了,这话就是我说的!"

那位中年女人说:"怎么样?你自己承认了吧?我没冤枉你吧!"

长贵媳妇说:"大妹子,咱们做人得凭良心,卖木耳就是卖木耳,咱们卖的掺假木耳,人家把钱给咱们了,那钱到咱们手里好花啊?不亏心吗?"

那位女人说:"别跟我说这些,别人不知道你,我还不知道你啊?你没卖过假鹿鞭啊?"

长贵媳妇笑了,说:"大妹子,假鹿鞭,过去我卖没卖过?确实卖过,可是我现在确实不卖了!我觉得这是损人不利己的事儿!咱们当时卖了假货,是挣了点儿钱,可是咱们的良心能安生吗?人家用了咱们卖的假货的人,一旦发现了咱们卖假货,以后还能来买咱们的货吗?所以我说啊,大妹子,你今天要真的到我家,来讹这个木耳的钱,我可以给你,但是你这事儿,在这十里八村的都传出了名,以后谁都不来收你家的山货,你还能挣着钱吗?你哪头多,哪头少?你也该在心里合计合计。"

那位中年女人说:"你不用净跟我说好听的,我不信你能把这袋子木耳钱给我。"

长贵媳妇说:"大妹子,你要真心想让我买你这个掺了大米稀粥的木耳,我们家再不缺木耳吃,我也认了,我买下来!现在就过秤吧。"说着,她拿起一个秤钩子来,用秤钩住那个木耳袋子,然后说:"你这木耳也真是够沉的,20来斤呢,行,我给你100块钱!"说着,从兜里掏出了100块钱。

那女人看看长贵媳妇,说:"你给我钱,我就要,我也不领你这个人情!看你以后,还当不当别人说我家卖假货的事儿了!"说着,把100块钱接过去,揣在了自己兜里,拿起袋子就要往地上倒木耳。

长贵媳妇说:"你等等,我找个袋子,你给我倒在这袋子里吧。"

长贵媳妇拿起一个袋子,套在那个木耳袋子的口上,对那位女人说:"你倒吧,这木耳我买了是买了,但是我不吃!"

那个女人说:"那你要干啥,你要卖给别人?"

长贵媳妇说:"我也不卖,我给全村挨家挨户地送送,叫大家伙儿都尝尝,你这个掺假木耳,到底是什么滋味!"

那个女人停下手说:"你这不是要当着全村人的面砢碜我吗?我拿了你100块钱,你让我在全村人面前丢面子,是不是?"

长贵媳妇说:"那我能怎么办?我只能这么办!"

那女人掏出兜里的100块钱,扔在地上,扛起那袋木耳说:"得了,你这钱我也不要了,你也少在全村人面前砢碜我,说着,扛着那袋木耳往院外走。

长贵媳妇说:"大妹子,回去吧,把那木耳再用水泡泡,把那些掺假的东西都泡出去,晾晒干了再扛回来,我再帮着你卖啊!"

那女人扛着木耳回过头来说:"那还用你卖啊?我自己会卖。"

14. 柳茂祥家

院里,柳茂祥、春龙、彩云走进院来。

走到屋门口,柳茂祥站住了。

春龙拉开门说:"爸,进屋啊。"

柳茂祥说:"你们俩先进去,我在外边坐会儿。"

彩云说:"爸呀,都回到自己家门口了,还较啥劲呢?你快进屋吧,该换换衣服就换换衣服,要不人家一会儿来了,你就穿这身衣服去见我苏阿姨啊?"

柳茂祥跟彩云说:"我说在外边坐会儿,就在外边坐会儿,你和你哥进屋去,告诉你妈,就说我回来了,在外边坐着呢。"

彩云说:"爸,我就告诉我妈说,你叫我这么说的啊?"

柳茂祥说:"我说,你这闺女是不是有点儿傻啊?我都到家门口了,你妈就不能出来接接我啊?"

彩云莞尔一笑："明白了，哥，咱俩进屋吧。"两个人进了屋，不一会儿，又出来了。

柳茂祥说："你妈呢？咋没出来？"

柳春龙说："她没在家呀。"

这时候，春龙妈挎个小筐，里边装着一些菜和肉什么的，从院外走进来了。

彩云忙跑上去，接过那个小篮子说："妈，我爸回来了。我苏阿姨要来的事儿，你都知道了吧？"

春龙妈说："我能不知道吗？八月妈把电话早打过来了，这不，我把菜和肉都买回来了。"

春龙说："妈，我爸回来了，你赶快招呼我爸进屋吧。"

春龙妈说："这是他自己的家，他愿意进屋就进屋，愿意在外边就在外边，我非得招呼他进屋干啥？"

彩云说："妈，我寻思一会儿苏阿姨就来了，你们回屋都把衣服换换。"

春龙妈说："换衣服着啥急啊，那还不好换的！彩云，你把那菜篮子，放你爸跟前，叫你爸在那扒葱择菜，他愿意干这活儿。"

柳茂祥拿眼睛横了春龙妈一眼："要不是差着大鹏他妈来，我才不回来呢？这一辈子，我都不想跟你说话。"说着，就择起菜来。

春龙妈从菜篮子里把肉和鱼拎出来，说："你不跟我说话咋啦，你吃的还是我给你做的饭，有能耐你上别人家吃去。"

柳茂祥刚要说什么。

春龙过去对他妈说："妈呀，我爸都回来了，你就别再说啥了，先进屋吧。"

15. 镇上

街道旁，酒仙儿扎着个围裙，戴着副老花镜，摆着鞋摊儿，在那掌鞋。

不远处，是樱桃太阳伞下的煎饼摊。

樱桃正在吆喝着："大煎饼啊，大烙饼啊，谁买大煎饼大烙饼啊？"

马路对面，那位男青年，骑着一辆旧自行车，停了下来。他把车架后面的一些旧车胎和一个工具箱子拿下来，把自行车倒着摆在了路旁，把旧车胎挂在了车轮子上，又在车前面立下了一个小纸牌，纸牌上写着："修理自行车、打气"。

这时候，有一个人推着自行车来到这个男青年跟前，说："哎，我的前车胎缺点儿气，麻烦你给我打点儿气。"

那位男青年就用气管子给那个自行车打气，打完了。

那个人说："多少钱？"

那个男青年说："补胎要钱，打个气要啥钱哪？走吧。"

那个人推着自行车说："哟，看你这服务态度，还真好，以后我这车子要是哪有了毛病，就肯定来找你修。"说着，推着车走了。

那位修自行车的男青年，刚要放下气管子，突然看见了马路对面摆着摊儿的酒仙儿，他眨眨眼睛，以为是自己看错了人，当他确定对方不是春虎时，放下气管子走了过去。

男青年来到酒仙儿的鞋摊前，坐在旁边的一个小马扎上。

酒仙儿说："修鞋啊？"

男青年说："不修。"

酒仙儿说："擦鞋啊？"

男青年说："不擦。"

酒仙儿说："你既不擦鞋，也不修鞋的，那你在我这儿坐着干啥？"

男青年说:"这位老同志啊,我瞅着你怎么这么不对劲儿呢?"
酒仙儿说:"你看我不对劲儿?我有啥不对劲的啊?一个鼻子俩眼睛,我瞅着哪有一点儿不对劲儿呢!"
那位男青年笑了,说:"你是咋回事啊?原来在这修鞋的,是我一个弟弟。"
酒仙儿说:"是你弟弟?你别瞎蒙我行不行?"
那个男青年说:"真是,我是他哥。"
酒仙儿说:"你扯啥扯啊?我啥时候有你这么个大儿子了?"
那个男青年说:"我说老同志,你怎么张嘴骂人呢?"
酒仙儿说:"我啥时候骂你了?"
那个男青年说:"你怎么能骂我是你大儿子呢?"
酒仙儿说:"我咋是骂你呢?原来在这修鞋的是我儿子,你非得说我儿子是你弟弟,你是我儿子的哥,那我问你,我说我没有你这么个大儿子,这问得不对吗?"
那个男青年一听这话,笑了,说:"哎呀,原来是春虎老弟的爸呀!得了,那我得管你叫叔了,咱爷俩别吵吵了。"
酒仙儿往下扒拉一下那个老花镜,细细地打量着那个男青年说:"你不是我大儿子,这是一定的了,这怎么又变成我大侄儿了?"
那个男青年说:"叔,你儿子春虎和我是哥们儿!"
酒仙儿说:"哦,你要这么说就对了,那你小子是在哪工作的啊?"
那个男青年说:"叔,你这眼睛是近视还是远视啊?"
酒仙儿说:"我不知道什么近视远视的,反正我戴的是老花镜。"
那个男青年说:"叔,你就把镜子摘了吧,往马路对面看,那就是我的工作单位。"
酒仙儿往对面一看,摆着的自行车后边是妇幼保健站。
酒仙儿说:"哟,你在妇幼保健站工作啊?"
那位男青年说:"你看远了,看到清洁箱后边去了,往清洁箱前面看。"
酒仙儿说:"清洁箱前边,那不是空地吗?哪还有什么工作单位呢?"
那个男青年说:"叔啊,你看你啥眼神啊?那么大的一个自行车在那倒着放着呢,你都看不着!"
酒仙儿说:"啊,那是有一个自行车啊,你小子是不是说你是修自行车的啊?"
那个男青年说:"这不就说对了嘛!"
酒仙儿说:"我还寻思呢,要不你说和我们家春虎是哥们呢,原来你们俩这工作是隔路相望啊!哎,不对啊,那我在这之前怎么没看着你呢?"
那个男青年说:"那你就说得就更对了,我今儿个是刚来,刚刚在这开始摆摊。"
酒仙儿笑了:"你还别说,咱爷俩还真有缘分,我今儿个也是第一天在这儿摆摊。"
那个男青年拍了酒仙儿一下说:"啥也别说了,以前和你儿子是哥们,从今儿开始,咱俩就是爷们!"
酒仙儿说:"行,有啥事儿就冲这边喊一声啊,爷们儿!"
那个男青年站起身说:"爷们儿,我走了啊。"
酒仙儿说:"爷们儿,有事儿过来啊。"
那个男青年说:"好了,爷们儿。"
酒仙儿说:"瞅这小子这样儿,还真是个爷们,不过是不是爷们,我还得问问春虎,不能冒冒失失就认他是爷们儿。"

16. 柳茂祥家

屋里。

彩云在给春龙妈换着新衣服，她说："妈呀，你衣服是换了，可鞋还不行。"

春龙一边帮柳茂祥换着衣服，一边说："春虎不给爸妈都捎回新鞋来了吗？爸都穿上了，妈也得穿啊。"

春龙妈说："春龙，这事儿让你爸说话，他说让我穿我才穿，不然我就这么的了，一双鞋好赖能咋的？"

柳茂祥说："我可没说不让你穿，那鞋反正是给你了，你乐意穿就穿，不乐意穿就不穿，没我事儿！"

春龙妈说："行，这话可是你说的，别等我穿上鞋，你的俏皮话又来了，我可不受你那个。"

彩云说："妈，你快坐炕上，我帮你穿上。"说着，把她妈推到炕边儿坐下，给春龙妈穿上鞋来，说："妈，你看，你穿这双鞋，多合脚啊，真带劲儿啊。"

春龙妈说："彩云哪，妈今天就是看你面子，要不是为了你的事儿，第一次和亲家见面，我才不穿这鞋呢，我这个脚啊，穿着皮鞋嫌烧得慌！"

17. 村头公路边上

八月、苏文丽、九月、成小鹏，从一辆公共汽车上下来，往村口走。

苏文丽问八月："八月啊，前面这就是咱们老龙岗村吗？"

八月说："是啊。"

苏文丽站住了，说："哎呀，好几十年没来了，真变样了，我们在这儿的时候，也没有这么多树啊，再说，这村子里都是土房子，现在都变成砖瓦房了，有的人家还盖楼了，要不是你领着我来，我可不敢认这是老龙岗村。"

九月说："阿姨，这些年城里在变化，农村不也在变化吗？你就看着城里变化了，是不是寻思我们农村没咋变化啊？"

苏文丽说："农村有变化我知道，可没想到变化这么大。"她俯下身从地上抓起一把黑土说："这黑土啊，还是原来这块儿地方的黑土，可是人的生活变了，是真比以前富裕太多了。"

18. 县城里

秋水领着关小手、李大翠在逛街市。

李大翠说："这县城一晃我也有几年没来了，变化不小，我都找不到哪儿是哪儿呢。"

关小手说："要叫你找到哪儿是哪儿，那还叫有变化呀？从打你一进城，我就看出来了，你这眼神有点儿不太够使，到处撒莫。"

李大翠："你别埋汰我行不行？我知道你许多年前说过那套嗑：'老农进城，手拎麻袋，腰扎麻绳，先进饭馆，后进馒头棚，小脑瓜剃得贼亮，两眼睛喝得通红，逛完马路，又进联营，不买花布尽买趟子绒，不管好赖，结实就行，看完电影不知啥名，喝完汽水，不知退瓶，看见马路不知怎么行，看见大楼不知几层'，那个时代早过去了。"

秋水说："那个时代是早过去了，可是不斤不厘儿的，妈你还得到城里来逛逛，要是隔一段时间不来，还是发蒙，我上回来的时候，就跟我妈现在一样。"

关小手说："哎，秋水啊，刘金宝呢？怎么下了车，他就没影儿了呢？"

秋水说："谁知道他上哪儿去了？别管他，一会儿咱们逛完了，就回车那儿去，他肯定在那等着呢。"

19. 樱桃妈家

高德万还在院子里做着木匠活儿。

樱桃妈从屋里拎着个暖瓶出来，走到窗台前，往一个碗里倒了些热水，返身就要往屋里走。

高德万叫住了她，说："德千媳妇！"

樱桃妈站住说："大哥！"

高德万说："春龙妈要给你介绍她家大哥的事儿，我都听说了。德千呢，已经没了好几年了，你一个人老这么守下去，也不是个办法，你该找个人儿也得找个人儿了，春龙妈她大哥那人我见过，人还不错。"

樱桃妈听了这话，一愣，说："大哥呀，这就是春龙妈到我这儿提过一句，我根本没往心里去。"

高德万说："你不往心里去可不对。眼前有这么个机会，也挺知道根底儿的，别轻易就放过了，咱们都这么大岁数了，别再活得太苦太累了。"

樱桃妈说："大哥呀，你别咬着牙根说硬话了！我找了，你咋办？你就那么一个人过下去？"

高德万说："你管我的事儿干啥啊？我早想好了，咱们两个既然走不到一起，就别硬往一起走了。你要是再走一家人家，看着你能过上点儿好日子，你大哥我，心里还能好受点儿！今后啊，我也少惦记点你啦。"

樱桃妈颤着声说："大哥呀，你跟我说的都是真心话？"

高德万说："嗯，真话！"

樱桃妈没再说什么，眼里却汪了泪，回身进屋去了。

20. 村头

锣鼓队正奏着鼓乐。

杨立本、八月妈、柳茂祥、春龙妈、春龙和一些村民正在那里等候。

成大鹏和彩云已经迎上去了。

成大鹏对苏文丽说："妈，你来啦！"又拉着成小鹏的手说："弟，你也来啦！"给他们介绍说："这就是彩云。"

苏文丽抓住彩云的手说："彩云哪，大鹏跟我通电话，可没少提你，嗯，是我想象中那个人儿！"

彩云回身向迎过来的柳茂祥和春龙妈、春龙那边介绍说："苏阿姨，这是我爸我妈和我哥。"

苏文丽和柳茂祥握了握手。

春龙妈抓住了苏文丽的手说："哎呀，文丽姐啊，咱们可有年头没见了，你看，我的鬓角都有白头发了，你还好，头发还黑着呢。"

苏文丽说："我的也白啦，这是染黑的。"

那边，八月、九月和成小鹏，走到杨立本和八月妈跟前。

九月说："妈，我给你领回个人来。"

八月妈眼睛一亮："谁啊？"

九月说："成小鹏，我的男朋友，大鹏哥的弟弟。"

八月妈说："是吗？你看你这孩子，处了男朋友了，都不说跟家里打声招呼，这是你介绍，不介绍，我和小鹏见了面，我们娘俩还谁也不认识谁呢？"

九月说："这不都给你领回来了吗？这回你想咋看就咋看吧，他就这个样儿。"

成小鹏有点儿腼腆，对杨立本和八月妈说："叔叔，阿姨，你们好！"

八月妈说："好好好，走吧，先到家去吧。"

这时候，春龙妈和苏文丽走过来了。

苏文丽握着杨立本的手说："立本啊，咱们可好多年没见了，不过你还没咋太变样儿，走到大街上，要是碰上，我还能认出你来。"

杨立本说："你呢，模样没咋变，就是胖了点儿，比那时候白了。"

八月妈拉着苏文丽的手，说："文丽啊，咱们是咋的？是先到家坐坐还是咋的？"

苏文丽说："我这刚进村，先在村里转一转，一会儿，我再到你们两家去串门。"

八月妈说："那也行！就让八月先陪着你吧。"她又对九月说："九月啊，那你和小鹏俩就先回家吧。"

九月说："嗯，小鹏做梦都想到咱家看看，走吧。"

21. 县城

农业技术推广站。

"小鞭杆子"从里边走出来，手里拿了不少信息单。

22. 几个场面的叠化

八月和春龙陪苏文丽在牛圈旁。

八月和春龙陪苏文丽在蔬菜大棚里。

八月和春龙陪苏文丽在文化书屋里。

文化书屋里，苏文丽从随身携带的一个兜子里，拿出一些信息单和农业科技产品来，对八月和春龙说："你们村有这么个文化书屋真是太好了，便于普及农业科学技术知识，我今天带来的这些，都是咱们农业大学最新的科研成果，都放在这儿吧，有机会你们就都给大家伙儿讲讲。农业的科学技术含量越高，农民的效益就越好，富得也越快！"

八月说："苏老师，不知道你啥时候也能给我们村的农民上上课。"

苏文丽说："那还啥时候什么？你们需要的话，我随时可以来。"

八月说："那就说定了，我们就请你当我们这个文化书屋的顾问了。"

苏文丽说："没问题。"

23. 杨八月家

屋里，成小鹏指着相框里一个小孩的照片，对九月说："这个小孩子是你啊？怎么长得这么丑呢？"

九月说："小孩下生以后，一个月黑孩，两个月红孩，三个月才看孩呢，我那是才生下来一个月，满月时照的。"

成小鹏说："真没看出来，现在变成另外一个人儿了。"

九月说："别老说我丑啊丑的，你小时候长得好看啊？我也看过你小时候的照片，手都胖出坑儿来了，捧着一个大苹果正啃呢，那个吃相也够人看半个月的了。"

成小鹏笑着说："别说了，别说了，人，都是打小时候过来的！"

屋外，杨立本和八月妈正在收拾菜。

八月妈小声对杨立本说："老头子，你看咱二闺女九月，多有心眼儿，大学没毕业呢，就知道在城里找个对象，成小鹏那小伙子多好啊，长得里顺条扬的，我一看就喜欢，不像八月，对象对象不知道找，还非得办什么养猪场。"

杨立本说："原来你说那个高海林送八月走，我还真没往心里去。可通过高海林给咱们家干活，我了解到了，高海林那小子，眼眶子也挺高，一般闺女也看不上眼儿！"

八月妈说："他眼眶子咋高，也高不到哪去，文化程度不行。"

杨立本说："你是不知道哇，人家海林子大学也快毕业了！"

八月妈说："别扯了，他念啥大学了，'家里蹲'大学啊？"

杨立本说："人家是在网络上，接受的远程教育，再有几科一考完，人家也就是大学本科生了。"

八月妈说："他本不本科生的，我不稀罕！我肯定不能同意咱家八月跟他处对象，你有时间的话，跟八月下下毛毛雨，八月这姑娘是怎么回事呢？照着正常人，两股劲儿。"

这时候，春龙妈推开院门走进来了，说："立本啊，正好你们两口子都在呢。"

八月妈说："春龙妈，你咋来啦？"

春龙妈说："大妹子，你说这山不转水转的，做梦都没想到，转来转去的，咱们两家还转出亲戚来了，我们家彩云和你们家九月这要是都结了婚了，不就都成妯娌了吗？"

八月妈说："可不是咋的，我也是刚才才知道！我们家九月啊，来电话就说东说西，扯闲道淡的，可和成小鹏处对象的事儿，牙缝儿也没跟我们欠过呀。"

春龙妈说："我一寻思，你们家这边也得预备饭菜的事儿，我就来了，咱们两家得商量商量啊，不能整撞车了吧？"

八月妈说："哎呀，可不是咋的，咱们是得岔乎开，不然这两家都做饭菜，这咋行呢？"

春龙妈说："大妹子，既然都不是外人了，你看这么着行不行，中午啊，你们就都过到我们家那边去，等晚上，再让苏教授他们到你们家这边来。"

八月妈在旁边看看春龙妈："要不我说还有一个办法，咱们两家啊，该准备都准备，文丽呢，赶到谁家，就在谁家吃得了。"

春龙妈说："大妹子啊，你要这么说，那文丽肯定得先到你们家吃了，你们是村主任家呀！"

杨立本对八月妈说："我说啊，就按春龙妈说的办吧，谁家先安排后安排的能怎么着？先让文丽到他们那边去吃吧，咱们啥时候安排都行。"

春龙妈："那就好办了，一会儿中午你们也都过到那边去啊。"

杨立本说："我们就别过去了，一大堆人，话也说不透。"

春龙妈说："那人多，不是热闹吗？"

八月妈说："想热闹，啥时候不能热闹啊，吃完了饭再热闹呗，我们就不过去了。"

春龙妈说："你看看，我寻思先过来跟你们说一声，怕你们这边做饭，结果你们还不过去，那行吧，就各家请各家的吧！"说完，走了。

24. 樱桃妈家

樱桃妈一边绣着花鞋垫儿，一边流着眼泪。

那位中年女人也在那里绣着鞋垫儿，就说："大姐啊，你今儿个这是咋啦，是惦记樱桃了还是咋的？"

樱桃妈摇摇头说："没事儿！大姐就是心里憋闷，哭哭还能舒畅点儿！"说着擦拭了一下眼泪。

那位中年女人感到有些奇怪，说："大姐啊，你到底是咋啦？"

樱桃妈抬起头来，叹了口长气，说："人啊，在世上活着，也真难，十件事儿里头有一半难如意，碰上如意的，还不一定能不能抓住机会！"

那位中年女人眨着眼，说："大姐啊，我听你这话头，是不是说你和德万大哥的事儿啊？"

樱桃妈眼圈更红了，说："大妹子，你有所不知，我和德万大哥的事儿，不行了。德万大哥跟我说了，想让我和春龙妈她家的大哥成一家人呢。"

那中年女人说："是吗？德万大哥怎么这么说话呢？大姐，通过咱们姐俩在一起这么些天，我也快成你肚子里的虫了，你咋想的，我都知道，没事儿，你别着急，有时间我跟德万大哥好好给你们说说。"

樱桃妈停止了哭泣说："大妹子，不管你和德万大哥能把我们的事儿说成啥样，今天你能说出这番话来，说明咱们姐俩没白处！交人，还得交你这样的姐妹！"

25．县城

李大翠、秋水手里拎着一些衣服啥的，站在那个半截子车前。

关小手没拿什么东西，背着手，在车前焦急地走来走去，他说："这小子，哪有这么不懂事的呢？把咱们扔在这块儿，他没影子了，还得让咱们在这儿等他，这也太不像话了。"

李大翠说："你看你急个啥劲呢？他不管上哪儿去了，一会儿还能不回来嘛，咱站这儿等一会儿怕啥？就当了看街头风景了！"说完，拿眼睛看看秋水。

秋水给她妈使个眼色，意思是说：说得对。

关小手又说："等一会儿倒没啥，可我觉得这小子，自打那场二人转演成功了，就有点儿添毛病了，好像自己有啥了不起了似的。这把咱们撂到这儿了，他心里还有咱们这师父师娘的吗？"

秋水说："爸呀，他肯定是有事儿去了，你别着急了行不行？你是渴了还是饿了，你要是渴了，我给你买饮料去，你要是饿了，我领你吃饭去。"

李大翠说："可不是咋的，本来在这儿等人，心就挺着急的，你一闹腾，心更烦了。"

关小手蹲在地上说："行了，实在没啥事儿干，我抽根烟吧。"

李大翠说："你不是不抽烟嘛，从哪儿来的烟呢？"

关小手说："到春龙那演戏，那人家给我这根烟，我不是一直没抽，装在挎兜里了吗？"说着，掏出一根烟，和迎面走来的人说："师傅，能对个火不？"

那个人打着了打火机，给他点着了烟。

关小手蹲在地上抽着烟，说："我这根烟抽完了，他要再不回来，他这个车我就不坐了，咱们打出租车回村子。"

正在这个时候，"小鞭杆子"连跑带颠地跑回来了："哎呀，师父，我没想到你们这么早就逛完了，叫你们久等了！"

关小手站起来，扔掉手里烟头，说："没久等，是等久了！"说着用脚拧灭了烟头。

"小鞭杆子"说："师父、师娘，你们快上车吧。"

关小手说："算你小子走运，要是我这根烟真抽完了，你这车我们就不坐了，自己打'的'回去了。"

"小鞭杆子"把一大沓科技信息单放在车前面的台板上说："哎呀，对不起了，师父，今儿个这事儿都怨我。"

关小手进了驾驶室，看着那些科技信息单说："整些啥玩意啊，这是，花花绿绿的？"

"小鞭杆子"一边往前开着车,一边说:"师父啊,我是上县里农业科学技术推广站去了,咨询咨询农业科技信息的事儿。"

"关小手说:"你整这玩意干啥?"

"小鞭杆子"说:"师父、师娘,秋水我们俩合计了,我们俩也得干点事儿,利用咱们常往县城来来往往的优势,将来在咱们村,办起一个农业科技信息站来,给大家多提供一点致富信息。"

关小手一听,说:"哎呀,这是好事儿呀,看来我是错怪你小子了。"

李大翠笑着说:"金宝,你师父那个人,就是喜欢不问青红皂白地,轻易给别人下结论。"

"小鞭杆子"笑着说:"没事儿,到任何时候,我师父说的都是对的!我师父就是说错了,那我也不能说是我师父说错了啊。"

关小手说:"这啥话呢?把我比作唐僧了?谁错就是谁错了,刚才就是我错了。"

"小鞭杆子"说:"你看,我师父刚才错的,可是这一认错,我师父还是对的!"

关小手笑着说:"你小子啊,不愧是个捧哏的,知道什么时候怎么捧你师父!"

(第二十一集完)

第二十二集

1. 柳茂祥家

春龙妈屋里屋外地忙着。

柳茂祥则和春龙两个在院门口,用一个小推车拉来的沙土,垫着路。

柳茂祥对春龙说:"得回是没下秋雨,不然的话,你苏阿姨他们到咱家来,就得走泥道过来!"

春龙说:"爸,我看别人家门口的路,有不少都铺上混凝土了,咱们家的怎么没铺啊?"

柳茂祥说:"这话你可别问我,问你妈去!你妈那人,老觉得自己会算计,会过日子,该花的钱在手里攥出汗来也不想花,这些年,我也没看见咱家比别人家富到哪儿去。"

这时候,春龙妈端着一盆脏水,到院外来倒,说:"你瞅瞅你们,干活也不找个时候,我这一个人都忙得腿肚子转筋了,你们也不说帮着我干点儿啥,垫什么路呢?"

柳茂祥说:"你要是早就同意,把咱们家门口的路都修成混凝土的,我们何必这时候忙呢?"

春龙妈看看,面带愠色,转身进院了。

隔院儿,酒仙儿妻跟她打着招呼:"大嫂!你看把你忙的,都赶上给孩子办喜事那么忙了。"

春龙妈说:"哎呀,这不亲家母从省城过来了,咱们能说不整点儿像样的饭菜吗?忙点儿不也高兴嘛!"

酒仙儿妻说:"大嫂啊,我瞅你一个人有点儿忙不过来,用不用我过去帮你搭把手?"

春龙妈说:"淑芬哪,我看今儿个你还真得帮帮我!"

酒仙儿妻说:"我过去!"

春龙妈说:"你不用过来,你家不是有那沼气炉盘么,一会儿你就帮我在那边炒几个菜，不然我这边一个人，又是忙着炒菜，又是忙着抱柴火、添柴火的，真是有点儿忙得转不过身来。"

酒仙儿妻说："行，嫂子，一会儿你就把要炒的菜都拿过来，我们这边火快。"

2. 村委会院里

苏文丽、成大鹏、彩云、成小鹏、九月他们都在这里，一起看着院子里的松花江浪木。

苏文丽夸赞说："大鹏啊，你们这些浪木，是从哪儿弄来的？我们在这儿的时候，怎么不知道有这玩意儿？"

大鹏说："妈，你们在村里的时候，肯定是没沿着松花江边上往上游走，江两边的浪木，正经不少呢！妈，你这次回来，能待几天吗，有时间我领你到上游看看去。"

苏文丽说："看着你们雕刻这些浪木，我突然想起一句话来！"

成小鹏在旁边插话说："呀！妈要说名言了吧？"

苏文丽笑着说："不是什么名言，是'化腐朽为神奇'！过去这些浪木啊，没人拿它当回事，慢慢地，风吹雨淋日头晒，再加上江水泡，慢慢都烂掉了。现在人们才发现了它的价值，还开发出这么好的艺术品来了。"

成大鹏说："妈，你说得没错，许多过去那些年我们忽视了的、没有开发出来的东西，现在都开发出来了，废物都成了宝物，过去看上去没有用的东西，现在都成了社会的宝贵财富。"

3. 酒仙儿家院里

酒仙儿妻把那个沼气炉盘已经引到了院子里。

她炒好了一盘菜，隔墙递给春龙妈。

春龙妈说："哎呀，你家这火是真快！看来啊，我们家的沼气池也真得改造啦！"

酒仙儿妻说："大嫂啊，该改就改吧，你别舍不得花那点儿钱，这钱不白花。"

春龙妈笑着说："弟妹呀，你嫂子我这个人啊，从来是不见真佛不烧香，可要真见着这玩意好啦，我也就真不会心疼那点儿钱！这个事儿等把客人打点走，肯定办了！"

4. 杨八月家

杨立本和八月妈正在那儿泡木耳、蘑菇什么的。

八月妈对杨立本说："春龙妈这个人啊，什么事儿都想咬个尖儿！文丽来了，照实说，两家都是儿女亲家，谁家先请，谁家后请的，能怎么的？可她这也要抢个先，生怕请到咱们家后边。"

杨立本说："哎呀，文丽那人虽然说好多年没见着了，可她也不是外人，他们家愿意先请，就让他们先请吧，咱们晚上请不一样吗？都是鸡毛蒜皮的小事儿，可别跟她计较。"

八月妈说："哼，春龙妈肚子里的那些花花心眼儿子，比筛子眼儿都多，我还不知道她心里咋想的？她不光是要抢先请文丽吃饭，是要抢先把能做的菜都做了，让我晚上这顿饭的菜不好做。"

杨立本说："哎呀，你们女人家就是心眼儿小，净往那犄角旮旯的地方想！人家就是到咱两家来吃个饭，我看咱也不用跟谁比，也别讲那排场，弄个差不多就行。"

八月妈说："这话叫你说的，咱家办着山货庄呢，想吃啥山货没有？晚上，我一定把山货和江鱼江虾啥的好好做做，我就不信，咱们家的饭菜花样比不上她家！"

杨立本说:"谁知道你们咋想的,比那玩意干啥?各人家请各人家的客,不就完了嘛!"

八月妈说:"都是儿女亲家,咱又是村主任家,这个脸儿我得要,别看请客让她抢先了,可后头的好戏还得看我的。"

杨立本说:"行啊,你是咱们家内当家的,这些事儿你就去弄吧,我不掺言。"

这时候,八月从屋里拿出两件羊毛衫来,说:"爸,妈,眼瞅着天快凉了,我从省城给你们买回两件羊毛衫来,你们看好不?"

八月妈说:"哎呀,没看我们正忙着的吗,手都占着呢,哪能试这衣服?先拿屋去吧!"

八月说:"妈,人家大老远买回来的,你们不穿上试,在身上比试比试还不行啊?"说着,把其中一件递给杨立本说:"爸,你先比试比试。"说完,她又拿着另外一件羊毛衫贴在了八月妈的后背上,比量着大小,说:"爸,你那个合身不?我妈这个正合适。"

杨立本也只是拿在身体上面比量比量,说:"合适!先放起来吧。"

八月说:"放起来干什么啊,现在你们穿这个不正是时候吗?"

杨立本笑着说:"不是说不是时候,是觉得这么好的衣服,有点儿舍不得。"

八月说:"衣服给你们买回来,就是穿的,该穿你们就穿,正好苏阿姨也来了,你们都穿得精神点儿,多好啊!"

八月妈说:"行了,先拿回屋去吧,我们穿!"

八月把衣服拿回屋去了。

八月妈小声对杨立本说:"咱们八月啊,哪块儿都好,心里头也是知道疼咱们!就是那个认准一条道跑到黑的犟劲儿,不随我心!"

5. 县城通往镇子的路上

"小鞭杆子"开着半截子车,问关小手和李大翠:"师父、师娘,眼瞅着快到中午了,这路两边的饭店有的是,都挺好吃的,咱们是随便找一家吃吃,还是怎么的?"

李大翠说:"金宝啊,这事儿你就不用问我们俩了,你就说了算吧,看见哪家饭店门脸儿大点儿的,停车多的,你就把车停那儿!"

关小手对李大翠说:"怎么能在道边上的饭店吃饭呢,不行。"

李大翠说:"不就吃个饭嘛,在哪儿吃不行啊?"

关小手说:"你知道个啥,金宝,你把车给我直接开到镇子上去,吃饭的事儿,到镇子上再说。"

"小鞭杆子"说:"师父,到了镇子上,可就晌午了。"

关小手说:"晌午不晌午的,也得到镇子上去,我有事儿。"

秋水说:"爸呀,你这么着急到镇子上有啥事儿啊?"

关小手说:"柳茂财、春虎和樱桃都在镇子上做工呢,正好路过,我想去看看他们去!"

李大翠说:"哎哟,我还以为你有什么急事呢?看他们,吃完了饭,去看不也一样吗?"

关小手说:"你呀,啥也不明白!就知道跟着瞎掺和!人家春虎马上就要在镇子里开鞋店了,开鞋店不得搞开业庆典吗?这对于咱们小剧团来说,不也是一个机会吗?"

秋水说:"我说的嘛,我爸原来是着急找人家去揽活儿啊!"

李大翠说:"揽活儿也不用这么着急啊?"

关小手说:"你知道啥?镇上的小剧团,不止咱们一家,说不定晚到一步,活就飞了！我寻思早点赶到镇子上，要是人家没吃饭呢，咱们就找着他们吃个饭，那接下来的话，不就好说了吗？"

"小鞭杆子"说："我说的嘛，刚才我还纳闷呢，在县里怎么没吃中午饭，就着急忙慌地往回赶呢？这回我知道了，师父，你着急，我就多加两脚油，争取快点儿到镇子上。"

李大翠说："金宝，你不用开那么快，安全第一！"

"小鞭杆子"说："阿姨，你就放心吧。"

这辆半截子车在公路上驶过。

6. 柳茂祥家

院里的饭桌上，摆了很多菜肴。

柳茂祥、苏文丽、春龙、大鹏、彩云、小鹏、九月，都坐在桌边上吃着饭。

苏文丽一边吃着，一边说："又吃着村子里的饭了，城里有不少饭店也经营乡村菜，可是吃起来，还是跟这儿的菜的味道不一样！还是咱这儿的菜味儿地道！"

茂祥说："农村的大锅里做出的菜，可赶不上城里厨师的手艺！管做好做赖的，你们可吃饱啊！"

墙边上，春龙妈正从酒仙儿妻手里接过一盘菜来。

春龙妈小声地对酒仙儿妻说："淑芬哪，今儿个可多亏了你帮嫂子忙了，你也过来吃吧？"

酒仙儿妻说："嫂子，咱们还客气啥呀？你们就照顾好他们吧，有用得着我的地方，就吱声。"

春龙妈把那盘菜端上桌去。

苏文丽说："哎呀，大姐呀，你可别忙活儿了，快点坐下吃饭吧。"又冲着隔院的酒仙儿妻说："还有淑芬二嫂，也一起过来吃点吧！"

酒仙儿妻说："文丽啊，你们就吃你们的吧！我一个人的饭菜，还不好拾掇的？扒拉个菜，眨眼之时就熟！"

春龙妈一边用围裙擦着手，一边笑着说："你看看，也没啥做的，都是农家饭菜。"

成小鹏说："阿姨呀，你还说没啥做的，这桌子上的菜都摆满了，我都不知道先吃哪个了。"

春龙妈对小鹏说："你们吃啊，这都是笨猪肉、笨鸡蛋、咸鸭蛋也都是咱们家自己的鸭子下的，自己腌的。"

九月说："我看哪，阿姨这是给我家出了一道考题，我们家真不道该拿什么招待苏阿姨了。"

苏文丽说："哎呀，就是吃个饭，菜弄得太复杂了！"

成小鹏说："阿姨啊，你快坐下吃饭吧。"

春龙妈一边坐下一边对九月说："哎呀，九月啊，你可是有年头没端过我们家的饭碗了，你可多吃点儿啊！"

九月矜持一笑，说："我是不会客气的，客气我就不来了。"

7. 樱桃妈家

院里，高德万还在窗下做着家具。

樱桃妈从窗子里喊他："大哥呀，先别干了，进屋吃口饭吧。"

高德万说："饭，我就不吃了，这活儿也没多少了，马上就快都做完了，一会儿，我回家吃去。"

樱桃妈听到这话，神色有些黯然。

和樱桃妈站在一起的那位中年女人，从屋里走出来，对高德万小声说："大哥，你过来。"

高德万抬眼看看，放下了手里的活计，说："什么事儿？有话就在这儿说吧。"

那位中年女人冲他招招手说："你过来，你过来！"

高德万只好放下手里的活计，走到那个中年女人跟前，说："说吧，什么事儿？"

那位中年女人说："大哥啊，你跟樱桃妈说啥话了，弄得我那大姐她眼泪泡心的？"

高德万说："啊，你别问了，我没说啥。"

那位中年女人说："大哥，你怎么能是没说啥呢？你肯定是跟她说啥了！"

高德万想了想说："大妹子，难得你关心我们两个人的事儿，可是啊，我们两个人的事儿成不了。"

那个女人说："大哥啊，事在人为！我看这个事儿，就看你们两个人想怎么办了，你们两个人要是都想成，那有什么成不了的？"

高德万说："大妹子，事不在这儿明摆着呢吗？德千媳妇是我兄弟媳妇，这要是没人给她介绍别人，我们俩之间的事儿，还有余地。这有人在中间给她介绍别人，我这当哥的，能说非得娶她吗？这要是传开了，叫大家伙儿怎么看我高德万？不行，我早就想明白了。大妹子，你呀，就别再帮着撺掇这事儿了。"

那位中年女人说："德万大哥啊，原来我一直觉得你还是条汉子，可从你今天说出这个话啊，我看你啊，连个女人都不如！别看你长得人高马大的，我不佩服你！"说完，从院子里走了。

屋里，樱桃妈一直在门口听着他们两个人的谈话，眼里汪了太多太多的泪。

8. 镇子

半截子车停在了街道旁。

关小手、李大翠、秋水、"小鞭杆子"都从车上下来了。

"小鞭杆子"和秋水走到樱桃那个摊边上去了。

"小鞭杆子"说："樱桃啊，鞋店的事儿，弄得怎么样啦？啥时候开业啊？"

樱桃妈说："明天！"

秋水说："樱桃啊，你从哪整的这么双红皮鞋穿上了呢？真带劲儿，要是光看你的脚，不往上边看，还以为是新娘子的脚呢！"

樱桃说："这都是春虎让我穿的，在街头做广告呢，你还别说，不少人还都看中我这双鞋了，给春虎招徕了不少生意！"

那边关小手和李大翠走到酒仙儿的鞋摊前。

酒仙儿正戴着老花镜在专心致志地掌鞋。

关小手走到摊前，故意使着粗声，逗酒仙儿说："老师傅，给掌个鞋行不？"

酒仙儿吓了一跳，一边抬头，一边说："妈呀，谁嗓门这么粗啊？这是人说话的动静吗？"

关小手说："你看你，这不是人是啥啊？"

酒仙儿说："哎呀妈呀，原来是你们俩，把我吓一跳！我还寻思是老牛跑到我跟前说话来了呢，你们咋来啦？"

关小手说："上县里办事儿去了，特意到这儿来看看你。"

酒仙儿说："那上县城都回来啦？"

关小手说:"早上走得早,为了赶道就回来了!茂财大哥,你吃饭没呢?"
酒仙儿说:"没呢。"
李大翠说:"正好!你关老弟说要请你去吃个饭!"
酒仙儿说:"那扯啥呢?你们上镇子看我来了,能用你们请我吃饭吗?要请,也得是我请你们啊,可我得跟你们说下,没看我这正忙着呢吗?倒不出工夫吃饭!就是在樱桃那煎饼摊上,整两张煎饼卷点菜,吃一口就得了,还不耽误活儿。"
关小手说:"茂财大哥,别财迷!吃饭这工夫,耽误不了多少钱,走吧。"
酒仙儿说:"你可说错了,不是财迷不财迷的事儿,是我刚学会掌鞋,干上瘾啦!心里想停下来歇歇,可这手停不下来啊,你说这手吧,都有一点儿不听话了,自己就想干活!"
关小手笑了,说:"看来这手都不是你的手了!你真不去啊?"
酒仙儿说:"不去了,等哪天我有空的时候,我请你们吧。"突然,他好像想起了什么,说:"哎,对了,我好像听春虎叨咕,说是我们家的鞋店,明天开业,还想请你们这个小剧团过来演节目呢,你们没接着电话吗?"
李大翠说:"这不上县里去了吗,刚回来,就是打了电话接不着啊。"
关小手说:"哎呀,你们家鞋店开业,这可是个大事儿,那咱们得好好热闹热闹,我们回去得好好准备点儿节目。"
酒仙儿说:"关老弟,咱们可把话说明白啊,这些事儿都是春虎办的,我这个当老子的,不能干涉儿子的事儿,请不请你们来,什么时候来,给你们多少钱,这个事儿你们还得跟他说。"
李大翠说:"哎呀,赖不上你啊,你就是不给钱,我们过来演点儿节目,助助兴,咋啦?"
酒仙儿说:"你们那个小剧团是咋回事儿,我知道,那不是营业性的吗?你们靠这玩意吃饭呢。你们来演节目,咱们能说不给钱吗?"
这时候,春虎西装革履的,头发也都弄得挺有型,走到了樱桃的摊前。
"小鞭杆子"一见,惊讶地说:"呀呀,我当是谁呢,这是春虎啊!"
秋水说:"哎呀,我也没看出来,这春虎咋变成这样了呢?"
春虎笑着说:"刚去办全了营业手续,金宝哥、秋水姐,你们啥时候来的啊?"
秋水说:"刚到!"
"小鞭杆子"说:"哎,春虎,是用我租给你们的地方开的鞋店吧?"
春虎说:"那是,哎呀,金宝哥啊,真得谢谢你,要不是你租给我们房子,我们还真想不起办这个鞋店呢。"
"小鞭杆子"说:"哎呀,这客气啥?我不帮你们,也有人帮你们,花钱还能租不到房子啊?"
春虎说:"那可不一样,租你的房子,价钱不高,我们觉得心里踏实。"他往酒仙儿鞋摊那边看看说:"哎呀,关叔和李姨也来了。"说着,他走了过去。
"小鞭杆子"和秋水跟樱桃打了招呼,也跟过来了。
春虎走到关小手和李大翠跟前伸出手来说:"关叔,李姨。"
关小手没跟春虎伸手,而是上下左右地打量着春虎,说:"这是谁啊,我怎么有点儿认不出来了呢?"
酒仙儿说:"你好好看看吧,这就是我们家鞋店的小老板。"
关小手伸出手一边握着春虎的手,一边拍着春虎的肩膀说:"春虎啊,看来你和樱桃俩到镇子上打工是对了,这才出来多长时间哪,你由一个村里的人,摇身一变,就变镇上鞋店的小老板了，关叔佩服你！"

　　李大翠在旁边对酒仙儿说："啧啧，你看春虎出息的，山中无老虎，出息了个豹！"

　　酒仙儿说："这才哪儿到哪儿，我们家春虎，才把事业刚干起来，就好像东边的太阳刚出山似的，现在你们看着就觉得晃眼睛了，那以后呢，等越升越高的时候，那你们就更得扬脖看我们家春虎了。"

　　春虎说："爸，都是乡里乡亲的，你说啥呢？关叔李姨，我正找你们呢。"

　　关小手说："是不是明天鞋店要开业的事儿？"

　　春虎说："对呀，这么大个事儿，你们那小剧团不来演出哪行呢，那也不热闹呀。"

　　关小手说："你看，我都想到了，但不知道你是明天开业，行了，你关叔我们明天肯定来。"

　　春虎说："关叔啊，可咱们有言在先，你们来演出，一场多少钱，该怎么收就怎么收啊！"

　　酒仙儿在旁边插话说："春虎啊，你跟你关叔他们说这个干啥？你关叔他们，来给咱们家演出，你不说，他都得给咱们打折！"

　　春虎说："打啥折啊？总共也没多少钱，再说我关叔、李姨他们演出节目也不容易，关叔啊，折就不用打了，到时候你们能来捧个场，就是帮我们忙啦。"

　　酒仙儿说："春虎啊，你的鞋店还没开业呢，你还没挣着大钱呢，你关叔他们要打折，那就打呗。"

　　春虎说："爸，你别说了，关叔和李姨啥时候说打折的事儿了，都是你说的。"

　　酒仙儿说："你关叔和李姨是啥人我不知道吗？我说出来的话，也都是他们心里想的，别看他们嘴上没说，关老弟，你说是不？"

　　关小手笑笑说："听春虎的吧，春虎咋说就咋是。"

　　酒仙儿说："关老弟啊，你就别让春虎说了，你就说个折扣数得了。"

　　李大翠说："行了，茂财哥，这个事儿我们跟春虎定吧，你啊，就掌你的鞋吧。"

　　酒仙儿说："这啥话呢，好像我就是个鞋匠，不是春虎的爸似的，别看他当了鞋店小老板，到任何时候我也是他老子！"

　　春虎说："爸呀，这些细事儿，你就别在这掺和了，我请我关叔李姨他们，到道边上的小店吃个饭去。"

　　酒仙儿说："咋还你请呢？刚才你关叔和李姨，可说是要请我吃饭来着。"

　　关小手说："哎呀，不就一顿饭嘛，我们请了，走吧。"

　　酒仙儿说："行了，那我也跟着你们去吧，这顿饭要是不吃，好像我不给你们面子似的。"他冲樱桃那边喊着："樱桃啊，看着这摊儿啊！"

　　樱桃那边应声。

　　酒仙儿跟着他们一起走了。

9. 小学校的教室门口

　　那位中年妇女正和高甜草说话。

　　甜草说："阿姨啊，谢谢你，你说的事儿，我都知道了，你告诉我二婶，先别心急，回头我再和我爸好好说。"

　　那位中年女人说："甜草啊，你可真得跟你爸好好说，他要是这么办，那就太伤你二婶的心了，你说咱们哪能眼睁睁地看着他们一对好姻缘成不了，就这么活活地散了呢？"

　　甜草说："阿姨，谢谢你的好心，你放心，该做的工作，我肯定做到。"

那位中年女人说:"那就行啦,我就回了啊!"
甜草往学校门外送着那位中年女人。

10. 樱桃妈家
那位中年女人和樱桃妈正在说话。
樱桃妈呢,眼里汪着泪,绣着花,泪水滴落在刺绣的花朵上面。
那位中年女人劝慰樱桃妈说:"大姐啊,你别难心了,因为这事儿,我都找了甜草了!甜草说她找她爸说去,我看这个事儿啊,说不定德万大哥那边还会有新的说法呢,你啊,就别着急了。"
樱桃妈对那位中年女人说:"大妹子,本来因为这事儿,我心里就窝着一股火,再看到你德万大哥,在那吭哧吭哧干活儿,连口饭也不吃,我这心里就更难受了!我知道他心里也窝着火呢,看着他这个样子,我就更上火了。"
那位中年女人说:"大姐啊,饭菜在哪儿呢?我给他送过去。"
樱桃妈说:"都在锅里热着呢。"
那位中年女人说:"好,我来。"说着,她到外屋的锅里取出了饭菜,端出了屋。
屋外,高德万一脸沉重的心思,做着活计。
那位中年女人把饭菜端到他跟前,说:"大哥呀,人是铁,饭是钢,一顿不吃饿得慌,你这光干活儿,不吃饭哪行?"
高德万看看那位中年女人说:"没剩多少活儿了,一会儿就干完了,干活儿的人哪能跟饭较劲?"
那位中年女人说:"德万大哥啊,你怎么这么不了解樱桃妈的心呢?,她把饭给你做好了,你不吃一口,她心里能得劲吗?"
高德万眨了眨眼睛,仿佛有泪光,却咬咬牙,甩出一句话:"你把饭菜都端回去吧,我一会儿就干完活儿了,回家吃。"
那位中年女人只好把饭菜放在了窗台上,说:"德万大哥,饭菜我就给你在这儿了,吃不吃就在凭你了。"
高德万继续干着活儿,眼里有泪,无声地淌下来。
这个时候,樱桃妈忽地把门推开了,说:"大哥!那饭你可以不吃,你住手吧!我家的活儿也不用你干了!"
高德万呢,听了这话,略微踌躇了一下,既而又在干着活儿,他的眼里,还是淌着无声的泪!

11. 关小手家
"小鞭杆子"开着的半截子车停在了院外。
屋里,关小手、李大翠、"小鞭杆子"、秋水都在。
李大翠在往"小鞭杆子"身上比量着衣服说:"金宝啊,这几件衣服,都是给你买的,一会儿都拿到你那边去吧。"
"小鞭杆子"说:"阿姨啊,你看你和我师父,总在心里惦记着我。"
李大翠说:"这你和秋水的关系也都明确了,也不是外人了,我们不关心你,关心谁啊?"
"小鞭杆子"说:"师娘,从小到大我就没人疼我,没有享受过父爱母爱的,一看你们都对我这么好,我这心里头,就老感动了。"
关小手说:"你不用感谢我们,你就把你那份感动都化作对我们家秋水好的动力,就行了。"

　　"小鞭杆子"说："师父师娘对我这么好，秋水对我，那就更不用说了！那我对秋水要是不好，不是丧良心吗？天上打雷都得往我脑瓜子顶上劈！"

　　李大翠说："行了，你咋能说这话呢。"

　　"小鞭杆子"说："我这也是变相起个誓，师父、师娘，你们放心，你们把秋水这一辈子托付到我身上了，我肯定一辈子对她好，不让你们后悔！"

　　关小手说："别说这些话了，誓言都是写在水上的，今后主要就是看你行动了，你怎么对秋水，你自己看着办吧，我们当老人的，也只能是尽到这一份心，太多的我们也管不了。哎，你们两个收拾收拾，就赶快到你大姑家去吧，看看他们有什么忙需要你们帮的，就帮着忙活儿忙活儿，他家来客人了。"

　　"小鞭杆子"说："秋水，咱们走吧。"

　　秋水帮"小鞭杆子"拿着衣服，两个人出了门，上了车，"小鞭杆子"开着走了。

　　屋里，关小手一边往屋外看着"小鞭杆子"和秋水的背影，一边对李大翠说："这小子，我原来还没看出他有这么大的道行，还要办科技信息站，这小子，还挺有正事儿的呢。"

　　李大翠说："我看啊，咱们对这个未来的女婿，还是没看走眼，他不光有情有义的，脑袋瓜也够用，知道想干点儿事业，这就不容易，不像你除了会唱两口'二人转'，在孩子们面前端个架子，还有啥能耐？"

　　关小手说："你这是说的什么话呢？你还想让我咋有能耐啊？在咱们这村里，咱这也算是文化致富户吧？再说了，咱们这未来的女婿再有能耐，不也是他追咱们家秋水的吗？什么是人生最重要的作品？对于我来说，秋水就是！"

　　李大翠说："哎呀，你可真能联系，那看来人家将来把科技信息站办起来，那功劳也都有你一份呗。"

　　关小手说："当然！"

　　李大翠说："得了吧，有能耐自己干点事儿试试，跟着孩子们沾点儿光，那算啥能耐？"

　　关小手说："咱们自己的事儿没做吗？八月办猪场，咱们没给拿过钱吗，那不也算入了股了吗？"

　　李大翠说："那才拿了多点儿钱呢？钱拿得少，将来就是赶上分红，也分不了几个钱。"

　　关小手说："别说，你说的这话，倒还提醒了我，咱们还真得去找八月问问，她拿10万元办猪场，咱们不说和她半对半地拿，最起码也得让咱们占个三分之一的股份啊，你说行不行？"

　　李大翠说："那有啥不行的，眼瞅着八月办那个养猪场，就是个挣钱的事儿。"

　　关小手说："咱们是投资入股，不能光想着挣钱，得跟八月签协议，共同承担风险。"

　　李大翠说："我原来说跟姐他们一起办山货庄，你不干，非要把钱投到这养猪场上，要是投资有啥风险，那也是你做的这个决定，造成的风险，也得你承担。"

　　关小手说："入股山货庄是没啥风险，可是那能挣多少钱？投资这个养猪场，能有啥风险？除非是猪意外得病了，不然的话，不会有啥风险，这事儿你就信我的吧，有风险我担着。"

12. 杨立本家

杨立本、八月妈、八月都在忙着。

"小鞭杆子"和秋水走进院来。

秋水说:"大姑,晚上要请客啊,我们来帮忙来了。"

八月妈说:"你们这么快就回来啦?那就洗洗手,帮着择木耳吧。"

秋水和"小鞭杆子"洗了洗手,就去帮着择木耳。

"小鞭杆子"一边摘着木耳,一边对八月妈说:"大姑啊,我和秋水想跟你说件事儿。"

八月妈说:"啥事儿啊?"

"小鞭杆子"说:"我们看咱那山货庄屋子也挺大的,平时小宗的买卖也不多,想在那屋里租出一小块儿地方来,办个科技信息服务台,你看行不行?"

八月妈说:"什么科技信息服务台啊,咱们开山货庄的,整那玩意干啥啊?我没听明白你们说啥?"

秋水说:"大姑,就是在山货庄里边租一个柜台,给你钱,我们就利用这块地方呢,推广一些科技信息,收一点儿信息咨询费。"

八月妈说:"你们那个科技信息都是啥信息啊?"

"小鞭杆子"说:"都是关于咱们农村的这点事儿呗,土里长的,家里养的,再没啥了。"

八月妈说:"我听明白了,你们俩是要在我这个山货庄里,另起炉灶干点儿别的事儿,是不是?"

"小鞭杆子"说:"大姑,我们是利用业余时间!"

八月妈说:"我看你们俩啊,在我这儿干着干着不着调了,你们把这个科技信息服务台,弄到我这儿来了,整得我这个山货庄不成了'四不像'了?不行!你们要干那,就别在我这儿干这,要在我这儿干这,就别去干那。"

秋水说:"大姑啊,我们保证不耽误山货庄里的事儿,还不行吗?"

八月妈说:"说是不耽误,那一心不可二用,那像小猫钓鱼似的,一会儿扑蝴蝶,一会儿捉蜻蜓的,那不什么事儿都耽误了吗?"

这时候,八月在旁边说:"妈,我看他们两个要做的这个事儿,如果不影响山货庄的工作,你也别限制那么严。爸,你说让他们把科技信息服务台,放到村里的文化书屋去行不行?"

杨立本说:"文化书屋是大家伙儿看书学习,寻找致富门路的地方,他们搞这个科技信息倒是对头,可是要收咨询费,这个事儿就有点儿麻烦了。"

秋水说:"我们租村上多大的地方,也不白租,我们给租金。"

杨立本说:"那也得村委会商量商量才能定。这个事儿我不能自己说了算,尤其又是你们的事儿。"

八月对杨立本说:"爸,那你们就给研究研究呗。"

八月妈说:"八月啊,别属穆桂英的,阵阵落不下,哪都有你!"

八月看了妈一眼,说:"人家两个人干的事儿是好事儿。这不就得支持嘛!"

八月妈不满意地看了八月一眼。

这个时候,关小手和李大翠走进院来。

李大翠说:"姐啊,我们来了。"

杨立本说:"你们来得正好,俩孩子正跟你姐说要办科技信息站的事儿呢。"

关小手说:"这事儿还用跟我姐说吗?我姐那么明白个人,还能不支持这事儿吗,是不？姐。"

八月妈说："我说，你们家的人都来了，到底是咋个意思啊？把话给我说清楚。"

李大翠说："咋了？姐。"

八月妈："金宝和秋水在我这儿干，我没让他们俩累着过吧？该给的工资钱，当姐的也没欠过他们吧？这怎么干得好好的，就吹喇叭扬脖起高调，又想起要办什么科技信息站来了呢？我把话放这，你们自己琢磨去，要在我这儿干，就在这儿好好干，不在这儿干，我也不强留，别整得一股肠子八下扯，人在我这儿干着活儿，心里想着别的事儿，弄得里一半，外一半的，我可受不了。"

关小手说："姐啊，你是不是把问题想严重了？俩孩子就是想在业余时间干点事儿，在你的山货庄里干活，是第一职业，那孩子谋个第二职业啥的，咱们不也应该支持吗？"

八月妈说："你们支持去吧，反正我要说的话都说完了。"

杨立本和八月给关小手、李大翠搬过凳子说："坐坐，你们坐。"

关小手说："我看都把姐惹得不高兴了，这还坐啥呀？行了，不坐了，姐啊，我们俩回去了啊。"说完，要往外走。

八月妈说："你看你们这是干啥？俩孩子的事儿也不是外人的事儿，我这当姑的还说不着啊？你们俩该坐，就坐你们的呗。"

关小手要走。

李大翠拉住关小手的手说："哎呀，大姐让咱们坐，咱们就坐会儿呗！"说着，使眼色让关小手坐下。

关小手坐下了。

八月给关小手和李大翠倒水。

关小手说："八月，舅问你，你那个养猪场的事儿，下一步咋整啊？"

八月说："马上就得进行圈棚改造，改造完了，就好抓猪了。"

关小手说："我和你舅妈俩商量了，准备在你那里边入三分之一的股份，什么时候用钱，我们就给你拿过去。"

八月妈一听这话，就说："弟呀！今天你们这是怎么啦？老的老，小的小的，都过来跟我较劲。"

关小手说："姐呀，明人不做暗事，纸里包不住火！从打八月回村办猪，我就看好了，这是个来钱道！比那山货庄挣钱！这也都不是外人，一天藏藏掖掖的干啥，干脆就实话实说得了！"

八月妈说："哼，早我就想，八月就是有你在后边支持！行，你这个舅舅当得好！将来八月在农村待一辈子，就得感谢你了！"

关小手站起来招呼着李大翠、"小鞭杆子"和秋水说："走吧，走吧，咱们都走吧，别在这儿碍我姐的眼了。"说着就走了。

杨立本说："哎呀，弟呀，你怎么还跟你姐生上气了呢？"

李大翠站起来说："姐，那我们俩就先回去了，让两个孩子先留在这儿吧，帮着你干点儿啥。"

八月妈摆摆手说："行了，行了，你们都走吧，该干吗干吗去，省着我一边干活，还得跟你们一边生着气。"

李大翠只好对"小鞭杆子"和秋水说："那就听你大姑的吧，你们两个先回山货庄吧，我回家了。"又对八月妈说："大姐啊，秋水爸是你亲弟弟，他就那脾气，你别跟他一样的啊，我走了。"说着走了。

杨立本对八月妈说："你看你，这整的是啥事儿呢？人家大人孩子好心好意地来了，你这不等于把人撵走了吗？"

八月妈说："这老的老小的小的，净跟我唱对台戏，我不撵他们，撵谁？"

这时候，高海林头顶着一个新饭桌子，从院门口进来，放在地下说："叔，婶，我给你们新打了个饭桌子，放哪？"

八月妈说："哎哟，这孩子的手这个快劲儿，怎么说修理饭桌没修理，反倒做出一个新的来呢？"

高海林说："我一寻思，那个旧饭桌子，也算是你们家的一个宝贝了，轻易还不能乱修，干脆就给你们做个新的得了。"

八月妈接过饭桌子说："海林子，你这个饭桌子做得好，不光是木工活计干得细，送来的也正是时候。要不然，我还寻思去找谁家借一个饭桌子过来呢，晚上请客吃饭，一个饭桌子，菜肯定摆不下。"

八月对高海林说："海林哥啊，我要对猪圈进行发酵床的改造，你们家锯末子刨花子啥的剩了有多少？"

高海林说："有哇，在那仓房里堆了满满一下子，你用那玩意干啥？"

八月说："你可都给我留好了，我有用。"

13. 高德万家

高德万闷坐在炕头上，一声不吭，在那想着心事。

甜草走进屋来，说："爸，我二婶家的活儿都干完了？"

高德万微微点点头。

甜草说："爸呀，你吃饭了吗？"

高德万说："你别管了，我不饿。"

甜草说："爸啊，不是我这当闺女的说你，你挺精明一个人，怎么净办糊涂事儿呢？春龙妈刚跟我二婶提出来，要把春龙的大舅介绍给我二婶，你马上就打退堂鼓，往二婶跟前推别人，这合适吗？"

高德万一脸无奈地说："合适也好，不合适也好，让我这当大哥的怎么办？我只能这么说，这么办。"

甜草说："春龙那个大舅你了解吗？"

高德万说："见过面，说不上了解。"

甜草说："你连了解都不了解人家，你怎么就能同意把他介绍给我二婶呢？我看哪，你对我二婶根本就不负责任，白瞎了我二婶对你的那一片心了。"

高德万听了，脸上的肌肉抽搐了一下说："甜草啊，这句话你说得在理！要是把一个人真介绍到你二婶跟前，是得了解了解这个人，最起码得是个正经人才行。"

甜草说："爸呀，对你跟我二婶的事儿，我可跟你说了不少回了，我哥呢，现在也不反对这事儿了，我看这个事儿咋办，爸你就自己拿主意吧。"

高德万说："甜草啊，爸问你，你和老柳家那个春龙的事儿，现在啥样儿啦？"

甜草说："啥啥样儿啊？不还是原来那个样吗？"

高德万说："我看着你们两个挺好的，又一起去买牛，又一起养牛，说说笑笑的，也挺合得来的。"

甜草："爸，我们之间就是一般朋友，说心里话，我也真配不上春龙哥，因此，我也没这方面去深想。"

高德万说："我看春龙妈就是一心想把那个，开小车的那个叫什么玲的介绍给春龙，爸爸说，你要是对春龙真有意思，该下手就下手。"

甜草说:"爸呀,我的事儿,你怎么知道给我出主意,轮到你自己的事儿就办不明白了呢?"

高德万说:"两回事儿啊,我和你二婶这是啥关系啊,那不是实实在在的亲戚吗?可你跟春龙不存在这些事儿,是正常的恋爱关系,我要是你,我啥也不怕!"

甜草听了爸的话,看看高德万,说:"反正事啊,都是旁观者清!"

14. 江边

成大鹏、彩云、成小鹏、九月,四个人在江边的小道上散步,江面上,跳动着午后斜阳的光芒。

成小鹏对成大鹏说:"哥呀,长这么大,我还是第一次看到松花江,松花江真是太美了。"

九月说:"小鹏,你觉得城里好,还是乡下好啊?"

成小鹏说:"我看城里有城里的好,乡下有乡下的好,城里呢,繁华,乡下呢,虽然没那么繁华,可是民风淳朴,人情味儿更重!你就说这个空气吧,城里比不了。"

彩云说:"小鹏啊,你和九月将来毕了业,也回到村里来吧。"

成小鹏说:"现在可没想好,就看到那时候需要不需要了。"

成大鹏说:"小鹏,我不管你和九月你们俩来不来这儿,你哥我可是就在这个地方扎根儿了,办浪木工艺厂了。"

15. 八月家

院子里,两张桌子并在一起,桌子上摆满了丰盛的菜肴。

杨立本、八月妈、苏文丽、成大鹏、彩云、八月,成小鹏、九月,在吃着饭。

八月妈说:"都是自己家里人,咱们谁也不用让谁了,都实实在在地吃吧。"

八月呢,启开了一瓶啤酒,给苏文丽、她爸妈等人倒着酒。

16. 山货庄里

"小鞭杆子"和秋水坐在那里。

"小鞭杆子"满脸愁容。

秋水说:"车到山前必有路,你何必犯这么大的愁呢?"

"小鞭杆子"叹了口气说:"嗨,没想到,想做点事儿这么难,本来以为和大姑商量商量,就能行的事儿,没承想让她给顶回来了。看来这个事儿要想做下去,还真就有点儿难了。"

这个时候,关小手推门走了进来,说:"哎,家里饭都做好了,咋等着你们也不回来,你们俩咋不回家吃饭呢?"

"小鞭杆子"说:"师父啊,吃啥饭呢?我这肚子里都是火啊,没地方装饭了。"

关小手笑笑说:"上那么大火干啥?"

"小鞭杆子"说:"师父,我大姑把那话都说了,让我们干这儿就不能干那儿,干那儿就不能干这儿,这事儿不就不好办了吗?"

关小手说:"有啥不好办的?不就是那么点儿事儿吗?你们不用着急,这事儿有我呢,我还得和你们大姑谈一盘儿,要是两边都能成全了,你们就还在这儿干,要是不能都成全,你们就拉出去干。"

"小鞭杆子"说:"可拉出去干,能好吗?再说也没个固定的地方啊。"

关小手说:"要什么固定地方?搞科技信息咨询,守株待兔能行吗?你们得开着小四轮子，东村走，西村串的。"

"小鞭杆子"说："哎呀，我咋没想到这儿呢？那我那'小鞭杆子'不又派上用场了吗？"

关小手说："这回都听明白了吧，回去吃饭去。"

"小鞭杆子"和秋水站起来，一起跟关小手走了出去。

17. 八月家
傍晚，院子里，人们已经吃完了饭，正在说着话。

苏文丽对杨立本说："立本啊，一会儿你能不能给我整一小车苞米秸子？"

八月妈在旁边接着话说："现在咱们都烧沼气了，这玩意有的是。"

杨立本说："你用这干啥？"

苏文丽说："立本啊，一回到村里来，我就想起一个人来。"

杨立本看看苏文丽说："你是不是想起你那个男同学李树春来了？"

苏文丽说："嗯，一晃多少年过去了，埋他那块儿地方，还能找到不？"

杨立本说："坟，后来叫他家里人给迁走了，具体地方不一定能找得太准，但大概就在那一溜儿。"

苏文丽说："自打那天集体户的墙倒了，李树春被砸死了，我以后就再也不能听别人吹笛子，只要一听有人吹笛子，我就能想起他来。"

杨立本说："嗯，李树春那个笛子吹得是真好，现在一闭眼睛，还能想起他吹笛子的那个模样来，和他吹笛子的那个动静，那是真好听。"

苏文丽说："我都多少年没回来了，来到这块土地上，不给他烧点啥也不合适，干脆就到原来埋他的那块地方，给他拢把火吧，让他知道，我们这些活着的人，心里还想着他，也就了了我的一份心思。"

杨立本对八月、成大鹏、彩云、成小鹏、九月说："哎，你们几个小年轻的，赶快往那个小四轮子上装苞米秸子。"

九月说："爸呀，装苞米秸子干啥啊？"

杨立本说："你苏阿姨有用项！"

18. 野外
晚上，空旷的田野上，一些苞米秸子立在那里，在熊熊燃烧，火舌舔燎着幽蓝的夜色。

在火堆的一侧，站着神情肃穆的苏文丽、杨立本、八月妈、柳茂祥、春龙妈、酒仙儿妻、春龙、彩云、八月、大鹏、小鹏、九月。

火光是对逝者的祭祀，也是对如烟岁月血色记忆的焚毁！

19. 镇上
鞋店的里屋，酒仙儿扎着围裙，在屋里拖着地。

春虎对爸说："爸呀，没事儿你歇歇吧，这地不用一遍遍老擦。"

酒仙儿说："鞋店要开张了，你爸这不是兴奋了吗？坐哪都坐不住，这个手它就想干点活儿。"

春虎笑了。

樱桃过去，去抢拖布，说："叔啊，你快歇着去，要拖我拖。"说着，把酒仙儿手里的拖布抢了下来。

酒仙儿摇摇头说："你看，我这手想干点活儿，拿啥你们抢啥，这手也不想闲着啊，这么的吧，你们有啥要洗的没有？我给你们洗衣服吧。"

樱桃说："叔，咱们那有洗衣机，哪能用你搁手洗呢？"

酒仙儿说："人，一兴奋了，待着就难受，不行，我可得找点活儿干。"

春虎说："爸呀，我可看明白了，人啊，要是他自己懒起来，你想让他勤快，那他也是犯懒！可是他真要变勤快了，你不想让他勤快都不行。"

酒仙儿说："你小子拿话敲打谁呢？你说的那个人，是你过去的那个懒爸，那不是我！我现在是另外一个人了，我是你勤快的爸了。"说着，他就把几件衣服放在了一个盆子里，往里倒洗衣粉。

樱桃想去制止，被春虎拦住了，说："我爸要洗，你就让他洗吧，咱俩商量点别的事儿。"

樱桃说："还有啥事儿要商量的？"

春虎说："樱桃，明天咱的鞋店就要开业了，我看咱的鞋店里缺个服务员，连着收钱管账，你看用谁行？"

樱桃想想说："那用你家我叔，行不行啊？"

春虎说："那能行吗？这得用个女的，人家来看鞋挑鞋，都得有个耐心细心劲儿。"

樱桃说："我真没想好，那用谁呢？"

春虎说："依我说，你那个煎饼摊啊，就别摆了，就到鞋店里来当服务员吧。"

樱桃说："那可不行，开鞋店是你的事业，我还有我的想法呢！"

春虎说："有啥想法你说。"

樱桃说："我谁也不想依靠，就想靠自己的力量挣钱，将来在镇子上自己办起一个面点房来。"

春虎说："哎呀，啥时候有了这打算的，怎么一点儿没露呢？"

樱桃说："从打和你出来第一天，站在街头摊煎饼的时候，我这个想法就有了。"

春虎说："你看这么的行不行？咱们俩还是一起经营这个鞋店，将来我帮着你实现这个想法。"

樱桃说："不行，我不想靠别人，就想靠自己。"

春虎想想说："明天鞋店就要开业了，冷手抓热馒头，现在再去找别人也不合适了，这咋办呢？"

樱桃说："我看还有另外一种办法行。"

春虎说："啥办法？"

樱桃说："就是，我把这个煎饼摊摆在这个鞋店门口，帮你照顾这个鞋店的事儿，算是我的第二职业。"

春虎说："这行啊，只是里边外边一起忙，有点儿辛苦你了。"

樱桃说："其实也没啥，我摊了这么长时间煎饼，烙了这么长时间的烙饼，我已经摸明白了，也就是早午晚，赶到饭口的时候，忙一阵，其他的时候我还真挺闲的。"

春虎说："行了，那这个服务员的问题就解决了。"

酒仙儿从厨房那边戴着个老花镜，手上还沾着一点儿洗衣粉沫儿，过来问春虎："咋的？鞋店里还要另外招服务员哪？那雇人不得给人家钱吗？咱们家不是还有现成的人吗？把你妈调过来不就得了。"

春虎说："爸呀，你可别听三不听四的，我们说的不是那个意思。"

酒仙儿说："儿子，如果你这店里要招人，你可真别招别人啊，就叫你妈过来，那替你收个钱啥的，多把握啊！"

（第二十二集完）

第二十三集

1. 村委会院里
高海林正在那里弄浪木。

苏文丽、杨立本、八月妈、柳茂祥、春龙妈、酒仙儿妻、八月、大鹏、彩云、春龙、小鹏、九月等人走进院来。

苏文丽他们几个人就在院子里浪木旁边坐下了。

成大鹏对八月说："八月，你不是说要去猪场里挖坑吗？大家伙儿正好闲着呢，去帮你干干怎么样？"

八月说："好啊。"

成大鹏说："那好，哎！"他回身招呼着那些年轻人："哎，大家伙儿该拿锹的拿锹，该拿土篮子的拿土篮子，该推车的推车，咱们干活去了啊！"他又招呼着："海林子，你也去吧？"

高海林说："去！这事儿能落下我吗？"说着，撂下手里的活计，和那些年轻人一起走了。

2. 镇上
鞋店内，酒仙儿对春虎说："春虎啊，鞋店就快开业了，给没给你妈打个电话？"

春虎说："刚才打过了，我妈没在家。"

酒仙儿说："那得通知到她啊，这也是咱们家的大事儿，鞋店开业，你妈不来哪好呢？"

春虎说："爸呀，你放心吧。今天晚上找不着我妈，明天早上也能找着她，她肯定能来。"

酒仙儿说："咋还能推到明天早上呢？今儿晚上就打，你妈也是的，上哪儿去了呢？我不在家，她还不着家了！"

春虎："哎呀，她那么大个人，丢不了哇！"

酒仙儿说："我可不像你那么心大，找不着你妈，我不惦记她吗？"

春虎笑着说："爸啊，我是看好了，你和我妈俩离不开！"

酒仙儿说："这话说的，没听人家说嘛，秤杆离不开秤砣，老头离不开老婆吗？我和你妈离开了，这是没有办法的办法！"

春虎说："爸，我看哪，你就跟我妈商量商量，干脆把村里那个小卖店关了，到镇子上来做个啥买卖吧，这样咱们一家人又在一起了，省着一家人分成两地，你还老惦记我妈。"

酒仙儿说："我惦着她还差着呢，主要是你妈惦记咱俩啊！我看你刚才说的这个主意行，等你妈来了，咱们跟她合计合计，如果她没意见，就这么着。"

3. 村委会院里
苏文丽正和杨立本、八月妈、柳茂祥、春龙妈、酒仙儿妻在一起说着话。

苏文丽说："哎哟，当时我们住的那个房子，冬天的时候，墙上边挂着挺厚的一层霜，到了春天的时候，霜一化，墙就酥粉了。我们正在屋子里吃饭呢，那墙咚一声就塌下来了，我们都跑到门口去了，檩子斜着下来，墙没砸着我们，可李树春就那么埋在里面了！等我们大家伙儿把他扒出来的时候，他已经没气了。"

杨立本说："那时候，住的都是土房，要是像现在，这种砖瓦房，哪能说塌就塌了呢？"

苏文丽说："说的就是！就因为我们住的房子塌了，没地方住，我才住到大妹子你家去的嘛。"说着，她拍拍春龙妈的膝盖。

春龙妈说："那时候，文丽在我们家住时，也没啥好吃的给你做，除了稀粥大饼子、咸菜疙瘩、土豆白菜也没啥了，哪像现在似的，想吃啥有啥。"

苏文丽说："那时候，生活就那个样，淑芬也知道，就是咱们这些城里下来的人，家里头也不富裕。有的家里人怕孩子下乡吃不饱，顶多给带过点儿饼干来！"

酒仙儿妻说："饼干，在当时候就算是好东西了！"

苏文丽说："带饼干的女生，不敢当着大伙儿的面吃，就等大家晚上睡着了，才拿出几块儿来，用被子把脑袋蒙上，在被窝里边吃。一天晚上，有一个同学要起夜，听见屋子里有咯嘣咯嘣的声音，以为是老鼠出来嗑什么东西呢，就拿着手电下地抓耗子！她一下了地，咯嘣咯嘣声就没了，她一上了炕，咯嘣咯嘣声又响起来了，她仔细一听，原来这个咯嘣咯嘣声，是从身旁的被窝里发出来的，她还以为耗子跑到这个同学被窝里去了，撩开被子用手电一照才知道，原来是同学在被窝里吃饼干呢。"

酒仙儿妻说："那时候不就那样嘛，日子苦啊！搁现在，别说是饼干了，蛋糕怕是都吃够了！"

八月妈说："这是实话！那时候住的吃的，和现在真是没法比，过上现在的日子，咱们老农民知足！"

4．关小手家

关小手和李大翠在说着话。

关小手说："明天咱们要去演出了，用不用练练节目啊？"

李大翠说："练啥练啊？会那么老多节目，演哪个上场之前再说吧。你看你，今天和大姐把关系弄得僵僵的，让我在中间都不好说话了！你别忘了，咱们家秋水还有未来的那个女婿，可都在大姐手底下打工呢，跟大姐说那么多较劲干啥啊？"

关小手说："她是谁啊，她不是我亲姐吗？姐弟俩之间，啥话不能说啊？一天老藏着掖着的，不累吗？"

李大翠说："依我看，咱们往八月养猪场拿钱入股的事儿，你今天就多余说，有些事儿悄悄做就得了，说了有啥用，惹姐心烦。"

关小手说："八月干的这个事儿，也不是什么偷鸡摸狗的事儿，县里镇里，人家不都支持吗？我就跟着支持支持，还是拿自己家的钱入的股，这有啥毛病啊？"

李大翠说："你没看见，姐今天是真生气了。"

关小手说："那我也不能看姐的脸活着啊！无论啥事儿，得讲究个做人标准，对不？不能姐乐了，我就认为事儿做对了，姐生气了，给我个脸子，我就认为事儿做错了。我跟你说吧，今天的这个事儿，我没错！"

李大翠说："咱们就是拿钱给八月入股，别跟她掺和大姐家里的事儿，去评说是八月对了，还是大姐对了，用不着的事儿。"

关小手说："那不对，我看有时间，还真得跟大姐理论理论，我看就是大姐错了。"

李大翠说："你看你这个人，越说你还越来劲儿了，你去理论去吧，要是把大姐惹急眼了，这俩孩子的工作都给你辞了，看你咋办？"

关小手说："我不信大姐就那么不通情达理，她也不是那样的人，行了，你别跟着掺和了，我们姐俩的事儿，我们自己解决吧。"

5. 猪棚前
年轻人都在挖土，运土。

彩云一边干活，一边问八月："八月姐啊，养猪就养猪呗，这怎么还在猪棚里挖上坑了呢？"

八月笑笑说："你问你哥吧，他明白。"

春龙接过话茬儿，说："彩云哪，这是科学养猪的一个新方法。把这坑大概挖到90多厘米深，底下铺上50厘米左右的苞米秸子，上面再铺上一些锯末子、刨花儿啥的，再铺上一层苞米秸子，这个猪棚的底下就变成发酵床了，猪棚不用打扫，发酵床起的化学作用，使猪能吃苞米秸子这些粗料，精料喂得不多，猪长得还快。"

彩云说："我说的呢，怎么养猪还挖坑呢，以前从没有看过这么养猪的。"

八月说："这都是新鲜事儿，刚在咱们农村开始普及，所以你就不知道。"

彩云说："不光是我，怕是不少人都不知道呢！"

6. 村委会院里
苏文丽、杨立本、柳茂祥、春龙妈、八月妈、酒仙儿妻他们几个人还在说着话。

八月妈说："文丽啊，这没外人说话，我和立本两个人，也还有茂祥大哥，和春龙妈，我们这四个当老的啊，现在都有一块心病。"

苏文丽把头侧向八月妈："嗯？什么心病？"

八月妈说："你说我们眼巴眼望地盼着孩子大学毕业了，以为他们能在城里找个像样的工作，可没想到他们都回村来了。你说这事儿，叫我们能不犯愁吗？"

苏文丽说："哎呀，大妹子，让我说，你们都多余犯这个愁！"

八月妈说："将心比心地说，谁也不用唱高调，哪个当父母的看着孩子大学毕业了，回到农村来心甘情愿啊？全天下父母的心不都一样吗，谁不盼着孩子好啊？"

春龙妈说："文丽啊，八月妈说得是啊，这真是我们的一块心病，不想起这事儿还好点，一想起来，就堵得慌，窝得心口难受。"

苏文丽说："依我说啊，你们也别这么犯愁，俗话说，'人无远虑必有近忧'，现在你们看农村都发展成啥样了，不正往城镇的道路上发展着吗？现在我就敢说，再过十年，有不少村庄，都会消失，并入城镇了。"

春龙妈说："能吗？"

苏文丽说："你们看啊，现在农村的青壮劳力，好多都外出打工了，他们在外边挣到了钱，要么办起了小买卖，要不在城镇买了房子，这些人实际上，已经从农村剥离出去，将来把老人孩子也得接到城镇去，在村子里承包的土地，将来就得租赁或者出让出去，由农业经营公司统一经营管理，便于集约化生产，机械化作业。"

杨立本说："文丽啊，以你这话说，再过十年二十年的，咱们这老龙岗村还能在不能在？"

苏文丽说："我说的是一个总体发展趋势，也不是说所有的村庄都会消失，也许有的消失了，并入了城镇，也许有的变化了，变成了城镇，当然了，那时候也许还有村庄，但也不是现在意义上的村庄了，随着咱们国家城镇化进程的加快，将来城镇人口肯定要比农村人口多，这是趋势。我说的这些不是别的意思，是想跟咱们这些老哥们儿老姐们儿说，别把城市啊，乡村啊，这些事儿看得那么绝对，对孩子再回村搞个事业啥的得支持，青年人把这农村都建设好了，咱们不也跟着高兴享福吗？"

7. 高德万家
高德万在月下拉着二胡，声音是那么的凄苦。

8. 村委会院门口
杨立本、八月妈、春龙妈、柳茂祥、酒仙儿妻从院里走出来。
苏文丽站在院门口送他们。
春龙妈走到杨立本跟前说："立本啊，我得跟你说啊，我们家沼气池改造的事儿，现在也想改了，还有'户户通'的事儿，我们也交钱。"
杨立本说："'户户通'的事儿，行，你们把钱交了，村子里就把那部分钱拨出来，很快就能把路修了。可是那改造沼气池的事儿，村子里已告一段落了，年轻人都去干别的事儿了，什么时候能改上就不好说了。"
春龙妈说："立本啊，能不能改上，什么时候改上那就在凭你啦，你跟那帮年轻人说说，他们能不同意帮着改吗？"
杨立本说："哎，你们家春龙不是也参加沼气池改造了吗？你跟他说说，你们家自己动手改改不就得了吗？"
春龙妈说："我看还是别的了，你是村委会主任，搞沼气池改造，是村上号召的，我还是跟村上说好。"
杨立本说："行，知道你有这个想法了，我得和那帮小年轻们在一起商量商量，看什么时候给你家改造沼气池比较合适。"
春龙妈说："反正你可抓点儿紧，我正等着用沼气炉盘做饭呢。"
杨立本说："你这个人哪，说不着急，别人怎么急，你都不急，可是来了这股急劲儿，谁都急不过你。"

9. 柳茂祥家门口
柳茂祥进了院，脱下那双皮鞋，换上另外一双鞋，就往外走。
春龙妈说："这么晚了，你要干啥去啊？"
柳茂祥说："睡觉去啊，我还回到我那个蔬菜大棚睡觉去。"
春龙妈说："咋的，你还没完了呢？"
柳茂祥说："我回到家来，都是看大鹏妈苏文丽的面子，可咱俩之间的问题并没解决。"说完了，他就往大棚方向走去。

10. 八月家
八月妈和杨立本已经躺在炕上了，可八月的屋里还亮着灯。
八月妈对杨立本说："这个八月，怎么到这时候还不睡觉，不像九月，早睡下了。"
杨立本说："你不知道吧，咱们家八月正复习着要考研究生呢？"
八月妈坐起来说："研究生？研究生是咋回事儿啊？"
杨立本说："研究生就是比本科生，高一个层次的学历。"
八月妈说："那她要是考上啦，是不是又得上省城念书去啦？"
杨立本说："我听说是不用去，在家里通过网络接受教育就行了。"
八月妈说："在自己家里就能读研究生啊？那我看这个研究生，也不是个正经研究生。"
杨立本说："话，你还真别那么说，八月念的这个，也是正经研究生。"

八月妈说:"那我就真弄不明白了,那正经研究生,咋能在家念呢?"
杨立本:"你是不懂,常问问就知道了!"

11. 柳茂祥家的蔬菜大棚
大棚旁边的小房里,柳茂祥靠在自己的铺盖上,坐在那里抽着烟。
春龙妈进来了,她伸手摸摸土炕说:"这哪行呢,这炕不还是凉吗?"说着,她抱了一些苞米秸子,塞到灶口里就要点火。
柳茂祥说:"哎哎哎,你这是干啥呢?"
春龙妈说:"你这炕这么凉,不烧热能睡人吗?"
柳茂祥说:"要烧我自己烧,不用你。"
春龙妈说:"柳茂祥,你到底想怎么的?杀人不过头点地,沼气池改造的事儿和修'户户通'的事儿,我不都同意了吗,这么晚了,我还来给你烧炕,你还要我怎么的?"
柳茂祥说:"我和你别劲,不是在这些事儿上,是因为茂财上镇子的事儿。"
春龙妈说:"那你说咋办?我泼出的水,也收不回来了,茂财也上镇子走了,咱们夫妻俩也不能因为这一个事儿,结一辈子的仇吧。"
柳茂祥说:"你要想解决这个事儿,只能有一个办法。"
春龙妈说:"你说吧,让我怎么的吧?能办的我都办。"
柳茂祥说:"你去上镇子,把茂财给找回来。"
春龙妈说:"那不行,我可不能找他去。"
柳茂祥说:"你不把茂财找回来,咱俩的事儿就解决不了,我肯定不回家住去。"
春龙妈说:"你以为人家茂财上了镇子上就不是啥好事儿了?我告诉你,人家那边可来电话了,说是办那个鞋店明天开业了,让咱们都过去呢。"
柳茂祥说:"怎么着?说办鞋店,这么快就办起来啦?"
春龙妈说:"我接的电话,春虎和茂财打来的,还能假呀?"
柳茂祥问春龙妈:"那茂财在电话里说没说别的?"
春龙妈说:"说了,让我告诉你,他都挺好的,不让咱俩因为他的事儿,再犯唧唧了。"
柳茂祥说:"他这是这么说的?"
春龙妈说:"我这红口牙的,糊弄你玩呢?"
柳茂祥说:"耳听为虚,眼见为实,等明天我上了镇子,当面问问茂财。"
春龙妈说:"你问去呗,他就是这么说的,我不怕你问。"一边说着,一边烧着炕。
柳茂祥说:"这炕你不烧了行不行,你想热死我呀?"
春龙妈说:"怕热,就回家睡去。"
柳茂祥说:"不回!"

12. 关小手家
早晨,阳光从窗外照进来。
李大翠正在打电话。
关小手呢,正在洗脸刷牙。
李大翠,拿着电话听筒说:"姐呀,你别生气了,秋水她爸都知道自己有错了。"
关小手把牙刷插在嘴里,嘴边上有不少牙膏沫子,用手指点着李大翠,声音呜里呜噜地说:"我什么时候认错啦?"这话只能从他的口型上感觉出来。
李大翠又说:"秋水她爸都说了,有时间要去跟你道个歉,买点儿东西看你呢!"

关小手上前扯住李大翠的一只胳膊，用手拼命地比画着，意思是说不要再这样讲下去了。

李大翠不听，接着往下讲："姐呀，金宝和秋水两个人都在你手下，科技信息站的事儿，暂时就先放下了，让他们该干什么活儿，就干什么活儿吧，今天本来应该到镇子上演出，我和秋水爸一商量，也不让他们俩去了。"

关小手迅速地拿水杯漱了漱嘴，用毛巾擦了擦嘴巴上的牙膏沫子，抢过听筒说："姐啊，你别听她跟你瞎说，我根本就没想跟你道歉去，咱姐俩的事儿，有时间我找你说去啊！"说着，把电话听筒放下了，对李大翠说："你瞎嘟嘟啥呀？什么事儿也让你嘟嘟坏了。"

李大翠说："哎呀，我不寻思在姐面前给你圆全圆全吗？"

关小手背着手说："我说，你这娘儿们怎么回事？我越说不让你说，你越说，你少掺和我们姐俩的事儿，行不？"

13. 山货庄

"小鞭杆子"和秋水走进院来。

秋水说："大姑，我们来了，今天干点儿啥啊？"

八月妈说："你爸他们不是要上镇子里去演出吗？你们怎么不去呢？"

"小鞭杆子"说："大姑，演出有我师父和师娘两个就行了，用不着我们，再说了，那个演出哪有山货庄的工作重要啊？"

八月妈说："金宝，你这么说话，大姑可不愿意听！咱们山货庄的工作没那么忙，演出要是真需要你们，大姑不反对你们去，这和你们要办科技信息站的事儿，不是一回事儿。"

"小鞭杆子"说："大姑啊，那个事儿先不说了，你就安排我们俩的工作吧，说让我们俩今天干啥吧？"

八月妈说："你们俩真不去参加演出啦？"

秋水说："不去了。"

八月妈说："你们要是真不去，店里也没什么事儿，就开着车出去收收山货吧。"

"小鞭杆子"说："那行啊。"

秋水说："大姑啊，让金宝到前村去收山货行不行？他贼拉乐意到前村去。"

八月妈说："愿意到哪儿去收，就到哪儿去收，我不管那些细事儿。"说完，转身进屋了。

秋水对"小鞭杆子"说："哎呀，这回行了，大姑也批准你上前村了，你埋藏在心里好长时间的愿望，也终于要实现了，你肯定能看着那个想念你的大丫了。"

"小鞭杆子"说："怎么着，就我自己去，你不去啊？"

秋水说："我去干啥呀，那多碍眼啊？谁出去，去见自己的'老情人'，身边愿意带一个'活监视器'啊？"

"小鞭杆子"笑笑，说："行，你说得对呀，很对！太对了！你实在不去，我也不能硬请你，那我就走啦！"说着，他出门坐在了小四轮子上，发动着了车要走。

秋水跟过来说："咋的，你不哄哄我，让我也跟你去，你还真要自己走啊？好哇你！"

"小鞭杆子"开着车，往前慢慢地走着说："那还哄你啥啊，你都不去了，正好给我个机会，我自己出去收点山货，连着看看大丫。"说着，开车就要走。

秋水急了，往前撵了两步，一跺脚，说："好你个刘金宝，贼心不死啊！你给我站住。"

"小鞭杆子"没有停下车,而是把小四轮子往回倒了倒,说:"站住干啥,往回倒点不好吗?"

秋水说:"你又把车倒回来干啥?"

"小鞭杆子"说:"得了,我上前村你要不亲自去,在我身边看着我,在家你啥活儿也干不下去,快点儿上车吧,别装了!你那点小心眼儿,我还不知道?"

秋水说:"哼,要不是怕你一个人过去,收货忙不过来,我才不去呢。"说着,自己上了小四轮子。

"小鞭杆子"一边开着,一边说:"说不来,说不来,这不还是来了吗?"

秋水用食指手指头捅了捅"小鞭杆子"脑袋一下说:"你想单独去会大丫啊?没门儿!我就看着你!"

"小鞭杆子"嘿嘿笑着,车开走了。

14. 八月家院门口

高海林开着一台小四轮子停在那里。

八月从屋里背着个小兜,出来,往院子外走。

正在刷牙的九月,问八月:"姐呀,你要上哪去?"

杨八月说:"我今天跟你海林哥,上猪市买猪去。"

九月说:"姐,你等会儿,我招呼着成小鹏,我们俩也跟你去。"

八月说:"行,你别着急,我在门口等你,一会儿咱们到村委会把小鹏接上就行了。"

15. 八月家的蔬菜大棚里

苏文丽和杨立本、柳茂祥三个人在这里。

苏文丽在用米尺量着大棚的棚顶,对他们两个人说:"这个大棚的角度和底下的高度,还不是最好的角度,是得按八月设计的调整调整。"

杨立本说:"文丽,有你这教授在这儿指导,我们干这事儿心就更有底了。"

苏文丽说:"立本啊,按照八月设计改造的这个蔬菜大棚我看了,冬天不用烧火取暖,没问题,茂祥家要改,就按照这个规格改吧。"

柳茂祥说:"这妥了,文丽啊,你说了这话,我们家肯定改了!"

16. 镇上鞋店门前

门前已经装饰一新,彩虹形的彩门上方贴着:春虎鞋店开业庆典。

在店门的右侧,樱桃正在摊着煎饼,烙着大饼,她一边做着,一边吆喝着。

酒仙儿的鞋摊摆在了鞋店的左侧。

春虎还是穿着那身服装,在店里,拖着地板。

那位男青年走到酒仙儿的摊跟前说:"呀哈,我说爷们,我春虎老弟,这鞋店都要开业了,这么大个事儿,怎么没说告诉我一声呢?我还是听别人说的,就来了。"

酒仙儿一边掌着鞋,一边说:"爷们啊,别挑这个理,没告诉你信儿,这不是怕你忙吗?"

那个男青年说:"那咋忙,你们这边有这么大个事儿,我也得扔下手里的活儿过来啊。"

酒仙说:"这边也没啥事儿,就是搞个小型的开业庆典,你修自行车的活儿干得咋样儿，挣钱不？"

那个男青年说："说一点不挣是瞎扯，可我干的那活儿，挣不着大钱。"

这时候，春虎从店里走出来和那个男青年握着手。

那个男青年对春虎说："春虎弟啊，你干得好。让你大哥我往这一站，脸都没地方搁。"

春虎说："这说啥话呢？"

那个男青年说："你看你到镇子上才多长时间啊？就把事业发展成这样了，你大哥我呢，在镇子上白混了这么多年，还守在那道边修自行车呢。"

酒仙儿说："爷们，人啊，有先发迹的，有后发迹的，就像跑马拉松竞赛似的，有人先跑到前边，不一定就是最后的胜利者，没听人家说嘛，'先胖不算胖，后胖压塌炕'。"

那个男青年说："哎呀，但愿有那天啊，就怕我咋扑腾，也赶不上春虎老弟啊！"

酒仙儿说："这说的啥话啊？我早看好你了，和春虎都是朋友了，你小子啊，以后也肯定能发达起来。"

那个男青年说："爷们，听你这话，我就是得借春虎弟的光了呗，不然还发达不起来呗？"

酒仙儿说："我不是那意思，我是说你们是朋友，都有正事儿，以后肯定行。"

酒仙儿又对春虎说："春虎啊，这再过半个多小时就开业了，村里的人，怎么还没到呢？"

春虎说："爸，不还没到开业时间嘛，你着急啥急呢？"

酒仙儿站起来往路边看看："村里这些人也真是的，怎么还踩着时间点儿来呢，早个个把小时到多好啊。"

正说着，在他的视野里出现了一辆大客车。

酒仙儿说："妈呀，这八成是来了。"冲屋里喊，说："春虎，快点的，大客车过来了！"

春虎和那个男青年急忙从屋里迎了出来，那辆大客车呢，却从他们的面前驶过去了。

那个男青年说："爷们，你可真能整虚假情报，也不是这辆车啊？"

酒仙儿蔫蔫地往下一坐说："我就看到那边来了一辆大客车，谁知道是不是啊，行了，你们先进屋吧，一会儿来了，我再招呼你们。"

17. 老爷岭村

"小鞭杆子"开着小四轮子，拉着秋水进了村。

"小鞭杆子"从车上拿下鞭子来，"啪！啪！"在空中甩了两个响鞭。

18. 镇子

鞋店门口。

樱桃在鞋店里忙着，刚换了一身工作装。

这时候，杨立本、关小手、李大翠、锣鼓队师傅，还有柳茂祥、春龙妈、高德万、春龙、成大鹏和柳彩云、酒仙儿妻、樱桃妈都走进了鞋店。

酒仙儿从后屋跑出来。

那个男青年说："爷们，你还说车来了，要通报我们，车来了，你却没影儿了。"

酒仙儿说："你看这事儿整的，我刚上洗手间去一趟，谁想到这一转身的工夫，他们就来了。"

酒仙儿跟杨立本、关小手、高德万都握着手说:"哎呀,不好意思,把你们都折腾来了!"

杨立本说:"哎呀,这鞋店还真不算小呢,你们家这么大个鞋店开业,我们能不来吗?这鞋都是春虎做的啊?"

酒仙儿说:"哪能吗?大多数都是从货站进来的,春虎做的还是少数。樱桃啊,快给你杨叔他们都介绍介绍,鞋都有啥样式的,啥牌子的,都介绍介绍啊!"

那边,酒仙儿妻一手搂着春虎的胳膊,一手搂着樱桃妈的胳膊。

樱桃妈呢,也用另外一只手搂着樱桃的胳膊。

春虎跟柳茂祥和春龙妈打着招呼说:"大爷、大娘,你们都来啦!"

柳茂祥和春龙妈笑了。

春龙妈说:"哎呀,春虎啊,你这孩子是真有出息,出息的大娘都快认不出来你了。"

酒仙儿走到柳茂祥和春龙妈跟前说:"大哥、大嫂,你们来啦!哎呀,你大侄儿给你们做的鞋穿来啦,鞋都合脚吧?"

柳茂祥说:"合脚,那现量的鞋样子,照鞋样子做的,不大不小的,能不合脚吗?"

酒仙儿说:"春虎啊,你关叔他们都来了,我在这儿陪着你大爷大娘唠嗑儿,你快去安排安排他们去。"

19. 老爷岭村

大丫急急忙忙地往小四轮子跟前跑。

小四轮子跟前已经有了几个来送山货的人。

大丫上前抓住了"小鞭杆子"的手,使劲地摇晃着说:"哎呀,哥呀,你可来了,人家都老想你了!"

"小鞭杆子"对大丫说:"你想我行,我可不敢想你啊。"

大丫说:"哎呀,哥,想想我有啥的啊?"

"小鞭杆子"扬扬手说:"你往车上看,谁站在那儿呢?"

大丫扬扬头说:"谁啊,不就是秋水吗?一个小闺女家家的,你怕她干啥呀?哪有我胳膊粗力气大呀?要是跟我动手,我把她抓起来,一下子就能扔出好几米远去,哥呀,你该想我就想我,别怕她。"

"小鞭杆子"说:"大丫啊,你快把手松开,老这么晃,不累吗?"

大丫说:"哥啊,我都多长时间没见着你啦?这晃晃手还不行啊,再说这才晃了多大一会儿啊?"

秋水说:"晃吧,别把两人的膀子都晃下来就行。"

大丫说:"这啥话呢?我跟我哥都多长时间没见面了,我们俩近便近便不行啊?"

"小鞭杆子"说:"大丫啊,快把手松开。"

大丫说:"哥呀,松不开了咋整?"

"小鞭杆子"猛地抽回手说:"你看,我这正忙着呢,你老抓着我的手直晃悠,这成啥事儿了?我这正忙着呢。"

大丫说:"哥呀,我看出来了,你也不光是对我好呀,你肯定是有外心了。"指指车上的秋水说:"又跟她好上了,是不?"

"小鞭杆子"说:"什么叫我又跟她好上啦?我没认识你之前,我们俩就是对象。"

大丫一听这话,"妈呀"地喊了一声,用手捂着脸,就蹲在车边上,哭泣起来。

"小鞭杆子"说:"你看,你这是干啥呀,咋还在这儿哭上了呢?"

大丫说:"你和她是对象,你早告诉我呀,我还一直把你当作我的梦中情人呢。"
"小鞭杆子"说:"别哭了,大丫,快起来吧。"
大丫仍然蹲在那里哭,旁边围了一些人。

20. 镇上鞋店门前
节目已经开演了。
关小手和李大翠演着节目。
李大翠唱《胡胡腔》:"青山脚下溪水绕,"
关小手唱:"弯弯曲曲过小桥,"
李大翠唱:"一座乡村挨江套,"
关小手唱:"绿柳环抱赵家窑。"
李大翠唱《喇叭牌子》:"有两户人家中间隔条道,"
关小手唱:"东院姓赵,西院姓苗。"
李大翠唱《武嗨嗨》:"赵大嫂满院鸡鸭哏儿嘎儿乱叫,"
关小手唱:"苗玉桃大户养鸡名声高。"
李大翠唱:"只因为富民政策好,"
关小手唱:"小日子越肥越添膘。"
李大翠唱:"苗大嫂一天到晚眉开眼笑,"
关小手唱:"赵大嫂有事儿没事儿常把嘴噘着。"(白):"都能挂住瓢儿!"
李大翠说口:"日子这么好,她咋还噘着嘴呢?"
关小手说口:"你看,就有这隔路人儿吗!"
李大翠说口:"她咋个隔路哇!"
关小手说口:"这个人呀,有名没人叫,外号'赵八吵';她胡搅蛮缠不说理,还有个毛病好图小。不是抱人家一捆柴,就是捞人家一把草。你要一说她,她针扎火燎,着紧蹦子,嘴冒白沫,牙关紧咬,拳头一攥,往地下一倒,朝上翻白眼儿,还啥都瞅着了。"
李大翠说口:"她瞅啥呢?"
关小手说口:"她看看卖呆儿的多少。"
李大翠说口:"她看那干啥呀?"
关小手说口:"要是人多她就没完没了;要是没人搭理她,她躺一会儿就拉倒。"
李大翠说口:"她咋不躺着了呢?"
关小手说口:"她知道露天地没有炕头好,工夫大了受不了。"
众人哄笑。

21. 老爷岭村
大丫还蹲在车下边哭着。
"小鞭杆子"往车上装着山货。
秋水在车上称着秤,给别人付着钱。
"小鞭杆子"对大丫说:"行了,别哭了,大丫,这都是场误会,都怨你哥我,早点儿告诉你就好了,快起来吧,别哭了,看风大脸皱了。"
大丫站了起来,从兜里掏出一块手绢,递给"小鞭杆子"说:"哥,你帮我擦擦眼泪。"
"小鞭杆子"说:"这眼泪,你就自己擦呗,我这正忙着呢。"
大丫说:"关系也都说明白了,我的自尊也叫你整得伤伤的了,我也彻底没啥想法了，咋的？让你给我擦擦眼泪还不行啊？"
　　秋水在车上示意"小鞭杆子"，给她擦擦眼泪。
　　"小鞭杆子"接过大丫手中的手绢，给大丫擦着眼泪。
　　大丫一边抽着鼻子，一边拿眼睛看着秋水说："看啥看哪？这么好的哥，都叫你先下手处上对象了，他给我擦擦眼泪，你还有意见啊？"
　　秋水笑着说："哎呀，大丫，是我让他给你擦的，我没意见，你别哭了，我告诉你一个好消息。"
　　大丫说："不想听，没心情！"
　　秋水说："你真不想听啊？那行了，那我就不告诉你了。"
　　大丫噘着嘴说："你能说出啥好事儿来？跟我哥处对象的事儿，对我来说，这一辈子都是一个美丽的梦了，以前还觉得这个梦挺近的，现在一下子，梦就醒了。"
　　秋水说："人的一生得做好多梦，你不光只做这一个梦吧？你还应该有别的梦！"
　　大丫说："这个梦没做成，别的梦啥意思也没有了，这个梦要是做成了，别的梦做不做，对我来说也无所谓了。"
　　"小鞭杆子"笑着说："大丫，别因为一次爱情失落，就觉得昏天黑地似的，你要是真想做让哥喜欢的人，你就把腰板挺起来，该干啥干啥。"
　　大丫猛地擦一把眼泪说："哥，你说话，我爱听！你说吧，让妹还做点啥？"
　　"小鞭杆子"说："我告诉你吧，你到我们那去送过两次山货，我们山货庄的老板，看着你这人啊，挺实在的，决定要聘你，当我们山货庄在老爷岭村的质量监督员了。"
　　大丫一听这话，眼睛一亮说："哥，那我当了这监督员，是不是就得到你们山货庄去工作啊？那我就能天天看着你了，行，给不给钱的，我都愿意。"
　　秋水说："大丫啊，聘是聘你啦，每个月都能给你一点儿钱，可你不能到山货庄去工作。"
　　大丫说："为啥呀，怕我当你和我哥中间的第三者啊？把我看成啥人了？"
　　"小鞭杆子"说："不是，是我刚才没把话说明白，你的质量监督员是业余的。"
　　大丫说："这说话咋还大喘气呢？说了半天，又说出个业余两字来，让我白高兴一场。"
　　秋水说："那你白高兴啥呀，我们山货庄能聘你，那你就说明对你这个人是认可的，我告诉你吧，这个事儿就是他提的你。"她指指"小鞭杆子"。
　　大丫问"小鞭杆子"："是吗？哥呀，她说的是真的呀？真是你提的我呀？"
　　"小鞭杆子"说："嗯，真的。"
　　大丫乐了："哎呀妈呀，看来我哥对我印象还真挺好的呢，冲着我哥，你能提我当这个质量监督员，我也知足了。哥呀，这质量监督员都干啥事儿啊？"
　　秋水说："就是以后全村人要卖的山货，都先集中到你这儿来，进行质量查验，没有问题了，我们再来车拉走。"
　　大丫冲秋水说："你看你个人，怎么老抢着说话呢？我问你了吗？人家问我哥呢。"

22. 镇上鞋店门口
　　节目已经散场了。
　　杨立本、柳茂祥、春龙妈、高德万、春龙、成大鹏、彩云都往屋外走，酒仙儿、酒仙儿妻、樱桃妈、春虎、樱桃往门外送他们。
　　关小手、李大翠和锣鼓队的师傅们，正往小半截子车上装着东西。
　　春虎走过去，对关小手说："关叔啊，节目演得不错，你们几个也都累得够呛，一会儿吃完午饭再回去吧。"

关小手说："钱都给了，还吃啥饭呢？不吃了，我们就回去了啊。"

那边，春龙妈领过来一个50岁左右的男人，走到樱桃妈跟前说："大姐，你们认识一下，这是我家大哥！"

樱桃妈一愣，看了看那个男人，没说什么。

春龙妈说："哎呀，大姐，你看你都这么大岁数了，怎么还这么腼腆呢？"

这时候，高德万从旁边走过来，握住那位男人的手说："哟，大兄弟，好长时间没见着你了，没想到在这儿见着了，一会儿你有事儿没事儿？"

那位男人说："没事儿。"

高德万搂着他的肩膀说："那好，咱们喝两盅去。"说完，他们两个人走了。

樱桃妈在后边看着他们的背影，若有所思。

酒仙儿走在茂祥和春龙妈身边说："大哥呀，我今天看见你和嫂子俩都来了，我可高兴了，家里来电话，说你俩因为我的事儿，又打仗又闹分居的，哎呀，我都老惦记你们了。"

杨立本问柳茂祥："啥时候的事儿啊，我咋没听说呢？"

柳茂祥对杨立本说："没有的事儿。"又扯扯酒仙的衣角。

酒仙儿说："大哥，你可别跟立本捂着盖着的了，咋没这事儿呢？我听淑芬说，你现在还没搬回家里来住呢，那铺盖卷现在还在蔬菜大棚旁边那个小房子里呢。"

春龙妈说："哎呀，茂财，打人不打脸，说话不揭短，再说了，你大哥哪是和我分居呀，人家是临时搬到蔬菜大棚里住两天，是为了搞蔬菜大棚改造。"

酒仙儿说："这都自己家人，谁不知道谁啊，我这人说话就直！哥呀，你看我到镇子上这不是挺好的吗？回去可别再跟我嫂子闹了啊，我嫂子那人，不就那样嘛，有哪个地方做不对啦，你看我面子，别跟她一般见识。"

春龙妈说："茂财啊，你这是在中间劝你哥呢，还是在我们中间挑事儿呢？"

这时候，酒仙儿妻上前挽住春龙妈的胳膊说："嫂子，你别生气，自己兄弟，啥样脾气秉性你还不知道吗？他就那样。"

杨立本说："你看看我这个村主任当得，你们家出了这么大的事儿，我还一点不知道呢，茂祥搬到蔬菜大棚住去了，两口子都闹分居了，我还以为是真的去搞大棚改造了呢。"

柳茂祥说："立本啊，我和春龙妈唧唧过几句是真的，现在住在大棚里，要搞大棚改造也是真的。"

春龙妈说："我们都这么大岁数了，哪有分居这回事儿呀，在村子里头，可别给我们张扬这个，说得像真的似的。"

酒仙儿看看春龙妈说："嫂子啊，今后我也不在你们身边了，你也闹不着我了，以后可别像闹我似的那么闹我哥啊。"

柳茂祥回身对酒仙儿说："行了，你少说两句吧！不用送了，你们回去吧，"

酒仙儿站在那，冲春龙妈说："嫂子，春虎送你的那双皮鞋，你就穿着吧，要是穿坏了，你就托人捎过来，我免费给你修理啊！"

春龙妈回头看看酒仙儿，没吭声，走了。

23. 老爷岭村

大丫已经跳上了小四轮子车，对着周围来送山货的人说："你们大家伙儿都听着啊，我现在可是山货庄的质量监督员了，打今往后，你们要卖的山货，要先经我检查，没问题，才能卖。"

"小鞭杆子"手扶着小四轮子的车厢板对大丫说："看我妹子，工作起来就是有个认真样儿。"

大丫说："哥，你们这么信任我，我能不好好干吗？以后对我们村的山货质量，你们尽管放心。"

24. 后村长贵媳妇家

先前来卖木耳的那个女人，扛着一袋子木耳，走进了长贵媳妇的院里，说："长贵媳妇，你行啊，摇身一变，成了人家山货庄的质量监督员了，我这木耳不经你检查，那将来也卖不了啊，你看看吧，这回还有啥问题没有？"

长贵媳妇打开袋子，拿起木耳放到鼻子跟前闻闻，又用手掂量掂量说："嗯，大妹子，你这么卖山货不就对了吗？谁还敢说你这山货有问题呢。"

那个女人说："嗨，我不也跟你以前卖假鹿鞭一样嘛，都是一时犯了糊涂，行了，以后你看着你大妹子我的，保证不干那事儿了。"

25. 镇上到村里的路上

柳茂祥正开着小四轮子拉着春龙妈、春龙、成大鹏、彩云、杨立本往村子的方向走。

江玲玲开着那辆红色的QQ车，从后边超过了这台小四轮子，在前面不远处停了下来，她从车上下来了，站到了路边。

春龙妈看是江玲玲，就对柳茂祥说："停车，停车！"

柳茂祥停下了车。

江玲玲走到了车跟前说："叔，阿姨，哟，春龙哥也在车上呢！还有彩云，你们这都是干啥去啦？"

春龙妈说："哎呀，玲玲，我们这是上镇子去办点事儿，你啥时候过来的啊？"

江玲玲说："我也是正从镇子往村子上走呢，没承想，在这碰见你们了，这个巧劲儿，阿姨啊，我的车上空着呢，还能坐几个人，你们都谁下来？"

春龙妈说："哎呀，别下去了，我们就在这儿坐着吧，一会儿咱们村里见吧。"

江玲玲说："别的啊，阿姨，你先下来吧。"

春龙妈说："我下去啊？"

江玲玲把手伸向了春龙妈。

春龙妈就下了车。

春龙妈说："春龙啊，要不你也下来吧？"

春龙说："我就不下去了，坐在这车上挺风凉的！"

春龙妈："那彩云和大鹏俩下来吧。"

大鹏说："哎呀，我们也不下去了。"

彩云说："妈，你们快走吧。"

江玲玲看看春龙。

春龙却仰着脸，看着前面。

江玲玲心里有些不悦，对春龙妈说："阿姨啊，你快上车吧。"

春龙妈上了车，车开走了。

杨立本说："春龙啊，以杨叔的眼光看，这个人还挺洋气的，刚才让你上车，你咋不上去呢？"

春龙笑笑说："嗨呀，啥车不一样坐。"

柳茂祥说："立本啊，你啊，也得说说你这个大侄儿，人家玲玲这闺女，也是个不错的人，可春龙啊，没看上人家。"

杨立本问春龙："你爸说的这都是真的啊？"

春龙说："我也不是看上没看上谁的事儿。"

杨立本说："那你是咋回事啊？"

春龙说："我现在根本就没想找对象！"

26. 山货庄

八月妈正在院子里摊晾着山货。

关小手推开院门走了进来，说："姐，我来了。"

八月妈正用簸箕簸着红景天，扬起一些灰土，她说："躲开点儿，没看我这儿正忙吗？"

关小手说："姐啊，真生我气啦？"

八月说："我不生你气咋的？有你这么当舅的吗？你这不是领着八月往窟窿桥上走吗？我看好了，将来八月就得坑在你手。"

关小手说："姐呀，八月养猪那贷款，都是我姐夫给当的经济担保人，他帮八月贷了十万块钱，都不是坑八月，怎么我拿了几万块钱，就成了坑八月了呢？我姐夫要是不帮八月贷款，我能往里投资吗？我是看了你们家支持，我才参与的呀！"

八月妈说："得了，你别再来找我理论了，刘金宝和秋水那孩子的事儿，你倒想怎么的，是想让他们在我这儿干，还是走，你定。"

关小手说："姐，你是山货庄的老板，留不留他们，哪我能定啊？那不得你定吗？"

八月妈说："两个孩子在我这儿干得都挺好的，都是叫你戳咕坏了。"

关小手说："姐啊，这你可真说错了，要搞科技信息咨询的事儿，事先你弟我真是一点儿都不知道。"

八月妈说："你别来蒙我了，这么大的事儿你能不知道？"

关小手说："你看，姐，我真是不知道。"

八月妈说："你说，那样行吗？那不把我这店里弄的，山货庄不山货庄，信息站不信息站的了么，能怨姐生气吗？我真不知道你们怎么想的。"

关小手说："哎呀，姐呀，他们搞信息咨询，也不用在你这山货庄里租台子了，我今儿个来就是来跟你商量商量，他们走村串户收山货的时候，顺便搞点信息咨询，也不耽误啥事儿，你看行不行？"

八月妈说："要让我说心里话，就是不行！可是你来说，我咋说不行？反正有一条，如果耽误了山货庄的工作，到时候可别怨你姐我像你唱的那个《包公断后》里的黑脸老包似的，大义灭亲。"

关小手笑了："姐呀，看来你是真给我面子，那就这么说妥了吧，孩子们一边收山货，一边搞一点信息咨询，保证不影响山货庄的工作，这回行了吧。"

27. 柳茂祥家

江玲玲那台红色的QQ车停在门前。

屋里，炕上摆着一些衣服。

春龙妈对江玲玲说："玲玲，你看你这孩子，来就来呗，给我们买这么多衣服干啥呢？"

江玲玲说："阿姨，咱们谁跟谁啊，我是搞服装的，这就是一点儿小意思！另外，我跟我爸妈都商量了，我春龙哥不是愿意养牛嘛，我们家准备拿出点儿钱来，在县城边上买块地，帮着我春龙哥建个大点的养牛场。"

春龙妈一听："哎呀，玲玲啊，你们家人想得也太周到了，你是不知道你春龙哥啊，一天迷这个养牛迷的，那都不知道怎么是好了，他要听说了，你们能帮他办养牛场，说不定得乐得从地上一个高蹦起来，还不得像个'二踢脚'似的？"

这时候，彩云和柳茂祥从屋外走了进来。

春龙妈问："春龙呢？"

彩云说："我哥去他那个养牛场了。"

江玲玲听了这话，微微一愣！

（第二十三集完）

第二十四集

1. 鞋店内外

鞋店里，樱桃和春虎正在接待顾客。

门外，樱桃妈坐在了煎饼摊前，在给来买煎饼的人摊着煎饼。

在门的左侧，酒仙儿和酒仙儿妻都坐在鞋摊儿旁。

酒仙儿一边钉着鞋，一边小声地对酒仙儿妻说："老婆子啊，我刚出来这么两天，你就想我啦？马上就跟过来了？"

酒仙儿妻说："别瞎说，我才不想你呢。"

酒仙儿说："那没想我，打电话的时候哭啥啊？"

酒仙儿妻往那边看看樱桃妈，回头又对酒仙儿说："老鬼！你能不能不说这话，叫别人听见了像啥？"

酒仙儿说："这能让别人听到吗？老婆子，镇子上咋样儿？这比村子里的家好吧！这也是家！春虎都跟我说了，让咱们把那个小卖店处理了，你也搬到镇子上来住呢。"

酒仙儿妻说："我倒是乐意来，可是来到镇子上干啥呀？待着也待不住啊，我总不能成天坐在这儿，看着你掌鞋吧。"

酒仙儿说："这话说的，那要想干事儿，不有的是要干的事儿吗？办个小型超市，开个饭店，干啥不行啊？"

酒仙儿妻说："办个小饭店倒是行，咱们守着松花江，办个鱼餐馆，你看行不行？"

酒仙儿说："有这么个想法行，等咱们把小卖店和村里的房子处理完了，把春虎也叫到一起，再细细商量商量这个事儿。"

酒仙儿妻坐在旁边看看街景说："这镇子上还是比村子里好，往这一坐，瞅哪儿，哪儿都眼亮！"

酒仙儿说："行了，喜欢镇子，这回，你就别回去了，家那边的事儿，我回去处理去。"

2. 镇上某酒店内

春龙的大舅和高德万都在这里。

春龙的大舅拿起酒壶，给高德万倒酒，说："德万大哥啊，你呀，真是个好大哥，豪爽！也多亏了你愿意成全我和樱桃妈这事儿，不然的话，你这大哥要在中间挡个横，樱桃妈也不好办。"

高德万接过酒杯说:"老弟啊,你比我年轻,身体也不错,你要是娶了樱桃妈,可要好好待她,那女人是个好女人,就是命太苦了。"

春龙的大舅笑呵呵地说:"德万大哥你放心,她后半辈子找了我,就是掉福堆儿里去了,咱家各方面条件都不错,错待不了她,来,干了。"

高德万把酒杯端起来,并没有马上跟春龙的大舅碰杯,说:"兄弟啊,那这杯酒我就喝了,你的话我也就当真了,日后你要是有啥地方,对不住樱桃妈,那你可就别怪我这当大哥的对不住你了。"

春龙的大舅站起身来,拿着酒杯和高德万碰了一下说:"大哥,你就放心,我肯定不能做出那些昧良心的事儿来。"

高德万和春龙的大舅碰了杯,各自喝下了酒。

3. 鞋店门前

酒仙儿和酒仙儿妻、樱桃妈、樱桃都站在门口。

酒仙儿对春虎说:"春虎啊,我们去吃饭了,你妈和你婶子都来了,我代表你,这鞋店的小老板,请她们吃个饭去。"

春虎说:"你们去吧,我看店。"

酒仙儿妻说:"春虎啊,一会儿我们吃完了,就把饭菜给你带回来。"

春虎说:"你们慢慢吃吧,不着急,我正忙着呢,一点儿也没觉着饿。"

酒仙儿招呼着酒仙儿妻、樱桃妈和樱桃说:"咱们走吧!"

4. 村中路上

江玲玲开着红色的小QQ车,拉着春龙妈往高德万家的方向走。

车上,春龙妈对江玲玲说:"玲玲啊,你别有啥想法,你春龙哥就是那个样儿,平时见着哪个女孩子他也不搭搭葛葛的,不行的话,你要有时间,这次就在村里住几天,和你春龙哥处长了,处出感情来了,你们的事儿就好办了。"

江玲玲笑着说:"阿姨呀,要说是时间我还是真有,可是我要真在这儿住几天,住哪儿啊,住在你们家多不方便啊?"

春龙妈说:"哎呀,玲玲呀,有啥不方便的,你和彩云住一个屋不正合适吗?"

江玲玲说:"看吧,如果有必要的话,我就住。"

这时候,春龙妈高兴地说:"这不就对了吗?有时间咱娘俩还得说说刺绣花布的事儿呢。"

5. 村里某猪圈旁

八月趴在猪圈跟前,看着那些刚抓来的小猪崽。

高海林开着小四轮子,停在了猪圈跟前说:"八月,砖和锅我都拉来了。"

八月就和高海林一起从小四轮子上,往下卸砖和一口大锅。

高海林说:"八月,你看这口锅烀饲料够用了吧?"

八月说:"嗯,这口锅可不小。"

6. 关小手家

院子里,"小鞭杆子"和秋水,正在往一块红布上贴'流动科技信息车'的字。"

李大翠呢,正屋里屋外地忙着做饭。

关小手背着手走到了"小鞭杆子"和秋水跟前。

秋水说:"爸,看我们整的这玩意咋样儿?"

关小手淡淡地说:"不咋样儿!"

"小鞭杆子"说:"师父,这字我们是找大鹏哥写的美术字,写完后一点点儿剪出来的,还不好啊?"

关小手说:"字好不好有啥用?我看你们搞科技信息咨询,还没抓到根本上。"

"小鞭杆子"说:"师父,我听你这是话里有话呀,那就明说呗。"

关小手说:"你们搞这个科技信息咨询,光依靠县里的农业技术推广站,还不够,你们得找点儿更高层次的人,当你们这个信息站的顾问,那你们这个科技信息咨询就能够搞火了。"

秋水说:"爸呀,你是不是说让我们去找苏教授,来给我们当顾问啊?人家那么大教授,能瞧得起我们吗?"

关小手说:"你们没去找她说,怎么就知道不行?"

"小鞭杆子""啪"地一拍大腿说:"师父,这个主意好啊!这两天,我光寻思请我八月姐和春龙他们这些人,给我们当指导,可没想到要请苏教授。"

秋水说:"我看哪,人家够呛能答应咱。"

"小鞭杆子"说:"秋水,俗话说:师父领进门,修行在个人,师父都把话明点给咱们了,余下来的事儿,就咱俩自己办吧,走,我领你找人去。"

秋水说:"咱们就这么去啊,不有点儿犯傻吗?"

"小鞭杆子"说:"我领你找一个人去,我相信这把钥匙,肯定能打开这个问题的锁头就是了。"

秋水说:"谁呀?"

"小鞭杆子"说:"大姑家的二闺女,咱们的二姐,杨九月呗。"

秋水听了,笑着说:"哎,你别说,找她还真合适,我说你这小子,心眼儿咋来得这么快呢?"

"小鞭杆子"说:"知道这是啥问题不?智商问题!你哥我高智商。"

秋水说:"吹啥呀?你能想出来找我二姐杨九月,就算能耐啦?找的不还是我家亲戚吗?"

说着,两人走吧。

这时候,杨立本从院门口走进来,和"小鞭杆子"、秋水走了个对头。

秋水就说:"大姑父,我九月姐在哪儿呢?"

杨立本说:"在村委会那儿吧。"

"小鞭杆子"和秋水走了。

杨立本进了院,看看地上铺着的"流动科技信息车"的条幅,对关小手说:"咋的?和你姐都说明白啦?"

关小手说:"说明白了,我们姐俩之间的事儿,有啥话说不明白的。"

杨立本说:"嗯,我看这个事儿是个好事儿,村里对这个事儿得支持,这俩孩子着急忙慌地跑出去干啥去啦?"

关小手说:"办他们的事儿去了。"

这时候,李大翠扎着个围裙从屋里出来,说:"姐夫来啦,一会儿在我们这儿吃饭吧。"

杨立本说:"吃啥饭呢?我寻思是找你们几个人,在一起说点儿事儿,没想这俩孩子还走啦。"

关小手说:"姐夫,你有啥事儿,跟我说不就行了吗,需要我给他们传达的,等回来我再给他们传达。"

杨立本说："上头对咱们农村的文化建设也挺重视的，你们这个小剧团成立也有那么几年了，可老是这么下去，也搞不出个规模，上不了太大档次。"

关小手说："姐夫，那你是啥意思啊？"

杨立本说："不是我的意思，是镇上和村委会的意思，想叫你们在这个小剧团的基础上，把村里头年轻人啊，像高德万那样的老人，都吸收进来。不一定都唱二人转，歌曲呀，舞蹈呀，节目也可以搞得更丰富多彩一点儿。"

关小手说："那是好，可这个剧团归谁管呢？是个人的，还是集体的呢？"

杨立本说："我说啊，还是有分有合好，你们这个小剧团，该存在还存在，该出去演出挣钱就出去。咱们村里这个大剧团呢，就作为群众活动的一个项目，没事儿的时候，大家就经常在一起热闹热闹。"

关小手说："那这剧团叫啥名啊？"

杨立本说："镇里的意思，是叫高粱红剧团。"

关小手说："高粱红？好像别的村也有叫这个名的，这个名不俗了点儿吗？"

杨立本说："俗啥啊，我看不俗！咱们东北这块地方不就是大豆黄、高粱红的吗？"

关小手说："'大豆黄'这个名可不咋好听，那还是叫'高粱红'吧。"

杨立本说："那创办剧团这个事儿，就交给你了，你就兼着这个业余剧团的团长了，活动场所就在那个文化书屋，你看行不行？"

关小手说："村里把这么大个事儿，都交到我头上了，那还有啥不行的。"

李大翠从屋里出来说："哎呀妈呀，你们俩人说啥呢？怎么把我们家这口子乐成这样了呢？牙花子都露出来了！"

关小手拍拍胸脯说："大翠啊，你知不知道，就这么一会儿工夫，你老公的身份变了。"

李大翠说："咋的啦？"

关小手说："由小团长升为大团长了。"

李大翠说："什么大团长啊？就你这个样儿的，给你个班长当你也都干不好。"

关小手说："我告诉你啊，你说话可要注点儿意，不能打击我的积极性，你要表现好啦，我兴许提拔你当一个团长助理啥的，你要是表现不好，门儿也没有。"

李大翠说："妈呀，这咋越说越真了呢？姐夫，他说的是啥团长啊？"

杨立本笑着说："大翠啊，他说的是真的，咱们村上要成立高粱红剧团了，让他当团长。"

李大翠瞅瞅关小手说："哎呀，一眼没照到，乌鸡真要变成彩凤凰了。"

关小手说："说谁是乌鸡呢？就打过去，咱们虽不是大凤凰，那咱也是小凤凰啊。"

杨立本笑了。

7. 高德万家

牛圈旁，那辆QQ车停在那里。

春龙正在牛圈里喂牛。

高甜草挑着一担饲料往牛圈里走。

春龙妈带着江玲玲，走进牛圈来。

甜草对春龙妈说："婶，你们来啦。"

春龙妈对甜草说："甜草啊，你在那个小学不教课啦？怎么我老看见你帮助春龙忙活这养牛的事儿呢？"

甜草笑着说："婶子啊，这不赶到中午了嘛，下午我就在家给学生批作业了。"
春龙妈说："甜草啊，你知道站在我身边的这个人是谁吧？"
甜草笑着说："知道。"
春龙妈说："你既然知道，你春龙哥是有对象的人了，你就别老往你春龙哥跟前凑合了，行不行？"
春龙正在给牛拌着草料，听见妈说这话，他"砰"地把拌草料的棍子摔在槽子上说："妈，你说啥呢？"
春龙妈说："有些话，我看不说明白了也不行，甜草，你把饲料放那儿吧，以后我们家春龙养牛的时候，你别再跟着掺和了！"
甜草眼里有了泪，说："婶子啊，你看，春龙哥租用了我家的牛圈，我寻思离着我家近，用我家的锅帮他烀点儿饲料啥的，就是想帮帮他的忙，我也没什么别的意思呀？"
春龙妈说："没有别的意思那就更好啦。你家锅里头，是不是还有烀的饲料呢？"
高甜草说："嗯。"
春龙妈说："走，玲玲，咱娘俩一起把锅里的饲料都掏出来，打今儿往后，再烀饲料，咱们自己回家烀去。"
春龙手捂着脸，蹲在了牛圈里，不吭声。

8. 某猪圈旁
高海林已经用几块砖搭起了临时炉灶，把那口铁锅支到了砖上。
八月用一个手推车，拉来了一车苞米秸子。
高海林拿起一根扁担，挑起一副空水桶说："我去挑点儿水。"

9. 村委会
"小鞭杆子"和秋水走了进来。
见成大鹏、彩云、成小鹏、九月都在院子里。
秋水就招呼九月说："九月姐，你出来一下。"
九月起身走向"小鞭杆子"和秋水。
那边，在院子里那块案板上，大鹏用刀雕着那尊泥塑。
彩云在旁边看着。
雕着雕着，成大鹏突然停下雕刀，说："不行，精气神还是不像你。"
彩云说："大鹏哥呀，我看差不多就行了，你都毁了好几个了。"
大鹏把那座泥塑放在一边说："不行，这是艺术品，要做就做得最好。"
春龙妈说："哎呀，你要求太完美了，生活中的我，本身也不完美啊。"
大鹏说："不把你心里的东西雕出来，还是没下到功夫，这个雕像还是没雕好。"
彩云说："大鹏哥呀，那我得等到啥时候，才能等到你给我这个雕像啊？"
大鹏说："你等着吧，总有雕好的那一天。"

10. 高德万家
外屋，春龙妈在从锅里往舀那些牛饲料，而后，拎着饲料出去了。
屋里，甜草坐在炕头上，落着泪。在炕上的小桌上放着一摞学生的作业。
江玲玲从外屋悄悄地走里进来，她看着甜草说："甜草，你别哭了，你这一哭，倒把我的心给哭难受了，你跟我说句实话，是不是你心里恋着柳春龙呢？"
甜草哭了。

江玲玲说："行了，甜草，那你就不用说了，你的心思我明白了。"

甜草哭着说："像春龙哥这样的人，女孩子心里不喜欢他才怪呢！可其实我跟春龙哥，真的是没说过这方面的话，春龙哥到底对我咋想的，我根本就不知道！"

江玲玲坐在甜草身边："甜草啊，要依照过去人的看法，那咱们俩就是情敌了，可我是这么想的，如果你喜欢春龙，春龙也真喜欢你，我就退出去！"

这时候，高海林走进屋来，一见甜草哭了，就说："甜草，你是怎么啦？"

甜草没吭声。

高海林又对江玲玲说："你是谁？是不是给柳春龙介绍的那个对象？"

江玲玲说："是我。"

高海林说："刚才我看见春龙妈拎着两桶饲料进牛圈了，甜草你告诉哥，是不是她们欺负你了？"

甜草还是不吭声，只是在那里啜泣。

高海林指着江玲玲说："你们也太欺负人了，都欺负到我们家里来了，你给我滚出去！"

江玲玲听了这话，眼睛里也涌出了些许泪花，低着头要出去。

高甜草呢，却下地抓住了江玲玲的胳膊说："玲玲，你别走！"

高海林说："甜草，你护着她干吗？"

甜草说："哥，这里头也不关人家玲玲的事儿。"

高海林说："那就是春龙妈欺负你了，我找她去。"说着，就摔门走了出去。

院门口，高海林对拎着桶刚要走进院来的春龙妈说："你给我站住，平时我和甜草都是管你一口一个婶子地叫你，你怎么能这么欺负人呢？"

春龙妈说："海林子，你这是怎么跟我说话的呢？你们家甜草，不老往春龙跟前凑合，我能说着她吗？你不也看见了吗，我们家春龙都是有对象的人了，我说说你们家甜草不应该吗，这能怨着我吗？"

高海林说："我们家甜草好心好意地帮着春龙做点儿事儿，那就是搅和春龙处对象的事儿啦？我告诉你，别以为你们家春龙有啥了不得的，我们家甜草还不一定看得上你们家春龙呢！"

春龙妈说："看不上更好，那一天云彩不就都散了吗？我怕的不是她看不上，是看上了，像蚂蟥叮在人腿上似的，连拍带打的都不撒嘴。"

春龙从牛圈里走出来说："妈，你能不能少说几句。"

春龙妈说："你怎么不说说他呢，不让他少说几句呢。"

这时候，甜草和江玲玲从屋里走出来了。

甜草一边抹着眼泪，一边对高海林说："哥呀，你别跟她吵了，这个事儿不怨人家，都怨我！"

高海林一听甜草说这话，没再吭声，一脸怒气地走了。

春龙妈冲着高海林的背影，自言自语地说："这个海林子，脾气还不小呢，跟我还发上火了，发得着吗？"

甜草见高海林走了，就踅身向自己家院里走去。

江玲玲往回送她说："甜草啊，你可别再想太多了，你看你哥，对你多好，知道护着你，我也有个哥，可对我没有你哥对你这么好。"

甜草说："哎呀，玲玲，你看我哥这个人，怕我受委屈，当着你的面还发了这么大的脾气，让你笑话了。"

江玲玲说："那笑话啥呀，你哥这一发脾气，我倒是感觉到了，你哥是个男人，一个有情有义的男人！"

11. 镇上某饭店
高德万和春龙的大舅正在那里喝酒。

酒仙儿、酒仙儿妻、樱桃妈、樱桃走了进来。

高德万一见说："哎哟，茂财，怎么是你们呢？"

酒仙儿说："走了一圈儿了，看了好几家饭店，还是这家饭店好，我们就进来了。"

樱桃妈看看高德万。

高德万也看看樱桃妈。

春龙的大舅拿眼睛觑着樱桃妈，笑笑，站起来，说："反正你们也没几个人，都坐在一起吃好不好？"

酒仙儿妻看了一眼樱桃妈说："不了，不了，你们吃你们的吧，我们就坐在那边那桌了。"说着，他们几个走到另外一桌坐下了。

春龙的大舅走到酒仙儿他们桌前，对酒仙儿说："兄弟，既然碰上了，这就是缘分，你们要什么菜，只管点，今儿个我请客了。"

酒仙儿说："这啥话呢？我们都说好的事儿，今天我代表我儿子请客，哪能用你请呢？好像我们兜里没带钱似的，不用啊！"说着，他把菜单递给樱桃妈和樱桃，说："哎呀，说起来，咱们这也都不是外人了，点菜吧，想吃啥点啥啊。"

12. 村里某猪圈旁
支起的那口大锅里已经烀上了猪食。

八月正拿个铲子，在锅前搅拌着那些猪食。

高海林一边烧着火，一脸怒色。

八月问他："海林哥呀，怎么一转身的工夫，脸色就变成这样了呢？这是跟谁生气啦？"

高海林说："还有谁？我都不想说她了。"

八月说："是不是跟春龙妈啊？"

高海林说："她把那个江玲玲领到我家去了，把甜草都欺负哭了。"

八月说："海林哥呀，我看哪，别看你们家甜草和这个江玲玲都挺喜欢柳春龙的，柳春龙可不一定同意！"

高海林说："不就是个大学毕业生吗？眼珠子快长到脑瓜顶上去了，有啥了不起的？"

八月说："你也别那么说人家，人家有人家的想法，不等于说和咱甜草处了对象就是好人，没处人家就不好。"

高海林说："对春龙，我还真没有啥太大意见！我主要是对他那个妈有意见，这不知道从哪儿领来这么个江玲玲，当成个宝儿似的，不就是个县城里的人吗？开那么个小破车，有啥了不起的？八月，你等着，将来我把事业干起来了，我非得给甜草买台好车，比比他们，让他们知道，人外有人，天外有天。"

八月笑了说："行，你能有这把浪木工艺厂干起来的决心，就好，到时候，我可就看着你给甜草买车了。"

高海林说："你还不信我咋的，走着瞧。"

13. 高德万家

江玲玲对坐在炕上的甜草说:"甜草啊,你就好好歇着吧,这么些学生作业还等着你批呢!我就借你个围裙出去帮春龙干点活儿啦,过会儿我再来看你啊。"说着,她把甜草的围裙扎在了自己身上,就出去了。

14. 镇上

小饭店里,酒仙儿、酒仙儿妻、樱桃妈、樱桃正在吃着饭。

高德万和春龙的大舅两个人端着酒杯,摇摇晃晃地走过来。

高德万显然有些喝多了,他醉言醉语地说:"樱桃妈,樱桃,茂财,春虎妈,你们都在这儿呢,我高德万在村子里头这么些年,你们都知道我是个热肠子的人,看着樱桃妈一个人挺门儿过日子,也真够苦的,我一直想帮樱桃妈找个人,可是找了这个觉得不合适,找了那个觉得不称心,今儿个,我总算把这个人给找着了,就是我身边站着这位大兄弟,这个人呀,人品没的说,知根知底啊,樱桃妈要是也没啥意见,把这宗事儿办成了,我压在心里的一块石头也就搬下去了。来,今儿个高兴,喝点酒!"说着,他拿起酒杯来,要和桌子上的人碰杯。

酒仙儿说:"哎呀,我们这一桌也没有人喝酒啊,那咋整呢,拿个水杯和你碰碰?"

酒仙儿妻用手抻抻酒仙儿的衣角。

酒仙儿就说:"这水杯还都是空的,还没倒水呢。"

樱桃妈神情木讷地看着高德万。

高德万说:"行了,你们既然都不喝酒,我就拿这酒杯和桌子碰一下,就这么个意思啦!"说着,他拿起酒杯碰了一下桌子,自己把杯子里的酒一饮而尽。

樱桃妈这时候说话了:"茂财啊,咱们吃完了,走吧。"说着,就站了起来。

酒仙儿说:"等会儿,还没买单呢。"

春龙的大舅说:"哎呀,你们买啥单呢,我不都说了吗,这一桌饭的单我买。"

樱桃妈对樱桃说:"樱桃,你把这桌饭菜的单给我买了。"说完,樱桃妈头也没回,就走出去了。

春龙的大舅说:"你看,这怎么饭没吃完,话说到半道儿,她就走了呢?"

樱桃站起来对高德万说:"大爷,我妈心里怎么想的我知道,我看哪,我妈的事儿,就不用你再惦记了,你今后也别再把别的人往我妈跟前领了,我妈烦这事儿。"说完,对服务员说:"买单!"

酒仙儿说:"用你买啥单呢?"他赶忙掏出钱来,递给服务员说:"我买啊!"他对酒仙儿妻说:"你和樱桃先回去吧。"

酒仙儿妻拎起桌上的两个打包盒说:"这顿饭吃的,钱花多花少不说,没吃好,挑来挑去,挑了这么一个饭店。"

15. 高德万家

牛圈里,江玲玲扎着甜草的围裙,在牛槽前帮着搅拌饲料。

春龙也在另外的一个槽子里搅拌着饲料,一直不说话。

江玲玲说:"春龙哥呀,你倒是咋回事啊?怎么老是今天不见我,明天躲着我的,也不拿正眼睛看我,我就那么不好?"

春龙说:"我可没说你不好,但是我得把心里话告诉你,我心里头早有别人了。"

江玲玲听了这话,笑笑说:"我知道,你和我说的那个人儿是啥关系,我都弄明白了。柳春龙,我也得告诉你一句心里话,我江玲玲无论是做人,还是做买卖,从来没输给过谁！将来咱们俩的事儿成不成，是两说着，但是我也得让你知道，我江玲玲到底是个啥样的人，和你心里那个人儿比，到底我们两个谁更值得你爱一辈子。"

春龙说："反正我的心里话都跟你说了，别到时候你弄得竹篮打水一场空，怨我。"

江玲玲说："我就不信，就算你是块冰，我也能焐化了。"

16. 柳茂祥家的蔬菜大棚

柳茂祥还在砌北边的夹层墙。

春龙妈拎着饭菜走了过来，说："老头子，别紧着忙活了，快吃饭吧。"

柳茂祥说："我怎么听说你刚才跟人家海林子吵起来了呢？"

春龙妈说："谁这嘴咋这么快呢，谁传的啊？"

柳茂祥说："你别管谁传的啦，有没有这事儿吧？"

春龙妈说："你说那个甜草啊，这明明看着玲玲是咱们春龙对象，可是呢，就黏黏糊糊地贴着咱们家春龙不撒手了，你说玲玲又给咱们买衣服，又说要在县城帮助春龙办牛场的，咱们能让春龙脚踩两只船吗？我把话跟甜草说明白了，甜草就哭上了，那个海林子就说，我欺负他家甜草了，老头子你说，我做得不对吗？"

柳茂祥说："哎呀，都是老邻旧居的了，不管啥话，都慢慢说呗，你是当长辈的，跟海林子吵吵啥，要我说，这个事儿啊，也怨不着人家甜草，要怨就怨咱们家春龙，他要是不跟人家甜草黏糊，人家甜草能老跟他黏糊啊？"

春龙妈说："对，苍蝇不叮无缝的蛋！这个春龙啊，也真是愁人，那江玲玲多好啊，咱们家春龙要是不找江玲玲去找甜草，这不是明摆着，放着通天大路不走，非走那硌脚的羊肠小道吗？"

柳茂祥晃晃脑子说："现在的年轻人啊，他怎么想的，咱们这些当老人的，真是把握不住。"

17. 镇上某酒店内

吧台前，春龙的大舅抢着买单。

酒仙儿说："你看看，我一个劲儿地说，不用你买，你非得抢着买什么单呢？"

春龙的大舅说："德万大哥和你来，都是为了帮我，全镇子这么多饭店，你没说把樱桃妈领到别的饭店吃饭去，专门领到这儿来，这意思我能不明白吗？这份情我能不领吗？不管这事儿成不成，这顿饭钱都得我花。"

酒仙儿说："你看，我说我花吧，你非得要你花，这玩意我也争不过你啊，行啊，我要硬说，我们是赶巧走到这个饭店里来的，你也不能信，那你实在要花就花吧，我也没招，让我省钱还不好吗？"

18. 村委会院门口

九月过来告诉"小鞭杆子"和秋水说："我告诉你们啊，苏教授同意当你们的咨询顾问了。"

秋水说："九月姐啊，那你没跟人家说说啊，咱们得给人家多少钱啊？"

九月说："人家苏教授，就是帮你们，根本没提钱的事儿。"

"小鞭杆子"说："哎呀，妈呀，你看人家苏教授，这在我心目中也太高大了，这才是喜马拉雅山上，珠穆朗玛峰顶上最高最高的那个山尖呢。"

这时候，镇里的王镇长和杨立本两个人走了进来。

杨立本对九月说："镇长听说苏教授来了，特意过来看看，你苏阿姨呢？"

话音未落，苏文丽从村委会门里走出来。

杨立本给王镇长介绍说："这就是苏教授！"并向苏文丽介绍着王镇长说："这是王镇长。"

王镇长说："哎呀，瞅着咋这么面熟呢，是不是在电视里头，搞过农业科学知识讲座啊？"

成小鹏在一边说："是有这事儿，有段时间我妈经常在电视上露面，出镜率都赶上电视明星了。"

苏文丽说："去，该干吗干吗去。"说着，跟王镇长握着手。

王镇长说："哎呀，苏教授啊，现在农村，村和村，户和户，人和人的，都比着想富，致富靠啥啊，不靠科技行吗？哪个地方依靠科技，依靠得好，哪个地方就先富起来了。像你这么有名的教授，能多帮帮我们，我们村里镇里就富得更快了。我今儿个来啊，就是想请你给我们镇当农业发展的技术顾问，不知道能行不能行？"

苏文丽说："行，那有啥不行的呢？凡是对农村发展有好处的，需要我出力的，都行。"

"小鞭杆子"在旁边说："镇长啊，我还是第一回见着你这么大的大官呢，我壮着胆子跟你说句话吧，人家苏教授，那么大个教授，可不是打乌米的眼睛净往上瞅的人，拿咱们这些小人物可当回事了，刚答应给我们搞科技信息咨询当顾问，哎呀，都把我们这些小人物给感动坏了。"

王镇长说："哎呀，你是谁啊？"

"小鞭杆子"说："你这么大镇长，一天事儿那么忙，能认识我吗？说名你也记不住，你就记我个外号吧，我叫'小鞭杆子'。"

王镇长笑笑说："提别人不知道，提你'小鞭杆子'，我能不知道吗？我早就知道你叫啥名了，你不就叫刘金宝吗？"

"小鞭杆子"说："哎呀，镇长，你咋还能知道我名呢，我一个平头老百姓。"

王镇长笑着说："你们把那个流动科技信息车都搞出来了，我再不知道你刘金宝的名，我这个镇长干脆我就别当了，回家哄孩子去了。"说着，他和苏文丽他们一起往村委会的屋里走。

"小鞭杆子"在后边自言自语地说："这个领导不错啊，还挺了解下情的呢，连我的大名都知道，谁泄露的呢？"

19. 镇上饭店门外

高德万、酒仙儿和春龙的大舅三个人走了出来。

高德万对春龙的大舅说："你回去吧，我马上就找个车回村了。"

春龙的大舅说："大哥，你这都喝晃悠了，自己回去了，我哪能放心呢？这么的吧，不行我找个车送你吧。"

酒仙儿说："别的啦，我也正想回村呢。一会儿我就和德万大哥一起回去了，饭菜的单都叫你买了，这个钱哪能再让你花呢？"

这时，一辆广本厢式车停在了他们三个人身边。

开车的人是一个年轻小伙子，他摇下车窗问酒仙儿："师傅，我跟你打听一个道儿，老龙岗村离这还有多远？"

酒仙儿说："怎么的，你要到老龙岗村去啊？"

那个年轻小伙子说："是啊。"

酒仙儿说："那你就不用打听道了。"

那个年轻小伙子说:"我是第一回往这边来,我不知道怎么走。"

酒仙儿说:"你把我和我这位大哥,拉上不就得了吗?我们俩,最知道这条道了,都是老龙岗村的人。"

那位小伙子看看高德万说:"哎呀,是不是有点儿喝多了,没事儿吧?"

酒仙儿说:"没事儿。"

那个小伙子说:"那就上车吧,我就把你们捎着了。"

酒仙儿说:"捎你也不白捎,要不你东问西问的,还兴许走错了道,我就坐前面吧,跟你指道。"说着,他把高德万扶进了后座上,自己坐在了副驾驶的位置上,跟站在车外的春龙的大舅摆摆手。

那个小伙子把车开走了,当车经过鞋店门口的时候,酒仙儿对那个小伙子说:"停,停,停!"

那个小伙子就停下车。

酒仙儿问:"这个车玻璃怎么摇下来?"

那个小伙子就把车玻璃给他摇了下来。

酒仙儿坐在车上,跟门口的酒仙儿妻说:"哎,淑芬哪,我这就回村去了啊!"

酒仙儿妻说:"你们这就走啊?"

酒仙儿说:"跟德万大哥一起回去,看见没,坐轿车!"

酒仙儿妻说:"是不是春龙的大舅给找的车啊?"

酒仙儿说:"净扯,咱们能用他找车吗?刚出饭店,车'咔嚓'一下子就停到咱们跟前来了,打听道的,要上老龙岗村的,知道不?走了啊!"

那个小伙子开着车走了。

20. 某猪圈旁

八月一边喂着猪,一边对海林子说:"我这块不用你帮啥了,春龙妈提出来,要把他们家的沼气池改造改造,全村子就剩他们一家了,你过去帮他们弄弄。"

高海林说:"我不去,春龙妈不是愿意烧苞米秸子吗?让她烧去吧。"

八月笑了,说:"海林哥,你别因为跟春龙妈吵了两句,就要小孩子脾气,这沼气池改造是村里安排的,你该去还得去啊。"

海林子摇摇脑袋说:"嗨,村里安排的,我就去吧,可给那春龙妈家干活,我这心里啊,真是不乐意!"

八月说:"我一寻思海林哥就不是那心眼儿小的人,肯定能帮着她家,把事儿做好。"

21. 镇子通往村子的公路上

酒仙儿说:"哎呀,原来你是江玲玲的亲哥江天啊!我可告诉你,原来啊,我坐你的车捎个脚,我还想领你的情来着,现在一听说咱们是这关系,得了,都不是外人啦,这个情我就不用领了。"

那个小伙子笑着说:"我可没听明白,咱们是怎么个关系啊?"

酒仙儿说:"你看吧,你妹妹江玲玲是柳春龙的对象,柳春龙的爸是谁?是我亲哥柳茂祥!我呢,是春龙的亲二叔,这论辈儿,江玲玲和你俩不都管我叫叔吗?这不是当叔的赶巧冒蒙儿地坐在大侄儿的车上来了吗?"

江天说:"早就听说村子上的人亲戚套亲戚,没承想,这道边随便拉两人,有一个就和我连上亲戚了。"

酒仙儿说:"哎,你说这话可不对啊,咱们这亲戚可不是硬连上的,可是挺近便的亲戚呢。"

22. 高德万家牛圈旁

王镇长、苏文丽、杨立本从牛圈里走出来。

王镇长对春龙说:"春龙啊,你们干得好,你们先分成几个点,这么散养着吧,镇子里头已经规划了,将来要统一建这个养猪场和养牛场,到时候,你们就到镇子上去发展吧。"

杨立本说:"镇长啊,从打到了村里,你就东走西看的,这早就过了饭口了,到我家吃饭吧。"

王镇长笑着说:"八月那个猪场不还没看的吗?看完了再说。"

杨立本说:"家里的小笨鸡炖蘑菇,早就准备好了,我怕一会儿凉了。"

王镇长说:"别扯了,我才不吃你们家的那小笨鸡呢。"

杨立本说:"戒啦?"

王镇长说:"你没看电视剧里演的吗?镇长一进村,村民就满院子抓小鸡,好像镇干部下来专门是为了吃顿饭来的似的,我不知道那说的是哪儿?反正像我这当镇长的,可不用到村里来吃小笨鸡,我姑娘就是县里的养鸡大户,肉食鸡养了一万多只,小笨鸡呢,也养了千八百只,我还用得着到你们这村里来吃小笨鸡呀?"

杨立本说:"别说你这当镇长的,不缺这个,哪户农民鸡鸭啥的少养了?我们请吃的就是家常便饭。"

王镇长说:"你赶快告诉你家嫂子,就是给我整个醋溜土豆丝、木耳烧白菜,我就吃这个。"

杨立本说:"行,已经做的,你不吃,就我们自己吃。"

说着,他们继续往前走。

23. 酒仙儿家

江天开着广本厢式车,停在了门口。

酒仙儿在车里说:"大侄儿,那我就先下了,和我家这院隔着墙的那边,就是春龙家。"

江天说:"我先把后边那位叔送过去。"

酒仙儿回头对高德万说:"德万大哥,那我就先下了啊。"

高德万说:"你先下吧。"

酒仙儿又问江天说:"大侄儿,开这个车门掰哪个钮来着?我可别乱掰。看给掰扯坏了。"

江天给酒仙儿打开了车门。

酒仙儿下去了。

江天开着车走了。

酒仙儿一进院,见春龙妈正在院里忙着喂鸡喂鸭。

酒仙儿就说:"嫂子,往这边看。"

春龙妈说:"你咋又回来了?"

酒仙儿说:"这话说的,这不是我家吗,不还没搬镇子上去呢吗?我这回来处理处理小卖部和这房子的事儿,不正应该回来吗?"

春龙妈说:"那是谁送你回来的啊?"

酒仙儿说:"别寻思就你那屁股金贵,坐过小轿车似的,这会儿咱也坐过了,开车的人你还不认识吧?我告诉你,是咱们亲戚,关系还不远呢。"

春龙妈正要跟酒仙儿说什么,高海林走进院来。

春龙妈愣眉愣眼地看着高海林说:"海林子,咱们娘俩吵吵两句,你还没完啦?怎么还找到我家来啦?"

高海林看看春龙妈,在院里的饭桌旁的凳上坐下,没吭声。

春龙妈说:"你看这孩子,这么看着我干啥啊?你是想怎么的吧?"

酒仙儿隔着墙说:"嫂子,你怎么不是跟我吵就跟我大哥吵,这回又跟海林子吵什么架呢?海林子我这大侄儿多好啊!"

高海林对春龙妈说:"我来可不是跟你吵架的,你们家不是要改造沼气池吗?村上让我来的。"

春龙妈说:"哎呀,你看我怎么把这个茬儿给忘了,行了,行了,沼气池就在房后呢,你该改就去改吧,需要我帮着照应啥,你就说话。"

高海林没再吭声,向后院去了。

酒仙儿隔着墙对春龙妈说:"嫂子,我哥搬到蔬菜大棚那个小房子里住去了,行李卷搬回来没有?"

春龙妈说:"你别管我们家的事儿,好不好?"

酒仙儿说:"嫂子,这我才上镇子去了几天,怎么你就说上你家我家的了呢?咱们两家隔着墙是两家,可是要把这墙拆了,那不也就是一家人吗?大哥大嫂家的事儿,我能不管吗?"

春龙妈没好气地说:"愿意管你就管吧,我可没工夫跟你闲磨牙!"

酒仙儿说:"嫂子,我看你这人啊,今天中午肯定吃的不是饭,而是枪药,不然怎么看到谁嗓子眼儿都冒火呢?"

24. 镇上鞋店的里屋

樱桃妈坐在床前,眼睛红红的。

酒仙儿妻坐在她的身边,劝着她说:"大姐啊,别太和自己过不去了,人生不少事儿啊,都是心刚命不随啊!"

25. 高德万家

那辆广本厢式车停在门口,江天扶着高德万走进屋里。

屋里,甜草正红着眼睛,批改着学生的作业,突然见江天扶着高德万走了进来,一愣,忙下地,把高德万扶了过来,扶到炕上,让他躺下。

甜草问江天:"我爸咋喝了这么多酒啊,您是?"

这时候,江玲玲扎着围裙跑进屋来,说:"哥,一看着车牌号我就知道是你来了,你咋找到这儿来呢?"

没等江天说话,高德万说:"随便捎个脚,就到了这儿了。"

江玲玲对甜草说:"这是我哥江天,哥,这是村小学教师甜草。"

江天说:"哎呀,咱们虽然不认识,可我也是教育系统的。"

甜草说:"你在哪个单位啊?"

江天说:"在县教育局。"

甜草一边擦着泪迹,一边对江天说:"你看,没想到我爸在镇子上喝多了,还麻烦着你了。"

江天说："说实话，上车的时候，我也不知道拉的这个人是你爸。"

江玲玲说："哥呀，你怎么想起上这儿来了？"

江天说："到各小学检查工作，顺路，我也想看看你那个对象春龙到底啥样儿？"

江玲玲说："啥样儿？就那个样呗，正在牛圈里喂牛呢。"

江天说："好，我去看看去。"说着要往外走，转身又对甜草说："哎，甜草啊，一会儿到你们学校看看去啊。"

甜草点头："嗯！"

26. 柳茂祥家蔬菜大棚前

柳茂祥还在砌着夹层墙。

酒仙儿抱着行李卷儿走过来说："哥，我来找你来啦！"

柳茂祥说："你怎么回来啦？"

酒仙儿："你看你跟我嫂子俩，因为我的事儿老闹意见，我不帮你们把这个事儿处理好能行吗？"

柳茂祥说："哎呀，拉倒吧，我们的事儿，早就没事儿了。"

酒仙儿说："那不对啊，我看这个行李卷还在那个小房子里放着了，我给你搬回去了啊。"

柳茂祥说："搬啥搬啦？我正经得在这儿住几天了，没看着正搞大棚改造呢吗？"

酒仙儿说："哎呀，我还以为你们两口子还在闹分居呢！那这要真改造大棚，这个事儿我就不管了。"

柳茂祥说："茂财啊，你啥时候还回镇上啊？"

酒仙儿说："你弟媳妇淑芬直接留镇子上住了，我回来把小卖店和房子的事儿，处理完了就走。"

柳茂祥说："嗯，这是真话！我一寻思，你不能因为我和你嫂子闹意见的事儿，专门跑回来嘛。"

27. 高德万家牛圈里

江天和柳春龙一起搅拌着牛槽子里的饲料。

江天说："春龙啊，今儿个咱哥俩是第一次见面，我就跟你说一句话：你对我妹妹好点儿！"

柳春龙闷头搅拌着饲料，不吭声。

江天说："哎，我说的话，你听着没？"

春龙说："这话我没法说，我知道这事儿也不怨你妹妹，都怨我妈，老乱张罗给我介绍对象，其实我心里早有人了。"

江天停住了手里的活儿，说："那既然是这样，你得跟我妹妹说清楚啊，不然她左一趟右一趟地老往这里跑，我们家还张罗着在县里帮你办养牛场呢，这到底算怎么回事啊？"

春龙说："我都跟玲玲说过了，她不信啊！"

江天说："行了，我啥都明白了，我找她去。"

28. 村委会

八月妈拿着不少山货走进屋来。

苏文丽在屋里站起来说："你看你拿这么多东西来干啥啊？"

八月妈说:"你看你们明天就要走啦,九月在你跟前,你待她就像亲闺女似的,我也没啥给你拿的,带点儿这山货,你回去换换口味。"

这时候,关小手、李大翠、"小鞭杆子"、秋水也从外边走进屋内。

李大翠说:"哎呀,文丽大姐,你看也没有待几天,明天就要走啦。"

苏文丽说:"哎呀,待的日子不少了,以后咱们常来常往。"

关小手说:"金宝和秋水你俩啊,你们苏阿姨还能在这儿住一晚上,你们这帮年轻人都好好陪陪她,有啥不懂的地方,就抓紧问啊。"

29. 高德万家

江玲玲从一个洗脸盆里拧干一条毛巾,递给甜草。

甜草呢,给躺炕头已经睡着了高德万,擦着脸和手。

江天从外边走了进来,说:"玲玲,你出来。"

江玲玲和江天走到了外屋。

江天说:"你张口说柳春龙是你对象,闭口说柳春龙是你对象,可人家承认你是他的对象了吗?你说你小围裙也扎上了,又帮他喂牛又是干啥的,你这是扯啥呢?咱们回去吧,八辈子找不着对象了咋的,非得找他?"

江玲玲说:"哎呀,哥,你不知道这里头是怎么回事,要回你先回去吧。"

江天说:"咋的,你还要在这儿住下啊?"

江玲玲说:"你告诉爸妈,我在这儿住几天。"

江天说:"我说你这人是怎么回事?我怎么越来越想不明白你了呢?"

江玲玲说:"哥,我也不跟你多解释了,到时候你就明白了。"

江天一脸诧异。

30. 江边上

成大鹏、彩云、成小鹏、九月、"小鞭杆子"、秋水都陪着苏文丽,往江的上游散步,他们有说有笑的。

身边,是月光下吟唱着古老而又现代歌谣的美丽松花江!

31. 高德万家

高德万在月光下拉着二胡,他的眼睛里尽是泪。

31. 江边

下游的某一处,坐着八月和春龙。

八月笑着对春龙说:"春龙,眼瞅着八月十五了,天上的月亮也快圆了,这两天我就琢磨着,想到你们家看灯去呢!"

春龙说:"上我们家看什么灯啊?"

八月嫣然一笑,说:"我看江玲玲啊,高甜草啊,都像走马灯似的追你,我不到你那看灯去,到谁家看灯去啊?"

春龙笑了:"你要去看灯,还是别到我家去看了,我这心里有盏灯,从农业大学的小湖边,一直亮到这江边上,现在正亮得直闪火花呢!"

八月说:"我看,走马灯,可比你心里那盏灯更值得我看。"

柳春龙说:"个人有个人的看法,人生什么不能变?承诺和操守!"

(第二十四集完)

第二十五集

1. 江边
甜草和江玲玲沿着江边的小路散步。

江玲玲说:"甜草,开始我要留下来,主要是为了我和春龙的事儿,可自从见到了你,我的想法真的是有些变了!我发现,你甜草是个有情有义的热心肠子人,我是真想要和你处成个姐妹儿啦。"

甜草说:"玲玲,人世间的事儿,有好多事儿就是让你说不清道不明的,本来每个人的面前都有很多的路可以走,可是有的时候,人们就偏偏往一个窄道上挤,你比如咱们两个吧,本来不认不识的,这就挤到一条道上来了!"

江玲玲笑着说:"这是啥?这也是一种缘分。"

2. 江的上游岸边
一堆篝火旁,苏文丽和成大鹏、彩云、成小鹏、九月都坐在那里。

"小鞭杆子"吹着萨克斯。

秋水呢,则在篝火旁跳着新疆舞蹈。

众人一边拍着巴掌,一边唱着:"掀起你的盖头来,让我看看你的脸,你的脸儿红又圆啊,好像那苹果到秋天……"

3. 江边
另外一处。

春龙坐在那里。

八月呢,把头枕在春龙的腿上,躺在草地上。

泛着月光的江水,静静地流淌,是他们甜蜜的心曲。

甜草和江玲玲从那边走过来了。

江玲玲突然站住了,用手指着春龙和八月的方向,说:"哎,甜草,你看看那是谁呀?怎么好像是柳春龙呢?"

甜草向那边望着,说:"嗯,是他,他一个人坐在这儿干嘛呢?咱们看看去!"

说着,甜草和江玲玲就往春龙和八月的方向走。

当江玲玲发现春龙的身边还有八月时,她突然站住了,叫了一声:"柳春龙!"

柳春龙回过头来,见是甜草和江玲玲,就和八月从地上站了起来。

江玲玲说:"柳春龙!我说你这人是怎么回事啊?怎么你家这边张罗着给你找对象,可你这边又跟别人悄悄好着?你这人怎么这样啊你?!"

甜草看着眼前的一幕,十分惊异,她的眼里流出了泪水,她用双手捂住了自己的脸颊,任泪水滴落在手上。

柳春龙说:"江玲玲,我不是跟你说过啦,我已经有心上人了嘛。"

八月见甜草哭了,就走过去,用手抚慰她:"甜草。"

甜草带着哭腔地说:"八月姐,我万没想到,和春龙哥在一起的竟然会是你。"

八月对甜草说:"甜草啊,你别哭了,八月姐跟你说实话,我和春龙哥,在大学期间就是恋人了,毕业回到村子时,我们就有一个共同的约定:要把个人爱情的事儿先放一放,先把事业干起来,可是没想到我们这么一放,很多人都误认为我们俩没有关系了。"

柳春龙对江玲玲说:"玲玲,我知道你是个好女孩子,还有甜草妹子,也是个好人!你们都会找到自己的意中人的,肯定比我柳春龙强!今天咱们既然在这儿碰上了,我看也是个好事儿,大家伙都明白是怎么回事儿了,你们也就断了对我的这份心思了。"

江玲玲含着眼泪看看柳春龙,把头顶在高甜草的头上。

两个女孩子泪眼对着对眼,久久地,都在悄悄啜泣。

八月见此情景,心情有些黯然,不知说什么好。

这时候,春龙妈从江边上的小道急急忙忙地走过来,离老远就叫着:"玲玲!玲玲!"

江玲玲抬起泪眼,看看春龙妈,没有吭声。

春龙妈跑到江玲玲跟前,抓住她的手说:"哎呀,玲玲!原来你们几个在这儿呢!我到处找你,还以为你上哪去了呢?走吧,跟阿姨回家去,收拾,收拾,就好休息了啊!"

江玲玲淡淡地对春龙妈说:"阿姨,我就不到你们家去住了。"

春龙妈说:"你看你这孩子,天这么晚了,你不到我家住去,上哪住去?"

江玲玲泪眼婆婆,没有说话。

春龙妈把目光投向了春龙和八月。

春龙妈说:"春龙啊,你跟妈说实话,你跟八月到底是怎么回事?"

春龙说:"妈,八月就是我的对象。"

春龙妈一惊,说:"什么?春龙啊!你说的是真的?"她又转向八月问:"八月,你真是春龙的对象啊?"

八月说:"阿姨,我们不叫对象,叫恋人。"

春龙妈一下子用双手捂住了脸,蹲在了地,拍手打掌地哭了起来说:"春龙啊,你可把你妈坑苦了,你有这么大个事儿,你咋能瞒着你妈呢!"

八月上前蹲在春龙妈的跟前,掏出了手帕,想给她揩眼泪。

春龙妈用手一挡,仍然在哭着:"春龙啊,你可把妈坑了,妈还寻思你没有对象,一直给你介绍对象呢,这叫玲玲咋办?我咋办?你妈怎么跟你二婶那边交代?你可把妈坑了。"

春龙说:"妈,我和八月的事儿,本来想告诉你来着,可是你和我爸两个人,一直不同意我和八月回村干事业,也多少次放话说:不能同意我和八月的事儿,我怎么跟你说呀?"

4. 柳茂祥家

院门口,春龙和八月扶着春龙妈从院外走进来。

春龙妈一脸沮丧和泪痕,她对春龙说:"你去!把你爸给我喊回来!"

春龙听了妈的话,跟八月交流了个眼神,转身走了。

八月呢,把春龙妈扶进了屋里。

屋里,春龙妈坐在了炕边上。

八月给春龙妈倒了一杯水。

春龙妈没喝,却躺在了炕上。

她不断地叹着气,说:"哎哟,这整的都是什么事儿啊?可叫我上了大火喽!"

5. 高德万家

院子里,江玲玲和甜草坐在月光下,两个人还在流着泪。

江玲玲说:"甜草啊,你说咱俩多笨?原来还把你当成情敌呢,现在咱们才知道,咱们俩的情敌是八月。"

甜草抹把眼泪说:"玲玲啊,我看咱俩别哭了,事情都已经这个样子了,光哭有啥用啊?我看咱们早明白了比晚明白了好,不然人家春龙哥心里早就有人了,咱们还傻了吧唧地一个心眼儿地追人家,那咱们不就傻透腔了吗?"

玲玲说:"话是好说,可事儿难做。我从县里开着车来村里看对象,家里人,左邻右舍的,没有不知道的!可看来看去,这个对象看哪去啦?像太阳下的露水似的,在草叶上蒸发了?有些话,我不好说啊,真是跟家里外头人有些不好交代!"

甜草说:"玲玲啊,你在县城里住,人好,长得也带劲儿,怎么不说在城里找个对象,偏要到我们乡下来找呢?"

玲玲说:"找对象,人好是主要的!我倒没考虑是城里还是乡下的,主要是想找个根本人。听说柳春龙又是大学毕业生,人也不错,神差鬼使的,我就来了,第一次见面呢,他又对我带搭不理牛哄哄的。你知道我这个人,他越这样,我还就想和他接近接近,没想到,他还是个有对象的人。"

甜草说:"玲玲,咱们接触得虽然短,但我感觉出来了,你是个好女孩子,你记着我今天说的话,你肯定能找到好对象,不一定照他柳春龙差!"

江玲玲说:"甜草,你别光说我啦,把说给我的话说给你自己吧,你也一样,肯定能找到好对象。"

这时候,高海林回来了,他进了院就说:"甜草,玲玲,你们在这儿坐下干吗呢?瞅你们哭得泪眼巴嚓的,真是的,天塌下来了?!"

甜草说:"哥呀,那柳春龙和杨八月早就是对象了。"

高海林说:"我都听说了,有啥呢?人家好还不好吗?人生的路有多少条,个人得走个人的道。有的道咱们看着挺好,可那是别人已经走的道了,咱们不能走!跟你们两个,我就想说一句话,留得青山在,还怕没柴烧吗?甜草,玲玲今儿晚上住哪儿?"

甜草点点头说:"在咱家住,我们两个在一个床上挤挤得了。"

高海林说:"那是干啥呢?你那屋里也有地方,现搭个床不就得了。"说着进屋去了。

甜草的屋里,海林在搭着床。

江玲玲说:"海林哥,你看我来你家,还这么麻烦你,真的是让我不好意思了!"

高海林说:"咱家人实在,没那么多说道,那么客气干啥?"

江玲玲用钦佩的目光看着海林。

6. 柳茂祥家院子里

春龙和柳茂祥从院门口走进来。

酒仙儿隔着院墙朝这边望,说:"哥呀,你家出啥事儿了,怎么老听到我嫂子在屋里嘿哟哎哟的呢,她是有啥病了,还是咋的?"

柳茂祥说:"没什么大事儿!"

酒仙儿说:"是不是你们两口子又打仗了?哥,用不用我过去给你们调解调解?"

柳茂祥扬扬手说:"得了,得了,没你的事儿。"说完,柳茂祥走进屋去了。

酒仙儿冲走在后面的春龙摆摆手说:"大侄!你过来,你跟叔说句实话,你们家到底是出啥事儿了?"

春龙想了想说:"没事儿。"

酒仙儿观察着春龙的脸色说:"这不对啊,大侄儿是有话瞒着我。"

春龙想了想说:"大叔啊,不是因为别的事儿,就是我妈知道了,八月原来和我好着呢!"

酒仙儿说:"哎哟,你小子保密工作做得挺好啊,你跟八月好,不光你爸和你妈不知道，我和你婶也没看出来，你小子是真会使障眼法啊！"

春龙说："我要是回村就跟他们说了，他们也不会同意，我怎么说啊？"

这时候，八月从屋里出来了，对春龙说："春龙啊，没什么事儿，我就先回去了。"又跟酒仙儿打着招呼说："二叔。"

酒仙儿和八月打着招呼，又对春龙和八月说："你瞅瞅你们两个人，站在一起多般配啊，二叔我一看，心里就喜欢！八月这姑娘多好啊！"

7. 高德万家

甜草屋内。

月光，从窗外迷迷蒙蒙地透进来。

甜草和江玲玲两个人，躺在对面床上说着话。

江玲玲说："我来老龙岗村对象没看成，可最大的收获就是认识了你，你高甜草是个值得处的姐妹。"

高甜草说："我也是这么想的，只要你不嫌弃我这个乡下人，以后，咱们就当亲姐妹那么来往。"

江玲玲说："我看行，以后我就把你哥高海林也当成我的亲哥。你呢，也把我的哥江天当成你的亲哥吧！"

甜草笑笑说："玲玲，你说了这话，我倒寻思点滋味来。"

江玲玲说："你寻思到哪去啦？"

甜草说："把自己的哥给对方当哥了，这是啥？两个爱情的失意者，在寻找感情寄托，互相自我安慰呢！"

江玲玲笑着说："我看也不完全是，人和人之间，就看咋处了，说不定有一天，你哥高海林和我，我哥江天和你真就处上了对象呢。"

甜草说："别扯了，这我可不信，你哥那么帅气的一个人，会看上我吗？"

江玲玲说："甜草，你不能说这气馁的话，咱们在爱情的道路上，是经受了一次失败，可是咱们得在这片爱情的碎片上爬起来，重新面对生活！"

甜草说："玲玲，你是不是真有点儿相中我哥高海林啦？"

玲玲说："要让我说心里话，我看他比柳春龙还有男人气。"

8. 柳茂祥家屋里

春龙妈对柳茂祥说："老头子，春龙这孩子啊，可是让我操了大心，上了大火了！你说他本来和八月处着对象呢，却一直瞒着咱俩，人家玲玲还住在村里没走呢，你说这算什么事儿呢？这不是让咱俩骑虎难下吗？"

柳茂祥叹口气说："这孩子一大呀，他自己有主意了，难管。"

春龙说："八月和他凑到一起了，春龙还能重新进城吗？进不去了，这回春龙就真得在老龙岗村扎根了！"

柳茂祥说："说起这事儿来，我这心里又像压上了块大石头似的，不光是你愁，我这当爸的，能不愁吗？一样愁！愁得更甚！"

9. 村中小卖店

早晨，酒仙儿家的小卖店门上已经贴上了一张红纸，上面写着：此店出兑。

和樱桃妈一起绣花的那位中年女人，走了过来，说"哎呀，这小卖店开得好好的，怎么就要出兑了呢？"

酒仙儿说:"我们家都搬到镇子上去住了,从现在起,也算是城镇居民了,这小卖店还留在村里干啥?把它出兑出去,在镇里头,我和你嫂子还想开个松花江活鱼菜馆啥的呢!"

那中年女人说:"二哥啊,听没听说樱桃妈啥时候能回来呀?"

酒仙儿说:"没有,我瞅她那架势,待的日子短不了。"

10. 高德万家

院里,高海林拎着一个装热水的桶,用舀子在往两个洗脸盆里兑热水,他用手试一试水温,对刚从屋里出来的甜草和玲玲说:"你们洗漱吧!"说完,走了出去。

甜草一边拿起牙刷想刷牙,一边问高海林:"哥呀,你上哪去?"

高海林说:"柳春龙家的沼气池,还有一点儿活没干完,我得到那边去,把余下的活干完了。"

玲玲手里拿着牙刷,对甜草说:"你看你哥,多会关心人,洗脸水都给咱们打好了。"

甜草说:"我哥他这人就这样,我天天早上享受这待遇。"

11. 村口

苏文丽、成小鹏、九月要走了。

杨立本、八月妈、高德万、成大鹏、彩云、柳茂祥、春龙、八月、"小鞭杆子"、秋水、关小手、李大翠都来相送。

高德万和苏文丽握了握手,从兜里掏出一包东西,对苏文丽说:"文丽啊,我知道,你来咱们村下乡那咱,你这腿就有风湿性关节炎,这些年也不知好了没有?这是那些年我采山的时候,采的野天麻。"

苏文丽说:"哎呀,德万大哥,这都多少年了,你还能记得我有风湿病呢?"她用手掂掂手中的野天麻说:"我知道,这包野天麻,里边的心意可是太沉了!我拿着!"说着,她把这包野天麻交给了成小鹏。

成小鹏放了起来。

苏文丽对高德万说:"德万大哥,啥时候上省城,可千万别忘了到家去啊。"

高德万说:"啥时候你们还来呀?"

苏文丽说:"没听立本说嘛,村里头都张罗给我们盖专家工作室了,以后来的时候,就多了。"她对大家伙儿挥着手说:"行了,你们大家就送到这儿吧,我们走了啊!"说完,她和小鹏、九月挥着手。

大家也向他们挥着手。

12. 村里小学校

教室内,高甜草走进教室来给孩子们上课,她说:"同学们好!"

站起的小学生说:"老师好!"

高甜草说:"请坐!"

这时候,有一个戴红领巾的孩子,把手举了起来。

高甜草说:"这位同学,你有什么事儿?"

这位小学生说:"老师,你的眼睛怎么红啦?是不是哭啦?如果是哭啦,你不要哭!我爸爸妈妈说了,不管碰上了什么困难,是好孩子就不要哭!"

甜草说:"我的眼睛红了吗?我没哭,是风里的沙子迷了眼睛。"

那位孩子又说:"你要是真没哭,你就笑一个。"

高甜草真的笑了,她的笑容美丽而灿烂!
那个孩子笑着说:"老师你笑了,看来你是真没哭。"
高甜草说:"现在咱们开始上课!"说着,用粉笔在黑板上写了一个字,是坚强的"坚"。她说:"这个字念什么呢?念坚,现在我读一遍,同学们跟我读一遍,坚强的坚。"
孩子们同声应和:"坚强的坚。"
高甜草红红的眼睛里,闪烁着美丽的亮色。

13. 柳茂祥家院里
高海林正在拿着镐撬沼气池上的一块水泥板。
江玲玲走了进来,她也不吭声,拿起一把工具来,就在旁边帮着高海林干上了活儿。
高海林停住手说:"玲玲,你来这儿干吗?"
江玲玲说:"心闷,想干点儿活儿。"
高海林说:"心病还得心药医,你心闷屈,到这儿来干活,心就敞亮啦?快别干了,这点儿活儿,不用你。"
江玲玲说:"我想干,愿意在这儿干,你管得着吗?"
高海林说:"你看你在这儿,笨手笨脚的,不碍我的事儿吗?"
江玲玲说:"我就碍你事了,咋的?你瞅瞅你那傻样儿。"
高海林看看江玲玲说:"哎,你看看你这人,我怎么傻了?哦,我不让你在这儿帮我干活就是傻啦?"
江玲玲冲高海林微微一笑,说:"你自己觉得还不傻呀,我觉得你是一个十锤子都凿不开的大傻瓜。"
高海林瞅瞅江玲玲,说:"你啥意思啊?"
江玲玲笑着说:"没啥意思,你自己慢慢琢磨吧。"
这时候,在房檐头下,站着春龙妈,她目不转睛地向这边看着。

14. 樱桃妈家门前
高德万来到了院门前,看院门开了,他往院里望望,推门走了进去。
那位和樱桃妈一起绣花的中年女人,从屋里迎了出来说:"德万大哥,是你来啦?樱桃妈临走前把房门钥匙交给我了,让我帮着看屋呢,你有事儿啊?"
高德万说:"没事儿,就是想来看看。"
中年女人说:"德万大哥,听说樱桃妈还得在镇上住些日子才能回来呢,我寻思就帮她收拾收拾屋。"
高德万"唔"了一声,就站在门口往屋里看。
那位中年女人说:"大哥,你进屋不?"
高德万站在门外看着外屋:"不进了,看看就行了!"他的目光所及之处,是他重新修缮过的木质家具,他心里感慨万千!
他的眼睛微微湿润了,转身拿起一把扫帚扫开了院子。
那位中年女人用水瓢舀了一瓢水,向他刚扫过的地方掸着水。

15. 镇上鞋店门前
樱桃还在煎饼摊前忙着。
这时候,春龙的大舅走了过来,说:"樱桃,你妈呢?"

樱桃说:"屋里呢!"
春龙的大舅对樱桃说:"樱桃啊,别看你天天烙饼,你这个面哪,用碱有点儿用大了,另外,这面发得也还没有完全到时候。"
樱桃说:"你怎么这么明白面里头的事儿呢?"
春龙的大舅笑着说:"实不相瞒,我干了大半辈子面点师了,现在在一家饭店做面点呢。"
樱桃说:"哎呀,那我今天这可是学木匠的遇到鲁班了,练大刀的遇到关公了,看来我得拜你为师了。"
春龙的大舅忙说:"那行啊,别人不教,我还能不教你吗?"
樱桃说:"我真得好好跟你学学这门手艺,以后我还想在镇子上办个面点坊呢!"
春龙的大舅说:"那行啊,你干别的事儿我帮不上你的忙,可你做这个事儿,我真能帮上你!"

16. 柳茂祥家
春龙妈在院子里的一个沼气炉盘上打火点气。
八月和高海林都在场。
春龙妈擦着了火柴,打开了炉盘的旋钮,火忽地一下就点着了。
八月笑着说:"好了,海林子啊,这个火一点着啊,就等于宣布咱们村的沼气池改造全都完成了。"
这时候,酒仙儿隔着墙,探出头来说:"嫂子,这回也使上沼气啦?用这玩意还是比烧柴火好吧,哈?省老事儿了吧,哈?"
春龙妈看看酒仙儿,又看看眼前的沼气火苗,说:"啥意思?我现在用上了,这也不算晚。"
酒仙儿说:"是呀,全村子人都给你们家实验一圈儿了,你们家现在才掏钱整,这多稳当把握呀。"

(空镜头)
松花江奔流不息的江水,日出日又落。
田野里的高粱,脸儿又红了。

字幕:一年以后

17. 村口
一辆公共汽车停了下来,成小鹏、九月、苏文丽从公共汽车上走了下来。
成小鹏背着一个行李。
九月手里拎一个旅行包。
苏文丽帮他们两个拎着洗脸盆什么的。
杨立本、八月妈从那边迎了过来。
八月妈握着苏文丽的手说:"哎呀,文丽,九月和小鹏两个要回村子来做事儿,你还亲自送来了。"
苏文丽说:"我也想来村子看看,看村民们在种植业方面,还有没有什么事儿需要我帮的。"
他们几个人走到了一幢房子跟前,在一个门上挂着:专家办公室的小牌。

苏文丽掏出了钥匙，打开了屋门。

小鹏、九月、杨立本、八月妈都进了屋。

杨立本说："小鹏，这回你来可好啦，你也住在这儿吧，省着你妈一个人到这儿来住的时候，晚上还有些寂寞。"

小鹏说："住这儿倒是行，可我也不算专家呀。"

杨立本说："哎，专家就看是跟谁比了，你也是农大毕业的学生，在我们这些人眼里，你也是专家。"

小鹏笑了，说："这么说，这专家就多了，我八月姐，春龙哥，还有九月，这不都算是专家了么。"

苏文丽说："啥叫专家啊，专家就是在某一个专业领域里有成就的人，你们没什么研究成果，刚出校门，你立本叔一说你们也是专家，你们自己就不知道东西南北了，正经得在实践中好好锻炼摸索呢。"

18. 镇上

樱桃面点坊门前，门脸儿装饰一新，彩色气球飘扬，彩虹状的彩门上面，写着：樱桃面点坊开业大吉。

面包坊门口，春龙的大舅和樱桃妈穿着焕然一新的服装，每个人胸前都戴了一朵小红花。

高德万也穿得十分整齐。

关小手、李大翠、"小鞭杆子"、秋水，还有酒仙儿、酒仙儿妻、柳茂祥、春龙妈、柳春龙、八月、柳彩云、柳春虎、高海林，还有镇子上那个男青年等人都来了。

这时候，杨立本开着一台小四轮子停在了面点坊门前。他和小鹏、九月从车上下来了。

春龙的大舅和樱桃妈都迎了上去。

樱桃妈说："哎呀，立本来啦。"

杨立本说："哎呀，今儿个樱桃的面点坊开业，又是大姐你跟春龙大舅结婚的日子，这双喜临门的时候，我能不来吗？再说了，地里的秋庄稼也好收割了，我得招呼着上镇子打工的人回村割地啊！"

春龙的大舅满面春风地说："那是那是！里边请，里面请。"

高德万和关小手、李大翠站在一起不知说着什么，他眼睛的余光不时地扫向春龙的大舅和樱桃妈这边。

酒仙儿用一根筷子串着几块蛋糕，乐颠颠儿地对大家说："哎，老少爷们儿，尝尝这面包坊里的蛋糕啊，老好吃了！哎，来一块，来一块！哎，别搁手拿啊，我这有纸巾！"说着，他拿着纸巾给别人包着蛋糕送到别人手上，又说："这蛋糕你吃去吧，吃了这块想下块！谁还吃啊？免费啊！不过你们也得少吃着点儿，一会儿庆典搞完了，还得到我们家开的那松花江活鱼馆吃鱼去呢！"

这时候，关小手站在人群中说："哎哎，大伙儿都静一静吧！马上就要到庆典时间了，哎，时间到了，放鞭炮！"

鼓乐声声，鞭炮齐鸣。

19. 村里的专家工作室内

苏文丽在和八月妈说着话。

八月妈说："文丽啊，我还是人老了，这脑袋瓜子跟不上他们小年轻了，这山货庄我办了有一年多了，可是前些天一算账，不但没挣着啥钱，反倒还亏了点儿。"

苏文丽说："我真不明白了，这明摆着是能挣钱的事儿，咱们一手收购一手卖的，咋能亏呢？"

八月妈说："一个是咱们对市场山货的价格，有时高的，有时低的，把握不准，另外呢，夏天下雨的时候，有一批松茸蘑烂了，这也糟践了不少钱。"

苏文丽说："哎呀，怎么没想起来晒晾晒呢？"

八月妈说："刘金宝和秋水这俩孩子，把山货拉回来就跟我说，夏天的松茸蘑，不干爽，要晾着！可我看见地皮上刚下过雨，有点儿潮，就没让晾，这下子可坏了，雨又下了一个星期，这些松茸蘑我就赔了钱了。"

苏文丽说："看来啊，你们这个山货庄将来得预备一个烘干机，再有这种情况的时候，就得用机械烘干。"

八月妈说："那刘金宝和秋水也是这么说，可我这两天琢磨，八月那个养猪场和春龙那个养牛场，早都迁到镇子上去了，办得也挺红火的，这个山货庄，我就不想开了，刘金宝和秋水他们俩要是愿意接手干，就交到他们手上得了。"

苏文丽说："我觉得，这倒也不失为是个法子。"

20. 镇上

酒仙儿活鱼馆。

酒仙儿扎着围裙，穿着厨师服装，正在厨房里上灶。

酒仙儿妻在外和服务员一起，往桌子上端酒送菜。

杨立本、柳茂祥、春龙妈、春龙的大舅、樱桃妈、高德万、关小手、李大翠坐在一张桌子旁。

关小手站起来说："今儿个不光是樱桃面包坊开业，也是春龙的大舅和樱桃妈大喜的日子，首先得请介绍人春龙妈讲话！"

春龙妈冲着高德万说："哎呀，我可不会讲个啥。"

这时候，酒仙儿端着一盘子鱼放在桌子上说："这鱼头就冲新郎官了，这鱼尾呢，就冲着我嫂子了！嫂子，大伙儿让你讲，你就讲两句吧。"

春龙妈说："哎呀，这不是难为我吗？在这么多人面前讲话，我也张不开嘴啊。"

酒仙儿说："嫂子，这你客气啥呀，我早看好了，我们这些男人要是哪一个单独拿出来和你单打独斗的，都斗不过你！今天这儿人多，正是露脸的时候，还是你家大哥结婚，你不说谁说啊？"他又冲大家伙儿说："我大嫂不说的原因我知道，是大家没鼓掌，来，鼓鼓掌！"

众人鼓起掌来。

柳茂祥对春龙妈说："人家都愿意让你说，你就说两句吧！"

春龙妈站起来，清了清嗓子说："哎呀，一鼓掌，把我脸都给鼓红了！行，那我就说两句吧！今儿个，是我大哥和樱桃妈的大喜日子，我的心情挺激动，高兴！樱桃妈成了我亲嫂子了，我呀，高兴！"说着，眼睛里涌起泪花来。"

柳茂祥抻抻春龙妈的衣角说："哎，人家今儿个是大喜的日子，你可不能哭啊！"

春龙妈说："别抻抻拽拽的，我这个人啊，心里头一高兴，眼泪就多！我就说这些了！"大伙又鼓起掌来。"

等掌声结束，关小手站起来说："刚才春龙妈说了，心里头一高兴，眼泪就多！这使我想起那些年的一个老节目，吉剧坐唱《祖国处处有亲人》来了，那里边就有这么一句——"说着他唱了起来："赵大娘，你别着急来，你别上火。赵大娘说我这不是哭来，我这是乐啊，心里头一高兴，眼泪就多。'你看看，咱春龙妈整出这话，这不和唱词一样了吗？"他对春龙妈说："大嫂，刚才让你讲话，你还不讲，你瞅瞅你讲的，都整到唱词上去了！看来，身上的艺术细胞还真不少呢！哎，下面，请咱们村上的'高粱红剧团'的德万大哥，给大家演个节目！"

高德万站起来说："好，那我就用评剧调给大家唱上几句，助助兴吧！"

众人喊："好！"

高德万用评剧花脸儿唱腔唱了起来："人还是那个人，心还是那个心，黄昏也是好光阴，心还是那个心，人还是那个人，人生的好时光不光在早晨啊……"

众人欢呼鼓掌。

酒仙儿不断地往各桌子上端着鱼，说："吃鱼啊，吃鱼啊，尝尝我做鱼的手艺。"他把鱼端到高海林、八月、柳春龙、彩云、"小鞭杆子"、秋水、九月、小鹏，还有那位男青年这一桌上。

酒仙儿说："哟，你看看，这一顺手的，挨排坐着三个大厂长——八月，镇上养猪场场长，春龙，镇上养牛场场长，海林子，镇上浪木工艺厂厂长，你们都来了，我们这饭店真是蓬荜增辉呀！"

"小鞭杆子"说："茂财叔啊，你看，一晃，这才一年多的时间，你们家一下子办出三个店，诞生了三个小老板。"

酒仙儿说："掰着手指头算，也就是两店，咋能算出三个店来呢？"

"小鞭杆子"说："活鱼馆、鞋店，还有面包坊呢！"

酒仙儿说："造串了吧？那个面包坊是樱桃的，不是我家的。"

"小鞭杆子"说："樱桃是谁？那不也是你未来的儿媳妇嘛。"

酒仙儿说："别扯了，那可是两回事！刘金宝，你那个流动科技信息车，办得可挺大扯啊，一天开个小车，悠悠的，钱也不少挣，挎兜都叫钱撑破了吧？"

"小鞭杆子"说："那也没有你们家捞钱捞得快啊，这家伙，三箭齐发！茂财叔啊，我看我干脆到你们家来打工得了。"

酒仙儿说："来干啥啊？我能用得起你吗？"

"小鞭杆子"说："我不要钱，免费出力，来帮着你们家把挣的钱晾晒倒垛来，看再像我们山货庄的松茸蘑似的，积压在那块儿都焐烂了。"

酒仙儿说："我一寻思你这小子就没个正经话，屁了咣叽的，我要有那么多钱，我就不在镇子上办活鱼馆了，干脆到城市里盖一个楼，开个大点儿的酒店，不比这更风光吗？哎，别光听着我们说话，你们大家伙儿都吃鱼啊！"

21. 镇上养猪场内八月的办公室

八月正跟杨立本、八月妈说着话。

八月说："爸，妈，山货庄我妈也不办了，也不想办了，我看你们就干脆搬到镇子上来住算啦，镇子上咱们也买了房子了，条件比村里好多了。"

杨立本说："看你妈能不能来吧，我暂时还不行，村里那个村委会主任还当着呢，不能扔下村里的事儿，光顾着自己享福啊。"

八月妈说："八月，妈也不是不想来，可是你妹妹九月又和成小鹏回来了，回村里，我能扔下他们在村子里，自己上镇子来吗？"

八月说："妈，你问问九月和小鹏是咋打算的，两个人用不用到咱场子来做事儿，如果要来，说我欢迎他们来。

八月妈说："我问过啦，根本不能来。人家九月和成小鹏说，不想把事业拴在你们事业的车轮上，人家要另起炉灶。"
　　八月说："他们想干点儿啥啊？"
　　八月妈说："还没说呢。"

22. 镇上
　　酒仙儿活鱼馆门外，酒席散了，人们都往外走。
　　柳茂祥和高德万握着手，说："德万大哥，你这一脚，插到海林子在镇上办的那个浪木工艺厂里，就不回村了？有时间你也得回去看看我们大伙儿啊，时间长见不着你，还真怪想的。"
　　高德万说："哎呀，不是我不想回去，而是前些日子厂子里的事儿太多，海林子和成大鹏两个也照顾不过来，我得多帮着照应点儿。这回快回去了，马上要回去收庄稼了！"
　　柳茂祥："是啊，不光是你们得回去，茂财、樱桃妈他们也得回去不是！"
　　春龙的大舅和樱桃妈，酒仙儿和酒仙儿妻也都在门口送大家。
　　春龙妈和彩云走在一起，她问彩云："彩云，妈问你，成大鹏怎么没来？"
　　彩云没有说话，眼睛里渐渐盈满了泪。
　　春龙妈又问："彩云哪，你能不能跟妈说个实话，你们两个人到底是怎么啦？"
　　彩云说："成大鹏说了，他已经不爱我了。"
　　春龙妈说："什么？原来和你处对象的时候，你们不是挺好的吗？他到咱们家里也是又吃又喝的，怎么说不行就不行了呢？这小子也太靠不住了。"
　　彩云眼里流下了泪来。
　　春龙妈对柳茂祥说："哎，老头子，先别着急忙慌地回村了，一起到春龙的养牛场坐坐吧。"
　　春龙开着一台捷达车，招呼着柳茂祥、春龙妈和彩云，说："爸、妈，你们上我的车吧。"
　　柳茂祥、春龙妈和彩云上了春龙的车，车开走了。
　　春龙的大舅和樱桃妈也和大家打着招呼。
　　高德万握着春龙的大舅的手说："兄弟，我们老高家可是把心里头的一块肉，割给你了！你呀，多照顾着樱桃妈吧啊！"
　　春龙的大舅说："响鼓不用重槌敲，大哥话里的意思，我明白！"
　　高德万又对樱桃妈说："有啥事儿用着家里人的地方，就说话啊？！"
　　樱桃妈点点头。
　　春龙的大舅和樱桃妈走了。
　　高德万和酒仙儿两个人，站在活鱼馆的门前。
　　樱桃妈忽然站住了，她回头，往高德万这边看。
　　高德万身上好像被电击了一下似的，猛然一抖，可他脸上却勉强地露出了笑容，抬起手向樱桃妈挥了挥手，这手，挥得十分沉重！
　　酒仙儿用手捅了一下高德万说："德万大哥啊，我虽不是孙悟空，钻不到你的肚子里去，可是你心里的那点儿事儿啊，我最明白了，今儿个，你别看你又吃饭又唱歌啥的，好像乐呵呵的，你心里头啊，是啥滋味，我最明白了。"
　　高德万用手拍拍酒仙儿的肩膀，说："茂财啊，不了解你的人，都以为你是个糊里糊涂的人，但是啊，你大哥我知道你，你是一个很精明的人，一般人都精不过你。"
　　酒仙儿说："哎呀，也说不上精明不精明的。我呀，就是土生土长的村里人，知道你们心里的事儿了，所以才一说一个准，是不是啊？"

高德万说："茂财啊，不管咋说，大哥今天也是了却了一块心思，以后不用再惦记樱桃妈了，从这方面说，这不是件好事儿吗？所以你大哥我得乐啊。"说着，"哈哈哈，哈哈哈！"地故意乐了起来，他乐着，但眼里有莹莹泪水。

酒仙儿说："德万大哥，你也别着急！你心眼儿这么好使，将来肯定错不了，我呀和你弟妹也都在镇子上了，我们也都勤给你打听点儿，要真有合适的，我们就跟你介绍一个。"

高德万说："茂财啊，这回你可没说到我心里去！我告诉你，我这辈子啊，就这样了，再也不想找个人过日子的事儿喽。"说完，高德万走了。

酒仙儿冲着高德万的背影喊："大哥，话没说完呢，咋就走了呢？有时间过来吃鱼啊。"

23. 镇上养牛场春龙办公室里

春龙妈在跟春龙说："春龙啊，你是不是得去找那个成大鹏问问，这怎么说把彩云甩了就给甩了呢？到底因为啥呀？他说不出个四五六来，那也得说出个一二三来吧？我看咱们彩云也不能吃这'哑巴亏'吧。"

春龙说："妈，爸，你们都别着急，有时间我去问问。"

24. 镇上浪木工艺厂

院里，高海林开着车拉着江玲玲，江天开着车拉着高甜草，他们分别从各自的车上下来。

高德万从门口走了进来。

高海林说："爸，我给甜草买了台新车，刚上完牌照，以后她住在镇子上，到村子里讲课就方便了，省着我们来回接送了，你看这车好不好？"

高德万用手摸着车说："什么叫好不好啊，这车不是太好了吗？"

这时候，旁边办公室的一扇窗子推开了，成大鹏在屋里冲高海林说："给甜草买了新车啦，这车不错，甜草会开了吗？"

江天笑着说："没看着我正拉着她跑驾校呢吗？"

这时候，春龙开着那辆捷达车驶进院来，他下了车，跟高海林、江玲玲、江天、甜草打着招呼。

25. 村里的专家工作室内

八月妈在跟苏文丽说："文丽啊，我听说你们家大鹏和老柳家那个彩云的对象不处了，倒是因为啥呀？"

苏文丽说："我也是刚听说，到底因为啥，我也不知道，有时间我还得找大鹏去问问，咱们家的人，可不能像有的人那样，今天谈一个，明天换一个的。"

八月妈说："那可不。"

26. 镇上浪木工艺厂成大鹏工作间内

屋里摆放了很多的浪木，成大鹏正在雕刻着一个泥塑，他雕的还是彩云。

春龙进来了，走到正在雕刻的大鹏身边说："大鹏啊，你这雕刻的不还是彩云吗？这说明你心里还是有她！"

大鹏看看春龙说："春龙啊，要我说，这不是彩云，是另外一个人！你细看看，长相仍然是彩云，可是精气神一样吗？和彩云处了一年多，她是一个充满温情的女孩，但她身上缺少生活的激情，我雕刻的这是另一个有生活激情的人！"

春龙点点头说："大鹏啊，我来，就是想问问你，你到底是因为什么原因，要和彩云分手，现在我不想问了，我听明白了。"

27. 村子山货庄里

秋水和"小鞭杆子"坐在这里。

秋水说："金宝啊，大姑要和咱们商量商量，把这山货庄兑给咱俩经营，你看，咱俩接过手来能不能行？咱俩能不能干起来啊？"

"小鞭杆子"想想说："世界上，没有干不起来的事儿，这点事儿，对咱们来说，不就像是拿大铲子煎小鱼吗？"

秋水说："真能吹！你说吧，依你看，这个山货庄怎么才能红火起来？"

"小鞭杆子"说："我看，这山货庄里，要有两个比较明白山货的人才行。"

秋水说："明白的人？村里最明白的人，那就属德万大叔了，可是他上镇子了。"

"小鞭杆子"说："你怎么那么死心眼儿呢？除了咱村，那别的村，不还有明白人吗？"

秋水看看下说："哦，我明白了，你是不是要把大丫调过来？"

"小鞭杆子"说："我先问问你，前村的大丫和后村的长贵媳妇这两个人，给咱们山货的质量把关把得怎么样？"

秋水说："不错呀！"

"小鞭杆子"说："这不就得了，据我观察，这两人干活也是把好手。"

秋水说："核心是咱们聘她们，她们肯定愿意来，尤其是前村的大丫，一听说咱们聘她，不定乐成啥样儿呢？早就盼望着到你身边工作了，哎呀，这回可圆了她的追星梦了！不过，我可告诉你啊，大丫和长贵媳妇要是来了，没啥事儿，你少往跟前凑合，你大小也算是山货庄小老板一级的，要注意点儿自己的身份！"

"小鞭杆子"说："秋水啊，山货庄就这么几个人，抬头不见低头见的，你让我怎么回避她们啊？回避不了啊？你要是真同意她们来了，你就别怀疑我这儿，怀疑我那儿的，行不行？我跟大丫能有啥事儿？再说，一年多来的事实已经说明，我跟她根本就没啥事儿，咱们俩的感情也是经受得住考验了的。"

秋水说："行，我同意她们来，尤其同意你提议这个大丫来，我相信，一场更严峻的考验，就摆在你面前了，你刘金宝是能经受住考验的。"

"小鞭杆子"说："把问题说得这么严重干啥？我要经受不住考验，你一脚把我踹了不就完了吗？我提议这个大丫来，都是为了咱们山货庄好，这你可得弄明白了？"

秋水说："我告诉你，从打大丫来山货庄，我会更加关心你的！你记住！无时无刻，都有我的眼神在注视着你！"

"小鞭杆子"说："哎呀妈呀，你对我有点儿关心大劲儿了吧？"

秋水笑着说："对你这样的人，我关心着点儿，我放心。"

28. 柳茂祥家

彩云正在接电话。

电话里是春龙的声音："彩云哪，我觉得你和成大鹏之间的事儿，不全怨成大鹏。你呀，不能一天老活得蔫蔫的，得有点儿生命的激情，人，要不断地更新自我，向自我的命运挑战！"

彩云心思沉重地放下了电话。

春龙妈对彩云说："彩云哪，你哥都跟你说啥啦？成大鹏和你的事儿，到底还有没有余地啊？"

　　彩云说："妈，我哥说的一席话，把我说醒了，人的命运不在别人身上，就在自己手里！妈，去年咱们家搞梅马鹿杂交也挣了些钱，我就准备拿着这些钱，到镇子上去闯天下了。"

　　春龙妈说："你要去干啥呀？"

　　彩云说："我哥和八月姐能在镇子上把养猪场养牛场办起来，我为什么不能把养鹿场和鹿产品经销店办起来呢，他们能做的事儿，我也能做！"

29. 镇上浪木工艺厂
　　高德万的宿舍内。
　　高德万心意沉沉地拉着二胡。

30. 村中路上
　　春龙妈碰上了迎面走过来的八月妈，说："大妹子，说是你们家九月，大学毕业也回村来了，不在城里找工作啦？"

　　八月妈说："哎呀，现在这些孩子，咱们能左右得了啊？他们想干啥，咱们根本管不了，你们家春龙和我们家八月，不就是这么回事吗？"

　　春龙妈说："大妹子，原来咱们两家只有九月和彩云可能是妯娌这层关系，现在呢，这层关系有点儿不大好说了，那个成大鹏变心了。"

　　八月妈说："是吗？"

　　春龙妈说："咱们两家的关系，从春龙和八月那方面论，更近，咱们这也是实实在在的儿女亲家呀，我看着九月又跟成小鹏回来了，我不得不给你们家提个醒！该留心眼儿，也得要适当地留点儿心眼儿，别像我们家似的，当初实心实意地对成大鹏好，可现在呢，那不弄一个鸡飞蛋也打吗？人家高海林和江玲玲，高甜草和江玲玲的哥江天，也都处上了，这就剩下我们家彩云要单儿了，我这当妈的心里能不着急上火吗？九月可别走彩云的路啊！"

　　八月妈说："你提醒得对不对呢？我也得把你的话告诉九月。"

31. 镇上浪木工艺厂内
　　夜晚，成大鹏的工作室内。
　　苏文丽、成小鹏、成大鹏在一起说着话。
　　苏文丽说："大鹏，你和彩云的事儿，妈不想多说什么了，可我得跟你说，咱们是个根本人家！妈不希望你们在爱情这些事儿上，今天跟这个谈，明天跟那个谈的！你们年轻人，都是挺有思想的，你们做事儿要有自己的定力！别整那些扎虚根儿开谎花儿的事儿。妈不喜欢！"

　　大鹏说："妈，爱情的内容是需要不断更新的，不从内部去更新，那就要从外部去更新！"

32. 江边
　　高海林和江玲玲，江天和高甜草各自拉着手，走在江边的小道上。
　　他们在幸福地说笑着。
　　旁边，是滔滔江水，还有火红火红的高粱！

　　（第二十五集完）

第二十六集

1. 酒仙儿活鱼馆

晚上，店面已经关了。

后屋里，酒仙儿妻在给酒仙儿收拾着东西，一边收拾，一边对酒仙儿说："茂财啊，你自己回去能行啊？地里的活儿，可悠着点儿劲干，别累着了，你岁数也不小了！"

酒仙儿说："行了，你可别唠叨了，地里就那么点活儿，收完了，我就回来了！别惦记着我！"

酒仙儿妻说："你一个人回去，我总是觉得有点儿不放心似的。"

酒仙儿说："我是三岁两岁小孩啊？你有啥不放心的？啊？我在村里还能再找个人是咋的？再说咱俩要是都回去了，这鱼馆不得关门啊？你就在镇子上安心地开你的鱼馆，我呢，回村把庄稼都收回来，你看这多好，两不耽搁。"

酒仙儿妻说："也不知道樱桃妈回去不？如果不回去，她家地里的活儿你得帮着伸伸手。"

酒仙儿说："你干脆告诉樱桃妈，就说我说的，不让她回去了，她家地里那点儿庄稼，我都帮着收收就完了。"

2. 镇上春龙的大舅家

一个煤气炉盘上烧着一壶热水。

水开了，樱桃妈拎着那个水壶把水注进一张暖瓶里。

春龙的大舅呢，拿过一个水盆来，说："剩下的热水你就倒在这盆里吧，一会儿你好烫烫脚。"

春龙妈拎起了暖瓶走进了里屋，把水放在了一张桌子上。

春龙的大舅拿过两个杯子来，里边放了一点儿茶，用暖瓶一边往杯子里倒水，一边对樱桃妈说："今天你是刚来我家，用啥东西还找不着在哪儿，时间长了就好了。"说着，把一杯水推到了樱桃妈跟前。

樱桃妈却转身回到外屋，端起那盆洗脚水，放到春龙的大舅脚下说："你也忙了一天了，快点脱鞋、脱袜子洗脚！"

春龙的大舅说："这盆水是我给你预备的，你得先洗呀。"

樱桃妈说："我早就闻到你那个大汗脚上一股味儿了，快点坐那儿。"

春龙的大舅就坐在了椅子上。

樱桃妈给他脱下了袜子，把脚给他摁在水盆里，给他洗起脚来。

春龙的大舅说："哎哟，我还真觉得有点儿痒痒呢！自打我那口子没了，就再没有女人摸我的脚了。"

樱桃妈笑笑说："时间长了就好啦，习惯成自然。"

春龙的大舅说："哎，今天是个特别的日子，你给我洗脚，洗就洗了，可是以后不能再洗了啊，我找你当媳妇，可不是让你来伺候我的。"

樱桃妈给春龙的大舅洗完了脚，端起那盆洗脚水说："哎呀，都是两口子啦，就别说这些客套话了，谁帮谁洗个脚，这算个啥啊。"

春龙的大舅趿上鞋，从樱桃妈手里抢过那盆水说："我来，我来！"就端着那盆水倒到了外屋，又从外屋端进一盆水来，放在樱桃妈的脚下说："来，我也给你洗个脚！"说着，给樱桃妈脱下了袜子，给她洗起脚来。"

　　樱桃妈说："哎呀，以前一个人过惯了，现在找了个老伴才知道，还是两个人在一起过日子好。"

　　春龙的大舅说："我听杨立本说，村里又好收割庄稼了，你家地里的庄稼什么时候去收？"

　　樱桃妈说："再过两天也行。"

　　春龙的大舅说："别的，人家都开始收了，咱们往后拖啥啊？我看，咱们明天就回村子里去，左溜儿面点坊里的事儿，樱桃也能照顾过来。"

　　樱桃妈说："地里的活儿你会干吗？"

　　春龙的大舅说："不会，活这么大岁数了，我还真没做过地里的活儿，但是你放心，掰个苞米，割个地啥的，没有三天的力巴，学学就会。"

3. 江边

　　八月和春龙走在江边上。

　　八月说："春龙啊，你是不是觉得，现在养牛场也办起来了，一年下来也没少挣钱，就不琢磨怎么拓展业务的事儿了？我看，咱们还得琢磨琢磨以后怎么发展的事儿，不能干成了点事儿，到这就止步了。"

　　春龙说："你认为我没想啊？我是想把你那个养猪场和我这个养牛场合起来，搞成一个联合公司。"

　　八月说："嗯，这个想法好！春龙，我想我们如果能把肉食品加工业，也都做起来，咱们这个公司，在规模上不仅能有扩大，在公司效益上也能比现在翻上一番以上。"

　　春龙说："嗯，我看，咱们现在就可以着手做，第一步首先是要把肉食品加工的厂房盖起来。"

　　八月妈说："现在的咱们，不像去年了，要开办养猪场养牛场的时候，还得忙着跑贷款，中间也经历了不少周折，现在咱们手里有钱了，想干的事儿，不用再依靠谁，自己就能干了。"

　　春龙说："八月，你看，还是这个江边，还是这条松花江，还是一样的流水，人还是我们两个人，可是啊，今天的咱们已经不是昨天的咱们了，明年的这个时候呢？咱们又会有新的变化！"

　　八月笑着说："这叫啥？这叫芝麻开花节节高！生活就是这样，就像这江里的流水一样，总是带着希望的心，向前流，前边也总是有比这里更好看的风景！"

4. 镇上

　　春虎拉着酒仙儿，把车开进了某洗车房。

　　镇上那位男青年，正拿着个水枪，要冲水洗车。

　　春虎和酒仙儿都从车上下来了。

　　酒仙儿说："哟，爷们儿，啥时候干上这活儿啦？"

　　那位男青年一边用水枪呲着车，一边对酒仙儿说："本来我想用修自行车挣的钱，和我女朋友，联手开个小店，可是我那女朋友和我分手了，把我挣的那点儿钱也都给我划拉走啦，没招了，我只好到这洗车来了！"

　　春虎问那个男青年："大哥，原来你想开个啥店来着？"

　　那位男青年说："我就想自己开这么个洗车房，不像现在似的，还得给别人打工。"

　　那位男青年用水枪呲完了车，用一块抹布蘸着清洗剂擦车。

春虎问那位男青年说："大哥，老弟问你，你要是开个洗车房的话，得用多少钱？"

那位男青年说："连租房子带雇人，怎么说还不得用个万八千的，行了，春虎老弟，你现在也不用问我这话了，现在没有人肯借钱给我，我不动这份心思了。"

春虎说："这一万块钱，我可以借给你。"

那位男青年停下手说："真的呀？你不怕我将来把钱花了，还不上你啊？"

春虎说："我相信你能把事儿干起来，就是将来你真的还不上我了，咱们兄弟一场，我认了。"

那位男青年听了这话，用手里的毛巾擦擦手，拍拍春虎的肩膀说："春虎老弟，你是个爷们儿，够意思，我啥时候上你那取钱去？"

春虎说："我现在回村去送我爸，等我回来的吧。"

那个男青年说："好嘞！"

5. 山货庄里

关小手、李大翠、"小鞭杆子"、秋水在一起说着话。

关小手说："你们别忘了，这个山货庄虽然亏本了，但是'江山'是你大姑打下的，你们两个也是你大姑招聘来的，现在你们两个接了手，不能忘了你大姑，你大姑乐意在这山货庄干，你们得留她，工资给多少，让她自己说个数，你大姑在这个店里呢，能干多少活儿，就干多少活儿，她干不了多少活儿呢，你们俩得养着她，我跟你们俩说，做人要本分，对长辈要孝道，都懂不？"

"小鞭杆子"说："师父，你说的这些话，我们都记住了。"

李大翠又说："你们新聘的这俩人，一个是前村的，一个是后村的，是不？"

秋水点头，说："嗯。"

李大翠说："不知这俩人有啥文艺细胞没有？"

秋水说："那可不知道。"

李大翠说："咱们村里那个高粱红剧团也需要扩充人呢，我看九月和成小鹏都回村了，有时间的话，你们也得带着新世界来的这俩人到文化书屋那边去，参加参加活动。"

"小鞭杆子"说："那没问题，尤其是那个大丫，她肯定愿意参加。"

秋水说："金宝说得肯定对啊，了解人家啊！"

关小手说："你们山货庄的事儿虽然忙，可现在村子里头，进入秋收时节了，咱们也不能光忙自己手里的事儿，有的人家青壮劳力都外出打工了，地里的庄稼也得帮着伸手收收，这叫啥，我想了个名字，不知道合适不合适，就叫作秋收志愿者吧。"

"小鞭杆子"嘿嘿一笑说："行，志愿者，这个名挺符合时代潮流的。"

这时候，门开了，大丫和长贵媳妇风风火火地走进来。

大丫对"小鞭杆子"说："哎呀，金宝哥啊，我做梦都没想到，我还能到这山货庄里来工作，就寻思一辈子在村里当个老农民了，我这行李卷撂哪儿？"

秋水过去跟长贵媳妇说着话，说："大姐，你也来啦。"她指着屋里的两张床说："就这两张床，你们俩谁愿意睡哪张都行。"

大丫对长贵媳妇说："大姐，我看你还是睡里边那张床吧，我睡把门那张，万一晚上有个风吹草动的，我把着门，大姐，你可能不知道，在村里闲着没事儿的时候，我就舞枪弄棒、锻炼拳脚，能舞扎两下子，有事儿还能保护保护你。"

"小鞭杆子"笑着说："大丫，你可真能说笑话，我们村的社会治安都老好了，睡哪张床你们都放心睡，啥事儿都没有。"

大丫说："我就是说个笑话，不说不笑不热闹嘛。"说着，她把行李卷放在了靠门的那张床上。

6. 村中
杨立本开着小四轮子。
八月妈、苏文丽、九月、成小鹏都坐在小四轮子上，要往村外走。
春龙妈和他们走了个碰头。
春龙妈说："哎哟，你看看你们家，兵强马壮的，这是要干啥去呀？"
杨立本说："上地掰苞米去。"
这时候，苏文丽见是春龙妈，忙打着招呼说："哎哟，春龙妈呀，你这是干啥去了？"
春龙妈一见是苏文丽，就说："哎呀，文丽，我这是到地头捋几把野菜，回家好喂鸡、喂鸭，你是啥时候来的呀，咋没到家呢？"
苏文丽说："等有空儿的时候吧，我肯定过去串门"
车开走了，春龙妈挎着筐，想着心事，往村里走。

7. 山货庄里
大丫和长贵媳妇已经整理完自己的行李。
大丫拿着一块抹布走到秋水跟前说："秋水啊，从现在起，你就是我们的老板了，我们就是给你打工的了，有啥活儿，你就尽管吩咐，不用客气，说吧，现在让我们俩干点儿啥？"
秋水说："哎呀，分什么老板打工的？咱们都是姐妹！你们刚来，先别干活了，今儿个就休息吧。"
大丫说："这说的啥话呢？哪能休息呢，我们来就是来干活的，能到这山货庄来上班，我们都老珍惜这份工作了，我们可不能在这儿待着，快点分配活计。"
秋水说："你们实在愿意干，就先清扫清扫屋里的卫生吧。"
大丫说："那行啊。"说着，她和长贵媳妇就去打扫卫生了。
"小鞭杆子"跟秋水说："我看烘干机的事儿就这么定了，咱们该买就买，可是这山货精包装的事儿怎么办呢？"
秋水说："没啥不好办的，我看这事儿啊，就得上镇子去找成大鹏，他是浪木工艺厂的设计师，设计一个包装啥的，应该没问题。"

8. 柳茂祥家院里
春龙妈正在剁着捋来的野菜。
柳茂祥开着小四轮子，拉着一车苞米穗子，开进院来。
春龙妈放下手里的活计，和柳茂祥一起，从车上往下卸苞米，一边卸，一边对柳茂祥说："茂祥啊，你说我今天看见谁了？"
柳茂祥说："谁？"
春龙妈说："苏文丽！"
柳茂祥说："看着就看着了呗，她现在经常到咱们村上来。"
春龙妈说："我这不是搁心合计吗，以前文丽每次来，咱们至少都得请到家来吃一顿饭，可是这成大鹏和彩云的事儿，现在出现岔头了，我心里一直就犯合计，你说，咱们还请不请文丽过来呢？不请吧，原来咱们处得都挺好的，面子上过不去！请吧，成大鹏和彩云的关系又成了现在这个样，咱们坐在一起说啥呀？"

柳茂祥想想说:"我看请不请都没啥,请,就冲咱们和文丽之间有老感情,冲这个面子上请她。不请,眼下一个是秋收忙,另外一个文丽肯定也知道大鹏和彩云之间的事儿了,她也不能挑咱们的理!"

春龙妈说:"我就不愿意听这模棱两可的话,你就干脆说一句,请不请她就完了。"

柳茂祥说:"礼多人不怪,那就请吧。"

9. 杨立本家地头

杨立本、八月妈、苏文丽、九月、成小鹏都在往小四轮子上装苞米穗子。

苏文丽拿起一个苞米穗子,对杨立本说:"立本呀,今年咱们种这个优良品种不错,你看,穗长穗粗,粒密轴还细,全村种的都是这个优良品种吧?"

杨立本说:"基本是,我看今年的玉米产量能比去年高出五分之一来。"

苏文丽说:"立本,我告诉你一个好消息,我们农业大学里,又有博士生导师带着博士研究出新的玉米品种来了,比现在咱们种的这个更好,你可得想着明年春天种地之前,早点儿到我们那儿去买种子。"

八月妈对九月和成小鹏说:"哎,你们两个,要是累了就歇会儿,别一个劲儿干了。"

成小鹏说:"这点活儿累啥啊,跟玩似的,九月累不累我是不知道了,反正我是不累。"

九月说:"我可是有点儿累了!"

八月妈对苏文丽说:"文丽,现在这些孩子,也真是让我琢磨不透,八月和春龙大学毕业回村来了,这九月呢,和成小鹏大学毕业也下到地里干活儿来了,你说如果咱们读个大学,就是为了种个地,收个庄稼,顺着垄沟捡豆包,当初的大学读不读,还有啥劲儿呢?"

苏文丽笑了说:"你没问问九月和小鹏,他俩人想干啥啊?"

八月妈说:"没跟我说。"

苏文丽笑着说:"他们两个可跟我说了,是想着回到村上,协助我这个专家帮着村民搞粮食种植的改良,另外呢,也想在明年春天的时候,利用村里的洼塘地养林蛙。"

八月妈说:"哟,养林蛙好啊,没听人家说嘛,'要想发家不用愁,养蛙生产蛤蟆油',这个招想得好。"

10. 山货庄

大丫和长贵媳妇拾掇着屋。

秋水也和她们一起忙这儿忙那儿的,她问大丫:"大丫,你光说你舞枪弄棒,练过拳脚,我问你,你会不会演啥节目?"

大丫笑了,说:"秋水啊,我就寻思:地里要是埋着个金矿,总有人能把它发掘出来,不会总让它埋在地里的,你咋看出我,有这方面的特长了呢?"

秋水说:"我就是跟你打听打听。"

大丫说:"哎呀,别看大丫我长得一般,可这嗓子老亮堂了,《青藏高原》那首歌,调门高吧,一般人都喊不上去吧?我站在那儿,放开嗓子一唱,噢的一声,高音就唱出去了!还有那首《天路》不好唱吧?我唱,轻松!"

秋水说:"哎呀,看来你还真是个人才呢。"

大丫说:"人才也谈不上,我不识谱,但就会唱歌,都是跟电视里学的。"

秋水又问长贵媳妇:"大姐,你在这方面有啥特长没有?"

长贵媳妇说:"我可没有大丫那两下子,要是大家在一起热闹,扭个大秧歌啥的,我还行。"

秋水说:"咱们没事儿的时候,如果村里的高粱红剧团有活动,咱们就都过去参加。"

大丫说:"啊?咱们村里还有一个剧团呢?这下子我可有大显身手的地方了。秋水啊,以后咱们村里有演出,千万让我演个节目,独唱!我跟你们说吧,我要上去独唱,肯定打炮!掌声差不多把戏台子都能震翻个子喽!"

"小鞭杆子"问大丫说:"你会唱二人转不?"

大丫说:"二人转我是没少听,可我就是唱不了,金宝哥和秋水你们每次到我们老爷岭村去演出,我都认真地看,可是,看你们唱得太好了,我连学都不敢学了,差距太大!"

长贵媳妇说:"这回有机会了,守着金宝和秋水两个人,你可以好好学习了。"

大丫说:"今天刚来,先不谈这个问题,以后我肯定得找他们两个人拜师学艺。"

11. 酒仙儿家门口

春虎开着车,停在了院门口。

酒仙儿和春虎都从车上走下来。

酒仙儿用钥匙打开了院门。

柳茂祥隔着院墙,对春虎和酒仙儿说:"哎哟,你们回来啦?"

酒仙儿对柳茂祥说:"回来收割庄稼来了,大哥呀,你家的苞米掰完,都拉回家里来啦?"

柳茂祥说:"这活儿也是刚开始干。"

酒仙儿回身对春虎说:"春虎,把车后备箱打开。"

春虎打开了车后备厢。

酒仙儿从里边拿出了两双皮鞋和一盒蛋糕,隔着院墙,喊着:"嫂子,嫂子。"

柳茂祥说:"你要送啥玩意儿,给我不就得了,非招呼你嫂子干啥呢?"

酒仙儿说:"那能行吗?这两双鞋是你和我嫂子一人一双,春虎给你们做的,这个蛋糕可是专门给我嫂子的。"

春龙妈从屋里走出来说:"哟,茂财啊,你们爷俩回来啦,淑芬呢?"

酒仙儿说:"嫂子,淑芬在镇上咱们家办的那个活鱼馆忙着呢,回不来,可她把东西给你捎回来了。"

春龙妈说:"哎呀,这咋还给我拿回来这么大一个大蛋糕呢?"

酒仙儿说:"人家淑芬说了,记着你没有几天就快过生日了,这个蛋糕啊,是送给你的生日礼物,快拿着吧。"

春龙妈接过蛋糕,说:"难为淑芬还老想着我,这回你们爷俩得在家住些日子吧?"

春虎说:"大娘啊,就把我爸留了,我在镇子上还有事儿了,一会儿我就走。"

春龙妈说:"哎呀,那你们一会儿可别做饭了啊,过我家这边来吃吧。"

酒仙儿说:"不用不用,没看着我这儿活鱼馆的大厨师都回来了嘛?做个饭,烧个菜啥的,现在可不是像以前了,拿手!"

春虎说:"大爷大娘,快把我给你们两个做的鞋也拿过去吧!爸呀,这鞋你咋还不给我大娘呢?"

酒仙儿说:"那着啥急呢,我得先问问,他们原来那两双鞋都穿坏没有,要是没穿坏,还新鲜着呢,这么着急给他们干啥呀?"

春虎说:"爸呀,这个样式和去年那个样式不一样了,快让我大爷和大娘拿过去穿着试试。"

春龙妈接过那两双鞋说:"春虎啊,大爷大娘得谢谢你啊,你看,我们就给你量了一次鞋样子,你呀,一年都想着给咱们做双新鞋来,老想着你这大爷大娘!"说着,她冲茂祥说:"茂祥,你快过来,试试这鞋。"

酒仙儿说:"嫂子,不是我挑你说话的理,怎么好像把鞋拿过去了,就感谢春虎,不感谢我呢?"

春龙妈说:"鞋是春虎做的,我不得主要感谢春虎吗?"

酒仙儿说:"鞋是他做的不假,可不是经我同意,又亲手递给你手的吗?"

春龙妈一边试着鞋,说:"哎呀,这鞋好看还合脚,我都谢谢你们了,这回行了吧。"

柳茂祥穿上那双鞋,抬脚看看:"嗯,这鞋的样式不错。"

酒仙儿说:"哥啊,你下地走两圈试试。"

柳茂祥说:"拉倒吧,赶快脱下来放起来吧,要不然把鞋底都踩脏了。"

酒仙儿转身小声对春虎说:"我说让你两年给你大爷和大娘做一双鞋就行,你非得一年做一双,这回好,人家过去的鞋都没穿坏呢,你这又送人家新鞋,人家要放起来压箱底儿了。"

春虎说:"爸呀,鞋都送给我大爷大娘了,人家愿意穿就穿,愿意放着就放着,咱们管那么多事儿干嘛啊,进屋!"

酒仙儿用手指头指着春虎说:"你这小子啊,刚挣了一点儿钱就装大。"

春虎说:"我咋啦?"

酒仙儿说:"我都不稀得说你,你是不是答应借给洗车那小子钱啦?"

春虎说:"嗯。"

酒仙儿说:"你有钱,你就借吧,我告诉你,那是肉包子打狗,有去无回的事儿。"说完,用钥匙打开了屋门上的锁,两个人进了屋。

12. 镇上玲玲服装分店门前

江玲玲正指挥着人往屋里搬些皮草服装。

柳彩云骑着一个自行车,停在了服装分店的门前。她对江玲玲说:"玲玲,你这么早就进了皮草服装啊?!"

江玲玲说:"早吗?也不早啦!眼瞅着,天气一天天变凉了,换季衣服总是早点儿上市好。"她看看彩云说:"你咋来这儿啦?"

彩云向旁边指指说:"我把你们旁边那个门市房租下来了,我要办鹿产品经销店呢。"

江玲玲说:"哎哟,这回,咱俩还真成了邻居了,什么时候开业啊。"

彩云说:"房子刚租下来,得简单装个修,还得等些日子呢。"

江玲玲说:"彩云姐,有什么事儿需要我和海林子帮忙的,你就说话啊。"

13. 村子通往镇子的路上

"小鞭杆子"开着车,拉着秋水。

秋水说:"哎,你想啥呢?咱们上车这么长时间了,怎么不跟我说话呢?"

"小鞭杆子"说:"没啥话要说的,我说啥呀?"

秋水说:"我怎么瞅你咋这么不对劲儿呢?从打我说要去找成大鹏搞这个包装设计,

你就好像有点儿不大乐意似的。"

"小鞭杆子"说:"这话说的,你去找成大鹏搞设计,我有啥不乐意的?那个成大鹏刚跟彩云黄了,你这么个美女来到他的身边,找他帮咱搞包装设计,这对他来说不也是一个心理安慰吗?这是成人之美的事儿,我有啥不乐意的?"

秋水说:"我怎么听着你说的话,像反话呢?我告诉你啊,我找大鹏哥,就是商量设计的事儿,不可能有别的事儿,你别在那地方胡思乱想啊。"

"小鞭杆子"说:"你和他肯定没别的事儿,怕我胡思乱想啥呀?"

秋水说:"我说你这人怎么回事,怎么这么不理解人呢?"

"小鞭杆子"说:"这不都是跟你学的吗,我和大丫没啥事儿,你不还老搁眼睛看着我呢吗?"

14. 山货庄

大丫正在屋里"嘿嘿"地练着拳脚。

长贵媳妇说:"大丫啊,你不能歇一会儿啊?"

大丫说:"我是那能待得住的人吗?没事儿干可不行。"

这时候,关小手和李大翠推门走了进来。

大丫说:"妈呀,这不是关师父两口子吗?"

关小手说:"你是谁呀?"

大丫说:"小名不大,大丫!"

李大翠说:"那看来这位就是长贵媳妇啦?"

长贵媳妇说:"是我。"

大丫说:"关师父,正好你们两口子来了,不然我还要去找你们呢。"

关小手说:"找我?"

大丫说:"对呀,我和这位大姐都听说了,你是咱们村里高粱红剧团的团长,哎呀,我真没想到,咱们村里还有你这么大的团长呢!我们都想加入剧团,这不得得到你这团长的批准吗?"

关小手说:"你们俩都有啥特长啊?"

大丫说:"我会唱歌,她会扭大秧歌,我告诉你们,我嗓子可老好啦,现在我就唱首歌给你们听听。"说着就唱起了《青藏高原》:"是谁带来远古的呼唤,是谁留下千年的期盼,难道说还有无言的歌,还是那久久不能忘怀的眷恋,啊啊啊……"

关小手、李大翠笑了。

大丫说:"哎,不对啊,我唱得这么好,你们几个人咋不给掌声鼓励呢?"

关小手说:"你自己觉得唱得好不行,我听着可有点儿五音不全。"

大丫说:"什么叫五音不全啊?多高的音我都能拔上去,不信你听着。"说着又要唱。

关小手用手制止着说:"行了,行了,你不用唱了。"

大丫说:"咋的?那这也不给我表演机会,这一句话就给我拍死了,看来这个剧团我参加不成了呗?"

关小手说:"咱们村上的剧团是个业余剧团,鼓励大伙儿参加,不光是你们两个,谁参加都行。"

大丫一撇嘴说:"那要谁参加都行,我向不向你这团长申请还有啥意思呢?关团长,以后我给你和阿姨当徒弟,行不行啊?"

关小手说:"你就不用给我当徒弟了,有机会你就让秋水金宝他们多教教你就行

了。"

15. 镇上彩云鹿产品经销店门口

彩云正在门口忙着什么。

春龙开着车停在了门口。

彩云说："哥。"

春龙说："我听说你在这儿呢，就过来看看。"

彩云说："这才刚开始弄。"

春龙说："你需要钱不？"

彩云说："不用了，我有。"

春龙又问："你要办养鹿场，场址定在哪儿啦？"

彩云说："王镇长说了，鹿场的棚舍都是现成的，离你们的养牛场也不算远，等把鹿买回来，放在里面养起来就行了。"

春龙说："买鹿崽那得不少钱呢！"

彩云说："我贷款。"

春龙妈说："哥那有钱，我看用不着贷了，用钱你去取就是了。"

彩云说："我不想用你的钱，我只是想，你们能做成的事儿，我也能做，到时候你替我当个担保人就行。"

16. 浪木工艺厂，成大鹏工作室内

秋水跟成大鹏坐在一张桌子前，说："大鹏哥，你看我们生产的这个榛蘑、松茸蘑、元蘑、黄蘑、木耳、鹿鞭、鹿茸啥的，都得需要设计包装。"

成大鹏说："好的山货是应该有精包装，你们这个想法是对的，我可以帮着你们设计几个方案，你们相中哪个再定。"

窗外，"小鞭杆子"，趴着窗户往里看看，自言自语地说："哎呀，这还坐到一块去了，离得挺近的呢。"

这时候，他的身后有一辆车停了下来。

开车的人是甜草。

江天呢，就坐在甜草的身边。

甜草摇下车窗说："哎，这不是'小鞭杆子'刘金宝吗？"

"小鞭杆子"说："是我！哎呀，你高甜草怎么当上司机啦？"

甜草笑着说："什么叫我当上司机啦？这是我哥为了我到村子里去上课方便，给我买的车。"

"小鞭杆子"摸摸那车说："这是你的车了呗，这家伙的，从镇子里到村子里上个课，都开上小车了，这也太神气了。"

甜草说："你用不用上来坐坐，我拉你遛一圈？"

"小鞭杆子"说："那就不用了，我开的是四等车，屁股坐不了一等车！"

甜草说："你真能逗，车啥时候分等了，我咋不知道呢？"

"小鞭杆子"说："你不知道啊，你听我告诉你啊，一等车是小轿，开着舒服有情调；二等车是大客，坐着不颠宽绰坐；三等车是大板儿，行车拐弯要慢点儿；四等车是胶轮，嘚嘚瑟瑟也交人儿。"

甜草说："不愧是小剧团的，说起话来都一套一套的！"

这时候，高海林和高德万从屋里走出来，要往车上上。

"小鞭杆子"问高海林："海林哥，你们这是要去干啥啊？"

高海林说："送我爸回村收庄稼。"

高德万一边上车，一边说："哎哟，我这一辈子都没想到，我姑娘也会开车了，我借上我闺女的这个力了。"

车开走了。

"小鞭杆子"回身又趴着窗户往里看，见成大鹏还在和秋水说着什么，"小鞭杆子"有些着急了："这就这点儿事儿，本来几句话就说完的事儿，这怎么黏黏糊糊地没完了呢？我还寻思，站在外边等一会儿就出来了呢？没想到，这把我腿都站疼了。"

17. 镇上

甜草开着车。

江天坐在副驾驶的位置上，车的后座上坐着高德万。

路边，站着春龙的大舅和樱桃妈。

高德万在车里见到了，就忙喊着："停下，停下！"

车停下了。

高德万摇下车窗，对樱桃妈和春龙的大舅说："你们这是要去哪呀？"

春龙的大舅说："想是在这儿打个车回村上。"

高德万说："我们也是回村上，这车上还有地方，坐两个人正合适，你们上来吧。"

说着，打开了车门。

樱桃妈让春龙的大舅先上。

春龙的大舅却执意让樱桃妈先上，

樱桃妈就上了车，坐在了高德万的身边。

春龙的大舅呢，也上了车，车开走了。

樱桃妈坐在了两个男人的中间，有些不自然。

高德万就把身子往前欠了欠。

春龙的大舅说："哎呀，大哥，你该往后靠，就往后靠靠坐吧，往前欠着身子多累啊！你看我们两个上车，还把你挤着了。"

高德万说："没事儿，我不累，一会儿就到了。"

18. 镇上浪木工艺厂院里

"小鞭杆子"靠在自己的车前，等得有些不耐烦，突然他咳嗽了一声，在院里唱了起来："二妹你稳坐观花庭啊，听二哥我从头到尾表表往情啊，想当初咱的家住在那洪洞县，洪洞县里有门庭啊。"

这时候，秋水推开窗子说："唱啥唱啊？这么一会儿工夫，你就等不及啦？"

"小鞭杆子"说："谁说我等不及啦？我在这儿闲着没事儿，溜两下嗓子还不行吗？"

秋水说："人家这是啥地方啊，是厂子院里，不是戏台子，大家伙儿都工作呢，你在这嗷嗷一唱，不影响人家啊。"

"小鞭杆子"说："行了，行了，我不唱了，那我进屋去待会儿，行不？"

秋水说："上车里等着去吧，快完了。"

"小鞭杆子"还要说什么，秋水却关上了窗户，"小鞭杆子"只好回到了驾驶室里，在那儿坐着等着，眼睛往大鹏工作间那边望。

19. 村中

酒仙儿背着手，转到了原来的小卖店门口。

他探头探脑地往里看，原来和樱桃妈绣过花的中年女人走了出来，说："哎哟，这不是茂财二哥吗，你咋回来了呢？"

酒仙儿往里探头看看说："这屋里现在干啥呢？不做小卖店啦？"

中年女人说："早就不做了，改成手工刺绣的加工车间了。"

酒仙儿说："哦。"

那中年女人说："进屋看看呗。"

酒仙儿说："不用了，我就是过来看看老地方。"

20. 浪木工艺厂院里

秋水从成大鹏的工作室走出来。

成大鹏出来送她。

秋水跟成大鹏摆摆手。

成大鹏也跟秋水摆摆手。

秋水上了车。

"小鞭杆子"开着车出了院。

"小鞭杆子"说："我看你们俩唠得挺热乎的，你们俩所有的事儿都谈成了吧？"

秋水说："我听这话咋这么别扭呢？不就是包装设计这点儿事儿嘛，还啥所有的事儿啊？"

"小鞭杆子"说："就那点事儿至于谈这么长时间吗？你们就没唠点儿别的？"

秋水说："正事儿还唠不过来呢，还唠啥。"

"小鞭杆子"说："谈谈对象的话题，也是正事儿啊。"

秋水说："你胡嘞嘞啥啊，谁跟谁谈对象啊？"

"小鞭杆子"说："你刚才和成大鹏没谈这个话题吗？"

秋水说："你有病啊，现在我才看明白你，你刘金宝也是个小肚鸡肠的家伙。"说完，把脸扭过一边去，不再理"小鞭杆子"。

"小鞭杆子"说："这咋还生气了呢？你是没听明白我说的话还是咋的？"

秋水说："我不听！狗嘴里吐不出象牙来。"

"小鞭杆子"说："你看你这个人啊，我是说，那成大鹏原来不是和彩云处对象嘛，现在黄了，我寻思你好不容易和他有了一个见面机会，能不代表咱们俩在中间给做做说和工作吗？"

秋水说："那你刚才怎么说，我和他谈什么对象呢？"

"小鞭杆子"说："你理解错了，我是说，你应该和他谈谈他和柳彩云的对象问题！有错吗？"

秋水说："你刚才可不是那么说的。"

"小鞭杆子"说："我刚才就是这么说的，肯定是你听错了。"

秋水说："我告诉你，不用你瞎说，整急眼了的话，我就真和成大鹏好去，气死你。"

"小鞭杆子"说："我才不气呢，因为我坚信，在这个世界上，真心爱你的人，就是我刘金宝！你不信你就去和那个成大鹏好去，等你做了第二个柳彩云，别回到我身边来，找我呜呜哭就行。"

秋水说："你能不能把你那个嘴闭上，少说点儿我不愿意听的话，没影的事儿，总能让你扯得有滋有味儿的。"

"小鞭杆子"说："你知不知道，你和成大鹏一接触，我在外边就一直提心吊胆的。"

秋水说："你心眼儿咋那么小呢？"

"小鞭杆子"说："是我心眼儿小吗？他现在是单身一个，他要是和柳彩云还谈着对象，你们俩谈事谈到后半夜去我都不在乎，那我不是为了你考虑吗？！"

21．镇上

王镇长办公室内。

柳彩云走了进来，说："王镇长！"

王镇长从椅子上站起身来说："哎哟，是柳彩云来了。"

柳彩云把一个红皮的毕业证书，放在了王镇长的办公桌上，说："王镇长，这是我的大学本科毕业证书。"

王镇长拿起来看看说："好，我听你们村主任杨立本说了，你们能通过网络学习，把这大学本科读下来，也不容易。"

柳彩云说："镇长，我拿着证书来找你，不是为别的事儿，就是想问问你，我要在镇上办一个养鹿场和一个鹿产品经销店，镇里能不能出面帮我一把？"

王镇长说："你需要什么帮助？"

彩云说："贷款！"

王镇长："贷多少？"

彩云说："去年你们帮着给八月姐和我春龙哥贷多少，我也贷多少。"

王镇长说："我们一定帮你跑这个事儿，用不用我帮你当经济担保人？"

彩云说："不用，担保人就由我哥当了。"

王镇长说："好啊，看着你们这些年轻人，把事业都干起来了，我这个当镇长的，都跟着脸上有光！"

22．村中

甜草开着车，正往前走。

迎面柳茂祥开着小四轮子，拉着春龙妈，空着车，往村外走。

两个车碰了个对面。

甜草停下车，摇下车玻璃，说："柳叔，阿姨，你们要上地啊？"

春龙妈看看甜草说："哎哟，我当是谁呢，原来是甜草，你也开上轿车了？！哟，这车还真不错呢！"

这时候，高德万、樱桃妈、春龙的大舅也都从车上下来。

柳茂祥说："哎呀，哎呀，你们都回来啦！"

高德万说："农民嘛，不管出去搞啥经营，咱还得以粮为本，粮食可是咱们农民的命根子，忙种忙收的时候，能回来还是得回来嘛。"

春龙妈也从车上下来，对春龙的大舅和樱桃妈说："哥，嫂子，你们啥时候到家坐坐啊？"

樱桃妈说："有时间的吧。"

23．镇上春虎的鞋店里

晚上。

春虎拿出一万块钱，递到那位男青年手上，说："这钱你拿去用吧！"

那个男青年接过钱说："春虎老弟啊，我给你写一个欠条吧。"

春虎说："写什么欠条啊？咱们俩之间的信任就是欠条！"

那个男青年说："春虎老弟啊，当有的人不愿意往外借钱的时候，你借给我钱了，我知道这一万块钱该怎么花，你也记住哥一句话，人在世上走，什么事都得讲个信用，你既信着了我，你就放心，这钱我指定还你。"

春虎说："如果你挣着了钱就还我，挣不着了就再说，这也算我对你的一份感情投资了。"

那个男青年一脸备受感动的神色。

24．柳茂祥家院里

春龙妈对柳茂祥说："茂祥，我看咱们家彩云和成大鹏的事儿，是彻底凉快了。"

柳茂祥说："怎么说呢？"

春龙妈说："你看，我去找苏文丽了，寻思让她到家来吃个饭，可是人家不来，这要是以前，我一去找，痛痛快快地就来了，她这一不来，咱们不就啥都明白了吗？"

柳茂祥说："咱们这个彩云哪，在当时处对象的时候，就一心想着攀高枝，也没想想，人家是省城里的人，你是个村里的孩子，两个人能到一起吗？我看他们俩有今天这个结果，也正常。"

春龙妈说："那你说，杨立本家那个九月，现在跟成小鹏也谈恋爱呢，将来那九月能不能也像咱们家彩云似的？"

柳茂祥说："人家九月和咱们家彩云一样吗？人家是大学毕业生。"

春龙妈说："那咱们家彩云不是也拿到大学本科文凭了吗？"

柳茂祥说："嗨，我看那还是两回事儿。"

这个时候，门外传来了苏文丽的声音："有人在家吗？"

春龙妈急忙下地，说："哎哟，苏文丽来了。"

25．村上文化书屋

杨立本、八月妈、高德万、春龙的大舅、樱桃妈、九月、成小鹏、关小手、李大翠、"小鞭杆子"、秋水、大丫、长贵媳妇等人都在。

在文化书屋的墙上，挂着一个"老龙岗村高粱红剧团活动室"红色条幅。

九月正在拉着一把小提琴，她拉的是莫扎特的"小乐曲"。

26．镇上

彩云的鹿产品经销店内，灯光亮着，彩云和几个工人，正在忙这儿忙那儿。

门外，静静地站着一个人，在往屋里看，他就是成大鹏！

27．柳茂祥家

苏文丽在和柳茂祥和春龙妈说着话。

苏文丽说："你们家彩云和我们家大鹏的事儿，就由着他们两个孩子去定，咱们哪，就别跟着操那么多的心了，不管他们的事儿将来是成了也好，不成也好，咱们这代人的感情能断吗？断不了！咱们该咋来往，就来往咱们的。"

这个时候，酒仙儿隔着院墙，递过来一盘切开的哈密瓜，对着春龙妈说："嫂子，正好文丽也来了，我从镇子上带回来的哈密瓜，你们拿过去尝尝，甜着呢！"

春龙妈站起身来对苏文丽说:"哎呀,你看光顾着唠嗑了,家里还有西瓜都忘了切了。"她又对酒仙儿说:"不用了,你自己留着吃吧。"

酒仙儿端着盘子说:"嫂子,这扯啥呢,我都切好了,又这么诚心诚意地给你们端过来了,快点接着吧!"

春龙妈接过那盘哈密瓜,对酒仙儿说:"你一个人在家也没啥意思,过到这边来坐坐吧,嫂子给你切西瓜吃。"

酒仙儿说:"别了,人家文丽在这儿了,那都是有文化的人,你们在一起说事呢,别我哪句话给说差了,就不好了。"说着,回屋去了。

28. 文化活动室门前

活动室里的人们陆续从屋里走了出来。

大丫高声大嗓地对长贵媳妇说:"这扯不扯,本来想到这儿亮亮嗓子,这也没给机会呀。"

长贵媳妇说:"那你就现在唱两口呗,大家伙儿也都能听着。"

大丫咳嗽了一声说:"哎呀,这没唱上,也真是憋闷坏了,真得喊两口。"她问走在身边的秋水说:"秋水啊,我喊两嗓子,行不?"

秋水说:"现在还不晚,村里人还都没睡呢,你愿意唱就唱两嗓子吧。"

大丫说:"你等会儿。"说着,拔腿就往远处跑。

秋水说:"大丫,你要干啥去啊?"

大丫说:"我不跑得远点儿,你们能听出我的嗓子能传多远吗?我告诉你,我唱歌顺风能传出五里地去,顶着风传出一里半里地没问题!"

秋水笑着说:"行了行了,你可别折腾了,你要唱你就站在那儿唱吧,你不唱就算了。"

大丫说:"在这儿唱?这块又没有高岗儿,要是站在高岗上唱就更好了。"

"小鞭杆子"说:"这家伙儿,还没等唱呢,事儿可不少,等你唱上了,八成天也好亮了。"

大丫清了清嗓子说:"行了,金宝哥都说话了,我哪儿也不去了,就站这儿唱吧!"说着扯着嗓子唱起来:"我看见一座座山,一座座高山,一座座高山相连……"

唱到这儿,她停下来说:"哎呀,这高山都看着了,就是没站上去,要是站到高山顶上唱多好哇?"

秋水笑了,说:"大丫啊,谁是活宝,你就是!人家那词是'一座座山川',叫你唱成'一座座高山'了。"

29. 镇上彩云的鹿产品经销店

灯已经熄了,彩云躺在一张简易床铺上。

她透过窗子,望着窗外的月光,想着很沉的心事。

30. 浪木工艺厂内

成大鹏的工作间里,只有一盏小台灯亮着。

灯下,放着彩云那尊好看的塑像。

成大鹏呢,在久久地凝望着这尊塑像,他的心里仿佛轰响着充满激情的音乐。

(第二十六集完)

第二十七集

1. 镇上江玲玲服装分店

春龙开着车，停在了服装店门前。

八月和春龙从车上走下来，他们走进服装店。

江玲玲从里面迎出来说："哎哟，是你们来了。"

八月说："到你这儿来看看，听说新进来不少秋冬衣服了。"

江玲玲说："是，看看吧，我这儿有不少新款呢，是想给你们自己买，还是给谁买？"

八月说："春龙她妈快过生日了，正好借这个机会，我们给两家的父母都买几件衣服。"八月挑看着衣服。

春龙站在旁边问江玲玲，说："海林子和大鹏他们那个浪木工艺厂，现在经营得咋样儿？"

江玲玲一边给八月拿着衣服，一边对春龙说："钱也是挣着了些，但是销路不太好。海林哥说了，这么好的浪木，老窝在镇子里头守株待兔地经销，不跑出去闯天下可不行。"

春龙说："嗯，我说他们就应该往省城跑一跑，在那找几个代销点。"

江玲玲说："海林哥也是这么打算的，等忙完了这一阵子就去。"

八月说："海林现在忙啥呢？"

江玲玲往一侧努努嘴说："这不嘛，彩云就在我们店旁边开了鹿产品经销店，他正忙着帮彩云搞装修啥的呢，你还不知道？热心人么！"

八月说："光是听春龙说彩云要上镇里开店，还要办养鹿场，可是没想到，这店就开到了你们店的旁边。玲玲，你再把那件衣服拿给我看看。"她指着一件皮衣服说。

江玲玲用衣服杆把挂在高处的衣服挑下来给她看："这件衣服虽然贵点儿，可给老年人穿正合适！"

2. 八月家

八月妈正在院里扒苞米。

"小鞭杆子"和秋水从院外走了进来。

秋水说："大姑，我们来了！"说着，两个人就蹲在了苞米堆旁，帮着扒苞米。

八月妈说："哎呀，你们在山货庄那边没事儿啦？这俩孩子，快歇着吧，这点儿活儿不用你们干。"

秋水说："大姑，山货庄的事儿我们刚接手，冷手抓热馒头，还没顺过架来，忙不忙，是真忙，可现在我们是特意看你来了。"

八月妈说："山货庄让你们接手了，你们就自己干去吧，大姑都这么大岁数了，再也不想操那么多心，管那么多事儿了，你们还找我干啥？"

"小鞭杆子"说："大姑啊，我们俩是接手了山货庄，可是一到山货庄看不着你在那儿，就老好像心里少一点儿啥似的。"

八月妈说："少不少点儿啥的，我也不去了，你们是过去依靠我依靠惯了。我就在家待着了，能干点儿啥就干点儿啥了。"

秋水说："大姑啊，别的呀，你不能把山货庄把交到我们手，就撒手不管了呀，这山货庄的家业，可是大姑你置办下的，我们不能坐享其成啊。"

八月妈说："那你们啥意思啊？"

"小鞭杆子"说："大姑，我和秋水商量了，一个是来请你，还得给山货庄当名誉顾问，再一个呢，就是也得说说这个山货庄租金的事儿。"

八月妈说："当什么顾问哪，我顾得了问吗？山货庄在我手里都没经营明白，还能给你们顾问吗？你们就放手干去吧，房子租金的事儿，现在就别说了，等你们挣了钱再说，大姑我能管你们多要吗？咱们谁跟谁啊。"

秋水说："大姑啊，我爸我妈都跟我们俩说了，让我们多孝敬你，你要是有什么事儿忙不开的，你就随时招呼我们俩。"

"小鞭杆子"说："大姑，你没儿子，我'小鞭杆子'帮您跑个腿，学个舌，买个酱油，打个醋啥的，还行。"

八月妈说："哎呀，这些鸡毛蒜皮的小事儿我都不用你们，大姑能拿能撂的，还没老呢。等我到了真老的那天，快要走不动，爬不动的时候，你们不孝敬我，我还真不容你们。"

3. 镇上彩云鹿产品经销店

门前，春龙打开后备箱。

八月把从店里买来的一大包衣服放进后备箱。

玲玲过来送他们。

八月对春龙说："走，去看看彩云吧。"她和春龙、玲玲，走进了彩云的鹿产品经销店。

海林子和几个工人正在忙。

彩云头发上落满了灰尘，脸上，也沾有白色的灰痕，看见八月和春龙、玲玲他们走了进来，就停下手里的活计，向他们笑了笑。

八月撩开彩云床铺上的一块塑料布，摸摸被褥，对彩云说："彩云哪，晚上你就住在这儿啊？这个床铺是太小了点儿吧。"

彩云说："一个人睡，也要不了多大地方。"

八月问彩云："这都装修完了，大概得什么时候能开上业？"

彩云说："正经还得些日子呢，初步定在八月十五吧。"

4. 村上樱桃妈家

春龙的大舅，正在打扫院子。

房里，樱桃妈和中年女人说着话。

那位中年女人说："大姐啊，从打你到镇子上去了以后，来收购手工刺绣的那位女商人，今年也改招子了，不但把原来村里那个小卖店变成了手工刺绣车间，而且还增加了手工刺绣花布，你要是在村子里就好啦，有不懂的地方，我们还能随时找你多问问。"

樱桃妈说："哎呀，活儿难不住有心人，手工刺绣这活儿，没有多长时间的力巴，只要心细、手巧，难不住谁。"

这个时候，高德万从院外经过，他向春龙的大舅说："哎，大兄弟，你什么时候上地啊？"

春龙的大舅说："我想现在就去呢，可是，我也找不着那个地在哪儿，别在地里干了半天的活儿，把别人家的活儿干了。"

高德万说："我也是来招呼你一声，她家的地在哪儿，我知道，你跟着我走吧。"

春龙的大舅应了一声，放下手里的扫把说："都用拿啥工具啊？"
高德万说："掰苞米，你就拿个土篮子，戴副手套，扎个围裙就行了。"
春龙的大舅说："好了好了，我就来啊！"说着，走回屋去了。"
高德万站在院外，往屋里望。
樱桃妈呢，也隔着窗子望着高德万。
春龙的大舅进到屋来说："给我找找围裙和手套，我要上地去了。"
樱桃妈把一副手套和一个围裙递给了春龙的大舅，说："以前你没干过这活儿，悠着点儿干啊！"
春龙的大舅说："放心吧，累不着。"
春龙的大舅出去了。
院外，春龙的大舅和高德万两个人走了。
樱桃妈隔着窗子看着他们两个人的背影。
那位中年女人对樱桃妈说："大姐啊，这个德万大哥啊，也真是个大好人，真有个当大哥的样儿。"

5. 杨立本家地头

杨立本、九月、成小鹏正在掰苞米，他们不时地把掰在篮子里的苞米倒在一个大堆上。
这时候，关小手、李大翠、大丫、长贵媳妇也挎着一个土篮子，来到了他们面前。
大丫一边迈着有节奏的步伐，一边甩着胳膊往前走，一边用小号的声音学唱着入场进行曲，然后说："哎呀，这是谁家的地啊？也不说来人过来欢迎欢迎我们，秋收志愿者来了。"
杨立本停下手里的活计。
关小手说："姐夫，我们几个来帮着大家伙儿掰苞米来了，让大丫和长贵媳妇留在你这儿吧，我和大翠两个帮着别人家干去。"
杨立本说："哎呀，不用了，不用了，我们这儿就别留人了，九月和小鹏不也都在这儿吗？你们去帮帮茂财、高德万、樱桃妈家他们吧。"
关小手说："那也行，你这有用人手的地方，再说话。"说着，他带着李大翠、大丫和长贵媳妇走了。

6. 樱桃妈地里

高德万在教春龙的大舅掰苞米，他说："掰下来的苞米，都先放在筐里，别扔在垄沟里，倒成几堆，来车好拉。"说着，高德万把掰满筐的一筐苞米倒在地上，说："大兄弟，这筐苞米你就倒这儿吧，再往前掰，等满筐了，再倒一堆。"
春龙的大舅一边揩着额上的汗，一边把苞米倒在地上，说："德万大哥啊，这儿活儿我会干了，你呀，就别帮着我忙活了，去自家的地里忙吧。"
高德万说："哎呀，我家地里的那点儿活儿，不着急！"说着，仍然和春龙的大舅一起在地里掰苞米。

7. 镇子至村子的路上

春龙开着车。
八月坐在副驾驶的位置上。
春龙问八月："你多长时间没回村啦？"

八月说:"好像也有一两个月了。"
春龙说:"我听说你妈把那个山货庄兑给秋水他们啦?"
八月说:"我也听说了,这回回来,我得找我妈谈谈,人啊,在哪儿跌倒的,得在哪儿爬起来,哪能说不干就不干了呢?"

8. 酒仙儿在地里

酒仙儿扎着个围裙,脑门上面蒙着一块湿毛巾,挎着一个筐,正在地里掰苞米。

他抬眼看看天空,自言自语地说:"这日头爷儿,也是真能跟我们老庄稼人较劲儿,这都上秋了,天气咋还这么热呢?"说着,用头上的毛巾,抹抹脸上的汗水,又把毛巾搭在脑门上,继续掰苞米。突然他听见远处传来的噼里啪啦掰苞米的声音,他警觉地放下筐,自言自语地说:"嗯,不对啊,这是谁到我家地里来掰苞米来了呢?"

大丫和长贵媳妇,还有关小手和李大翠在酒仙儿家的地里掰着苞米。

酒仙儿突然地出现在了大丫和长贵媳妇的身边。

大丫说:"妈呀,这是从哪儿钻出个人来呢?可吓死我了。"

酒仙儿说:"你问谁呢?你问问你们自己吧,你们是从哪钻出来的?"

大丫说:"我们是村子里山货庄的。"

酒仙儿说:"蒙谁呢?山货庄的人,我也不是不认识,我怎么没见过你们俩呢?说!为啥要到我家地里来掰苞米,该当何罪?"

大丫说:"哎呀妈呀,这来帮你忙,怎么还问上罪了呢?"

酒仙儿说:"帮忙,帮什么忙?春天种苞米,夏天侍弄地,没见过你们来帮忙,掰苞米的时候,你们来帮忙了,是不是想把我们家的苞米掰下来,帮忙拿回自己家去呀,我看这个忙还是不帮为好。"

长贵媳妇解释说:"呀呀,大哥呀,我们没有别的意思。我们真是来到你们这儿来帮忙的。"

酒仙儿说:"别说了,把筐里的苞米都扔到地下,跟我到村委会去。"

这时候,关小手和李大翠从后边掰着苞米上来了。

关小手露出头来说:"哎呀,茂财二哥啊,人家俩人是帮着你们掰苞米的,我们组织的秋收志愿者,你咋不让人家掰呢?"

酒仙儿看看关小手说:"什么时候整出的秋收志愿者呢?我咋不知道呢?"

李大翠说:"你原先不知道,现在不就知道了吗?"

酒仙儿一拍大腿笑着说:"哎呀哈,还有这新鲜事儿呢?这可是好事儿!"他对大丫和长贵媳妇说:"既然是秋收志愿者,你们的身份也弄明白了,那就干吧,帮着我干活还不好吗?"

大丫捂着胸口说:"哎呀妈呀,到现在我这心叫你吓得扑腾扑腾直跳呢!"

酒仙儿说:"心跳着是正常的,不跳那不出事儿了吗?没事儿了,干活去吧啊!"他对关小手说:"关老弟啊,你们家这个文化致富户可真行,还知道在农忙的时候,来伸手帮帮大家伙儿,我得怎么样感谢你们呢?现在也别说这些客套话了,等着地里的活儿都忙活完了,你们上镇子到我们家那个活鱼馆去,我给你们好好做顿松花江活鱼吃。"

关小手说:"哎呀,就帮着掰点儿苞米,说那么多客气话干吗呀?都是一个村里住着,老邻旧居的,谁帮帮谁不应该啊!"说着,他和李大翠又掰起苞米来。

9. 樱桃妈家

那位中年女人对樱桃妈说:"大姐啊,我知道你没和春龙的大舅结婚以前,德万大哥心里最惦记的就是你了，如今你结了婚，也算是成双成对的了，可德万大哥呢，还是一个人呢。"

樱桃妈说："我托春龙的大舅在镇子上一左一右的也没少给打听，寻思要能找个合适的，也给大哥介绍介绍，可是到现在，也没琢磨着合适的人。"

那位中年妇女说："咱们村前村后的，我也都琢磨遍了，没有合适的，也是德万大哥人太好了，我为他琢磨这事儿，琢磨来琢磨去都琢磨到岔道上去了，你说我都琢磨到谁身上去了？"

樱桃妈笑着说："谁呀？"

那位中年女人说："苏文丽，苏教授！她也是个单身，论年龄跟咱们德万大哥还真合适。"

樱桃妈说："哎呀，这事儿就别琢磨了，这是不可能的事儿，他们俩之间，可真是隔着一道文化天河呢，别看年轻的时候，也都在一个村子里待过，可是这几十年哪，城乡文化把他们越隔越远，这事儿干脆别想。"

那位中年人笑着说："我也知道这是不可能的事儿，这不就是瞎寻思嘛。"

樱桃妈说："他们的事儿啊，要想成，只有一种可能。"

那位中年女人说："怎么样才行？"

樱桃妈说："让时间倒退回几十年去，德万大哥那时候上了大学，进了省城！现在人都老啦，这些事儿都来不及做了。"

那位中年女人说："是啊，你说人吧，都是看着挺好的俩人，可就像是隔着一条河的两座山似的，你能看着我，我也能看着你，可就是到不了一起去。"

10. 八月家

八月把给她爸妈买的衣服，放在了炕上。

八月妈打开塑料袋，简单地看看说："八月啊，你可真敢花钱，你爸和你妈都是个老农民，买这么好的衣服能穿出去吗？"

八月说："妈，你们现在是农民不假，可咱农民就不能穿好衣服啊？我看，也应该穿点儿好的。"

八月妈说："哎呀，我和你爸这么大岁数了，穿啥衣服不行，冷不着，冻不着，不就得了，买衣服的钱，留着给你和九月这些小年轻的花多好！你们都是一朵春花刚开，妈呢，是朵老秋花，眼瞅着都快要谢了。"

八月说："妈，我这回回来就想说你，你老说自己老了老了的，你这个想法根本不对，那个山货庄你真的不想干啦？"

八月妈说："那还干啥呢？早就交到秋水和刘金宝手里了。"

八月说："妈呀，人不管多大岁数，得活得有价值，没看见电视里'夕阳红'节目里说啊，老年人也得老有所为啊。"

八月妈说："行了，妈可不用你上课了，我这俩闺女，大学也都毕业了，你呢，也挣着大钱了，我也就算是完成任务了，我可是不想再折腾了。"

八月说："妈呀，你说这话，我可不佩服你，不像是我妈应该说的话。"

八月妈说："你想让我咋说话？"

八月说："妈，别卡了个跟头，就躺在地上不起来了，还觉得地上挺平乎，天也蓝，云也白的，得扑打扑打身上的土沫子，从地上站起来，继续往前走路，这才是我妈！"

八月妈说："你这话说晚了，我跟秋水和'小鞭杆子'把山货庄的事儿都交代完了，我这么大岁数的人，不能把说出的话，再拉回来，就像是一盆水，泼出去就收不回来"

了。"

八月说:"妈,我说让你站起来继续往前走路,也不一定是非得干山货庄的事儿。"

八月妈说:"让我去干啥,我还能干啥?"

八月说:"妈呀,我这不正跟你商量吗?我去给猪买酒糟的时候,看镇子上有几家酒作坊,干得都挺火的,原因是啥?一个是咱们守着松花江,水甜水好,二呢,酿酒的原料好,我就寻思,咱们能不能自己办个酒作坊,这样既能卖好酒,又能把酒糟用于做咱们自己的养猪饲料,这既挣了钱,又省了钱。妈,不知你愿不愿意干这个活儿?"

八月妈说:"到镇子上去,我去不了,要是在村子里能办,八成还行。"

八月说:"妈,我说的就是在村子里办哪。"

八月妈叹口气说:"哎呀,八月啊,我看你是真要赶鸭子上架啊,那怎么办,回头我再跟里爸合计合计,看看办这个造酒坊,行不行。"

11. 柳茂祥家

春龙正在屋里跟他妈说话。

春龙妈一边摆弄着春龙给她买回的衣服,一边说:"咋着,你这养牛场,一年也能挣个百八十万元的,说和八月的养猪场合了就合了啦?儿子啊,我看你这个事儿,可得好好想想,别以为那个八月是你的对象,就傻了吧唧地把钱财什么的,都跟她混在一起。"

春龙拿出一个储蓄存折,说:"妈啊,你快要过生日了,这是我送给你的一份礼物,你拿着吧。"

春龙妈拿过存折一看:"妈呀,十万块钱?给我吓一跟头啊!干吗给你妈送这么大的礼呀?"

春龙说:"妈呀,你呀,大半辈子都是节衣缩食地过日子,这也省,那也算的,可你总共才攒下了多少钱?儿子今天给你这个钱,是让你知道,好日子得咱们靠能力,创造出来的,不是靠守摊守出来的!妈,过去村子里头,没有人说你不精细的,不管什么事儿都愿意占别人点儿小便宜,这其实也不怨你。"

春龙妈叹口气说:"春龙,你这话说到妈心里去了,那时候咱们不是穷吗,没啥钱吗,我以前要有了这么多钱,我至于跟别人因为针头线脑的事儿,都往自家算计吗?"

春龙说:"妈,你记着儿子说的话,打今儿起,咱们不是说不节约过日子,但是咱们真的换个活法,你缺钱的时候,跟儿子说,我给你。"

春龙妈拿着那个存折,说:"哎呀,春龙啊,拿着这么多钱,看着眼前的衣服,妈怎么总觉得,好像是做梦似的呢,你看,你和八月回村那咱,要办养牛场,爸妈都反对,这得回啊,没反对成,要是反对成了,上哪挣这么多钱去?嗨呀,现在想起来,我这当妈的,肠子都悔青了,你放心吧,妈以后,不说得变得像另外一个人似的,也真得换个活法。"

12. 镇上彩云鹿产品经销店

高海林、彩云和几个工人还在店里忙着。

江玲玲走了过来,说:"哎,这快到中午了,别忙了,咱们一起出去吃个饭吧。"

彩云说:"那行,我请你们吧。"

江玲玲说:"哎呀,彩云哪,你这鹿产品经销店还正装修呢,你还没挣着啥钱呢,我们能用你请吗?走,今天,我们俩请你。"

高海林说:"上哪吃去?"

江玲玲说:"就上那个酒仙儿活鱼馆吧,那的鱼好吃。"

· 372 ·

13. 八月家

八月和八月妈正在院子里扒苞米。

杨立本开着小四轮子，拉着苞米穗子，九月和成小鹏坐在车上，开进院来。

九月看见了八月，从车上蹦下来说："姐呀，你回来啦！"说着，走到了她姐跟前，用双拳亲昵地击打着八月的后背。

八月说："干啥呢，给我按摩呢？"

八月妈说："这个九月啊，可想你了，见着你啊，都不知道咋亲好了。"

成小鹏说："八月姐。"

八月说："你们都下地干活啦，累不？"

成小鹏说："还行。"

这时候，关小手和李大翠从院外走了进来。

关小手说："八月，舅舅、舅妈听说你回来了，过来看看。"

八月说："哎呀，舅舅、舅妈，你们来得正好，我正要找你们呢，咱们的养猪场分红了。"

李大翠说："哎呀，是吗？分了多少钱啦？"

八月说："走，屋里说去。"

14. 镇上酒仙儿活鱼馆

高海林、江玲玲、彩云坐在了一张桌子前。

酒仙儿妻乐呵呵地走了过来，说："哎呀，是你们几个过来了，想吃点儿啥呀？鲤鱼、鲫鱼、鳊花、鳌花、川丁子啥的，都有，你们看看。"

高海林看看江玲玲，说："鱼就不吃了吧。"

酒仙儿妻说："到了我们活鱼馆，哪能不吃鱼呢，那你们吃啥啊？"

高海林说："能烀苞米吗？"

酒仙儿妻说："海林子，你净瞎扯，现在苞米早过时了，你要想吃爆米花，婶子我还可以叫人给你崩去。"

高海林说："那怎么办呢，我们现在鱼啊肉啊，都不想吃，能不能给我们烀点儿土豆、烀点茄子，弄点咱们农村大酱拌一拌就行了。"

酒仙儿妻说："哎呀，能做是能做，可是你们到我这活鱼馆来，就吃这个啊？"

高海林说："你不知道，这对玲玲的口味！"

江玲玲这才醒过腔来，站起来到海林子的背上，好一顿捶打，边打边说："我说你怎么坐在这儿不要鱼呢，原来是绕着弯，拿我说话呢！"

高海林说："我说得不对吗？彩云，你可以作证，你说她过去有没有过这事儿？"

彩云笑了，说："海林哥，你不揭别人家的老底行不行啊？我告诉你，玲玲我俩是姐妹，这回来开店又住邻居了，我怎么说也不会向着你说话。"

江玲玲对酒仙儿妻说："婶啊，别听那高海林瞎扯，今天我们请彩云吃饭，你该做啥鱼，就做啥鱼。"

酒仙儿妻说："你们就随便点吧，彩云是我大侄女，你们两个也不是外人，今天这顿饭，我请了。"

高海林说："婶子，那可不行啊，你要是这么说，我们就不在这儿吃了。"

酒仙儿妻说："先点菜吧，吃完了再说。"

15. 山货庄

午后,"小鞭杆子"把车停在了山货庄的门口。

秋水、"小鞭杆子"、大丫和长贵媳妇正在院子里摊晒山货。

"小鞭杆子"问秋水:"秋水啊,说是一会儿要去后村收山货,都谁去啊?"

秋水说:"你看呢?"

"小鞭杆子"说:"你定呗。"

秋水小声说:"你和大丫俩去吧。"

"小鞭杆子"说:"你说的是真的,还是假的啊,我可告诉你啊,我可当真了啊。"

秋水说:"真的,下午成大鹏来找我有事儿。"

"小鞭杆子"说:"呀,想把我支出去啊?那下午的山货别出去收了,赶明天咱们一起去多好啊。"

秋水说:"那该出去收山货,就收山货呗,成大鹏来了,碍着你啥事儿了?你还不相信我咋的?"

"小鞭杆子"说:"我不是不相信你,这出去收山货,哪能少了你呢?你呢,不仅秤看得准,小账算得也快啊,让大丫跟我去,我倒是不怕啥,可没有你跟我去,我这心里能落底儿吗?"

秋水说:"你是想着跟大丫一起去吧?我告诉你,我不会同意你们俩一起单独活动的。"

"小鞭杆子"说:"那好啊,看来后村的山货就不收去了呗,等你有时间一块去吧。"

秋水说:"想啥呢,该去还得去,给你们再加上一个人,长贵媳妇!那大姐最了解后村情况了,她不跟着去,能行吗?"

"小鞭杆子"说:"得了,我算明白了,本来我和大丫没啥事儿,这还派人监视上了。"

秋水说:"监视你啥呢,谁有人家那大姐了解后村情况啊?我告诉你啊,你们三个一起去。"

这时候,成大鹏背个画夹子走了进来,说:"秋水啊,我来给你们送设计图纸来了。"

秋水说:"是吗?那屋里请吧。"

成大鹏和秋水就往屋里进。

"小鞭杆子"也站起来,想跟着往屋里走。

秋水拦住他说:"干啥呀,我们说图纸的事儿,有你啥事儿啊,你该忙啥就忙啥去吧啊,上后村收山货去吧。"

"小鞭杆子"一脸不高兴,回身说:"大丫!"

大丫从地上站起来:"哥,有什么吩咐?"

"小鞭杆子"说:"上车,跟哥到后村收山货去。"

大丫说:"就咱俩去啊,大姐不去啊?"

"小鞭杆子"说:"大姐不去!大姐啊,你别光忙着忙外面的活儿,屋里那俩人也得勤照顾点儿,经常进屋去倒个水啥的。"说着和大丫一起上车走了。

屋里,成大鹏和秋水正在看那些设计图纸。

秋水说:"不错,看来大鹏哥,我们找你这个设计师是找对了。"

这时候,长贵媳妇走进屋来,操起暖瓶给他们俩倒水。

秋水说:"大姐,你们上后村还没走啊?"

长贵媳妇说:"秋水啊,金宝带着大丫去了。"
秋水说:"那你没去啊?"
长贵媳妇说:"金宝说了,不让我去,让我留下来照顾你们。"

16. 老龙岗村通往后村的路上
"小鞭杆子"开着车,大丫坐在副驾驶位置上。
大丫说:"哥呀,能跟你单独出来收山货,我这心情咋这么好呢?怎么瞅天,天蓝!瞅云,云白!连道边上秋天的花,怎么都像春天的花开得那么好看呢?"
"小鞭杆子"说:"大丫啊,你这个人也真是挺叫人犯琢磨的,为什么生在农村,长在农村,身上那么多的浪漫细胞呢,说话好像作诗似的。"
大丫说:"金宝哥呀,我原来觉得我身上的艺术细胞老好了,贼有唱歌天才,可是,你那关师父一句话,就把我的自信心给摁到凉水缸里去了,我彻底凉快了。"
"小鞭杆子"说:"咋的啦?"
大丫说:"他说我五音不全,原本我还想跟你学唱二人转呢,你说这五音不全,不管唱啥,去了弯儿溜儿直,这不完了吗?"
"小鞭杆子"说:"大丫,我问你句话,你想不想参加小剧团演出?"
大丫说:"那能不想吗,做梦都想啊。"
"小鞭杆子"说:"我告诉你,人吧,不管干啥事儿,你得量体裁衣。"
大丫说:"啥意思啊?"
"小鞭杆子"说:"我告诉你,咱们不是嗓音五音不全吗,咱们不唱歌了。"
大丫说:"对!那我可以报幕,搞诗朗诵!"说着就朗诵起来:"啊,蓝天,你多么蓝啊!云彩,你多么白啊!"
"小鞭杆子"说:"哎呀,我觉着这样,还没有完全发挥你的特长。"
大丫说:"那我干啥好呢?"
"小鞭杆子"说:"我告诉你,你不是愿意舞枪弄棒的吗?"
大丫说:"怎么的,让我表演点儿少林功夫?"
"小鞭杆子"说:"不是,我看你啊,眼疾手快的,可以学点儿魔术,变个戏法啥的。"
大丫一拍大腿说:"哎呀,妈呀,跟我的想法太一样了,那是不是得认魔术师父啊?"
"小鞭杆子"说:"你别着急,哪天我和你上县城送货,我领你去认识一个魔术老师父,他就能教你。"
大丫说:"哎呀,妈呀,金宝哥,你也太可爱了!飞吻!"
"小鞭杆子"说:"大丫,我觉得你还应该再学点儿别的。"
大丫说:"我还能干啥?"
"小鞭杆子"说:"你还应该学着拉拉乐器。"
大丫说:"对呀,金宝哥呀,你也太有才了,我太爱你了。"说着捧过"小鞭杆子"的脸,照着他的腮帮子就亲了一口。
"小鞭杆子"抬起右手抹了一下自己的脸说:"干啥呢,我告诉你呀,我可是有对象的人了,你怎么能亲我呢?"
大丫在那嘿嘿地乐着说:"哎呀,妈呀,可把我乐死了,今天和金宝哥出来收山货,把我心里头最想解决的问题解决了。"说着,哈哈哈哈地乐起来了。
"小鞭杆子"说:"行了,你别傻笑了,我告诉你,你今天犯了大错误了。"

大丫一愣，说："啥大错误啊？"

"小鞭杆子"鼓着腮帮子说："你这不成了第三者了吗？"

大丫说："金宝哥，你别那么认真，我不是那个意思，你看我这就是太高兴了，没控制住，一下就越了界了。"

"小鞭杆子"说："只此一次，下不为例，给你一个改错的机会。"车往前面开去了。

17. 专家工作室门前

成大鹏用手推车，拉来了一车子黑土，往那里放着的一个水缸里边卸土。

苏文丽从屋里走了出来，说："大鹏啊，你这是又要干啥啊？"

成大鹏说："妈，你不说这地方的黑土好嘛，我还是用它搞泥塑。"

苏文丽说："我看去年你刚来的时候，没少折腾这，这都折腾一年多了，我也没看你折腾出个子午卯酉来。"

成大鹏说："妈，艺术品这东西，只有相对完美，没有绝对完美，要是想搞出个绝对完美的东西来，那就什么也搞不出来了，我现在就还是想重新再搞个泥塑。"

苏文丽说："你想塑什么？"

成大鹏对妈说："妈，你用那个数码相机给你儿子前后左右的，都好好照照相。"

苏文丽说："你要干啥呀？"

成大鹏说："妈，你儿子这回要用这黑土地上的泥，塑造一个自我，给自己塑一个像。"

苏文丽说："行，等你有时间，也给妈塑一个，妈也想看看，用这黑土塑出来的我，是个啥样子。"

成大鹏说："好。"

18. 后村

村中，"小鞭杆子"和大丫正在收山货。

大丫在那里称秤。

先前卖假木耳的那位女人，把一袋子木耳递到车上。

大丫用秤称称说："十斤半。"

"小鞭杆子"就要给那个女人钱。

那个女人说："等等，你称的斤两不对，你肯定是看马虎秤了。"

大丫说："别扯了，我的眼神好着呢。我一不近视，二不远视的，怎么能看马虎秤呢？"

那位女人说："你再重新称称试试，肯定不是十斤半。"

大丫不耐烦地说："我说你这人怎么回事，秤都称过了，就是十斤半了，你卖不卖吧？"

那个女人说："你把秤拿过来，我帮你称称。"

大丫说："凭什么让你称啊，你算干啥的？"

"小鞭杆子"说："这位大姐，到底是怎么回事啊？"

那位女人说："我在家明明称了这个木耳是九斤半，她称成了十斤半，这多给我算了一斤，你们不吃亏了吗？"

大丫看看那个女人说："呀哈，原来你说的是这么回事啊，要不人家说东北人都是活雷锋呢！那看来是得重新称称。"

那个女人用手指点着秤杆说："你看，这是七斤，这是八斤，这是九斤，这不九斤半吗？"

大丫说："你看，我第一天使唤这个秤，还真给看马虎了，真是九斤半，金宝哥，按九斤半给她钱吧，这位大姐，刚才我对你的态度有点儿不太好，别在意啊。"

那位女人说："没说的，做人嘛，到任何时候都得讲究。"

大丫说："嗯，我看出来了，你这个大姐是个讲究人。"

那位女人说："原先啊，咱也不讲究过，可后来想明白了，做人不讲究不好，就变讲究了。"

19. 柳茂祥家

晚上，柳茂祥、春龙、春龙妈、八月在一起扒着苞米。

八月说："春龙啊，明天阿姨就过生日了，到底是怎么准备的，还用我们家那边帮着准备点啥不的？"

春龙妈说："哎呀，你看，不就过个生日嘛，我们这边该准备的都准备了，八月，到时候你跟你爸你妈他们说，能过来坐坐就行了，可别麻烦别的了。"

这时候，酒仙儿隔着院墙冲这边说："哥啊，明儿个是我嫂子过50岁的生日，你们是中午请客，还是晚上请客，我给镇子那边打电话，让鱼馆好好做点儿鱼，叫春虎开车送过来。"

春龙妈说："哎呀，茂财呀，鱼呀，鸡啊，肉啊，啥的，咱们都有，可别再从镇上往这送鱼了，那多麻烦哪。"

酒仙儿说："嫂子，你那鱼不都是冻鱼吗？我这鱼可都是活蹦乱跳的活鱼，人这一辈子，不就过一回50岁生日吗，我们得给你好好庆贺庆贺，就这么说定了啊，明天你们家这边就别做鱼了。"

这时候，彩云走进院来。

八月说："哎哟，彩云也回来了！"

彩云一副很疲惫的神情说："妈明天过生日，我这当闺女的，能不回来吗？多晚也得赶回来！"

柳茂祥站起来，用水舀子往盆里舀了点儿水，又拿过暖瓶，往里倒了些热水，说："看把我闺女累的，快洗把脸歇歇吧。"

彩云就洗起脸来。

20. 关小手家

李大翠打开箱子，掏出一个红布包，看着存折笑着说："我说啊，这一次性分红怎么能分这么多呢？太出乎我意料了。"

关小手用手指点着李大翠说："你瞅瞅你，一会儿拿着这个存折看一遍，一会儿拿着这个存折看一遍，还不把这个存折给折腾零碎了？不就是15万块钱嘛，我瞅你啊，也真是没见过大钱。"

李大翠说："这叫小钱啊？等于咱们投的那点资，乘上3了。"

关小手说："行了，快放下来吧，就你懂乘法，我们都懂加法减法，行了吧？"

李大翠只好把存折放了起来。

关小手说："看到今天这个存折，你知不知道你自己应该有啥要反思的？"

李大翠说："我反思啥？"

关小手说："要依你当初的时候，把钱投到山货庄，那不全完吗？还是你老公我，站得高，看得远，把钱投给了八月，才有今天的收获，怎么样，还是你老公比你高明吧，不佩服我行吗？"

李大翠说："哼，这是你有能耐吗？这是八月有能耐！你是借着你的外甥女的光了，我才不会佩服你呢！"

关小手说："八月是有能耐，可是她这个人才，不还是我发现的吗？你是把咱们家大姐当人才了，结果怎么样，投资差点儿没投错吧，今天你拿到这个存折，应该拍胸膛想一想自己的错误。另外要注意，以后凡是咱们家里什么事儿做决定的时候，你就都听我的，没错。"

李大翠说："行了吧，可别显摆了，这家伙的，这可是挣了一笔钱，这回就不够你牛的了。"

21. 江边

明朗的月色下，九月站在江边上，拉着小提琴。

小鹏坐在江边上，说："月光，流水，音乐，真是太美了。"

这个时候，大丫从那边走了过来。她走到九月跟前嘿嘿地笑着说："九月啊，我到处找你，听到你的小提琴声了，我顺着这琴声就把你找着了。"

九月停下来说："找我什么事儿？"

大丫有点儿扭捏地说："有事儿，但是我有点儿不好意思说。"

九月说："说吧，什么事儿？"

大丫说："既然你让我说，我可就说了，你得保证不能回绝我。"

九月笑了，说："啥事儿啊？"

大丫说："我唱歌有点儿五音不全，就想学乐器了，我想来跟你学拉小提琴，行不？"

九月说："行啊，反正我拉得也不是太好，但是你要是真心愿意学，我可以教你，你手里有小提琴吗？"

大丫说："没有，那倒好办，我可以买呀，只要你能答应教我就行。"

九月说："没问题！"

大丫突然弯下腰，给九月来了个90度大鞠躬，说："那我就认你当老师了。"

九月笑了，说："咱们还是别论老师学生了，论姐妹吧，我比你大，你就叫我九月姐得了。"

大丫说："那好吗？那我就真这么叫了，九月姐！"

九月笑了，大丫也笑了。

天上的月亮呢，也在抛洒着温柔美丽的光芒。

22. 专家活动室门前

月光下，大鹏缸里踹着泥，他的脸上有泥渍。

彩云从那边走了过来，她见到是大鹏，愣住了。

大鹏呢，也见到了她，站在缸里，静静地凝视着彩云，说："彩云哪，你来有事儿？"

彩云说："找你没事儿，我找苏阿姨。"说着，径直地进屋去了。

屋里，苏文丽说："哎哟，彩云来了，你啥时候从镇子上回来的啊？"

彩云说："晚上。"

苏文丽用嘴巴往屋外努努说："大鹏在那儿呢，你看见了吗？"

彩云点点头，说："阿姨，明天，我妈过生日，家里人让我来请你过去。"

苏文丽说："我听说了，你不来请我，我也准备去呢，彩云哪，阿姨问你个事儿，你和大鹏的事儿，真的是黄利索啦？"

彩云看看苏文丽，面无表情地缓缓低下头。

苏文丽叹了口气说："嗨，你们年轻人的事儿，叫我这当长辈的人说不好，你们自己把握吧。"

23. 山货庄的院子里

秋水和"小鞭杆子"坐在一个小板凳上，看月亮。

秋水说："金宝哥，我瞅着你今天回来有点儿变样啊。"

"小鞭杆子"说："咋的呢，我不还那样吗？"

秋水看看他说："不对，好像心里有啥高兴事儿似的呢。"

"小鞭杆子"说："我还看你心里还好像有啥高兴的事儿呢！"

秋水说："这家伙，胆不小啊，一个人领着大丫收山货去了，把大姐都给甩了，说说吧，真对大丫有啥想法啦？"

"小鞭杆子"说："你先说说，你对成大鹏有啥想法没有吧，你要有我就有，你要没有我也没有。"

秋水说："这家伙，真敢说啊，还我要有你就有呢，那我告诉你，我和成大鹏是有了，你说吧，你咋回事儿？"

"小鞭杆子"说："你这不是逗我玩呢吗？我能上这当吗？你和成大鹏根本没事儿。"

秋水说："知道没事儿，还老问啥呀？"

"小鞭杆子"说："这玩意儿，爱，不都是在对同性的嫉妒中产生的吗？"

秋水笑了，说："哼，还挺明白的呢？你知道不知道，今天我为啥让你带着大丫出去收山货啊？"

"小鞭杆子"说："不知道。"

秋水说："我告诉你，在和你谈情说爱的过程中，我发现一个道理，聪明的女人要看住男人的心，只有傻瓜女人才想成天看住男人的身！所以我决定，根本就不看你了，打今儿往后给你和大丫更多的活动机会。"

"小鞭杆子"说："不会是想给自己和成大鹏接触，多创造机会吧？"

秋水说："那肯定不能，你记着，不管风吹雨打日头晒，我这颗像红高粱一样的心，永远是长在你心灵的那块黑土地上面的。"

"小鞭杆子"一听这话说："对我，你就更应该放心了，你是个女人都能说出这话来，咱是爷们儿，多余的话我不说了。"

24. 柳茂祥家

早晨，外屋，彩云正在用沼气炉盘上的锅煮着粥，她用舀子把锅里的米汤舀到灶旁的水桶里。

春龙妈从里屋出来，看看彩云不解地说："彩云哪，你这又是作什么妖啊，大清早起的，怎么又熬上米汤了？"

彩云没有吭声，依旧是从锅里舀着米汤，她关掉了沼气火，操起了扁担，挑起米汤出去了。

春龙妈站在她身后，看着她的背影说："这和成大鹏都黄了，又给谁送米汤去呢？"

专家活动室门前,盛着米汤的两只水桶和一根扁担静静地放在那里,在早晨的晨光中,俨然如一个美术写生物。

大鹏一边穿着衣服,一边从屋里出来,他看到了眼前的扁担、水桶和水桶里的米汤。他抬起头来,向门前的路上望望。

路上没有人,只有微风和晨光,在吹拂和抚摸着路两旁秋天的花儿。

他俯下身,看了看桶里的米汤,伸出一个食指,伸到汤里边去,轻轻地蘸上一点,放在自己的舌尖上,他轻轻地吮吸着,心里仿佛陡然涨起了一江春水,哦,那是打开了感情闸门的潮水啊!

他站起身,把一桶米汤倒进了泥缸里,脱下鞋,挽起裤腿跳进了缸里,踹起泥来。

(第二十七集完)

第二十八集

1. 酒仙儿家地头

上午,高甜草带着系着红领巾的学生来到地头。

酒仙儿从地里走出来说:"哎呀,甜草,咋把学生都领地里来了呢?"

甜草说:"秋收大忙时节,想帮着村里的人掰掰苞米,茂财叔,你家的活儿干得怎么样儿啦?"

酒仙儿说:"关小手他们组织秋收志愿者,都帮我干得差不多了,你们快帮着别人干去吧,我这儿就不用了。"

甜草:"好,那我就带他们去别人家了!"说着,带着孩子们,唱着歌儿走了。

酒仙儿在后边笑呵呵地看着这些孩子们。

2. 樱桃妈家

高德万开着个小四轮子,拉着苞米穗子,车上坐着春龙的大舅,开进院门来。他把车停在苞米楼子前,和春龙的大舅一起往里边卸苞米。

樱桃妈从屋里走了出来说:"大哥呀,你们家的活儿还没干呢吧,净帮着我家了,快歇歇吧!"

高德万一边往苞米楼子里装着苞米,一边说:"家家户户到了秋天的时候,就是忙这点儿活儿,把你家的活儿忙完了,我也就放下一块心了,我们家里那点活儿好干!"

春龙的大舅说:"德万大哥,你不但帮着我们掰苞米,还帮着把这苞米都给拉家来了,你快歇着吧,这点儿活儿我自己就能干了。"

樱桃妈说:"大哥,进屋喝口水吧。"

高德万说:"不了,不了,等这点儿苞米卸完了,我回家喝去。"

樱桃妈看看高德万说:"大哥,你先歇会儿,我回屋给你倒水去。"说着,樱桃妈回到屋里去了。

高德万呢,继续卸着苞米。

3. 镇上江玲玲服装分店

江玲玲正在给樱桃量服装尺寸,说:"你们两个准备什么时候办婚事啊,日子定啦?"

春虎笑着说:"准备是农历八月十五中秋节那天。"

江玲玲说:"是个好日子。"
樱桃说:"玲玲姐,你和海林哥的事儿,啥时候办啊?"
江玲玲说:"早着呢,我们现在还没说起这事儿呢!"
樱桃说:"玲玲姐,我这套服装,是要中式的,不要纽扣,都是用蒜皮疙瘩最好了。"
江玲玲说:"明白!"
春虎说:"我这可是一套西式服装,我们俩在穿着上,也算是中西结合了。"
江玲玲又给春虎量着衣服尺寸,说:"半个月以后,你们就来取服装吧,大小肥瘦我都量完了。"

4. 山货庄门前

"小鞭杆子"、大丫、长贵媳妇、秋水都在往车上装货。
"小鞭杆子"装完了货以后,紧了紧绑车的绳子。
大丫乐颠颠地上了驾驶室。
"小鞭杆子"说:"秋水啊,你真不去啦?"
秋水说:"不去了。"
"小鞭杆子"说:"要我们俩单独走,放心?"
秋水说:"给你一个接受考验的机会,你们去吧,我这儿有正事儿呢。"
"小鞭杆子"上了车,开着车走了。
秋水走回了屋里,拿过来那些设计图纸,看着。
长贵媳妇走过来,给秋水倒了杯水。
秋水拿着设计图纸问长贵媳妇,说:"大姐,你看这几张包装哪张好?"
长贵媳妇说:"我看还是这个绿纸包装好,咱们山货庄卖的都是绿色食品,用别的颜色我觉得不太合适。"

5. 八月家院子里

八月、九月、小鹏几个人,正在扒苞米。
八月对九月说:"九月,你知道不知道,你这一回村来,成了妈的累赘了,我想动员妈到镇子上去,开个造酒坊,妈都说她去不了。"
九月说:"为啥呀?因为我?"
八月说:"就是,妈说她惦记着爸、你和小鹏,不能到镇子上去,我和她再三商量,她才说,实在要办造酒坊,在村里干还可以,连做事儿带照顾你们,两不耽误。"
九月瞪大了眼睛,说:"在村子里办造酒坊,那能行吗?酒糟生产出来了,还得再拉到镇子上去!酒呢,也得往外运,这不合算啊?"
八月说:"我能把妈说动办这个造酒坊就不错了,剩下的事儿,你去跟妈说吧。"

6. 专家工作室门口

成大鹏在从缸里往外掏着泥。

7. 八月家房里

九月从屋外走进来,对她妈说:"妈,听说你不去镇子上办造酒坊,是为了照顾我们?"
八月妈说:"这不明摆着的事儿吗,我要去了镇上,你爸,你和小鹏,你们谁会做饭收拾屋子？你们吃啥喝啥？我不留在村子里照顾你们行吗？主要是你，一天弄得我东挪不得，西转不得的！"

九月说："妈，活人还能叫尿憋死啊？不会的，我们不会学吗？我们三个大活人，还能饿着、渴着啊？要我说，我们几个根本不用你管，家里的事儿，我就管起来了，你该上镇子就上镇子去吧。"

八月妈说："不行，别听你姐刮一阵风，你就跑我这儿下一场雨！镇子上我不去，把你们都扔在家里，我去镇子上做事儿，这不是没正事儿吗？"

九月说："妈，你要是不去镇子也可以，打现在开始，我，我爸，小鹏我们几个人吃饭洗衣服啥的，这些家务事就都不用你管了，你愿意照顾就照顾你自己吧。"

八月妈说："你不用跟我说这个，我知道你说这话啥意思。你就是想让妈到镇子上去做事儿，一心无挂地不用惦记你们，可我能放下心吗？你看看你们几个人，谁是能拿得起家务事的人？我都不用长期在外边，出去几天，这家里就得造得不像个样子！再说妈都这么大岁数了，能不能出去做事儿，还能怎么着啊，照顾好你们就是第一位的。"

这时候，成小鹏走进屋来，他说："阿姨，你真的不用惦记我们，我们都这么大人了，自己再管理不了自己，那成啥事儿了。"

八月妈说："你们不用劝我，谁劝也没用，我有我自己的主意。"

8. 县城

"小鞭杆子"和大丫俩走在县城街道的人流里。

大丫说："妈呀，这县城也太带劲儿了，这楼这个高，这马路这个直，这车这个多，这市场这个热闹劲儿，咱们村子和这儿还是没法比。"

"小鞭杆子"说："那能比吗？要不然这咋叫县城呢？"

他们俩走进了一家乐器商店。

9. 乐器商店内

一位服务员迎过来说："你们两位想买什么？"

大丫粗声大嗓地说："小提琴！我们来买小提琴来了！"

那位服务员看看大丫，说："谁买啊，你买啊？"

大丫说："买小提琴给你钱，你管谁买干啥啊？把那好的小提琴拿出两个来。"

那位服务员说："好的小提琴，一把就上万块呢，你买吗？"

大丫说："有上万块一把的小提琴？"

那位服务员说："有。"

"小鞭杆子"说："不用拿那么贵的，拿个一般的就行。"

大丫说："你把最贵的小提琴给我拿出来。"

那位服务员看看她，说："行。"转身就回到里边去取小提琴了。

"小鞭杆子"说："大丫啊，你让人家拿最贵的小提琴干啥呀？你能买啊？"

大丫笑着说："这话说的，不买咱们看看还不行吗，先说也饱了眼福了。"

这时候，服务员拿过一把小提琴过来，放在柜台上，说："看吧，这把小提琴就挺贵的。"

大丫说："就这么一个玩意儿，值那么多钱，我看不值。"

那个服务员说："你说不值不行啊，这是明码实价标着的，要买就是这个价。"

大丫说："你要能给我打打折，我就买。"

那个服务员说："你想打多少折？"

大丫说:"打多少折我不知道,反正我兜里就揣了1000来块钱。"

那个服务员说:"那就别想了,你要想买一把千八百块钱的琴,我们这儿也有,我给你拿一把。"说着,她把一把小提琴放在了"小鞭杆子"和大丫跟前。

"小鞭杆子"拿起琴左看右看,拨了几下琴弦说:"我看这把琴还真行。"

大丫说:"就这么个小玩意儿,怎么这么值钱呢?"她问服务员:"这琴给打折吧?"

服务员说:"不打。"

大丫又问:"那把贵琴怎么能打折呢?"

那位服务员说:"我们店里就这个规定。"

"小鞭杆子"说:"我看就把这把琴买了吧。"

10. 专家工作室门前

成大鹏在使劲地揉着一块泥。

他时而拿着那块泥在案板上摔摔,时而使劲儿地揉着。

11. 高德万家地头

高德万在掰着苞米。

苏文丽从那边走过来说:"哎哟,德万大哥,地里的活儿,就你自己干哪?"

高德万笑笑说:"是啊,总共就这么几亩地,没多少活儿,我是老庄稼把式了,这点儿活儿不够我干的。"

苏文丽走到地里来,帮高德万掰开了苞米。

高德万说:"文丽啊,你们都是大城市里的人,手都娇贵,可不能干这些粗活儿。"

苏文丽说:"德万大哥,你把我想成啥人啦,这些活儿,当年下乡的时候少干啦?"说着,继续掰着苞米,并把掰下的苞米,放在高德万的苞米筐里。她又说:"大哥,我看现在村里人种苞米的多,种高粱的少了。"

高德万说:"嗯。现在种高粱,不如种苞米的产量高,所以种的人就没有去年多。"

苏文丽说:"那看起来啊,我们还得加快研究高粱的优质新品种,产量上来了,农民种高粱的劲头儿才能上来。"

12. 县城乐器店门前

"小鞭杆子"和大丫走了出来。

大丫抱着那把小提琴,对"小鞭杆子"说:"金宝哥啊,小提琴也买完了,你抓紧领我去拜访那个魔术师吧。"

"小鞭杆子"抬眼看看手表说:"这都大中午的了,你不饿呀?"

大丫说:"饿啥呀,没看我正减肥呢吗?饭能少吃就不多吃,能省一顿就省一顿,要不然将来,我这么大个坨,拿把小提琴往台上一站,小提琴拉得再好,那不也是不好看嘛。"

"小鞭杆子"说:"那也不能为了你减肥,我不吃饭啊。"

大丫说:"金宝哥啊,好不容易,咱们来一趟县城,得抓紧时间办正经事儿啊,你要实在是饿了,我一会儿去给你在道边小摊上买张大饼,里面裹着菜呢,你先对付吃一口,行不?"

"小鞭杆子"说:"行,我什么不吃都行!走吧,我带你去见那位魔术师去。"

13. 村中路上

高德万开着小四轮子，拉着苞米穗子。

苏文丽坐在四轮子车上。

和樱桃妈一起绣花的中年女人，和他们走了个对面，看见了苏文丽坐在小四轮子车上，就面露喜色，说："哎呀，苏教授，你怎么坐到德万大哥的车上啦？"

苏文丽在车上笑笑说："我到地里随便走走，就搭着德万大哥的车，回村来了。"

高德万开着小四轮子走了。

那位中年女人望着他们两人的背影，脸上浮现出一丝笑意。

14. 县城一条街道旁的一个胡同里

"小鞭杆子"和大丫走进胡同，来到一家小院里。

他对坐在院里的一位白胡子老师傅说："吴师傅！"

那位白胡子老师傅站起来："哎哟，是刘金宝啊，我快有一年多没见着你了，你怎么来了？你原来老说要跟我学魔术学魔术的，到底学不学啦？"

"小鞭杆子"说："吴师傅，我就不学了，但我给你带了一个学生来，就是这位。"

大丫说："吴师傅，我叫大丫，今天来拜访你，就是要找你学魔术，你看我咋样儿，是这块料不？"

吴师傅拍拍大丫手里拿着的小提琴说："你还会拉小提琴呢？"

大丫说："刚要开始学，这小提琴是新买的。"

吴师傅说："行，看你这闺女说话有个爽快劲，小提琴都能拉呢，手上的活儿也慢不了，你要学魔术，我可以教你。"

大丫咧着嘴笑了，拍了一下"小鞭杆子"的肩膀说："哎呀，哥啊，你领我出来办事儿，一件一件的咋都这么顺利呢？"她对吴师傅说："你吃没吃饭呢？"

吴师傅说："你不就是要跟我学魔术吗？你不用请我出去吃饭。"

大丫说："师傅，我知道你不能让我请你吃饭，是我这哥有点儿饿了，你能不能先帮着他整点儿饭吃。"

吴师傅说："那不是现成的吗？进屋吧。"

"小鞭杆子"瞪了大丫一眼说："你这人说话咋这么直呢，就不能学会拐一个弯。"

大丫粗声大喊地说："从小我就记住了一句话：'笔直的树干用材多，性格直爽的人，朋友多！'别看你大妹子我，到哪说话直巴愣腾的，可我告诉你，我有一个傻人缘！你看，刚才吴师傅一看，就喜欢我，收我当徒弟了。"

15. 高德万家

高德万在往苞米楼子里卸苞米。

苏文丽也在旁边搭着手。

高德万说："文丽啊，我这家点儿粗拉活儿，哪能用你这个大教授来伸手呢？"

苏文丽笑着说："哎呀，啥大教授不大教授的？我这就当是锻炼身体啦。"

这时候，樱桃妈手里拎着一个用毛巾包着的饭盆走进院来。

苏文丽说："哎哟，樱桃妈来了。"

樱桃妈说："文丽啊，你在这儿哪，还没吃呢吧，正好我给德万大哥送过来的饭菜，也够你们两个人吃了，一会儿你们忙完了，就在这儿一起吃个饭吧。"

苏文丽说："不了，不了，我这就走啦。"

樱桃妈说："文丽啊，你看这是干啥呢，你不吃饭也行，你该在这儿待一会儿就待一会儿呢，怎么我来了，你就要走呢？"

苏文丽说："要不然我也想走了，中午还得回去给大鹏和小鹏这俩孩子做饭呢。"说完，就往外走。

樱桃妈把手里拎着的饭，放在了窗台上，对高德万说："大哥，那我也回去了。"

高德万放在手里的活计，看了看樱桃妈说："这么着急走啊？"樱桃妈看看高德万，没说话。

高德万说："你们俩现在过得咋样儿？"

樱桃妈说："大哥啊，我过得挺好的，你别老惦记我啦，你惦记惦记你自己吧！"

高德万说："我自己的事儿，还有什么事儿可惦记的？没事儿啊，只要你过好了，我的心情不也就跟着好了吗？"

樱桃妈说："大哥，没外人说话，你跟我说句实话，到底还想不想找个人啦？"

高德万叹了口气说："不想了，我是真的不想了，我都这么大年纪了，眼瞅着太阳往西山那边落了，我没那份心思了。"

樱桃妈说："我看刚才，文丽不是来你家了吗？"

高德万说："你可别瞎扯，想都别往那地方想，咱们跟人家根本就不是一回事儿。"

樱桃妈说："大哥啊，苏文丽可不是一般人，你看她单独上过谁家去啊？据我所知，她来你家，挺不一般的。"

高德万说："这话，可不应该从你嘴里说出来，这不是扯咸道淡吗？"

樱桃妈说："大哥，看着你一个人，孤孤单单的，我心里总不是个滋味，就开始给你瞎琢磨了，你别怨我。"

高德万说："我孤单啥？乡里乡亲的这么多，儿子姑娘，未来的儿媳妇姑爷子，也都围着我转，我有啥孤单的？行了，打今儿往后，你就不用惦记我的事儿了。"

16. 专家工作室

苏文丽在一个煤气炉盘上做着饭，她对刚从外边洗完了手，走进屋来的大鹏说："大鹏啊，你去找找小鹏，让他回来吃饭，如果是九月在，把她也叫过来。"

大鹏用毛巾擦擦手，说："好了。"

17. 柳茂祥家

傍晚，饭桌上，摆着一些菜肴。

杨立本、八月妈、苏文丽、八月、春龙、彩云、九月、小鹏、关小手、李大翠、"小鞭杆子"、秋水、都坐在桌子旁。

柳茂祥和春龙妈坐在正当中。

大家说说笑笑的很是热闹。

隔着院墙，酒仙儿端过来一大盘子鱼说："彩云哪，快来接鱼来！"

彩云忙站起身去接鱼。

酒仙儿说："这鱼你们吃吧，保证能把你们香蒙了。"

春龙妈对酒仙儿说："茂财啊，你快别忙活了，快过来吧。"

酒仙儿说："就来，就来。"

18. 山货庄里

大丫在给长贵媳妇变戏法。

大丫说："大姐，玩魔术这玩意儿，就得眼疾手快，你看好啊，我手里啥也没有吧？"

长贵媳妇说："没有。"

大丫从身旁一挥手，攥着拳头拿到长贵媳妇面前说："你说这回我手里有啥没有？"

长贵媳妇说："有啥？"

大丫伸开手说："还是没有，你再看看。"

她又一回身，伸着拳头说："猜猜，这回我手里有啥没有？"

长贵媳妇说："你别老逗我了，你手里肯定没啥。"

大丫伸开手说："看看，两块红景天在我手里攥着呢，哪来的？我变得神吧。"

长贵媳妇说："哎呀，这才出去一天，怎么就会变这了呢？"

大丫说："我告诉你，我现在正准备学变魔球呢，把这球搁在布盖上，搁眼睛一看，这球就能飘起来，你等我练到一定时候了，我给你表演表演。"

长贵媳妇说："行，大丫，你还真是这块料。"

19. 柳茂祥家

散席了，春龙妈站起身来，从屋外墙脚处抱起西瓜，分别递给八月妈、苏文丽、李大翠，说："这是我们家地里的西瓜，又甜又起沙的，大家伙儿拿回家吃去吧。"

八月妈说："哎呀，还是你们家自己留着吃吧，这西瓜我们家也有。"

柳茂祥说："哎呀，大妹子呀，春龙妈让你拿着，你就拿着吧，你们家有不是你们家的吗？"

春龙妈说："就是，快拿着吧。"

八月妈只好接过了西瓜，和众人一起往外走。

李大翠一边拍着西瓜，一边对关小手说："哎，这西瓜还真是好西瓜。"

关小手说："你们女人哪，就这样，一个西瓜再好能好哪儿去，反正只要是别人白给的，拿着就乐。"

李大翠说："这话还真不能那么说，这个西瓜，是一般的西瓜吗？"

关小手说："怎么的，这西瓜上面长眼睛了，它和别的西瓜不一样啊？"

李大翠说："你也不想想，和春龙妈一个村上住过这么多年了，她啥时候给过别人家东西啊，都是属里犁挽子的，往她那一边翻土。"

关小手吧嗒吧嗒嘴说："嗯，你要这么说，我倒寻思过味儿来了，这个西瓜还确实不是一般的西瓜！"

20. 文化书屋

九月和大丫在练小提琴。

小鹏在那里朗诵着诗歌："朋友，你到过黄河吗？你听过黄河那奔腾激越的……

九月对小鹏说："小鹏，你能不能稍微小点儿声，我这儿正教大丫拉琴呢。"

小鹏声音稍微小了一点儿，仍在朗诵着。

九月跟大丫说："现在你还不能拉成首的曲子，你得先把1、2、3、4、5、6、7这些音符拉准了，这是1，这是2，这是3。"

大丫就跟着她一个音符，一个音符地拉着。

成小鹏在那里低声地朗诵着："一把泥土塑成千万个你我，静脉是长城，动脉是黄河。"

21. 村子至镇子的路上

早晨，春龙开着车。

副驾驶座位上坐着彩云。
八月和八月妈坐在后边。
车的音响里正放着小提曲：《乡村路带我回家》。

22. 关小手家
院子里，李大翠拿刀切开了西瓜，递给关小手一块说："你尝尝这西瓜，咋样儿？"
关小手接过一块西瓜，说："这西瓜还真甜。"

23. 山货庄外边
"小鞭杆子"、秋水、大丫、长贵媳妇都正晾晒山货。
长贵媳妇对秋水说："秋水啊，你是没看着啊，现在大丫那手可神呢，你现在看她手里啥也没有吧，一转手，手里就能变出东西来。"
秋水说："是吗？大丫，你有这能耐吗？能不能给我变着试试。"
大丫说："哼，小菜儿一碟。"
秋水在兜里掏出10块钱，递给大丫说："你就把这10块钱攥在手里吧，能不能给我变出100块钱来。"
大丫说："行啊，小菜一碟！"说着，她在兜里东掏西掏的，说："行了，你们大家看好啊，我现在手里的是10块钱吧，哎。"她一回手："看看，看看！"她慢慢张开了手，手里真的就攥了张100块钱。
秋水乐呵呵地看着，并用手拿着这100块钱，对着阳光仔细地看看："哎哟，没想到大丫还有这能耐呢，这10块钱，一眨眼的工夫就变成100元的啦，行了，我明天多拿点儿10块钱让你变，这100块钱，我先揣兜了。"
大丫说："哎，秋水，你这不对啊，戏法灵不灵，全仗毯子蒙，我这儿说是变戏法了，你那100块钱可不能不给我，这10块钱我可还给你了。"说着，掏出那10块钱，递给秋水说："快把那100块钱还给我。"
秋水笑着把那100块钱还给大丫说："看看，你这戏法露馅了吧，还是不灵。"
大丫说："我要是有那本事儿，我还在这山货庄干啥？"

24. 镇上某造酒坊内
八月和八月妈站在那里看着。
一些工人正在一个大的木制料缸前，给热气腾腾的料拌曲子。
八月妈用手扇着眼前飞过来的糠皮子说："哎呀，飞得我一脑袋，一身糠皮子。"
八月对妈说："妈，造酒坊就是这么个规模，聘用20来个工人，一天几班倒，就能产酒四千多斤，剩下的酒糟正好喂猪。"
八月妈说："行了，我都看明白了，赶快回去吧。"

25. 镇上彩云鹿产品经销店门前
一辆大型货车停在鹿产品经销店的门口。
彩云上到货车驾驶室。
江玲玲从那边的服装店出来说："彩云哪，今儿个就出去买鹿啦？"
彩云说："是啊。"说着，大货车开走了。

26. 镇上养猪场八月办公室

八月妈和八月从门外走进来。

八月一边给妈倒着水，一边说："妈呀，这个造酒坊咱们也看完了，你说说吧，你能不能干起来，感觉咋样儿？"

八月妈叹口气说："哎呀，不看这个造酒坊，我还把这个事儿想容易了，看了以后啊，妈觉得这太难了，你看要造酒技术，咱们不懂造酒技术，要造酒设备，咱们没有造酒设备，就是将来咱们招聘了人，你妈我也不懂这个，20多个人我怎么管理？我根本管不过来，要我说呀，这事儿就算了，我不想干了。"

八月说："妈，天底下哪有躺在炕上，房笆儿上就噼里啪啦往下掉馅饼的事儿呢？你别为难，造酒坊在村子里办起来了，我也不能撒手不管，有了啥问题，我肯定帮着你处理，这还不行吗？"

八月妈说："八月啊，你要听妈一句话，你就别赶鸭子上架，你妈真的干不了这个，要干，你干脆自己在镇子上干吧，你赶快整个车，送我回村。"

八月说："妈呀，你看你都来了，这么着急回去干啥啊？咱们把这个事情再商量商量呗。"

八月妈说："不商量了，我告诉你啊，这个事儿我肯定不干了，咋商量也没用，整个车送我回村。"

八月看看她妈说："行吧，我给春龙打电话，让他送你回去。"

27. 镇子到村里的路上

春龙拉着八月妈，在往回走，车里仍然在放着小提琴曲：《乡村路带我回家》。

28. 村里高德万家门口

海林子、江玲玲从院里走出来，把一些东西装进了小轿车的后备箱里。

高德万锁好了房门，又出来锁院门，一边锁着，一边说："海林子，什么事儿这么急啊？我怎么地里这点活儿刚干完，你们就来接我来了？"

高海林说："爸啊，我们早就想上省城去，办那个浪木代销点了，寻思你从来没有到过省城，想拉着你一起去看看，这都等了你好几天了。"

高德万上了车。

高海林和江玲玲也上了车，车开走了。

29. 镇上一片空地上

推土机在作业，春龙和八月站在那里，说着什么。

30. 村口路边

九月、小鹏和苏文丽三个人站在那里，在等公共汽车。

高海林开着小车，走过来了，把车停在他们跟前。

江玲玲说："苏阿姨，你们这是要去哪儿呀？"

九月说："不是我们要去哪儿，是苏阿姨要回省城，我和小鹏来送她。"

高海林说："哎呀，就苏阿姨一个人回省城，那不正好搭我们的车吗？"

江玲玲说："苏阿姨啊，你快上车吧，我们车正好上省城。"

苏文丽说："这咋赶得这么巧呢？行，那我就坐你们的车啦。"说着，她上了车。

苏文丽坐到了车上，才见到了高德万也在车上，就说："大哥，你也去省城啊？"

高德万说:"这不都是孩子们的一片心意吗,老寻思我活这么大岁数了,也没到省城去见识见识,这就非得用小车拉着我到省城看看。"

31. 镇上春虎家鞋店门前
春虎穿着那身小老板的服装,正在那儿给顾客看鞋。

那位男青年走了进来,说:"春虎老弟!"

春虎手里还拿着鞋,照顾着顾客,就说:"哎,哥们儿,你来啦,等会儿啊,我这儿马上就完。"

男青年也不客气,坐下了,拿起一个塑料杯子在一个冷热水机上接了杯水,一边喝着,一边说:"这家伙,我这才多长时间没来啊,这小店是越变越阔绰了。"

这时候,春虎走了过来笑呵呵地说:"你那个洗车房办得咋样啦?"

那位男青年从兜里掏出一个装钱的信封,放在桌子上说:"那还说啥啦,在你的帮助下,我挣着钱了,这是8000块钱,我先还你,我还欠你4000块钱,下个月就还你,我听说了,你正忙着要结婚呢,我怕你等着用钱。"

春虎说:"等着用什么钱哪?我结婚也不大操大办,这钱你该用用你的呗,着急还我干啥?"

那位男青年说:"春虎老弟,你对哥讲究,哥不能对你不讲究。"

春虎说:"哎,我刚才听你说,怎么还欠我4000块钱呢?我不总共就借给你一万元嘛,这还了8000元了,不就还有2000元了吗?"

那位男青年说:"那能行吗?说啥我也得连本带利还你啊!"

春虎笑了,说:"行了,你可别扯了,一分钱的利息我也不要你的,剩下的2000块钱你也别给我了,存在你那儿,买洗车卡了。"

那位男青年说:"哪能不还你吗,一定得还你!你到我那去洗车,永久免费!"

春虎说:"别扯了,利息钱我不要,那剩余的2000块钱就买洗车卡了啊。"说着,把那8000块钱收起来了,又说:"你要是再需要钱,就到我这儿来取,好不好?"

那位男青年拍拍春虎的肩膀说:"交人还得交老弟你这样的,够哥们儿!"

32. 山货庄
秋水和大丫、长贵媳妇、"小鞭杆子"几个人在用绿色的新包装盒包装着山货。

33. 镇上江玲玲服装分店
樱桃正对着镜子试穿一件新嫁衣,那红色的中式嫁衣很是漂亮。

樱桃穿上它在镜子前左看右看。

江玲玲对着镜子说:"看看吧,多漂亮啊,这要是再坐顶花轿,蒙个红盖头,可美气死了。"

樱桃笑呵呵地说:"现在还哪有坐轿的啊,结婚都是坐轿车了。"

春虎一边试着新衣服,一边说:"轿车,不就是先进轿子吗?"

34. 省城
高海林开着车,行驶在省城的大街上。

高德万望着窗外城市的景色,说:"哎呀,这也太带劲了,难怪你们都说省城好,这是真好,我都看花眼了。"

高海林说:"苏阿姨,我们开车先把你送回家去吧?"

苏文丽说："别的，你就把车开到前面那个大厦边上，停下来，我请你们吃饭。"
江玲玲说："那可不行，我们怎么能让苏阿姨请我们呢？"
苏文丽说："你看这孩子说的，我到了村里，村里人请我，到了省城，我这不正应该请你们吗？啥也别说了，到前边那块儿把车停下来。"
高德万说："你苏阿姨有这份心思，那就按你苏阿姨说的办吧。"

35. 镇上樱桃面点坊

一辆出租车停了下来。
春龙的大舅和樱桃妈从车上走了下来。
樱桃迎出来说："妈，叔，你们回来啦，怎么不说事先打个电话，让春虎去接接你们呢？"
春龙的大舅说："哎呀，这打个车不也方便吗，再说你们都这么忙，接啥呀。"说着，就往屋里走。
樱桃说："哎呀，叔都有点儿晒黑了，庄稼都收完了吧。"
樱桃妈说："都收完了，你这个面点坊经营得咋样儿？"
樱桃说："挺好是挺好的，可是要是叔天天在店里，那能比现在更好。"

36. 省城某饭店自助餐厅

苏文丽、高海林、江玲玲等几个人，都拿着盘子在夹菜。
高德万手里拿个盘子，愣愣地看着那一溜菜看说："哎呀，这么多菜，这怎么吃啊？"说着，他就往一个盘子里专门夹着大白菜。
苏文丽过来说："大哥啊，你别光夹一样菜啊，这么多菜呢，你换着样夹一点儿。"
高德万说："哎呀，我就愿意吃白菜，我就吃这一个菜，就行了。"
高海林对爸说："你看这边还有鱼，海鲜啥的，你夹点儿这些吃呗？"
高德万走到高海林跟前，小声说："你苏阿姨请咱们吃饭，咱们别净往好的上夹，那不让你苏阿姨太破费了吗？"
高海林说："爸呀，这是自助餐，你不管吃啥，都是一样的价钱。"
高德万说："是吗，那我吃白菜干啥啊，那我也得吃点儿鱼和虾啥的啊。"
高海林笑了。

37. 镇上酒仙儿活鱼馆

酒仙儿从一辆出租车上下来，拎着个手提兜走进鱼馆。
酒仙儿妻说："哎呀，这不是我们家茂财回来了吗？"
酒仙儿说："哎呀，地里的活儿都干完了，我也晒黑了，真是累坏了！老婆子，是不是得好好犒劳犒劳我啊？"
酒仙儿妻说："你想吃点儿啥呀，我给你做去。"
酒仙儿说："吃啥都无所谓啦，我想和你研究研究，中午能让我喝点儿啥？"
酒仙儿妻搁眼睛看看酒仙儿说："怎么的，你又想喝酒了？"
酒仙儿说："别提酒字行不行，不能改成八加一啊？"
酒仙儿妻说："你真要喝八加一啊？"
酒仙说："谁说要喝一加八啦？"
酒仙儿妻说："你要喝啥呀？"
这时候，酒仙儿从手提兜里拎出一个豆浆机来，说："老婆子，你看没看着，这是榨汁机！有了它，咱们这个活鱼馆，可以生产很多果汁、玉米汁、豆汁啥的，现在你就把它拿那边去吧。中午，就给我榨点儿玉米汁喝，榨完了给我热一热啊。"

酒仙儿妻说："哎呀妈呀，这个玩意可真不错啊，这不等于咱们饭店又添了一个宝贝嘛，茂财啊，你回去收庄稼，怎么还把这玩意买回来了呢？"

酒仙儿说："忙里偷闲嘛！在村子里咋忙，能忘了活鱼馆的事儿吗，买这玩意简单，'小鞭杆子'他们上县城送货去，我叫他们就给捎回来了。"

酒仙儿妻说："哎呀，你看，还是你脑瓜好使，我怎么就没想起来弄这个呢。"

酒仙儿说："这话说的，你要是比我脑瓜好使，你不就成了我柳茂财了吗？干啥就得吆喝啥，开饭店的，不琢磨着增添点儿花色品种能行吗？"

38. 省城某茶馆内

高海林、江玲玲、高德万三个人站在一处，有一个茶馆老板模样的人陪着。

高海林说："你们看利用这块地方行不行，在这个地方摆上浪木，和周围的气氛也算协调！"他看看江玲玲。

江玲玲说："看叔是啥意思吧？"

高德万说："这地方太好了，这还有啥说的。"

高海林抻抻高德万的衣角，对那个老板说："我们还想再看几家，看完了再定。"

那位老板说："那好吧，你们要看着合适，价钱好说！"

39. 镇上彩云鹿产品经销店

两挂鞭炮噼里啪啦地鸣放着，鹿产品经销店门上贴着红字：开业大吉！

彩云穿着整齐，站在门口招呼着客人。

40. 镇上酒仙儿活鱼馆门前

春虎、樱桃穿着喜庆的结婚礼服，樱桃妈、春龙的大舅、杨立本、八月妈、柳茂祥、春龙妈、八月、春龙、九月、小鹏、关小手、李大翠、"小鞭杆子"、秋水、大丫和长贵媳妇等都站在人群里。

唢呐声声，一支秧歌队正在扭着秧歌，有彩色的踩高跷和跑旱船。

大丫和长贵媳妇腰上也扎个大红绸子，在人群里扭来扭去。

41. 酒仙儿家鱼馆屋里

人们已经落座了，春虎和樱桃穿着婚礼服，在给乡亲们点着烟，送糖。

关小手和李大翠在前面给大家表演着节目。

李大翠唱道："四大红。"

关小手唱道："春樱桃来，秋高粱，新娘的丝袄，大瓦房。"

李大翠又唱道："四大亮堂。"

关小手唱道："村路灯，大玻璃窗，新开业的店面儿真亮堂。"

李大翠（白）："这才三个啊。"

关小手唱道："还有咱庄稼人脚下的道，直直溜溜儿，是弯不拐，又宽又平，直冒金光，它就奔小康！"

饭桌旁，春龙妈挨着八月妈，春龙妈小声地跟八月妈说："我说，你张罗着要到镇子上来办造酒坊，还来不来了？"

八月妈说："算了，算了，那都是八月瞎张罗的，我这树根不动，她树梢儿干摇！"

这么些年，我没办什么造酒坊，不也活过来了！现在孩子们一个个都出息人了，钱也没少挣，我可不折腾了。"

春龙妈说："也对，我也是这么想的，把孩子们都拉扯大了，咱们没有功劳还有苦劳呢，享享福吧，现在就看着他们怎么孝敬咱们了。"

这时候，酒仙儿端着两大盘子鱼，从厨房里一溜儿小跑地跑出来，说："中秋有鱼，年年有余啊，慢回身，别烫着！"说着，把鱼放在了桌子上。

小鹏正在报幕："下面由九月和大丫给大家演出小提琴齐奏曲，《爱的礼赞》！"

九月和大丫站在那里，就要表演。

大丫忽然说："停！各位！我拉的是小提琴曲，大家就闭着眼睛听曲子，别往我这儿看，本人现在减肥还没大功告成呢，看影响你的视觉啊！"

众人都轰地笑了起来，笑声未落，九月和大丫的小提琴曲响起来了，优美的乐曲声，在饭店内回响。

42. 浪木工艺厂
成大鹏在工作间里认真地雕着自己的泥塑。

43. 江边
天上一轮圆月，乡亲们都在江边上放河灯。

江岸，升起缤纷礼花。

彩云正和春龙、八月他们在一起看礼花，一位女服务员，走过来说："经理，那边有一位先生给你送来的一束鲜花和一盒礼物。"说着把一束鲜花和一个礼盒递给了柳彩云。

彩云拿过花一看，是紫色的玫瑰！

八月和春龙都注视着她。

八月说："哟，看来，彩云今天是要收获爱情了，送给你是啥礼物，打开让我们看看。"

彩云呢，没有给春龙和八月看，而是羞涩地把那个小盒轻轻打开，里边是成大鹏和柳彩云的两尊塑像，她急忙地合上盒子，捧着那束花跑了。

春龙在后面喊道："彩云！"

彩云却头也没回。

八月笑了，问春龙："你猜送花的人是谁？"

春龙猜着说："谁呢？"

43. 省城河边
很多人都在看放河灯和腾空而起的缤纷礼花。

高海林在人群里打着手机。

江玲玲也把耳机贴到耳朵上，两个人匆匆地走到了一起。

高海林说："玲玲，我爸呢？怎么一转身，找不着他了呢？"

江玲玲说："是啊，我也找了他一圈儿了，没找着，咱爸上哪去了呢？"

在人流的另一侧，高德万在人群里东张西望，喊着："海林子，海林子！"

可是，眼前是茫茫的人流。

44. 江边
柳彩云捧着那束鲜花，拿着那个礼盒，正在往前跑，突然发现前面站着一个人，她站住了。

是成大鹏！

柳彩云默默地看着成大鹏，成大鹏也默默地看着柳彩云。

柳彩云的眼里突然汪了许多泪。

大鹏呢，缓缓地张开了他的臂膀。

彩云抱着那束鲜花和礼盒，一下子拥进了成大鹏的怀里，啜泣起来。

成大鹏把柳彩云拥在怀里，给她揩着眼泪，抬头望望天空的月亮说："今晚天上的月亮是真圆啊！"

彩云呢，则紧紧地把大鹏抱在怀里，她抬起泪眼望着天上的圆月。

哦，成大鹏和柳彩云两张年轻的脸，仿佛和天上的明月交融在一起。

45. 省城河边

高德万继续在人群里走着，他仍在寻找着高海林和江玲玲。

当他从桥的一端向桥的中间走去的时候，发现桥的另一面走来了苏文丽，他眼睛一亮，喊道："苏教授，苏文丽！"

苏文丽听到了喊声，看见是高德万，也向他迎了过去："德万大哥，你怎么自己在这儿？"

高德万上前抓住了苏文丽的手，说："哎呀，文丽啊，我这乡下人，进城看个灯，还把我看丢了！这两个年轻人走得太快，我跟不上他们啊，你看，这就说啥也找不着他们了，这是碰着你了，不碰着你，我还不知道上哪儿找他们去呢？"

苏文丽说："大哥，你别着急了，我有他们的手机号，肯定能找着他们，咱们先看灯吧！"

高德万和苏文丽凭着桥栏，向前方望着。

桥下，是悠悠流水、五颜六色的河灯，河边是依依杨柳，天空是缤纷怒放的礼花！